U0153656

跨國華人書寫
文化藝術再現

施叔青研究論文集

簡瑛瑛／廖炳惠 主編

國立臺灣師範大學出版中心

序

施叔青女士在臺灣的華文寫作領域有很高的成就，知名的文學作品很多，例如《香港三部曲》、《臺灣三部曲》與《驅魔》等等，是第一位獲得臺灣國家文藝獎的女性文學得主，並曾在臺灣多所大學任教，造福學子無數。自 2013 年起，施叔青女士應聘為國立臺灣師範大學應用華語文學系講座教授，更因為施女士的協助，本校得以禮聘諾貝爾文學獎得主莫言先生前來任教。三年前，高行健先生把重要的文學作品帶來本校，使應華系與國文系合作成立了「全球華文寫作中心」，希望結合海內外重要的作家一起為華文文學做出貢獻。我們抱持著雄心與期望，相信下一代會更好，並期許在這樣的環境之下，在不久的將來，能夠產生諾貝爾文學獎得主。也希望透過施女士作品與展覽的啟發，本校的學生在寫作及學術方面能有更大的發展。

臺師大這幾年來努力延攬不同領域的傑出人士來本校擔任短期或長期

的講座，為臺灣培育未來重要的人才。2014 年 10 月 17、18 日舉行的「跨國華人書寫．文化藝術再現：施叔青國際學術研討會」，邀請到國內外專家學者與作家、藝術家來臺講演發表論文，亦邀請師大校內相關系所領域教授與會進行對話、研究成果交流與圓桌論壇。透過學術成果之研討與交流，不僅能檢視目前華人文學之現況與趨勢，期能穩定前進發展，不斷提昇國內華人文學、書寫及藝術等相關學術領域之研究水準，並期透過國際交流提高本校的文化水準及學術地位。會後主辦單位特將重要的國內外研究收錄於專書之中，就現今華人文學領域之重要課題及發展方向進行深入探討，不僅達到促進跨國文化交流之目的，亦可藉以提昇臺灣學界之視野，激盪出更豐碩的學術成果。相信透過這樣的學術交流，能夠讓臺灣在寫作領域上有所裨益，發展出更多元的華語文研究環境，讓本校及臺灣能在國際上綻放更耀眼的光芒。

國立臺灣師範大學校長
張國恩

序

國立臺灣師範大學在規劃下一個階段校務願景的時候，其中一個願景是建立華語僑教特色的國際大學，在這個願景下追求的目標之一是強化華語僑教品牌，擴展國際影響力。臺師大會提出這樣的願景跟目標，其來有自。學校裡與華語文教育有關的單位至少四個，華語文教學系、應用華語文學系、國語教學中心、還有華語測驗推動工作委員會，加上以華語文教育為主軸的頂尖大學計畫，在全臺灣、全世界沒有哪一個學校投入這麼多跟華語文教育有關的資源！所以把這個當成是我們校務願景之一，作為一個追求的目標，對我們來說是責無旁貸，而且也是必須要努力去完成的一個任務。在這樣一個期許之下，簡瑛瑛教授與應用華語文學系全體師生同仁們於 2014 年 10 月 17 日所舉辦的「跨國華人書寫・文化藝術再現：施叔青國際學術研討會」可以說率先啟動了本校這個校務願景。而研討會過後不到一年的時間已編輯出這本論文集，更是具體實現了強化華語僑教品牌、擴展國際影響力的目標，殊堪稱許。各位也許會覺得好奇，這個跨國華人書寫的研究和華語文教育有什麼關係啊？我個人簡單的跟大家分享、討教。對外華語文教育例行的目標當然是語言和文字的掌握，但是仔細想，它的最終目標應該是跨文化經驗分享。文化經驗一向是透過很多不同的管道來記錄與傳遞，最常見的就是文字和語言。文字的書寫應該是傳遞文明最重要的一個工具與媒介，也是人類文明的一個標記。華人五千年的文明累積相當多的文化資產，透過文字的書寫紀錄留傳下來。當我們在從事華語文教育的時候，有很多文化素材可以從古人留下來的這些紀錄取材。但是，我想我們也不能一天到晚向古人借材借料，也必須創造出自己的文化教材。從這個角度來看的話，我個人覺得施叔青教授過去非常多膾炙人口、描寫華人身影的作品，算是一個最佳的模範，可以作為我們華語文教育取材相當好的一個管道。我們期許從事華語文教育的各單位學者專家都能夠重視這一塊，也鼓勵學生創造出能代表我們自己的華人文化教材，反映出我們這個文化的深切思維和經驗。這本論文集以施教授的作品為一個引火點，引出了一系列的討論，必能點燃華人文化的烈火，照耀全世界。我們也期待師大在推動華語文教育的時候，不能夠只是強調語文這樣一個工具，或是學習科技，要能同時重視華人文化這一方面的研究，如此才能深化華語文教育，真正發揮國際影響力。

國立臺灣師範大學國際與社會科學學院院長

陳振宇

施叔青及其文學成就

從時間上來說，施叔青出生於1945年10月20日，稍後的25日上午10時，國民政府在臺北公會堂接受日本投降；其實，稍早的8月15日，日本天皇已宣布投降，並於9月2日在東京灣美國密蘇里號戰艦上簽字，二戰結束，臺灣脫離日本統治。

從地理位置上來說，施叔青出生於鹿港。擅於經商的泉州人，渡過黑水溝來到了這裡，營造了一個繁華港市，從1785到1845，堪稱輝煌的黃金年代，是「一府二鹿三艋舺」的老二；但施叔青出生的時候，鹿港已經沒落，老街盡是滄桑。

在這樣的背景下成長，施叔青的小說處女作〈壁虎〉發表在《現代文學》23期（1965年2月），同期作者有姚一葦、何欣、張健、七等生、白先勇、陳映真、劉大任、葉珊、白萩、邱剛健等。這意味著17歲的施叔青，將與諸多名家並駕齊驅，馳騁在臺灣文學的草原上；事實證明，她不讓鬚眉，從豆蔻年華到一頭銀髮，她亦雄亦秀的文字風采，始終吸睛，從《約伯的末裔》（1969）、《拾掇那些日子》（1970）到90年代的《香港三部曲》、跨世紀以來的《臺灣三部曲》，她通過小說，把臺港及離散華人放入近現代時空脈絡中進行反思，堪稱戰後最具代表性的臺灣作家之一。

超過半世紀的寫作歲月，施叔青從鹿港到臺北，從臺灣到美國紐約、到香港，回臺數年後再赴美，此其間經由旅行，她又不斷移動位置，空間的跨越展現在她的創作文本中，在她的筆下形成巨大的格局；在時代的滄桑及環境的變遷中，女性的處境及其奮起，恒是她最關切的一個主題。

不只寫小說，她歡喜旅行，熱愛戲劇，精於藝術鑑賞，用散文寫下她諸多美的感受；有感於歷經文革，文藝心靈備受摧殘，她和當代多位作家對談，希望做最根本的探求；她潛心學佛，通過高僧曲折跌盪、修行弘法的一生之書寫，印證枯木開花的奇蹟。

2008 年，施叔青獲國藝會第 12 屆國家文藝獎，這是臺灣女性作家首位獲此殊榮者，我應邀為她撰寫「素描」、選介「作品」、編寫「紀事」，刊於頒獎典禮專刊上，利用機會探討了她跨國界的文學版圖；2010 年，施叔青從紐約將她兩個三部曲的手稿帶回臺灣，親自送到我所任職的臺灣文學館，臺文館為她辦的捐贈展以「為土地立傳的大河之作」為名，正著眼於她是第一位以大河小說（三部曲）為土地立傳的女性作家。

2012 年，臺師大禮聘施叔青為講座教授，在簡瑛瑛教授的策畫下，該校應華系於 2014 年 10 月間舉辦了「跨國華人書寫．文化藝術再現：施叔青國際學術研討會暨作品手稿特展」，展覽以「以筆為劍書青史」為名，和臺文館所辦前後輝映；研討會計三人主題演講、二場座談（12 人引言）、20 篇論文，規模宏大，設計精細。會後經審查及修改等學術程序，論文集即將出版，我在活動策畫之初即參與討論，一路看著它向前順利推動，深感施叔青文學之廣闊深邃，論述者之踔厲風發，執事者之敬謹慮周，諸事圓滿，乃援筆宣之，並以為賀。

國立中央大學中國文學系教授

李瑞騰

序

由國立臺灣師範大學主辦之「跨國華人書寫・文化藝術再現：施叔青國際學術研討會」，國立臺灣文學館有幸參與此盛會，不僅慨然提供館藏施叔青教授所捐贈《香港三部曲》、《臺灣三部曲》等手稿於臺師大圖書館展區展出，李瑞騰教授及我個人也以臺灣文學館前任、現任館長身分，分別出席研討會開幕式及閉幕式，由是足見臺灣文學館對施叔青教授之感謝與敬重。

施叔青教授身為國家文藝獎女性作家第一人，從 1961 年發表第一篇小說〈壁虎〉於《現代文學》雜誌，即以 17 歲英姿驚動文壇，並將寫作當成生命中最主要的志業，迄今持續寫作已超越半世紀，「要求不斷的超越自己，創造言而有物的作品」，其代表作品《維多利亞俱樂部》、《香港三部曲》亦相繼被翻譯為國際版本。施叔青教授目前應聘為臺灣師範大學講座教授，校方為感謝其於文學與華語文教育之貢獻，特籌辦國際學術研討會、特展暨手稿捐贈展，協辦單位亦擴及國立臺灣文學館、北美華文作家協會、世界華文作家協會、臺灣語文學系等單位，不只齊聚國內臺灣文學研究佼佼者於一堂，國際各地學者亦紛從美國、韓國、中國大陸、香港而來。

研討會為期二天，論文發表近 20 篇，名家新秀接連登場，或言語系研究、或論女性書寫、或探殖民歷史、或析譯本異譯……此外，尚有安排專題演講、專家座談會、國際論壇，無一不精闢深入，熱烈精彩，允為文壇盛事。本人有幸於臺灣文學館館長任內獲邀參與盛會，欣悉學術研討會論文將集結成冊，個人敬綴數語，以資同慶。

國立臺灣文學館館長
翁誌聰

序

出生於臺灣鹿港的施叔青教授，其生命軌跡始於臺灣、停佇於曼哈頓、而後抵達香港，三個島嶼間看似斷裂卻又互通的連結，展現施教授精彩的創作歷程。施教授以筆為劍，在歲月洪流下刻劃臺灣與香港的清晰面貌，也用她的生命經驗，讓讀者從女性且純文學的細膩角度，追尋自我與故鄉的本源。國立臺灣師範大學圖書館（以下簡稱本館）非常榮幸與本校應用華語文學系共同舉辦「施叔青教授國際研討會」，研討會以施教授的文學作品與跨文化、跨領域為題，除邀請國際學者發表特稿與進行國際論壇外，與會學者更從歷史書寫、華語語系、國族認同、性別空間、文化藝術與戲劇等角度切入，讓各界瞭解施教授不斷自我挑戰、筆耕不輟的文學妙筆之花。

本館向來以推動閱讀為職志，閱讀除了是讀者與作者間心靈的交流之外，若能由作者與相關研究學者、讀者對話，相信能夠讓讀者更能理解作者的書寫策略、敘事觀點和心路歷程。本次「施叔青教授國際研討會」正是作者、學者、讀者對話的最佳典範，也啟發本館本館未來持續扮演作者與讀者間的橋樑。

舉行「施叔青教授國際研討會」之際，本館同時舉辦施叔青教授特展，以施教授驚艷文壇之作品與各階段之創作歷程作為內容展現，也展出施教授的八幅畫作，深獲各界好評。施叔青教授捐贈其 1986 年出版的《驅魔》珍貴手稿共 241 頁予本館典藏，本館業已將其進行數位化。在此，謹對施叔青教授在特展籌辦期間對本館提供的專業意見，以及慨然捐贈珍貴手稿一併致謝。

很高興得知本校應用華語文學系將「施叔青教授國際研討會」中所發表的各篇論文集結成書，並交由本校出版中心來出版，相信本書之出版必能為跨國華人書寫、再現文化藝術帶來深刻的影響。

國立臺灣師範大學圖書館館長

柯皓仁

賀辭

上世紀 80 年代末，施叔青先生經常到大陸來。她風風火火，呈現著一種與大陸作家迥然有別的風度，也傳播著令我們耳目一新的文學觀念。我聽她講述過臺灣文學中的許多傑作，也聽她說過張愛玲小說的妙處，許多話至今還記的。

因為懶惰，施先生的書我讀得不多，但讀過了的就難以忘記。如《愫細怨》、《窯變》等。施先生的語言清晰俐落，十分爽利，她刻畫人物注重細節，洞察秋毫之末。尤其是她豐厚而廣博的知識儲備，使她寫起來左右逢源，得心應手。我想「世事洞明皆學問，人情練達即文章」，就是她這樣子了。

後來我知道施先生又寫了煌煌巨著《臺灣三部曲》，因沒讀，不敢妄談。

因雜務纏身，不能參加盛會，僅以寥寥數言，表達我對施先生的敬意。祝會議圓滿成功。

北京師範大學文學院教授

莫言

我寫《臺灣三部曲》

施叔青

我常常說自己是天生的島民，一輩子在三個島流轉，本來以為從旅居17年的香港島回到生養我的臺灣大島定居，我會停下流放的腳步，沒想到又會再一次出走，來到我先前住過的紐約曼哈頓島。

我在異國的天空下，開始研讀從故鄉鹿港運來的臺灣歷史文獻史藉，如何以小說為臺灣立傳？我思考著，最後決定不因循傳統大河小說的形式，以家族史為主幹，用幾代人貫穿經緯，像我的《香港三部曲》，以一個家族三部小說環環相扣，使與之平行的香港歷史有了起承轉合的脈絡。

臺灣的歷史太過複雜，先後經過荷領、明鄭、日治、國民黨戒嚴統治，臺灣的歷史是斷裂的，四百年來先後換過好幾個旗幟，造成臺灣人認同的痛苦，也才會有今天的爭端矛盾。我決定用不同的政權統治來寫這部書，以之突顯臺灣人的特殊歷史命運，我的三部曲將劃分為清領、日治，以及光復後的國民黨三個時期。

第一部《行過洛津》以我的故鄉原名為洛津的鹿港做為清代的縮影。與福建泉州遙遙相對的洛津，從清代初期就吸引大量的移民渡海開墾，佔海港地利之便，乾隆末年正式開闢為與泉州對渡的貿易港口，從臺灣輸出米、糖、樟腦，自此郊商雲集。所請「一府二鹿三艋舺」，二鹿指的就是鹿港。

可惜好景不常。嘉慶、道光後港口泥沙淤積，到了同治年間，海港機能衰退，終至沒落。我無緣目睹二鹿過去的榮光，只能以小說的形式來重現這海港城市由盛而衰的過程。我深入閱讀清領時期洛津的歷史，暸解當時的社會形態、八郊商業的組織、文風祭祀信仰、民情風物……

我把自己關在紐的的書房，整天與泛黃的舊照片、史料文籍為伴，在古雅的南管音樂與蔡振南的民歌：「母親的名叫臺灣」的呼喚交錯聲中，重塑我心目中的清代古城，洛津，我的原鄉。憑著我對它的地緣的熟悉，以及歷史的理解與認識，運用想像力超越時空，重塑複製了一個清代中期由盛而衰的海港貿易城市，細緻地描繪生活在其間的移民心靈轉變的心路歷程：從早期都抱著暫居心態，每年回鄉祭祖，死後落葉歸根，隨著時間轉移，逐漸落地生根，認同臺灣這塊土地。

《香港三部曲》以一個妓女的際遇打開了香港殖民史，《行過洛津》裡我創造了一個下層社會的戲子許情，從小被賣入七子戲班男扮女裝演小旦，我以這身不由己的戲子來影射臺灣的命運。優伶身份使他得以跨越社會階層，憑技藝出入地方富豪之家，甚至受到中原官吏的青睬。借由這個外來的邊緣人物來反映當時移民社會的權力結構與男色情慾。小說的主線是自視為儒家正統的中原派到洛津的官吏，改編流行閩南民間戲曲《陳三五娘》為潔本的過程，表現中原文化對臺灣移民文化的邊緣化與歧視。

第二部曲《風前塵埃》的歷史重心轉移到日本殖民色彩特別濃厚的花蓮。

日本領臺後，看中後山地廣人稀，在「日化東部」政策下，將花蓮變成距離母國一千哩外最美麗的內地都市，大興土木建神社、東洋風的旅館、酒吧、映畫館 ，郊外開闢野球場，一直到不久前，日本記者司馬遼太郎到花蓮市區閒逛，還感嘆：

「恍若走進少年時代的街頭一角。」

花蓮是一個族群大熔爐，最早是阿美族、泰雅族盤據之地，直到清朝晚期移民花蓮開墾的漢人仍是寥寥可數，日治時期，漢人人口仍佔少數，這在臺灣是個特殊的現象，福佬人、客家人在日本文化充斥下，以及原住民人多勢眾的威脅，雙重壓力之下，本來佔主流地位的漢文化，在這種狀態下如何自處？引發了我的好奇心，三個不同種族、語言生活習慣各異的族群如何在同一地緣共同相處互動？

《風前塵埃》回到歷史現場，重建少為人知的「太魯閣事件」的意義，翻轉日本人的殖民詮釋。發動這次戰役的第五任總督佐久間左馬太是小說中唯一的真實人物，我用這滅族的戰役帶出太魯閣族的哈鹿克，反對日本武力殖民的他，却又宿命的愛上日本警察的女兒橫山月姬，她又被希望成為日本人的客家攝影師所追求，不同種族的三角戀情登場，反映出這一段殖民史的複雜性。

橫山月姬雖然選擇了哈鹿克，却直至晚年猶是無法擺脫種族、文化的優越性，肯容許自己面對承認這樁愛情，而是把記憶虛假化，另外創造一個「異」己，用分裂來合理化自我欺騙的心靈過程。

由於婚姻帶來的生活經驗，我有心為中文小說另闢蹊徑，嘗試中文作家比較少涉獵的領域——書寫非我族類的異國人士。置身華洋雜處的香港社會，描寫英國殖民者，對我而言並非難事。《風前塵埃》中，對同樣是黃皮膚的日本殖民者却碰到了挑戰。我雖然出生在戰後，但生長在有哈日情結的臺灣，自以為對日本人並不陌生，然而，真正動筆時，我才驚覺自己並沒有那麼懂得日本人，並不容易走進他們的內心世界。

幸虧除了研讀日本文學、文化歷史之外，我多年來累積的對日本藝術的知識正巧派上用場，將自己熟悉的日本繪畫、陶藝、花道、茶道、庭園設計當做材料放進小說情節裡。我利用日本的民族服飾——和服來做象徵，反映日本特有的民族性格。從偽滿洲國成立到二次大戰投降，這15年裡，和服設計師把軍人持槍開轟炸機深入中國攻城掠地的血腥場面，畫成真實逼真的圖案，織在布料上裁製成和服，讓後方的百性穿在身上，呼應前線的軍人宣傳戰爭。

只有日本人才會想出這種方式，讓百性把充滿法西斯暴力美學的和服 穿在身上招搖過市，變成一種社會集体動力，一種意識形態吧！

小說書名的意象取自日本平安朝詩僧西行和尚的詩：

「……勇猛強悍者終必滅亡，宛如風前之塵埃。」以之象徵總督佐久間出征墜馬而死，和第二次大戰日本法西斯的敗亡。

這本書重新翻轉日本人的殖民詮釋，強調優生血統的日本殖民主義，在小說中遇到了考驗，月姬與哈鹿克的私生女，身上流著山地人的血液，並不是純種的日本人，我想表現的是臺灣歷史的形成是如此多元而駁雜，這往往被學術研究的學者所忽略。

日治時代的臺灣，北部、西部才是政治經濟文化的中心，光寫邊緣的花蓮，好像缺少代表性，第三部曲決定移師到臺北來，讓小說的人物進出這大都會，《三世人》的時間從上個世紀 20 年代臺灣進入現代化運動後，從文化協會的啟蒙運動開始，到「二二八事變」瀑發為止。

這段歷史太過複雜，我決定用主題式的方式來處理，不想架構單一情節故事，放棄焦點角色的敘述而採取散點透視，創造了幾組有代表性的人物，利用服飾、殖民者展現臺灣現代化的博覽會、有志之士獻身文化協會推動民主，這幾組人物不一定有相互之間的關聯，而是把他們像拚圖一樣，拉開了這 20 年臺灣社會的展軸，探索臺灣人的生存情境。

小說每一卷都以樟腦的擬人化獨白作為楔子。臺灣人被日本化的過程等於製作樟腦、香精的過程。日本殖民者用日語教育、神道思想、現代化的科學、醫療知識來對臺灣人進行同化，掃除所謂落後閉塞的島民信仰習俗，強制改變臺灣人的思維及生活方式，與過去歷史切斷，把臺灣人塑造成為沒有過去，沒有歷史，只知有大和民族的一群。

日本殖民的終極目標，我以為是想改變臺灣人的心靈視野，最後用他們的眼光來看世界，極端的例子就是皇民化運動。

《三世人》一書中，我創造了王掌珠這個人物，從被壓迫的養女，到參加「文化協會」婦女運動開始覺醒，到臺北書店當店員自食其力，皇民化運動時模仿日本女性穿著，後來又迷上大陸來的電影，學白話文，夢想當女辯士站在女性立場來說明劇情。

王掌珠先後穿過大裀衫、和服、洋裝、旗袍，「二二八事變」後又變回穿臺灣式的大裀衫，從她所穿的服飾反映臺灣社會的變化轉折，20 年來她走了全過程，每個時期她都告訴自己：

「我就是我所穿的衣服的那個人。」

到底她是誰？一個大問號。

探討臺灣人的歷史身份與國族認同是這三部曲的主題。光復後陳儀接收臺灣，批評臺灣人被日本奴化，臺灣人的命運不掌握在自已手中，真的是一種宿命。

我借用小說中的一個人物施朝宗的困惑來反映臺灣人身不由己，對多重身份的質疑：

> 「從日本投降到二二八事變發生，短短 18 個月，施朝宗好像做了三世人，從日本的志願兵天皇赤子，回到臺灣本島人，然後國民政府接收，又成為中國人，到底哪一個才是他真正的自己？」

哪一種身分才是真正的自己？

三部曲從清代嘉慶年間梨園戲班渡海到洛津表演開篇，最後以施朝宗涉入二二八暴動後躲入歌仔戲班逃亡結束。果真人生如戲。

主編前言

跨國華人書寫係以華人文化為底蘊，添入移居地之文化內涵，孕育具跨文化特性之文學作品；然其內容並非僅單跨文化之「國別」，更橫跨文化之「學科」。有鑒華人文化已然與世界各地文化雜揉，形成異於傳統的新華人文化，於此之下所衍生的文學作品更為博雜多元，故以文化研究與比較文學為視角，再現跨國華人書寫作品之跨文化與跨領域特性。為促進臺灣與國際之學術交流及增加國內學者之國際能見度，國立臺灣師範大學應用華語文學系於 2014 年 10 月 17、18 日舉辦「跨國華人書寫．文化藝術再現：施叔青國際學術研討會」，邀請國內、外專家學者與作家、藝術家來臺講演發表論文，亦將邀請臺師大校內相關系所領域教授，與會進行對話、研究成果交流與圓桌論壇，透過學術成果之研討與交流，不僅檢視目前國際華人文學之現況與趨勢，並期能穩定前進發展，不斷提昇國內華人文學、書寫及藝術等相關學術領域之研究水準，並期透過國際交流提高臺師大文化水準及其國際學術地位。

會後專書出版，收錄本研討會邀請國內外華人文學與文化知名學者，就現今華人文學領域之重要課題及發展方向多所探討之文章，將之分成國際學者特稿、歷史書寫與華語語系、國族認同與性別空間、文化藝術與戲劇美學，促進我國與全球之華人文學、戲劇、藝術研究發展，不僅達到促進國際交流之目的，亦可藉此機會提昇臺灣學界之國際視野，激盪出更豐碩的學術成果。附錄部分亦收錄研討會之圓桌論壇——作家與藝術家論壇與跨國學者論壇、活動側影，再現研討會當天的盛況與做為未來與國內外學者們更進一步交流與合作的基礎，期盼能將世界級的華語文學、文化研究學者集聚一堂，彼此交換最新的研究方向與資訊，除提昇臺灣的文學水平外，也是將文學學術成果發揚於國際化的重要關鍵。

最後，感謝指導單位——教育部、科技部，主辦單位——國立臺灣師範大學，承辦單位——國立臺灣師範大學應用華語文學系、國立臺灣師範大學圖書館，協辦單位——國立臺灣文學館、北美華文作家協會、世界華文作家協會、國立臺灣師範大學國際與社會科學學院、國立臺灣師範大學進修推廣學院、國立臺灣師範大學臺灣語文學系以及參與研討會與專書的各界，使一切皆圓滿。

國立臺灣師範大學應用華語文學系教授

簡瑛瑛

國立清華大學外國語文學系教授

廖炳惠

目次

輯三 國族認同與性別空間

輯四 文化藝術與戲劇美學

附錄

活動花絮

施叔青研究論文集

輯一

國際學者特稿

施叔青的《香港三部曲》

李歐梵
中央研究院院士、香港中文大學講座教授

與施叔青老師一樣對香港的歷史有共同的情感，我最近又匆匆的重讀了《香港三部曲》還有她所寫的《維多利亞俱樂部》，她的小說非但寫得好還有預測將來的能力。香港曾經發生過的事情，在《維多利亞俱樂部》中都表現出來了，所以我用簡短的時間發表我的一些觀感。

三部曲主要是施叔青寫作重要的結構性的特徵，有《香港三部曲》也有《臺灣三部曲》，接下來可以再寫個《世界三部曲》或是《美國紐約三部曲》。從「三部曲」這個結構本身來看，在中國現代文學來看就就是寫三代同堂或四代同堂，目前五部曲還沒出現。可是我個人覺得這個三部曲雖然是三本小說的代表，我覺得《維多利亞俱樂部》可代表第四部，也許能和印尼作家 PramoedyaAnataToer 寫的四部曲 *The Buru Quartet* （裡面有荷蘭人和印尼本地人）做比較。另外一點是這三部曲特別是第一部非常明顯是以女性為主，抓到了三個重要的時間點，第一部《她名叫蝴蝶》寫了四年（1894 ～ 1897），抓到的是 1894 那一場鼠疫；第二部《遍山洋紫荊》是從 1897 ～ 1911，1897 年的故事開頭是在講維多利亞女王登基 50 週年的慶典，香港還是殖民時期的盛大慶祝；第三部《寂寞雲園》則是

1911 ～ 1984，這時候是香港已進入要回歸中國的年代。這三個時間點我覺得非常重要，以時間來看所牽涉到的問題是講香港殖民文化，鼠疫牽涉到香港，帶起了男主角（亞當斯密斯）也代表了英國的金錢和勢力。那麼 1897 年更是女王登基 50 週年，當時英國殖民到了最盛的頂點，可是馬上就要衰落了！最後中英聲明了這時候代表英國衰落的標記，沒有其他選擇只好把香港歸還給中國。這背後寫的是英國在香港的殖民，所牽涉到華文寫作的基本問題是你怎麼用中文來寫外國人呢？我認為 20 世紀華文寫作中，寫外國人的小說非常少，從晚清開始不多是以中國人的眼光描寫外國人的，只有在晚清的文本裡面有幾篇把外國人擺進去的。所以我認為也許施叔青在小說中提醒我們，如果以香港為背景的話，其實背後的語言系統絕對不只是中文，而且包括殖民式的英文。還有一個很重要的問題，用了妓女當主角，她講了東莞口音的廣東話怎麼處理？因為她到東莞來，在小說的一開始說明了香港的這個名稱來自香木，這是傳說之一。

我們可以清楚看到施叔青花了至少十幾年的時間來完成這部小說，看了英文的資料不少，為什麼我會知道呢？因為我自己也寫了一本和香港有關的書，不過是用英文寫的，目前還沒有中文翻譯，叫做 *City Between Worlds*（夾在幾個世界之中的一個城市），包括各種文化之中的故事，我也花了 些時間看了重要資料，明顯顯示出殖民者和被殖民中非常不平等的關係。現在還牽涉一個問題就是既然黃得雲這個小說她是妓女，她不可能書寫，她最多很會講話，她會講英文，講得是什麼英文我們不知道，因為這裡面是用中文寫的，所以大家可以假想一下：她是用了什麼腔調的英文來和史密斯在床上纏綣？這牽涉到一個理論問題是所謂 subaltern body，香港最大的特徵就是，從整個 19 世紀香港文學來看，中文是誰寫的？一代代的所謂草根階層的以黃得雲為代表的受壓迫的人，他們的聲音怎麼出來的？這變成一個很重要的問題。目前為止，研究香港史，分中英文兩種，分得很清楚，以中文寫作的都是香港人，英文用的很少，而外國人寫香港，特別是港大的一個英國教授，是用英文寫，是一種居高臨下的權威書寫，所以我寫的書裡都有對於這個層面做過不少批評。施叔青寫這種小說要比寫普通的小說困難好幾倍，因為牽涉到後殖民的問題，種族極為不平等的問題，我們可以看到為什麼要把黃種女性的妓女受白人的男性所欺負，我第一次讀時想到，這是不是和以前廖炳惠研究的《蝴蝶夫人》（*Madame Butterfly*）有關係？後來香港還有一本 Richard Mason 寫的 *Suzie Wong*，這些例子非常明顯。可是我覺得施叔青小說有一點不同的就是這個妓女非但有主體性，而且還開創了自己的家世，最後到她的曾孫黃威廉變成一個大法官，現在香港有一位大法官李國能，我每次一想到李國能就想到黃威廉，他們當然不是同一個人。由此可見施叔青似乎為白人小說家寫他們應該寫卻還沒寫的小說。那我們可以想想到底香港的殖民者為香港寫了什麼小說，我很驚奇的發現沒有一本小說！短篇的有，長篇的幾乎沒有。如果有，可能就是大家看過的一部電影 *Tai Pan* by James Clavell，這個作家在香港住過沒有，我不知道，可是他寫了一本非常暢銷的通俗小說。另外一本是 *Insolent Possession*，作者 Timothy Mo，生在香港，卻住在英國，寫得相當好，把當時外國的報紙用作材料，一邊寫外國人之間的鬥爭，同時寫廣東廣州和香港的華人，已經變成亞美文學的小小經典。除此之外，像毛姆寫的《面紗》（*The Painted Veil*），只有第一章寫山頂的香港，同樣是白人女性。《香港三部曲》第一本寫的是 Adam Smith 和蝴蝶黃得雲的浪漫史，浪漫史英文叫做 Romance，浪漫即是通俗語言裡面說的愛情，另外也能變成一種次文類，什麼叫做 Historical Romance？我們也許能把它翻作歷史的傳奇。傳奇是一種文體，英國文學上有很多傳奇，譬如說 Walter Scott 的小說就是一種傳奇，Ivanhoe 原著小說後面副標題：A Romance，茅盾的《子夜》背後也叫做 A Romance。現在很少人在用這個字，因為大家以為羅曼斯這個字就是通俗的小說，可是這小說背後至少有相當深厚的基礎，這深厚的基礎就是把歷史變成傳奇，也可以說把歷史變成愛情的演繹。小說開始使用 Romance 這個模式來寫她的三部曲，可是主題開始變調了，到了三部曲的時候我覺得 Romance 快沒有了，為什麼呢？因為它進入現代了，進入了 20 世紀，我是 70 年代到香港的，80 年代的香港這個氣氛就開始完全不一樣了，從這裡我們可以看出其實這三部曲很難寫。如果我們再用很多比較文學上的例子的話，我們可以舉出很多，不過今天沒有時間講。

這也是一部以家族來敘述歷史的小說，施叔青用的是「大河小說」的模式，其實大河小說背後的另一項模式就是神話，神話可以變成一種原型，原型可以影響行為與文化的思構，如果進入到這個架構裡面，我們可以看到其實小說裡暗示了很多東西，都可以帶出來。施叔青多年前要寫香港三部曲的時候問我：要怎麼寫？我答說：盡量鋪陳細節像巴爾扎克的小說一樣。施叔青前面的部分寫的比較多的是愛情的元素，反而在《維多利亞俱樂部》那本相關小說中把細節寫出來，像是手錶，什麼顏色，味道是什麼，像這一種細節都是殖民主義文化的細節，在臺灣是看不到的。而這一種細節，用現代的眼光重新再來看的時候，就像是褪了色的彩色花邊。施叔青特別在序言裡說了她想還原這歷史原來的風貌，所以用古艷淒婉的文體，借用文采，引出時代的距離感，希望讀來像凝視古風泛黃的彩色照片，大家以為是黑白的，不過這是彩色的照片。還原時代的風情，用心良苦，風情就是 details，一種 landscape of details。

要如何把一個風情人物用一種畫面來表現非常值得研究，最早期的香港風情畫可在香港和澳門歷史博物館。但是那一種風情畫要如何用華文表現出來？我覺得有相當的難度。施叔青用這種古艷淒婉的文體，又是怎麼樣一個文體？這樣的文體是否牽涉到中國的古典詩詞歌賦呢？或是西方的詩詞歌賦呢？我覺得最難寫的就是最後《寂寞雲園》，容我說一句批評話，這一本沒有上一本來的精彩！如果第三本和《維多利亞俱樂部》合在一起，或者可以變成四部曲的話，會比較完整。因為後者以比較客觀的距離的角度來看一件貪污案，而這個貪污案牽涉到一個很不負責任的法官黃威廉，而這貪污案的主人翁是一個反派角色，主角從最低階的立場變成貪污的主角，結果被他的洋人老闆害，被密告，這裡講到香港法治的問題，也提到殖民主義的結構權力問題。

最後容我用一個我個人的小故事來做一個一分鐘內的結束，有一次我到香港參加一個朋友兒子的結婚典禮，我只去了5分鐘就受不了了！為什麼呢？因為裡邊都是《維多利亞俱樂部》型的人，一個個西裝筆挺，穿著皮鞋，女士們在旁邊吱吱喳喳，現在維多利亞俱樂部變成一個抽象的權勢名詞，俱樂部房子還在，但風光沒有了。

三世臺灣的人、物、情

王德威
中央研究院院士、哈佛大學東亞語言與文明系講座教授

《三世人》是施叔青「臺灣三部曲」的完結篇。上個世紀末，施叔青在完成了「香港三部曲」（1997）後，隨即將目光轉向臺灣。臺灣是施叔青曾經生長於斯的地方，歷史的曲折處較之香港只有過之而無不及。而施旅居海外各地多年，驀然回望故鄉，自然有了更殷切寄托，下筆也形成更大的挑戰。從醞釀到完成，「臺灣三部曲」耗費施叔青 10 年以上的時間，成為她新世紀以來的主要功課。

三部曲的第一部《行過洛津》（2003）從嘉慶年間（1796 ～ 1820）講起，主要圍繞戲子許情三次從唐山過臺灣的啼笑因緣，背景則是洛津（鹿港）——也是施叔青的故鄉——盛極而衰的一頁滄桑。第二部《風前塵埃》（2008）的場景移到日本殖民時期的花蓮，敘述「灣生」日本女子橫山月姬的愛情和政治遭遇，以及多年後她的女兒重遊故地的救贖之旅。《三世人》顧名思義，描寫殖民時期三代臺灣人的經歷；小說依循臺北和洛津形成的動線，從 1895 乙未割臺開始，寫到 1947 年二二八事件結束。

我們還記得「香港三部曲」以妓女黃得雲和她的家族為主幹，三部小說環環相扣，如此與之平行的香港的歷史也有了起承轉合的脈絡。但施寫

「臺灣三部曲」眼光有所不同。三部小說的情節人物互不相屬，《行過洛津》的焦點是19世紀上半葉的臺灣，《風前塵埃》則跳接百年以後，而《三世人》的時代似乎與《風前塵埃》呼應，但又把時間拉長到日本殖民臺灣半世紀的始末。

施叔青顯然有意避免重複已經操作過的敘述模式，希望呈現不同的風格。但她更可能認為臺灣的歷史經驗繁雜，作為「局內人」，她必須更誠實的以多重視角、時間、事件來呈現心目中的實相。的確，即使在結構上「三部曲」的發展也呈現輻射的傾向。《行過洛津》裡的許情，《風前塵埃》裡的橫山月姬都是歷史裡無足輕重的人物，但施叔青以小觀大，透過他們的冒險，得以照映一個時代的紛紛擾擾。到了《三世人》，她索性放棄了焦點角色的安排，而讓各路人馬輪番登場，形成掃描式的觀照。小說也沒有明確的結局，暗示故事結束時，歷史並不因此打住。更令人矚目的是，以往施叔青的修辭風格以華麗豐贍為能事，但《三世人》越寫越淡，甚至令人覺得清冷。這裡所暗示的敘事姿態和歷史觀點的變化，值得讀者玩味。

《三世人》的情節至少有三條平行主線。洛津（鹿港）文士施寄生乙未割臺後矢志不事二姓，而以遺民自居。但施的兒孫輩卻未必作如是觀，他們成長在殖民環境，審時度勢，有了不同的身分自覺。另外，自幼被賣身為養女的少女王掌珠不甘命運支配，力爭上游，她與時代狂潮相浮沉，忽而民主，忽而摩登，成為不折不扣的弄潮兒。與此同時，宜蘭醫生黃贊雲、大稻埕敗家子阮成義、律師蕭居正因為參與文化和政治活動有了交集。這些人物背景不同，抱負互異，但因緣際會，他們都進出臺北，在這座新興都會裡有了錯身而過的可能。而他們所延伸出的人際脈絡，為施叔青的殖民史填充了各色人物。

施叔青無意營造太多巧合，促進這些人物之間的關聯，這和三部曲的前兩部，尤其是《風前塵埃》，很有不同。她所著眼的毋寧是另一層「有機關係」，就是在日本殖民主子的統治下，三代的臺灣人如何不斷因應、塑造自己的命運。從遺民到皇民，從天皇萬歲到共產革命，施的人物也許互不相干，對未來的抉擇也各行其是。但他們畢竟同舟一命，都是臺灣人。

施叔青以冷筆寫這些人物，看出他們在殖民情境下求生的不易，也看出他們思維行徑的表裡不一。像施寄生這樣的舊派文人自命正統，將興亡之感寄托在詩詞和美色上，卻難掩猥瑣酸腐的習氣。而像王掌珠這樣的新女性出身寒微而又努力奮鬥，幾乎要成為樣板人物，但她的虛榮和矯飾卻暴露了底氣不足。施寄生的發憤賦詩或是王掌珠的勤學日語，寫來是要讓讀者發出嘲弄的微笑的。另外新派人士如黃贊雲、阮成義、蕭居正等雖然廁身政治，但動機不同，結果也多半虎頭蛇尾。大歷史裡的要角像林獻堂、蔣渭水、謝雪紅等也為小說所涉及，但他們只是影子人物。他們被傳奇化了的身影只能反襯出小說人物的各樣缺陷。

識者可以指出施這樣的看待歷史，已經有了自然主義色彩；她刻意與她的人物和題材保持距離，以便檢視一個社會的病理學。施也可能因為對她所要描寫的時代有切身之痛，反而要以冷筆來穿透視而不見的盲點。但收放之間，施叔青最大的考驗是如何面對小說的高潮——也是整個三部曲的高潮——二二八事件。這段歷史早已經被正典化，成為現代臺灣創傷記憶的圖騰。施一反血淚交織的標準公式，以素樸的手法寫日本人走了，國民黨來了，暴動了，流血了，二二八了。

這當然是取法乎上。小說在施寄生的孫子涉入暴動，託身戲班逃亡之際嘎然而止，刻意留下空白——也呼應了三部曲第一部《行過洛津》裡人生如戲入夢的開場。但對照三部曲的格局，施在此處可以有繼續經營的空間。二二八是臺灣現代史的大劫，如何將這一事件從政治「劫難」的紀錄，提升到對臺灣兩百年命運「劫毀」的思考，如何讓自然主義式的描寫生出大恐懼、大悲憫，應該是她心嚮往之的路數。如是轉折之間，施藉冷處理所要呈現的力道似乎還沒有完全釋出。

《三世人》不只是講臺灣三代「人」的故事，也講三代「物」的故事。讀者不難發現穿插在各章節間豐富的事物印記。對物質世界的觀察和描寫一向是施叔青的強項，由物所散發出的各種象徵系統、感官誘惑和權力關係也早在她書寫香港時期就得以發揮。《三世人》裡殖民時期的臺北市由日本人精心打造，儼然是種種新興事物的集散地。大至博物館、百貨公司、電影院、西餐廳，小至照相機、化妝品、男女時裝，臺北五光十色，成為殖民地消費現代性最重的展示場。這些物質性的吸引力以 1935 年日本政府慶祝治臺 40 周年舉辦的博覽會到達巔峰。

施叔青進一步觀察殖民時期臺灣人和物微妙的互動關係。施寄生之流抱殘守缺，以古典詩文、「故國衣冠」——包括遲遲不肯剪去的辮子——來表達自己的遺民姿態。與此恰恰相反，王掌珠熱烈追求時髦事物，從語言、時尚、到意識形態無一不包。施花了大力氣描寫王的服裝四次——大裀衫、旗袍、和服、洋裝、再回到大裀衫——改變，雖然前有來者（張愛玲的〈更衣記〉），畢竟點明服裝就算是小道，往往能左右一個人乃至一個社會的「感覺結構」。

不僅此也，施更要強調人、物之間的關係永遠隱含流動的變數。在此，語言之為「物」成為格外耐人尋味的例子。施寄生引以為傲的中國古典文字可以被日本殖民者以「漢文」之名挪用成為懷柔士紳的工具；殖民行政長官後藤新平炮製的「揚文會」就是個好例子。王掌珠來回在日語和中文之間，以各種名堂為自己找尋發聲的立場，但她每每顧此失彼，無非是依樣畫葫蘆。小說安排她一度希望成為默片人物的解說員，反諷自在其中。

當然，小說更刻意著墨殖民政權如何細膩操作臺灣人的身體，從改變衣食住行的習慣，到重新打造語言、知識體系，再到塑造皇民主體。這項

「造人」工程是殖民者物化臺灣的最高潮。

但臺灣人果然如此任人擺布，或另有因應之道？小說第三部有一章寫植物的「嫁接」，以物喻人，呼之欲出。然而嫁接產生的結果可能是雜種，也可能奇葩，其實很難以簡單的後殖民論或霸權論所解釋。光復後，施寄生那個一心要成為皇民的兒子忙不迭從天花板後面請回祖宗的牌位，王掌珠快快換上她的大裯衫。上有政策，下有對策，另一輪的人與物的「嫁接」關係正要開始。

如此我們看到穿插小說中有關臺灣樟木的擬人化敘事。臺灣樟木原名臭樟，賤木也，但在殖民時期一躍而為最重要的經濟作物之一。臭樟提煉的樟腦是製造無煙火藥的主要塑化原料，也是中西醫療皮膚病到神經衰弱不可或缺的藥材，又是合成塑膠製品和電影膠片主要成分。等到臭樟所萃取出來的腦油成為香精的基本原料，臭樟搖身一變，成為芳樟。然而大量砍伐的厄運隨之而來。這則臺灣樟木的「自述」也許失之過露，但施叔青顯然有意以此托出臺灣人與物所展現的「能動性」及其反挫的底線。

「臺灣三部曲」的首部《行過洛津》以多情的戲子跨海來臺尋情開始；第二部《風前塵埃》以日本移民在臺灣的情殤作為主軸。儘管都是黯然收場，卻是此恨綿綿，餘意盎然。這其實也是施叔青以往寫香港故事就擅長的風格。但到了《三世人》，她「言情」的策略有了改變。小說表面充斥各種情緒：亡國的悲情，追逐殖民現代性的熱情，獻身民主獨立的激情。然而施叔青寫來卻讓我們見證了一個人與人，人與家國，甚至與自己，缺乏真情與實意的故事。

施寄生的遺老姿態可疑，因為跨海過去，大清皇朝真沒把臺灣的得失當回事，施的悲哀就顯得一廂情願。王掌珠的生命有十足煽情的元素，但她對自己、對環境缺乏自知之明，以致顯得自作多情。至於新派民主人士的奮鬥，不論是自治運動還是暗殺計畫，到頭來都是雷聲大雨點小。甚至小說裡的幾段愛情故事也顯得蒼白無力。所有的怨懟和躁動此起彼落，到了二二八一觸即發，為臺灣人帶來最大的挫傷。

是什麼樣的歷史經驗讓三代的臺灣人這麼「傷感情」？什麼樣的歷史觀點讓作者在熙熙攘攘的「民族」、「國家」、「帝國」、「現代性」的修辭之下，直見殖民主體自欺欺人的「惡信念」（bad faith）？這，是《三世人》最讓人無言以對的問題。

我以為這樣的問題從文本以內延伸到文本以外，以致影響了施叔青的敘述風格。她拋棄了任何讓小說「蕩氣迴腸」的可能，語氣變得空疏起來。她對臺灣人和物關係的鋪陳，從「感物」到「戀物」（fetishism），從「物色」到「物化」（reification），有了每下愈況的結論。《三世人》所要寫的臺灣半世紀殖民史是熱鬧的，但敘事的基調是清冷的。我也願意揣測施的冷與淡同樣來自近年習佛後所不自覺流露的心態，彷彿明白了眾生的虛妄，歷史的徒然，她不再汲汲為她的人和物找安頓的理由，寧願留下各自好了的嘆息。

然而另外一種讀法有沒有可能？道是無情卻有情，施叔青越是對浮生百態冷眼旁觀，也才越寫出殖民時期臺灣人的認同的困惑， 身分和情感不由自主的無奈。《行過洛津》是以主角「許情」──許諾的「情」──開始的，而《三世人》以臺灣人的「不情」做結束。果如此，三部曲對臺灣史的感喟以此最為深切。

創作 40 多年了，施叔青曾經寫過太多奇情故事。她終於在面對家鄉的一頁痛史時，變得無比謙卑肅靜。以此她有意為自己的創作生涯畫下句點。但是否以此她也會找到另外一種創作緣法的開始？

對這樣一位專志的作者，我們當然應該給予最高的敬意和企盼。

施叔青的《維多利亞俱樂部》與戰後東亞的「反帝文學」

與臺灣、韓國文學的比較

金良守
韓國東國大學中文系教授

一、序言

我對《維多利亞俱樂部》這部小說最關注的一點就是作品裡有踐踏、被邊緣化的香港「原住民」的聲音。在不少的經濟利權交叉的金融和貿易的中心地香港，串謀不正當交易的都是「外來人」，「原住民」連這個過程上也被排斥。

本文先把作品裡的各個階層人與權力的關係，從「殖民主義」或「殖民的構造」的觀點之下整理一下，然後把它與臺灣和韓國的戰後反美文學比較論述。

我的重要關注點就是「殖民構造」和「原住民的聲音」這兩部分。

二、名譽的殿堂：「維多利亞俱樂部」

殖民主義的出發點是「文明」。以「文明化」為基準劃分「文明世界」與「野蠻世界」這一點上看，殖民主義的世界認識的基本在「差別」。作品裡描述著從教育政策，住宅地區，波及到電車與公園裡的座位上的「華洋差別」。這種差別空間香港里，「維多利亞俱樂部」是保證上流身分的地方。

小說《維多利亞俱樂部》中，以「名譽」、「物質」、「反抗」，這三種軸子為中心展開故事。一般意義上「名譽」指的是，每個社會都有的上流階級的名譽。可是在殖民地香港，再附加一個人種上的範疇，那就是「白人」。

作品裡，維多利亞俱樂部描寫的，如「名譽的殿堂」一樣。描寫吳義第一次進入維多利亞俱樂的段落，帶有一些神秘感。

一般人認為香港是東西洋結合的「混種空間」，可是在小說裡的維多利亞俱樂部，是從經濟、文明、人種的角度上，上流階級維持自己的純粹性的「純種空間」。不過，當然那種「純種性」是從把自己與多數人分離的「分裂症」來的虛構意識形態。

三、指向著中心部的「偏執性精神病」（paranoid）

高等法院的法官黃威廉，一生中值得紀念的日子，幾乎都是在維多利亞俱樂部度過的。從他的表面上位置來看，他已經處在上層部很穩定的位置上，可是看他經歷的過程，可以看出，他為了進入上流階級，有多麼努力。

黃威廉初次見面伊麗莎白時，被她的姓氏大大吸引了。把他不太幸福的結婚生活，維持下去的因素，就是他對「成為白人的慾望」。 對他來說「成為白人」意味著，在上流社會內確保鞏固的位置。

對黃威廉來說，「混血」帶有很特別的意義。黃威廉把「混血」當作自己出世的手段。我們從這兒可以窺視他，內面存在的分裂的心理。

他存在上一直看起來處在中心部（表面上這樣看的），可是他內面的意識上，常橫跨著，中心與邊緣的中間。

四、中間者「徐槐」

徐槐是從上海來的移民。徐槐的敘事，一直以過去與現在交叉的方式進行。過去在上海過的「不安的日子」，剛來香港之後的「萎縮的日子」與在維多利亞俱樂部內，升為購買主任以後的「乘勝前進的日子」作對比。

徐槐的殖民者的欲望，藉著他對於女人的關係上表現。徐槐利用經濟上的能力掌握馬安貞，這是對於他剛來香港時，受到歧視的一種報復。他的這種報復心理，在他碰見以前的情人涂玉珍時，達到高潮。

涂玉珍是徐槐剛來香港後認識的女人，徐槐喜歡她，她不喜歡貧窮的徐槐，因此，兩人就分手。過了一段時間，在一家電影院徐槐碰到她，決心報復，就跟她約會。徐槐準備再會，打扮時，他選擇了名牌手錶 Chopard、Valentino 襯衫、紅色 Benz250 的這場面，他就是為了想看她後悔的面容，報復心理達到頂峰。他豐饒了，逐漸形成「殖民欲望」。物質至上主義，向著「殖民」的夢想與破滅。這充分顯示徐槐作為中間者的命運。

五、原住民的「吶喊」

岑灼是香港的新界出身，香港中文大學畢業。他入大學，馬上捲入了學生運動的熱潮裡。保釣運動、Peter Godber 事件、中文合法化等等，都在作品裡面表現了，他在 4 年的大學生活中全部都經歷了。維多利亞俱樂部受賄事件的調查，從岑灼的告發開始。

我們怎麼評價岑灼的這種行為呢？

（一）可以解釋從「革命理念的實踐」的角度，岑灼對於畢業以後不能積極參加社會運動這一點上，保持一絲慚愧。他在維多利亞俱樂部工作以後，才發覺這就是真正的打到對象。特別「中國貿易畫派」畫家畫幅裡面的近代中國的景象，讓他聯想西歐列強的侵略事實。

（二）可以解釋從「對外部人的敵愾心的表現」的角度，岑灼在大學時期愛上一個女生叫蒲玉。她非常純潔，與她分手後，岑灼終於不能忘記她的純潔的風格。有一天，在停車場里他看見一個女人的白色裙子，就聯想到浦玉。這時候他在旁邊的駕駛座上發現了徐槐，受到了衝擊。徐槐的膚淺和浦玉的純潔重疊了。以後他憎惡徐槐的「手」。

「外部人」指的不只是徐槐，英國人 Wilson 當然被包括在裡面。岑灼告發徐槐和 Wilson 的共謀行為。可是 Wilson 趕快逃走法律的範圍外。岑灼再確認殖民地法庭的本質。他踐踏魚的場面接近於黑色喜劇。

六、陳映真《夜行貨車》裡的「反美」

再來跟大家說說陳映真的《夜行貨車》，我想這兩部作品在有關殖民構造方面是很相似的。《夜行貨車》，以臺灣跨國企業「馬拉穆」為背景。林永平是「馬拉穆」的財務部長。他在公司裡有一定的地位，雖然對公司最高負責人 Mr. 摩根索的傲慢態度心存不滿，但對自己的高薪水、高級車子等，物質上擁有較為滿足。

林永平與女秘書劉小玲是婚外戀的關係。有一天劉小玲跟林永平說，摩根索要侮辱她，但是林永平不能抗議。作品中的林永平被比喻成「長尾雉標本」。他們經常去過的旅館裡有一隻「長尾雉標本」，外表是漂亮的但沒有生命力的。

劉小玲心想就此結束與林永平的關係，因為她已經與年輕職員詹奕宏保持了「沒登記的男女關係」。劉小玲是外省人。她以對父母的反抗心理結了婚，但結婚是失敗的，現在又徘徊於幾個男人之間度日。

詹奕宏是本省人。他出生於貧寒，刻苦學習使他進入了外企。一家人都盼望著他的成功，但他心理負擔很重。有一天，談到劉小玲懷孕問題時兩人吵了起來。

劉小玲明明白白地說胎兒是詹奕宏的孩子，她準備到美國去。

一天在宴會上，喝醉了的 Mr. 摩根索下流地講中國人說，「你們 ×× 的中國人卻認為美國是 ×× 的天堂」。詹奕宏突然站起來要 Mr. 摩根索道歉。這以後兩個人走出了宴會場所，兩個人再度結合。

小說中「白人男性，他手下的華人男性以及他情人，反抗殖民構造的另一個男性」的構造，正確的重疊於《維多利亞俱樂部》與《夜行貨車》兩部作品。對於殖民構造的反抗連結於被殖民者的正體指向。

小說內容中，劉小玲祝賀詹奕宏的生日的時候，兩人約好早一點結婚。第二天兩人互相為對方買了禮服，到了紅貨店買了裝飾品。那就是用景泰藍做的項鏈、腰帶和戒指。景泰藍是中國的特產，表現他們的正體志向。作品的最後詹奕宏把劉小玲的手拉了起來，把那一枚景泰藍的戒指套了上去。

七、南廷賢的《糞地》

1945 年韓國從日本的殖民統治解放了，主人公洪萬壽的家族期待著從事獨立運動的父親的回來。可是父親沒回來，到美軍歡迎大會的母親，卻被美軍強奸精神失常回來。服兵役以後回來的洪萬壽發現自己的妹妹成了美軍 speed 上士的小老婆，並且她每晚受到性虐待的事實。對美軍的憎惡心充滿的洪萬壽，引誘 speed 上士的本夫人到向美山，強奸她。

美軍知道了這個事實，動員了很大規模的武器和兵力，包圍洪萬壽藏躲的「向美山」，將要爆發整個向美山。整篇小說充滿著諷刺和寓言。這部分與《維多利亞俱樂部》不同。

主人公的名字叫洪萬壽，自己說是洪吉東的 10 代孫。洪吉東是古小說裡的人物，是一個有名的「義賊」的名字。作者把主人公設定為義賊的後裔，這是捏造抵抗不義權力的人物形象的意圖反映的。

看「萬壽」這個名字，我們可以知道他不是一個個人，而是韓民族正體性的集體。

作品裡性行為的描寫，都賦予著政治上的意義。故事從主人公的母親被美軍強奸的事件開始，母親的子宮有兩種意義：一個是無力的第三世界女性的性器被美軍侮辱的；另一個從主人公的立場來說，自己的起源被污染的。主人公圍繞被污染的民族精神，與美軍國防部爭勝負。

「向美山」這個地名，我們一看就知道是，以「朝著美國的方向」的意思取名的架空的場所。

洪萬壽離被污染的城市，就是小說的題目「糞地」，到山上去，等候著美軍的炮擊，看著天空想母親，並且想真正的「我」。

南廷賢的《糞地》1965 年發表，作品的文體以及諷刺性文壇內一時成了話題。同年 5 月這部作品刊載於北韓雜志《祖國統一》，中央情報部開始搜查，成了很大的話題。同年 7 月南廷賢被拘束，15 天後釋放，1966 年正式起訴。裁判的過程中幾個人權律師出來「免費辯論」，同僚文人以被告證人的身份辯護他，成了話題。結果南廷賢判了 6 個月的實刑。過了 33 年的歲月，《糞地》再刊載於《現代文學》1988 年 10 月號。

八、結論

在韓國社會談論「美國」不是一件簡單的事。這是因為「美國」這個對象裡，美國對韓國的影響的正面和負面，韓國人對美國的主觀和無知以及自尊心和自卑感都混在一起。

經過 50、60、70 年代，「親美」是國家意識形態，美國一直是羨慕的對象。

進入了80年代，這種「羨慕」變成「反感」，那轉折點是1980年的「光州事件」。為了美國政府默認「新軍部」的事實，反美意識逐漸擴散了。以後韓國社會愈民主化，美國作為民主主義的監護人的角色愈減少了。

1988 年，首爾奧運以後，韓國人的民族的自信感加強了。韓國經濟成長了，貿易方面與美國之間的「通商摩擦」也開始了。90 年代以後，韓國社會的市民運動成長。對美國的批判性意見也多樣化了。

90 年代以後，韓美之間的種種事件成了社會問題。其中 2002 年兩個女中生被美軍裝甲車壓死的事件發生了，韓國國民的反美感情達到了頂峰。

經過 1990 年代和 2000 年代，韓國人把美國看成「恩人」的看法幾乎沒有了。2008 年參加「狂牛病蠟燭示威」的年輕人，大部分是 90 年代以後念大學的世代。他們經過 90 年代以後 IMF 經濟危機，感覺到「無限競爭」的冷酷的現實。可是他們中不少人還想，美國還擁有希望。這可以說是很複雜，又矛盾的的「美國觀」。批判「新自由主義」時，把美國看成「惡」，想到地球化時代個人的出路的時候美國變成「希望」。

從「四代人」到「三世人」
論施叔青的《香港三部曲》和《臺灣三部曲》

劉俊
南京大學文學院教授

著名華文作家施叔青的《香港三部曲》《她名叫蝴蝶》（1993）、《遍山洋紫荊》（1995）、《寂寞雲園》（1997）和「臺灣三部曲」《走過洛津》（2003）、《風前塵埃》（2008）、《三世人》（2010），在她的創作生涯中，具有重要地位。

施叔青創作這六部長篇小說，歷經兩世紀，耗時 10 餘年，描寫的時代背景從清代到當代，描寫的空間跨度則相容香港與臺灣，在書寫的過程中，施叔青「以小搏大」，通過對「小人物」的塑造和刻畫，來表現「大時代」的動盪和波瀾，來表現香港的歷史變化和臺灣的近代滄桑。

在《香港三部曲》中，香港的歷史變化是通過「四代人」的人生累積逐步展開的。從黃得雲到黃理查，從黃威廉到黃蝶娘，黃家以黃得雲為「家長」的四代人，伴隨著與英國人的「關係」變化，見證（也象徵）了香港與英國的關係——也刻寫了香港自身的歷史。

在《臺灣三部曲》中，臺灣近代滄桑是通過「三世人」（不僅是《三世人》中的施寄生、施漢仁、施朝宗一門三代，更是《臺灣三部曲》書寫的清代、日據、光復三個時代／世代的臺灣人）在臺灣不同歷史階段的表現來呈現的。從許情（過臺灣的大陸人）到哈鹿克·巴彥（臺灣原住民）到施家三代和王掌珠（臺灣本省籍漢人），施叔青書寫了臺灣的歷史悲情和近代「宿命」——歷史紛亂的變局，使臺灣成為既與大陸有著割不斷的傳統聯繫的寶島、又成為日本殖民統治呈現血腥暴力的空間、同時也是近代以來中國人心靈飽受創痛的傷心地。

從「四代人」到「三世人」，施叔青用文學寫「歷史」，對香港的中國人和臺灣的中國人，進行了歷史掃描和命運刻畫。在兩個「三部曲」中，施叔青的文學之筆，借助「小人物」的身世，深入香港和臺灣兩地歷史的深處，為命運多舛的香港和臺灣，為充滿悲情的香港中國人和臺灣中國人，樹立了文學的豐碑，也注入了她自己的獨特思考。

一、文學中的香港：民族／國家——性別——階級

施叔青《香港三部曲》（《她名叫蝴蝶》、《遍山洋紫荊》、《寂寞雲園》）中的核心人物黃得雲來自廣東，被人劫持到香港後成了妓女。在她的身上，集中了三個重要的屬性：民族／國家（中國人）、性別（女性）和階級（先是下層妓女，通過努力和奮鬥最終成了上層貴婦），在香港這個大英帝國的東方殖民地，與黃得雲相對的是另一個核心人物——英國人亞當·史密斯，這個先是在港英政府潔淨局當幫辦，後來成了港府衛生督察的英國殖民者，在他的身上同樣凝聚了三個重要的屬性：民族／國家（英國人）、性別（男性）和階級（從一個下級官員爬到了上流社會），而黃得雲和亞當·史密斯的愛情故事，貫穿了香港從鴉片戰爭以後直到香港回歸前夕一個半世紀的歷史，從某種意義上講，在施叔青的《香港三部曲》中，黃得雲與亞當·史密斯「靈」與「肉」兩方面的關係史，也就是近代以來的香港史——在其背後，則是中國與英國、被殖民者與殖民者之間關

係歷史的隱喻與象徵。

黃得雲和亞當・史密斯的關係就「靈」的一面而言，他們之間是有感情有愛情的——雖然這種感情、愛情是不平等的，在一個「白人男性殖民者官員」與「黃種女性被殖民者妓女」之間，平等的感情和愛情是不可想像的，橫亙在他們之間的民族／國家、性別和階級差異，使發生在黃得雲和亞當・史密斯之間的感情和愛情，難以實現正常男女愛情才有的平等和甜蜜，而註定了是不平等的和苦澀的——這種不平等和苦澀在他們「肉」的一面得到了充分的體現：那是一種赤裸裸的征服與被征服的關係：

> 燈光下這具姿態慵懶的女體散發出微醉的酡紅，斜靠著，渴望被駕馭。女體細骨輕軀、骨柔肉軟，任他恣意搬弄折疊。史密斯是這女體的主人，黃得雲說他是撲在她身上的海獅，獅子手中握的、懷中抱的這個專擅性愛、較弱精緻而貧窮的女人。蝴蝶，我的黃翅蝴蝶。他是他的統治者，她心悅誠服地在下面任他駕馭。

> 這不是愛情，史密斯告訴自己，而是一種征服。……這個南唐館的前妓是情欲的化身，成合坊這座唐樓是他的後宮，史密斯要按照自己心目中的東方裝扮起來；紅紗宮燈、飛龍雕刻、竹椅、高幾、瓷瓶、白綢衫黑綢褲的順德女傭所組合的中國。他的女人將長衫大袖垂眉低眼，匍匐在地曲意逢承。

雖然史密斯把他和黃得雲的關係定義為不是「愛情」而是「征服」，但他自己的「情不自禁」，已使這種「征服」發生了翻轉：當史密斯發現雖然他想盡力擺脫對黃得雲的迷戀而事實上做不到的時候，「征服」的物件發生了變化：

> 那個被他踢過的女人，雙眼發光，反轉過來騎在他身上。史密斯感到

被侵犯了，試著掙脫，女人卻插入他血肉裡，和他連在一起，變成他的一部分。……他意識到身體的某一部分已經不屬於自己，他控制不了它。他出賣自己的感官，做不了自己完全的主人。

……他掉開眼睛，不願去面對她那如謎語般難解的容顏，企圖忘記他曾十指張開，叉入她濃密如黑夜的發茨，那種把另一個生命掌握在手中的實在感覺。蝴蝶，我的黃粉蝴蝶。他發誓永遠離開那個迫不及待撲向自己的柔軟身體，不去回應她咂咂有聲的啃齧，與她相互吞食，然後，足足有一世紀之長，才聽到她饜足的歎息聲，他趴倒下來，身心空白一片。

從這兩種黃得雲與史密斯的做愛「姿勢」中，我們發現前一種姿勢中白人男性殖民者官員對黃種女性被殖民者妓女的「肉」的「征服」，到了後一種姿勢，卻變成了黃種女性被殖民者妓女對白人男性殖民者官員「性」的「索取」，於是，在黃得雲和史密斯的關係中，征服者變成了被征服者，被征服者成了征服者——起碼在床上是如此！

當然黃得雲與史密斯的關係不僅只體現在床上，在感情（「靈」）上，他們也經歷了從黃得雲對史密斯的迷戀，到史密斯對黃得雲的難以割捨。相對于黃得雲對史密斯毫無顧忌的熱愛，史密斯對黃得雲的感情則歷經排斥、掙扎和動搖，最終達到了內心承認和接納：

史密斯表面上不敢辯駁，在他靈魂最深處，卻知道牽引他半夜到唐樓窗下，除了熾熱的色欲，是他對窗內的女人那一股絕望的柔情。這是他平生的第一個女人，他們在瘟神肆掠死亡深谷的邊緣找到彼此，那種在天地之間找到另一雙和自己一樣驚恐、哭泣的眼睛的安慰，史密斯有生之年難以忘掉那種感覺。他向他匍匐過去，兩人緊緊擁抱，女人溫暖柔軟的身體使史密斯封釘疫屋麻木的手，重新感到血液的流動。他們是瘟疫蔓延的孤島上惟一的一對男女，註定要在一起的，牢不可破的結合使他們戰勝了瘟神，從死亡幽谷邊緣爬了下來。……他心中所想的，只是黃得雲的安危。

蝴蝶，我的黃翅蝴蝶，我患難與共、相依為命的愛人。史密斯吩咐華人通譯屈亞炳當下雇轎子把他的愛人接出南唐館撤離到安全的所在。他不顧屈亞炳的詫異和反對的眼神。這是他對黃得雲絕對的愛情，把保護愛人放在最重要的位置上。

以後一段時間，寂寞的殖民地夜晚特別漫長，暗暗漆黑的一片。跑馬地成合坊的唐樓點著一盞燈，是僅有有光亮的所在。史密斯從半山官舍的陽臺往下看，那盞燈是黑暗中惟一的溫暖，招引著他前去，融化在她的柔情蜜意之中。

呵，他的絕望的愛情！

在對彼此感情（「靈」）的接受形態上，黃得雲的表現顯然要純粹和單一得多——那是一種母性對孩子（「可憐的孩子，我可憐的孩子！」）、女性對男性（「把童身失在自己妓女的紅肚兜」）和東方「主人」對西方「遊子」（「你真的是個孩子！又是一個離鄉背井的遊子」）的愛憐，而史密斯的心路歷程則無疑更加複雜和曲折——一個居高臨下的白人男性殖民者官員，在殖民地香港要在感情上接受一個黃種女性被殖民者妓女，有眾多的障礙（現實的、心理的、情感的）需要克服並不令人驚奇！

黃得雲對史密斯的感情付出阻礙相對較少，但並不意味著這種感情付出就一帆風順——她和史密斯關係的不對等（從民族／國家到性別到階級），使她和史密斯的關係「被迫地」也阻隔重重，於是，在她的周圍又衍生出屈亞炳、姜俠魂、西恩·修洛等其他與她發生過情感糾葛的中外男性，其中，屈亞炳是外表溫順內心憤怒的「洋奴」的代表，姜俠魂是外貌俊挺俠骨義膽的「好漢」的代表，西恩·修洛則是外表紳士內心自卑的「假男人」（外遇性陽痿患者）代表。這些男性不但使黃得雲的一生「滄海桑田」，而且也使他的情感世界「波瀾壯闊」，終其一生，黃得雲就是在這些男人中「打轉」——而施叔青則通過對黃得雲和他身邊的男人的書寫，以文學的方式構建了一部屬於她的「香港近現代史」。

施叔青以文學化的方式書寫的香港歷史，黃得雲的世界（黃種女性被殖民者妓女）是一個維度，代表的是「東方」世界；另一維度則是史密斯（白人男性殖民者官員）的世界，代表的是西方社會，因此，在史密斯的周圍，環繞的是狄金遜（及夫人）、湯瑪士牧師（夫婦）、艾米麗、溫瑟、道格拉斯·懷特等英國人社交圈。在這個寄生於東方香港的英國人社會，充滿了赤裸裸地對東方社會的歧視和鄙視：東方人的不講衛生（導致鼠疫）、東方人的中醫中藥、東方人的嗜賭，都令英國殖民者感到這些「外表木口木面，看似憨直畏怯，少心機，其實他們鬼頭鬼腦，一肚子小奸下壞」的東方人（中國香港人），簡直就是「黃禍」。

這樣兩個在黃得雲和史密斯背後分屬中、英雙方的文化圈和社交圈，因黃得雲和史密斯而有所交集，也使施叔青的香港書寫，在黃得雲和史密斯的「個人」關係上，有了豐富的「群體」「外延」。從某種意義上講，黃得雲背後的「東方」和史密斯背後的「西方」，不過是他們兩人關係（「黃種女性被殖民者妓女」和「白人男性殖民者官員」之關係）的一種「群體性」放大和補充。

然而，這樣兩個處於結構性的不平等和對立關係的群體，卻因了黃得雲和史密斯的「愛情」關係，產生了某種出人意料的變化：當黃得雲（「黃種女性被殖民者妓女」）與史密斯（「白人男性殖民者官員」）兩人在「靈」

的情感世界和「肉」的性愛關係中其「結構形態」逐漸地由後者對前者的「征服」，變成了前者對後者的「主導」時，他們兩人原本的「不平等」就有了「扯平」乃至翻轉的可能，而他們兩人的「對立」關係，也就逐步變成了「共處」關係——與此相對應，在他們兩人背後的中、英文化圈和社交圈，其「結構關係」和「力量對比」，也逐漸地由英國殖民者佔優勢，轉變為由東方被殖民者成主導——最後黃得雲能夠從被史密斯蔑視，到在西方社交圈中影響西恩·修洛，她一家「四代人」（黃得雲、黃理查、黃威廉、黃蝶娘）能夠在殖民地社會得以躋身上流社會，香港能夠最終回歸中國，這一切，都展示了施叔青的香港歷史觀：在殖民者和被殖民者的關係框架內，一段屈辱的歷史，通過黃得雲（「黃種女性被殖民者妓女」）對史密斯（以及後來的西恩·修洛，「白人男性殖民者官員」）的「以柔克剛」、「以陰勝陽」，最終顛覆了殖民者對被殖民者的不平等關係，在「民族／國家」、「性別」和「階級」這三個方面，實現了全面翻轉。

因此，在施叔青的《香港三部曲》中，通過殖民地子民黃得雲（「黃種女性被殖民者妓女」）的愛欲經歷和個人奮鬥，以民族／國家、性別和階級為視角，完成了民族／國家（由英國殖民地子民向中國人的回歸）、性別（黃得雲由被征服的柔弱的女性變成了一個有著強烈自主意識的「男性化」的主體）、階級（由下層妓女練就成上層貴婦）的轉化；而殖民者史密斯（以及後來的西恩·修洛，「白人男性殖民者官員」）則由香港的主人（英國人）變成了香港的外來客人（香港最終由中國人做主了）、由充滿權利和暴力的強勢殖民者（史密斯、道格拉斯·懷特）變成了男性不舉而頗具女性化特徵的精緻紳士（西恩·修洛）、由上層殖民者變成了離開香港後也就失去了只有在香港才會具有的上層社會標籤（殖民地官員）。黃得雲一家「四代人」在香港的主客異位（由被殖民者變成香港的主人）、性別轉型（除了黃得雲自身後來的「男性化」，其後代也都是男性或具有「男性化」特徵）和階級躍升，伴隨著英國人「身份轉換」、「性別對比」和「地位改變」——一句話，一個由「黃種女性被殖民者妓女」生髮出來的力量，改變了一個由「白人男性殖民者官員」主導的世界，香港，這個過去的大英帝國殖民地，如今的中華人民共和國特別行政區，也就在這種力量（「以柔克剛」、「以陰勝陽」）的消長中，走過了自己一個半世紀的屈辱歷史——歷史雖然屈辱，但香港終於回歸祖國，香港人也終於做了自己的主人。

二、文學中的臺灣：戲曲．服飾．姓名／語言

如果說施叔青在《香港三部曲》中，通過黃得雲一家「四代人」的經歷，描畫了在香港的中國人在與英國殖民者的交往、博弈和愛欲中，「以柔克剛」、「以陰勝陽」，最終走出屈辱，自強不息，徹底改變了自己命運的話，那麼在《臺灣人三部曲》中，施叔青則著力要為近現代中國人屈辱歷史的另一頁，留下文學的記錄。

臺灣在中國近現代歷史上的屈辱一頁，在施叔青的《臺灣人三部曲》中，以聯繫傳統、現代磨難和當代變化為三種表現視角和表現領域——具體化為戲曲、服飾和姓名／語言，通過對三段不同歷史時期（清代、日據、光復後）臺灣人生活、思想和情感的展示，呈現了臺灣這個中國寶島如何記錄了中國近現代歷史上最為沉重的不堪往事和血淚篇章。在書寫臺灣不同歷史時期的過程中，施叔青選取了不同的人物和背景，重點突出不同歷史時期臺灣面對的不同問題。

《行過洛津》以大陸泉州伶人許情「三度來臺」的「臺灣經歷」為主線，書寫了大陸的文化傳統（戲曲）如何通過「兩岸交流」，在臺灣得以生根和延續。許情最早從泉州到臺灣時是泉州泉香七子戲班的小旦，藝名

月小桂，這次來臺，他留下了既慘痛又美好的記憶——慘痛是因為他是別人的玩物，美好是因為他結識了妙音阿（「女官」——此字我的電腦上打不出來，只能以「女官」代之）。後來因為變聲，小旦沒法唱了，就轉而投到宜春七子戲班學當鼓師——第二次到臺灣時即以鼓師身份「行過洛津」，這次第三次來臺，當年的小旦月小桂已經變成了泉州錦上珠七子戲班的鼓師，「應邀到洛津來教戲，協助班主黃離組織本地的第一個七子戲班」，這個「使命」是個公開的「社會使命」，還有一個私下的「個人使命」，是許情要來臺灣找他第一次赴臺時結識的「那個人」——「如意居」的妙音阿（女官）。許情第一次來臺灣時15歲半，11年後第二次赴臺，等他第三次到臺灣，離他第一次來臺已過去30幾年，滄海桑田，許情的一生，可以說見證了清代臺灣道鹹時期的各種變化，臺灣因為有對七子戲的需求，許情因對妙音阿（女官）難以忘懷，許情和臺灣之間，有了割不斷的聯繫，扯不斷的情絲。《行過洛津》中的主人公雖然是許情，但這部小說對臺灣的描寫，具有「地方誌書寫」的特徵，舉凡臺灣（洛津）的歷史、地貌、人情、風俗，特別是對七子戲的介紹，可以說娓娓道來，如數家珍。在對「人」的刻畫方面，施叔青固然得心應手，而對「物」的描寫，施叔青也不亞于張愛玲和白先勇。對比施叔青的短篇「香港故事」和長篇《香港三部曲》，我們不難發現施叔青在《行過洛津》中對臺灣歷史、風物的展示姿態，其實是她在其他小說中一以貫之的一種風格。

既然叫《臺灣三部曲》，那「臺灣」在某種意義上就是這三部長篇小說的「主角」。《行過洛津》，顧名思義，「行」在小說中必然非常重要。施叔青通過許情的三次「行」過洛津，在展示臺灣的歷史地理、風土人情的同時，更以許情在泉州和臺灣（洛津）之間的來往行走，勾連起大陸和臺灣的歷史文化聯繫。許情三次來臺灣，感受各不相同，在一定程度上也可以說是歷經「三世」，他在臺灣與烏秋的關係，與朱仕光的關係，都是一種不太「正常」的關係，是一種喪失「自我」的關係，是一種被玩弄的關係，只有在與妙音阿（女官）的關係上，許情找到了「自己」，獲得了一種可以平等投放感情的關係——這也使臺灣（洛津）成為許情魂牽夢繞的所在，成為許情念茲在茲難以忘懷的寄託所在。

許情所「行」過的臺灣（洛津），是一個對七子戲充滿渴望和熱愛的社會空間，因此，七子戲小旦（月小桂）許情（七子戲鼓師）三「過」臺灣（洛津），就不僅是一個中國大陸泉州人「過」臺灣，更是一種中國傳統文化「過」臺灣，而許情與臺灣妙音阿（女官）的感情互動，就更是表明：中國大陸與臺灣不僅有歷史聯繫，更有文化聯繫和感情聯繫！施叔青的《行過洛津》告訴我們，大陸（泉州）和臺灣（洛津）這樣的文化聯繫和情感聯繫，已成為臺灣歷史最為核心的部分。

施叔青在《行過洛津》中所展示的臺灣「洛津社會」，主要是個清代道鹹年間大陸泉州人的移民社會，到了《風前塵埃》，施叔青將目光聚焦在了日據時期的原住民社會與日本人社群（日本移民村）。在這部小說中，施叔青以臺灣歷史上屈辱的一頁——曾被日本殖民統治50年——為背景，通過一個原住民青年和日本女子的愛情故事，描寫了殖民者和被殖民者之間統治、反抗、鎮壓、抗爭關係，以及在這種對立關係罅隙間曲折生長的浪漫愛情——這樣的關係在施叔青的筆下我們並不陌生，在《香港三部曲》中，我們已經看到過發生在殖民者（史密斯）與被殖民者（黃得雲）之間的「愛情故事」。只不過，在《風前塵埃》中，殖民者換成了日本巡查的女兒橫山月姬，而被殖民者則是臺灣原住民抗日青年哈鹿克·巴彥。

《風前塵埃》的命名源自日本人西行和尚的詩句「諸行無常，盛者必衰，驕縱蠻橫者來日無多。正如春夜之夢幻，勇猛強悍者終必滅亡，宛如風前之塵埃」。這樣的表述似乎正預言了日本殖民統治在臺灣的終將覆滅。事實也正是如此，日本第五任總督佐久間左馬太在臺灣對原住民的

「理蕃五年計劃」，是一場日本殖民者對被殖民的臺灣原住民的「種族滅絕」（身體滅絕和文化滅絕），在這場殖民者與被殖民者之間統治—反抗、鎮壓—抗爭的鬥爭中，殖民者和殖民統治最終如「風前塵埃」，煙消雲散，最終留下來的，是原住民的後裔（無弦琴子）、殖民歷史的「見證（范薑義明的照相冊）和日本軍國主義令人觸目驚心的「戰爭美學」（通過服飾宣傳戰爭）。

在《風前塵埃》這部小說中，日本殖民統治的具體執行者是來自名古屋和服綢緞店的夥計橫山新藏——到了臺灣後成了日本員警（巡查）小頭目，而反抗殖民者的原住民代表則是太魯閣族勇士哈鹿克・巴彥。整部小說通過哈鹿克・巴彥和橫山月姬的女兒無弦琴子從日本回臺灣花蓮以往的日本移民村「尋根」為線索，以一位臺灣客家攝影師范姜義明的「寫真集」（照相冊）為歷史「見證」，以 "Wearing Propaganda" 的學術行為來觀照與日本殖民主義共生的軍國主義戰爭美學，來展開日據時期臺灣人的慘痛歷史和殖民主義給日本民眾帶來的心靈創痛——作為「灣生」的日本人，橫山月姬在日本統治臺灣時期即已成為日本人中的邊緣人（戰後回到臺灣，連帶她的女兒無弦琴子，也因她身上的「臺灣」印記而飽受歧視），而她與哈鹿克・巴彥的愛情結晶（女兒無弦琴子），也只能假託他人「為父之名」，甚至橫山月姬在向女兒講述自己的「愛情故事」的時候，也只能臆造出一個「真子」作為自己的化身，由此可見，日本殖民統治不但對臺灣人民造成了巨大的精神傷害，對普通的日本民眾，也同樣造成了慘痛的心靈創傷——如果說日本殖民者和殖民統治宛如風前「塵埃」，已隨風而逝，成為歷史，那麼無弦琴子（愛的結晶）、《寫真集》（歷史見證）和心靈創傷（橫山月姬和無弦琴子的悲痛記憶），則是永不消逝的「風」，在不斷地吹佛著仍然「活」著的現實和當下。

如同黃理查是殖民者史密斯和被殖民者黃得雲「愛」的結晶一樣，無弦琴子也是殖民階層橫山月姬與被殖民成員哈鹿克·巴彥「愛」的成果——從這裡我們可以發現《香港三部曲》的某種隱形結構在《臺灣三部曲》中的遺留，不過，相對於《香港三部曲》中殖民者男性與被殖民者女性的「性別關係」（與之對應的隱含著「征服關係」），《臺灣三部曲》中的《風前塵埃》，卻轉化成了被殖民者男性與殖民者女性的新型「性別關係」——政治身份與性別屬性的「對調」，意味著在《臺灣三部曲》中，施叔青在處理殖民者與被殖民者之間的關係時，認識更加深刻，表現也更加複雜。相對於《臺灣三部曲》中史密斯對黃得雲既愛又無法克服自身種族（民族／國家）、性別和階級的偏見，在「愛」中賦予了殖民者對被殖民者、男性對女性、上層社會對下層階級「征服」、「統馭的意味，《風前塵埃》中的橫山月姬，對哈鹿克·巴彥卻已沒有了頑固的殖民者心態，當然也沒有了男性對女性的「征服」，有的只是一個少女對勇士少年刻骨銘心揮之不去的愛——就「愛」而言，日本少女其實是被臺灣原住民「征服」了！

《風前塵埃》雖然寫了日據時期日本少女與臺灣原住民少年的愛情，但施叔青在作品中對日本殖民者和殖民統治的殘暴、兇惡之表現和揭示，在在可見——如同她在《香港三部曲》中雖然寫了黃得雲與史密斯的愛情，但英國殖民者對香港被殖民者的歧視和鄙視，卻並沒有因此稍減一樣。在《風前塵埃》中，原住民遭到「種族滅絕」式的處置自不待言，范蕫義明在讀書時遭到日本老師本田的斥罵「膽小無用的清國奴」是另一明顯的例證。令人觸目驚心的是，日本人的殖民統治暴力，不但體現在現實政治層面和社會心理層面，還體現在藝術美學的層面。

施叔青在《風前塵埃》中，通過對日本人在服飾上以「美學」的方式宣揚戰爭的描寫，對大和民族推崇戰爭暴力的「恐怖」，進行了深刻的揭示和批判——除了日本固有的武士道傳統之外，近代以來日本通過戰爭打敗中、俄，吞併朝鮮，殖民臺灣，在戰爭暴力中嘗到「甜頭」，獲得「暴利」，因此對戰爭暴力的崇拜，已成為20世紀前半葉日本人日常生活中的重要內容，在小說中，施叔青這樣寫道：

> 從日本在長春建立滿洲國到二次世界大戰結束投降，整整15個年頭，日本後方的平民百姓為了呼應對前線作戰的軍人的支持，把炫耀軍事力量的槍炮、轟炸機、坦克、戰艦，以及軍士們在中國大陸、南洋各地攻城掠地入侵的戰爭場面，畫成書寫逼真的圖案，織在和服上。後方的百姓穿上這種服飾，不僅可宣傳戰爭，表現軍民團結一心，同時也感覺到參與了前線的戰鬥，愛國不落人後。
>
> ……
>
> 那是什麼樣的時代？人們會把這些精心設計、充滿暴力美學的圖案穿在身上，在寧靜的街道大搖大擺招搖過市？軍國主義把持的政府是唯恐後方太平無戰爭，必須把戰爭帶到每個人的生活裡，讓老百姓身上背負著潛水艇、坦克、軍機、數不勝數的持槍士兵，把火藥庫背在身上！
>
> ……
>
> 一件男嬰滿月穿的小和服，無弦琴子看了心為之一悚，衣長不及一尺半，質地是上乘華貴的織錦，身上的圖案赫然是日軍入侵南京火光沖天的情景。另外還有一件，也是男嬰第一次參拜神社穿的，場面更為血腥。小和服背面右上角斜刺一隻大炮，炸彈從戰鬥機丟擲下來，焦土一片的地上有一幅地圖示出被轟炸的南京的位置。

對於具有這樣的文化審美心理的大和民族（對戰爭暴力的崇拜即便是剛滿月的嬰兒也不放過），其對自己人民心理扭曲的用心尚且這樣不遺餘力，其對臺灣殖民統治之殘酷和兇暴也就可想而知——從中也可發現，日本殖民統治者對殖民地臺灣的加害，受害的不僅是臺灣人民，也包括了像橫山月姬（及其後代無弦琴子）這樣「灣生」的普通日本民眾，以及更加廣大的在日常生活中受暴力美學影響的日本人。臺灣這個日本曾經的殖民地，成了施叔青書寫戰爭、暴力和殖民戕害臺灣人民和日本民眾最佳的歷史空間，而通過對充滿暴力美學意味的「服飾」「觸目驚心」的展示，達至對日本軍國主義（並導致殖民主義）的抗議和譴責，則成了《風前塵埃》中施叔青書寫臺灣日據時期歷史的一個精神之「眼」。

如同 1895 ～ 1945 這 50 年日本殖民統治在臺灣歷史上是個不容回避的存在一樣，1945 年的臺灣光復和 1947 年的「二二八」事件，也是臺灣歷史中至關重要的關鍵「節點」。施叔青要以「文學」為臺灣寫「史」，自然就無法跳過這兩個關鍵的「節點」。在《臺灣三部曲》的最後一部《三世人》中，施叔青以施家三代（也是經歷不同歷史時期的「三世」）人為核心，串聯起王掌珠、黃贊雲、阮成義、蕭居正等人物，通過對他們在臺灣不同歷史時期（晚清、日據、光復後）的人生表現和思想變化，對臺灣歷史和近代以來的臺灣人命運作一高度「濃縮」的展示。

《三世人》是《臺灣三部曲》的最後一部，也是施叔青《香港三部曲》和《臺灣三部曲》這個龐大的創作計畫中的最後一部。如果我們仔細分析，就不難發現「三世人」的結構「形態」在此前的《香港三部曲》和《行過洛津》、《風前塵埃》中已多次呈現：《香港三部曲》中的黃得雲，面對史密斯、屈亞炳和西恩．修洛這三個男人，其內心世界何嘗不是歷經「三世」？《行過洛津》中的許情三次渡海來臺，每次對臺灣的體驗和感觸各不相同，豈不是曆「三世」方得使之成「行」？《風前塵埃》中的橫山月姬，在「遭遇哈鹿克．巴彥之前」、「與哈鹿克．巴彥熱戀」、「對哈鹿克．巴彥追憶」這三種人生階段，不也是一種人生「三世」？——就此而言，《三世人》既高度「濃縮」了近代以來臺灣歷史和臺灣人的命運，同時也是對《香港三部曲》和《臺灣三部曲》這個龐大寫作計畫的一個總結和概括。

如果說《行過洛津》通過許情這個人物和中國傳統戲曲（七子戲），表現了臺灣與大陸割捨不掉的歷史聯繫、文化聯繫和情感聯繫；《風前塵埃》通過橫山月姬和哈鹿克・巴彥這兩個人物，表現了日本殖民統治對臺灣原住民和日本普通民眾的戕害；那麼《三世人》則是通過臺灣民眾在一次又一次的歷史轉換中必須面對的抉擇，表現他們的認同「悲情」。

這種認同「悲情」在小說中既以洛津文士施寄生一門三代為書寫物件，也以王掌珠、黃贊雲、阮成義、蕭居正、「大國民」等人物為表現載體。這些人物的認同「悲情」在小說中大致可以分為三類：一類為「堅持做自己」的施寄生——有堅定的民族意識，他雖然「被迫」生活在日本殖民統治的臺灣，但他以清朝遺民自居（「取了「寄生」名號，自署遺民」），拒絕日本的一切（「不學日語，不用日本天皇年號，他以文言文作漢詩，只認同漢民族傳統」），為了不讓自己的兒子成為「倭寇的後裔」，他將兒子的出生日期改為是在日軍佔領臺灣之前，他以「漢詩人」之名存活於日據時代，以堅持開辦教授中國傳統文化的書塾為人生目的；第二類為「難以做自己」的施家第二代施漢仁——雖有民族意識但向現實妥協，他在內心保留了中國人的基本立場（他向別人宣稱「如果按照戶籍上的生日」，「我是清朝人」），在「皇民化」的「改姓名」運動中，他「並不熱衷」，有所抵拒，但在日本殖民統治下，為了兒子的教育不受影響，為了自己的職位能夠保全，不得已向現實低頭（講日語，做公務員）；第三類則為「不要做自己」的施家第三代施朝宗——已不認為自己是中國人，他接受日本教育，「要做個徹底的日本人」，他學的是日語，有了日本名字太郎，並成了日本天皇的臺灣志願兵。然而，他要做「日本人」的訴求卻在現實面前遭遇屈辱，在他做志願兵期間：

> 說是防守，中隊長卻只發步槍給他們，而不發子彈。朝宗托著沒有子彈的長槍發愣。一個並非像他一樣自願，而是被徵召的學生，猜測中隊長是怕萬一臺灣兵和敵人的登陸部隊內應外通從背後偷襲日本皇軍，一直要等到美軍真的登陸才發子彈。
>
> 朝宗喝斥那學生這種對日本人不信賴的推測，狩候敵人上陸期間，他們每天的工作就是挖戰壕，幫隊伍中的日本兵打飯、打水，被規定給日本兵飯多一點，臺灣兵少吃一點。

即便是施朝宗這樣努力要放棄自己的中國人身份一心要成為日本人的臺灣人，他們在日本人眼裡也是一個不被接受者（更不用說他那在日本人面前「堅持做自己」的祖父和與日本人虛與委蛇的父親了）。與施朝宗懷有同樣想法的黃贊雲，也在自己孩子受日本孩子欺負後，只能選擇屈辱地沉默——「認命」；而那個自持日語流利的保正表示「願做天皇陛下的小使（小傭人），粉身碎骨在所不惜……」之時，卻受到日本員警的制止：「你區區一個保正，哪來資格當天皇的小使？」，魯迅那句「欲做奴隸而不得」的「判詞」，和施寄生的感歎「哎，臺灣人做小伏低，連個傭人都沒有資格當……」，大概正是這類「不要做自己」而一心想做「日本人」當時處境的最佳寫照。

施家三代人所代表的三種不同「類型」的臺灣認同「悲情」，涵蓋了小說中的其他人物，如蕭居正、阮成義大致可以歸為第一類和第二類之間，「大國民」和黃贊雲基本上屬於第三類。比較不太好歸類的是小說中的另一個重要人物王掌珠，如同施叔青的小說都會有一個重要的女性人物一樣，《三世人》中的王掌珠就是這個「重要的女性人物」。在小說中，她從一個臺灣養女，通過學習和不斷努力，變成了一個積極參與臺灣重要的社會活動和文化活動，會講日語，能寫小說的現代知識女性（其奮鬥軌跡是不是與黃得雲有著某種「同構性」？），從某種意義上講，王掌珠可以說兼具了（跨越了）臺灣人認同「悲情」的三種類型——而在她身上的這種兼具或跨越，是借助於她語言和服飾的不斷轉換得以實現的。

> 王掌珠說她要用自己的故事，寫一部自傳體小說，用文言文、日文、白話文等不同的文字，描寫一生當中換穿四種服裝：大裀衫、日本和服、洋裝、旗袍，以及「二二八事變」後再回來穿大裀衫的心路歷程。

確實，王掌珠從自問「她從哪裡來」到自問自答「這個人是我嗎？」「這個人不會是我吧」；從要「做自己身體的主人」，到「要用日文寫一部自己成為日本人的小說，就叫《孤女的願望》」，最終，在「夢想做臺灣第一個臺灣話發音的女辯士的相望，也終究沒能實現」之後，她「轉而計畫用她剛學會的白話文寫自己的自傳體小說」，「主要想描寫一個處在新與舊的過渡時代，卻勇於追求命運自主，突破傳統約束，情感獨立，堅貞剛毅的臺灣女性」。從王掌珠的個人經歷中，我們發現她在臺灣話（大裀衫）、日語（日本和服／洋裝）、文言文／白話文（旗袍）之間來回搖擺、穿梭、兼具和跨越，這三種語言和服飾，對於王掌珠來說，何嘗不也是一種在「堅持做自己」、「難以做自己」和「不要做自己」之間不斷矛盾的「三世人」？

由此，我們在王掌珠的身上發現了與施朝宗同樣的感受：

> 從日本投降到二二八事變發生，短短的18個月，施朝宗好像做了三世人。從日本的志願兵「天皇の赤子」，回到臺灣本島人，然後國民政府接受，又成為中國人。到底哪一個才是他真正的自己？

其實這個問題不是「從日本投降到二二八事變發生」這「短短的 18 個月」才出現的，這個問題從 1895 年臺灣成為日本的殖民地就開始了。對於這個問題，施寄生的答案是很清楚的：哪怕是在日本殖民統治下，他也是中國人！施漢仁的答案也是清楚的：不管外在形態如何委屈自己，其內心還是自認是中國人的！這種認同的困惑，只存在在像施朝宗、王掌珠這樣曾經努力要做日本人而不得（日據時期是日本人並不認可，光復之後是失去可能）的一代人身上，而他們最後「真正能做的人」，只能是一種人，那就是在臺灣的中國人！

這樣，我們就能理解日據時期日本殖民政府強迫臺灣民眾改姓名，學日語，其實都是「風前塵埃」，也能理解施朝宗何以在參加「二二八事件」之後，在逃亡時選擇的逃亡地竟是對岸的大陸泉州——「他惟一的生路是坐船逃離，偷渡到大陸」，因為他終究是個中國人；而王掌珠，也最終將她原本要用日文書寫的《孤女的願望》，改成了用白話文寫一個臺灣新女性的成長史——而臺灣新女性，就是成長在臺灣的中國新女性！

臺灣人的認同之所以「悲情」，是因為臺灣人在認同過程中經歷了痛苦曲折的過程，但最終，臺灣人的認同在經歷不同類型的「悲情」之後，還是殊途同歸——要麼堅持做中國人（如施寄生），要麼在內心做中國人（如施漢仁），要麼（日本人是做不成的）最終做回中國人（如施朝宗、王掌珠）——雖然施朝宗強調他在不做日本志願兵後「回到臺灣本島人」，但臺灣人說到底就是中國人！如同他將太郎的名字改回施朝宗，如同他和王掌珠開始不說日語而說臺灣話（中國方言閩南話），如同王掌珠不寫日文而寫白話文，不穿和服而改穿旗袍和大襇衫（都是中式服裝）一樣，這一切都表明：在認同問題上最為「悲情」的一代臺灣人（施朝宗、王掌珠），他們最終還是成了在臺灣的中國人！

三、文學中的香港與臺灣：從「四代人」到「三世人」

施叔青的《香港三部曲》如果用一句話來概括，那就是以黃得雲為核心的黃家四代香港人在殖民地處境下，從屈辱中翻身；而施叔青的《臺灣三部曲》如果用一句話來概括，那就是從許情到哈鹿克·巴彥再到施家三代，臺灣人歷經滄海桑田，從前世到今生。施叔青以一己之力，以六部長篇小說的篇幅，通過對歷史中的「小人物」的書寫，用文學的方式，為香港和臺灣這兩個近代以來淪為異族殖民地的土地立「史」作「傳」，在這個過程中，她寫出了香港和臺灣歷史中的屈辱，也寫出了香港和臺灣歷史本身的複雜；她寫出了香港和臺灣的歷史滄桑，更寫出了香港人和臺灣人（以及與臺灣相關的赴臺灣的大陸人、「灣生」的日本人）的心路歷程！其才可歎！其心可觀！其情可感！其志可贊！

香港文學或是臺灣文學
論「香港三部曲」之敘述視野*

黃英哲
日本愛知大學現代中國學部教授

施叔青所撰寫的「香港三部曲」系列，之所以在其文學生涯中顯得特殊，在於其撰述的時間點上。作家選在香港回歸之前所完成的香港三部曲，使一位「異鄉人」找到一個得以介入香港歷史的空間。

「香港三部曲」中隱藏了作家對香港風情的鑑賞視野，因此「香港三部曲」中呈現的異國情調也常引起港人的不同意見。基本上「香港三部曲」是以「傳奇」的效果來營造小說的氛圍，透過「傳說」來建立文本的敘述脈絡，因此也造成了讀者與敘事者多元的對話方式，在多重的觀看與傳說之間，「香港」的圖像也在這多重傳說之中被勾勒出來。1977 年，施叔青從臺灣至香港，此時正值香港經濟上百花齊放之際，金融業、觀光業以及酒店事業的蓬勃，使得香港經濟到達了鼎盛的巔峰時期，真正成為一座幻象之都。施叔青任職香港藝術中心並負責節目策劃，基於這個因緣，作家開始出入香港上流社會，周旋於殖民地的統治者與上流華人之間，真正見識了香港物質文化的極致，並開始了他對香港殖民地統治階層的觀察，也奠定了其後「香港三部曲」的基本視野。

關鍵詞：殖民主義（colonialism）、反殖民主義（anti-colonialism）、東方主義（orientalism）、認同（identity）

---

* 本文節錄自《中外文學》33.7：129-152。承蒙作者授權刊載，謹此致謝。

一、前言

1997 年香港面臨又一次的歷史巨變，璀璨的東方明珠再度成為政治交易籌碼，姑且不論「回歸」在香港造成的衝擊，至少，透過施叔青「三部曲」的撰寫，可以清楚的體察出作者身為一位「外客」的焦慮心境。16 年的香江歲月，施叔青既是過客，卻儼然又已成為在地人，這種特殊的存在使她得以別於其他的香港作家，處於特殊的觀看位置。[1] 施叔青於 1994 年返臺，2000 年又移往美國紐約定居，在香港回歸大限的逼迫下，施叔青以文字圖繪香港，奮筆經營「香港故事」小說系列，汲汲的想為香港銘刻歷史紀錄，「香港三部曲」的完成讓施叔青在創作上又締造個人的新里程碑，作者橫跨了香港自開埠以來的百年歷史，並大膽的選擇以一位妓女的家族史來對應龐大的歷史洪流，這樣的選擇視野頗耐人尋味。

然而，在施叔青以「香港三部曲」的出版正式取得「香港文學」封號之際，其豐富的生命歷程要讓她在文學的展現上顯得特殊，其生於臺灣，輾轉美國，又寓居香港，再回到臺灣，最後選擇以紐約作為棲居之所得旅居生活，與她的寫作緊緊相扣，因此，施叔青所撰寫的著作「香港三部曲」的完成，其間所囊括的素材，除了作家對於香港歷史的大量涉獵外，還參雜作者自身豐富的生命情調，此外，也隱藏了作家個人對於香港風情的鑑賞視野。藉由施叔青對於香港的爬梳整理，不難發現「三部曲」中帶著一股濃厚的異國情調，其呈現的究竟是何種觀看視野？又或是如王德威所提問的：「施對香港的摩挲撫弄，究竟是寫出了殖民與被殖民者之間的怨懟與糾纏、壓迫與共謀，還只是虛張異國情調，因之墮入雙重『東方主義』而不自知？」（291）要釐清施叔青的香港，必須先正視「香港三部曲」的敘述視野，究竟施叔青的位置在何處？是香港文學？或是臺灣文學？透過她所說的香港故事，筆者以為可以進一步來思考這個議題。[2]

本文企圖探討施叔青運用多重敘述模式間所欲呈現的香港圖像，並進一步探索以施叔青這種類型的臺灣作家，在異鄉香港與故鄉臺灣所譜成的「香港三部曲」，究竟應該置放在文學史上的何種位置？是香港文學？或是臺灣文學？值得進一步的追索，身為「異鄉客」的作者，透過香港歷史的捕捉，如何完成自我想像中的「東方之珠」？本文將透過施叔青的敘述進行討論，並嘗試釐清施叔青碧霞的敘述視野與香港建構。

二、異鄉客的香港史——城市地圖的銘刻

香港，一處百川匯流之所。香港作家也斯曾說：「香港是沒有什麼記憶的，香港是一個失憶的城市」(35)。實際上筆者以為，香港並非沒有記憶，其特殊處正在與它的城市結構所承載的豐富面向，因此香港並非失憶而是充滿太多的記憶，許多事件的發生使得香港這座城市應接不暇，因此隨意撿拾的記憶片段皆可化成一段刻骨銘心的香港故事，施叔青筆下摹畫的香港圖像，正視其中的區段。面對九七的到來，港人的政治熱忱突然高張，香港前途也以前所未有的熱度被討論著，這座居於南海之濱，珠江口之東的城市，因地利之便，百年來吸引了西洋與東洋的目光，在世界近代史上扮演著重要的角色，殖民地的特殊處境，將香港形塑成一座奇異之都。

---

1 日本學者從香港文學史的脈絡來討論施叔青，將施叔青定位為屬於香港文學第三世代的「南遷作家」，或是香港文學中的「外來作家」詳見西野由希子，〈香港小說概觀——施叔青の作品を通して一〉，《お茶の水女子大學中國文學會報》18（1999年4月）。金文京，〈香港文學瞥見〉，《香港および香港問題の研究》，可兒弘明編（東京：東方，1991年9月）。

2 廖炳惠在論述施叔青的位置時提出：「就作家的身分與文化、地理認同來說，算是出入港臺的雜糅混成，乃亦港亦臺的小說家。」詳見廖炳惠，〈從蝴蝶到楊紫荊：管窺施叔青的《香港三部曲》之一、二〉，《中外文學》24.12（1996年5月）91。施叔青亦港亦臺的身分的確是她在定位上的難處，有鑑於此，筆者欲在其書寫「香港三部曲」的敘述視野上，繼續探究臺灣文學的有效範圍究竟能有多大延展向度？

施叔青在此地體驗著變換多彩的香江歲月，「九七」的熱度逼使作家開始琢磨描繪這座城市地圖，在歷史之中攫取事件，幻化成作家嚴重的香港。施叔青仔三部曲的書寫過程中，展露了一種鳥瞰香港的敘述視角，在〈維多利亞俱樂部〉的訪談稿中，作家提出欲以「寫實主義的手法」來寫小說，[3] 三部曲在寫作測囉的運用上，是欲以大量的歷史事蹟堆砌確定三部曲的「寫實性」，這方面李小良在論及施叔青的三部曲寫作時也指出：「施叔青已發表的三部香港長篇……，就比較著力香港的人和事，創作手法大有回歸寫實的傾向，並結合歷史事實敘述，企圖整合一香港歷史，……」（187）。在歷史資料的取材上，她參考了林有蘭的《香港史話》以及葉靈鳳的《香港方物誌》，[4] 此外，小說中引經據典處處可見，加入許多史籍文獻出版資料，以證明其真，如「艾米麗從書架上抽搐一本燙金的精裝書《香港植物誌》，作者喬治．班遜姆，出版時間 1861 年」（《她名叫蝴蝶》，122）、「『說到無知，』自稱對醫學頗有涉獵的保羅．安德森爵士提起帕臣醫生的一本著作：《英吉利國新出痘奇書》。帕臣醫生在廣州完成這本著作，時間是 1805 年，……將近一百年了，聽說這本書還在廣州翻譯成中文。可是，你們看，這可憐的人……無知，是的」（《她名叫蝴蝶》，209），諸如此類的出版史料知識的告知，在三部曲中出現頻繁。作家在歷史資料的堆砌中有一個期待，即讓讀者認同她的香港史寫作的真實性，從而進行她對香港史的敘述。然而，透過這些寫實的史料，施叔青的敘述手法也就此展開，前二部曲的寫作視野基本上是挾著她對香港史的考證，而進行其鳥瞰式的鞋族。施叔青選擇以一位「南唐館」妓女——黃得雲的發跡史作為其銜接歷史的對象，透過現實主義的面具，在她對黃得雲以及一幫殖民者的描繪中，所展現的氣勢更多是她對香港的想像。

（一）由島至島——施叔青眼中的香港

究竟香港這顆匯聚東西文化的璀璨之珠如何成為施叔青的創作泉源？作家談論她由臺灣到香港的心靈轉折時說道：

> 在那華洋雜處的殖民地，東／西文化不僅再次交會，而且產生奇妙的平衡，我很快的找到了安適的位置，一邊以外來者新鮮的眼光，運用天生好奇心從容的觀察琢磨這五光十色的所在，也沒有拒絕介入這吃盡穿絕的資本主義社會。（181）

在施叔青的眼中，多元文化融雜的香港都會充滿了華麗與冒險，這也刺激了作家與生具有的好奇心。正因為他外來客的特殊身分，加上赴港之後與香港的上層社會交流頻繁，在香港視角的選取上，她選擇從被殖民者——黃得雲的奮鬥史與上層社會中殖民者與高等華人的活動，如亞當・史密斯、西恩・修洛、狄金遜、溫瑟、王欽山、馬臣士以及敘事者——香港某藝術中心亞洲節目主任等的社交活動進入香港歷史，因此三部曲中的香港歷史，在「酒會」、「垂著絲絨窗簾的音樂室聆聽小提琴、鋼琴演奏」以及衣香鬢影中被鋪陳出來。施叔青在周遊了東、西各地之後，趕在九七之前完成的三部曲，讓她塑造了一座心中的城市。香港的文化是多元額度，認同也是多元的，在華洋雜處的150年殖民地的架構中，香港都會的認同始終是種模糊的概念。[5] 70年代末期，施叔青蔥臺灣這座小島出發「人

---

3 關於施叔青寫作手法上的轉折，參見施叔青，〈我寫《維多利亞俱樂部》〉，《聯合文學》100（1993年2月）：98-99。

4 見簡瑛瑛訪，〈女性的心靈圖像：與施叔青對談文學／藝術與宗教〉，《中外文學》27.11（1999年4月）：119-37。

5 蔡榮芳在解讀香港的認同問題時提出了身分與國家認同的五點基本概念，包括了先釐清身分認同的多層次性，接著點出國家認同是這多層次的其中一點，並就歷史上的家族、鄉土、民族、國家等層次加以界說，更點出政治思想與國家認同之間的變動性，最後他說明：「政治上認同一個國家，並不等於認同它的政府」，這多少解答了長期以來，香港華人夾在中國與英國之間的矛盾心理。詳見《香港人之香港史》，（香港：牛津大學出版社，2001）：275-95。

慾橫流、五光十色」的華麗之都，她既觀察又介入殖民地這個吃盡穿絕得城市，從臺灣到香港的空間移動，直接也影響作家寫作視野上的調整。

綜觀施叔青截至目前為止的寫作變革，大致可分為三個階段，其少女時期的創作，擅於以現代主義的技巧挖掘探索複雜幽暗的人心糾葛，此時期的作品大致以其故鄉鹿港為背景，這座略帶古意的小鎮在施叔青的筆下化為一幢幢古老的陰影，老邁的小鎮充滿了詭異荒誕的禁忌，這也成為施叔青仔第一階段創作中的基調。[6] 到了 70 年代，臺灣逐步擺脫禁錮、壓抑的意識到社會的變動，更以臺灣新女性的前衛姿態面對文壇，從少女蛻變為女人的過程中，作家開始轉換視野並投射女性自身的經驗，以婚姻議題描寫時代變遷下，女性面對家庭以及生活價值觀的轉折，在這一階段中施叔青創作空間的放大，挹注了她在異國的所見所感，小說中雜糅了許多關於西方的景物文化，並注意到擺盪在東西文化見臺灣女性心靈的轉折與矛盾。[7] 隨著施叔青的再度遷移，其香港經驗儼然又一次影響了她的寫作視野，在此之前，施叔青剛結束一段臺灣文化的懷舊之旅，臺灣就文化的不受重視以及遭受的毀壞，震撼這位紐約異鄉客的心靈，懷著舊文化消逝的恐懼，施叔青動筆寫下了《琉璃瓦》紀錄臺灣舊文化的片段，[8] 這種對於歷史消逝的危機感，在香港九七之前又再一次的可以從施叔青的文字中窺見。

1977 年，施叔青從臺灣至香港，此時正值香港上百花齊發之際，金融業、觀光業以及酒店事業的蓬勃，使得香港經濟到達了鼎盛的巔峰時期，真正成為一座幻象之都。施叔青任職香港藝術中心並負責節目策劃，基於這個因緣，作家開始出入香港上流社會，周旋於殖民地的統治者與上流華人之間，真正見識了香港物質文化的極致，並開始了他對香港殖民統治階層的觀察，也奠定了其後撰寫「香港三部曲」的基本視野。從 1981 年起，施叔青撰寫了「香港故事」系列，紀錄她的香港生活點滴，從中也表述其在香港的見聞與所感，到了1988年，施叔青結束以女性觀點出發的「香港故事」系列，並投入報導文學的行列之中，走訪大陸來港的新移民，作家在訪談時說到：受到這次「穿街走巷、回到人群的經歷」的影響，[9]她轉移了關注的焦點，開始思索香港歷史的議題，89年「六四事件」的刺激，讓施叔青開始正視撰寫香港歷史小說的構想，她說：

> 「六四」槍聲一響，對我個人和創作是個重要的轉淚點，我認同了旅居十多年的香港，自願與六百萬港人共浮沉，參與每一次遊行示威，中共屠城的事實令我因一己的無力而消沈，經過長時間反思，我不得不回到原來的位置，知識比以前更為執著。喔應該用筆來作歷史的見證。（〈我的蝴蝶——代序〉，2）

歷史進程中血淋淋的事件，在香港造成了莫大的撼動，不僅來自於對中國的曖昧情境，其中還牽涉到敏感的回歸問題，中共的血腥鎮壓激發了港人的反共情緒，處於香港的施叔青當然感受到這股猛烈的反彈情緒，鑑

6 本文對施叔青小說的創作分期，參見賀安慰，《臺灣當代短篇小說中的女性描寫》（臺北：文史哲，1989年初版）。施叔青早期的創作以《約伯的末裔》（臺北：仙人掌，1969）、《拾掇那些日子》（臺北：志文，1971）中的短篇小說創作為代表，仔這些短篇小說中，施叔青以60年代盛行的現代主義技巧營造陰森詭誕的小說氛圍，仔死亡、鬼魂、夢境中游移，挖掘人性中的黑暗面，少女時期的施叔青沈浸在鄉野奇談的怪誕世界中，並以其特殊的敏感想像經營情慾與死亡的生命議題，奠立了其獨特的病態小說美學。

7 施叔青仔70年代告別了少女時期，同時也告別了顛倒幽暗的語言文字，這時期的創作以《牛鈴聲響》（臺北：皇冠，1975）、《琉璃瓦》（臺北：時報，1976）及《常滿姨的一日》（臺北：景象文庫，1976）後改題《完美的丈夫》（臺北：洪範，1985）為代表。施叔青的生命在此時期產生了大變動，作者負笈美國歷經結婚而返臺執教，其漫長的流動歲月以及生命的豐富體驗，對她的作品造成了頗大的改變。

8 施叔青說道：「《琉璃瓦》是我下鄉尋找古物，目睹人們時怎樣糟蹋這些寶貴的遺物，在一種很迷亂的心情底下動筆的。」見《琉璃瓦》序（臺北：時報文化，1976）。

9 同註7

於香港回歸日期的逼近，施叔青一貫的懷舊情緒再度興起，也認知到香江風華即將產生變貌。基於為歷史留紀錄的抱負與企圖，施叔青撰寫了《維多利亞俱樂部》，同時作家也意識到短篇小說處理歷史視野上的侷限，因而擬以長篇小說來總括其香江 10 年的歲月。「香港三部曲」的書寫便是在這篇小說的基礎上繼續發展，施叔青參照了香港歷史上發生的重大事件，重新建構心中的百年香港，在首部曲《她名叫蝴蝶》的序中，施叔青以「蝴蝶，我的黃色粉蝶，我的香港」召喚他心中建構的香港，作家以蝴蝶做為香港的表徵，以英國殖民者、妓女、殖民地上流社會的活動穿插做為小說的基調，呈現處一種衣香鬢影式的歷史敘述，既是小說的主角：黃得雲出身寒微，然而作者突顯的是華洋相遇後「東方主義」式的描寫氛圍，如亞當．史密斯對於南唐館的黃得雲那種既愛又憎，一廂情願的東方想像。施叔青 的香港浮世繪中嵌合了許多自身的經歷，在看遍上流社交圈吃喝玩樂的享樂主義之後，「香港三部曲」呈現的視野也是從上流社交圈出發，寫出市民社會中殖民者與被殖民者兩者的驕傲與脆弱，一己百年香港殖民史中的變革。從作家寫作視野的定調，可以窺見施叔青欲以白人心靈描繪來檢視殖民者心態的逆寫殖民企圖，在香港歷史記憶與文學書寫間，施叔青敘述了這座喧鬧之島物質生活發展的歷史過程，並從小說中見證了這種世故、征利的港式生活型態。[10]

（二）虛構與歷史——重建百年香港

施叔青撰寫「香港三部曲」的視野是宏大的，挾帶著殖民末世巨變的心理，作家不諱言的道出，其欲建構香港歷史小說的願望，香港的迷人之處，在於它那借來的時間，有了時限的逼迫，香港的繁華也綻放的特別亮麗。[11] 然而，這種具有歷史百福的系列創作，對於作家而言顯然是種艱難的挑戰，如何在已經設定的框架內呈現讓讀者驚艷的主題，這是一個相當困難的課題，即施叔青如何在其預設的歷史架構中脫困？這也成為「三部曲」系列創作過程中一直廣為讀者疑惑之處。「香港三部曲」的書寫視野奠基於《維多利亞俱樂部》中大法官黃威廉的家族史勾勒，欲以「家族史」的建構對照香港發展的大理石，在記實與虛構間創造出作家嚴重的香港。

施叔青參照了香港歷史的重大事件，發揮豐富的想像力欲搭建一座百年城市，作家說明其撰寫「香港三部曲」的苦心：

> 下筆之前，遍讀有關史話、民俗風情記載，凡是小說提到的街景、舟車、建築風貌，英國人維多利亞風格的室內佈置，妓寨的陳設，那個時代衣飾審美、民生飲食，中、西節慶風俗，甚至植物鳥蟲，我都可以捕捉鋪陳，也不放過想像中那個年代的色彩、氣味與聲音。我用心良苦地還原那個時代的風情背景。（《琉璃瓦》序 1）

值得注意的是，即使作家拼貼了這些歷史素材所勾勒出的香港風情圖，也未必是現實中的香港，[12] 施叔青碧霞銘刻的香港浮世繪只能說是香港萬象中的一層切面。經由作家的筆耕，香港的歷史素材和其筆下的人物融為一體，「想像」的運用，給了作家的大理石敘述一個脫困的窗口，讓她得以遊走在現實與虛構間，以寫實的筆觸融合其創作生涯中所累積的寫作技巧，並開一個後殖民敘述道路，鋪陳小說的進展，從鹿港、臺北、紐

---

10 同註 4。

11 黃錦樹認為施叔青寫作「香港三部曲」，其出現的時機以及存在的意義有多重象徵性，和香港的特性有密切的關聯，筆者同意此說，並欲藉由其指出的象徵意涵繼續深入討論。詳見黃錦樹，〈寂寞雲園評介〉，《中國時報》1997 年 7 月 31 日：42 版。

12 何謂香港？何謂香港作家？李小良曾對香港文學與作家提出其見解：「施叔青的『香港』，畢竟是『她的』香港，跟本體的『香港』（存在嗎？），或『真正的香港人』（怎樣才算是呢？）想像的『香港』，可能存在很大的差異，而這差異又可能是想像世界中的必然吧——文本生產不就是差異的蕃衍嗎？」（186）

約走來的異鄉客，以一種既介入又疏離的眼光建構香港。施叔青 16 年的香江生活濃縮成為陛下的百年香港，誠如白先勇所言：「『香港的故事』在施叔青筆下充滿了新鮮與浪漫色彩，帶著幾分傳奇的成分，甚至可稱為『香港傳奇』（4）。施叔青選擇以黃得雲的生命史對應香港的歷史大事記，加深了「香港三部曲」的傳奇意涵，尤其在前面二部曲：《她名叫蝴蝶》、《遍山洋紫荊》中，個人史與歷史大事件嵌合的相當成功，也更突顯黃得雲的不凡之處，施叔青欲以其虛構之人物依附著重大的歷史事件，跟隨著時代往前，基本上還是一種線性的敘述視野，問題是書寫了二部曲之後，突然醒覺只經營了 18 年，在回歸的時間壓迫下，施叔青在終曲《寂寞雲園》中，展露了跳躍的手法，在時空的錯置、並置間重組了黃得雲祖孫四代的恩怨情仇，並藉以終結作家的香港史。[13]

施叔青的「香港三部曲」踵繼著張愛玲書寫〈傾城之戀〉的餘味，同樣對於時代變動有著敏銳嗅覺。張愛玲筆下的香港是上海人的香港，她說道：「我是試著用上海人的觀點來查看香港的。只有上海人能夠懂得我的文不達義的地方」（57），張愛玲明確的表述了自己觀看香港的位置，同樣的，施叔青雖立志書寫記錄香港的歷史圖像，然而在其撰寫的「香港三部曲」中卻無可避免的夾雜了作家周遊列國的混雜記憶，而其中的一個記憶片段更是來自臺灣。施叔青仔語言的擇取上，以中文作為書寫的傳遞，而不選取廣東方言與複雜的殖民地用語來表現，這種陳述方式讓作品多了普通的意涵，同時也給了生活於相同語境下的臺灣讀者一個介入香港的視野，施叔青使用的懷舊語言與刻意營造的閨怨閒愁某種程度上也滿足臺灣讀者對於香港神秘又多彩的幻想。黃得雲一家四代的情愛傳奇建構在香港百年的歷史上，施叔青以《廣東史誌》、《新安縣誌》、「1941 年開埠報告」、鼠疫、房屋策略、填海工程、醫藥政策、石塘嘴開闢史、九廣鐵路通車、沙基慘案、罷工事件等史實為線，串起黃得雲的家族誌，以「香港三部曲」的傳奇家族史對應香港的傳奇開港史。作家在前面兩部曲中，貫穿了她所謂的「懷舊情懷」，更可以以「古艷淒婉的文體」來訴說百年香港，作者雖提到她是故意使用文風來製造距離感，使小說讀來更像「凝視一幀古風泛黃的照片」（《琉璃瓦》序 4）。然而，這種寫作角度的經營卻讓施叔青更加陷入張愛玲的敘述口吻。施叔青仔三部曲的序曲中，對於訓練黃得雲成為名妓的鴇母倚紅的書寫，奠定了前二部曲中昏黃、鬼氣、蒼涼的小說氛圍：

> 伸出床沿擱在酸枝大方凳上的那雙腳，看出是個女人，一雙黑緞繡鞋，鞋底嶄新，躺著的人似乎從沒下來走過路。鞋面繡的一對紫鳳凰，黃得雲覺得眼熟，三舊媽生孩子死去，入棺時腳上穿的壽鞋⋯⋯。（《她名叫蝴蝶》，11）

延續了作家早起中鬼氣的敘述氛圍，施叔青在「香港三部曲」中繼續以這種幽暗手法經營小說書寫，然而，與以前不同的是賦予了更多寫實參照，寫盡了島上喧嚷繁雜，張愛玲筆下「繡在屏風上的鳥」（茉莉香片）化成施叔青筆下黑繡緞鞋上的紫鳳凰，更加添頹靡之色，這也是張派作家對於張愛玲式的蒼涼美感的繼承，施叔青繼張愛玲之後重說「傾城之戀」，不僅是日本佔領下的淪陷之島，更是即將回歸中國的「陷落」之鳥。對照終曲的《寂寞雲園》，由於久居幕後的敘述者突然顯身，在氣氛的營造下施叔青不復前二部曲的說書扮演，而是站在幕前交代黃得雲一生的傳奇，顯現出施叔青亟欲跳脫出長時手中的「戰前香港」的企圖。

---

13 參見施叔青，自序，《寂寞雲園》（臺北：洪範，1997 年 7 月初版）1-2。

三、結論

縱觀「三部曲」的敘述，既是替香港寫歷史，同時也替臺灣文學史寫歷史，臺灣文學史的向度，藉著作家的香港描述又向外延伸了一步，整個華文語圈透過類似施叔青香港書寫的聯繫，臺灣文壇與香港文壇有了共同的聯繫，這也是「三部曲」在文學史上最大的意義。作家趕在九七之前為她的香江記憶做了註記，也藉此凍結了 16 年的港居生活，「香港三部曲」的完成，抒解了作家在香港回歸前的焦慮，同時也揭示了她觀看香港的角度。「香港三部曲」所造成的轟動一方面是這位臺灣作家為異地香港寫史的壯志，一方面還是緊扣當時九七的回歸熱潮，筆者藉由「香港三部曲」的分析，從作家的書寫中解讀敘述香港的位置，基本上，施叔青是站在局外人的鳥瞰觀點來介入香港的，作家耐心的面對香港殖民地風情以及混融的華洋雜處情境逐一解套，與香港保持著既緊密又疏離的關係。

王德威指出施叔青有意無意間會洩漏她觀看香港的高姿態，透過《寂寞雲園》中的敘述者——我的現身說法，利用黃蝶娘這個煙幕，作家說了一個她的香港故事。[14] 姑且不論她的鳥瞰高姿態，由於過度心繫香港的後殖民矛盾情境，因而選取白人的視角，欲採用逆寫殖民的手法，由於對於種族／階級／性別等論述不夠深刻，因而難免流於片面。然而就其所具備「放眼天下」的視野而言，出身於臺灣的作家中還未曾產生像施叔青如此特殊擺盪於島於島之間的「異鄉客」，身為作家，施叔青不但描述了成長的家鄉——臺灣，也書寫了異鄉——紐約，更記錄了飄蕩之島——香港的歷史，這是相當不容易的事。[15] 以施叔青這位臺灣作家所書寫的香港歷史三部曲小說而言，在臺灣文學史的書寫過程中應該被討論，這其中更牽涉到許多臺灣出身的海外華文作家的創作定位問題。當臺灣文學的定位問題，已逐漸進入論定之際，施叔青以及許多海外的華人作家都該被納入臺灣文學的範疇中進行討論。換言之，臺灣文學的收容界線應當是開放的，施叔青的香港三部曲，一方面是書寫香港，一方面卻引介入臺灣讀者去窺見香港，因此香港三部曲的敘述視野是既內又外的，對於上等洋人階層而言，施叔青深入了其東方視野頗有敏感度，然而，在總體的語言建構上，基本上施叔青正在對臺灣人訴說一段香港傳奇故事，他訴說的對象是臺灣人，也許香港人無法接受她的香港故事，[16] 然而，臺灣讀者應該頗能心靈神會這一段台味十足的香港文學，不論是現代主義的蝙蝠或是後殖民的蝴蝶，[17] 施叔青對於香港文化的摹寫，可視為作家對於異文化的一種重新想像與再造，就此，筆者以為施叔青的香港三部曲必須置放於臺灣文學的脈絡下，並可視為作者透過香港經驗，傳遞臺灣讀者另一種的書寫經驗。

---

14 見王德威，〈異象與異化．異性與異史——施叔青論〉，《跨世紀風華：當代小說 20 家》（臺北：麥田，2002 年 8 月初版），269-89。

15 林耀德說：「身為一個臺灣作家的施叔青願意將近年來的絕大部分光陰投注在對於香港歷史和生態的關懷與觀察，這當然是非常值得重視的一個文化事件。」見氏著，〈歷史的負擔——評遍山洋紫荊〉，《自由時報》1996 年 2 月 3 日：34 版。

16 關於施叔青的香港故事，余光中、王德威以及廖炳惠，在文中大多給予肯定的評價，認為可以幫助讀者瞭解香港。對此，倫敦大學博士關詩珮從施叔青《香港三部曲》的後殖民顛覆策略及身分認同來討論施叔青的顛覆策略是否成功，文中指出施叔青並未顛覆殖民論述，並且在她的文章中，無法「使人覺得她與香港有中『休戚與共』的歸屬感。」見關詩珮，〈論施叔青《香港三部曲》的後殖民顛覆策略及身分認同〉，香港大學文學院主辦中國文學的傳承與開拓—— 40 週年校慶研討會，2003 年 10 月 30 日。

17 見張小虹，〈祖母臉上的大蝙蝠——從鹿港到香港的施叔青〉，《從 40 年代到 90 年代——兩岸三遍＝邊華文小說研討會論文集》（臺北：時報，1994 年 11 月初版），186-89。

Fake Economy and the Temple of Boom:
Contextualizing Shih Shi-ching's Light Drunken Makeup

廖炳惠 Ping-hui Liao
Literature, UC San Diego

Prologue: Originally, I had thought of writing for this conference a paper on the border crossing components in Shih Shi-ching's two sets of trilogy （on Hong Kong and Taiwan）, highlighting the trans-gender and trans-genre gazes by such characters as Huang Deyun and Xu Xin. But the recent event of "Gutter Oil" scandal and its aftermaths proved too dreadfully painful to watch and urgent to be bypassed （GMP, giving mimics passes）. With the lousy soap opera unfolding everyday to disrupt ordinary people's lives, I couldn't help but go back to re-vision what I had written on Shi-ching's Light Drunken Makeup （weixun zaizhuang）. It seems that I had only considered the motifs of state fetishism and postcolonial melancholia, among other traumas, illness and agonies, around the loss of taste and wine craze, but not touching on a perhaps more deeply rooted while equally contagious disease and psycho-social symptom that has been slowly spoiling and destroying the very little of what is left in our truncated and tormented society — decency, honesty, and good will. And since Liang-ya and couple of others have addressed the Taiwan trilogy in light of colonial and postcolonial histories, I think I might be better off discussing the political economy of the fake and of resuscitated spiritualism in the form of vital energy and profit-making business. At first glance, fake and spiritualism don't seem to go together, but I shall argue here that they are and in many ways deeply interconnected in generating massive anxiety, anguish, and panic among the commoners （those who are excluded from the club membership） in everyday life. On the fake and replica, Abbas Abbas has drawn on revealing examples of x-realities （esp. x-city and x-colonoy） and the paradoxical situations of Chinese consumers now going after the authentic, expensive commodities as they are increasingly fed up with cheap reproductions. While illuminating, Abbas's account tends to single out the new elite class to the neglect of the majority who are not integral part of such a political economy and exposed to unprecedented, agonizing scales of corruption, pollution, and incompetence. On the other hand, Karen Thornber has recently suggested that East Asian countries are now facing environmental devastation, even though various attempts on the part of the governments and NGOs have been made to preserve species on the verge of extinction. Thornber relates the failure largely to Asian yearnings for development and technological advancement in response to western modernity. However, she also points her finger at Asian spiritual traditions by suggesting that the principle of "harmony" or "tao" often celebrates wise passivity and thus discourages orchestrated human efforts to save the planet. While finding her views convincing, I propose, here as a way to help contextualize Shi-ching's novel, to look at a newer trend in the use and abuse of nature among a diverse group of healthy life style consumers and practitioners, who cherish organic or whole food, fengshui, and inherent, vital energy. They range from urban middle class housewives to cell phone makers, and they cultivate a peculiar notion of the correspondence between the inner and outer world very much along the line of Buddhism or Taoism. They structure daily diet and fitness exercise around desires for redemption and success, so that they can live smart and prevent disease. To better comprehend the "green paradox" and its unsettling consequences, we probably might well consider the entanglement of such new consumption patterns and old spiritual traditions. I would draw on literary works by Chu Tien-wen and Shi Shu-Ching, in addition to ethnographic writings on the Chinese diaspora and their re-articulation of ancient ecological and medical discourses. In Chu's Fin-de-siecle Splendor, for example, we find characters to be obsessed with all things organic or authentic. The fiction goes well with what happens in the temple of "boom"—certainly not "doom" as Steven Spielberg advocates--with a huge crowd of high tech professionals, accompanied by transnational popular music in a simulated, bio-medically engineered environment that tries to resuscitate the ambience of what Sigmund Freud once described as "oceanic feeling," to re-claim primordial, if a bit infantile, vitality.

I. Fake Products and Green Paradoxes

Sandra Gilbert opens her new book on culinary imagination with a motto from Ernest Hemingway: "there is romance in food when romance has disappeared from everywhere else." （xv） But what if such romance in food and wine is manufactured and replicated as a trend? And romance is so constructed as to be around the false happy consciousness? Shih Shi-ching's novel Light Drunken Makeup develops stories around characters who either produce or consume global popular lifestyle goods such as red wine, cosmetics, and exoteric spiritual practice. Here, I propose to zoom in on the last part of the novel to discuss the implications of such forged Buddhist community for the new middle entrepreneurs in boosting vital energy for maximum productivity and in keeping conscience free. This sort of spiritualism as organized and orchestrated around the notion of redemption of the "true" self or rediscovery of the inner harmony is in the final analysis built on fake and green paradoxes: as modern men and women experience alienation and exploitation, they desire to be one with Nature and to regain the "Oceanic" feeling.

"The study of world literature has burgeoned in recent years," Karen Thornber observes, "but little has been written on the relationship between world literature and eco-degradation, even though countless works of world literature take up the human destruction of environments" （23）. In her Ecoambiguity （2012）, Thornber singles out multiple layers of "green paradox" in East Asian literatures, highlighting the contradictory albeit ambivalent discursive practice in response to environmental crises. According to her, Asian literatures are most notable for celebrating the beauties of nature and portraying people as harmoniously connected with the cosmos. However, Asian countries also have long histories of transforming and exploiting nature, often in the name of modernity, progress, and prosperity. Here, Thornber forgets to mention spiritual tradition or even a new spiritualism that is catching on and reinforced by the "Chinese Dream."

Thornber cites among many examples Tianxin Zhu's novella Gudu （Ancient Capital, 1996） which opens with a lament: "Is it possible that none of your memories count? The sky back then was much bluer, so blue it made you feel as though the ocean weren't that far away, pulling you toward it" （Thornber 91）. It is apparent that rapid economic growth and growing energy demands, together with urbanization and industrialization, there are serious air and water pollutions, worsened by increasing disparities of natural and human resources. It is small wonder that nature writer like Kexiang Liu should bemoan the permanent loss and irreversible choice in face of flora and fauna; his narrative accounts urge readers to do something while sustaining "unresolved state of anxiety concerning the environment" （Thornber 93）. The anxious or ambivalent attitude in relation to the nonhuman world becomes very complex and self-defeating when nature writers such as Liu, Tamapima Topas, Chunming Huang, and many others blame industry and government for damaging environments, putting corporate and national interests against the well-being of relatively defenseless people and ecosystems, while on the other hand assume local people's entitlement to land and lives on it. Topas argues in "The Last Hunter," for instance, that taking the lives of the endangered animals is justifiable as aborigines need to do so to survive. Liu often writes about the "edible" flora after detailing their beauties and potentials to be extinct. Thornber discusses such disparate attitudes as "injurious fascination" （389） or "admiring ecosystems but longing for control" （404）, in the form of "green paradoxes": "deep respect for the nonhuman can translate into actions that benefit or at least do not noticeably damage environment, but such attitudes also can camouflage outlooks that rigger behaviors harmful to the nonhuman world" （388）. To Thornber, such paradoxical mindset can be traced to Confucianism, Taoism, and Buddhism, fountain heads of "Asian values." She quotes Elizabeth Economy in length and echoes her argument that early Chinese thought is at the core of disjunctions between environmental attitudes and behaviors in contemporary East Asia （36）. Economy writes, "Confucianism, Taoism, Legalism, and Buddhism share a healthy respect for the importance and power of nature to shape conditions and prospects for a fruitful and prosperous life." But, "it is the Confucian belief in ability to shape nature to fulfill needs" (quoted in Thornber 36). Thus, "the continual cycles of social transformations, including war, population growth, economic development, and eco-environmental change resulted in astonishing levels of deforestation, desertification, soil erosion, and flooding," she goes on to suggest.

Thornber (and Economy, what else?) have their points on the complex and contradictory interactions between people and natural environment across East Asia. But in what follows, I propose to examine a more controversial and perhaps difficult actuality in which Asian spiritual tradition is evoked to conserve human energy and primordial vitality in the name of cosmic love. The practitioners of such doctrines are in favor of organic or whole foods while very exclusive in their club culture. They would often congregate in mountainous areas with good fengshui, fraught with pure and positive energies. They celebrates the principle of greater harmony with the cosmos; however, it was almost if they were embracing a "second nature" ecologically or even biochemically manufactured and orchestrated to perfection, so that their temple can promise success and deliver happiness.

II. Temple of Boom: Electro-Spiritual Communities of Vital Energy

Lao Tzu would certainly turn in his grave if he should find out that his Daodejing, a seminal albeit brief text which advocates minimalist use of intellect and speech to return to the primordial state of simplicity, has recently been appropriated and recited to a huge crowd of high tech professionals, accompanied by transnational popular music in a simulated, bio-medically engineered environment that tries to resuscitate the ambience of what Sigmund Freud once described as "oceanic feeling," to reclaim primordial, if a bit infantile, vitality. Hundred of thousands now practice Heqi Tao worldwide, according to the organization's website. Heqi literally means "unison and synchronization of qi or cosmic energy"; as a movement, it brings together Asian spiritual, martial, and medical traditions with Western discourses of psychotherapy and redemption. In absorbing and hybridizing a rich diversity of discursive practices,

Heqi Tao represents an interesting case of trans-regional studies in new spirituality and bio-politics, especially in the ways it re-articulates the old philosophical as well as medical discourses with the help of the emergent psycho-social imaginaries.

In many ways similar to the rise of post-secular science religions in response to a myriad of tech-anxieties and the increasingly ubiquitous threat of nuclear or terrorist warfare, Heqi Tao also call attention to crisis prevention and management. However, it doesn't develop "interventive practices," to follow Martin Riesebrodt, that "center on the precariousness of social relations, especially inequality, authority, conflict, changes in status, or crises of solidarity and identity" （19）. Heqi Tao seeks to recover one's true self and to rid bad elements affecting the human body.

To better understand such a movement, we should examine the Chinese diasporic electro-spiritual communities and their discursive practices of bringing in modern technological imagination to shed light on traditional notions of the body and environments. This is a relatively new area hardly touched upon by scholars in literary and critical studies. Falungong is probably one of the better known among such communities to win recognition in terms of international human rights and political struggle for religious freedom. Several cultural or medical anthropologists have delved into several perhaps more prominent and globally successful Buddhist organizations like Tzu Chi and Fagu in terms of their founders' "charisma and compassion," of their institutional structures, rather than of impact on the believers' mind and body in the constitution of sense of wellbeing （Huang）. These Buddhist organizations have attracted millions of disciples to "build a better world through their collective good work" （Huang 217）. To accomplish their good work the disciples are constantly engaging in very well orchestrated forms of Qi circulation and transformation, involving as Huang witnesses collective "weeping and musical corporeality" （124-52）. However, critics seldom attempt to explain the fascinating aspects of such collective crying and weeping behavior from a people who is normally said to be afraid of "losing face" in public. My concern here is with a far quieter but perhaps more dynamic sect of Heqi Tao which flourished in the early 1980s and later on attracted a huge crowd of engineers and telecom workers, as well as a sizeable proportion of overseas new Chinese middle class. What interests me is the ways in which

Heqi Tao manages to develop creolized forms of trans-cultural and inter-disciplinary articulation to gain wide popularity among the largely rich Chinese in diaspora.

Current discussions of the Chinese diaspora can be summed up as either highlighting their mobility or re-locating place-based structure of identification. Aihua Ong is probably the best known representative belonging to the first camp, while Gungwu Wang and Philip Kuhn represent the second along with a number of China area specialists as found in the recent collection by Ma and Cartier. Ong builds her cases of transnational (albeit ungrounded) Chinese empire on the basis of fieldworks around new immigrants from Hong Kong, Cambodia, and the Philippines ranging from top police officers to house maids. She highlights the establishment of network, guangxi (relations), and communities along racial line. Wang and Kuhn trace on the other hand the routes of Chinese sojourners from a historical and trans-regional perspective; they are largely interested in corridors, niches, especially racial politics of discrimination and persecution aiming at Chinese diasporas as ethnic minorities. These scholars also examine the dangers and rewards of being labeled as "overseas Chinese" who often desire to return as patriots or investors. Both Ong and Wang, together with many cultural studies or area studies experts, tend to neglect the formation of transnational electro-spiritual communities as a result of new migration pattern changes since the 1980s with large proportion of middle-class Chinese professionals and traveler-dwellers in different parts of the world who are sometimes labeled as "reluctant exiles" as they tend to miss the better ways of life and their networks back home.

From the 1970s onwards, the new migrants from Hong Kong, Taiwan, and China consist mostly of the highly educated and of affluent families than the old labor movements of the nineteenth century and early twentieth century (Skeldon 61). The new migration patterns reveal the heterogeneous nature of the Chinese diaspora, complicating our conception of spatial mobility, flexible citizenship, and identity formation. Scholars have argued that Asian migrants to Australia and Canada have increasingly adopted new strategies for structuring their relationships with the international communities, tactics of "instrumental citizenship," that is, citizenship acquired for practical business and instrumental purposes, which may or may not have much to do loyalty to a country （Ma 33）. With new Chinese shopping centers and housing areas replacing the old Chinatown setups, these new migrants demonstrate that spatial clustering takes place along class lines rather than on the basis of the place of origin （Ma 26-7）. Socioeconomic ranking is often found to be a major factor, and the motivation for Chinese transmigration for the wealthiest classes, according to Lawrence Ma and many others, tends to be apprehension of the political future of their homelands or of military threats across the Strait. （I hasten to add that a lot of them in fact decide to move out of their home countries in search of a less stressful educational environment for their children, and this may well contribute to their desires for healthier style of living and spiritual well-being, as I shall illustrate later.） Leaving higher living standards and incomes behind as reluctant exiles, these transmigrants find themselves not necessarily rewarded with a productive socio-cultural milieu, a safe domicile, opportunities to work and live in a Western country — Australia or New Zealand, for instance.

In addition to the desire for a stable political environment, these migrants, especially those from Taiwan, are in search of a haven from the three main sources of social disorder: politicians, scholars, and the media. That is why these new migrants aspire to nostalgic ways to revitalize energy in their temples of boom. As a founder of Heqi Tao, a popular trend in the electro-spiritual communities, Michael Chou explains in terms of electromagnetic audio technologies of transmission, reception, and recording in these words: "The entire environment is an ill condition⋯.What causes it? Each of us is like a small radio station continuously transmitting messages. These messages are accumulated in the cosmos and in our bodies . . . because these many different small radio stations continuously transmit various negative messages （complaints, hatred, resentment, and feelings of suppression and fear）. These messages, accumulating in the outside world and within our own bodies, result in a very forceful negative effect" （Chou 1997）.

How to rid of these negative messages? Disciples can learn from the master to open their hearts by going through the process of overcoming, of practicing energy revival exercise （qigong） or repeating key popular songs to generate an emotional atmosphere conducive to universal love, so as to recover true selves. Heqi promises to take people back to childhood in creating a situation to let practitioners find something they lost before. However, the concept of qi derives more from a creolized version of traditional Chinese Taoist doctrines as illuminated by modern physics and electromagnetics. Drawing on Taoist and Chinese kungfu notions of the body, Chou suggests the magnetic field to be the essence of both life and social power, generated in the paradoxical process of overcoming and transcending old formats. As the magnetic field pervades a society, the smart one knows that he must smash traditional institutional or ideological structures such as small, family-centered business, so that they could be replaced and revitalized by large-scale, value-added, and computerized biotechnical production. This technological imagination and its promises of success are at the core of the discourse to transform one's capacity to be able to compete and to outwit in the world network of trade.

Michel Chou's life experience indicates such promises of success. A motorcycle accident in Taiwan left him partially paralyzed from a spinal injury in 1980. He learned from his mother, a martial arts teacher, but managed to cure himself through alternative means. Following his miraculous recovery, he went to the United States to study Chinese medicine. In the mid-1980s, he began to teach a hybrid form of martial arts and spiritual arts that Chou learned from his mother and grandmother. In 1994, he called his practice "Heqi" and thereby gave traditional martial and spiritual arts new meanings in light of physics and psychotherapy. The term "heqi" in fact derives from Japanese karate, which has a long tradition of blending Chinese kungfu with a holistic view （Tao） of energy-building for sudden break through. In many ways, Heqi Tao has always already been a creolized form of sustaining spiritual biopower, of cultural re-translation. Whereas in the Japanese version, the philosophy is to synthesize bodily energy for self-defense, the doctrines advocated by Chou emphasize "harmonious atmosphere" and "primordial qigong." Heqi is said to have created miracles and to have generated enormous interests in alternative healing that by 1999 not only Heqi Tao but several Buddhist organizations set up TV networks, CD circulation channels, web sites, email editions of magazines, and became globalized. Electro-spiritual communities are not simply electrified by illuminating lasers, fiber-optic transmitters, radio and micro-waves, but asserting universal love to extend as part of a greater China discourse to revolutionize the world in the image of their middle-class enlightened selves. It is only natural that more and more engineers, managers, and cell phone makers find themselves attuned to such electro-spiritual practices in fending against all sorts of malaises and disorders, not to mention emotional volubility, unconscious tensions, and other negative messages from everyday life. As Alan Ingham advocates, "Lifestyle consumer oriented strategies focusing on 'consciousness' in the form of 'finding one's authentic self' are rapidly appearing. The 'new' healthy you has to be the 'true' you" (243). Chinese transmigrants are certainly up to date, perhaps one step ahead. And it is the transnational business of recovering true selves in Pacific Asia now that helps generate the economic miracle and also its false happy consciousness as recounted by a writer like Shi Shu-ching. In her revealing novella that came out at the turn of the last century, Shi describes a number of Chinese cosmopolitan middle-class traveler-dwellers returning to Taiwan to promote consumption of expensive red wines, fancy cosmetics, and of course new religious cult with electro-spiritual devices.

Heqi Tao practitioners often begin their workout rituals by reciting songs that are hybrid products, and these texts indicate a long history of the evolution of Chinese kungfu in response to western concepts of colonialism and modernity, of magic and medicine. This is a peculiar area of cultural creolization that few scholars have touched upon. Nikola Pazderic, one of my main source-providers on this topic, for instance, tends to associate the rise of Heqi tao with the structural transformation of contemporary Taiwanese political economy, rather than with global popular trends of alternative medicine or from a historical perspective of long duration to thickly describe the formation and creolization processes. To him, Heqi Tao practitioners appear to have "had intimate institutional experience" with the shift of Taiwan's economic success in the 1980s as a sign to "fill in the gap of recognition caused by the exclusion of the Republic of China from the status of nationhood," that is, "in 1971, the United States move its China seat to the People's Republic of China, and in 1979, the united States moved its Chinese embassy from Taipei to Beijing (Pazderic 196). In this regard, Heqi Tao serves to compensate or to renegotiate the benefits of "nationalist ideologies, policies, and power." That is partly why Pazderic opens his essays with these succinct but general remarks: "Promises of success and specters of failure permeate public life in contemporary Taiwan" (ibid.).

However, the observation made by Pazderic gains very little ground of support if we consider the case of Michael Chou and the majority of his followers, who are largely Taiwanese Minnan in ethnic origins and have never taken any prominent positions in a government bureau. The doctrines Chou preaches in fact don't carry any political messages, unlike those made by other overseas spiritual groups — Falunggong, for example. To make sense of why his doctrines should be of universal appeal to Chinese middle-class telecom workers and businessmen, we may have to consider the emergence of Heqi Tao in relation to Chinese diaspora, not only in light of the partial link and "syncopation" that James Clifford and Paul Gilroy have advocated, but also in the context of the recent migration pattern changes in which "reluctant exiles" leave homeland in search of healthier ways of life.

III. Heqi and the Chinese Diaspora Club

Heqi practice began in the United States in the early 1990s, but by 2002 its centers and training programs numbered up to dozens operated successfully in many major cities — following the seed practice institutes in Los Angeles, San Jose, and Taichung. The membership fee as of Spring 1997 was NT 18,000 (over US $500), but the cost to join in has been reduced quite drastically as more and more disciples started to donate money and even to contribute substantially to help build or sustain Heqi centers (Pazderic 199). Pazderic points out quite correctly that the story of Heqi's success "testifies to the personal charisma of the founder and to the dedication, organization, and wealth of his followers" (ibid.), but he also hints that its popularity has in part to do with the long tradition of qigong (breathing and energy building exercise) developed in ancient China, possibly since 1100BC. He does not, however, elaborate on this; instead he draws on to McLuhan, Freud, Lacan and Zizek to highlight the relevancy of media discourse, psycho-therapy, love and electronics on the subject in question. But figures such as He Yuanjia and Huang Feihong （both reenacted by Jet Lee in several films） are actually lurking behind Michael Chou's lectures, where the main concern is the "resuscitation or re-vitalizing of life energy" and "re-construction of emotional atmosphere" as a way to battle "negative messages" surrounding us in everyday existence. To Chou and his disciples, the goal is to recover one's true self: "The old formats of the ego must be smashed or broken through （tupo） in the process of both overcoming （kefu） and transcendence （qaoyue）" （Chou 1997）. Very much of what Chou preached in fact confirms Buddhist doctrines, not to mention in resonance with Laotzu's Daodejin. However, Chou not only adds a new psycho-physical dimension but associates bodily movement with magic, music, and memory retrieval: "While we do the bows, a stream of thoughts will come to mind. Do not attempt to suppress them, for they have greater importance than mere random thoughts. They are records from our deepest subconscious memory, i.e., our worries, our fears, issues that we don't want to face, or events that we have forgotten. These may be matters whose accumulation has caused damage to the various corresponding systems of the body" （Chou 1996）. Pazderic reports that during one training session a theme song for Oshin, a Japanese soap opera which stormed Taiwan in 1994 and since then a constant re-run, was used for its most powerful message regarding a lower middle class young girl from the countryside enduring and overcoming hardships. The affective as well as acoustic sways of the song help generate an emotional atmosphere conducive to spiritual love and psycho-magnetic dynamics. At other occasions, Pakistan Sufis and African drum beats are said to be popular among the followers. But most often, the practitioners would sing a popular Taiwanese song, "Work Hard to Win":

Work hard to win,
No matter how difficult the situation is,
As long as you work hard, you shall be a winner in the contest;
No matter how humble your origin is,
As long as you work hard, you shall always win.

Music and magic thus work together to evoke the communal sense of a second harmony, moving through self-emptying and overcoming process to reach a most fulfilling mental as well as physical state of positivity, endowed with love and tranquility.

During the session, "expressive gestures to accompany the song were taught to the group by senior disciples. . . . The songs, gestures, and stories created an appropriate atmosphere . . . for further transmission and reception of Heqi," so as to move the body more expansively to eliminate negative messages and diseases （Pazderc 206-8）. Those who experience the recovery of true selves are asked to speak out and share with other group members what they have gone through. An informant told Pazderic this: "All the practitioners of Heqi really opened their hearts. . . By the fifth day all practitioners became innocent like children; they showed themselves entirely; that means they all opened their hearts before the class ended. I talked about how Heqi takes people back to childhood or infancy with some practitioners, and they all agreed. Actually, Heqi creates a situation to let practitioners go and find something they lost before" Pazderic 210）.

Now it is apparent that Chou and his followers are appropriating the qigong tradition, along the narratives of fashioning new Chinese selves as epitomized by He Yuangjia, Huang Feihong, and Bruce Lee, who refined the true nuances of Chinese kungfu in modernized forms in response to western and Japanese imperialism. Stories of these kungfu masters engaging foreign wrestlers, swordsmen, gunmen, etc. dominate popular imagination. But upon close scrutiny, one realizes that these "cultural heroes" were also bricoleurs that developed their martial art and medicinal skills through learning from western science and technologies. In the case of Heqi Tao, not only are qigong and fengshui techniques blended with new technologies — music speakers and microphones, for example — but Taoist idea of returning to the innocent and primordial state is re-articulated with the Romantic notion of a "second harmony" together with Freudian theory of "talking cure."

I find this creole form of trans-cultural borrowing most intriguing, especially when we consider these practitioners are largely new Chinese middle class in diaspora who have rejected the unsafe or uncertain environments of their home countries while found themselves caught in another set of losses — loss of jobs, networks, language command, prestige and privileges, above all of a familiar world picture. As Benedict Anderson suggests, diaspora experience inevitably produces qualitative transformation in relation to bound and unbound relationships with home. For diaspora constitutes a condition in which the displaced can only form partial connection with homes — that is, with one far away and another in proximity. Diasporic consciousness operates in syncopated responses to differential communalities and temporalities, in modes of entanglement and cross-cutting time and space. As a result of dislocation, diasporas tend to form disjunctive subjectivities, often in the almost unrecognizable form of what Jacques Lacan terms "anamorphosis," of a contorted projection of hopes and fears into a distorted field of vision. Diasporas desire to belong while tortured by lack; their worldviews and discursive practices are informed by fetish desires to reproduce or to fill in the gap between the home and the new world. Chinese Fengshui （literally, "wind" and "water"） tradition is among the many elements reintroduced by the Chinese in diaspora, as they are anxious to situate or re-orient their physical and spiritual environments （their new homes in foreign lands） with auspicious or positive qi, using magnetic compass, ruler, or astronomical means to find the best possible ways to mend the heaven and the earth in perfect harmony.

It is precisely against this diaspora backdrop that Heqi Tao gains popularity as a form of recovering "true" selves, of overcoming the sense of loss. This can be illuminated by Ang Lee's first successful commercial film Pushing Hands （1992）. In the film, an old man comes to the States after the decease of his wife to stay with his son and his family, only to find himself estranged by the new environment. As miscommunications and conflicts between the old man and his daughter-in-law （a white American woman who understands very little of Chinese） intensify, he has to shut himself up by watching Peking opera video tapes with headphones and by readjusting his dietary habits. The alternative form of consolation left for the old man is to do Taji, so as to relieve tensions and unease. Later, a dramatic incident in the restaurant forces the old man to use his martial art techniques of pushing hands for self-defense, but under the charge of assault he is arrested and jailed. When the son comes to the police station to bail him out, it finally dawns on the son that his father needs his own space and communities. Teaching Taiji in a Chinatown eventually puts the father figure in a new life-situation in which he may help others like him to "recover true selves."

Michael Chou's Heqi Tao is a more advanced version of Pushing Hands and reaching out, as it successfully incorporates traditional Chinese martial and spiritual arts together with American fitness and alternative lifestyle practices in a rather sophisticated fashion of creolization. As Heqi Tao and new electro-spiritual communities flourish both in the States and elsewhere (Taiwan included in the two way glocal traffic), we witness more creole temples of boom which certainly have a number of traditional icons but at the same time demonstrate postmodern architectural diversity of a Disney or even a Las Vegas casino — Chungtai Zen Temple in Puli, for example. With more temples of boom as established by global electro-spiritual organizations such as Foguang, Fagu, and Heqi moving in to Chinatowns and many other places to replace Guanggong or Confucian temples, we now move on to a very different ethno-scape indeed. To rephrase Stephen Spielberg, these new Chinese immigrants or diasporas are like Indiana Joneses with advanced degrees and professional skills who seek fortunes elsewhere.

Postscript: As of now, more and more funding support comes from the temples of boom to help save the humanities from doom. However, the irony is that our Indiana Joneses largely think of arts either as valuable objects for investment and possession or as fascinating events of performance which will uplift the souls and contribute to the cause of recovering true selves, of returning to the primordial stage. But is that primordial stage, innocent and vital as it seems, some sort of mirror image, of imaginary totality? We may need to learn more from these communities to be able to tell. A news report about Terry Guo and his Foxconn alarmingly illustrates this. Guo has been notorious in exploiting his employees, pushing them toward the edge of mental breakdown. In 2011 when the second worker jumped from his Foxconn Building, Guo banned people from doing that. But as the news of third death reached him, Guo reacted by saying that Foxconn should ask a monk to help exorcize such evil fengshui. If more cell phone makers like Terry Guo are to prevail, the world's future looks pretty much doomed. And Shi-ching' novel seems to be telling us just that.

References

Abbas, Ackbar. "Faking Globalization." *Visual Culture Reader*. Ed. Nicholas Mirzoeff. New York: Routledge, 2013. 282-95.

Anderson, Benedict. *Specter of Comparisons*. New York: Verso, 1997.

Chou, Michael. "The Process of Hochi Practice: Summary of a Lecture by Master Michael Chou" (1996). Http://www.hochi.org/pubs/vol3/practice.htm.

---. "Breaking Our Formats" (1997). Http://www.hochi.org/msgs/breakformat.htm.

Gilbert, Sandra M. *Culinary Imagination: From Myth to Modernity*. New York: Norton, 2014.

Howell, Jeremy, and Alan Ingham. "From Social Problem to Personal Issue: The Language of Lifestyle." Cultural Studies 15 (2001): 326-51.

Huang, C. Julia. *Charisma and Compassion: Cheng Yen and the Buddhist Tzu Chi Movement*. Cambridge: Harvard UP, 2009.

Kuhn, Philip. *Chinese among Others*. Cambridge: Harvard UP, 2009.

Ma, Lawrence, and Carolyn Cartier, ed. *The Chinese in Diaspora*. Oxford: Rowman, 2004.

Ong, Aihwa. *Flexible Citizenship*. Durham: Duke UP, 1999..

Pazderic, Nickola. "Recovering True Selves in the Electro-Spiritual Field of Universal Love." *Cultural Anthropology* 19 (2004): 196-225.

Riesobrodt, Martin. *Pious Passion*. Berkeley: U of California P, 1998.

Skeldon, Ronald. *Reluctant Exiles*? New York: Sharpe, 1994.

Thornber, Karen Laura. *Ecoambiguity: Environmental Crises and East Asian Literatures*. Ann Arbor: U of Michigan P, 2012.

Wang, Gungwu. *The Chinese Overseas*. Cambridge: Harvard UP, 2000.

Discovering History in Lugang:

Shih Shu-ching's Narratological Approach to Writing Historical Fiction *

錢南秀 Nanxiu Qian
Rice University

Focusing on Shih Shu-ching's Walking through Luojin（Xingguo Luojin 行過洛津）that opens her Taiwan Trilogy, this article explores the writing approach of her historical fiction within the context of reconstructing modern Asian / Chinese history during the past two decades. Rooted in indigenous regional cultures, such as Hong Kong and Taiwan, Shih chooses unconventional characters and locales for her historical fiction writing — the "Big-River Literature"（dahe wenxue 大河文學）— presenting alternate perspectives that substantially differ from orthodox historiography. Thus, Shih not only offers her readers fascinating readings to enrich their understanding of Taiwan and Hong Kong history, but also challenges scholars to look for new interpretative perspectives. Scholars have so far approached Shih's works drawing upon postmodern and postcolonial theories, and methodologies generated from gender, diaspora, cultural geographical, and Sinophone studies. All have engendered profound scholarship（see the attached list of references）.

Shih is among a rather small group of contemporary writers who have inspired research interest in such a broad spectrum. At a recent international symposium

---

* An original version of this article was presented at the International Symposium on the Works of Shih Shu-ching, Taipei, October 17–18, 2014, thanks to the organizer, Professor Chien Ying-ying.
Unless otherwise stated, all translations are mine.

on her work, hosted by the Taiwan National Normal University, attendants argued whether, in Shih's case, theory generates fiction or vice versa. I believe that there must be some intrinsically embedded elements stimulated by outside influence. As a student of classical Chinese literature and Asian cultures, I am trying to show how Shih has also incorporated tradition into her creative writing. In all, this article argues that Shih's historical fictional writing represents the effort of marginalized groups of authors — women and migrants for her part — who have endeavored to reconstruct history from their standpoints and by sorting through all kinds of resources. In so doing, they have contributed much richer and more sophisticated versions to our understanding of human history.

I. Reconstructing History from Fiction

The writing of Chinese history and Asian histories has encountered unprecedented restriction and destruction in modern times. Since after the Opium Wars （the first in 1839–42 and the second in 1856–60）, the old Chinese empire quickly declined facing the dual problems of "internal disorder and external calamity" — domestic uprisings such as the Taiping Rebellion （1851–64） and the acceleration of Western imperialism. Chinese cultural tradition subsequently fell apart, replaced by all sorts of foreign influences hastily imported by new generations of the intellectual elite who were eager to look for remedies from the West. As a result, the twentieth century witnessed the rise of a variety of political powers; each tried to reshape China upon its own belief and ideal, making China a competing site of ideology. Modern Chinese historical writing has in turn become interpretation of imported ideas. Political activists and historians have together woven a series of myths, which cannot offer later generations objective narrative of historical facts, much less "mirrors" for later government to "right the wrong," as traditional Chinese historiography had to do.[1]

Appalled by how much modern Chinese / Asian historical writing has been distorted by ideological disputes during the past century, historians have endeavored to rid of ideological restrictions in favor of writing "objective" narratives about modern

Asia and China. They have tackled this task by taking greater account of specific periods and locales, as well as historical players of different social and class backgrounds. Researching on unconventional materials following their own methodological designs, rather than dictated by trendy Western ideologies, they have tried to write history from the perspectives other than those of the major [male] historical players.

The past two decades has witnessed renewed scholarly attention to modern and pre-modern history writing on China and Asia, fueled by a "general scholarly interest in modernity, post-modernity, and new social sciences theories," and "new ways of looking at Chinese nationalism and state-building."[2] Methodological approaches have changed as well. Growing dissatisfaction with "Western-centric distortions" has moved many European and American scholars toward "discovering history in China,"[3] that is, rethinking old paradigms of understanding. A number of scholars have also chosen to abandon the "linear, teleological model of enlightenment history" in favor of a more authentic and nuanced rendering of historical processes, one that takes more fully into account the "complex transactions between the past and the present."[4]

---

1 Emperor Tang Taizong 唐太宗（r. 627–49） said: "We use bronze as a mirror to straighten our clothes and cap, the past as a mirror to understand the rise and fall of states, and a person as a mirror to recognize our merits and faults. I have always maintained these three mirrors to prevent myself from making mistakes"（以銅為鏡，可以正衣冠；以古為鏡，可以知興替；以人為鏡，可以明得失。朕嘗保此三鏡，用防己過）; Liu Su 劉餗（fl. 728）, Sui-Tang jiahua 隋唐嘉話（Beijing: Zhonghua shuju, 1979）, 7; trans. Howard J. Wechsler, Mirror to the Son of Heaven: Wei Cheng at the Court of T'ang T'ai-tsung（New Haven: Yale University Press, 1974）, vi, modified.

2. Peter Zarrow, "Introduction," in Creating Chinese Modernity: Knowledge and Everyday Life, 1900–1940, ed. Zarrow（New York: Peter Lang, 2006）, 1.

3. The title of Paul Cohen's pioneering book, Discovering History in China: American Historical Writing on the Recent Chinese Past（New York: Columbia University Press, 1984）.

4. Duara, Rescuing History from the Nation: Questioning Narratives of Modern China（Chicago and London: The University of Chicago Press, 1995）, 4; see also Luo Zhitian 羅志田, Quanshi zhuanyi: Jindai Zhongguo de sixiang, shehui yu xueshu 權勢轉移：近代中國的思想、社會與學術（Transferring power: Thought, society, and scholarship）（Wuhan: Hubei reimin chubanshe, 1999）, 8; Nanxiu Qian, Grace S. Fong, and Richard J. Smith, eds., Different Worlds of Discourse: Transformations of Gender and Genre in Late Qing and Early Republican China（Leiden: Brill, 2008）, esp. the "Introduction."

It was under such circumstances that Shih Shu-ching embarked on her historical reconstruction through fiction writing. After the "Hong Kong Trilogy," Shih turned her eyes to Taiwan, beginning with her native town Lugan 鹿港 . Walking through Luojin follows the life of Xu Qing 許情 （stage-name Yuexuigui 月小桂 , or Little Cassia from the Moon）, a singer of the Seven-Role Pear-Garden opera （Liyuan qizi xi 梨園七子戲 , hereafter the Liyuan opera）, to reflect the history of Luojin （today's Lugan） throughout the Jiaqing 嘉慶 （1796–1820）, Daoguang 道光 （1821–50）, and Xianfeng 咸豐（1851–61） eras. Using Luojin's evolutionary trajectory from its prosperity to decline amidst the interactions of changes inside out, Shih provides a vivid example to exemplify the ups and downs of modern history in Taiwan, China, and the entire world.

To be sure, literature is not history. In a sense, however, good literature may render more authenticity than historical writing, inasmuch as literary description of social and psychological reality has its intrinsic logic that can hardly bend to intentional twist. Chen Yinke 陳寅恪 （1890–1969）, for instance, has set up examples of using literary resources for historical studies. In his Draft of the Evidential Commentary on the poems by Yuan Zhen and Bai Juyi （Yuan-Bai shi jianzheng gao 元白詩箋證稿）, and "On Love Reincarnate" （"Lun Zaisheng yuan 論再生緣）, Chen masterfully draws upon literary sources, poetry and fiction, to support his discussion on history and vice versa. Chen quotes from Xu Yi 許顗 （fl. 1119–48） to justify this approach, arguing:

In depicting a person, a poet can make her looks and manners so accurate that it is impossible to make a change." For instance, a couplet in Yuan Zhen's poem, "Song of Li Wa" （"Li Wa xing"）, reads: "Wearing a towering hairdo one-foot tall, / She stands in front of the gate and watches the spring wind." This is certainly a portrayal of a courtesan![5]

詩人寫人物，態度至不可移易。元微之 [稹]《李娃行》云：" 髻鬟峨峨高一尺，門前立地看春風 "，此定為娼婦。

Yuan Zhen's above quoted poetic depiction differentiates a courtesan from an inner-chamber woman — she trespasses the inner-outer boundary sanctioned by the Confucian social norms, freely standing outside of her residence in order to tempt po-

Figure 1. Tang Ceramic Figuring of a Dancing Girl
Source: Beijing Palace Museum collection http://baike.baidu.com/view/1504719.htm access 12/21/14

Figure 2. Anonymous（Tang）, Palace Concert（Gongyue tu 宮樂圖）
Source: Gugong baoji ? Ming hua 故宮寶笈 名畫（Precious collections in the Palace Museum・Famous paintings）（Taipei: Guoli gugong bowuyuan, 1985）, 20.

tential patrons. Such detailed description, which accurately reflects the social position and life style of a mid-Tang courtesan, can hardly be found in a standard history. It nonetheless provides precious materials for academic studies in much broader arenas. Chen Yinke suggests that the "one-foot tall towering hairdo" can "give references to the study of Tang social history,"[6] for its function as an indicator of class difference in comparison with the hairdos of higher class women（Figure 1 and Figure 2）. Similarly, the "spring wind" evidences the season of the year when the Tang civil examination took place in the capital Chang'an. It also serves as a metaphor of erotic gender relationship occurring between examination attendants and courtesans.[7] If a poetical

---

5. Xu Yi 許顗, Yanzhou shihua 彥周詩話（Poetic remarks of Yanzhou [Xu Yi]）, quoted in Chen Yinke, Hanliutang ji 寒柳堂集（Collected works from Cold Willow Hall）（Shanghai: Shanghai guji chubanshe, 1980）, 94.

6. Ibid.

7. As shown in a poem by the Tang poet Meng Jiao 孟郊（751–814）, "After receiving the examination degree"（"Dengke hou" 登科後）: "The past unpleasant–no need to talk much about it; / The great excitement today drives my thoughts unbound. / In the spring wind, this happy scholar speeds on a steed; /One day I have viewed all the flowers in Chang'an"（昔日齷齪不足誇，今朝放蕩思無涯。春風得意馬蹄疾，一日看盡長安花）. Here "flowers" may stand for both the natural scenes and the courtesans in the Tang capital; in Meng Jiao shiji [jiaozhu] 孟郊詩集 [校注]（[Collation and commentary] on the Collected Poems of Meng Jiao）, collated and commented by Hua Chenzhi 華忱之 and Yu Xuecai 喻學才（Beijing: Renmin wenxue chubanshe, 1995）, juan 3, 154.

couplet could offer so much, even more so a fiction, which, once written, has become a self-sufficient totality for the reader to participate in the reconstruction of a piece of history.

II. The Lower down, the Nearer to the Truth

With clear understanding of the function of literature in historical reconstruction, Shih Shu-ching has subverted the conventional "grand narrative" that uses strong political male figures as leading characters to write so-called "true" historical novels. She instead takes after "le petit récit," the little narrative that concentrates on common folks' daily life, to write the Hong Kong Trilogy and the Taiwan Trilogy.[8] This approach has been widely acknowledged by critics of Shih's works, what they term as "using small to achieve big" (yixiao boda 以小搏大).[9] I believe shih has adopted this approach also from the Chinese tradition. For instance, in Dream of the Red Chamber (Honglou meng 紅樓夢, a. k. a. Story of the Stone [Shitou ji 石頭記]) — one of Shih's favorite classical Chinese novels — after the author Cao Xueqin 曹雪芹 (ca. 1715–ca. 1764) lays out the major characters and the plot line, he feels quite perplexed as where to begin to proceed with the following writing. He then comes to an idea, as he explains in Chapter 6 through the narrator's voice:

The inhabitants of the Rong mansion, if we include all of them from the highest to the humblest in our total, numbered more than three hundred souls, who produced between them a dozen or more incidents in a single day. Faced with so exuberant an abundance of material, what principle should your chronicler adopt to guide him in his selection of incidents to record? As we pondered the problem where to begin, it was suddenly solved for us by the appearance as it were out of nowhere of someone from a very humble, very insignificant household who, on the strength of a very tenuous, very remote family connection with the Jias, turned up at the Rong mansion on the very day of which we are about to write.[10]

按榮府中一宅人合算起來，人口雖不多，從上至下也有三四百丁；雖事不多，一天也有一二十件，竟如亂麻一般，並無個頭緒可作綱領。正尋思從那一件事自那一個人寫起方妙，恰好忽從千里之外，芥荳之微，小小一個人家，因與榮府略有些瓜葛，這日正往榮府中來，因此便就此一家說來，倒還是頭緒。

Grannie Liu（Liu laolao 劉姥姥）from this humble household thus ascends the stage. Throughout the novel, the old woman visited the Rong mansion three times and witnessed the declining process of this aristocratic family, from its prosperity to its downfall. The author chooses this character to narrate the story precisely because she is a small person, so she has the freedom to look at grand events beyond all the confinements of conventional perspectives. Her standpoint allows the author to present his story from the viewpoints of lower class people that oftentimes tell more truth than from the "grand narrative."

Dream of the Red Chamber, in turn, was written under the strong influence of the Zhuangzi, in which the chapter "Knowledge wandered north"（"Zhi beiyou" 知北遊）includes the following passage that argues on Zhuangzi's axiom, "the lower down, the nearer to the truth":

Mater Dongguo asked Zhuangzi, "This thing called the Way — where does it exist?"

Zhuangzi said, "There's no place it doesn't exist."

"Come," said Mater Dongguo, "you must be more specific!"

"It is in the ant."

"As low a thing as that?"

---

8. "Books and Conversations: Shih Shu-ching, City of the Queen," Asia Society Texas Center, 9 December 2012. The Hong Kong Trilogy includes Ta mingjiao Hudie 她名叫胡蝶（Her name is Butterfly）（1993）, Bianshan yang zijing 遍山洋紫荊（Bauhinia blakeana blooms all over the mountain）（1995）, and Jimo Yunyuan 寂寞雲園（The lonely Cloud Garden）（1997）, which are together translated into English as the single-volume City of the Queen: A Novel of Colonial Hong Kong by Sylvia Li-chun Lin and Howard Goldblatt（New York: Columbia University Press, 2005）. The Taiwan Trilogy includes Xingguo Luojin（2003）, Fengqian chen'ai 風前塵埃（Dust in the wind）（2008）, and Sanshi ren 三世人（The three generations）（2010）.

9. Such as stated by Chen Fangming in his preface to Shih, Xingguo Luojin（Beijing: Sanlian shudian, 2012）, 9.

10. Cao Xueqing, Honglou meng, 3 vols.（Beijing: Renmin wenxue chubanshe, 1992）, 1:94; trans. David Hawkes, Story of the Stone, 5 vols.（New York: Peguin Books, 1973）, 1:150.

"It is in the panic grass."

"But that's lower still!"

"It is in the tiles and shards."

"How can it be so low?"

"It is in the piss and shit!"

Mater Dongguo made no reply.

Zhuangzi said, "Sir, your questions simply don't get at the substance of the matter. When Inspector Huo asked the superintendent of the market how to test the fatness of pig by pressing it with the foot, he was told that the lower down on the pig you press, the nearer you come to the truth. But you must not expect to find the Way in any particular place — there is no thing that escapes its presence! Such is the Perfect Way, and so too are the truly great words. 'Complete,' 'universal,' 'all-inclusive' — these three are different words with the same meaning. All point to a single reality." [11]

東郭子問於莊子曰：「所謂道，惡乎在？」

莊子曰：「無所不在。」

東郭子曰：「期而後可。」

莊子曰：「在螻蟻。」

曰：「何其下邪？」

曰：「在稊稗。」

曰：「何其愈下邪？」

曰：「在瓦甓。」

曰：「何其愈甚邪？」

曰：「在屎溺。」

東郭子不應。莊子曰：「夫子之問也，固不及質。正獲之問於監市履豨也，每下愈況。汝唯莫必，無乎逃物。至道若是，大言亦然。周遍咸三者，異名同實，其指一也。」

According to Zhuangzi, Dao exists everywhere. The lowest, such as the feet of a pig, has the "leanest" substance and therefore closest to the Dao itself. This is why by writing about little things one can achieve the big truth.

Ⅲ In a Border Zone

Yet not any small entity, be a person or a place, is able to convey such a task. It takes someone who bears fluid identity and mobility and may therefore trespass a variety of boundaries. As such, this entity can serve to be a viewer or a view point to provide observations from a variety of aspects, both specific and omniscient. Grannie Liu is precisely such a character. As a woman of a humble background but connected to an aristocratic family, she can walk from a remote country house into the very depth of the Jia household and to meet with its members, men and women, masters and servants. Thus this old woman can view the elite Jia household by comparing it with the part of the world familiar to her. Through her critical eyes, the author exposes the corrupted Jia life style which induces Granny Liu to foresee its future declining.

Locating someone in a border zone and thus allowing this individual to approach the truth through comparing the multiple sides across the border, this is indeed a major strategy for Cao Xueqin in writing Dream of the Red Chamber. Not only Granny Liu, the hero Jia Baoyu is also such a character. At the beginning of Chapter Five, Baoyu is led into Qin shi's room, a typical border zone of which the setting mixed up real with non-real, truth with fiction. There the author thrusts Baoyu into a dream and let him drifting into the illusory world in order for him to understand the destiny of his female cousins and his position facing their sufferings. At the end of this chapter, Baoyu drops into another border zone, the Ford of Confusion （Mijin 迷津）. Trapped in it, Baoyu has left the Confucian path set up by his family on this side of the ford, and cannot reach the other side that represents

---

11. Zhuangzi [jishi] 莊子 [集釋] （[Collected commentary on the] Zhuangzi）, "Zhi beiyou" 知北遊 （Knowledge wandered north）, commentary by Guo Qingfan 郭慶藩 （1844–96）, 4 vols. （Beijing: Zhonghua shuju, 1961）, juan 7B, 3:749–50; trans. Burton Watson, The Complete Works of Chuang Tzu （New York: Columbia University Press, 1968）, 240–41.

the Buddhist transcendence. Rather, he has to use his life time to find his way out by struggling against the swift torrents in the Ford.

The philosophical model for Cao Xueqin's characterization in Dream of the Red Chamber is again borrowed from the same Zhuangzi chapter, as it states:

There is a person in the Central Land, who is neither yin nor yan. Standing between Heaven and the earth, this person feels quite of his/her self, carefree and untrammeled, and thus goes back to the origin of the world.[12]

中國有人焉，非陰非陽，處於天地之間，直且為人，將反於宗。

Standing in a fluid position that is not tangled to any specific spot, and of a fluid identity without even a definite sex or gender, this person may be able to obtain an omniscient knowledge of the world and thereby reach the fundamental origin of the world, that is, the Dao. Jia Baoyu and Granny Liu, in a sense, may each be regarded as a person like this. Baoyu, a young boy not yet entering the mainstream patriarchy — and he refuses to enter anyway — can be considered not yet having a clear class and gender identity （and Granny Liu, an old woman, is also neutral gender wise）. He can then walk into every corner of the society and befriend different people on the class ladder, from the royal house, the intellectual elite, down to the very bottom of society, such as servants, bondmaids, courtesans, and opera singers, reaching out to men and women, in dream and in reality.[13] Located in this special position, Baoyu gets to comprehend the world through constant comparison between the beautiful and the ugly, the good and the evil, the true and the false[14] and eventually sorts out his own system of the true values of humanity, embodied by the pure girls such as Lin Daiyu.

In writing historical fiction, Shih Shu-ching intentionally chooses humble characters and locates them in small regional settings. In Walking through Luojin specifically, Shih uses Xu Qing as the protagonist. An opera singer in late imperial China, Xu Qing occupied a position at the bottom of society, which, however, located him in a border zone, enabling him to stand across temporal, spatial, class, and gender differences, as well as the difference between the imaginative theatre and the real world. Beginning as a fifteen-year old child-actor in a Quanzhou Liyuan opera troupe and later a drum musician, Xu Qing thrice — from the Daoguang reign to the early Xianfeng era — crossed the Taiwan Strait to perform for the Luojin audience. There the rich and the powerful — represented first by Merchant Wu Qiu, then Master Three of the leading gentry family Shi, and finally the Luojin deputy prefect Zhu Shiguang — appropriated Xu Qing to be their gay boy. This process enabled Xu Qing to trespass class and gender boundaries, winding into the highest and most mysterious center of the Luojin elite. Along with his bodily entrance into each scene, Xu Qing also brought in the culture he had embodied, typified by the Liyuan opera masterpiece, the Romance of Litchi Nuts and Mirror（Lijing ji 荔鏡記）about the love story between Boy Chen the Third（Chen San 陳三）and Girl Huang the Fifth（Huang Wuniang 黃五娘）. Bestowing Xu Qing with such complicated identity, Shih lets him moving among a variety of domains, high and low, inner and outer, rich and poor, and male and female. From this outsider's viewpoint, Shis displays the Luojin socio-political, economic, and cultural life from all levels. In the meantime, she re-

---

12. Zhuangzi [jishi], "Zhi beiyou," juan 7B, 3:744; my translation is based on the zhu 註 commnetary by Guo Xiang 郭象（252? –312）, and shu 疏 commentary by Cheng Xuanying 成玄英（fl. 631–55）in the Zhuangzi [jishi]（ibid.）, very different from Burton Watson's translation in The Complete Works of Chuang Tzu, 239.

13. As also stated in the Zhuangzi: "Once Zhuang Zhou dreamt he was a butterfly, a butterfly flitting and fluttering around, happy with himself and doing as he pleased. He didn't know he was Zhuang Zhou. Suddenly he woke up and there he was, solid and unmistakable Zhuang Zhou. But he didn't know if he was Zhuang Zhou who had dreamt he was a butterfly, or a butterfly dreaming he was Zhuang Zhou. Between Zhuang Zhou and a butterfly there must be some distinction! This is called the Transformation of Things"（昔者莊周夢為胡蝶，栩栩然胡蝶也，自喻適志與！不知周也。俄然覺，則蘧蘧然周也。不知周之夢為胡蝶與，胡蝶之夢為周與？周與胡蝶，則必有分矣。此之謂物化）; Zhuangzi [jishi], "Qiwu lun" 齊物論（On all things are equal）, juan 1B, 1:112; trans. cf. Burton Watson, The Complete Works of Chuang Tzu, 49.

14. See Laozi, ch. 2: "As the all under Heaven know what beauty is, then the ugliness reveals by itself; as the all under Heaven know what the good is, then the bad reveals by itself. Thus Something and Nothing produce each other; the difficult and the easy complement each other; the long and the short off-set each other; the high and the low incline towards each other; note and sound harmonize with each other; before and after follow each other"（天下皆知美之為美，斯惡矣；皆知善之為善，斯不善已。故有無相生，難易相成，長短相形，高下相傾，音聲相和，前後相隨）; Laozi Dao De jing [zhu] 老子道德經 [註]（[Commentary on] Laozi Dao De jing）, in Wang Bi 王弼（226–49）, Wang Bi ji [jiaoshi] 王弼集 [校釋]（[Collation and commentary on the] Collected Works of Wang Bi）, collation and commentary by Lou Yulie 樓宇烈, 2 vols.（Beijing: Zhonghua shuju, 1980）, 1:6; trans. cf. D. C. Lau, Lao Tzu Tao Te Ching（London: Peguin Books, 1963）, 58.

veals Xu Qing's endless struggle against his identity confusion on the one hand. And, on the other, she exposes how Xu Qing broke the original social equilibrium of power and wealth with his body and his performing culture, resulting in Zhu Shiguang's frustrated attempt at revising the Romance of Litchi Nuts and Mirror.

Wu Qiu intruded into Xu Qing's life soon after the young boy arrived in Luojin. In fact, none of the relationships Xu Qing had with the three men should be considered homosexual, because they all took Xu Qing for a surrogate female under the socio-economic circumstances of Luojin, a migrant society where the resource of women was scarce.[15] Wu Qiu was attracted to the female character that Xu Qing impersonated on the stage, and decided to transform Xu Qing into a woman in order to satisfy his wild sexual fantasy prompted by his venturous character （rooted in his dubious origin associated with pirates）.[16] He dressed Xu Qing up as a girl and urged Xu to live his off-stage life in such a trans-vested style, and thus created gender confusion in the young lad. Xu asked: "Playing a female character on the stage, does that make me a girl, even if a faked one?"[17] So confused that one night Xu Qing dreamt he was led into a bridal room. "A man in bed, with looks like Wu Qiu, took up his skirt using a thin rod. Xu Qing looked down, and saw a pair of bound feet."[18]

This Xu Qing walked through the Luojin streets in a woman's clothing. His dimple steps unroll a long scroll of Luojin life of common folks. （Had Wu Qiu a high class man, he would not parade his women in public）. Yet, this public display also helped Xu Qing to discover his true gender identity. When Wu Qiu took him to a local brothel to receive further training as a woman, Xu Qing noticed his anatomic difference from the child prostitute Aguan.19 This discovery instigated in Xu Qing his natural sexual desire and tempted him into growing his own love interest in Aguan. On her Xu Qing even imitated similar sexual practice that Wu Qiu applied to his body.20 This confusion of gender role forced Xu Qing to go through human experience to its extreme, by even going through sex experiences of both genders.

Shih Shu-ching puts Xu Qing's next sexual encounter, with Shi the Third, basically in the background, so as to fit the social position of Shi the Third. A son of the wealthiest and most powerful Shi family in Luojin, he would not parade his "women" on the street as Wu Qiu did, but rather confine Xu Qing and another opera singer — also a women-impersonator — in his bedroom for his enjoyment alone. More importantly, Shih Shu-ching is using this episode to prelude Xu Qing's third sexual encounter with the Luojin deputy prefect Zhu Shiguang.

Previously, Zhu had ordered the Liyuan Opera troupe to perform the Romance of Litchi Nuts and Mirror in his official residence in order to understand its mesmerizing sway on the local people, so strong that it had often enticed young men and young women to elope against social norms.[21] He however found that he himself also fell under its spell:

The opera singers from Fragrant-spring troupe invaded the official residence of the deputy prefect, and the romance of Boy Chen the Third and Girl Huang the Fifth dominated the mind of the deputy prefect Zhu Shiguang. Even the bamboo soughing in the wind would make him feel as if hearing the rapid rhythms of string and pipe music and the tempting tunes of erotic melodies.[22]

泉香七子班的戲子們入侵了同知府，陳三五娘悲歡離合的故事佔據了同知朱仕光的腦海。連風弄竹聲都使他以為聽到急管繁弦、淫哇艷曲。

More attractive to Zhu Shiguang was the body of Xu Qing. In Zhu's eyes, this woman impersonator's acting illustrated the "Songs of Ziye"（"Ziye ge" 子夜歌）, a series of Music-Bureau（Yuefu）folksongs of the Southern Dynasties（420–589）that described a young girl's sensual beauty. For instance, "Tenderly she rests her body on her lover's knees; / 'Which part of mine is not loveable, my dear?'"（婉伸郎膝

---

15. Shih, Xingguo Luojin, 72–73.

16. Shih, Xingguo Luojin, 23–24.

17. Shih, Xingguo Luojin, 73.

18. Ibid., 76.

19. See ibid., 203–204.

20. See ibid., 69, 147, 296.

21. See ibid., 279.

22. Ibid., 123.

上，何處不可憐）.[23] Eventually Zhu found an opportunity to take over Xu Qing for himself. After Shi the Third grabbed Xu Qing from Wu Qiu, supporters on both sides planned for a big fight. To pacify the incident, Zhu confined Xu Qing in his residence and had his way with Xu Qing. Zhu was surprised to see so much of his passion being triggered out by the body of this young singer, and was frightened by the explosion of his lust: "Where am I, that official of dignity and proper manners?"

He took a great effort to convince himself that his licentious behavior has resulted from his assignment to this alien, uncivilized place, where no rules to follow. This is why he has abandoned himself to wantonness, and acted against his normal character.[24]

他花了好一番功夫說服自己，把自己的放浪形骸歸結於外放這化外的異地，沒有尺度制度可循，才會允許自我放縱，才會有這種違反常態的行為。

In a sense, Zhu Shiguang, although the representative of the dominant imperial power, is himself a marginalized character positioned in a boarder zone, where he temporarily released himself from the restriction of Confucian etiquettes that the official-scholar class had inflicted on their own bodies. He began revising the script of the Romance of Litchi Nuts and Mirror in order to discipline the Luojin people. This process, however, later became a struggle with his own sexual drive stimulated by the very elements of debauchery that he had intended to purge from the drama. Shih's portrayal of Zhu Shiguang has incorporated the conflicts of the Qing China from both spiritual and experiential levels and scaled all the societal layers.

As for the historical setting for her novel, Shih Shu-ching selected Luojin, not simply because it was her hometown but also because it was in itself a boarder zone. Although a tiny port city, Luojin had rather complicated history. Since the seventeenth century on, Taiwan had been twice occupied by foreign powers, first the Dutch and then the Japanese invaders. Luojin along with the entire Taiwan suffered the pain from colonialism during these periods. The town however also served as a fortress of Chinese culture. Zheng Chenggong 鄭成功（1624–62）and his descendants, after chasing away the Dutch colonialists, resisted the Manchus for three generations based in Taiwan, and Luojin was the second important cultural center under the Ming-Zheng 明鄭（1662–83） reign. All this made Luojin a multi- sociopolitical and cultural joint, both at the center and by the verge, between the foreign and the Chinese. It thus became a condensed version of Taiwan, closely related to the tumultuous history of China.

Shih Shu-ching's writing strategy is reminiscent of the poem "Deer Enclosure"（"Luzhai" 鹿柴） by Wang Wei 王維（699–759）:

On the lonely mountain I meet no one,
I hear only the echo of human voices.
The rays of the setting sun enter the depths of the woods,
And again shine upon the green moss.[25]

空山不見人，
但聞人語響。
返景入深林，
復照青苔上。

Wang Wei locates the observer between matter（se 色） and emptiness（kong 空）. Through comparing the two facets, Wang Wei exemplifies their mutual dependence.[26] Similarly, following the penetrating vision of her character Xu Qing and through his sensual and spiritual contact with a wide range of Luojin personals, Shih is able to spike her pen into every corner of Luojin and hence obtain an omniscient view of the social, political, economic, and cultural life of the region.

---

23. Quoted in ibid., 175. For these sort of songs, see "Wusheng gequ" 吳聲歌曲（Wu songs）, in Yuefu shiji 樂府詩集（Collected Music Bureau poetry）, ed. Guo Maoqian 郭茂倩（1041–99）, 4 vols.（Beijing: Zhonghua shuju, 1979）, juan 44–45, 2:639–55.

24. Shih, Xingguo Luojin, 295.

25. Wang Wei 王維（699–759）, Wang Wei ji [jiaozhu] 王維集 [校注]（[Collation and commentary on the] Collected works of Wang Wei）, collation and commentary by Chen Tiemin 陳鐵民, 4 vols.（Beijing: Zhonghua shuju, 1997）, juan 5, 2:417; trans. Cyril Birch, ed., Anthology of Chinese Literature: From Early times to the Fourteenth Century（New York: Grove Weidenfeld, 1965）, 220–21.

26. See again Laozi, ch. 2.

Ⅳ. Inscribing Her Lived Bodily Experiences on History

Xu Qing and Luojin, these two outcasts were both marginalized from China's orthodox history. The writing of the two could not find any precedent model and therefore allowed Shih for freedom to wield her writing brush. Free from conventional rules, Shih also encountered great difficulties in search of historical sources and writing approach. Here, Shih's personal life experience came to help.

Katie Conboy points out that "there is a tension between women's lived bodily experiences and the cultural meanings inscribed on the female body that always mediate those experiences."[27] Women, if they choose to be vocal, may equally apply their lived bodily experience to their commentary on [male] culture and politics. Shih Shu-ching exemplifies this womanly literary ambition with her historical fictions. Growing up in Taiwan and having lived in Manhattan and Hong Hong, Shih moved constantly from one island to another, and always experienced an anxiety about her identity crisis, which she revealed in her works, typically in The Two Frida Kahlos （Liangge Fulieda Kaluo 兩個芙烈達・卡羅）（2001）. Through writing this novel, Shih engaged herself in a soul conversation with the Mexican woman artist Frida Kahlos （1907–54）, about their lost roots and their spiritual wounds from the traumas that Mexico and Taiwan had both suffered from colonization. In a sense, Frida Kahlos directly inspired Shih to the writing of the Taiwan Trilogy, as a project to appease and revitalize her dried mind.[28]

Frida Kahlos, like Shih Shu-ching, was a cultural wanderer. She was born in the outskirt of Mexico City, to a German-immigrant father and a devout Roman Catholic mother who was of mixed Amerindian and Spanish ancestry, and therefore embedded in a multicultural origin which also entrenched her in identity confusion. A bus accident that severely injured her when she was eighteen further threw her into an endless struggle between life and death. All this, compounded with her tumultuous marriage with the Mexican artist Diego Rivera （1886–1957）, culminated in her intense uncertainly about life and induced her into ontological query of its significance. Throughout her lifetime, Frida stubbornly searched for herself, as reflected in her continual self-portrayal. Her works transcended traditional facial depiction, becoming bloody self-anatomy that literally exposes her inner organs to the audience. The bus incident had compromised her reproductive capacity, causing her three miscarriages and eventual infertility. Frieda was therefore especially obsessed with the depiction of the connection between her uterus and babies. The images of the babies could be of herself, her miscarried fetuses, or her infidel husband. All that she could not master in her real life, she was trying to grasp through painting. To be sure, looking at Frida's works, one can hardly tell what kind of life significance she eventually captured in her self-portrayal. It is rather in her constant struggle against adversities at the verge of every front that she redeemed her pain about a broken body and life. Throughout the process, art is the only stronghold to which she could cling.

Shih Shu-ching encountered Frida's self-portraits, as she later confessed, at a moment "when I felt extremely disgusted with my own existence, when I was extremely unwilling to be around myself."[29] Inspired by Frida, Shih took writing as her citadel, from which she embarked on a literary journey to her hometown Lugang, in order to search through the very uterus that had bred her life. By exploring the position of Lugang in the human history, Shih intended to understand also the significance of her own life. Shih's going back to the very womb of her native town, I believe, should be very much inspired by Frida's masterpiece, The Love Embrace of the Universe, the Earth （Mexico）, Myself, Diego and Señor Xólotl （*el abrazo de amor de el universo, la tierra [México], yo, Diego y el Señor Xólotl*）（1949）（Figure 3）. This painting indicates that Frida finds her eventual solace in the Mexican mythological tradition. It features three layers of motherly protection and nurturing. Frida as a mother figure embraces her husband Diego. The couple in turn sit in the arms of the Aztec Earth Mother, Cihuacoatl, made from clay and rock, and so the land of Mexico. Then, all are embraced by Mother Universe. This overwhelmingly feminist message

---

27. "Introduction," in Katie Conboy et al., eds., Writing on the Body: Female Embodiment and Feminist Theory（New York: Columbia University Press, 1997）, 1.

28. "Books and Conversations: Shih Shu-ching, City of the Queen," Asia Society Texas Center, 9 December 2012.

29. Shih, Liangge Fulida Kaluo（Taipei: Shibao wenhua, 2001）, 20.

Figure 3. Frida Kahlo, The Love Embrace of the Universe, the Earth（Mexico）, Myself, Diego and Señor Xólotl（el abrazo de amor de el universo, la tierra [México], yo, Diego y el Señor Xólotl）（1949）

Source: Frida Kahlo（México, D.F.: Océano, 2007）, 202.

suits Shih Shu-ching because it intimately represents the Laozi idea that "[Dao] can be taken as the mother of all under heaven"（[道]可以為天下母）.[30]

Since Shih was looking for the very primitive status of the existence of Lugang and its people, her writing had no restriction in collecting references. Thus, she researched through all kinds of resources. From standard history, private memoirs, poetry, drama, fiction, Buddhist sutras, Daoist tallies, to accounting books and even brothel directories, anything related to Luojin would fall into her recruiting list. The contents of these sources entailed politics, history, geography, religion, astronomy and astrology, city structure and construction, coast defense and irrigation system, and people's daily routine, and she included everything in the novel. The characters ranged from scholars, farmers, artisans, merchants, prostitutes, opera singers, bandits, pirates, foreigners, and the local natives. Every element received her careful depiction.

Employing literature to comprehend the meaning of history, Shih has been again under the sway of the Chinese tradition. Su Shi 蘇軾（1037–1101）argued that wen 文, refined writing or literature in its modern connotation, was the best means to arrive at an understanding of the Dao. This Dao was what "the myriad things（wu 物）rely upon to be themselves and the means by which the myriad principles（li 理）of these things are confirmed."[31] In order "to achieve this understanding of the Dao, one has to engage in learning."[32] Only after closely studying all things and highly refining one's writing skills — to the degree that the words used are capable of "binding the wind and catching the shadows" (jifeng buying 繫風捕影) — can one grasp "the subtleties of things" and make their principles known. This is what Su Shi meant by wen: by "using words to convey fully the meaning," one could understand the Dao embodied in all things.[33]

Taking advantage of literature, Shih paid special attention to trifling people and matters by locating them within certain historical contexts and detailing their connections with all kinds of social conflicts and interactions. Xu Qing trice traveled to Luojin. His personal ups and downs correlated to the sociopolitical and economic changes surrounding his life and together they reflect the trajectory of Luojin from its prosperity to its declining. Through staging local merchant audience (wupi 烏皮) fighting for the favor of the opera singers in their temporal theatre, Shih intends to expose business competitions and the development of Luojin commerce, through either legal or illegal channels. [34] The mad man Huizai's voluntary tour guide at the Heavenly Empress Temple is for introducing the lineage of local big clans and the interactions of pedigree and religion with politics.[35] The Luojin deputy prefect Zhu

---

30. Laozi daode jing zhu, in Wang Bi, Wang bi ji jiaoshi, 1:63.

31. Han Fei zi, "Jie Lao" 解老 (Expounding the Laozi), quoted by Guo Shaoyu 郭紹虞 (1893–1984) to interpret Su Shi's Dao in Zhongguo wenxue piping shi 中國文學批評史 (History of Chinese literary criticism) (Shanghai: Xin wenyi chubanshe, 1957), 168. For a thorough discussion of Su Shi's understanding of the Dao, see Kidder Smith, Jr. et al., Sung Dynasty Uses of the I Ching (Princeton, NJ: Princeton University Press, 1990), 72–81.

32. Su Shi, "Riyu" 日喻 (On finding an analogy for the sun), in Su Shi wenji 蘇軾文集 (Collected essays of Su Shi), 6 vols. (Beijing: Zhonghua shuju, 1986), juan 64, 5:1981; see also Peter Bol's discussion in "This Culture of Ours": Intellectual Transitions in T'ang and Sung China (Stanford, CA: Stanford University Press, 1992), 276.

33. Su Shi, "Yu Xie Minshi tuiguan shu" 與謝民師推官書 (Letter to Judge Xie Minshi), in Su Shi wenji, juan 49, 4:1418.

34. See Shih, Xinguo Luojin, 22 ff.

35. See ibid., 39–42.

Shiguang's rewriting of the Liyuan opera Romance of Litchi Nuts and Mirror is meant for elaborating the conflict between the central government's moral teaching and the local popular culture. Thus, beneath the erotic and sentimental allure of the fabricated plot about Xu Qing's life, the details of the novel reveal the historical and sociopolitical reality of Luojin.

Shih's scroll of Luojin transcends the scope of any specific ideology. It conveys such colorful and diversified facets of the local life that it provides all kinds of interpretative possibilities but also poses challenges to any given interpretation. For instance, Chen Fangming argues that, by revising the Romance of Litchi Nuts and Mirror, Zhu Shiguang is using mainland Chinese culture to intervene in the Luojin migrant culture. Yet the drama and its plot about the love story between Boy Chen the Third and Girl Huang the Fifth originated from the Mainland in the first place. As Shih relates:

Legend has it that the late Ming literatus Li Zhi only used one night to adopt this folklore, which had been widely circulated in south Fujian, into a jotting-note tale. . . . It was based on Li Zhi's version that later Liyuan opera playwrights adopted the story into an opera script . . . .[36]

傳說晚明的文人李贄根據這個流傳閩南的民間故事，只用了一個晚上的時間，編寫成筆記小說，……梨園七子戲演出的劇本還是按照李贄的小說改編而成的……。

According to Shih, Li Zhi was from an elite lineage in Quanzhou, and Quanzhou was the cultural origin of Luojin. The Romance of Litchi Nuts and Mirror was, after all, a Mainland Chinese cultural product. Moreover, the historical Li Zhi （1527–1602） was a major player in the most important philosophical movement of the late Ming period that was associated with the "Learning of the Mind"（Xinxue 心學）. Based on Xinxue, Li Zhi developed his "child mind" theory of literature （tongxin shuo 童心說）, in which Li Zhi argues that true literature can only grow out of passion and emotions so intense that they drive the writer crazy — "raving, yelling, shedding tears, and wailing uncontrollably."[37] This theory refutes the argument of "preserving Heavenly principle while repressing human desires"（存天理、

滅人慾）, a typical axiom of the "Learning of the Principle'（Lixue 理學）promoted by the Southern Song Neo-Confucian Zhu Xi 朱熹（1130–1200）and his followers. In his Writings on the Pond（Chutan ji 初潭集）, Li Zhi subverts conventional social order by replacing the ruler-subject bondage, which has been on top of the five human relationships, with that of the husband-wife, emphasizing the love between a man and his wife as the basis of society.[38] Shih's account of the origin of the Romance of Litchi Nuts and Mirror accommodates with Li Zhi's philosophical ideal. In Waling through Luojin, the local version of the Romance of Litchi Nuts and Mirror eventually resisted the moral revision from the gentry elite, showing the victory of grass-rooted public and Li Zhi who preferred human feelings to Confucian moral teachings. Seen in this light, Zhu Shiguang's revision of the Romance of Litchi Nuts and Mirror represented the conflict between the Learning of the Principle and the Learning of the Mind. Zhu, as a Lixue scholar, was intervening in human love. Ironically, though, he himself could not repress the very sexual drive that he was so eagerly to subdue in order to cement the absolute ruling power of the Confucian patriarchy. Writing the history of Luojin, Shih is not turning Taiwan culture against Mainland Chinese culture. Rather, she is shaping people's own history to deconstruct the orthodox historiography.

Shih culminated her seventeen-year Hong Kong life experience in the Hong Kong Trilogy. In the process she fermented her narratological approaches and prepared for her later creation of historical fiction. Her much closer cultural tie with Taiwan and her hometown Lugang stimulated Shih into a full burst of writing enthusiasm, which resulted in the Taiwan Trilogy. These three volumes in hand cover the Taiwan history from the early nineteenth century to the early 1950s, and their pages are drenched with people's blood and tears — split wombs of mothers and mutilated

---

36. Shih, Xinguo Luojin, 293.

37. Li Zhi, "Tongxin shuo"（On the child mind）, Fenshu 焚書（Burnt books）, juan 3, as quoted in Guo Shaoyu, Zhongguo wenxue piping shi, 351.

38. See also the "Publication Note" to Li Zhi, Chutan ji, 2 vols.（Beijing: Zhonghua shuju, 1974）, 1:2.

bodies of babies. The plots may be fictional, yet the history revealed in the details is painfully real.

Human history has witnessed too much fighting and brutality, and too much disappointment and frustration. All this notwithstanding, we still love this world and the lives nurtured by our Mother Nature, and we still hope this planet will become more inhabitable and harmonious for all sentient beings. For this purpose, we need to view the world and its history from our own standpoint and register our understanding using our own language and terminology. This, I believe, is the motivation of Shih Shu-ching's writing of the "Big River Literature."

References

I. Historical fiction by Shih Shu-ching 施叔青 .

The Hong Kong Trilogy, includes:

Ta mingjiao Hudie 她名叫蝴蝶 （Her name is Butterfly）, Taipei: Hongfan shudian, 1993;

Bianshan yang zijing 遍山洋紫荊 （Bauhinia blakeana blooms all over the mountain）, Taipei: Hongfan shudian, 1995; and *Jimo Yunyuan* 寂寞雲園 （The lonely Cloud Garden）, Taipei: Hongfan shudian, 1997.

Together translated into English as the single-volume *City of the Queen: A Novel of Colonial Hong Kong* by Sylvia Li-chun Lin and Howard Goldblatt. New York: Columbia University Press, 2005.

The Two Frida Kahlos（*Liangge Fulieda Kaluo* 兩個芙烈達・卡羅）. Taipei: Shibao wenhua, 2001.

The Taiwan Trilogy includes:

Xingguo Luojin 行過洛津 （Walking through Luojin）. Taipei: Shibao wenhua, 2003. Republished in simplified Chinese characters. Beijing: Sanlian shudian, 2012.

Fengqian chen'ai 風前塵埃 （Dust in the wind）. Taipei: Shibao wenhua, 2008.

Sanshi ren 三世人 （The three generations）. Taipei: Shibao wenhua, 2010.

II. Studiers on Shih Shu-ching

Chien Ying-ying 簡瑛瑛 . "Nüxing xinling de tuxiang: Yu Shih Shu-ching duitan wenxue/yishu yu zongjiao" 女性心靈的圖像：與施叔青對談文學／藝術與宗教 （Images of Women's minds and souls: A conversation with Shih Shu-ching on literature, art, and religion）. In idem, ed., *Nü'er de yidian: Taiwan Nüxing xinling yu wenxue/yishu biaoxian* 女兒的儀典：臺灣女性心靈與文學／藝術表現 （Taiwan women's minds and souls and their literary and artistic presentation）. Taipei: Nüshu wenhua shiye youxian gongsi, 2000.

Du Xujing 杜旭靜 . "Shenfen de piaoyi he Taiwan lishi de wenxue jiangou — Shi Shuqing Xingguo Luojin lun" 身份的漂移和臺灣歷史的文學建構—施叔青《行過洛津》論（Identity shift and literary construction of Taiwan history: On Shih Shu-ching's *Walking through Luojin*）. MA thesis. Beijing Language University, 2011.

Huang Qianfen 黃千芬 . "Nüxingkua shikong duihua: Shangxi Shi Shuqing *Liangge Fulieda Kaluo*" 女性跨時空對話：賞析施叔青《兩個芙烈達・卡蘿》（Women's conversations across temporal and spatial space: Interpreting the *Two Frida Kahlos* by Shih Shu-ching）. *Fuyan congheng* 婦研縱橫（Forum in Women and Gender Studies）91（2009）: 87–92.

Kinkley, Jeffrey C. Review of the *City of the Queen: A Novel of Colonial Hong Kong* by Shih Shu-ching, Sylvia Li-chun Lin and Howard Goldblatt. *World Literature Today* 80.6（2006）: 68.

Li Zilin 李紫琳 . "Dili huanjing de lishi shuxie: Cong dimao ji juluo kongjian jiedu *Xingguo Luojin*" 地理環境的歷史書寫：從地貌及聚落空間解讀《行過洛津》（Historical writing on geographic environment: Interpreting *Waking through Luojin* from geomorphological and settlement spatial aspects）. *Donghua Zhongguo wenxue yanjiu* 東華中國文學研究（Donghua Chinese Studies）4（2006）: 171-98.

Liao Ping-hui 廖炳惠 . "Jishi yu huaijiu zhijian: Du *Xingguo Luojin*" 紀實與懷舊之間：讀《行過洛津》（Between Reality and nostalgia: Reading *Walking through Luoin*）. In Idem, *Taiwan yu shijie wenxue de huiliu* 臺灣與世界文學的匯流（The merge of literatures of Taiwan and the world）. Taipei: Lianhe wenxue chubanshe, 2006.

——. "Bentu yu guoji zhijian xueshu duihua" 本土與國際之學術對話（Local and International Academic Dialogue）. *Hanxue yanjiu tongxun* 漢學研究通訊（Newsletter of Research in Chinese Studies）122（2012）: 16–20.

Lin Fang-mei 林芳玫 . "Dibiao de tuwen yu shenti de tuwen: *Xingguo Luojin* de shenfen dili xue" 地表的圖紋與身體的圖紋：《行過洛津》的身份地理學（Mapping and tattoos: The cultural geographies of identity of *Walking through Luojin*）. *Taiwan wenxue yanjiu xuebao* 臺灣文學研究學報（Journal of the Study of Taiwan Literature）5（Oct. 2007）: 259–88.

——. "Wenxue yu lishi: Fenxi Shi Shuqing zhu *Xingguo Luojin* zhong de xiaoshi zhuti" 文學與歷史：分析施叔青著《行過洛津》中的消逝主題（Literature and history: Analysis of the themes on disappearance in *Waling through Luojin* by Shih Shu-ching）. *Wenshi Taiwan xuebao* 文史臺灣學報（Journal of Taiwan Literature and History）1（Nov. 2009）: 181–205.

Liu Yu 劉宇 . "Li Ang Shi Shuqing helun" 李昂施叔青合論（On the differences and similarities between Li Ang and Shi Shuqing）. MA thesis. Suzhou University, April 2007.

Lu Zhongsi 魯仲思 . "Shi Shuqing de Lishi shuxie: Yi Tai-Gang sanbu qu wei zhongxin" 施叔青的歷史書寫：以 " 臺港三部曲 " 為中心（Shih Shu-ching's historical writing: Centered in the Taiwan and Hong Kong trilogies）. MA thesis. Jilin University, April 2012.

McDougall, Bonnie S. Review of *City of the Queen: A Novel of Colonial Hong Kong* by Shih Shu-ching, Sylvia Li-chun Lin and Howard Goldblatt. *China Review* 6.1. Special Issue on: Science and Technology Development in China（Spring 2006）: 214–17.

Qian Nanxiu 錢南秀 . "Zai Lugang faxian lishi: Shi Shuqing *Xingguo Luojin* duhou" 在鹿港發現歷史：施叔青《行過洛津》讀後（Discovering history in Lugang: Review article on Shi Shuqing's novel, *Walking through Luojin*）. In Lianhe wenxue 聯合文學（Unitas literary Monthly）254（December 2005, Taipei）: 141–44. Republished in simplified Chinese characters in Shuwu 書屋（Book House）116（2007, Changsha）: 62–64.

Shih Shu-ching and Nanxiu Qian. "Books and Conversations: Shih Shu-ching, City of the Queen." Asia Society Texas Center, 9 December 2012.

Wang Tianshu 王天舒 . "Lun Shi Shuqing xiaoshuo zhong de jiayuan guannian" 論施叔青小說中的家園觀念（On the concept of home-front in Shih Shu-ching's fiction）. MA thesis. Jilin Univeristy, June, 2013.

Xie Xiuhui 謝秀惠 . "Shi Shuqing bixia de hou zhiming daoyu tuxiang — yi *Xianggang sanbu qu, Taiwan sanbu qu* wei tantao duixiang" 施叔青筆下的後殖民島嶼圖像—以《香港三部曲》、《臺灣三部曲》為探討對象（Images of Postcolonial Islands — A study of Shi Shuqing's Hong Kong Trilogy and Taiwan Trilogy）. MA thesis. National Taiwan Normal University, Aug. 2010.

Yan Kejie 顏柯潔 . "Zhang Ailing, Wang Anyi, Shi Shuqing xiaoshuo zhong de nüxing shijie" 張愛玲、王安憶、施叔青小說中的女性世界（The female world in the novels of Eileen Chang, Wang Anyi, and Shih Shu-ching）. MA thesis. Suzhou University, 2009.

Zhang Wenting 張文婷 . "Lun Shi Shuqing bixia de lisan zhuti" 論施叔青筆下的離散主題（The theme of diaspora in Shi Shuqing's fiction）. MA thesis. Huadong Normal University. April, 2012.

Zhang Xiaoning 張曉凝 . "Bainian Xianggang de lishi yuyan — Shi Shuqing xiaoshuo *Xianggang sanbu qu* de hou zhimin shuxie" 百年香港的歷史寓言——施叔青小說《香港三部曲》的後殖民書寫（Historical parables of the hundred-year Hongkong: The post-colonial writing in Shih Shu-ching's *Hong Kong Tirlogy*）. MA thesis. Jilin Univeristy, April, 2006.

Zhu Yunxia 朱雲霞 . "Xingbie shiyu xia de lishi chonggou — Shilun Shi Shuqing de *Taiwan sanbu qu*" 性別視閾下的歷史重構：試論施叔青的《臺灣三部曲》（Historical reconstruction from a gender perspective: A tentative study on Shih Shu-ching's *Taiwan Trilogy*）. *Znongnan daxue xuebao*（shehui kexue ban）中南大學學報 社會科學版（Journal of Central South University）（Social Science）17.4（2011）: 165–68.

施叔青研究論文集

輯二

歷史書寫與跨文化再現

女性歷史書寫與跨文化再現

《臺灣三部曲》與《婆娑之島》比較研究*

簡瑛瑛、吳桂枝
國立臺灣師範大學應用華語文學系教授、明新科技大學應用外語系助理教授

在 21 世紀要檢視華文歷史小說，施叔青與平路是兩位不可忽略的重要作家。施叔青的系列小說《臺灣三部曲》，涉及的年代從清領、日治、戰後、到二二八事件發生。討論的族群遍及漢族移民、日本移民、原住民與臺灣特有的「灣生」，就小說之深度與廣度而言，《臺灣三部曲》在臺灣文學研究史上，特別是後殖民理論取徑的討論，可說是擄有舉足輕重的地位。反觀平路近年的兩部長篇小說《東方之東》（2011）與《婆娑之島》（2012），把時間拉回更早的荷蘭佔領臺灣時期，論及航海時代的鄭氏王朝與臺灣島在異族統治下的夾縫情境，同樣將筆觸深入漢族、原住民與外來統治者，是目前歷史小說中鮮少可見的視角。職是，本文試以華語語系理論框架，比較探討施叔青《臺灣三部曲》的第三部《三世人》（2010），以及平路的《婆娑之島》（2012），重點聚焦剖析女作家，特別是兩位長年跨國／跨界、不在臺灣的所謂「文化回歸」女作家，如何跨國召喚與回憶臺灣歷史，運用她們特殊的書寫策略，以及呈現／再現臺灣混雜／多元的文化情境，最後則是以華語語系的視野，書寫建構與重構臺灣（新）歷史的方式，展現女性作家的力量。

關鍵詞：女性歷史書寫、施叔青、平路、跨文化再現、華語語系視野

---

* 本文的發表是在《跨國華人書寫．文化藝術再現：施叔青國際學術研討會》中宣讀，感謝主辦單位臺師大應用華語文學系與臺灣語文學系。兩位匿名審查人給予寶貴的意見與指正，本文已參酌修訂，在此一併致謝。

一、前言

自上個世紀解嚴以來，眾多女作家的聲音在解脫禁錮後開始被聽到，此間的作品曾有學者稱之為「閨秀文學」，[1] 專寫女作家個人的私領域體驗。即使到瞭解嚴以後最初 10 年臺灣文學的「眾聲喧嘩」，[2]，歷史小說書寫仍幾乎是男性作者的專權。這種男女作家對歷史發言權的「傾斜」，可說是由陳燁、施叔青、李昂和平路等女作家的歷史書寫打破的。陳燁（1959~2012）早在臺灣政治解嚴那一年（1989），出版第一部以二二八為題材的歷史小說《泥河》，而本文試探討比較的對象施叔青（1945~）與平路（1953~），在此擬將兩位稱之為「文化回歸作家」[3]，近作更緊扣臺灣特殊的歷史脈絡，在臺灣女性作家，乃至於華語語系女作家中，[4] 都有舉足輕重的地位。

那麼，施叔青與平路作品的比較研究，為何可說是個創新的比較嘗試？施叔青的《臺灣三部曲》歷時 8 年的寫作時間，再加上龐大史料蒐集與其它耗費心神的「功課」，使得她在發表《臺灣三部曲之三——三世人》時 [5]，宣稱這將是作家的「封筆之作」[6]。文學史家陳芳明針對施叔青曾如此說道：「她所代表的，是一種以小搏大的逆向書寫。她抗拒的已不只是男性霸權傳統，她真正抵禦的是四方襲地而來的歷史力量」（2011：723）。[7] 另一方面，同樣是讓讀者等待 8 年，平路在久駐香港，回歸臺灣之後，陸續出版了《東方之東》（2011）與《婆娑之島》（2012）兩部長篇歷史小說，范銘如即在《東方之東》的序言評論道：

> 80、90 年代以降，包括平路在內的不少臺灣當代作家，採取以女性或另類的發聲位置去質疑主流的論述與價值，類似的寫法常會被評論家解釋為是以小搏大、據邊緣反中心、以私我感性顛覆父權理體的書寫策略。以這樣的詮釋觀點來解讀平路雖然適切猶有未盡。誠然表面

上平路不懼憚呈現出對立的兩極，並且加重了弱勢端的砝碼，她最深刻著墨的倒不在於對抗，而是兩端的辯證關係（2011：5）。[8]

我們發現，研究者對施叔青與平路歷史書寫的評論關鍵字有雷同傾向：如「以小搏大」、「據邊緣反中心」、「以感性對抗理性」、「女性抗拒男性」……等。加上施叔青和平路皆是在經歷多次且多年跨國體驗與旅行的階段後，[9] 開始思索與關懷自身成長與認同的島國，兩人出外漂泊

1「閨秀文學」指的是臺灣解嚴之前，1970 到 1980 年代，與主要為男性作家發起的「鄉土文學運動」不同，女性作家經常書寫個人體驗或周遭的生活點滴。關於此類文學的討論，詳見邱貴芬（2003）。

2 關於解嚴後的臺灣文學，詳見陳芳明《新臺灣文學史》與劉亮雅《後現代與後殖民：解嚴以來臺灣小說專論》、《遲來的後殖民：再論解嚴以來臺灣小說》。

3「文化回歸作家」一詞意指長年不在或往返臺灣且定居國外，但主要仍以華文書寫，並以臺灣為書寫主要題材，以創作當作「回歸」途徑的作家。施叔青旅居香港超過 10 年，之後隨夫婿返美、回臺，加上旅行，足跡早已遍布全球，但其寫作的中心仍然如鮭魚迴游，母國臺灣才是她的終極關懷。平路除了求學階段以外，也有多年的旅外時期，特別是在平路晚近由香港旅居多年後回臺發表的中長篇小說，主題均環繞母國歷史與文化，特別是母文化的歷史複雜性，此期間的書寫如同平路歸返母文化的實踐。

4「華語語系文學」是史書美借用英語語系文學（Anglo-phone Literatures），法語語系文學（Franco-phone Literatures）的概念主張：所謂「華語語系文學」指的是在中國之外、以及處於中國及中國性邊緣的文化生產網路，數百年來改變並將中國大陸的文化在地化（17）。《視覺與認同：跨太平洋華語語系表述・呈現》。有別於此，王德威對「華語語系文學」的界定，是把中國文學「包含在外」，不討論中國作為帝國的問題。本文所討論的臺灣女性歷史小說書寫，參照前者所界定的華語語系的三個面向中的第二種——「定居者殖民主義」（settler colonialism）：關心華人為多數的地區，加諸原住民與新住民的權力宰制問題（ Shih 2013a:12）。

5 本文之後均稱《三世人》。

6 早在第一部《臺灣三部曲》（2005）問世之前，施叔青藉著寫另一部作品《驅魔》透露寫歷史小說的痛苦，讓她「腸枯思竭，無以為繼」。

7 陳芳明，〈臺灣女性文學的意義〉，《臺灣新文學史》，臺北：聯經，2011。粗體字為本文強調。

8 范銘如，〈歸去來——《東方之東》序〉，粗體字為筆者強調。

9 施叔青於 1970 年代赴港，1977 年擔任香港藝術中心，亞洲節目策劃主任，駐港超過 10 年，後轉赴紐約。2003 年在美國紐約時開始動筆寫《臺灣三部曲》。平路則是 2003 年赴港擔任香港光華新聞文化中心主任，2009 年回臺後，才發表《東方之東》和《婆娑之島》。

後再回歸，且動作一致地以其擅長的長篇小說，碰觸臺灣島國歷經多次殖民與政權交替的過往，這也使她們兩位作家間的比較更有意義。因此本論文擬透過細讀比較兩人最新的歷史小說《三世人》與《婆娑之島》，也將討論兩人相關的歷史小說，進一步嘗試檢視華語語系女性歷史小說的特殊書寫策略，以及這樣的策略是否成功？造成什麼效果？女性作家呈現何種史觀？最後，並擬探討此類「文化回歸作家」的最終關懷究竟是什麼？

二、多重敘事：誰在（能）說話／唱歌？

在此本文擬先釐清華語語系理論與本文所牽涉女性歷史小說的主要關聯，提出華語語系理論的學者之一史書美如此界定：「華語語系表述藉著文化生產的行動與實踐—包括命名、書寫、藝術創造、製作電影等等，顛覆了中國的象徵整體性，並且投射出一個新的、超越僵化的中華與中國性的象徵系統的可能性。」（2013a: 63-64）那麼，本文所討論的施叔青與平路的歷史書寫，是否能「顛覆」中國的象徵整體性？或者可以這麼說，同樣是用「中文／華文」書寫，但是被表述與再現的並非大一統的「象徵中國」的延伸，而是一個具有在地性的（place-based）建構，這將是以下討論的重點。

《臺灣三部曲之二——風前塵埃》（2008）以日治時期臺灣第五任總督佐久間左馬太任內（1906-15）的殖／移民政策為始。迂迴拼湊日治時期臺灣東部的面貌。其中涉及複雜的族群包括原住民、「灣生」、日本移民、客家族群和疑似臺日混血後代。《三世人》則將筆觸轉到漢人身上，講述的是洛津（今鹿港）施家三代，從第一代施寄生自詡清朝遺民、第二代施漢仁為日本皇民、第三代施朝宗曾當日本志願兵，日本戰敗後，緊接著面臨二二八事變，因中國人和臺灣人間的衝突而逃亡。施家三代的故事其中穿插一女性主角王掌珠。掌珠是自幼被賣為婢的養女，隨著統治者改變而換穿服飾，一開始穿養母的臺灣大裲衫，日治時期換穿日本和服，學日語，發現自己怎麼也變不成日本人後，改穿中國旗袍，然後二二八事件發生，怕被誤會是中國人，又換回臺灣大裲衫。中間也提到宜蘭醫生黃贊雲、為了擺脫羅漢腳生活而奉承日本人的「大國民」、喜歡「大國民」的藝旦月眉、憂國憂民的紈絝子弟阮成義和他懂攝影的律師朋友蕭居正。施家三代人的故事基本上共時性地被五段題為〈掌珠情事〉的章節穿插其中，代表女性敘事也是故事的主體，並非只有以男性為主的情節。

而《東方之東》（2011）的主角是一對臺商夫婦，在臺灣的妻子赴北京尋找失蹤的丈夫，追查未果的她從丈夫沒寄出的家書中，知道丈夫其實因為庇護一名大陸女子，雙雙逃離中國，留她一人滯留在北京，滯留期間她也庇護了一個被中國公安追緝的民運份子，兩人發生感情，最後女子人財兩失。故事之中另有一個由臺灣妻子寫的故事，內容是鄭芝龍被清國皇帝招安，在皇帝面前不停講述臺灣的奇景異聞，為鄭成功謀劃拓展海上版圖的機會。隔年的《婆娑之島》（2012），平路安排故事的時空跳躍交疊，製造古今時空的並置，故事有兩條線：一是荷蘭領臺時期的最後一任總督揆一，因國姓爺來襲，揆一苦守熱蘭遮城 9 個多月無援，最後棄守臺灣。因為失去臺灣，回荷屬東印度公司後被審判入獄，以永不回臺為交換條件留得性命流放外島，最終得以回荷蘭過形同軟禁的餘生。揆一曾在臺灣山區迷路，被西拉雅女子所救，面對自己的荷蘭籍妻子無法人道的他，在臺灣原住民女子身上找到情感和情慾的歸屬。故事另一條線是三百多年後，在美國國務院任職的男主角涉入對臺洩密案，同樣被審判後入獄，出獄後回想整段被捕過程牽涉一位他稱為「羅洛萊」的臺灣情治單位女子，似乎是因為他對「羅洛萊」的曖昧感情，造成他同情臺美斷交後的臺灣處境，最後被認定是「背叛者」下獄。

霍爾（Hall 2000）關注文化身份的認定時，提到問題重點：誰是主體？從哪裡說話？印度裔理論家史皮娃克同樣提到從屬階級（the subaltern）的發言權問題（ Spivak 1988 ）。以下的討論將集中在施叔青與平路最近的兩部長篇歷史小說上。首先，《三世人》與《婆娑之島》中的共同書寫策略是多重敘事，我們留意到的是女性角色。例如《三世人》的女主角掌珠：「一個身不由主、無法主宰自己婚姻大事的可憐人，她一身包了養女、查某，可能為人妾三種身分，只差沒被賣入娼門，再也找不到比她更命苦的了」（70）。南方朔如此分析：

> 除了施家三代的「雄姓敘述」外，與之相對應的是養女王掌珠的「雌性敘述」這部分了。所謂「雌性敘述」指的是大歷史下，與每個人有關的語言、服裝、生活行為這些小歷史或個人歷史的變化（8）。[10]

對照《三世人》中男性的人物，施叔青皆賦予寓意十足的名字，例如世居洛津的施姓大家族三代：施寄生、施漢仁、施朝宗，叫「寄生」就是因為他的「遺民」心境，從名字到衣冠打扮，還有語言文字，都認同漢人／漢仁：「乙未變天至今他不學日語，不用日本天皇年號，他以文言文作漢詩，只認同漢民族傳統，寄生堅持要作他自己」（20）。

施寄生這個角色，應是取材自鹿港的名士洪棄生（1866~1928），洪棄生曾是清國秀才，在日本領臺後放棄仕途，閉門著述。[11] 論者以為，正因為這情節主線的人物有所本，從命名的人物最終的歸屬都似乎可以預見；而掌珠這邊則不同，因為養女出身而連名字都沒有，她反而有自由給自己取個好名字，至少是讓自己高興的名字：

> 王掌珠說要用自己的故事，寫一部自傳體的小說，用文言文、日文、白話文等不同的文字，描寫一生當中換穿四種服裝：大裀衫、日本和服、洋裝、旗袍，以及「二二八事變」發生後再回來穿大裀衫的心路

歷程。……本來想取「淚痕」、「吳娘惜」一類的筆名，覺得太過悲情，後來決定用「掌珠」這名字，「掌上明珠」之意，既然無人疼，自己疼惜自己好了。姓王，也是捏造的，百家姓中最神氣的姓氏（29）。[12]

雖然必須在統治者更替時被迫換穿服裝、改學不同語言，但掌珠仍能夠「自己疼惜自己」，在不同階段懷抱不同夢想，比較之下，用文言文寫漢詩才能做自己，拒絕斷髮易服（54），甚至被當局用紅字標明是問題人物的施寄生，因為異族統治的地貌改變，活得十分痛苦，等於失去靈魂：「統治者切斷臺灣人原有的地理方位，讓他們成為一群沒有過去、沒有歷史的遊魂」（53）。

反觀《婆娑之島》中的敘事者，除了歷史上的真實人物——臺灣最後一任荷蘭總督揆一（Frederick Coyett，約 1615~1687），[13] 與當時荷屬東印度公司的官員，其餘都沒有名字。揆一這條線的故事全由揆一在國姓爺的旗幟下失掉臺灣，歷經軍事審判，入獄和流放後的回憶構成，基本上敘事者只有揆一，其中的女主角西拉雅女子「娜娜」，是揆一給她的名字：

記憶最深刻的，始終是初見娜娜的一日。魚鰭般的腳板擺動著，娜娜迅速跳進水中，轉個身子，踩著水波，輕靈地在水藻中移動。當時，他只是驚訝地望著，娜娜彷彿從河中站了起來……娜娜消失又再出現，……，每一樣娜娜碰到過的東西，似乎閃著亮光，富含他無能理解的神秘力量（265）。

10 南方朔，〈記憶的救贖——臺灣心靈史的鉅著誕生了〉，《三世人》，頁 5-9。

11 參見葉石濤《臺灣文學史綱》。

12 見《三世人》。

13 揆一任職期間是 1656~1662 年，臺灣荷蘭時期的第 12 任總督。詳見許雪姬，〈導讀〉，《被遺誤的臺灣》，揆一 C.E.S. 荷文原著，林野文譯，臺北：前衛，2011。

根據這段如此「東方主義」式的描述，我們似乎可以把揆一當作到臺灣來獵奇的西方殖民者，把娜娜代表的臺灣，當作劣等、弱勢，可以輕易壓迫並且巧取豪奪的對象。[14] 但是，單單如此理解似乎有簡化之虞，從來不說話的娜娜，在揆一眼裡，是他青少年時期在出生地瑞典讀到的書：「捧著娜娜的臉，他印證的竟是更早以前，在冰雪覆蓋的斯德歌爾摩，躲在燒壁爐的閣樓上，曾經沈迷於一本舊書的插畫」（157）。不說話的娜娜不但不是被壓迫的對象，反而是揆一在臺時期的救贖：

> 西元 1659 年那年夏天，那一刻只是直覺、只是氣味……或者，只是某種母性的憐惜……女人帶領躺在她身邊的男人，順著大腿窩黏膩的那股甜香，探索她身體每一處縫隙與皺摺（112）

娜娜不僅在揆一有生命危險時救了他的命，這個救人場景還時間地點清楚，彷彿真實事件的歷史紀錄。但是，這是揆一自己的回憶，甚至，揆一晚年回憶說：娜娜是他「此生唯一的秘密」（264）。那麼，娜娜真的存在嗎？[15]

另外一個沈默的女主角「羅洛萊」，屬於故事的另一條線，無名的敘事者「他」是美國國務院官員，因為涉及洩密給臺灣，被判入獄一年零壹天，出獄後他不斷回想他與「羅洛萊」間的曖昧情愫，這個事件對他而言，付出失去婚姻、公職、名譽與退休俸的代價：

> 每個人都有自己的「羅洛萊」。……同事隨口說的話，某一天開始，成了他心裡對她的稱呼，他開始在心裡悄悄稱她「羅洛萊」。他告訴自己，聽到那迷人的歌聲，誰也逃不了，在河裡觸了礁，只怪自己沒有把身體綁在船柱上穿過險灘（177）。[16]

無名的她面目模糊，不需說話，但卻是失去一切的「他」的唯一，他為「伊」挺身而出。

這段臺美外交洩密案其實也有所本，就是2004年爆發的「凱德磊案」，上面提到的「羅洛萊」疑似是當時駐美的國安局人員程念慈。不過平路處理真實人物的手法，從來不會只是「影射」這麼簡單，范銘如曾評論道：「與其說平路想批判歷史／人物或為之翻案、追溯歷史／人物更多面向的真相，不如說是借前者的連環曝光攤開了真實與主體的不確定性」（6）。[17] 平路自己則這麼說：「關於歷史，我不會去推翻那些真實的部分，但我更重視的是歷史的空白、斷裂之處，而不是那些被簡化後的道德教訓」。[18] 亦強調：「難道女性沒有說話，就代表被壓迫了嗎」？[19] 這也是筆者們認為《三世人》與《婆娑之島》中的多重敘事策略的成功之處，王掌珠雖然因為命運而不斷被迫做出因應，但從她為自己命名，立志寫自傳、當辯士，雖然都沒能如願，但她卻在其中找到自己的價值。反觀娜娜對照另一個女性角色「羅洛萊」，幾乎不說話，但娜娜一直是揆一敘事的中心，佔據揆一的夢境和身體，而且擁有自主性：「他從來不知道娜娜什麼時候出現，下一刻，還會不會回來」（115）？[20]「羅洛萊」也一直在另一條故事主線中佔據敘述者對臺灣的回憶。可以說娜娜幾乎等同島國的

---

14 Said, Edward. Orientalism, Vintage Books, 1978.

15 關於娜娜的形象與在小說中的位置，本文匿名審查人之一認為是否與前輩作家葉石濤筆下的西拉雅女性雷同，具有「大地之母」的意味，有無法套脫東方主義的窠臼之嫌。筆者們則認為，平路的西拉雅女子雖然具有西方凝視（Gaze）之下，東方的神祕色彩，但她具有自主來去能動性，並非西方人慾望的客體，而是自主的主體。

16 德國民間傳說羅洛萊 Lorelei 是萊因河邊岩石上唱歌的女妖，水手要是被歌聲迷惑就會船毀人亡。

17 范銘如，〈歸去來——《東方之東》序〉。

18〈你的未來包含所有過去——平路談新作《婆娑之島》〉，自由時報，2012年10月1日。

19 同上註。

20 見《婆娑之島》。

化身，雖然如揆一所言不斷陷入夾縫，但離開娜娜所在的臺灣後，揆一最終得到這樣的結論：「……，我們這些外來者懂什麼呢？轉了一圈，留下些微的遺痕，島嶼終有它本身的壯闊生命」（266）！[21]

三、後殖民跨文化混雜性

在小說《臺灣三部曲之二：風前塵埃》中，范姜義民赴日學攝影，回臺後開了一間名為「二我」的寫真館，「二我」其實就隱含臺灣人認同的混雜（hybridity）底蘊。店名「二我」表面上指的是自我和相片中的我，或者可是攝影的正片和負片，但事實上這「二我」承載了更為複雜的多元差異和認同建構，這種混雜是痛苦的，誠如史書美所論及的：

> 後殖民雜種性卻是極度痛苦與苦悶的離散的表現，一種經由多種文化痕跡所辛苦經營的自我生產，將這些痕跡拼列成一個自我內容的清單，因而主體不是穩定的、統一的，而總是在矛盾與分裂中痛苦打轉，和後現代的混雜性不可同日而語（92）。[22]

這類痛苦主體在施叔青的《臺灣三部曲》中比比皆是，《行過洛津》（2003）裡的戲伶許情，三度渡海來臺，不但跨越兩岸，也跨越性別。《風前塵埃》（2005）裡的原住民更是不斷被漢文化與日本文化衝擊，被沒收武器禁獵，被教（馴）化、漢化，或皇民化。[23]透過土地與原住民的關係，施叔青清楚道出這種多重苦悶：「哈鹿克苦悶的翻了身，日本人來了，他的族人沒有離開自己的土地，卻流離失所，失去了家園，他們在山裡行走，腳板試著抓住黃褐色的土地，就是停不下來，像過客一樣」（147）。臺灣原住民的身體沒有離開過，但卻因被多重殖民的處境而失去影子（靈魂），成了沒有神靈庇佑的軀殼。

《三世人》裡同樣有著面臨統治者改變，就必須換穿不同衣服的掌珠，還有志願被徵召當日本兵的施朝宗：

「I'm not Japanese, I'm Chinese.」念咒語一樣，朝宗背著沒上子彈的步槍在海邊巡邏，輕聲唱著《光榮的軍夫》，唱著唱著，猛然覺察到他是用臺灣話唱雨夜花的歌詞（238）！

這段又是英文、又是日文，又是臺灣話（閩南話）的內容，既荒謬又精準地道出臺灣人在多種文化衝擊下的混雜與混亂，必須硬記兩句英文以求保命，恐懼得想唱日文軍歌壯膽，卻發現自己的母語脫口而出。不久之後，日本戰敗，又面臨另一個統治者：「現在改朝換代，得說中國話了，但不知他是不是和自己一樣，看得懂一些白話文，卻是個開不得口的啞吧」（217）？「臺灣人」[24]在文化上，必須不斷跨過語言障礙、生活障礙與認同障礙，到最後施朝宗開始懷疑自己：

從日本投降到二二八事變發生，短短的18個月，施朝宗好像做了三世人。從日本志願兵「天皇の赤子」，回到臺灣本島人，然後國民政府接收，又成為中國人。到底哪一個才是他真正的自己（248）？

原來施叔青的《三世人》指涉的不僅是歷時性的施家三代，而且共時性地指向面對日本、臺灣、國府三種不同政權的無奈。

平路《婆娑之島》的跨文化混雜性也展現在揆一所在的熱蘭遮城，有

---

21 粗體字為筆者所強調。

22 參見簡瑛瑛主編，《認同、差異、主體性——從女性主義到後殖民文化想像》，臺北：立緒出版，1997。

23 最顯著的皇民化原住民例子是泰雅族的花岡一郎、花岡二郎，發生霧社事件後，掙扎於皇民與原住民身份的兩難，他們穿著和服，以原住民的傳統方式上吊自殺。關於霧社事件的詳情可參見高明士主編的《臺灣史》及黃秀政等著的《臺灣史》。

24 經過清領、日治、短暫的「臺灣國」、中國，「臺灣人」的複雜含意對不同族群而言都不同，因此筆者們在此特意加註。

外來統治者、原住民與漢人的文化與宗教習俗並陳，荷蘭領臺時期當時的「臺灣人」主體是原住民，連「國姓爺」都是外來的。筆者們認為更特殊的乃是另一故事主線把「臺灣」或「臺美關係」、「中美關係」變成一個國際議題，呈現了美國觀點，平路的敘事手法是引述很多份報紙，透過已經印刷出來的新聞稿，和主角「他」對話，讓讀者面臨多方觀點「百花齊鳴」，忘記這一切全是「他」的回憶。這類虛實混雜的交織是平路書寫的強項，最後她讓已逝的揆一和在美國的「他」，在書中相遇：

> 他模糊地記起，在 17 世紀，島上有位末代總督。翻書的時候，文字間一些零碎的光影，透露了某種深摯的感情。他可以想像，在花蔭深處，男人曾經愛得多麼熾烈……
>
> 這一刻，他在書店又問起那本書。畢竟，他與那位三百多年前的末代總督，都是為了臺灣下獄的白種男人。
>
> 但他的記憶可信嗎（231）？[25]

比讀者先一步，平路先把這個疑問拋出，逼迫讀者和「他」一起回到三百年前，回憶並再現這段歷史。

四、誰是「臺灣人」？寫「真」？什麼是真？

根據陳建忠對歷史小說的分類：臺灣歷史小說分為傳統歷史小說、反共歷史小說、後殖民歷史小說和新歷史小說四類。施叔青與平路的歷史小說，應屬第四類，也就是新歷史小說，陳的定義如下：「受新歷史主義與後現代主義思潮之歷史觀的影響，改以小歷史為重點，解構主流、權威敘事的傾向明顯，意識型態立場多元紛陳」。[26] 之所以是「新歷史小說」，主要是因為是臺灣文學文化歷經長達 40 年的戒嚴限制，解嚴後對戒嚴時期舊歷史的顛覆；此類作者解構，或說是重構主流歷史敘述的企圖明顯。女性新歷史小說因此在此波「顛覆」當中，佔據舉足輕重的位置。此波對舊歷史的「顛覆」，與上文所提史書美的華語語系論述對中國象徵整體性的顛覆是有所連結的。劉亮雅在討論施叔青作品時，同樣將《行過洛津》視為「新歷史小說」，她指的是此類小說的敘事「具宏觀的歷史意識和歷史書寫的企圖，卻沒有採取常見的線性敘述的大河小說形式」（27）。[27] 為什麼喜愛歷史小說呢？平路受訪時提到善於混淆歷史與小說邊界的大江健三郎曾談過一種「含帶誤差的重複」，他表示：「在敘事的開展上，若與時間的前進並行時，這個誤差就會出現特別的意義」。因此小說家書寫歷史的意義不在真實性有多少，而在於如佛洛依德（Freud）說的，必須回到「原初的場景」，回到過去，讓創傷與失落得到安置。[28]

從國姓爺旗幟之下失掉臺灣的揆一和被美國政府控告對台洩密的「他」，兩個人時空相距三百年（147），兩段故事皆有一個無言和無名的女人。是不是真的或可不可信，在歷史當中或許是關鍵問題，但在歷史小說裡則很難說，施叔青《風前塵埃》中的「灣生」[29] 月姬，回日本後對臺灣念念不忘，每天抱著《臺灣寫真帖》，回憶一段與原住民哈鹿克的戀愛，疑似生下女兒無弦琴子，在女兒追問下，患有憂鬱加失憶症的月姬，才說出她朋友「真子」和哈鹿克的戀情，「真子」應該是月姬杜撰的人物，但她名叫「真子」，施叔青其實暗示得很明白。

---

25 見《婆娑之島》。

26 陳建忠，〈臺灣歷史小說研究芻議：關於研究史、認識論和方法論的反思〉，《臺灣文學的大河：歷史、土地與新文化──第 6 屆臺灣文化國際學術研討會論文集》，高雄：春暉，2009。

27 劉亮雅，〈施叔青《行過洛津》中的歷史書寫與鄉土想像〉，《遲來的後殖民：再論解嚴以來臺灣小說》，臺北：臺大出版中心，2014。

28 Freud, Sigmund. The Interpretation of Dreams. The Standard Editions.

29 日治時代出生於臺灣的內地人（日本人）。

吳桂枝曾在討論李昂《自傳の小說》（2000）時，提到「歷史的虛構性」問題，認為此類「新歷史小說」的特點是，將歷史虛構化與強調歷史的虛構性，[30]這點與本文前述平路所重視的「歷史的空白、斷裂之處」，十分貼近。[31]《婆娑之島》中唯一的真實人物揆一，在出獄後被要求必須對臺灣的事封口（190），但現實世界中，他出獄後以荷蘭文寫了一本交代他失去臺灣始末的書，一本不能或不該存在的書，內容即是《婆娑之島》中揆一寫給長官，一封封喊冤的信。信始終沒有寫完和寄出，而揆一再也不能踏足臺灣，這個錯過、失落和貽誤從一開始就注定了：「他被欺瞞、被羞辱、被出賣，像一頁經風吹落的歷史，註定了被歲月埋沒」（44）。《婆娑之島》等於是平路藉著重新講述揆一的故事，讓被埋沒三百多年的揆一重新回溯歷史中的空白與斷裂，用小說家虛構的筆觸，重新活了過來，即是「含帶誤差的重複」。然後，透過這個重複翻轉歷史上的遺憾。

歷史學家 Collingwood 也這麼說：「歷史的科學價值在於它的重構，對我們決定好要問的問題提供了答案」（9）。[32]「追懷過去／紀念我們的時代／並惋惜島嶼一再陷入的夾縫」。《婆娑之島》的這段開場白其實也出自揆一：「那麼多年，那個島總是陷入夾縫」（75）。這開場白的喟嘆應該是來自平路的感觸，更是眾多「臺灣人」的感觸，而平路卻透過一個外來統治者發話，這位同情臺灣的荷蘭裔末代總督，他的忠誠也被懷疑，只因為他的出身與臺灣島同樣地不純粹：「在研判過揆一的作為之後，發現他的真心在瑞典」「對公司來說，讓出生在外國的人擔任駐守要職，是一件此後應該更加謹慎的事」（81）。

五、結論：再現華語語系「新歷史」

在做結論之前，我們要回到一開始提到的問題之上：施叔青與平路這類所謂「文化回歸作家」的終極關懷是甚麼？再現母國的歷史與跨文化／多文化，如果並不是由僵化的國族主義帶領，而是以華語語系的多元視野出發，就不是回到一個單一的、先驗的或本質的源頭（roots），而是以多重表述再現流動的路徑（routes）。誠如史書美所提的：

> 華語語系研究讓我們重新思考「源」與「流」的關係，「根源」的觀念在此看作是在地的，而非祖傳的，「流」則理解為對於「家園」和「根源」更為靈活的理解，而非流浪或無家可歸，將「流」視為一個更具流動性的家（homeness）的概念，更符合倫理和更具在地性（2013:274）。

施叔青與平路所再現的，是混雜、多元與多種族的在地化歷史，正是這種把流／路徑理解為源／根的實踐。

本文在討論女性歷史小說時，曾提及詹明信（F. Jameson）在上一世紀發表關於「第三世界文本都應被當作國族寓言」的著名看法具似有嚴重問題。[33] 詹氏的「第三世界」指涉被殖民或具帝國主義經驗的國家，[34] 據此，臺灣文學即屬於此類。問題是，若以偏蓋全地把所有文本視作「國族寓言」，文本本身的異質性與個別性，將被政治性稀釋甚至擦拭不見，遑論

---

30 歷史的虛構性主要是由 Hayden White 提到「後設歷史」時，反對分析學派史家的實證論，強調歷史如文學，以及歷史的虛構性。參見吳桂枝，《書寫與離散：臺灣女作家的認同行旅與歷史想像》。註 152，頁 116。

31〈你的未來包含所有過去──平路談新作〉，《自由時報》。

32 Collingwood, "History's Nature, Object, Method and Value," p.9.

33〈歷史的虛構性與她的故事：讀李昂《自傳の小說》與《漂流之旅》〉，《書寫與離散：臺灣女作家的認同行旅與歷史想像》，臺中：白象文化，2012。

34 Fredric Jameson, "Third World Literature in the Era of Multinational Capitalism," Social Text 15（Autumn, 1986）: 69.

這樣的「第三世界」定義是否恰當。

在威權時代結束後的文本不能被化約成單一的「國族寓言」，多位女性作家乃積極投入「歷史小說」的書寫行列。21世紀剛開始，女性作家的寫作光譜持續開展，為處於邊緣與被壓迫的主體而寫，也就是為再現臺灣鄉土歷史而寫。

施叔青與平路不約而同地採用多重敘事的寫作策略、沈默女聲的特殊表達，加上多元混雜的文化再現，企圖開創出女性（新）歷史書寫的新局。

南方朔將《三世人》視為是臺灣的心靈史，而且是臺灣人受苦的心靈史，他曾引述猶太裔流亡理論家班雅明（Benjamin）的看法：

> 因為歷史天使的背對未來，因而未來是一片不可知，但歷史天使卻可看到那層層疊疊的廢墟碎片。而從這些受苦的碎片裡去舉一反三的張望過去，留住歷史的嘆息，就成了透過歷史之眼而可以去努力的小小天地。[35]

透過歷史書寫尋求救贖，不論旅居何地，同樣關切臺灣的施叔青和平路採取相當類似的回歸路徑，同樣都透過歷史小說書寫描述臺灣，試圖回到塵封的過去尋求救贖。平路如此界定她的歷史書寫：

我們不用急著趕去哪裡，畢竟往回看就是往前看。你毋須害怕過去、擺脫過去、甚至背負過去，因為你就是歷史，你的未來包含所有過去，當然，過去也隱喻了所有未來。[36]

而施叔青則是這麼定位自己：

> 我最害怕重複，所以我一直在找一種新的書寫方式。我覺得就像臺灣的歷史一樣，每一個地方、每一階段都是一個句點，而不是逗點，沒有延續下來的，都是割裂的。[37]

作為目前的結論，我們願意嘗試回應王德威在《三世人》序裡的提問：

> 是什麼樣的歷史經驗讓三代臺灣人這麼「傷感情」？什麼樣的歷史觀點讓作者在熙熙攘攘「民族」、「國家」、「帝國」、「現代性」的修辭之下，直見殖民主體自欺欺人的「惡信念」（bad faith）？這，是《三世人》最讓人無言以對的問題。[38]

「歷史」不斷前進，由施叔青與平路嘗試建構／重構華語語系的「新歷史」，以跳躍的腳步，向後、向前，再不斷重複，有如傅科擺的擺盪，[39] 島嶼的婆娑。

---

35 Benjamin, Walter. "Theses on the Philosophy of History."

36〈你的未來包含所有過去──平路談新作《婆娑之島》〉，自由時報》2012 年 10 月 1 日。關於歷史，史書美也曾有類似的態度：「『臺灣性』的邊界，因此是所有臺灣多元文化的極限，而這些多元文化的展演，我們一方面需要循著歷史去瞭解它的過去，一方面需要接受且期待他所有可能的、開放的未來」（2015: 138）。

37 詳見簡瑛瑛的訪談。〈女性心靈圖像：與施叔青對談文學／藝術與宗教〉，《中外文學》27.11: 1999 年 4 月。

38 王德威，〈三世臺灣的人、物、情〉。

39 傅科擺（Foucault pendulum）的物理裝置，其中單擺懸掛不停擺動，肉眼無法判斷單擺與地球間位置的差異，單擺與地球間的相互作用會讓來回週期一點一點偏離，可以證明地球自轉存在。筆者藉此比喻單擺（過去）與地球（現在），藉著歷史小說家的重複書寫過去交互作用證明歷史存在但不被人們感知，這種相互作用足以影響未來。詳見維基百科 http://zh.wikipedia.org/zh-hant

參考書目

王德威。2010。〈三世臺灣的人、物、情〉。《臺灣三部曲之三：三世人》。臺北：時報文化。

-----。1996.01。〈殖民世界的性與政治——評施叔青的「香港三部曲」之二《遍山洋紫荊》〉。《讀書人》11：24-27。

-----。1993。〈眼看他起朱樓，眼看他宴賓客，眼看他樓塌了：匯評《維多利亞俱樂部》〉。《聯合文學》9.4：102-105。

平路。2011。《東方之東》。臺北：聯合文學。

-----。2012。《婆娑之島》。臺北：商周出版。

-----。2012a。〈你的未來包含所有過去——平路談新作〉。《自由時報》。10 月 1 日。

李昂。2000。《自傳の小說》。臺北：皇冠出版。

-----。2000a。《漂流之旅》。臺北：皇冠出版。

史書美。2013。《視覺與認同：跨太平洋華語語系表述 ‧ 呈現》。臺北：聯經。

-----。2015。〈華語語系研究對臺灣文學的可能意義〉。《中外文學》「華語與漢文專輯」。44.1：135-143。

-----。2015a。〈華語語系研究不只是對中國中心主義的批判：史書美訪談錄〉。許維賢。訪問修訂。《中外文學》44.1：173-189。

林芳玫。2012.10。〈《臺灣三部曲》之《風前塵埃》——歷史書寫後設小說的共時與共在〉。《臺灣文學研究學報》15：151-183。

-----。2009.11。〈文學與歷史：分析《行過洛津》中的消逝主題〉。《文史臺灣學報》1：181-205。

吳桂枝。2012。《書寫與離散：臺灣女作家的認同行旅與歷史想像》。臺中：白象文化。

邱貴芬。2003。《後殖民及其外》。臺北：麥田出版。

南方朔。2010。〈記憶的救贖——臺灣心靈史的鉅著誕生了〉。《臺灣三部曲之三：三世人》。臺北：時報出版。

范銘如。2012。〈歸去來——《東方之東》序〉。《東方之東》。臺北：聯合文學。

施叔青。2003。《臺灣三部曲之一：行過洛津》。臺北：時報文化。

-----。2005。《臺灣三部曲之二：風前塵埃》。臺北：時報文化。

-----。2005a。《驅魔》。臺北：時報文化。

-----。2010。《臺灣三部曲之三：三世人》。臺北：時報文化。

陳芳明。2011。《新臺灣文學史》。臺北：聯經。

------。2011a。〈臺灣女性文學的意義〉。《新臺灣文學史》。臺北：聯經。

陳建忠。2009。〈臺灣歷史小說研究芻議：關於研究史、認識論和方法論的反思〉。《臺灣文學的大河：歷史、土地與新文化──第6屆臺灣文化國際學術研討會論文集》。高雄：春暉出版。

許雪姬。2011。〈導讀〉。《被遺誤的臺灣》。揆一 C.E.S. 荷文原著。林野文譯。臺北：前衛。

廖炳惠。2003。《關鍵詞200》。臺北：麥田。

-----。2006。《臺灣與世界文學的匯流》。臺北：聯合文學。

葉石濤。2009。《臺灣文學史綱》。高雄：春暉出版。

---。1990。《西拉雅族的末裔》。臺北：前衛出版。

劉亮雅。2006。《後現代與後殖民：解嚴以來臺灣小說專論》。臺北：麥田。

-----。2014。〈施叔青《行過洛津》中的歷史書寫與鄉土想像〉。《遲來的後殖民：再論解嚴以來臺灣小說》。臺北：臺大出版中心。

簡瑛瑛。1999。〈女性心靈圖像：與施叔青對談文學／藝術與宗教〉。《中外文學》。27.11: 119-137。

----- 主編。1997。《認同、差異、主體性──從女性主義到後殖民文化想像》。臺北：立緒出版。

------ 主編。2008。《女性心／靈之旅：女族傷痕與邊界書寫》。臺北：女書出版。

Benjamin, Walter. 1978 "Theses on the Philosophy of History." Illuminations. New York: Schocken, 1978.

Collingwood, R. G.. "History's Nature, Object, Method and Value." The Idea of History. London:Oxford UP, 1994.

Freud, Sigmund. 1900. *The Interpretation of Dreams*. A.A. Brill. Trans. New York: Modern Library, 1950.

Jameson, Fredric. 1986. "Third World Literature in the Era of Multinational Capitalism." *Social Text* 15(Autumn).

Said, Edward. 1978. *Orientalism*. New York: Vintage Books.

Shih, Shu-mei. 2013a. "What is Sinophone Studies?" Shih, Tsai, and Bernards. 1-16. In Shih, Shu-mei, eds. 2013a. Sinophone Studies: A Critical Reader. New York: Columbia UP.

Spivak, Gayatri. 1988. "Can the Subaltern Speak?" Marxism and the Interpretation of Culture. Urbana: Illinois UP. 271–313.

沈默之聲
從華語語系研究觀點看《臺灣三部曲》的發言主體*

林芳玫
國立臺灣師範大學臺灣語文學系教授

本文以華語語系的研究觀點，分析施叔青《臺灣三部曲》中底層人物自我表達的困難，及其追求發聲位置與發聲管道的努力與失敗。施叔青並非代替弱勢人物發言，而是從真實的史料加上文學想像，刻畫各式人物曾經存在於歷史的痕跡，再現其被掩蓋的遺跡。華語語系研究企圖解構中國中心，提出中國以外的各種異質的方言團體及其文化的多重性。藉由此觀點，讀者可更清楚地看到《臺灣三部曲》努力建構多元異質的臺灣主體性，以及此建構永遠處於生成狀態的動力與曖昧性。

關鍵詞：華語語系研究、施叔青、《臺灣三部曲》、發言主體

---

* 感謝匿名評審給予寶貴意見。本文為科技部研究計畫部分成果。計畫名稱：《臺灣三部曲》作為歷史書寫後設小說：跨國族臺灣的新想像。執行期間：2011/8/1~2012/7/31。計畫編號：NSC 100-2410-H-003-043。本文撰寫過程中，感謝計畫助理臺師大臺文系博班學生王俐茹與邱比特幫忙收集資料及校對本文。

一、前言：異質多元的華聲與華風

施叔青的《臺灣三部曲》不僅是臺灣文學的里程碑，更弔詭地讓我們意識到，作者是長年不在臺灣的臺裔美籍人士[1]。施叔青生長於臺灣，少女時期就開始以現代主義風格寫作。後來前往美國留學，又曾在香港居住十餘年，寫下《香港三部曲》。離開香港後她曾短暫回臺，又再度離臺前往美國，定居於紐約。在她紐約的書房，堆滿各種臺灣史料，多年皓首窮經之作《臺灣三部曲》就是在其紐約寓所完成。《臺灣三部曲》既是臺灣文學，是否也可被視為全球華文文學（Global Chinese Literature）、世界華文文學（World Literature in Chinese）的一部分？甚至，是否也可被視為以中文書寫的亞美文學（Asian American Literature in Chinese）呢？

施叔青往返於美國、臺灣、香港三地的身分及其書寫策略與書寫內容，最適合從華語語系研究觀點來探討語言、跨文化認同、跨國流動的複雜關係，也構成了本文的問題意識與研究方法。在全球化的當下此刻，施叔青的三部曲既是替臺灣立傳，也道出民族國家界線的鬆動。作者書寫的時代雖然是清朝與日治下的臺灣，其實充滿當代認識論的介入。此認識論的特質包括：反本質化、去中心、多元、混雜，讓我們看到歷史並非客觀真相的呈現，而是特定敘事模式的選取造成「真理政權」，使讀者信以為真。語言本身並非透明而不證自明的存在，語言形塑我們的世界觀，而施叔青的《臺灣三部曲》其一貫主題都在探索發聲與書寫如何可能？又為何失敗？可說是具有濃厚後設性質的歷史書寫後設小說（historiographic metafiction，參見 Hitcheon, 1988）。本文從華語語系研究的觀點，企圖提出以下問題：在多語環境下的人民，不論是底層人民或是知識分子，如何得到（或難以得到）發聲管道？從沈默到發聲的過程為何？——這個問題也有另一面：曾經具有發聲能力者也可能失聲。三部曲中都出現難以自我表達的人物，他們並非無聲，卻難以清楚表達自己的慾望，這些人又是如何自我蛻變而成就主體位置呢？

近年來，在華裔美籍學者史書美的大力提倡下，「華語語系研究」（Sinophone studies）成為一個嶄新的研究進路，用以解構大中國中心、重新思考全球化情境下華語文學的多重定位。[2] 去中心與邊緣發聲不正是後殖民研究已提倡許久而在學界耳熟能詳嗎？華語語系研究是否是中國版／華語版的後殖民應用？其創新之處為何？面對這樣的質疑，史書美提出詳盡的回應。後殖民觀點最顯著、最常被討論的現象是大英帝國與印度的關係。其他地區的殖民與後殖民研究循此模式而展開批判帝國、批判西方中心的論述。然而，當中國以大國崛起之姿，在全球資本主義架構下快速推動經濟成長，更在區域與全球地緣政治中扮演重要角色，中國的後殖民批判顯然得了歷史失憶症。中國本身，特別是在清朝時期，以軍事侵略與占領而大幅擴張版圖，將西藏、新疆、蒙古納入統治，可說是大陸型殖民主義（continental colonialism）（Shih, 2011: 709）。由於歐洲殖民主義為海洋取向，清朝的大陸型殖民主義被掩蓋而似乎成為歷史灰燼；另一方面，西藏與新疆的少數民族仍持續被中國霸權壓榨，生活於內部殖民的狀況。史書美因而認為，中國歷史書寫強調 19 世紀以來遭受到的西方侵略，以受害者之姿提出後殖民批判，並同時進行中國國族主義的建構，如此的行徑似乎是躲在後殖民論述裡面，拒絕面對仍然存在的大陸型殖民主義（Shih,

---

1 「命名」本身就是一項身分認同政治。施叔青生長於臺灣，在臺灣出書，讀者以臺灣人為主，因此長居美國的她可被視為「臺裔美籍」作家。然而，本文使用的華語語系觀點就是要解構「大中華」以及「中國大陸」，因此在 Sinophone 這個概念下也可稱她為「華裔美籍」作家。

2 華語語系這個研究取向源於美國學術界亞美研究及華美研究在全球化情境下對中國崛起所做的回應與反思，企圖將華文研究與中國研究脫鉤。本文認為此研究觀點可與臺灣文學的後殖民觀點互相對話，不是只有亞美研究才可採取華語語系研究取向。

2013: 3）。在此脈絡下，華語語系研究的功能之一就是拆穿中國的受害者假面具（Shih, 2011: 709），並以華語語系成員的身分，批判中國中心，提倡異質雜音的多元華語。這與印度知識分子批判大英帝國的脈絡相當不同。華語語系研究，其關注於華語的多聲、混雜、在地化，目的就在於解構中國中心及歐洲中心（Shih, 2011: 711）。

Sinophone 一字的中文翻譯是「華語語系」，「系」這個字，代表眾多成員而形成一個具內部差異性的集結。我們也不妨使用「華聲」或「華風」這兩個譯詞。華聲強調聲音——過去我們關注語文及文學的文字書寫，現在我們強調聲音。相同的文字，可用不同方言的聲音來讀，例如用閩南語或粵語讀唐詩。至於華風一詞，則一方面音譯了「phone」的發音，同時也指涉各種華語的方言雜音乃是生成於特定的風土、地方、歷史，並非一成不變、更非去脈絡化的標準發音或是正宗文化。「華聲」與「華風」強調「地方」的重要性，強調每個地方有其獨特的華語，以及華語與其他語言的關係（Shih, 2011: 716）。在美國，華語為弱勢語言；在臺灣，「國語」是強勢語言，而臺語、客語及原住民語為弱勢語言，但是三者的弱勢處境又各自不同；在新加坡，除了最強勢的英文，華語是官方語言，其他語言包括屬於華語語系的閩南語、潮州話，以及非華語語系的馬來語、印度語。

在這些組合中，華語的重要性（及不重要性）取決於當地多元語言與族群的相對關係，也與性別、階級有關。華語語系研究把我們視為理所當然的「說中文」、「寫中文」問題化，不但讓我們認識多語及跨語的重層性，更讓我們對「發聲」的困難有所反思。《行過洛津》的主人翁不識字，他更需要經由「聲音」來溝通；《風前塵埃》的兩代女主人翁為住過臺灣的日本人，她們努力學習東京腔日語，卻因觸犯種族禁忌而失聲；《三世人》的唯一女性人物通曉漢語及日語，然而其書寫能力趕不上其書寫慾望，終究一事無成。說話的困難與挫敗，可說是貫穿這三本書的主題。

基於反抗同質化、一統化的大中國霸權，華語語系文學的定義及涵攝對象為：1. 在中國之內的少數民族及其華語書寫，其書寫本身就標示了內部殖民及語言壓迫，以致於很弔詭地必須使用漢人殖民者的語言來替自己的邊緣處境發聲。2. 在中國以外的移民，如移居美國的華人，在當地其人數與語言都構成少數。不論他們用英文寫作或是用中文寫作，都是雙重的邊緣處境。3. 在中國以外的定居型殖民主義情境下的文學。最顯著的例子是臺灣，其次是新加坡（Shih, 2013: 11）。遠自 17 世紀，閩南人與客家人移居臺灣後，相對於原住民，在人數上為多數、在政經文化上為優勢集團，以內部殖民方式統治原住民，此時漢人口說語以閩南語及客家話為主，書寫則是文言漢字。日本殖民後，臺灣人被迫學習日文，但是聽說讀寫全部使用日文的人口並不多，大多數人在語言上展現日語及本土語言的混雜，書寫上也是存在著漢文文言文、漢字白話文、日文的多元面貌，形成所謂「東亞混合式漢文」（陳培豐，2007：109）。戰後國民黨政權獨尊白話文與北京話為「國語」，然而民間的口說語仍是前述各種語言的混雜。臺灣文學始終具有與官方「純正語言」角力的功能，以混雜的特色挑戰官方的標準語意識型態。

臺灣漢人歷經殖民與去殖民歷史過程，本可建立本土語言的優勢，卻在戰後經歷二二八事件的集體創傷，而國民黨內部殖民的政權確立現代中文（白話文書寫與口說北京話）的霸權，卻在全球化與中國崛起的雙重壓力下，持續處於中華人民共和國的軍事威脅，使得臺灣文學具有替少數與弱勢發聲的角色。而當代女性作家的歷史書寫，不只是對抗父權論述，也連帶質疑大中國國族主義，此雙重質疑帶來新的認識論（陳芳明，2002：131），不只解構父權及國族，更反思說話與沈默、書寫與空白間的弔詭。

從華語語系觀點來看，那麼中國國內漢人的標準華文書寫（普通話）

是否被排除在上述定義之外呢？雖然史書美沒有明講，但是從她多次的評論顯示，中國境內漢人書寫並不包括在「華語語系文學」之內，因為這類文學已經在「中國文學」的架構下得以處理。華語語系研究強調「少數」者的語文及其混雜性，與中國文學的霸權地位不同（Shih, 2013: 8）。「華語語系文學及研究」標示著不同於中國文學的研究方法與認識論。首先，它企圖與殖民主義、離散研究、族群研究形成跨領域對話。如前所述，中國自身有著大陸型殖民主義，足以和歐洲的海洋型殖民主義比較，更進而重新思考中國近代史的受害者史觀。

其次，它質疑離散研究的懷鄉理念及其「有效日期」。離散做為一種價值觀與感覺結構，預設著對祖國故鄉的懷念，而史書美指出，離散華人移居世界各處後，遲早會本土化，其鄉愁的出現與表達形式，乃立基於特定居住地的歷史、文化、社會條件。因此，華裔美籍移民者的鄉愁是美國文化的一部分，不同於馬來西亞華人的鄉愁。經過第二代、第三代的繁衍，離散經驗總有截止時刻（Shih, 2011: 714）。當然，以美國而言，新一波華人移民持續湧入，因此總是會有新移民回首故鄉的慾望，但這與19世紀移民的鄉愁又大為不同。以往對華裔美籍作者的研究集中於英文書寫，現在，以中文書寫的華裔美籍作家開始受到重視。

第三，華語語系研究也企圖與族群研究對話，瞭解移民到了北美、南美、東南亞、臺灣、韓國、日本等地之後，他們如何自我定位以及被當地人定位，二者互動形成當地的多族群與跨族群結構。例如19世紀廣東人到美國後並不稱自己為中國人、華人、或漢人，他們是廣東人，也可稱做唐人（Shih, 2011: 715）。20世紀後半臺灣留學生學成後留在美國，這又是另一種時空背景不同的移民。這兩群人儘管語言與習俗、文化差異甚大，都被主流社會標視為「華裔美籍」或是「亞裔美籍」。「亞裔」所涵蓋的華人、菲律賓人、越南人、韓國人等等，內部差異性何其大，他們如何選擇性的接受或排斥這些族裔標籤呢？在中國以外的華語文化生產，不論是文學或是電影、電視，都基於當地特殊的歷史與在地性而顯現出不同的華語表現（Shih, 2007: 30）。例如，臺灣的文學與電影雖然以標準華語為主，但也混雜了臺語、客語、原住民語。

如果持續用「中國文學」的概念，那麼臺港澳文學、馬華文華、美華文學都只是中國文學主流以外的「補充」與「附錄」，而且這些文學各自獨立，其間所可能產生過的互動被掩蓋遺忘。在全球化的脈絡下，中國文學似乎可以被延展為全球華文文學、世界華文文學等概念，但是這些用語仍是以中國文學為中心，靜態地、同質化地把各種華聲／華風納入，充滿異質雜音的各類移民被統稱為「海外僑胞」，預設著他們對祖國國族主義的向心力（Shih, 2011: 710）。華語語系文學及研究反抗中國霸權、批判中國中心、看見各地方於特定歷史脈絡下的風土人情，並將跨地方（translo-cals）視為重要的研究對象與研究方法。因此，這個概念不只是垂直軸上優劣之分的翻轉，更重要的是平行面的跨地方比較。如果能掌握這樣的研究視野，中國境內漢人之標準華文書寫（也就是中國文學）應該也可成為華語語系的研究對象。

華語語系研究一方面強調各地方華語的多重性，同時，我們也必須警醒所謂「多重性」的表現方式與存在條件也是以差異的方式存在，並非大家都有同樣的多重性。華聲／華風讓輕易的縫合變得困難，逼迫我們去正視困難、差異與異質性（Shih, 2007: 5-6）。華聲／華風文化表現總是一種模仿，對所謂原汁原味的正宗中華文化的模仿，也可說是一種翻譯；在此翻譯過程中，混和了在地的特殊歷史與風土，成了對正宗文化的解構或翻轉。華語語系研究重視每個地方特定的歷史及其變化，有別於離散研究對地方概念的疏離（Shih, 2010: 39）。例如《行過洛津》一書中的南管，宣稱來自唐朝皇室音樂，後來演變為地方仕紳子弟的音樂社交團體，更是風月場所藝旦的表演文化。《風前塵埃》一書中，日治時期的臺灣人，模仿日本的庭園與茶室文化，最後成了與灣生日本女子交歡的場所。《三世人》一書中唯一的女性人物，在語言及服裝上遊走於臺灣本土、日本、西洋、中國大陸的文化，以她的身體堆疊出文化的重層性。

學者德立克（Dirlik, 2013: 1）指出，華語語系文學從事的是對同質化的中國國族主義的質疑與解構，也根本地動搖了文學的身分（identity of literature）。當文學企圖與殖民、移民、族群議題對話，並對特定時空下文學的生產、傳播、接受具敏銳度，文學的美學價值已被擱置或解構，成為跨領域人文與社會學科的另類研究方法。在全球流動的當代，書寫者的身份、閱讀者的身份、出版地、甚至書中人物的身份，都不再有整齊的對應關係，而應放在具體的歷史脈絡與地方情境來看待（Dirlik, 2013: 1）。

二、《行過洛津》：性別與南管的跨地方流動

《行過洛津》一書以 19 世紀清朝嘉慶年間的鹿港為故事背景。主人翁許情是泉州七子戲班的戲子，多次來臺，見證了鹿港的繁華與沒落。許情生理上是男性，在舞台上扮演小旦（女性角色）。離開舞台，他被好男色的商人烏秋包養，不惜重金到布店裁製女裝，將他打扮成清新稚嫩的美少女（或是花美男？）。許情理所當然地接受包養的舒適生活，也稱職地迎合烏秋的情慾發洩。直到他認識藝妓阿婠，對她產生情愫，他企圖把自己挪移到男性發言位置，卻終究失敗，未能向阿婠表達愛慕之情。

許情台上台下都穿著女裝，扮演女性角色，這是為了生存不得已的作法，並不表示他認同女性。他認識阿婠後，經由鏡子顯示的兩人身體構造之差異，使他慚愧自己的女性展演仍是充滿欠缺與漏洞[3]。他因此轉換到男性位置來投射慾望，可惜沒能成功。誠如林芳玫指出（2007），許情的

轉變並非由女性認同轉為男性認同，而是角色扮演及互動關係中的發言位置之轉化。他自己在戲班裡演「荔鏡記」的小旦益春，為了教阿婠學習南管，把自己設定為劇中男主角陳三。唯有穿著男生戲服，他才有勇氣想像日後與阿婠的生活。諷刺的是，戲劇中的陳三身為書香世家的男性，為了接近五娘，故意打破五娘家的鏡子，然後再自願為奴僕。許情雖然在戲中扮演活潑、機智、足智多謀的侍女，卻無法延續戲台上充滿能動性的角色特性運用於真實人生。畢竟，如果他以益春角色來教導阿婠，同時又在心中慾望著阿婠，這是那個時代未曾提供的女女慾望模式。身為目不識丁的戲子，除了演戲，他沒有任何其他的文化資本來為自己發言。他只得使用陳三的角色來與阿婠互動，其結果卻是難堪的失敗。

施叔青筆下的許情，大部分時候處於挫敗、恥辱的狀態，詹閔旭稱之為「華語語系恥辱主體」（2012：58），意思是華人質疑、挑戰、抗拒中華文化，重新思考自己與過往中華認同間被視為理所當然的穩固情感。此文所指的恥辱，並非負面意涵，而是主體因為其不夠完整、不夠符合常態標準而產生恥辱感，由此得以反思性的思考主流華文及中華文化的霸權結構。施叔青將性別與國族互相參照，以性別位置的流動來論說在兩種或多種土地認同間的擺盪（詹閔旭，2012：64）。雖然眾多學者認為此書為國族寓言，然而施叔青刻意避開男女兩種性別的二元對立，而是強調許情在多重性別可能性中的跨越與流動（曾秀萍，2010：92）。

本書對情色、纏足、閹割的細節描寫極為細膩，不免讓人覺得作者以此來製造奇觀。劉亮雅（2014：35-36）認為，「太監閹割由專業的淨身師操刀，其過程本身被高度儀式化，甚至病態美學化，變成奇觀。然而當

---

3 施叔青的立場並非生理決定論，而是自我如何在不同情境下經由觀看他者身體而選擇性地對自身身體產生認識與誤識。

時臺灣沒有太監，突顯太監閹割想像相當突兀。它是在替西方中心的東方主義服務、讓其背景臺灣成為一充滿異國情調的地方嗎？抑或它要凸顯在滿清帝國思想影響下，海盜出身的烏秋想要效尤，像皇帝一樣將許情去勢，以便擁有他做為孌童？這些皆有可能。」施叔青的美學耽溺與奇觀書寫，也顯現於《風前塵埃》結尾時女主人翁擁抱著已逝母親的和服。和服為二戰時產物，上面繡滿軍事裝備，展現法西斯美學，而作者對此態度曖昧，似乎耽溺與批評兼具（林芳玫，2012：169-170、173）。到了第三部曲，女主人翁對時裝變換的熱中終於能擺脫戀物癖層次，而有了身分認同轉換的寓言特質。

施叔青熱愛藝術，三部曲的每一本都至少呈現一種以上的音樂或視覺藝術。本書以南管音樂為主題，道盡了華聲與華風的跨地方流動。在官員朱仕光眼中，結合南管音樂的兒童七子戲粗俗不堪，需要官員來介入改造。在非商業演出的子弟班心中，南管為歷史悠久的雅樂，來自中原，與七子戲無關，更瞧不起商業演出的職業歌館（亦即歌妓演出）。南管子弟認為南管歷史上溯自唐明皇，為皇室音樂（133），並祭拜唐明皇所重視的田都元帥為戲神。如此悠久的歷史，可能是自圓其說，官員朱仕光並不以為然。這些對南管歷史的不同見解，道出象徵性文化鬥爭中相關當事人對文化資本的爭取與維護。華語語系研究提供一條路徑，讓我們解構關於「中原文化」以及「起源」的迷思。

又有一說，五代孟昶擅長音樂，被後人當成樂神，每年祭拜二次。書中有位人物為福建同春人蔡尋，到菲律賓馬尼拉與親戚學做生意。他自小就喜歡南曲，到馬尼拉後，發現當地僑界南管盛行，大喜過望（頁164）。後來他又來到洛津，其藝術表現令當地人折服，成為子弟館重要人物。蔡尋發現洛津南管界於祭拜儀式中將清朝五位先賢寫為「五祖」，他一方面解釋清朝五少先賢的由來，另一方面又指出南管原本是「唐朝中原宮廷雅樂」，已有一千多年歷史，怎可將清朝人物視為始祖呢？他認為這是「移民渡海傳抄有誤……」。蔡尋一方面自認博學多聞，熟知南管歷史，另一方面又因為愛上藝旦珍珠點而替她伴奏，如此行為引來南管仕紳的不滿，將其除籍。蔡尋成也南管、敗也南管。擁有南管曲藝使他得以進入仕紳階級，展現「華聲」（Sinophone）；愛上歌妓使他被南管社團除名，成為邊緣人。從有聲到無聲，聲音美學其實也是階級政治的一環。蔡尋堅持自我主體性，卻也喪失了公共聲音。

在此我們看到南管在不同地方間的流動：從所謂中原皇室，到福建泉州、永春，再到鹿港、馬尼拉及其他東南亞地區。流動於各地之間的蔡尋，為了凸顯南管的尊貴與久遠，將其歷史回溯到唐朝宮廷音樂。這種作法也映襯出「根與源頭」的問題化。蔡尋遊走各地，他的根不是出生的家鄉或是一個特定地方，而是南管社團的空間。經由遊走各地，他也以指導者身分堅持南管的根源起自唐朝。對南管源頭的堅持，代表他對南管的熱愛以及在文化場域進行文化資本的累積。對洛津子弟來說，上推至清朝五賢就足以表明其歷史，這是他們扎根洛津後建立的南管祭祀傳統，豈容一個外人置喙？傳統並非一成不變的、並非先天本質的，而是根據文化與人口離散到各處後所形成的當地傳統。儘管都是南管，在每個特定地方的形成與表現都不盡然相同。南管可以是仕紳子弟用以展現優雅品味與文化資本的音樂，其重點不是表演，而是同好交流、怡情養性。南管也可配上歌曲、舞蹈、身段，成為庶民大眾的娛樂。南管更是風月場所藝旦演奏給客人的音樂。

南管只有簡單的譜與戲文。其戲文與方言文學類似，經常有自造字、借音、借字的情形，一般文人不以為然（林珀姬，2008）。菲律賓華僑人口只占 2%，這種少數處境，使得他們熱愛集社交友，南管就是與好友互相唱和的音樂，也是社會地位的標竿，因此其盛行程度遠高於福建家鄉或臺灣。60 ～ 70 年代兩岸隔絕，東南亞地區的曲館與臺灣曲館密切交流，還有新加坡、馬來西亞等地的曲館參加，盛況空前。由於菲律賓曲館遵守非商業演出、子弟間以樂會友，因此若要欣賞具娛樂性質的表演，反倒要請臺灣職業女演員前往（蔡文婷，1999）。

臺灣的南管音樂一方面為男性地方仕紳的社團活動，一方面也是妓院或歌館提供的表演，前者對後者極為輕視。此現象即可說明文化生產與性別區隔、階級流動的關係。女性主要是以歌妓身分提供消費性娛樂給狎客，而男性則由地方仕紳以非表演、非職業方式鞏固男性權力集團。

20 世紀 80 年代以後，由於年輕人對此種活動興趣減少，臺灣及東南亞各地的南管子弟館逐漸沒落。下一波則是國家力量與學者力量的介入，讓南管有了新生命。中國向聯合國教科文組織（UNESCO）成功地申請列為「人類口頭與非物質文化遺產」，各種南管活動又活躍起來，包括在小學開設「七子戲」課程。而臺灣也在中央層級及地方層級補助南管研習活動與藝術表演。到了這個階段，南管昔日的許多二元區隔早已煙消雲散：菁英男性子弟 vs. 女性歌妓；非職業怡情養性 vs. 職業風月場所演出。南管的形象與功能轉化為專業性典雅藝術，必須依賴鑑賞力高的觀眾購票支持，加上政府補助才得以存活。當代社會視南管為優雅的品味，與歌仔戲或布袋戲的庶民取向不同；在這樣的認知裡，從未正視女性南管藝旦長久存在的事實（周倩而，2006）。20 世紀 60 年代以來，南管的現代復振過程中，「良家婦女」大量投入，再加上政府資源與學術研究的投入，其傳統庶民之情色意涵已被遺忘、淹沒。施叔青經由許情、蔡尋、珍珠點、阿婠四個人物，靈活鮮明地呈現出南管隨歷史、地方、階級、性別而產生的變化。正是由於華語語系研究觀點的介入，讓我們可以更細緻地欣賞施叔青跨國、跨文化、跨性別的想像與書寫。

三、《風前塵埃》：慾望的實踐及其懲罰

《風前塵埃》的背景與地點是日治時期的花蓮，主要人物為原住民及灣生日本人，也夾雜著幾位客家人。此書如同解嚴以來大量興起的新歷史主義小說，「呈現兩個族群以上的觀點，呈現族群之間的衝突、互動、對話或影響，打破板塊式的國族想像，開始了另類歷史想像的可能性。與此同時，性別關係又常是展現與交涉國族關係的重要渠道。」（劉亮雅，2013：312；2014：62）

此書描述女主人翁無弦琴子自幼與母親相依為命，不知自己的生父是誰。母親月姬青春年華的少女時代在臺灣花蓮度過，她經常津津樂道早年在花蓮的生活，也數度提起當年好友「真子」的情感遭遇——愛上原住民男性。到了她老年，罹患失智症，對往事的回憶更加雜亂，經常顛三倒四。琴子曾遊覽臺灣花蓮，希望能解開身世之謎。作者有時以琴子觀點呈現她對花蓮人文與自然生態的觀看，有時插入琴子對母親的回憶，有時以第三人稱全知觀點讓讀者瞭解當時的歷史脈絡以及日本對原住民的侵略與宰制。琴子約略拼湊出一些當年發生的事情，也了悟到所謂「真子」恐怕是母親虛構出來的；或是換個說法，真子就是月姬，當年她愛上原住民哈鹿克，也許也因而此懷孕生下琴子。作者並未講明到底琴子的父親是否就是當年月姬的原住民情人，甚至岔出另一條線索：當年月姬逃家後，被一位客家人收留；她為了報答而獻身，因此琴子生父也可能是客家人。[4]琴子雖然奔波於花蓮追尋身世之謎，最終卻放棄尋找答案，轉而認同母親，不在乎她的生父是誰。

---

4 施叔青的文章指出琴子的父親是哈鹿克，許多學者也如此認為。筆者認為，作者並未在小說中明講，因此研究者不一定要接受作者自己的說法，而可以採取更迂迴的讀法。詳見林芳玫（2012）。

或許讀者會質疑：《風前塵埃》的主要人物是使用日語的在臺日人，書中的客家人在家都講日語，因此不能使用華語語系觀點。這樣的疑問，就是華語語系研究所要處理的核心議題。作者以中文書寫，但是其書寫對象是日本人與日本話，加上講日本話的臺灣人，這就是書寫工具、敘事策略、與書寫內容的扞格。施叔青的書寫工具是中文，她並未用漢字來模擬日語發音，而其敘事策略以斷裂的碎片刻意阻撓「真相」的出現，其部分內容處理橫山月姬不敢直接講出過往情史而必須假造「真子」的身分。作者以「中文」來陳述日本女人的失聲與失憶，而月姬的失聲並非她不會講日文，而是殖民者的女性位置對於跨種族情慾難以啟齒。華語語系的研究焦點之一，就是性別、種族、階級、區域各種因素交織下的混雜性，而殖民情境提供給作家與研究者最好的素材來探討華語使用與霸權語言間的角力。[5]

施叔青的寫作技法故意限制住人物直接發言。月姬勇敢地追隨自己情慾的導引，與原住民愛人在野地歡愛，後來甚至將他藏身於寺廟地窖，兩人在黑暗中迸發強烈的熱情，探索彼此的身體。月姬可能因此懷孕生下琴子。雖然月姬有實踐情慾的勇氣，卻沒有說出來的勇氣。對自己青春過往選擇性的回憶與失憶，使得她形同失聲。她虛構了真子這個人物，以真子來替自己發言。這種敢做、不敢說的尷尬處境，似乎是命運與社會道德對她的懲罰。包括作者在內，都剝奪了她的發言權。

施叔青不讓月姬直接發言，我們對月姬的認識，都是經由琴子對母親的回憶，形成「回憶的回憶」：月姬回憶當年居住花蓮的種種，她講給琴子聽，琴子回憶成長過程中母親的絮絮叨叨，通過琴子而呈現月姬曾說過的話。

施叔青經由第三人稱全知觀點，讓我們看到了月姬或琴子本身看不到的現象。例如哈鹿克被藏在黑暗地窖，他所能做的，就是等待月姬到來。

這漫長的等待時光，使得哈鹿克形同被幽禁。帝國主義將性別、種族、階級依據不同情境而重新編排。殖民者女性月姬，相對於被殖民者男性哈鹿克，女性位置凌駕了男性位置，甚至複製帝國權力關係，讓哈鹿克成為被軟禁的性工具，用以滿足月姬的情慾。最後，哈鹿克被關進監獄而被處死。我們看不到哈鹿克自己的說話，只能經由作者給予的再現來認識哈鹿克。月姬通過「真子」來訴說情慾，對哈鹿克的愧疚只能埋藏於心中，無法對任何人訴說。讀者可能以為月姬怯於承認當年的跨種族情慾，筆者並不排斥這樣的想法。然而，筆者認為月姬長期壓抑自己對哈鹿克的歉疚，不願面對自己當年造成的哈鹿克之死，這才是她失聲的潛在原因。月姬的情慾，可視為日本帝國主義的國族寓言[6]：月姬以情人位置置換加害者位置，最後又失憶；日本也以大東亞共榮圈的建設者置換了加害者，戰後也罹患了集體失憶症，不願面對二戰的暴行。

南方朔認為（2010：7），《風前塵埃》一書指出日治時期各種人物對「我是誰」的困惑。為瞭解決「我是誰」，必須先釐清「我不是誰」。這種自我探索的過程極其漫長，早年的回憶不斷流失，又被下一代重構。此書形同再現的再現、回憶的回憶。許多敘述都是琴子回憶母親當年對她講的話。此外，琴子在母親過世後，找出一些寫真集、和服等，經由相片而連接起失落的過去。如果沒有這些寫真，許多過往之事將永遠地被埋沒。

從華語語系研究觀點來看，日治時期的臺灣文化生產，從以往是漢文

---

5 這個問題是由本文的匿名審者之一所提出。本書以中文書寫，讀者也是以臺灣人及全球華人為主，因此適用於華語語系研究。

6 詹明信（Jameson）提出國族寓言（national allegory）說，主要是用以處理第三世界被殖民者的處境。但是他早年也以國族寓言來形容 19 世紀英國文學。筆者在此將國族寓言的概念應用於帝國主義日本，應無不妥。

化的邊陲，漸漸轉變為日本文化的邊陲。日本是「內地」，臺灣文學成為日本帝國的「外地文學」：一方面被收編，另一方面被納入階序架構下的弱勢位置。此外，部分臺灣人嚮往日本文化，認真地模仿。例如客家人嚮往日式庭園及其茶室，費盡心思打造一座日式建築與花園。殖民政權對花蓮的都市設計，也以日本街道為模型，企圖複製日本聚落。不論是殖民者本身，或是被殖民者，雙方都追求對正宗文化的模仿，經過一段時日，模仿並非日趨精熟，而是加入更多在地元素，成為混種的本土文化。

小說中，客家人也偷偷暗戀著月姬，卻沒有表達的勇氣。沒想到月姬離家出走，在他家住了好一陣子。月姬為了表達感謝，獻身一夜。客家人經過一夜歡愛，以為就此得到月姬，沒想到月姬次日已不告而別。月姬以獻身一夜做為「禮物」或「補償」，在交換過禮物後，把自己欠恩人的人情債取消。月姬年輕時就已知道自己要什麼、不要什麼；可惜在果決的行動之後，卻無勇氣對女兒說明，長時間依靠「真子」的身分發言。面對殖民主義與父權制度，她是沈默的；然而，面對原住民，她卻複製了殖民主義對人權的侵犯，將哈鹿克關在地窖，最後哈鹿克被抓去坐牢。與月姬比起來，哈鹿克沒有任何發言位置與發言慾望，他的超級雄偉陽具被愛人珍視，帶來無限的歡愉。但是哈鹿克的嘴巴卻被閹割了。作者給哈鹿克相當悲慘的命運，也讓讀者省思不同身分的人為何沈默、又為何得以發聲？其實施叔青敘述哈鹿克當嚮導時，內心反抗殖民者的意識活動，因此乍看下施叔青有給他發言位置與發言慾望。筆者認為，施叔青描寫哈鹿克內心有想法但是不敢說出來，兩者的扞格才是解讀此文本的關鍵。作者也使用夢境，讓哈鹿克經由作夢而回溯記憶，這些描寫都是要強調，當時的社會架構下他無從發言，即便說了，日本殖民者與漢人也無從理解。史碧華克（1988）有名的提問：Can the Subaltern Speak? 可以換個方式問：如果底層人民可以出聲，那要怎樣的條件才能使其言語被瞭解？林芳玫認為

（2009），打從第一部曲《行過洛津》開始，施叔青的關切一直與史碧華克的命題有關。許情有向阿婠表示好感，但是這種表達是無效的。許情最終放棄情愛追尋，以鼓師身分安身立命而建立主體性——他終於被聽到了。

做為第二代，琴子具有高學歷，在小說進行的當下，擔任一項二戰時期繪有軍事圖案的和服展覽策展人。她的名字是「琴子」，姓氏卻是「無弦」，這樣的姓名，饒富寓意。與琴子合作的是一位韓國女性學者，她認真地看待自己的家族史與韓國被多重殖民的歷史，藉由展覽，向世界發聲，批判日本軍國主義。琴子經過一段時間的追索，放棄了對二戰的道德清算，也放棄了對生父的追尋，而在故事結局擁抱母親遺留下的和服腰帶，與母親和解。這是一個繡著戰爭武器的腰帶，琴子抱著它，遁入對戰爭美學的陷溺。琴子沒有「弦」，她有發聲的能力與管道，卻自願選擇了無聲，是否無法承受日本發動二戰的歷史業障？

同樣是日治時期，同樣是女性，地點換到臺北。臺灣養女王掌珠如何面對個人生命史？如何積極謀求發聲管道？以下是對《三世人》的分析。

四、《三世人》：自我生命書寫的（不）可能性

《三世人》的人物與情節發展可分為時間的垂直軸與水平軸來看。一方面，施叔青描繪了施家三代對統治者的態度演變：第一代施寄生自認為遺民、棄民，不肯向日本統治者低頭，並以守護文言漢文為自身使命；不僅抵抗日本殖民、不肯學日文，也對提倡白話文的新文人感到不滿。第二代施漢仁配合世道，努力學日文，又偷偷把祖先牌位藏起來不忍丟棄。第三代施朝宗於二二八事件後亟欲偷渡到廈門避禍。三代各有其不同的文化背景，而作者把重心放在第一代施寄生身上，描寫舊文人面對日文與白話

文雙重夾擊的痛苦與無奈。

在水平軸上面，有三位彼此認識的朋友，紛紛涉入反殖民的文化與政治活動，後來都不了了之。這三位分別是宜蘭醫生黃贊雲、大稻埕富家子弟與無產主義者阮成義、律師蕭居正。這三人的活動構成了日治時期參與公共領域的知識分子典型。此外，還有一位女性人物王掌珠，她與上述垂直軸及水平軸的人物毫無關係，作者以此女性人物來反映一個力爭上游的女性如何從粗鄙的養女自發向上而成為拒絕婚姻的單身中產階級。王掌珠的故事，揉合了公私領域的活動，頗有國族寓言的功能。王掌珠與施寄生都各自以不同方式為文字而癡迷，二者卻又形成鮮明對比：施寄生消極遁世，而王掌珠則積極地參與每個重要的歷史時刻，企圖在不同政權、不同世代文化轉變中掌握學習資源。

王掌珠一開始的出場是她想寫一部自傳體的小說，用文言文、白話文、日文等不同語文來書寫。她自幼被賣為養女，受盡凌遲虐待。她偶然認識鄰居朱秀才，開始學習漢文。秀才兒子要到臺中上學，便經過養家同意，請她隨行侍讀。她在那裡認識隔壁日本官員家的女傭悅子（漢人取日本名字），於是掌珠又積極學習日文，還報名參加日文傳習所，也喜孜孜地收下悅子送她的穿舊要丟的日式浴袍。她不只想學日文，還要講究學到的是東京腔，更欽羨、嚮往日本文化所代表的統治者文化的高雅。作者將文字癖與衣著的戀物情結結合，每學一種語言，服裝也隨之更換：從大裿衫到和服、旗袍，最後又回到大裿衫。一個女性的語言及衣著戀物癖反映了政權更替下文化資本的轉換與運用。

服裝代表的不只是流行趨勢或是身分認同，服裝有如掌珠的第二層皮膚，曾在生死相交的關鍵時刻帶來新生的希望。掌珠為了自己苦命的一生而意欲自殺，她穿著日式浴衣，原本上吊自盡的想法，因為穿上日式衣服，竟產生了新生的感覺而放棄自殺念頭：

拉緊腰帶，把穿慣大裪衫的自己驅逐出去摒逐在外，吐出一口氣，開放自己，進入日本人的浴衣，讓身體的各個部位去迎合它，交互感應，緊貼黏著在一起，填滿空隙，感覺到和服好像長在她身上的另一層皮膚，漸漸合而為一。

睜開眼睛，望著眼前晃蕩的繩索，掌珠不想尋死了。（66）

掌珠一方面積極學日文，為了看懂中國電影銀幕上的對白而興起學白話文的念頭，又立志成為臺灣第一位臺語發聲的電影女辯士。她也聽說林獻堂成立「一新書塾」，教授漢文及日文：

掌珠對「六百字篇」這門課特別感興趣，她聽說每一個漢字都附有白話的標音與造句舉例。

掌珠計畫以她的養女身分寫一部自傳體小說，書名都想好了，拿起筆來，才發現識字有限……她的自傳體小說始終沒能寫成。（218-219）

掌珠也曾對文化協會推動的新劇感興趣：

她的身世就是一齣賺人熱淚的苦情戲……，往舞台一站，不需編排情節，也不必為了表演培養情緒，站到燈光下隅隅自語，訴說血淚斑斑的經歷，就是一齣悲情的苦戲。她一身就是一齣悲劇，她就是臺灣養女的化身。遺憾的是掌珠不敢在舞台上現身說法。（70-71）

王掌珠不但有多語言的興趣與能力，還渴望用以寫自傳體小說、演戲或擔任臺語辯士。她接觸過的書寫文字與口語包括：母語閩南語、漢文文言文、漢文白話文、東京腔日文、國府來臺後的「國語」（北京話）。王德威認為這樣的人物「虛榮和矯飾……讓讀者發出嘲弄的微笑」（2010：

12）。筆者認為這樣的看法太低估日治時期臺人面臨多語環境下各自不同的發言慾望與發言位置，也忽略了造成慾望與實踐之間的鴻溝之社會因素與歷史條件。王掌珠有多語能力，也有強烈的發言慾望，但終究什麼也沒寫出來。史碧華克（Spivak）著名的提問：「底層人物可以發聲嗎？」（Can the subaltern speak?）正是要處理此現象。史碧華克對自己的提問，其回答是負面的：他們即使想發聲，也沒有合適的語言與發聲管道讓宰制者聽到與聽懂。如果她用文言文寫，其可能之閱讀對象是老一輩男性的漢學者與儒者。這些男性經常為身世淒涼的妓女寫下感傷的詩；他們只會顯示自己的同情心，卻徹底缺乏反省與批判能力來質疑父權制度。如果她用白話文，其可能讀者為新文人，他們比起舊文人較具結構批判能力，質疑台人所面臨的民族、階級、性別的三重剝削。然而掌珠只關心身為養女的性別議題，也缺乏與男性知識分子的交情，誰會替她出版？又要寫給誰看呢？與她出身相似的養女都不識字，有正義感的男性知識分子雖然屢屢抨擊臺灣女性地位低落，他們仍是把性別議題置於民族與階級之後。日治時期的社會條件無法製造獨立存在的婦女運動，而是把婦女問題的解決包裹在民族解放與階級解放（楊翠，1993）。如果用日文寫？即便掌珠的日文書寫程度不差，其出版管道更難取得，讀者又在哪裡呢？[7] 日治時期新文學有豐碩的成果，優秀作家輩出，女作家卻是鳳毛麟角。如果施叔青在虛構小說中背離歷史事實，製造出女英雄王掌珠成功寫書出版的情節，這也是作者的特權。但是施叔青選擇讓掌珠不了了之，她寫出慾望與實踐二者間的鴻溝，而這個鴻溝之所以存在，正是因為多音雜混的華語語系人民在現代性、殖民性、本土性多重情境下被迫學習日文，只能機械性背誦，無法真正用語言來思考、分析。掌珠書寫慾望來自身為養女的痛苦，這是一個本土問題，描寫的是過去之我。她又有階級向上流動的慾望，努力脫離底層環境，過著中產階級的生活風格。說到生活風格，這又促動她的消費慾望，以日式服裝、洋裝、化妝品來打造時髦的現代之我。雖然她什麼也沒寫，她畢竟以自己的身體為介質，銘刻了女性主體與自我覺醒的生成。乍看下，王掌珠是新時代潮流的弄潮兒，對流行時尚相當敏感。然而，她並未一味地追趕時髦，反而相當自覺地將自己與「文明女」區隔開：「臺北都會那一群以摩登自詡的女性，她們抽菸、穿美國進口的絲襪、盪鞦韆、在草地上跳舞、標榜維新自由戀愛新風氣……。掌珠向來看不慣這些『文明女』。」「臺北都會那一群以摩登自詡的女性……」（228-229）

王掌珠曾迷過和服，也穿洋裝，後來看多了中國電影，又迷上旗袍。她最喜歡的電影明星是阮玲玉，她經常飾演出身寒微的苦命女子，贏得掌珠的認同。日治皇民化時期，掌珠穿著旗袍在街上行走，當街被警察喝叱。掌珠並未完全屈服，以後她繼續穿旗袍，挑選僻靜的路段行走。戰後臺灣由國府接收，不久後就發生二二八事件：「二二八事件動亂的那幾天，……從此換回大裪衫。」（225）

王掌珠換回大裪衫不只是避免誤會與衝突，也代表她對新統治政權的不滿——而旗袍象徵了統治者集團之內的女性，因此王掌珠不願與之共謀。穿旗袍在日治時期則是無聲的抗議，以及對之前形成的日本認同的抵銷。王掌珠每個階段的服裝選擇，都反映了她對政權更替、思想潮流、流行文化選擇性的吸收與重新部署。雖然她始終沒寫下任何文字，她以身體及服飾宣告了自己的主體性。

掌珠想寫又寫不出來，似乎具有國族寓言的色彩：我們由她身上看到日常生活私領域與婦女（特別是養女）人權改革公領域二者的夾纏。個人的故事不只是個人心裡層次的展現，而是集體國族在被殖民情境下的奮鬥

7. 龍瑛宗曾以日文寫出〈植有木瓜樹的小鎮〉，於 1937 年得到日本「《改造》懸賞創作獎」。但是當時日本內地文壇以及臺灣的文壇對此文的看法以負面居多。由此可知，即便得獎，也未必立刻被讀者接受。詳見王惠珍（2008：211-212；2014）。

求生[8]。但是此種國族寓言的解讀必須小心對待。個人的奮鬥不見得成功──國族寓言並非勵志小說，個別人物也非整齊一致地對應某種國族狀態，施叔青的寓言充滿國族建構路途的崎嶇分歧。王掌珠想寫而沒寫出來的，施叔青寫出來了[9]。過了三個世代，總有某個時代的人有條件、有能力為自我與集體發聲。施叔青以後代之姿，替「三世人」描繪他們那個時代發聲的可能性與不可能性。她對過去的描繪，並非只是追憶過去，而是蘊含當代觀點，間接誘發讀者反思當代。詹明信（Jameson）認為國族寓言不等同於國族認同。在當代全球化情境下，單一的、天生本質的國族認同乃是難以維繫的迷思。當代寓言的特色是有如夢境般的文義分歧多變。王掌珠固然可以被當成臺灣國族寓言，諭說臺灣人對多語學習的熱中與幻滅；而舊文人師朝宗亦可被看成臺灣國族寓言中舊有文化力量的衰微與反撲。

三部曲描寫許多人物發言的困難；那麼，臺灣自戰後以來持續的國文教育是否解決了發聲的問題呢？其實，語言只是能否發聲的條件之一。每種社會脈絡都必然存在著難以發聲的弱勢者。即便是菁英分子，面臨政權更迭也可能變成自我放逐的「遺民」而失去發言能力。文學體制的板塊移動造成昔日文化資本貶值，這也是失聲的原因之一。身為當代的讀者，我們可以以歷史及文學為借鏡，反省自己當代所處環境有哪些邊緣發聲：例如，一批批來自東南亞的外籍新娘／南洋姊妹，他們工作與照顧家人之外，還要抽空於夜間補校學習中文；或是原住民作家，用華語書寫他們的生命經驗，再現他們與主流漢文化的接收與反抗。還有極少數作家以羅馬拼音寫出臺語、客語、原住民語。這些寫作者針對哪些讀者而寫？他們如何得到發表與出版管道？

由文本內容與華語語系二者互相參照，我們也得以延伸想像，揣摩19世紀美國加州的華裔苦力、菲律賓南管社團富紳的妻妾、馬來西亞的華裔商人等等，各地都說著華語方言，而他們畢竟無法真正替自己發言，有待後世學者及作家的挖掘，藉此讓當代讀者理解從無聲到有聲的歷史進程[10]。

性別不是決定可否發言的唯一因素。身為舊文人，施寄生飽讀詩書，自己也寫了不少詩句與書信。施寄生的個性使他在各方面都於時代潮流中被邊緣化。日本殖民政府不少高官都是具儒學背景的「儒官」，為了籠絡在地人心，舉辦各種吟詩活動，建立殖民政權的文化正當性。施寄生接到活動邀請函，卻不屑出席。另一方面，歷經新舊文學論戰，白話文取得優勢，文言文逐漸沒落。施寄生因而鬱鬱寡歡，消沈度日，失去發言的慾望而處於失聲狀態。他的消沈不只是來自殖民者的統治，更來自於新文人提倡白話文。到了 30 年代中期，中日戰爭爆發後，日本為了強化「大東亞共榮圈」的正當性，又開始提倡漢學與儒學，將儒家的忠孝精神轉換為對日本天皇的效忠。消沈已久的施寄生，又開始活躍起來，為了漢文的復振而興奮不已，完全忘了這與日治初期統治者以漢文詩詞拉攏舊文人有許多相似之處。施寄生重新得到發言機會，但是這種發言，完全是政治造成的發言空間，使得施寄生成為統治者的附庸，而非自我反思與覺醒的發言。

施叔青在《三世人》一書裡，呈現對文字與語言的執迷，與其說是作者個人的執迷，不如說是書中人物的執迷：他們的發言慾望與行動實踐二者間存在著難以跨越的鴻溝，反映出三個世代共同的奮鬥與失志，而造成其發聲與失聲的原因，又因性別、世代、階級、所使用的語言而呈現多重

---

8 參見 Fredric Jameson, "Third World Literature in the Era of Multinational Capitalism." *Social Text, No.15*, 1986. pp. 65-88.

9 Spivak 提出 "Can the Subaltern Speak?" 此問題，在闡述過程中指出知識分子無法替底層人民代言。我們所能做的，是研究其消失的軌跡。施叔青寫王掌珠並非替日治時期養女代言——這樣的社會呼籲與文學再現已經太多了。施叔青書寫的重點是女性「寫不出來」及其消逝於歷史洪流的殘跡。

10 此處使用「歷史進程」，並非基於直線發展的歷史觀，而是歷史演變時進時退的多重動力。

差異。整體而言，施叔青以小搏大的書寫策略讓讀者得以窺見難得出現於大歷史、官方歷史中的庶民人物及其愛恨情仇。很弔詭地，邱雅芳指出，施叔青的寫作反而更被歷史幽靈所糾纏（2014：50）。雖說大歷史受到質疑、挑戰、解構，作者似乎也陷溺於此而難以擺脫。眾多評論家指出施叔青書寫策略「以小搏大」的特色；我們似乎被「小歷史」吸引（女性、庶民、原住民的歷史），也看到「搏」的方法與過程（斷裂的敘事與後設書寫），邱雅芳提醒我們「大歷史」的幽靈徘徊不去。的確，若無大歷史的書寫，又如何凸顯小歷史的特色？《行過洛津》充滿中國官員朱仕光的觀點，《風前塵埃》描繪佐久間左馬太總督的想法，《三世人》呈現漢人男性菁英矯情的革命夢。施叔青彷彿進入這些人的心靈，從他們的視野看世界，以致於讀者幾乎會被朱仕光說服，認同他對臺灣的藐視。這正是施叔青擺脫不了大歷史糾纏的作者書寫位置與書寫效果。

五、結論

華聲與華風所強調的地方特色與異質性，在每日生活實踐中再生產了臺式中華文化，也同時解構了中華文化的同質性霸權。施叔青的《臺灣三部曲》呈現了跨國人口流動與跨文化流動下混雜的臺灣本土性格。臺灣在去中國化的過程中，所追求的並非建構純正的臺灣本土文化來代替中國文化，而是在混雜多變中尋找各自的發言位置與發言內容，形成多聲互動的旋律[11]。誠如史書美所言，臺灣不是「非中國」，臺灣就是臺灣。（Taiwan is not non-China; Taiwan is Taiwan.）臺灣本身已經涵蓋了漢文化，以此為基底，將日本文化、西方文化、原住民文化層層堆疊而又互相滲透。

《臺灣三部曲》雖然主人翁各有不同，施叔青一貫的關注是：弱勢者如何發言？發言慾望與行動實踐二者的鴻溝在怎樣條件下得以跨越？她也把這個問題倒過來問：有行動主體而無發言勇氣，那又是怎樣的情景？（這是第二部《風前塵埃》的主題）。在第一部小說《行過洛津》，主人翁許情想要對愛慕對象少女阿婠表示情意，他必須用《陳三五娘》戲曲中的男主角陳三的位置來表達情意。其實他長期以來表演此劇都是演出女性角色的小旦（益春），益春這個角色活潑大膽，只因這是女性角色，許情放棄自己熟悉的角色，轉而置身男性角色陳三才有辦法對女性表達情意。這種情節安排與其說是作者擺脫不了異性戀中心的主流意識型態，不如說是作者洞悉當時父權體制下女性位置為弱勢、被動與沈默，許情必須取得男性位置才有可能稍微發展出微弱的自我主體性與能動性。這樣的策略畢竟失敗，因為其男性位置為暫時性且虛構性（來自戲劇的角色）。當他超越性別二分的異性戀體制，專注於打鼓技藝的精進，才算奠定較為穩固的主體性。此書結尾道出南管的沒落與歌仔戲的興起，以民俗戲曲的變遷來諭說時代的變遷以及臺灣在地文化（歌仔戲）的興起，口語的臺灣話取代之前文言古雅的南管唱詞，進一步證成華語語系的豐富多元，在中原正統文化之外滋生在地的臺灣本土文化。

第二部《風前塵埃》探討性別、種族、階級的交織互動。帝國的女性與在地原住民的情慾關係中，日本女性具有龐大優勢來採取主動。戰後回到日本內地，又恢復日本父權體制下女性的壓抑與卑微。年輕時在殖民地大膽的情慾流露，在成年時期的日本社會卻只能編造虛構人物來表達過往的情慾經驗。這樣的落差，更增加當事人的痛苦。這部小說以日本人與原住民為主，漢人角色並不重要。但是臺灣這塊土地畢竟以漢人人口為多

---

11 臺灣意識興起後，以臺灣民族主義之姿，展開臺灣國族建構，也因此必需以政治上的中華人民共和國為對象與他者，進行「去中國化」。同時，臺灣混雜了漢人、原住民、日本、美國的文化，形成以混雜式華語為基底的「臺式中華文化」，戳破「正統中華文化」的迷思。

數，日治時期施行日語政策，造成臺灣漢人與原住民各自語言的變化，而在臺華語語系文化受到日語衝擊，更增加臺灣的獨特性，與其他地區如馬來西亞或是菲律賓華人不同。但三者其實還是有共同處境，那就是被強迫接受殖民者的語言：臺灣人學習日語、馬來西亞人學習英式英語、菲律賓人學習美式英語。華語語系既是壓迫者的語言——華人對當地原住民的壓迫，也是被壓迫者的語言——被日本、英國、美國殖民體制的壓迫。這造成華語語系的雙重特質，也使施叔青等臺灣作家對加害者與受害者的關係更為敏感。針對日本女性、原住民男性、客家男性與女性，其性別、族群、階級的差異及其與殖民體制的關係，施叔青並不論斷誰對誰錯，而是描寫各自的失聲與發聲、記憶與失憶。書中客家男性勤學日語，似乎處於具有發聲能力的處境，然而他單戀日本女性而無結果，說明了「會說日語」與「得到日本女人的愛」二者間巨大的鴻溝。語言不只是日常對話的工具，也是對該文化的想像、愛慕、認同。客家人單方面的日本認同未受到回饋，更增加華語語系帶給他的恥辱感。

第三部《三世人》以舊文人與新女性對照，在表面的差異下，其實仍是一貫的主題：華語語系內部的差異以及外部與日文的差異所帶來認同的流動、希望、與幻滅。舊文人捍衛文言文而藐視白話文，當日本政權為了籠絡人心而提倡漢學，舊文人可因而改變先前對日本政權的敵意轉而具有好感。而新女性學習了華語白話文與日文，這種日常生活的溝通能力不足以幫助她完成訴說自身生命故事的夢想。語言帶來的是無止盡的距離與更多的沈默：理想與事實的距離、使用不同語言的人們之間的距離、表達慾望與表達能力的距離、官方語言政策與人民日常生活的距離。在施叔青筆下，沈默並非單純的不敢講話，而是攸關語言的認識論、本體論、與倫理學。語言帶來認識世界的方法與盲點；語言存在的價值與功用因時代與個人個性而不斷變化；語言的使用既可增進人際關係的互動與瞭解，也是強勢政權對弱勢者的象徵性暴力。

施叔青替沈默的人尋找他們曾經存在的遺跡，而非直接替他們代言。《臺灣三部曲》的每本書都留下想像的空白，讓身為讀者的我們得以參與想像，找出更多形跡，聽到沈默者的心聲，也感受到語言的雙面刃：既是溝通工具，也是暴力的行使。在這三本小說中，我們看到華語語系與中國大陸官話、與殖民者的日文、以及與原住民語言多方面的互動，見證了華語語系強韌的生命力正是來自它於歷史洪流中加害者與受害者雙重面向的弔詭。

參考書目

施叔青。2003。《行過洛津》。臺北：時報文化。

-----。2008。《風前塵埃》。臺北：時報文化。

-----。2010。《三世人》。臺北：時報文化。

王惠珍。2008。〈殖民地文本的光與影：以〈植有木瓜樹的小鎮〉為例〉。《臺灣文學學報》13（2008年12月）：205-244。

-----。2014。《戰鼓聲中的殖民地書寫：作家龍瑛宗的文學軌跡》。臺北：臺大出版中心。

王德威。2010。〈三世臺灣的人、物、情〉。收錄於施叔青，《三世人》。臺北：時報文化。10-16。

周倩而。2006。《從士紳到國家的音樂：臺灣南管的傳統與變遷》。臺北：南天。

-----。2012.10。〈《臺灣三部曲》之《風前塵埃》：歷史書寫後設小說的共時與共在〉。《臺灣文學研究學報》15：151-183。

林芳玫。2009.11。〈文學與歷史：分析《行過洛津》中的消逝主題〉。《文史臺灣學報》第1期：181-205。

-----。2007.10。〈地表的圖紋與身體的圖紋：《行過洛津》的身分地理學〉。《臺灣文學研究學報》5：259-288。

林珀姬。2008.09。〈古樸清韻：臺灣的南管音樂〉。《臺北大學中文學報》5：295-328。

邱雅芳。2014.06。〈施施而行的歷史幽靈：施叔青作品的思想轉折及其近代史觀〉。《文史臺灣學報》8：29-52。

南方朔。2010。〈記憶的救贖：臺灣心靈史的鉅著誕生了〉。《三世人》。施叔青著。臺北：時報文化。5-9。

陳芳明。2002。〈挑戰大敘述：後戒嚴時期的女性文學與國家認同〉。《後殖民臺灣：文學史論及其周邊》。臺北：麥田。131-150。

陳培豐。2007。〈識字・書寫・閱讀與認同：重新審視 1930 年代鄉土文學論戰的意義〉。《臺灣文學與跨文化流動：東亞現代中文文學國際學報・第 3 期・臺灣號》。邱貴芬、柳書琴主編。臺北：文建會。83-111。

曾秀萍。2010.09。〈扮裝臺灣：《行過洛津》的跨性別飄浪與國族寓言〉，《中外文學》第 39 卷第 3 期：87-124。

楊翠。1993。《日據時期臺灣婦女解放運動》。臺北：時報文化。

詹閔旭。2012.06。〈恥辱與華語語系主體：施叔青《行過洛津》的地方想像與實踐〉。《中外文學》第 41 卷第 2 期：55-84。

劉亮雅。2010.06。〈施叔青《行過洛津》中的歷史書寫與鄉土想像〉。《中外文學》第 39 卷第 2 期：9-41。

----。2013.06。〈施叔青《風前塵埃》中的另類歷史想像〉。《清華學報》第 43 卷第 2 期：311-337。

-----。2014。《遲來的後殖民：再論解嚴以來的臺灣小說》。臺北：臺大出版中心。

蔡文婷。1999.11。〈古調新聲：東南亞的南管改革〉，《臺灣光華雜誌》第 24 卷第 11 期：125-129。

-----。1999.11。〈南洋「鄉」思吟：菲律賓的郎君子弟〉。《臺灣光華雜誌》第 24 卷第 11 期：112-124。

Dirlik, Arif. “Literary Identity/Cultural Identity: Being Chinese in the Contemporary World.” Web publication, MCLC Resource Center: Modern Chinese Literature and Culture, http://u.osu.edu/mclc/book-reviews/literary-identity. 2013.

Hutcheon, Linda. *A Poetics of Postmodernism: History, Theory, Fiction*. New York and London: Routledge, 1988.

Jameson, Fredric. “Third World Literature in the Era of Multinational Capitalism.” *Social Text*, No.15, 1986. pp. 65-88.

Shih, Shu-mei. *Visuality and Identity: Sinophone Articulations Across the Pacific*. California: University of California Press, 2007.

-----. “The Sinophone as Places of Cultural Production.” In *Global Chinese Literature: Critical Essays*. Eds., Jin Tsu and David Der-wei Wang, special issue of *Amerasia*, 2010. Pp.29-48.

-----. “The Concept of the Sinophone.” *PMLA* 126 no. 3 (2011). pp. 709-718.

-----. “Introduction: What Is Sinophone Studies?”, *Sinophone Studies: A Critical Reader*. New York: Columbia University Press, 2013. pp. 1-16.

Spivak, Gayatri. "Can the Subaltern Speak?" *Marxism and the Interpretation of Culture*, 1988. pp. 271-313.

一則弔詭的臺灣寓言：
《風前塵埃》的灣生書寫、敘事策略與日本情結

曾秀萍
國立臺灣師範大學臺灣語文學系

施叔青「臺灣三部曲」的第二部《風前塵埃》（2008）將「灣生日本人」放入「臺灣三部曲」中作為小說主角，乃重新置疑並思考所謂「臺灣」的界線何在？內涵又包括哪些？本文認為作家的灣生書寫具有特殊意義，一方面為被遺忘的歷史族群作傳，另一方面卻也背負了難以言喻的包袱——前殖民地作家該如何書寫以殖民者為主角的「臺灣寓言」呢？本文從灣生書寫、戰爭敘事、美學敘事等幾個面向探討此一艱難的書寫與認同困境，進而對小說中的政治寓言展開批判與反思。

本文認為《風前塵埃》的敘事軌跡透露了敘事者的政治無意識，再現了一則弔詭的臺灣寓言。小說以日本人作為主要敘述視角的開創性作法，固然填補了臺灣殖民歷史上的一頁空白，卻也導致了臺灣主體空缺的結果；書中盤桓不去的日本情結，在在顯示殖民遺緒如幽靈般盤旋至今。本文認為「文化混雜」的詮釋已難以說明《風前塵埃》在敘事策略與書寫倫理上的課題，因此將策略性的回歸法農，運用其批判殖民權力的觀點重新梳理這項解殖的工作。文中將指出《風前塵埃》在國族寓言書寫上的弔詭與困境，同時也反映出臺灣當前的後殖民癥狀，而指認癥狀是期許另一個解殖實踐的開始。

關鍵詞：灣生日本人、施叔青、風前塵埃、性別政治、後殖民、身分認同、國族寓言

一、前言

施叔青「臺灣三部曲」的第二部《風前塵埃》[1]以兩代「灣生」（日治時期在臺出生的日本人）作為小說主角，無疑是個重要的創舉，不僅讓被臺灣社會遺忘已久的灣生族群重新被看見，更將灣生議題放回臺灣歷史的脈絡中，置疑並重新思考所謂「臺灣」為何？其界線又何在？「臺灣」（三部曲）又可以以誰作為代表？

「灣生」乃是日本移民來臺後所生的下一代。根據林呈蓉的研究，當時日本為解決國內的人口、經濟問題，以及國防戰備、產業調整等考量，針對日本國民設計了海外移民，臺灣作為日本的殖民地，成為日本海外移民的實驗場。有關臺灣的日本移民事業根據計畫的成立與結束可分為四階段：（一）前期私營移民事業計畫；（二）前期官營移民事業計畫；（三）後期私營移民事業計畫；（四）後期官營移民事業計畫[2]。前期官營移民事業起於 1909 年總督府的規劃，配合臺灣的殖民地型態加入農業殖民地的角色，試圖主導移民事業之推動。在移民區域的考量上，總督府認為適合的移民地區乃在東部，但由於台東地區的移民收容用地無法與原住民達成共識，所以實際招募移民前往開發的地區，後來僅限於花蓮港廳下的吉野村、豐田村與林田村三處[3]。依據《風前塵埃》所描述的灣生生長環境與年代，都與花蓮吉野移民村息息相關，因此書中的日本移民背景應屬於前期官營移民事業計劃的一環。

作家把移民村裡的「灣生日本人」設定為「臺灣三部曲」的主角，自是認為這當屬臺灣社會歷史的一部份，這點該給予肯定，但又該如何看待灣生複雜的身分政治？諸多研究均指出《風前塵埃》裡「混雜」的認同現象，如劉亮雅〈施叔青《風前塵埃》中的另類歷史想像〉[4]從多族群、多國族的角度切入，認為該書呈現了兩個族群以上的觀點，打破鐵板式的國族想像，開始另類歷史想像與身分認同的可能性。而李欣倫在〈「寫真」與「二我」——《風前塵埃》、《三世人》中攝影術、攝影者與觀影者之象徵意涵〉[5]中以攝影、電影媒介為例，探討小說裡不同拍攝者和觀者的認同課題，極其精彩地論述各人物身上複雜、矛盾的多重認同狀態與困境。黃啟峰〈他者的記憶——試論《風前塵埃》的族群歷史書寫〉[6]對小說中的日臺關係有多層次的剖析，也是目前對於灣生認同著墨較多的一篇論文，探討日本移民的位階，也區分了月姬和琴子之間的認同差異。其他諸多評論者如南方朔、劉依潔等人也都指出了小說裡各色人物認同的複雜度與多元傾向[7]。

臺灣經歷移民、殖民、戒嚴、解嚴等不同歷史階段，其認同的複雜是

---

1 施叔青，《風前塵埃》（臺北：時報文化，2008 年）。

2 有關日本的海外移民政策與經驗，可參考林呈蓉〈日本人的臺灣經驗——日治時期的移民村〉，戴寶村編《臺灣歷史的鏡與窗》（臺北：國家展望文教基金會，2002 年），頁 136-145；張素玢《臺灣的日本農業移民（1909-1945）——以官營移民為中心》（臺北：國史館，2001 年）。官營、私營都屬於人型的集團移民，不同處在於官營多半非以營利為目的，而私營則以營利事業之助成為目的，另外也有個人自由移民的型態存在。

3 初期的官營移民事業於 1917 年宣告中止，其原因為何有兩種不同的說法：一為總督府方面以模範移民的目的已經達成，官營移民事業已經沒有續行的必要；不過先行研究則多對官營移民事業予以負面評價，認為是為了開發東部地區這些未墾地，從土地的取得到移民村的建設，外加一些無法預期的災害，最後在財政困境無法圓滿解決的情況下，乃結束了此階段的移民事業。林呈蓉，同註 2，頁 142。

4 劉亮雅，〈施叔青《風前塵埃》中的另類歷史想像〉，《清華學報》43 卷 2 期（2013 年 6 月），頁 311-337。

5 李欣倫，〈「寫真」與「二我」——《風前塵埃》、《三世人》中攝影術、攝影者與觀影者之象徵意涵〉，《東吳中文學報》第 27 期（2014 年 5 月），頁 337-363。

6 黃啟峰，〈他者的記憶——試論《風前塵埃》的族群歷史書寫〉，《中正臺灣文學與文化研究集刊》第 7 期（2010 年 12 月），頁 73-99。

7 南方朔，〈透過歷史天使悲傷之眼〉，收於施叔青《風前塵埃》，同註 1，頁 5-10；劉依潔，《施叔青與李昂小說中的臺灣想像》（臺中：印書小舖，2009 年）。

至今都難解的一個課題。然而本文認為需要更進一步地思考，在後殖民研究強調認同「混雜」（hybridity）的同時，又該如何看待寫作的書寫倫理？當所有的認同書寫都是這麼多元複雜的時候，是否以「混雜」作為寫作與論述立場，便能一語帶過其中幽微曖昧的權力關係呢？林芳玫在〈《臺灣三部曲》之《風前塵埃》——歷史書寫後設小說的共時與共在〉一文中指出，《風前塵埃》的人物多重互動關係突顯了作者的書寫策略，其中臺灣原住民男性（哈鹿克）成為灣生日本女性（橫山月姬）的情色慾望客體，暴露了作者對臺灣既關注又逃逸的曖昧立場[8]。林芳玫的研究提出了一個相當重要也值得更進一步省思的書寫與倫理的課題，施叔青以「臺灣三部曲」標示其創作屬性，不啻是以後殖民文學的角度做號召，然而在《風前塵埃》這部野心龐大、歷史人物關係都相對複雜的書寫課題中，該如何看待前殖民地作家書寫殖民者的立場？是否在「混雜性」的大帽子底下，對於前殖民者的書寫課題僅以身分認同的多重與混雜便能輕輕帶過？從另一個層面來說，若「混雜」的概念本來是用來讓被殖民者有「賦權」的力量，進而對於殖民統治有了顛覆的思考與可能性，那麼「混雜」的詮釋是否適合用在討論殖民者本身的認同？

南方朔曾在《風前塵埃》的序言裡指出，范姜義明的「二我」乃印證了法農（Franz Fanon）所謂的由於承認自身為劣等，因而自我分裂的狀況；並更進一步認為這種自我分裂傾向在小說中以橫山月姬被描寫得最為深刻。因為月姬的灣生身分及其與臺灣原住民戀愛的污名，讓她分裂為二，因而只有創造出的「真子」這個角色她才得以轉述自己的身世[9]。不過本文要繼續追問的問題是，雖然不論殖民者或被殖民者都可能存在多重認同與矛盾的狀態，但殖民者的「二我」，和被殖民者的「二我」能等同視之嗎？灣生的認同處境固然堪憐，但其中又暴露了哪些問題？是否有哪些問題被掩蓋在懷鄉與多重認同的敘事當中呢？

在《成為「日本人」：殖民地臺灣與認同政治》中，荊子馨研究日治時期相關的文獻後認為，日治時期的認同課題之所以成為一個臺灣當代的熱門議題，乃是一種社會意識型態變遷下所建構的產物；換言之，「認同」的討論之所以這麼重要，乃因臺灣仍處在殖民與後殖民的糾結裡，因此生產了眾多關於「認同」的課題與闡述。這並不是說「認同」是假的，而是說「認同」課題不只是個人內在的本體論述，更是外在社會結構、歷史變遷下的產物。過去的研究傾向於把日治時期的臺灣人認同視為個人掙扎層次的問題，而荊子馨的研究則試圖透過殖民政治經濟政策、以及對殖民當局意識型態的分析，將認同看成是政治意識變遷下的產物[10]。

依此觀點看來，不論是灣生的報導、影片、各類出版品，或是施叔青的小說創作，都可視為一種對於臺日認同課題的當代書寫與回應，而且在日、臺認同關係之中，不可避免地夾雜了龐大的中國課題與美國關係。因而這些認同課題的回應，其實也是某種意識型態下的產物，換言之，創作在某種程度上呼應了當下的臺灣社會結構與精神症狀，也是政治文化氛圍、意識型態下的產物，其中所顯現的認同課題必投射出作者的潛意識，也透露出更為寬闊的社會深層結構與心理結構等問題。

本文認為書寫灣生的舉動，無疑也是召喚歷史幽靈之舉，一方面為被遺忘的歷史族群作傳，另一方面作家也背負了相當程度的歷史包袱，因而須展開殖民除魅的艱難工作。因此弔詭的事情便產生於此書寫之中，小說人物所必然涉及的灣生認同問題，竟也在作者的書寫認同裡產生了某種程度的艱難與矛盾。作為一個前殖民地作家來書寫（弱勢的）殖民者，施叔

---

8 林芳玫，〈《臺灣三部曲》之《風前塵埃》——歷史書寫後設小說的共時與共在〉，《臺灣文學研究學報》第 15 期（2012 年 10 月），頁 151-183。

9 南方朔，同註 7。

10 荊子馨，《成為「日本人」：殖民地臺灣與認同政治》（臺北：麥田，2006 年）。

青的創作之舉有如走鋼索般，可能在危疑之中開創出不同的道路，也可能每一步都陷入危險之中。目前「臺灣三部曲」的評論雖不少，但還沒以灣生作為討論重心者，因而本文將以灣生為重要課題進行討論，透過其敘事策略分析《風前塵埃》灣生書寫與認同政治的多重弔詭，進而對書中的認同政治展開批判與反思。

本文認為使用文化混雜的觀點詮釋《風前塵埃》，固然道出了殖民關係的複雜性、打破二元對立的觀點，提供了一個被殖民者在被壓迫之外的反抗性與可能性，然而這種混雜性的討論卻也相當程度抹去了殖民者與被殖民者在實質位階、社會關係中的落差與政治運作上的不對等，看似「你泥中有我，我泥中有你」的「混雜」會不會只是一種過於樂觀的文化、權力想像？在此中卻也同時失去了批判的力道？在「混雜」的後殖民論述中要如何保有批判觀點，這是前殖民地作家與批評者不得不面對的難題與責任。

因此本文將策略性地回歸法農在《黑皮膚，白面具》的論述觀點，以其兼具心理與社會歷史結構面向的批判視角，重新解讀《風前塵埃》。法農指出在殖民體制下被殖民者往往不自覺地內化殖民者的觀點而遺失自己，形成種種殖民創傷。由於殖民者往往將自身建構為「優等」的文明與人種，貶抑被殖民者的種族與文化，讓被殖民者產生自卑自抑的心態，進而對殖民者產生崇拜、迷戀，無不盡力傚仿殖民者的語言、文化，如黑人極力想「漂白」的過程。殖民體制深刻影響了被殖民者的內在思考與意識型態，讓他們幾乎遺忘了自身文化，更內化了殖民者的觀點產生各種殖民創傷。如何讓被殖民者重新意識到這些創傷的根源並非來自於個人，而是源自於殖民霸權，將是被殖民者覺醒的開始[11]。本文希望能借重其對殖民體制的批判與殖民創傷的清理，重新解讀《風前塵埃》的灣生書寫，探討小說中的灣生和敘事者如何在「成為日本人」和「成為／作為臺灣人」之間擺盪與游移／猶疑，而這些書寫動態又如何與「臺灣三部曲」作為國族寓言的性質產生拉鋸？冀能藉此挖掘文本中的政治無意識，重新梳理殖民記憶、創傷與解殖的課題。

二、地圖下的回憶：灣生的雙鄉情結與殖民遺緒

《風前塵埃》小說中的主要背景與場景設定在日治時期的日本移民村，而日本對移民事業的經營有何意義？根據林呈蓉研究日本移民事業有四個意義：（一）日本國民必須永住於臺灣，才能建構島內日本民族的根基；（二）促進日本人與在地人的融合共存，以加速在地民眾日本化的目的；（三）移民必須是在鄉軍人，因此在移民選擇的權衡與國防層面的考量上，較能發揮具體功效；（四）移民事業之經驗則可作為將來日本民族前往熱帶地區發展的參考。因此移民村的建立，可說是充滿戰略與殖民考量的政治意義，但由於日本在敗戰的情況下放棄臺灣，後期官營移民事業的成果如何，至今仍缺乏官方具體的檢討報告。林呈蓉則認為移民事業對日本國內人口問題的解決效果微弱，但在殖民地的永續經營上意義重大[12]。

而有別於以官方史料作為基礎的研究，民間對於日本移民村與灣生課題經過了幾10年的遺忘與忽視後，在近年開始以「思鄉」的論述重回臺灣的歷史與文化視野[13]。在相關的灣生報導與自述中，不難看到其顯著的

---

11 弗朗茲．法農（Frantz Fanon）著，陳瑞樺譯，《黑皮膚，白面具》修訂版（臺北：心靈工坊，2007年）。

12 林呈蓉，同註2，頁145。

13 近年來灣生從一個備受忽視的族群，開始受到關注，灣生議題之所以開始升溫，要歸功於不少感人熱淚的報導與出版品，其中又以田中實加（陳宜儒）所撰述的《灣生回家》（臺北：遠流，2014年）一書，及其所拍攝的紀錄片（預計2015年底上映）受到最多關注。其他還有鈴木怜子著，邱慎譯，《南風如歌：一位日本阿嬤的臺灣鄉愁》（臺北：蔚藍文化，2014年）等書，也在近期出版。

「雙鄉情結」，如著有《日治臺灣生活史：日本女人在臺灣》的灣生女作家竹中信子曾表示：

> 當我被問及：「妳的祖國是哪裡呢？」我會像失去故鄉的人一樣困惑以答：「本籍在大阪，但是……。」回到日本的我，想不出日本哪個地方讓我特別懷念，總覺自己是在臺灣與日本漂浮的失根之草，一直生活在認同感被撕裂的矛盾之中。這多多少少是從臺返日人士共通的情感吧，然而別人到底能理解多少呢？臺灣受日式教育的「多桑」一代應該能夠體會吧？[14]

而灣生這樣的「雙鄉情結」是以怎樣的面貌出現在施叔青的筆下？《風前塵埃》以灣生為要角，這在臺灣小說版圖中是個頗具開創性的作法，以殖民者為書寫重心，將其帶入臺灣後殖民的寫作視野中，但以臺灣作家身分來書寫前殖民者，無疑也是一個艱難的挑戰，《風前塵埃》採取了怎樣的立場和角度？其敘事策略和身分立場間有著怎樣的拉鋸？如果說一般報導與書籍傾向於傳達臺日之間緊密的連結，以及感傷溫情的「故鄉」／「返鄉」敘述，那麼《風前塵埃》的處理又讓我們觀察到哪些不同的面向與幽微的層次？又該如何看待前殖民地作家與殖民情結間的張力和矛盾？以下將進一步探討《風前塵埃》中關於灣生的描述，分析《風前塵埃》中的書寫策略及其背後所代表的意識型態，探討作家創作與認同、意識型態間的弔詭。

《風前塵埃》以「第二代灣生」無弦琴子作為主要視角，她在臺灣出生，隨即因為日本戰敗而與母親回到日本定居。母親橫山月姬是「第一代灣生」，在臺灣出生、成長、戀愛、生子，即使回到日本之後，在跟女兒的對話中，她一再表達對臺灣的鄉愁，如果不是戰後被強制遣返，她願以臺灣為家。在這方面，《風前塵埃》中灣生所面臨的「雙鄉情結」和坊間的報導、出版品相類似，但相較於新聞報導、訪談、紀錄片等以（日臺）情感為主而（刻意）去政治化的再現方式，《風前塵埃》無疑是具有政治敏感度的文本，從作者的創作概念到小說的敘事策略均可發現其具有高度的政治性。施叔青在接受簡瑛瑛訪談時，曾如此詮釋《風前塵埃》的創作：

> 《風前塵埃》裡的無弦琴子、橫山月姬角色的鋪陳，它其實講的還是一段受苦的歷史。日治時期的辛酸，日本人把臺灣當成次等公民，不把人當人看。在種族與階級的糾結底下，橫山月姬所受到的命運侷限，代表著整體臺灣命運受歧視的苦難。如同虛構的「真子」其人、「二我」照相館的命名，都有著自我認同矛盾與糾葛的情節。在日本大東亞共榮圈的幻夢之下，連日本婦女的和服都可以成為變相的戰爭宣導，成為戰爭策劃者的工具，在這樣的歷史下，臺灣人民的自我認同會變得多糾結，可想而知。而《風前塵埃》裡無弦琴子的母親橫山月姬，對她的角色而言，感情是帶有濃厚的鄉愁的。橫山月姬對臺灣的思念與輾轉情緒，透過無弦琴子的追尋歷程，浮顯出的亦是臺灣命運的幽微情事。[15]

從這段回答與闡述中，不難看出施叔青將灣生視為臺灣國族寓言的一個面向，然而在這次的創作中，她卻也面臨了歷史寫作立場上的矛盾。首

---

14 竹中信子，〈中文版序〉，蔡龍保譯，《日治臺灣生活史：日本女人在臺灣（明治篇 1895 ～ 1911）》（臺北：時報，2007 年），頁 16。竹中信子於 1930 年出生，三代世居臺灣，直到 15 歲日本戰敗投降才離開，自認蘇澳是她的第二故鄉，曾擔任財團法人臺灣協會理事，其所著的《日治臺灣生活史：日本女人在臺灣》分為明治篇（1895 ～ 1911）、大正篇（1912 ～ 1925）和昭和篇（上、下 1926 ～ 1945）共四冊（臺北：時報，2007、2009 年）。

15 粗體為筆者所加，參見簡瑛瑛、夏琳訪問，夏琳記錄，〈歷史的行腳者——女書店專訪「臺灣三部曲」之《風前塵埃》作者施叔青〉，《女書電子報》第 128 期。（來源：http://blog.roodo.com/fembooks/archives/5696511.html，2015 年 5 月 14 日）。

先，是主體位置的轉換與弔詭，在上述這段訪談中其敘述話語從一開始以臺灣為主體的立場──「日本人把臺灣當成次等公民」所受到的種族歧視、苦難的歷史，到了中段──「種族與階級的糾結」等主題語彙的轉化下，將主體位置由「臺灣」讓渡給「灣生日本人」橫山月姬，並且表示「橫山月姬所受到的命運侷限，代表著整體臺灣命運受歧視的苦難。如同虛構的『真子』其人、『二我』照相館的命名，都有著自我認同矛盾與糾葛的情節。」

但這樣的敘述卻可能產生一個重大的問題，雖然誰都無法否認在種族、階級的糾結矛盾下，不論日本人、臺灣人都有著不同程度的認同的掙扎與自我矛盾，但是日本殖民者的認同混雜問題會跟被殖民的臺灣人一樣嗎？《風前塵埃》中灣生（如橫山月姬、無弦琴子母女）的認同問題和「二我」寫真館的范姜義明能一概而論嗎？其所占據的階級位置、政治社經地位和權力位階、話語對認同產生哪些不同的影響？我們當然無法否認戰爭的殘酷與歷史的多變，造成灣生的認同與悲劇，然而若像施叔青所言──「橫山月姬對臺灣的思念與輾轉情緒，透過無弦琴子的追尋歷程，浮顯出的亦是臺灣命運的幽微情事」，這樣以灣生的鄉愁作為「臺灣三部曲」的主體，從小說的敘事策略來看會產生怎樣的問題？

本文認為《風前塵埃》以灣生日本人作為主要角色，是施叔青嶄新的開創，卻也成為其揮之不去的包袱。敘事者在情感上過於趨近灣生的情況下，小說以灣生作為殖民地臺灣發聲主體，形成敘事認同與國族寓言的雙重弔詭。必須釐清的一點是，灣生當然可以作為小說的主角，但作為主角和作為小說意識型態的主體大不相同，其中的書寫策略有很大的差別。施叔青作為一個前殖民地作家，創作了這部被公認為後殖民文學的作品，究竟是對殖民主義的反省批判，或者也可能陷入殖民幽靈的回返與立場混淆的困境？下文將分成：（一）灣生的「雙鄉情結」；（二）戰爭與情愛敘事；（三）美學敘事等三大方向，來探討《風前塵埃》的敘事策略與意識型態間的弔詭。

首先，關於《風前塵埃》中的「雙鄉情結」。書中兩代灣生日本人對於出生地「故鄉」的臺灣和作為「祖國」的日本，不論或拒或迎都有著特殊的鄉愁與情結。月姬對於女兒琴子明白地坦露其灣生身分與「雙鄉情結」：

> 「灣生，在臺灣出生的日本人的俗稱——」「我們母女倆都是。」「可是你很小就離開，我不一樣，其實臺灣就是我的故鄉，可是很奇怪，心理又想否定它，出生在殖民地，好像就比較卑下委屈，好像如果我的故鄉是日本，就不會感到自卑…… 月姬承認她對日本有一種奇妙、無法解釋的鄉愁。因為出生在臺灣，所以變得漂泊無依。[16]（《風前塵埃》，128）

小說裡這樣的雙鄉情結只集中於第一代灣生橫山月姬身上，作為第二代灣生的無弦琴子不僅對於臺灣一點懷念之情都沒有，甚至更希望能盡力撇清和臺灣的關係。因而在書中，她與臺灣唯一的連繫，便只是為了（病重的）母親代為來臺，看看母親口中念念不忘的「故鄉」。但弔詭的是，臺灣雖作為月姬心目中的故鄉，其記憶中的代表物卻是書中幾乎不曾出現的吉野移民村日式小弓橋下的「三塊青石板」[17]，「臺灣作為故鄉」的敘

16 小說也寫到「灣生」這個詞彙本來就帶著微微的憐憫和輕蔑（《風前塵埃》，128）。事實上，當時所有加上「灣」字的稱呼，如「灣妻」等都帶了些次等的意味。

17 「橫山月姬借住過的山本一郎家，從鯉川山上挖掘到長短相近的三條青石板鋪在小橋底下，鋪的時候她也在場。……橫山月姬要女兒回吉野，幫她看看那座日本弓橋，橋下三條青石板是否別來無恙。」（《風前塵埃》，12）類似的敘述也出現於小說的另一個段落（《風前塵埃》，82）。

事在此顯得薄弱，雖然小說可以見到月姬對於臺灣做出思念與懷鄉的宣稱，卻一直缺乏具體生活面向的鋪陳與敘述[18]。因此「臺灣＝故鄉」在月姬母女這兩個主角身上成為頗為空洞的能指／符號，缺乏充分描繪的基礎，反倒在豐田小學校的同學會「返鄉之旅」中鋪陳較為生動。

在《風前塵埃》裡的懷鄉敘事分為兩個面向：（一）成長環境、童年回憶：如豐田村小學校同學的「返鄉之旅」所展現的兒時記趣、從老人們的言談中，不難看出其對臺灣的眷戀、曾經想以此為家的心願，乃至重返花蓮時撫今追昔、物換星移的慨嘆[19]；（二）早期拓墾的艱辛與多年生活所產生的家園認同：如早期吉野移民村遇到的考驗，各種天災、颱風、水災、水土不服等篳路藍縷的開創史（《風前塵埃》，12-13）。可惜上述兩方面的鄉愁敘事在主角月姬與琴子身上都相對扁平、缺乏具體的描述或敘述情節的開展。

更重要的是，小說中灣生看似情感因素的「鄉愁」，實乃深刻地鑲嵌在臺灣作為殖民地的政經體制上。灣生雖在日本社會被貶抑，但在臺灣則隸屬於殖民統治階級的生活圈，享受著殖民者的特殊待遇與特權；因而到了戰後，灣生重回日本社會面臨種種困境與失落，兩者間的反差，更促成其對臺灣的懷鄉情緒。小說敘述月姬在戰事吃緊之際（或戰敗之時）被迫撤離臺灣，但當她們返回日本時，卻因失去房屋田地，被當作台僑備受冷落歧視，不得已輾轉來到東京，呈現月姬作為「灣生」還帶著「父不詳」的女兒回到階級制度劃分嚴明的日本社會，尋找容身之處的困難（《風前塵埃》，76-77）。而這樣的歧視除了因為灣生來自殖民地臺灣之外，也與其經濟上的困窘密切相關，小說敘述「日本戰敗後，移民村的農民悉數被遣回日本，國民政府規定每人限帶一千圓現金做旅費，只准攜帶一件行李。他們回到田地早已變賣，家產蕩然、無家可歸的母國，同胞們對這些重回家園的『臺灣村』農民歧視排斥，把他們列為不受歡迎戶，當作是來自會吃人肉的地方。」（《風前塵埃》，85）也因此月姬掩藏了部分臺灣的記憶，而月姬的母親綾子更是全盤抹殺月姬在殖民地生長的過去、甚至拒絕承認月姬是親生女兒，逢人便說月姬是被扔在名古屋綢緞店前的棄兒，因為「把女兒出生在臺灣當作見不得人的事，被扔的棄兒怎樣也比在那窮山裡成長的親生女兒本來得體面吧！」（《風前塵埃》，178）

《風前塵埃》將日本移民、灣生在戰後所面臨的（經濟）被剝奪感，及其回到日本所受到的歧視與汙名呈現得頗動人心。然而在分析其書寫策略的同時，不僅要觀察其再現了什麼，也要留意其不寫什麼。小說極力鋪陳日本移民初到花蓮拓墾時草創的艱辛與遭逢天災地變的困苦，乃至日本戰敗後被迫離臺的無奈與辛酸，他們不僅離開這片土地，也被迫放棄經營多年的家園。數十年打下的基業在一夕間化為烏有，連最基本的財產都無法保存與帶走。

灣生或戰敗之後被迫離開臺灣移民村的日本人自有其值得同情之處，但小說某種程度上選擇忽略了其身為統治階級的優勢，也無意反省日本所

---

18 姑且不論青石板究竟存不存在，或辯稱其懷鄉的「不具體」乃可能因為月姬對臺灣回憶多是在老年失智之際所述，而小說又是透過琴子的角度來再現月姬，因此其對臺灣故鄉的描寫可能薄弱些。但我認為這些理由並不充分，因為小說中另有許多非琴子觀點之處，卻也借用第三人稱限知或全知的視角展現得鉅細靡遺（如哈鹿克被囚禁於地窖的心路歷程、橫山新藏對於哈鹿克的監視與盤算、綾子對於原住民的恐懼、總督發動太魯閣戰役的心路歷程、月姬透過「真子」所展現的愛欲心態），唯在月姬身上難以見到這樣的敘述與呈現。另一個可能是敘事者要保持月姬某種「不出場」卻活在每個人回憶中的狀態，塑造其成為本書隱形的主角，而每個人物的生命、敘述都指向這個謎樣的女人。但這樣不均衡的敘事策略，卻也讓臺灣的再現與鄉愁缺乏有效的支撐。小說中與月姬相關且較具體描述的臺灣事物是月姬與哈鹿克的戀情，但此愛戀關係的再現又是另一個問題，詳下文討論。

19 這部分灣生、日本移民的懷鄉敘述多集中在以下段落：（一）琴子 1973 年隨豐田小學校校友團重返花蓮的片段，依照時間推算，同團的老人多半是跟琴子母親月姬同年齡層的灣生（《風前塵埃》，頁 16-18）；（二）花蓮當地人、導遊向琴子轉述的多位吉野日本移民重訪花蓮的情景（《風前塵埃》，頁 84-87）；（三）琴子母親月姬多次表達當年想續留臺灣的願望（《風前塵埃》，92）。

挑起的東亞戰局、以及臺灣作為殖民地所遭受的剝削與迫害，僅將移民的撤離視為（偶然）戰敗的結果——「返鄉的老人們經歷了滄海變為桑田，一場戰爭的勝敗讓故鄉變異國。」（《風前塵埃》，84）日本戰敗的確讓移民們的「故鄉」成了「異國」，處境的確堪憐；然而，當初日本移民之所以能在花蓮生根，又何嘗不是讓另一個族群的家園由「故鄉」變成「異國」呢？移民村的開拓是建立在驅逐臺灣當地（原）住民的殖民統治暴力之下。日本移民既失去其殖民地裡的「家鄉」，又要承擔戰敗國的苦處，其心理失落可想而知。但同樣流離失所的原住民卻沒有得到同等程度的關照，作為小說主要的場景移民村所在的吉野鄉，其實是殖民者驅逐久居於七腳川地區的阿美族人後才建立的（獨立、隔離化的）日式移民村[20]。但相較之下，小說對於這段歷史和原住民族的關照少了許多，即使有片段的歷史描述，但因缺乏較深層與內在的敘述，讓這些歷史陳述多半像知識的堆疊，小說敘述相對冷靜卻也可能失之冷淡[21]。因移民村而被分化迫遷、流離失所的阿美族人，以及因戰役而失去山林獵場的太魯閣族人的苦痛創傷，有時非但沒有得到小說敘述者的同情，反倒成為服膺於日本殖民現代性的樣板人物[22]。凡此種種敘述位階傾斜卻不得不思考一個問題，小說在美化灣生懷鄉情緒的同時，是否也淡化了殖民統治的暴力？

《風前塵埃》運用大量同情的筆觸描繪日本移民早期來臺的艱辛，及其重返日本社會後的困境，然而這樣的敘述基礎某種程度是建立在忽略其在臺灣作為統治者的優勢及其所造成的殖民迫害上。花蓮移民村不僅自成一格且相當排外，實行日臺隔離政策[23]；在臺灣日本移民與灣生可說是政經資源分配上的主流人士，一旦回到日本成為被歧視的低下階層，自會想念臺灣的美好，與美好的一去不再。若說小說中的日本移民、灣生缺乏對於戰爭的反省，那或許是可以理解的，日本從戰後至今一直都沒進行相關檢討，便在美國的扶植之下迅速復甦再度成為東亞經濟政治上的強權。然而《風前塵埃》作為一本宣稱具有臺灣寓言意義的小說，若在灣生議題的處理上，雖具有同情的理解，卻只是一再展現灣生與日本身為戰敗國的偶然與無辜，只處理灣生的懷舊／懷鄉情緒，而缺乏對於殖民主義更深刻的反省，這恐怕是《風前塵埃》在處理上較為不足之處，某種程度也反映了臺灣社會的殖民遺緒與解殖工作的未完成。而在這樣的前提下，其所再現的懷鄉情結很可能是一種「喪失特權的鄉愁」，而無法僅以一般「失鄉／思鄉」的角度視之。

這樣「特權式的鄉愁」更進一步地展現在小說處理月姬、琴子「臺灣情懷」的細節裡，除了較為空洞的宣示外，其最具體的臺灣認同展現乃形諸於一條彩繪著臺灣地圖的絲巾上。在某一次月姬、琴子母女的談話中，月姬向琴子展現了這份她珍藏的禮物，這條絲巾的日文說明為：「此圖為清朝康熙王朝巨幅絹地彩繪臺灣地圖的縮小部分」，「八國聯軍時由皇

---

20 張素玢研究指出日本移民內地農民到臺灣，除了調節過剩的人口外，也在建立純日式農村，使日本農民得以插足於臺灣農村引起領導和同化作用。作為示範的移民村採「密居式」聚落，乃針對不同種族間所產生的防備心態，及移民的孤獨感而規劃。當時臺灣農民除了私有土地以外，所有的官有土地都保留給日方資本家和內地人，臺灣農民根本無置喙的餘地，連基本土地的來源都成問題。日本移民村只提供本島人羨豔的對象，不但無法作為模範，反而突顯出殖民政府對母國農民和殖民地農民的差別待遇。再者因移民村的本質是一個自給自足的農村，民族的差異和殖民國人民的優越感，使移民村在空間上和社會關係上都呈現封閉性。參見張素玢，同註 2，頁 422-423。

21 小說曾提及第一批官營移民村的背景，但以相當雲淡風清的口吻來敘述（《風前塵埃》，9-10）。然而七腳川改名吉野是透過暴力鎮壓與驅逐，讓原來世代居住於此地的阿美族流離失所，來讓位給日本移民。小說若強化日本移民、灣生的家園認同與經營臺灣的艱辛，卻相對淡化其殖民者身分及移民村的建立乃奠基殖民暴力，便不免掩蓋了阿美族被迫遷徙遠離家園的迫害與辛酸。

22 如太魯閣戰役時、英勇抗日的太魯閣族頭目及其後裔哈鹿克便是其一，詳下節分析。

23 關於日本移民村的隔離政策可參見張素玢，同註 2。在《風前塵埃》中曾略微提到一位臺灣人表示：「從前這一帶很多日本宿舍，」老人手臂從左到右揮了一大圈：「他們在的時候，不讓臺灣人進來，我的兒子看到日本小孩打野球，想跟他們玩，結果被日本仔用野球棒打出來，一邊打一邊罵⋯⋯」（《風前塵埃》，85）。然而這簡短的描述，相較於整本小說中所充斥的戀日情結不論是篇幅或程度都是不成比例地懸殊。

宮內府流出而流轉到臺灣。地圖以傳統山水技法繪製而成，寫實手法描繪 17、18 世紀更迭之際，臺灣西部由北到南的山川地形、兵備布署與城鄉生活等景觀」（《風前塵埃》，231）。月姬用清代臺灣地圖的絲巾來向琴子證明「真子」的存在[24]及其臺灣生活的真實性。然而「展示地圖」所展現的是繼承滿清割讓的臺灣領土，透過地圖與日文說明同時宣示了殖民者所具有的統治權力。這份地圖所代表的懷鄉意義，畢竟和豐田會灣生老人口中的樹木、建築不同，強烈暗示了日本殖民者所在的版圖與視野。

而當琴子回想起拜訪花蓮的情景，雖已終戰後第 29 年，「沒想到日本依然活在當地人的生活裡，對日治時期如此眷戀不忘」，她望著平整攤在桌面的臺灣地圖包袱巾（也是母親遺物），「動手拎起包袱巾的兩固對角，打了一個結，另外兩個角也照做如儀」，而「如此一來，就把臺灣整個包紮了起來」（《風前塵埃》，193）。這個「打包臺灣」的動作，無疑代表了用一種簡單的方式便在象徵形式上擁有了臺灣。琴子「打包臺灣」的舉動看似「保有」對臺灣及母親的情感與思念，但另一方面地圖作為帝國擴張與殖民主義下的產物，跟戰爭和服有著同樣的宣示效果，均是將殖民統治暴力給美學化的一種形式，將殖民的權力慾望轉化為一種戀物來體現，兩者實有異曲同工之妙。因而琴子和月姬兩代灣生所展現的臺灣認同，其實是占據殖民位階的一種認同，不能視作權力真空狀態下的懷鄉。因此「雙鄉情結」不只是灣生人物所面臨的課題，也成小說敘述者如何自我定位、如何詮釋這段殖民關係的問題。本文認為灣生人物所產生的認同及其所占有的殖民立場，滲透了敘述者的意識型態，形成臺灣寓言與日本情結間的拉力與弔詭，以下兩節將從《風前塵埃》的戰爭敘事與美學敘事更進一步分析其中的敘事傾向與意識型態。

三、從征服到「昇華」：軍事、情事、家事

《風前塵埃》描述了許多臺灣在殖民時期可歌可泣歷史，如原住民抗日的太魯閣之役、臺灣民眾受欺壓迫害的處境。然而這些敘述並不占據書中的主要篇幅和敘事推動的效果，而多半是作為背景與不知名敘事者的旁白而存在；這樣旁白式的敘述並不帶有太多情緒，只是平鋪直敘甚至帶點冷淡的口吻，不論是臺灣原住民的抗日、或韓國的獨立運動，都只是作為點綴式的存在。是否這也是敘述者以灣生日本（人）觀點作為主要視角下的「展演」？──得以旁觀他人（原住民／臺灣人）之痛苦？如此卻也形成小說敘事上的一些缺失，由於小說仰賴的歷史素材太多，卻無法適切的剪裁而導致敘述情節與觀點的跳躍，影響了敘事、情節的流暢等小說結構問題，這類拼貼、破碎的狀況，無法以其具有後現代主義的寫作風格來迴避。小說常充斥著為交代歷史、知識、素材而存在的片段，卻不能和小說人物形塑、情節推展構成一個飽滿的有機體，實是缺憾。因而在這本歷史小說中，歷史是其拓展小說視野、人物視角的重要憑藉，卻也在過度在乎史料與知識鋪陳的情況下，成為其小說敘事過程裡尾大不掉的包袱和重擔，更是藝術境界提升上的絆腳石。

更重要的是小說的歷史敘述、剪裁涉及了歷史定位、史觀與立場，哪些寫哪些不寫？又是怎麼寫？在在都反映了史料選擇與書寫並非一個中立的過程，而是一次次的篩選與轉化，透露了小說的敘事策略及其意識型態。而在情節、人物、對話之外，也要注意比較隱微的敘事腔調。《風前塵埃》中臺灣歷史再現的碎片化與陌生化、疏離的情感狀態，不僅是剪裁上的問題，某種程度上也反映了敘述主體位置的混亂。而混亂不能以混雜視之，混雜的主體仍有其主體，但主體位置被竄奪就是另一件事了。以灣

24 此地圖乃是月姬為了向琴子證明「真子」真有其人而拿出來的，她說那是「真子」所贈的禮物。事實上，「真子」就是月姬，地圖乃是她自己的收藏。

生（及其後代）作為主角來重建臺灣歷史並不為過，也是個重要課題與不可或缺的環節，然而敘述者的主體位置、觀點置放在哪裡卻值得注意。一個後殖民文學作家以灣生作為臺灣國族寓言的載體，如果無法把握敘事腔調與敘事立場，將產生怎樣的問題？

以下先談，關於「太魯閣之役」的評價與再現問題。這場戰役乃源於日軍和太魯閣族長期的衝突，而在1914年佐久間總督高壓的理蕃政策中，他率軍親征，以一萬多人的現代化大軍攻打太魯閣幾千人的部落。太魯閣族頭目哈鹿克・那威率族人與日軍鏖戰多時，最後以三個月時間被攻陷，是日治時期歷時最久的一場戰役，太魯閣族幾乎遭到滅族，而日軍也傷亡慘重，總督也因此受傷，在戰役結束後仍須繼續療養[25]。《風前塵埃》極其敏銳地選擇這個較少被關注的原住民抗日事件來作為歷史背景，在第2章、第4章花了些篇幅鋪陳史料，不過本段真正的敘事觀點來自於日本總督佐久間馬太在療養期間的視角，這才是小說對於「太魯閣之役」最主觀也主要的敘事觀點呈現。但其弔詭之處也在此，由於對於這場戰役的主要敘述乃是從佐久間的角度來觀察，因而整個小說對於這場戰役的評價與基調乃是沿著這位殖民總督的心情來抒發與定調。殖民總督對於這場戰役最後評價是肯認被殖民者——太魯閣原住民所具有的崇高武士道精神：

> 佐久間總督沒估計到身披雲豹皮、手持蕃刀、背弓擎矛的蕃人戰士，面對兵精糧足、武器精良的日軍潮水般湧過來，竟然毫不畏懼。彈盡糧絕之下，並不轉身逃命，反而以血肉之軀迎上前去做肉搏之戰，不願被俘虜的，集體在樹上上吊自殺，太魯閣蕃這種死而後已的悲壯意氣，與日本武士道的精神竟然有些類似。（《風前塵埃》，頁47-48）

然而透過殖民者以日本文化脈絡的眼光來肯認的原住民抵抗精神，是一種稱讚嗎？抑或者是殖民者的懷舊與想像的投射？從小說的文本脈絡看來，這段文字是以較正面的態度透過殖民總督的眼光來肯認原住民的抵抗精神。然而小說從這個最死硬派的理蕃總督殖民心中產出這樣的敘述，究竟有何意義？

哈鹿克·那威率領太魯閣族人 18 年的頑強抵抗，輕易地被詮釋成武士道精神的再現。而這樣的主述觀點很容易影響讀者閱讀接受的角度——尤其相對於其前非常「客觀」的歷史敘述與旁白式鋪陳。即使小說曾提及哈鹿克和族人的英勇，但失之扁平的歷史性敘述話語很容易被總督（心理層面）的主觀敘述所取代，變成小說中的主要視角，於是對這場戰役的評價便被定位於「原住民」≒（近似於）「武士道」的位置上。

但這樣的定位無疑是荒謬的，這樣的類比輕易地將被殖民者的抵抗馴化，進入了殖民者的脈絡裡；而這樣的「稱許」也落入另一種迷思，一個差點將太魯閣滅族的總督，能不受挑戰與批判地輕易把自己的戰爭責任與殺戮，化為是武士道的實踐，同時也用類似的觀點評價這場不同種族、位階、權力關係的戰爭。而殖民者用武士道精神來稱道被殲滅的被殖民者，是一種「同化」的暴力，也突顯了殖民者的自戀；不過這種自戀式的同化論述終究是建立在「異化」的基礎之上——原住民頑強地抵抗「與日本武士道的精神竟然有些類似」的意思是，不論原住民再怎麼樣有武士精神，他們終究不是日本武士。事實上，並沒有所謂真正的「同化」，而是不斷的區別，「同化」終究是一個難以企及的「幻象」[26]。換言之，總督對於太魯閣族具有武士道精神的讚賞，不過是再一次地對原住民進行收編。正如法農所指出的，一個白人沒有理由在介紹黑人時特地說：「這是位能夠

25 參見戴寶村，〈太魯閣戰爭百年回顧〉，《臺灣學通訊》第 82 期（2014 年 7 月），頁 9-11。

26 關於同化政策的討論，參見荊子馨，同註 10；陳培豐著、王興安、鳳氣至純平譯，《同化的同床異夢：日治時期臺灣的語言政策、近代化與認同》（臺北：麥田，2006 年）。

駕馭法文的黑人，今天沒有一個白人能像他那樣駕馭法文。」[27] 如果有，那不過是表示白人、法文的位階是相對優位的而已，骨子裡仍是歧視。這位理蕃總督看似讚揚原住民堅決抵抗的「武士道精神」，其實只是一場同化的異夢，再次呈現了殖民者對於被殖民者的浪漫想像與收編，試問反殖民的原住民戰士和實踐殖民統治的日本武士豈會相同？這種看似精神式的推崇，實則暴露了日式的懷舊，緬懷殖民母國已然逝去的美好，並把這失落的精神、心態投射在原住民身上，總督的武士道精神投射只是再一次將「他者」做區隔式的收編。

不過歷史卻也相當諷刺和殘酷地顯現，經過3、40年的殖民統治之後，原住民所組成的高砂義勇軍果真在戰場上成為皇軍中最具戰鬥力一支。然而從武士道到軍國主義下的戰士，是原住民的尚武精神與日本殖民統治教育下的結果[28]，既不是武士道精神的復現，更不是當時反抗殖民侵略的太魯閣族會想要得到的一種「肯定」。《風前塵埃》敘事者附會於（日本）武士道的精神的稱許，竟然呼應了日本極右派的論調[29]。這種「武士道精神」的肯認，不僅讓（前）殖民者感到安慰，（前）殖民地人民與社會竟也倍感光榮，因而非但無法察覺被異化的狀態，反而沾沾自喜了起來。類似的敘述話語普遍存在於臺灣社會[30]，小說具體而微地反映了臺灣社會的癥狀。

另一個更嚴重的問題是，小說在敘述太魯閣之役的同時卻也消解了殖民戰爭的殘酷本質。小說敘述一再地以夢境的方式來呈現戰役，這是對於戰事的第一重迴避；爾後又透過佐久間總督佛學式的「醒悟」來給予這場戰事最終的評價與意義，這不僅是第二重的迴避，更是對殖民戰爭的解消。小說敘述佐久間因太魯閣之役受傷、輾轉病榻之際回顧兵馬倥傯的一生，自認他長年征戰、臨老不退都是為了建設日本成為強大的民族國家而「身不由己」，在午夜夢迴時他也會因殺戮而感到鬼魂糾纏的不安，但小說敘述的傾向總是讓這些「不安」在佛化的寓意中有驚無險地化解[31]，最後更藉由領略平安時代西行和尚的體悟而得以遁脫與昇華。佐久間總督他「感悟無常的流轉，不止是人，連山川草木也逃不出這個自然的法則」（《風前塵埃》，51），本章最末便引用西行和尚的詩歌：「諸行無常，盛者必衰，驕縱蠻橫者來日無多。正如春夜之夢幻，勇猛強悍者終必滅亡，宛如風前之塵埃」（《風前塵埃》，52）來做結。

不難想見，小說敘事者乃藉由佐久間對於禪僧的認同與投射，抒發對世事的體悟，然而佐久間殖民總督的位置能和同是武士出身、爾後出家的

27 同註 11，頁 111。

28 根據黃智慧的研究，日本殖民政府推行國語教育，使原住民產生可以高度運用日文的世代，他們是進入日本國家體制之後才出生的世代，熱切努力地爭取成為優秀國民，以洗刷凶暴的污名。再者，原住民族固有的尚武精神與階級分明的嚴格紀律，要比平地人更能夠適應全民總動員戰時的精神狀態。且原住民族沒有平地人所謂的「唐山原鄉」或「祖國」意識，他們的故鄉只有臺灣，首次服膺的國家只有日本，毫無猶豫也無可選擇。黃智慧〈臺灣的日本觀解析（1987～）：族群與歷史交錯下的複雜系統現象〉，《思想》第 14 期（2010 年 1 月），頁 85-86。

29 如日本極右派漫畫家小林善紀在其出版的《臺灣論──新傲骨精神》便如此「稱道」臺灣人，他認為臺灣人由於擁有作為「武士道」的「日本精神」，才使臺灣在戰後得免於被中國的大陸文化所吞沒，甚至得以與之對抗；也由於有了這種「日本精神」，臺灣戰後的現代社會才得以形成和確立。參見小林善紀著，賴青松，蕭志強譯，《臺灣論──新傲骨精神》（臺北：前衛，2001 年）。

30 其中最為典型的便是前總統李登輝，從他曾穿日本武士服為台聯黨造勢、參拜靖國神社之舉，乃至近日（2014 年 9 月）訪日的演講談話，都顯示了對於日本與武士道精神的推崇。他甚至稱頌日本殖民建設的效率，而忽略其殖民暴力。林徐達對於李登輝的日本情結與文化身分操作有精彩的分析，參見其〈後殖民臺灣的懷舊想像與文化身分操作〉，《思想》第 14 期（2010 年 1 月），頁 111-137。

31 這樣的敘事策略還可見於小說描述佐久間夢到與哈鹿克？那威決一死戰之際。小說從上述兩人戰鬥的場景轉化到具佛教寓意的能劇上，並開始敘述劇中武將熊谷直實，在一場決鬥中殺死了另一名武將平敦盛。然而得勝的熊谷直實卻悔恨交加，深感人世間變化無常，最後落髮出家剃度為僧，法名蓮生。而後在遊歷四方的過程中，蓮生遭遇平敦盛鬼魂的復仇，最後蓮生在未敢稍歇的念佛聲中解救了自己，天亮後幽魂也隨著消失。（《風前塵埃》，48-50）從這段敘事的轉化中可以看到，敘述者將佐久間總督比為蓮生，而哈鹿克・那威正如平敦盛冤魂一樣地纏繞著佐久間，這夢境雖然讓佐久間不安，卻仍得以全身而退。如此一來，不也暗示了殖民者的戰爭殺戮可以在其「向佛」的過程中得到救贖？而這樣的轉化與暗示無疑是相當弔詭的。

西行和尚能同等並置、一視同仁嗎？《風前塵埃》借用西行和尚之例企圖暗示權力的暫時性、帝國興衰起落也不過是過眼雲煙。但書中人物之多，敘事者卻選擇在這場導致原住民族的重大戰役的最高殖民統治者身上展現這種「風前塵埃」的情懷，無疑也是另一種諷刺。以佛家說法來迴避殖民殺戮戰場中「勝者為王、敗者為寇」的殘酷事實，並把殖民者的入侵與戰事都當成諸行無常、終歸寂滅的「自然法則」[32]，這樣的敘事策略不但淡化了殖民者的暴行與征戰的殺戮，而且小說復以「風前塵埃」作為這場太魯閣之役的章節標題和整本書的書名，敘事者立場更益發地弔詭。其深層的意識型態迴避了戰事的責任、不知不覺地合理化了殖民者的心態，既缺乏政經權力上的批判，且以「風前塵埃」來對這場殖民戰役蓋棺論定，並以此作為小說定調的基礎，運用看似更高層次的佛教哲理的體悟來「昇華」人間殺戮與殖民勝敗，不免有失立場，美化了殖民者精神境界的高尚，卻淡化了戰爭的苦難和責任，避重就輕地迴避瞭解殖的艱難課題。即使萬物都會消逝、成風成塵，是否便代表無須追究戰爭和歷史責任呢？綜觀全書所謂「風前塵埃」的題旨，其實頗缺乏立意的基礎和敘事開展的動能而稍顯薄弱；更弔詭的是，其雖以太魯閣之役為背景，但這場戰役在小說中的出現，其實是為了消失。被殖民者所遭受的迫害，依舊成為失聲的底層，反倒諷刺地成了「風前塵埃」的註腳。

小說中這類弔詭的敘事方式不僅發生在太魯閣之役的再現上，也同樣見於七腳川之役。為打造日本移民村而驅逐阿美族的七腳川事件，在《風前塵埃》裡雖有史料性的鋪陳，但在小說主要的敘事情節裡，竟然被異化為日本和尚馴服原住民冤魂的場景（《風前塵埃》，216-218）。被殖民者的主體位置再一次被剝奪，而殖民者也一再地得以脫罪。更有甚者，被迫害的阿美族人盤桓於原居住地的魂魄，在小說敘事中反倒成為危害日本移民村安寧、得除之而後快的「肇事者」，形成一種「做賊的喊捉賊」的詭異狀態。敘事者非但沒追究始作俑者（殖民者）的責任，反而歸咎阿美族冤魂的敘述手法，豈不加深了被害者與加害者間的混淆？

類似的敘事模式也出現在對於部落文化衰頹的詮釋上。小說敘述太魯閣族受到殖民者入侵，部落的巫師為瞭解救族人受創的身心而入山尋藥，「黥面的巫師背著草藥袋，手拄枴杖，一步步向聖山走去。這是族人最後一次看到他。兵荒馬亂過後，人們回過神記起他，他卻已不知去向。赫斯社隨著巫師的失蹤，荒廢了祭典，精神漸漸失散萎縮」（《風前塵埃》，148）。這樣的敘述雖不乏對部落的同情，但卻將部落精神的消失、祭典的荒廢歸咎在巫師的失蹤上，缺乏對殖民體制結構性的批判，產生輕放殖民者，而被殖民者卻成為代罪羔羊的結果。本文相信小說並非有意為之，但這樣的政治無意識，是否也反映了殖民遺緒的癥狀？因而《風前塵埃》的問題並非在於以日本人、灣生作為主述者，而在於其敘事策略所反映出的種種意識型態，流露出對於殖民權力關係的混淆，也形成了對臺灣原住民主體的竄奪。

小說另一個對於原住民主體的竄奪則展現在日人與原住民的情慾關係上。首先是灣生女性橫山月姬與太魯閣頭目後代哈鹿克的愛慾關係，正如林芳玫指出的，被囚於地窖中的哈鹿克是月姬的性玩物，只是「性」的表徵而不具有主體，月姬絲毫不關心也不在意哈鹿克心中所想，他儼然成為法農研究中所謂的「陰莖」而已[33]。而哈鹿克對於身陷地窖雖感困擾，但他真正擔心的是自己的皮膚是否夠白晰？慶幸自己沒有黥面、慶幸自己能

32 如小說如此敘述日本帝國的敗亡：「日中戰爭結束那一年，山上一次大颱風，隨風而來的暴雨竟將整個神社沖走，注定了日本帝國主義的敗亡，冥冥之中皆有定數。」（《風前塵埃》，56）本文無意挑戰佛理中的無常觀，但倘若小說一再使用天地無常作為敘事策略，卻也可能不自覺地產生對殖民暴力合理化的（閱讀）結果。

33 同註 8，頁 176。

受到日本人類學家的研究、並與之共同生活過一段時間，才能為這段原日戀情作準備，否則他在月姬面前必然更手足無措。這與法農所說的黑男人愛上白女人時的爭議與恐懼、羞怯、卑微如出一轍，自慚形穢的不安，又渴望（被）漂白[34]。在殖民關係裡，哈鹿克愛上月姬終究是「逾越」了被殖民者的「本分」，因而遭受「閹割」的處罰[35]，因此哈鹿克在愛欲關係裡處處處於被動狀態，乃至最後被囚禁在地窖中，都是一種被閹割的象徵。

而在另一方面，月姬則將哈鹿克一切的作為都詮釋為「她總覺得哈鹿克需要她的幫助」——「哈鹿克的笨拙打動了她，他是個被忽視冷待的孩子，真子把他的頭擁到自己的胸前，充滿愛意的梳理他又粗又硬的頭髮。她總覺得哈鹿克需要她的幫助。」（《風前塵埃》，182）身為統治族群的月姬，總是認為哈鹿克需要她，這樣的寫法不就是法農所謂的殖民者自以為是拯救殖民地的救世主那樣的依賴關係嗎？[36] 倘若這是諷刺筆法倒也無可厚非，然而通篇小說的敘事腔調與情節設計卻不禁令人擔憂。敘事者著迷於月姬與哈鹿克近乎戀物癖的關係，每每描述月姬「狠狠地舔著他黑毛叢叢的腋下，狂嗅那令她心醉神迷的氣味，蹲下身把整個臉埋在他的鼠蹊間吸嗅他太魯閣族人山上的味道」（《風前塵埃》，207）一方面展現了日本人對於原住民的「東方主義」，另一方面又將兩人狂烈的性愛展視為 SM 的情結——月姬「好像要把哈鹿克的靈魂揪出他的身體，把他太魯閣族人的魂魄吸入她的唇間，吞噬他，使他變成她的一部分」（《風前塵埃》，207）；而哈鹿克似乎也甘心於這一切，甚至眷戀著這一切，在「被當做祕密藏在暗無天日的地窖裡，只有在他的莉慕依現身，把她擁在懷裡時，他才感到充實，一日一從她的身體抽離，他立刻感到空虛，無所依恃，只能坐在黑暗中，回味她的手扼住他的脖子，讓他轉不過氣幾乎窒息的感覺」。（《風前塵埃》，208）被鎖在地窖裡的哈鹿克，雖然也感到離開

部落山林的失落空虛並逐漸失去自我，但他仍寧可捧著空虛繼續在地窖中等待。（《風前塵埃》，210）

這施虐與被虐的關係，既是殖民者被扭曲的心靈與受縛的身體，同時也是殖民與被殖民關係的隱喻。曾經被殖民者扼住咽喉、近乎窒息的痛楚，竟也變成一種依戀式的快感，只是在這場殖民與被殖民的依賴關係中，被殖民者永遠無法翻轉其權力位階。哈鹿克完全處於依賴殖民者的狀態，應驗了殖民者的自我想像與對殖民暴行的合理化——被殖民者需要他們。而這依賴關係在殖民者還未來到前就存在了，因而殖民啟蒙的一切是那麼理所當然、順理成章。在小說中，月姬成了被殖民者眼中高雅、神秘又狂野的女神，不論是原住民（哈鹿克）或漢人（范姜義明）都是如此地癡戀著她。然而原住民、漢人男性只配作為陰莖而存在，女神與陰莖、殖民與被殖民關係在小說裡被定型。而原住民女性在殖民者眼裡，也只是性的動物，那個曾經浪漫化原住民的植物學家馬耀便曾醜化其原住民女友，先是嫌棄她在性事上的不靈活，又以嘲諷的口吻說她彷彿永遠精力旺盛、不會疲憊似的，暗示她是「欲求不滿」的「性動物」（《風前塵埃》，234-235）。《風前塵埃》裡的所有原住民，除了抗日頭目哈鹿克．那威有部分較為正面的敘述外，就連在小說裡並不確切存在的太魯閣族人，都成為綾子眼中的「強暴嫌疑犯」或「偷窺狂」，綾子整天盡是擔心自己和女兒被原住民「玷汙」而產生被強暴的幻想與恐懼。（《風前塵埃》，

---

34 在月姬面前，哈鹿克顯然有白的崇拜與黑的焦慮，小說幾度敘述他如何著迷於月姬，又如何不安於自己的身分、膚色與「落伍」，而對殖民者的教育心懷感激。（《風前塵埃》，184-186）

35 正如同法農的分析指出，黑人是無法得到白人真誠的愛。同註 11，頁 117-118、132-133。

36 法農曾批評瑪諾尼這個法國殖民者的論述，認為其自我剖析中，充滿著喪失特權的鄉愁，因而把殖民與被殖民關係解釋為一種彼此依賴的互補關係。參見陳光興〈法農在後／殖民論述中的位置〉，同註 11，頁 43。

69-70、182）在這對日本母女眼中，不論是基於恐懼或是征服，原住民在她們眼裡都只是性的動物，不用認識、更不必瞭解其內在。

有趣的是，琴子原本一直質疑母親月姬所轉述的這段原日親密關係，一度以殖民女性對被殖民者的救贖或贖罪論視之（《風前塵埃》，188-189），但當她造訪花蓮時「來到立霧山上，山清水靈的自然，使她對這段戀情的看法有了改變，推翻了她先前以為真子是為了國族背負十字架而獻身的論斷」，「上山這幾天，與自然大地親近，無弦琴子感覺到自己的內在起了微妙的變化，對母親生息之地，讓她深深感受到山林之美，體悟了星移日出宇宙的奧妙」，因而讓「無弦琴子開始有點懂得這一對與天地合而為一的戀人」（《風前塵埃》，190-191）。琴子以自然化的靈性感受，化解了對於母親／真子與原住民相戀的種族矛盾與政治歧異，將野蠻與文明的對立收攏在「自然的化育」之中。但這樣的敘述既存在了對原住民山林的浪漫化與神秘化的東方主義之嫌，也更是再一次地以「自然化欲／化育」消解了殖民、種族間的權力關係[37]。一個臺灣前殖民地作家完全寫出了一個反映殖民者心態的小說，這樣高度模擬的技藝雖然高超，卻也同時令人戰慄與擔憂。在脫離殖民統治近70年的當代臺灣產生了這樣的文本，其深層的結構與因素為何？這並非作家個人的課題，而是反映了臺灣社會的某種心理真實與精神狀態，本文認為這與「成為日本人」的殖民遺緒及其美學和現代性的誘惑相關。下節將循小說人物與情節所開展的縫細，探究《風前塵埃》幽深的敘事傾向與創作（潛）意識。

四、「成為」日本人？——美學與現代性的誘惑

本文認為日本殖民所遺留的「現代性誘惑」和「戰爭美學」在當時形成暴力，在此刻依然化為隱性的（文化）暴力影響著敘事者，因而小說透

過對殖民者的自戀、戀物，以及對於物質文明欽羨來包裝其（被扭曲的）意識型態。過去，殖民者以其統治術讓被殖民者認為自身的種族、文化、智識都不及殖民者，因此需要（被）改造、朝著「現代文明」的方向邁進。因而「怎麼」成為日本人，比「日本人」到底是什麼重要，除了經濟、種族、政治權力位階上的追求外，「成為日本人」很重要的一環就是對於現代性的渴望。《風前塵埃》裡不乏這類的著墨，如范姜平妹的產婆研習、范姜義明留日接受的現代攝影技術，而哈鹿克更是在現代性的誘惑與傾慕下，一步步地喪失其自主性與抵抗力。他在族人的反對之下，帶領橫山新藏等人在太魯閣族過去的獵場打獵，只為了「重溫一槍在手，獵物聞聲倒地，瞬間致命的那種速度快感」，

> 他對日本警察肩肩上背的獵槍是又嫉妒又羨慕。反觀自己攜帶的竹弓，令他自形慚穢，雖說它是族人傳統的獵具，然而到了他父祖輩，早已用銃槍取代了弓箭，成為獵人的武器，用桂竹莖幹做的竹弓，到了他這一代已淪為競技場上射箭比賽，當作技藝運動的工具。第五屆的佐久間總督強行沒收了族人的獵槍之後，他們被迫回到過去的狩獵方式。（《風前塵埃》，152-153）

連原住民抗日英雄的後裔都不免著迷於殖民者現代化的器械，更遑論留日也戀日的攝影師范姜義明和醫師黃贊雲了[38]。

上述這類透過現代化科技技術渴望「成為日本人」的豔羨與傾慕，是

---

37 這或許和施叔青本人認為「大自然才是人類的救贖」有關。參見施叔青，〈走向歷史與地圖重現〉，《東華人文學報》第 19 期（2011 年 7 月），頁 1-8。然而即或作者有此用意，若書中鋪陳不夠充分也會喪失些許說服力。

38 當黃贊雲的女兒被誤認為是日本人，黃贊雲聽了非但不生氣，反倒成為一種虛榮與讚美。（《風前塵埃》，160-167）這也是被殖民者渴望「成為日本人」的一種現象。

比較外顯而容易被辨識出來。《風前塵埃》裡更為幽微的殖民現代性陷阱，乃是透過美學的方式呈現，既可見於琴子身上，也可見於韓裔學者金泳喜身上，由兩人所策劃的和服展、所傾慕的日本茶道文化中均可看到各種意識型態的滲透與交鋒。必須注意的是，小說中所再現的這些美學價值絕對不是中立的，而是帶有不同程度、面向的政治意涵。

首先，和服代表種族內／外的階級意識與殖民權力位階。綾子便曾經想像「女兒月姬如果真的擔任教職，學校的畢業典禮或慶典時，她建議還是穿日本和服，它不僅比洋裝看起來正式莊重，在殖民地的臺灣尤其意義深重」（《風前塵埃》，119）。在此，和服代表了「區分」，不僅劃分了日本人社群內的階級，更是突顯其與臺灣被殖民者不同的文化、權力位階。

再者，和服更為顯著的意義是作為戰爭宣傳的工具，但小說對此的態度相當曖昧。雖然敘事者和琴子對此意識型態有所認識和警覺（《風前塵埃》，42、71），也因此感到些許不安，但由於對和服（美學）的迷戀程度強大，這些不安便顯得微不足道。琴子對於和服的戀物傾向已達到情慾快感的層次，小說敘述她「遺傳了上兩代親人對絲綢布料的深情，無弦琴子從小喜歡閉起眼睛，伸出手掌在平滑的絲綢上滑行、游移，享受那份美妙的觸感。懂事以後，她撫摸絲綢，一邊幻想溫柔的情人，摩挲久了，有一次竟然產生一種近乎自慰的快感，羞得她趕忙放開」（《風前塵埃》，38）[39]。這份快感的描寫是那麼地真切，相較之下其透過和服所召喚出的歷史場景與敘述則顯得蒼白而貧弱[40]。

有時小說雖透露出些許對於戰爭的驚駭與政治反思，但最終總流於私人情感的消解。就如琴子作為一個激進的學運分子，但其參加學運的主因也只是為了表達對母親的反抗、對父不詳的抗議。因而當她離婚前往學運聖地旅遊時，印象最深的並非是關於學運歷史的感受，而是看到學生情侶在貼滿民權領袖、抗議分子海報的教室中舉行婚禮——她認為這是世界上最浪漫的事（《風前塵埃》，195-196）。畢竟對琴子而言，學運和人權都只是作為浪漫背景或自憐身世而存在，阻礙了其反思社會與權力結構等核心問題。更危險的是，由於這種戀物與美學上的痴迷，小說的敘事策略有時竟產生了與殖民主義共謀的危險，且看這段小說的結局：

設計師的表現手法充滿了審美品味，並非直接宣傳戰爭，而是將之與日本傳統和服的複雜圖飾形式融合為一體。編撰展覽目錄過程中，無弦琴子發現男人穿的和服及外褂，男童穿去神社祭年的禮服，設計師也都力圖將戰爭美學化，槍砲機關槍的焰火，蘭花一樣點綴在燒焦的草原上，轟炸機投下的炸彈升起螺旋狀的濃煙，也被處理得如煙如幻。戰爭是美麗的。……（《風前塵埃》，260）

期待戰爭提供感官知覺的藝術滿足，人們穿上宣揚戰爭美學的和服，衣服與身體直接接觸摩擦，好像有靈魂，會耳語，附到身上來，從皮膚的表層進入體內，交互感應，轉化穿它的人的意識，接受催眠的召喚，開始相信戰爭是美麗的，變成為潛在意識，進一步把人蛻化為衣中人。戰爭是美麗的。帶著酒意，無弦琴子捧起這條母親曾徑觸摸過

39 這段敘述是夾在兩段和服之間，代表了琴子在接觸和服過程中偷渡了同樣的快感與聯想。或許小說情節的安排，也可以解讀為用女性情欲顛覆戰爭美學，但事實上結局並未達到顛覆的效果，反倒是琴子深陷入戰爭美學的網羅之中。

40 如：「時光倒流，呈現和服、包袱巾的這些圖案，把無弦琴子帶到另一個時空，召喚歷史的記憶：畫上日本太陽旗的軍機君臨萬里長城上空、成排軍機轟炸重慶、持槍帶砲的日軍壓境，南京陷落前的暗夜肉搏……」（《風前塵埃》，40），「一幅又一幅槍擊、砲轟，攻城掠地的圖案，看多了這類的戰爭場面，望著焚燒村落的螺旋狀濃煙，無弦琴子彷彿聞嗅到火藥煙硝味」（《風前塵埃》，71）等。然而這些透過和服所傳達的戰爭描寫，往往透露出的是蒼白的無力感及其對美學的執迷，並沒讓琴子對於戰爭有更深刻的反省。

的腰帶，放在鼻尖下聞嗅，希望從殘存的氣味彷彿感到一種氛圍從腰帶飄散開來，將整個時空、歷史、鄉愁、家族的感情匯集起來，把她團團包圍住。……繫上腰帶的她，與母親合而為一。當天晚上，無弦琴子作了一個夢，夢見東京街頭人潮洶湧，對著一面奇大無比的大東亞共榮圈地圖，高喊皇軍萬歲、天皇萬歲萬歲，無弦琴子也夾在人群當中，她發現不分男女個個腰間繫著和她一模一樣的腰帶。（《風前塵埃》，260-261）

這樣一個擁護大東亞共榮圈與戰爭的結局，不禁讓人捏把冷汗。琴子在策展的過程裡，即使認知到戰爭和服背後所代表的國家意識型態與殺戮暴力的本質，但最終仍被這樣的戰爭美學所迷醉，彷彿走入迷幻的境界，一再稱頌「戰爭是美麗的」。最後更因為要親近從小疏離的母親，而透過（可能是，但未必是）母親遺物的和服腰帶來完成「與母親合而為一」的象徵。而這所謂「將整個時空、歷史、鄉愁、家族的感情匯集起來」的結果，竟是走入「大東亞共榮圈」的幻夢之中和眾人一起呼喊口號。在這樣「母女合體」的結局裡，不禁讓人質疑若小說以這對灣生母女的命運來作為「臺灣寓言」的內涵，那麼「臺灣」在哪裡？

或許因為琴子具有被歧視的灣生身分和一半臺灣原住民的血統，讓她必須以更加認同大東亞共榮圈的方式來「輸誠」，以「加倍的認同」來換取「成為日本人」的門票[41]。但臺灣——不論戰前或戰後——在月姬母女心中都僅是作為日本殖民地的臺灣、作為「大東亞共榮圈」神話而存在的「臺灣」，臺灣本身並沒有其自身的價值，而是依附在殖民主義的意識與權威之下。因而「臺灣」雖然在小說裡出現了，卻也同時被取消了其存在的主體位置；換言之，臺灣的出現，是為了滿足殖民慾望而存在，這對一部號稱臺灣寓言的後殖民小說而言，無疑是件相當弔詭的事。

小說一再運用月姬與琴子這對灣生母女的私人情感與家族記憶來塗銷殖民、戰爭的殘暴，這樣的敘事策略暴露了其潛在意識，因而就在「灣生母女合體」時，小說也走向「與帝國合體」的殖民意識之中。如果《風前塵埃》可作為臺灣國族寓言的表徵，那麼這樣的小說敘事與結局是否象徵了 21 世紀的臺灣，仍某種程度上深陷於日本大東亞帝國想像的殖民遺緒之中[42]？

《風前塵埃》中的各色人物透過對於日本文化的學習與禮讚，代表了由外而內心靈層次的「日本化」與文化權力位階的「上流化／文明化」。正如法農所說的：「有些黑人不惜任何代價要向白人證明他們的思想豐富，他們的才智具有同等效能。」[43]這樣幽微的殖民現代性陷阱在《風前塵埃》裡透過美學的方式呈現，既可見於琴子身上，也可見於韓裔學者金泳喜。金泳喜的外祖父為日本統治朝鮮時的著名報人，曾參與朝鮮獨立運動，雖獨立運動遭受日本殖民者鎮壓而宣告失敗，他仍終身批判日本殖民統治的不公不義，要求朝鮮人民自決，最後受政治迫害死於獄中。爾後金家移民美國，金泳喜研究所主修韓國近代政治史，本擬撰述外祖父的英文傳記以

---

41 這與日治時期臺灣人、原住民參與皇民化運動、大東亞戰爭有著類似的傾向。40 年代臺灣的知識分子抱怨體內體流的不是大和民族的血液，認為獻身大東亞戰爭可以使臺灣人「以血換血」。參見陳芳明序，〈膚色可以漂白嗎？〉，收於《黑皮膚，白面具》，同註 11，頁 17。但必須注意的是，在《風前塵埃》中琴子所占據的是更接近日本殖民者的位置，與臺灣人的獻身仍有些許差異。

42 根據曾健民的研究顯示，日本右翼與臺灣本土派往來熱絡，其中也包含與臺灣研究相關的社團與學者。而日本右翼熱衷於臺灣的最大要因，除了臺灣本土派反中親美情結之外，臺灣濃厚的日本情懷是最大因素。如李登輝說的：「日本精神是臺灣精神的重要支柱，而日本精神就是『大和魂』」。日本右翼在「臺灣精神」中找到了他們溫暖的「精神故鄉」（日本精神），而這些在今天的日本社會早已被漠視的「精神」，正是他們想重建的。而這類的風潮影響了臺灣社會的歷史認識和認同。曾健民，〈臺灣日本情結的歷史諸相：一個政治經濟學的視角〉，《思想》第 14 期（2010 年 1 月），頁 50。

43 同註 11，頁 78-79。

公開日本殖民者的暴行，但這本傳記始終沒有完成，金泳喜後來不明原因地選擇迴避外祖父和時代的創傷而放棄了這個寫作計畫，轉攻文化研究並任職博物館負責裝飾藝術、設計與文化展覽，這個和琴子合作的「Wearing Propaganda」戰爭和服展覽就是由金泳喜所策劃。（《風前塵埃》，194-195）

金泳喜本來想做殖民清理的工作，她作為朝鮮獨立運動、反殖民英雄的後代，卻在蒐集資料的過程裡喜歡上日本茶道，由抵抗殖民變成對日本文化有潛在的嚮往，對她造成了內在矛盾，因而須以日本茶陶、茶道受到朝鮮李朝的陶瓷工藝所影響來說服自己、讓自己略感心安（《風前塵埃》，頁 197）。但即使金泳喜找到了朝鮮陶藝和日本茶道的部分關連性，只是證明朝鮮文化和日本文化有相似的優越性與關連性，非但無助於整理殖民遺緒的問題，反倒是加強了對於殖民文化的認同，並落入了渴望獲得（殖民文化）認可的弔詭中。這樣的狀態正如同法農所提醒的，許多時候人們費盡心思找尋黑人的源頭，不惜代價向白人世界證明黑人文明的存在，但即使尋獲了一位黑人的老祖宗，他認識柏拉圖，並與之辯論哲學，這樣又如何呢？此舉難道不是依循著殖民者白人的邏輯定義，找尋被殖民者的海市蜃樓嗎[44]？

不論是混血的灣生琴子，或是前朝鮮殖民地的後裔金泳喜均透過對於和服美學的蒐集、理解，來證明自己也能達到日本美學的要求，而和服展的舉辦有如獲得進入日本文化領域的認可，這不只是表面的語言操演層次，而是進入了心靈世界，琴子揣想日本人的種種想法、作法、念頭來證明了自身的藝術、美學、心理層面的涵養，足以進入瞭解日本人（戰爭）心理的殿堂（《風前塵埃》，127）。若此，琴子為了策劃和服展而不到臺灣造訪，會不會也只是另一次的逃避與藉口？是否在潛意識裡，對琴子而言「成為日本人」終究比到臺灣認祖溯源重要得多？不過另一方面，相較於琴子對於「成為日本人」的慾望始終是心安理得、理所當然的狀態（即使心中不是完全沒有矛盾，否則也就無須拼命地矯正自己的日語發音），金泳喜顯示出更多內在矛盾與衝突。如上述以朝鮮與日本茶道關連性的自我說服過程，乃至和服策展期間，金泳喜在整理檔案時勾起了創傷記憶，因而傳遞一張「記得珍珠港」的圖片給琴子，再次突顯了其和琴子的立場終究不盡相同。但琴子對這張相片只感到莫名其妙，不久便刪除畫面、眼不見為淨（《風前塵埃》，202）。

以「日本人」自居的琴子始終沒對戰爭、殖民的殘害做出反省，卻因其與臺灣相關的「灣生」血統而感到卑賤、自慚形穢，極力表現其「身為日本人」所具有的「標準日語」——這是她特地上課所習得的。琴子拜訪花蓮時，臺灣人用帶著腔調、發音奇怪的「日語」跟琴子交談時，她都像是被冒犯了似的，「不自覺的抬起下顎，以一口純正的東京腔應答，好像是藉此可與他們劃清界線」，「無弦琴子這口標準的東京腔是在學校花功夫學來的，她早有意識到自己不是完整的日本人，這種不純粹使她自覺殘缺，害怕同學瞧不起她，於是在說話腔調上學舌，好像學會一口標準的發音，就可以忘記自己是第二代的『灣生』，而且生父不詳」（《風前塵埃》，90）。小說敘述讓人瞭解所有人（包括了日本人和灣生）始終是「成為」（becoming）日本人，而非天生就是「日本人」。小說在此透露了「日本人」的概念與本質論的荒謬，顯示出「成為日本人」不僅是血統的問題，更是文化建構的課題，即使在身分血統上道地的（灣生）日本人，也還是需要透過不斷地努力來「成為日本人」，而且一不小心，彷彿隨時都會洩漏出（其「不完全是日本人」的）「破綻」。但值得注意的是，小說一方面解

---

44 參見法農的論述，以及楊明敏的導讀〈黑色的俄爾甫斯（Orpheus）、白色的納西塞斯（Narcissus）〉，同註 11，頁 64。

構了「日本人」的本質，但另一方面卻又再次鞏固其作為優勢的文化與權力位階的傾向，後殖民論述所宣稱的語言「混雜」、「學舌」，在此非但沒有發揮顛覆的作用，反倒在遇到臺灣人時被琴子當成鞏固文化與種族位階的證明。

如此不得不反思，巴巴所提出的文化「混雜性」抵抗、攪擾是否太過樂觀？忽略了在雜交的過程中所掩蓋的不平等關係。因此在討論混雜性作為文化抵抗策略的同時，有必要釐清是「誰」在混雜「誰」？混雜的「主體是誰」？誰有混雜的權力？被殖民者是否如此「有意識」的作有效的文化抵抗？殖民帝國倚仗其政經文化等文化，是否在多重不平等關係中以雜交之名合理化殖民侵略之實？倘若跨國與全球化的流動使得含混的雜種身分模糊難辨，那麼各雜種組合是否為特定階級所掌握？而後殖民主義所關注的弱勢、他者、邊緣、少數族群是否透過雜交即可對主流文化霸權的入侵作有效的抵抗？或者在文化含混的情境下反倒隱匿了其發聲的可能[45]？如同上述所舉的琴子與花蓮人士用日語交談的例子，臺灣人的日語非但沒有混雜顛覆的力道，反倒再一次成為琴子以「正統」標準日語使用者自居狀態下，失聲且受辱的他者。

《風前塵埃》雖以兩代灣生作為角色，不時流露對臺灣的懷想與眷戀，卻終究無法擺脫殖民權力的視角。從其書寫策略的探討中，可以發現其對灣生的同情與對日本各色美學的迷戀，反倒落入掩飾殖民暴力、擁抱大東亞戰爭的困境。小說對臺日定位的曖昧與自身立場的搖擺，非但難說是混雜的顛覆性力量，反而容易形成對臺灣主體的剝奪與殖民批判的扭曲，顯示出臺灣的日本情結至今還未消除。小說也曾藉由「慶修院」的修復與拜訪琴子的臺灣人口中，不斷地反映出臺灣社會從政府到百姓親日甚至媚日的事實[46]。因而《風前塵埃》所透露出的意識型態與敘事傾向並非單一作者或敘述者的問題，而是反映了殖民時代至今未解的殖民遺緒與後殖民課題。

以施叔青的自覺與實踐層面而言，「臺灣三部曲」的寫作動機明顯具有抵殖民、反迫害的企圖，《風前塵埃》大膽地以灣生日本人為主題，無疑是個重大的開創。但就在這觀點的轉移當中，敘述者遭逢了歷史幽靈與認同危機。本文考察其敘事策略發現其潛意識不自覺地受制於親日的殖民文化觀點，因而這個開創性的舉動也成為了包袱，其寫作策略所顯示出的猶疑／游移和搖擺，不免產生進退失據的困境。如何納入具有殖民者生命故事的臺灣史觀，同時保有臺灣的主體位置，是項艱鉅的任務。《風前塵埃》有獨特的切入視角，最終卻迷失於文字、美學、史料之中，尤其在戀物癖的傾向下迴避了種種值得更進一步省思的課題，無法進行更深刻的批判與殖民遺緒的清理誠然可惜；但這卻也是臺灣社會常見的癥狀，具體而微地在反映在這部作品裡。

事實上，「成為日本人」和「成為臺灣人」未必是截然衝突而不能調和的，相反的，有時（為了區分／拒斥「成為中國人」）突顯「曾為／成為日本人」的面向反倒是「成為臺灣人」的重要途徑，反映出部分臺灣社

45 此段論述批評參考許景泰，〈從國泰到和平：上海都會影院的空間歷史與殖民性〉（臺北：國立政治大學廣電所碩士論文，2005 年），頁 20，但其所探討的上海殖民性與《風前塵埃》的脈絡略有不同，因此本文將提問略做調整。

46 《風前塵埃》從一開始就透露了強烈的親日訊息。第一節開始的短短五頁間便重複了兩次臺灣兩任總統親日的訊息（《風前塵埃》，14、8），而慶修院的修復工程「為了向日本示好」還「新闢了一個水池，形狀採取四國島嶼海岸線外形，吉野布教所原本並沒有這個水池」（《風前塵埃》，19）。「豐田會」旅行團，離開花蓮後也受到外交部雙十國慶晚宴的招待。來拜訪琴子的臺裔聯絡人還強調「臺灣民選的總統對日本很友善，前一任的總統還接受過作家司馬遼太郎的訪問」，而司馬遼太郎為日本右翼軍國主義作家／記者，從這些歷史事實也可以看出臺灣政治人物和日本右翼的友好關係。

會急於切割和中國的關係而往日本（帝國）傾斜的徵兆[47]。此時若要以混雜性論述來說解，雖可暫時地翻轉殖民者與被殖民者的權力落差，強化被殖民者的文化主體性，卻無助於撼動殖民者優勢的政經勢力，更有甚者，若是一味地吹捧混雜的論述，不啻為是過於樂觀的想像與自我麻醉／陶醉，而忽視了其中的書寫倫理與後殖民文化中難解的認同習題與弔詭。若對其殖民與帝國結構沒有深刻的批判與反省，不論是親中或親日，往往一不小心成為帝國文化的幫兇，不利於臺灣殖民歷史的清理與前殖民地人民自覺的初衷。這並非單一個體心靈的問題，而是整體社會結構、文化教養的課題，值得更多的思索、關注與行動來理解與化解。

誠如楊明敏在導讀法農時的提問：「如何在黑色俄爾甫斯的琴弦下走出被殖民者飽受壓迫的煉獄？又如何能不尾隨白色的納西塞斯，避免成為只是重複的回音？」[48]解殖的道路的確有其崎嶇與困難，而本文相信如同法農所指，被殖民者不應該是站在自我漂白或消失這個兩難困境之前，而是意識到存在的可能性、意識到被殖民遺緒所滲透的潛意識或無意識，而這樣的自我覺察將是採取行動、改變既有社會結構的開始[49]。因此本文雖指陳《風前塵埃》作為臺灣寓言的弔詭與困境，但如果能意識到這樣的限制與問題，也就無須過於悲觀，因為這將是另一場拓邊與解殖實踐的開始。

---

47 曾健民認為臺灣本土論述為了去中國化而形成對殖民歷史的合理化或美化，肯定日本殖民統治對臺灣現代化的功績。此親日情結在李登輝到陳水扁執政的20年間快速發展，前期可稱為「情懷」，而後經過李、扁政策的影響往「意識型態發展，改變了臺灣社會大眾的感情、意識和認同。而《海角七號》、《臺灣論》等風潮都可視為此意識型態下的現象，參見曾健民，同註42，頁46-48。不過去中國化只反映了臺灣當代日本情結形成的部分因素，其深層原因複雜糾結，感謝審查者的提醒。

48 同註44，頁70。

49 同註11，頁182。

參考書目

專書與專書論文、評論：

小林善紀。2001。《臺灣論——新傲骨精神》。賴青松、蕭志強譯。臺北：前衛。

田中實加（陳宜儒）。2014。《灣生回家》。臺北：遠流。

竹中信子。2007。《日治臺灣生活史：日本女人在臺灣——明治篇（1895-1911）》蔡龍保譯。臺北：時報。

法農（Frantz Fanon）。2007。《黑皮膚，白面具（修訂版）》。陳瑞樺譯。臺北：心靈工坊。

林呈蓉。2002。〈日本人的臺灣經驗——日治時期的移民村〉。《臺灣歷史的鏡與窗》。戴寶村編。臺北：國家展望文教基金會。136-145。

南方朔。2008。〈透過歷史天使悲傷之眼〉。《風前塵埃》。施叔青。臺北：時報文化。5-10。

施叔青。2008。《風前塵埃》。臺北：時報文化。

荊子馨。2006。《成為「日本人」：殖民地臺灣與認同政治》。臺北：麥田。

張素玢。2001。《臺灣的日本農業移民（1909-1945）——以官營移民為中心》。臺北：國史館。

陳光興。2005。〈法農在後／殖民論述中的位置〉。《黑皮膚，白面具（修訂版）》。臺北：心靈工坊。39-59。

陳芳明。2005。〈膚色可以漂白嗎？〉。《黑皮膚，白面具（修訂版）》。臺北：心靈工坊。12-17。

陳培豐。2006。《同化的同床異夢：日治時期臺灣的語言政策、近代化與認同》。王興安、鳳氣至純平譯。臺北：麥田。

楊明敏。2005。〈黑色的俄爾甫斯（Orpheus）、白色的納西塞斯（Narcissus）〉。《黑皮膚，白面具（修訂版）》。臺北：心靈工坊。61-71。

鈴木怜子。2014。《南風如歌：一位日本阿嬤的臺灣鄉愁》。邱慎譯。臺北：蔚藍文化。

劉依潔。2009。《施叔青與李昂小說中的臺灣想像》。臺中：印書小舖。

論文

林芳玫。2012.10。〈《臺灣三部曲》之《風前塵埃》——歷史書寫後設小說的共時與共在〉。《臺灣文學研究學報》第 15 期：151-183。

林徐達。2010.01。〈後殖民臺灣的懷舊想像與文化身分操作〉。《思想》第 14 期：111-137。

施叔青。2011.07。〈走向歷史與地圖重現〉。《東華人文學報》第 19 期：1-8。

黃智慧。2010.01。〈臺灣的日本觀解析（1987- ）：族群與歷史交錯下的複雜系統現象〉。《思想》第 14 期：53-97。

曾健民。2010.01。〈臺灣日本情結的歷史諸相．一個政治經濟學的視角〉。《思想》第 14 期：46-48。

黃啟峰。2010.12。〈他者的記憶──試論《風前塵埃》的族群歷史書寫〉。《中正臺灣文學與文化研究集刊》第 7 期：73-99。

劉亮雅。2013.06。〈施叔青《風前塵埃》中的另類歷史想像〉。《清華學報》43 卷 2 期：311-337。

李欣倫。2014.05。〈「寫真」與「二我」──《風前塵埃》、《三世人》中攝影術、攝影者與觀影者之象徵意涵〉。《東吳中文學報》第 27 期：337-363。

戴寶村。2014.07。〈太魯閣戰爭百年回顧〉。《臺灣學通訊》第 82 期：9-11。

許景泰。2005。〈從國泰到和平：上海都會影院的空間歷史與殖民性〉。臺北：國立政治大學廣電所碩士論文。

簡瑛瑛、夏琳訪問，夏琳記錄。2015.05.14。〈歷史的行腳者──女書店專訪「臺灣三部曲」之《風前塵埃》作者施叔青〉。《女書電子報》第 128 期：http://blog.roodo.com/fembooks/archives/5696511.html，）。

憶／譯香港

論香港三部曲之異憶／譯

杜昭玫
國立臺灣師範大學華語文教學系暨研究所副教授

施叔青香港三部曲之第一部《她名叫蝴蝶》，於1991年至1993年在《聯合文學》連載發表，第二部《遍山洋紫荊》亦是，而此初期刊登的形式影響了文本中之敘事模式。前二部曲的敘事方式兼採了章回小說的形式，前後章節行文中重複出現相似之內容，旨在喚起讀者對前期內容之記憶，但也因文中場景的遷移，覆述（reperition）產生了變異（difference）。到了第三部《寂寞雲園》，繼前兩部的慢／漫談後，敘事加速將時間往前推移到70年代的香港，此時黃得雲早已香消玉殞，作者改由第一人稱敘事。但在英文譯本中，譯者則是採取從一而終的敘事角度，自始至終均採用第三人稱，並且避開了對於第一人稱的相關暗示及其在文本中的痕跡。如此的「翻譯」策略，可說是煞費苦心，但也引起了不少爭議。有鑑於此，本文即著眼於此第一人稱敘事者在香港三部曲中的作用與效果，探析施叔青憶／譯香港之文本策略與態度，其對於香港之認同的形成與轉變，並進而論述英文譯本中的翻譯策略所導致的差異。

一、緒論

施叔青的香港三部曲以史詩的筆觸與規格，描繪出香港自清朝政府與英國簽下「南京條約」這個不平等條約後的諸多重大歷史事件，而穿插於其中的主要敘事情節則是 1892 年女主角黃得雲由故鄉東莞被綁架賣到香港妓院後之發跡過程。這三本小說的開端與後續的撰寫，體現了作者對於香港之認同，但隨著作者在九七大限前夕離開香港回到臺灣，這認同亦開始產生了質變。又在 2005 年，香港三部曲由翻譯界英譯中之翹楚 Howard Goldblatt 與 Sylvia Li-chun Lin 合譯，並以 City of the Queen: A Novel of Colonial Hong Kong 之英文譯本出版。由英文譯名與中文原名之間之差異，即可預知譯文內容可能與原文有所出入，而果不其然，原本共 700 多頁的中文小說，英文譯本僅餘 300 多頁。姑且不論中英譯文間本身在字數上的差別，此英文譯文的確在內容上多所刪減，而最明顯之差異則在於第三本小說。三部曲中的第三部繼前兩部的慢／漫談後，加速將時間往前推移到七10 年代的香港，此時黃得雲早已香消玉殞，作者並改由第一人稱敘事。敘事者與黃得雲的曾孫女黃蝶娘因工作而結識，透過黃蝶娘，敘事者再度娓娓道來香港之前世與今生。而在英文譯本中，譯者則是採取較一致的敘事角度，自始至終均採用第三人稱的敘事，並且避開了對於第一人稱的相關暗示及其在文本中的痕跡。如此的「翻譯」策略，可說是煞費苦心，但也引起了不少爭議。有鑑於此，本文即著眼於此第一人稱敘事者在香港三部曲中的作用與效果，探析施叔青之於香港之回憶、認同與其間的形成與轉變，並進而論述英文譯本中的翻譯策略與所呈現出的差異。此外，本文亦將探討此「異譯」之意義與目的。

二、施叔青的憶／譯香港

施叔青於 1993 年起分別出版了《她名叫蝴蝶》（1993）、《遍山洋紫荊》（1995）、《寂寞雲園》（1997）。這三本小說起初都是以連載的形式在報紙上發表，而後再集結成冊出版。論及寫作之動機，施叔青指出其在香港旅居多年後，在 1989 年天安門事件爆發之際，認同了香港，而「自願與六百萬港人共浮沉，參與每一次遊行示威」（《她名叫蝴蝶》2）。早在 1986 年，英國首相與中共領導人簽訂「中英聯合聲明」時，即公告了香港在 1997 年後的命運，這個聯合聲明在香港激起了莫大的漣漪、疑慮、與恐懼。而三年後的天安門事件，更使這不安與焦慮進一步擴大。在這充滿危機感的社會氛圍中，作家施叔青拾筆寫出她的認同感，立意「用筆來作歷史的見證」（2）。這個潛在的威脅感與不安感，在《她名叫蝴蝶》與《遍山洋紫荊》中顯露無遺。女主角黃得雲坎坷的人生起落，其心中的無奈與香港人對於生存的渴望與努力，均在前兩本小說的字裡行間滲透溢出。

而相對於前兩本小說中敘事者的殷殷切切，香港三部曲中的第三本，《寂寞雲園》，則在筆端上洩露了敘事者的距離感，以及其對於香港今非昔比的感嘆。以下就前兩部中的殷切認同與第三本中的距離感分別詳述之。

如前所述，在《她名叫蝴蝶》中，施叔青即透過黃得雲這個角色，塑造出一個象徵香港的具體意象。黃得雲 13 歲時被人口販子由廣東東莞被綁架至香港，此乃香港於 1842 年因清廷與英國簽訂「南京條約」此不平等條約而被英國殖民者自中國綁架之寫照，也是香港成為英國殖民地一事之縮影。那時的香港仍是一個百廢待舉的小漁港，殊不知在一百多年後，香港成為亞洲重要金融與商業中心，而這也與英國本身帝國主義的擴張息息相關。置身於此歷史洪流與香港經濟發展，黃得雲也在這個英國殖民地上憑藉著放高利貸與炒作房地產而成就了自己的一番事業，孫子黃威廉甚至成為殖民地中的第一位華人大法官。此將個人生命史與國家社會大歷史相提並論的象徵，為大河小說中常見之創作手法，而差異則在於作家如何將歷史與個人生命做交錯結合的處理，與敘事者對於歷史的態度。

《香港三部曲》開端之選擇，即小說中殖民史敘事的開始，與作者於香港親身經歷 1986 年的中英聯合聲明以及 1989 年的天安門事件這兩件重大歷史事件有著密切的關係。本已脫離中國統治百年之久的香港，在 1986 年的中英聯合聲明中，一夕之間被決定了其 11 年後的命運，將再度成為中國的一部份。長久以來，沿著珠江而下，由鎖國封閉的中國所傳來的消息盡是政治迫害、經濟困頓、民不聊生的負面消息，而香港因緊鄰中國南方（其原本即隸屬於廣東），成為逃避中國這個悲慘世界的一個庇護所。回歸開啟了政治將不民主的疑竇，而三年後的天安門事件更是深化了這個恐懼，對於香港之未來是否能如往日繁華，香港能否維持其為自由貿易都市之特色而維繫島上居民原本的生活方式與生活型態，均是大大的疑問。面對未來之不可知，以及香港可能就此黯然失色，甚至由歷史上消失，成為廣東省偌大領域中、數個沿海港口中的另一個港口，這些疑慮引發了對於香港歷史回溯與回憶之慾望。擅長於小說創作的施叔青，正逢此歷史之重要時刻，也感染了香港人對於尚未完全逝去、但可能即將消失的過去之緬懷，加上於先前創作〈維多利亞俱樂部〉這個短篇故事時所苦思創造出的黃得雲形象未得以發揮，於是《香港三部曲》在歷史與小說敘事盤根錯節的形式中拉開序幕。

《香港三部曲》異於其他小說之特點之一，即在於作者本身提供了在寫作過程中的細節描述。於創作前兩部小說時，作者可說是日有所思、夜亦有所夢，孜孜不倦的在成篇累帙的文件與資料中尋找適合黃得雲這個角色身世的種種細節，拼貼出香港與黃得雲共同的過去。如作者於《遍山洋紫荊》之自序中即言道，開始構思三部曲後的幾年，歷史中的香港與其「形影不離」，甚至在一次造訪馬來西亞的檳城之際，正為剛完成第二部小說《遍山洋紫荊》後，施叔青驚嘆於檳城裡所留下的的維多利亞女王時代巴洛克式建築的迴廊，襯上由海灘吹來的風，就彷彿是昔日殖民的香港被完整的保留了下來。但在驚嘆之餘，作者卻也不免感到一股遺憾，只因心中已建構完成香港的百年歷史，並已付諸筆端（3）。

如此的念茲在茲，加上當時香港人因政治事件而使得平日汲汲於生計之香港人開始意識到其將來所需面臨的共同命運，在此命運共同體的基礎上凝聚了共識，鞏固了對香港的認同。正當香港人憂患於香港歷史終結之際，施叔青身歷其境，亦感同身受，因此對於故事中代表香港崛起與過去之黃得雲可說是百般呵護，其殷殷切切可於小說中重複出現之詞語如「蝴蝶，我的黃翅粉蝶」中可見一斑。作者於《她名叫蝴蝶》中明言，此書「突出蝴蝶的象徵，影射香港的形成」（2），而「精緻嬌弱如女人的黃翅粉蝶」「為地道的香港特產，……在嬌弱的外表下，卻敢於挑戰既定的命運，在歷史的陰影裡攀住一小片光亮」（3-4）。對於黃得雲的憐惜、對於黃翅粉蝶的愛不釋手，與對香港歷史的投入，在這寫作過程中劃上了等號，也使得第一部與第二小說流溢出一股沈溺、欲罷不能、叨叨絮絮的氛圍。小說詞句的重複，與小說情節的重複成為前二部的一項重要特徵，而這個情況讓譯者在面對三本靜待翻譯之小說時，不得不做出刪除部分內容的決定。作者施淑青對於這個敘事特性亦曾在《遍山洋紫荊》的序文裡下了註解：「為了不遵循傳統三部曲的聯貫結構，《她名叫蝴蝶》中，我特意安排讓前一章的情節在後一章裡重覆出現，像音樂的主題曲一樣反覆吟咏。第二部曲，我擷取一段段與香港有關的歷史、傳說、甚至動、植物，放在每一章之前，做為引言，以期達到聲東擊西呼應之效」（3）。而即使施淑青並未提及第二部《遍山洋紫荊》中的「反覆吟咏」，但細讀下可發現不少段落重覆出現。以下以其中一段歷史陳述為例。

香港三部曲文本中的叨叨絮絮不僅出現在「蝴蝶，我的黃翅粉蝶」之覆述，也表現在文中對於歷史的重現。歷史片段在文本中的重現雖如作者所言，乃在聲東擊西，但更被突顯出的是歷史詮釋的權宜性。如在《遍山洋紫荊》中，關於海盜徐亞保揮長矛刺死兩個侵犯民女的英國官兵，並將其由懸崖丟入海中的事件，在文中即被重述了三次，但其對各角色而言，因本身背景與經驗之差異，而產生了不同之詮釋。對於屈亞炳而言，這事件是其在英國上司拋棄黃得雲後用以自我平衡的故事，他幻想著自己即是那揮長矛之英雄，拯救民女於英國軍人之蹂躪之下；對於黃得雲而言，其則一心嚮往著其心中的打虎英雄姜俠魂幻化為這海盜來拯救她；而在英國官方的版本中，故事再度峰迴路轉，英國政府為拯救英軍的名譽而在懸崖上立碑紀念殉難的英軍。這相同的歷史事件出現在不同段落中，產生了詮釋上的變異，但卻在英譯本中被刪除了。

《寂寞雲園》裡的第一人稱敘事者面對黃得雲的逝去，對於香港亦已失去了認同。完成第二部曲《遍山洋紫荊》後，作者即離開香港回臺灣定居，執筆寫序時已是回臺一年之後的事了。在殖民地身歷其境，對於寫出的歷史與角色充滿沈溺之情，轉而表現為文本中的重覆與叨絮，而回臺定居後，作者繼續完成香港三部曲中的第三部《寂寞雲園》，並同時編撰散文集《回家，真好：原鄉的變調》（1997）。施叔青原本認同了香港，如今又再度成為香江「過客」。同時，也因時空的距離，作者得已在第三部曲中將時間大幅度的往前推，不再耽溺於細節而影響了文本中整體的歷史進程。對於香港的記載作者透過於香港藝術中心工作的女性中產階級上班族，欲將黃得雲的故事搬上舞台。在蒐集資料的過程中，黃得雲的曾孫女黃蝶娘成為主要消息來源，而敘事者心中的黃得雲形象也屢遭黃蝶娘之嘲諷與推翻。

黃得雲的歷史似乎在文本中在黃蝶娘身上重演，但因敘事者與黃蝶娘之情誼與坦承相對，這重演與重覆也產生了變調，亦可說是距離的拉近破壞了虛擬建構出的角色形象。如小說原文中敘事者即明言道：

> 歷史顯然在黃家頭尾這兩個女人身上重演。不過，由於愛屋及烏，加上年代久遠，距離造成了美感，在我眼中的西恩．修洛，外型上絕對不像黃蝶娘口中的奈德．艾肯斯，除了其貌不揚外，還那麼不堪。然而，也因為上述的原因，對西恩．修洛內心世界的捕捉，也相對的難以掌握。
>
> 的確，西恩．修洛是不可捉摸，莫測高深的英國紳士。（19-20）

在對於諸多英國殖民者的描述中，作者在第一部曲與第二部曲中皆有相當詳細深刻之描寫。但在第三部曲中，卻頓時無法再如法炮製了。原因一方面是，如敘事者所言，因西恩．修洛（譯文中的 Sean Shelley）是黃得雲後來兩情相悅的真愛，因對黃得雲的喜愛而愛屋及烏，無法將其與令人厭惡的黃蝶娘的情人奈德．艾肯斯等同待之。而另一原因則是作者本身已抽離香港之情境，無法再深耕或耽溺於香港之現代歷史中。在尋求「蝶影」（第一章之標題）的過程中，對於黃得雲的追憶已在現代黃蝶娘的大張旗幟下相形失色，而每每在透過黃蝶娘探尋黃得雲生平足跡的過程中，黃蝶娘的詮釋與敘事者的理解互相對比、抗衡。在一次猜測關於西恩．修洛旅居香港原因的對話中，即出現了如此的針鋒相對：

> 我認為西恩．修洛是為了探查香港的草木花卉而申請轉調的。我翻閱過一本《香港植物誌》，作者是喬治．班遜姆，一共蒐集香港的花木名目 1056 種，西恩極可能受這本植物誌的影響，對島上草木種類的

分布產生興趣，而來一探究竟的。…

黃蝶娘對於我的推斷大大地不以為然，她斬釘截鐵的宣稱：「西恩・修洛是為我 Great Grandma 而來，他被邀到黃家中過中秋，從此對他念念不忘。」（21-22）

敘事者的詮釋說明了其先前解釋殖民者之一貫寫法，殖民者若非被派遣至殖民地以求軍功，即是基於對於物種研究之興趣，文中之植物誌在第一部曲及第二部曲中即出現，而這也體現了敘述者在詮釋角度上的侷限，而有待黃蝶娘之補充。但黃蝶娘之回應與宣告卻是令人錯愕的浪漫主義傾向，也一反之前黃蝶娘在文本中一貫的功利形象。但第一人稱的主觀意識以及與此敘事角度對立之觀或批判卻在英譯本中因採取一貫第三人稱敘事而被忽略了。

三、City of the Queen 中的異憶／譯

孤且不論前二部小說中的耽溺與寵愛是否為作者蓄意營造之一個敘事角度或態度，以使其與第三部小說《寂寞雲園》中的第一人稱敘事者形成強烈對比，但一個無可置疑的事實是，敘事者在第三本小說《寂寞雲園》中將自己抽離，使得第三部中的香港歷史得以較前二部加速往前，也方才比得以推進至當代，即 70 年代之香港。書中之敘事者為任職於香港藝術中心之中產階級女性職員，受黃蝶娘與長官之託付，需將黃得雲的一生搬上舞台。此時黃得雲早已香消玉殞，身後留下的華廈雲園亦即將面臨被拆除的命運，敘事者僅能自其曾孫女黃蝶娘口中或身上找尋黃得雲的倩影。前二部曲原本藉由黃得雲兼敘香港的形成，但在《寂寞雲園》中，已成形的香港卻再度面臨歷史的霸權操弄，將於 1997 年再度轉手，踏入一個不

可知的未來。雲園，以及代表香港上流社會與殖民勢力的匯豐銀行，均將面臨拆除的命運，而書中的第一人稱敘事者則試圖在即將崩潰的體系中找尋足以拼湊出歷史的重要拼圖。在這樣的歷史氛圍中，作者施叔青選擇離開香港，並對於香港過去歷史的崩壞與未來的恐慌提出了較具批判性的觀點。這種抵觸、抗衡、與批判在第一人稱敘事者與黃蝶娘的針鋒相對中表現無疑。但針鋒相對與敘事觀點互相抵制、抗衡的特殊寫法，卻在英譯本中因考量敘事的一致性而被犧牲了。

對於 Howard Goldblatt （葛浩文）與林麗君（Sylvia Li-chun Lin）的英譯本，一些評者認為其忠實譯出了原文的大部分。如 Margaret Flanagan 於 Booklist 所發表的書評中指出，香港的崛起至如今的商業發展是書中的精華，而英譯本掌握了這些精華部份。但 Bradley Winterton 的評論則說道，此小說為第一本詳述香港百年歷史之小說，應該將其內容一一詳細翻譯。其他評者在認同這個英譯本的存在必要的同時，也指出大量刪節的一些負面影響，如 Shirley Quan 指出，英譯本因大量刪節而使得時間出現落差，角色刻畫也較模糊（71）。角色刻畫在刪節的情況下失去深度乃在所難免，而對於第三部曲《寂寞雲園》中第一人稱敘事者的完全忽略則更顯突出。雖譯者言明刪節是為了翻譯的一致性，也獲得作者本身的首肯，但其未料到的是，這樣的刪節卻也使譯本失去了在原文中的「態度」，尤其是此第一人稱敘事者對於香港現況與未來之批判態度。

在譯文中雖刪去了兩人的針鋒相對，但在描繪西恩．修洛時，因文本中大部分為敘事者之陳述，故無可避免的翻譯了關於西恩．修洛在叢林小屋中深居簡出，為一謎樣般人物，但卻也仍引用了黃蝶娘之陳述：「他被邀請到黃家過中秋，從此對他念念不忘」：

After being invited to Huang Deyun's house for the Mid-Autumn Festival, Shelley could not get her out of his mind. The unintentional match-maker turned out to be Comprador Wang Qinshan of the Jardine, Marheson Company. Wang had accompanied the Jardine's taipan, Mr. Matheson, to a cocktail party hosted by the Wayfoong Bank to welcome Shelley. （221）

在中文原文中，黃蝶娘認為西恩．修洛在黃家過中秋後即對黃得雲念念不忘，此為黃蝶娘對於西恩．修洛想法之猜測，而並非第一人稱敘者之想法，更非為第三人稱敘事，此為第三部曲一反先前二部曲之創新之處，也是作者施淑青念茲在茲亟欲跳脫出章回小說或三部曲自頭至尾如出一轍之既定模式，眾聲喧嘩成了第三部曲《寂寞雲園》與眾不同之處，也營造出小說中各個小敘事互相激盪、競爭、融合的多元聲音。雖然上文中的英譯讀來，並無斧鑿刪要之痕，在敘事上也無不妥或矛盾之處，但若將譯文與原文對照，可發現譯文有「斷章取義」之嫌。原文中的引號表示此發聲者為黃蝶娘，但在譯文中，引號已被刪去，黃蝶娘這句話也成為了第三人稱的客觀敘事，平鋪直敘的口吻已失去了黃蝶娘在脫口說出這句話時與第一人稱敘事者的針鋒相對，以及她的「不以為然」與「斬釘截鐵」（22）。

雖然小說中是否眾聲喧嘩，不能僅從敘事者人稱來斷定，但在第三部曲《寂寞雲園》中採取第一人稱的敘事的確需要更多的聲音來跟這第一人稱敘事者產生對話，創造出多元的視角。關於香港三部曲中的敘事策略，廖炳惠即指出，在《她名叫蝴蝶》和《遍山洋紫荊》中，「由於觀點時而從黃得雲，時而來自史密斯、屈亞炳，透過流動的全景掃瞄及深入內心的獨白，我們看到了各種人物在殖民社會中的諸多病癥」（100-101）。而這全景式的掃瞄在第三部曲中轉換成立場及態度鮮明的第一人程，也使黃蝶娘這一原該是配角的人物，透過與敘事者的來回口戰與交往而躍升為此書中的主角，這也呼應了在這第三部曲的時空中，黃得雲只是一個歷史的鬼魂，而黃蝶娘方是活生生、不可忽視的角色。這樣的對比，也顯示出香港的變遷，以及時代巨輪不斷往前推動的影響。在小說接近尾聲時，當黃蝶娘在香港一家英語電視台所攝制的雲園懷舊專輯中以一口道地的英語介紹雲園的歷史時，敘事者「我」「在走馬燈似轉換不停黑白舊照片中，一路試著找尋辨識我心中的黃得雲，鏡頭卻換成一位麗人背影特寫，……晚裝麗人緩緩迴旋轉身，舞台亮像的漂亮姿態」（173）。黃得雲在剎時變成了黃蝶娘，此既展示了黃蝶娘與黃得雲的關係，也點破了黃得雲已是歷史的事實，而這也是黃蝶娘與敘事者在小說中角力之處，敘事者要尋找的是黃得雲，但黃蝶娘亦不甘於僅是扮演訊息提供者的角色，處處要展露不可忽略的主體性。

在同樣描繪西恩・修洛的段落中，作者施叔青為凸顯出道地香港的傳統與習俗，強調西恩・修洛之異於其他殖民者，而最後導致敘事者無法捉摸這個角色。於原文文本中，作者透過修洛的華人秘書蘇秘書詳道修洛之「人品性格」：

> 真真怪人一個，修洛先生跟以前幾任經理很不一樣，他們一來到香港，就讓我帶去參觀古蹟勝跡，像宋王台、望大石啦，……他一來就找植物園，可連我從來沒聽過香港有一個植物園。……修洛先生說要看『真正』的香港，對我們盂蘭節設壇建醮、燒衣放食興趣大得很，一聽說潮洲人演神功戲，非要我帶他去看不可。……昨天一早起身陪他過海到九龍城喫早茶，看茶客溜鳥……咳，簡直怪人一個……」（24）

譯文為：

Mr. Shelley says he wants to see the "real" Hong Kong. So yesterday, at the crack of dawn, I went with him to Kowloon for morning tea and to watch teahouse customers show off their caged birds — what a strange man. （223）

小說原文在此被翻譯的部份為，「修洛先生說要看『真正』的香港，……昨天一早起身陪他過海到九龍城喫早茶，看茶客溜鳥……咳，簡直怪人一個⋯⋯」。與原文比較後，未譯的部份為「真真怪人一個，修洛先生跟以前幾任經理很不一樣，他們一來到香港，就讓我帶去參觀古蹟勝跡，像宋王台、望夫石啦，⋯⋯他一來就找植物園，可連我從來沒聽過香港有一個植物園。」，以及「對我們盂蘭節設壇建醮、燒衣放食興趣大得很，一聽說潮洲人演神功戲，非要我帶他去看不可」。在此譯文中，譯者僅翻譯了香港的飲茶文化，而對於更能代表香港傳統文化和民間習俗，如文中的盂蘭節設壇建醮、燒衣放食、潮洲人的神功戲等卻是隻字未提；「溜鳥」亦非如譯文所言為茶客意欲炫耀其籠中鳥。此中顯示的除了是對於香港文化表層的瞭解，甚至是錯誤的詮釋，但也表現出對於英譯本讀者閱讀經驗的立場預設。一般英譯本讀者對於香港文化本身即可能缺乏較為深入的認識，盂蘭節設壇建醮、燒衣放食、潮洲人的神功戲等在西方上缺乏對應的文化實踐，也因此在語言上難以找到對應翻譯，更何況即使是勉強將字面意思逐翻譯出來，對於讀者來說字面下的百般的文化實踐細節及其所代表的文化意涵仍是深不可測的。但若論及翻譯的意義與目的，則如此的刪節則是可以理解的。如評者 Kinkley 所言，這個譯本保留了必要的情節，而且也鞏固施叔青身為社會說書人的名聲，足可使其躋身於張愛玲、王安憶、與其妹妹李昂之列，等身齊名。（72，筆者之翻譯）。以下以班雅明（Benjamin）所闡述的翻譯者天職為討論的依據，論述香港三部曲及其英譯本 *City of the Queen* 的關係。

於「譯者的天職中」，班雅明曾表明，「翻譯的時候忠實於字詞，幾乎從來不能夠把字詞在原文裡的意義完全再現」，但「我們不可能為了保留原意而要求字對字的翻譯」（胡功澤，236-237）。「偉大藝術品的歷史是從其後來的世代認出該作品的血統和其在藝術家當時的形式，以及藝術品那基本上永恆的後繼生命出現的時期。⋯⋯當一部作品在其後繼生命確定之時，也就是出現了那種不只是轉介訊息的翻譯」（胡功澤，

222）。而翻譯至高無上的神聖使命則是使原文在翻譯裡「達到其不斷更新之後的最新、最全面的發展」（222）。而究竟何謂原文之「意義」、翻譯是否真正表達了原文之內在意義則是詮釋的問題。如前述者所論述者，*City of the Queen* 將香港的歷史梗概以及主要的故事情節均交代清楚，則此譯文不失為掌握了原文之「意義」；而若如 Quan 所批判的，此譯文出現時間上的落差，以及角色刻畫不夠深入，則時間之無縫描寫與角色之刻畫為原文之「意義」之一，則譯文就失職了。究竟何者為香港三部曲之「永恆的後繼生命」？「永恆的後繼生命」是原文文本在本身之情境消失後，在「後世」所繼續享有之聲譽形式。

當華語小說欲在時間與空間上跨越語言的藩籬而進入在另一種語言中的後繼生命時，如透過英文翻譯而為其他語種之讀者閱讀時，其意義即需經過一番翻轉。譯者在以其母語解釋原文中之「意義」時，或許考慮了其預設讀者之接受度與認知差異，而在譯文中以另一形式呈現原文中那超越語言的「意義」，如語言的感情與情緒。而在翻譯的過程中，譯者之「天職」即在可譯性與不可譯性中掙扎，以求表現出原文中的主要精神與精華。換個角度來說，在譯者試圖傳遞原文中的「意義」時，原文本身的「意義」也可能經過翻轉。而這譯文維繫著文本的「後續生命」，提供文本在另一空間與時間下的另一生命，而這生命也往往不是作者所能掌握，而有賴於後世不同「譯者」的貢獻與服務。由此看來，香港三部曲之英譯本即可視為文本後續生命的一種形式。脫離作者的「意義」，在譯者筆下承接另一生命，已是小說在跨越語言界線時不可逃避的命運。而此「後續生命」是否真為永恆，也尚待後人之探析。在作者應允作品的翻譯後，即是將手中的生命交給了另一名作者（即譯者）。譯者在領養了這個生命後，其天職就有如養父母般，有義務將承接來的生命培育成適合在異域／地成長之生命，親生父母此時已無置喙之地，這也說明了譯者翻譯與詮釋的正當性。正如施淑青在會議上言，她從不看譯本，一方面是因為受限於作者語言能力，但除此之外，更大的原因應是作品一旦由其手中交出，即展開了新生命，其永恆意義的詮釋權往往不在原作者的掌握之中，讀者與譯者已擔負起此「天職」。

參考書目

施叔青。1993。《她名叫蝴蝶》。臺北：聯經。

-----。1997。《寂寞雲園》。臺北：聯經。

-----。1995。《遍山洋紫荊》。臺北：聯經。

胡功澤。2009。〈班雅明〈譯者天職〉中文譯文比較研究〉。《編譯論叢》2:1： 189-247。

廖炳惠。1996。〈從蝴蝶到洋紫荊：管窺施淑青《香港三部曲》之一、二〉。《中外文學》24：91-104。

Goldblatt, Howard & Lin, Sylvia Li-chun. *City of the Queen: A Novel of Colonial Hong Kong*. Hong Kong: Hong Kong University Press, 2005.

Kinkley, Jeffrey. "Book Review:City of the Queen," *World Literature Today* 80:6 (2006), 72.

Quan, Shirly. "Book Review: City of the Queen," *Library Journal*. August 15, 2005.

Winterton, Bradley. "City of the Queen: A Bite-size Story of Hong Kong," Taipei Times. May 10, 2009.

施叔青研究論文集

輯三

國族認同與性別空間

施叔青《三世人》中的殖民現代性與認同問題*

劉亮雅
國立臺灣大學外國語文學系暨研究所教授

本文探討《三世人》中日本殖民現代性與臺灣人的認同問題。我認為，《三世人》裡日本殖民主義與移植的現代性雙雙衝擊了臺灣人，移植的現代性帶來了新的世界觀、身體觀、文化視域、知識體系，挑戰了傳統文化，而殖民主義則造成反日、親日與認同矛盾。由於現代性與日本性難以區分、差別待遇以及文化差異，小說中的人物常有認同曖昧矛盾。反日與親日各有其認同政治，但階級與性別議題使其更形複雜。小說人物在迎合與抗拒現代性之間，在反日與親日之間，展現了複雜的國族、階級、性別認同。《三世人》中認同問題複雜，涉及不同世代、階級、性別的臺灣人對傳統文化、現代性、殖民主義所採取的不同立場之複雜光譜，這些立場之間有含混交纏之處，也可能有所變化、翻轉。

關鍵詞：《三世人》，日本殖民現代性，臺灣人的認同問題

---

* 本文原刊於《臺灣文學研究集刊》第 17 期（2015 年 2 月）：105-136。本文為科技部專題計畫「重新記憶日治時期：以幾篇後解嚴小說中的反記憶、認同與混雜為例」（編號 NSC 102-2410-H-002-148-MY3）成果之一，感謝游雁茹、韓震緯兩位助理幫忙蒐集資料。

施叔青的《三世人》（2010）至少涉及兩個議題：　，從施叔青《臺灣三部曲》的大架構如何看《三世人》？二，從戰後對日治時期的記憶又如何看《三世人》？就第一個議題，如果一部曲《行過洛津》（2003）以清朝洛津興衰並上溯荷蘭、鄭氏王朝為背景，探討早期漢人移民與原住民及清廷的關係，二部曲《風前塵埃》（2008）刻劃日治時期「理蕃」所涉及的跨國殖民主義，東部原住民、客家人與日本人的關係以及戰後日本殖民遺緒，那麼三部曲《三世人》從臺灣割讓寫到二二八，在時間上與第二部有較多重疊，都上接第一部。但不同於二部曲，《三世人》聚焦於統治中心臺北，旁及洛津、臺中、宜蘭，以漢族舊式與新式知識分子為主，兼及其他階層，描寫他們與日本人及國民黨的關係，特別是受日本教育世代在兩個政權之間的身分掙扎與錯亂以及 1920~30 年代臺灣的社會、文化、民族運動。[1] 著名的臺灣民族與社會運動領袖林獻堂、蔣渭水、謝雪紅、簡吉，乃至於兒玉源太郎、田健治郎等十幾位日本總督，以及中國知識分子梁啟超、女星阮玲玉都出現在背景中，成為人物指涉、回應或議論的焦點，顯現日治時期各種思想的薈萃與激戰以及施叔青歷史書寫的宏圖。如同前兩部，《三世人》強調跨國文化流動對臺灣文化的影響，但尤其關注由日本轉介到臺灣的西方文明、臺灣人對日本殖民現代性的回應以及對二二八的失望。它刻劃劇變之下的臺灣人，從清朝人到日本人到中國人，從養女到文明女到自主女；如同南方朔指出，它呈現了「臺灣心靈史」（2010：7）。

第二個議題與第一個議題有關。戰後國民黨官方視臺灣人為被日本殖民奴化，壓抑、否定日治時期記憶，因此日治時期的記憶一開始是被壓制的，造成歷史記憶的斷裂。1970 年代因釣魚台事件、臺灣退出聯合國等重大國際事件，引發對臺灣的危機感，日治時期記憶才正式重返，但仍須符合中華民國歷史敘事（蕭阿勤，2010：3，195）。70、80 年代對日治時期的重新記憶，受到戒嚴時期中國中心、仇日反日意識形態的牽制，臺灣小說裡大抵呈現臺灣人的抗日；但即使如此，像描寫臺灣人當日本兵、軍屬等戰爭期經驗，或是臺灣人的認同矛盾，仍截然不同於中華民國的歷史敘事。然而，抗日與批判日本軍國主義當然不足以概括日本殖民遺產以及日治時期臺灣人的精神面貌。自 90 年代末期起，我們才開始看到許多對日治時期比較正面的看法，或者說親日與抗日、認同曖昧並置的複雜視野。而親日觀點之所以出土，其中一個關鍵乃是解嚴前後一直到 90 年代，大量的二二八敘述的出現；它們控訴二二八屠殺及其後的白色恐怖，打破了國民黨的統治神話。更耐人尋味的是，從葉石濤的《臺灣男子簡阿淘》（1996）、鍾肇政的《怒濤》（1993）、李昂的《迷園》（1990）到李喬的《埋冤・一九四七・埋冤》（1995），許多二二八小說都觸及日治時期的記憶，隱然將兩個政權相互比較。兩千年以來，像陳玉慧的《海神家族》（2004）、李昂的《鴛鴦春膳》（2007）等歷史記憶小說，由戰後回憶日治時期，二二八也是其中的關鍵事件。這隱含了幾個命題：不瞭解日治時期，我們可能瞭解二二八嗎？不瞭解日治時期與二二八，我們可能瞭解戰後臺灣，乃至於現今臺灣嗎？另一方面，二二八是否也可能改變了日治時期記憶？歷史的斷裂與承續涉及了主流與伏流的角力鬥爭，這些小說本身都是「被壓抑記憶的復返」，挑戰主導文化，也促成文化記憶的變遷。施叔青的《三世人》在此新的書寫脈絡下。然而它從二二八回溯日治時期，為何在二二八便戛然而止？它是暗示二二八乃是國民黨統治「悲劇性的開端」嗎？然而它又為何一反典型的二二八書寫，幾乎首開先例地深度呈現日治時期的諸多複雜面貌？這是暗示需要從日治時期臺灣人的精神世界來瞭解二二八嗎？抑或暗示戒嚴時期國民黨政府對日治時期記憶的壓制，一

1《三世人》將有關「理蕃」所涉及的跨國殖民主義與原住民議題轉化為貫串全書的樟腦的故事。

如對二二八的禁忌，都造成臺灣的「國家失憶症」，阻礙我們瞭解臺灣近代史的錯綜複雜以及日治時期臺灣人對民主、進步、自主、自尊的渴望？

《三世人》延續了二部曲《風前塵埃》對日治時期日本統治者與臺灣人的複雜關係的探討，但偏重於臺灣人的精神面貌。《風前塵埃》中的日本人是官員、妻子及「灣生」的女兒、移民村村民、總督、人類學家、冒充植物學家的間諜，《三世人》中則是日本官員、灣妻、教師、總督、社會運動者、軍官、摩登女子、嫁給臺灣人的女子；《風前塵埃》中的臺灣人是反抗「理蕃」的原住民以及「日化東部」下的原住民嚮導、師範生以及客家產婆、攝影師，《三世人》中的臺灣人則是清朝遺民、養女、貧寒出身的醫生與留學生、從事社會、民族運動的律師和醫學校學生、大漢奸、小官員、小學生、志願兵、化妝品外務員、女給。另一方面，相較於《風前塵埃》，《三世人》雖然不乏形形色色的日本人，但臺灣人的內心世界才是全書的主體，一如標題「三世人」所暗示。施朝宗認為從日本投降到二二八，他仿佛是「三世人」，歷經日本志願兵，臺灣本島人，到中國人，不知自己是誰（施叔青，2010：248）。換言之，「三世人」指涉他的世代歷經兩個政權的認同錯亂。然而「三世人」似乎同時也指涉施寄生、施漢仁、施朝宗祖孫三代所代表的日治時期臺灣人的轉變、認同曖昧與掙扎，從清朝人、日本人到中國人，粗略地連結到本書的上、中、下三卷。除了施家祖孫三代，全書另有兩條故事線，一條有關於養女出身的王掌珠，另一條環繞在新式知識分子黃贊雲、蕭居正與阮成義。三條故事線各自獨立，打破單線故事的線性，卻也互相映照；而每條故事線又有紛雜歧異之處。其中王掌珠的故事貫串三卷，而她的變化，甚至內在分裂，也是全書最劇烈的。

《三世人》從二二八時的施朝宗與王掌珠回溯日治時期，隱然探討日本殖民遺緒，回應國民黨指摘臺灣人被日本奴化、以及國民黨否定、壓抑日本記憶的做法，因此相對於戒嚴時期中國中心、仇日反日的主導文化，《三世人》提供了法國哲學家福柯（Michel Foucault）所謂的反記憶（counter-memory）。福柯的「反記憶」、「反歷史」（counter-history）解構官方歷史敘述的真理性，揭露其中所蘊含的知識與權力的關係。福柯在〈尼采、系譜學、歷史〉（"Nietzsche, Genealogy, History"）一文中指出，官方歷史標舉的大寫的歷史其實歷經刪除、壓抑他者的記憶，因此其真理性需要被質疑，反記憶乃是出現在官方歷史的矛盾、縫隙和斷裂處，這些長期被忽視的記憶打破了官方歷史的宰制，揭示官方歷史的真理性及其神話性的權威有問題。福柯的反記憶著重系譜學式地找尋小寫的、地方的記憶，例如弱勢族群的記憶（1977a：139-46，153-62）。福柯進一步在《社會必須被捍衛》（"*Society Must be Defended*"）中指出，由於官方歷史是勝利者的歷史，反歷史一方面打破了官方歷史的統一性，讓失敗者異質的歷史也得以呈現，另一方面破解了官方歷史所營造的歷史連續性，反映或生產了一個民族或社群被忽視的過往斷裂、空白、空隙的時刻（2003：69-70）。

臺北（尤其大稻埕）是小說主要場景。小說重新想像日治時期的臺北，讓戰後出生的世代感到似曾相識（déjá vu），彷彿看到一面相似又略有不同的鏡子。除了許多熟悉的日治時期建築、地名的沿革史，還有國民教育、現代醫學、衛生教育、現代法治、股票交易所等現代體制，婦女運動、廢娼、文化運動、民族運動、臺灣文學論戰等社會、政治運動，以及西餐廳、咖啡廳、舞廳、電影院、百貨公司、化妝品、西服、洋裝等消費文化。成長於戒嚴時期的世代尤其驚覺，許多大家以為戰後才有的現代事物，早在日治時期就存在了。原來長期以來國民黨官方歷史、教科書和主流媒體都壓制了日治時期記憶。《三世人》所呈現的日治時期社會、民族運動之紛紜複雜，女性面對新舊價值之間的衝突矛盾，揭示反記憶涉及國族、階級、性別等複雜的認同。如同近期小說對日治時期的重新記憶乃是被壓抑記憶的復返，《三世人》中的反記憶乃是針對國民黨長達 38 年威權統治的去殖民實踐。

本文將探討《三世人》中日本殖民現代性與臺灣人的認同問題。我認為，《三世人》裡日本殖民主義與移植的現代性雙雙衝擊了臺灣人，移植的現代性帶來了新的世界觀、身體觀、文化視域、知識體系，挑戰了傳統文化，而殖民主義則造成反日、親日與認同矛盾。20、30年代的抗日運動，包括體制內與左翼的抵殖民，讓臺灣人認同（Taiwanese identity）浮現；親日則是接受同化。然而由於現代性與日本性難以區分、差別待遇以及文化差異，《三世人》中的人物常有認同曖昧矛盾。反日與親日各有其認同政治，但階級與性別議題使其更形複雜。小說人物在迎合與抗拒現代性之間，在反日與親日之間，展現了複雜的國族、階級、性別認同。本文將探討《三世人》如何描寫現代性的衝擊？如何刻畫臺灣人追求現代性？如何將日本殖民現代性放在日本作為帝國主義後進國和跨國文化流動的脈絡？如何呈現臺灣人的抗日、親日、認同分裂與矛盾？而國族認同又如何與階級、性別認同有關？與臺灣人對現代性的立場有何糾葛？是否出現了現代的臺灣民族文化？我認為，《三世人》中認同問題複雜，涉及不同世代、階級、性別的臺灣人對傳統文化、現代性、殖民主義所採取的不同立場的複雜光譜，這些立場之間有含混交纏之處，也可能有所變化、翻轉。但不論這些立場有哪些差異，都讓臺灣人變得既非「純粹的中國人」，也非「純粹的日本人」。本文第一部分將探討現代性的衝擊與追求；第二部分將探討臺灣人的認同問題；第三部分則是結論。

一、現代性的衝擊與追求

日本自 1868 年明治維新力圖以西化為目標，高唱脫亞入歐，臺灣成為其第一個海外殖民地後，臺灣更成了其現代性計畫的實驗地。《三世人》呈現日治時期臺灣移植了殖民者所帶來的西化，衝擊了臺灣人的思維方式、世界觀、時間觀、空間觀，也讓臺灣人前所未有地受到跨國文化流動的影響。《三世人》涉及的現代性包含物質與精神，不只是自來水、電燈等現代生活設施，還包括現代的教育、醫學、衛生、司法體系、媒體、攝影、都市景觀、建築、休閒場所、唱片，乃至於百貨公司、博覽會、社會與文化運動等等。在這翻天覆地的變化中，現代化逐漸成為優勢價值，與殖民者以及進入世界體系相連結，傳統文化則成了落後的象徵，與本土傳統信仰、習俗、文化以及清朝、中國勾連。某些舊式知識分子如施寄生幾乎完全不為所動，而某些新式知識分子如黃贊雲則對於臺灣不夠現代化充滿焦慮，某些知識分子夾在新舊之間，另有一些如蕭居正則原本支持、到了 30 年代卻對之有所批判，立場相當紛雜。以下我將藉由一些重要事件探討現代性所帶來的衝擊和臺灣人對現代性的追求，特別是在文化、語言、身體、生產模式、知識體系等方面的改變，並兼談現代性可能具有的解放性和隱藏的權力關係。

書中有許多事件與透過日本移植的西方文明有關：施寄生認為穿西服的臺灣人乃是模仿官署裡的日本人，矯揉做作；臺中教育局官員之妻坂本保子發現 1923 年關東大地震後，東京婦女最新時尚是穿洋裝、學跳西洋社交舞，急於趕上流行，30 年代王掌珠則發現臺北有一群抽菸跳舞、標榜自由戀愛的文明女；黃贊雲認為公會堂[2]裡吃西餐的日本人各個優雅傲

2 亦即現今的中山堂。

慢、令人羨慕；王掌珠學日本青踏社穿藍襪子，而青踏社又學自英國倫敦女性知識分子同名的文化沙龍；黃贊雲認為日本人改建、居住的臺北五光十色，是值得向自己在宜蘭的診所病人炫耀的現代都市。在這些例子裡，西化透過日本的媒介，日本人也被等同於西化。施寄生堅持做清朝遺民，穿清朝服飾，抗拒日本所帶來的現代性，而黃贊雲、王掌珠則以西化為進步、文明，甚至階級攀升的表徵。然而像施寄生如此守舊的畢竟是極少數，敘述者呈現他時語帶調侃，因為連林獻堂到了東京，也剪掉辮子、穿上西服。

在日本帶來的現代體制影響下，許多臺灣知識分子主動追求現代性，批判自身文化中的封建陋俗。《三世人》中臺灣文化協會鼓吹與世界同步，破除迷信，倡議廢止纏足、鴉片、買賣女性，並以白話文取代文言文，為公學校編寫淺易的漢文教科書，提倡漢文平民教育。[3] 陳培豐指出，如同拉丁文曾流傳於歐陸，漢字漢文也流傳於東亞，成為東亞各地的重要文化資產，然而自 19 世紀起，以日本為首的東亞各地興起了語文現代化，也就是「言文合一」運動，揚棄傳統漢文，改以口語體方式書寫（2013：299-300）。明治維新時期，為了翻譯西方著作，創造出大量和製漢語，[4] 加以日本新聞媒體的發展、以及日本帝國政府的介入、整頓等因素，促成了日語的現代化。相對的，臺灣的漢文現代化運動則含有對於落後的現代性與被同化的雙重焦慮。《三世人》中 20 年代施寄生參加文化協會的漢文復興會議，絕大多數與會者支持白話文，[5] 延續兩年前的新舊文學論爭，砲轟文言文「不能充分對應近代化社會」（施叔青，2010：20）、是「使中國社會停滯不進的元凶」（施叔青，2010：20）、「和辮子、纏足、鴉片煙都是同路貨」（施叔青，2010：22）。[6] 施寄生開設的傳統書塾早已因家長紛紛把兒女送去公學校而被迫關門，這場會議也顯示公學校取代傳統漢文書塾的趨勢已不可擋。相較於傳統漢文書塾以背誦文言文、培養傳統社會「士」的階級為教育方式和目標，公學校則傳授現代知識、普及教育，讓像黃贊雲、蕭居正等鍋匠、菜農的兒子成了醫生、律師，而也因此讓現代教育被連結到打破階級、階級流動。但公學校的國語（日語）教育衝擊了漢文化，文化協會因此關注公學校中的漢文課，力圖以白話文教科書努力復興漢文。

王掌珠的日文老師所說的故事，則一方面顯示林獻堂為了堅持漢民族認同，而拒絕日文，另方面顯示臺灣人逐漸把日文視為攝取現代文明的語言工具。梁啟超到阿罩霧做客，勸林獻堂透過閱讀日文吸取西方文明。他讚美日本在明治維新短短幾 10 年內移植了西歐花了六百多年才發展的文明，「所謂通過死亡跳躍而重生」，並自承「把日文當做工具上的友性語言」（施叔青，2010：176），但林獻堂卻認為日文威脅臺灣人的文化認同，寧可讀嚴復用文言文翻譯的赫胥黎的《天演論》。不過，林獻堂仍把兒子送去日本留學，日文老師因此認為「日文是文明開化國家的語言」，臺灣人必須學習日文才能「從封建社會蛻變為現代社會」（施叔青，2010：177）。林獻堂雖然拒學日語，其實熱中現代化，曾和中部資本家推動設

3《三世人》的主要人物或多或少都與文化協會有關聯，暗示文化協會推動現代思想所引發的風潮，對公共意見的形塑之影響。

4 和製漢語後來成了臺灣、中國兩地現代漢文的重要且基本的語彙。

5 但這又涉及臺灣式的白話文不同於中國白話文的問題。會議上也有人提到，臺灣話的音源和北京話不是同一系統，在臺灣聽到的只是臺灣式的白話文，「夾雜臺灣話、日語，文法也不盡然正確」（施叔青，2010：21）。這影射了後來 30 年代的臺灣話文運動，致力達成在臺灣的「言文一致」。

6 游勝冠認為日治時期傳統文人封閉、保守、親日，只想維護原有的階級地位與利益（2012：93-127）。黃美娥則認為部分傳統文人的確親日，但她反對將傳統文人都貶為守舊、封閉，因為一方面，若干傳統文人抗拒西方文明，呼籲鞏固東方文明，或將東方文明「現代轉化」，可能有助於確立自我主體意識。另一方面，許多傳統文人也受到現代性的召喚，形塑出新感覺意向與新自覺姿態，例如嘗試新文體、引介域外文學思潮、以現代事物為詩題、撰寫通俗小說、翻譯摹寫世界文學、將傳統詩社改造為現代方式運作等等。至於傳統文人和新文學家之間，則除了對立，也曾有合作關係（2004：7-28）。

置臺中一中，讓臺灣人接受更高等的現代教育，並推動議會設置請願運動。至於日文，則一直到皇民化時期，才與天皇制「忠君愛國」思想結合，被比喻為「日本人的精神血液」，以其純粹與否做為驗證日本性的指標，而轉而具有壓迫性。

現代性作為新思潮、新觀念，也有助於女性地位的提升。王掌珠一再轉變、有各式各樣的夢想，即是時代巨變的寫照。書中描寫王掌珠接觸日本文化的驚異，在街頭聽到文化協會演講的震撼，並得以一步步自我改造，脫離養女身分，而她也不太能分辨日本化與西化。王掌珠生於清末，被生父賣去彰化鄉下當養女，備受欺凌虐待。去臺中初音町（統治者宣揚「內台融合」之區）幫傭，讓她首度接觸日本人、日本文化，開始學日語。三年後回到養父母家，她已無法習慣養父母髒亂不衛生、喧鬧吵雜的生活方式。養母將她賣給老鴉片鬼為妾，她本想學貞烈的日本女子，寧可死也不肯失身於可惡的男人，卻因穿上了別人贈送的舊的日式浴衣，改變尋死的念頭。她把脫下大裿衫、換上和服，看成是象徵性地走出養女生涯的牢籠。之後她在街頭聽到文化協會的演講，為之撼動：穿大裿衫的女性主講者一手扠腰，痛批來臺的祖先本著「男不為奴，女不為婢」的開拓精神，但到了 20 世紀 20 年代，收養女為婢的風氣卻依然未改（施叔青 2010：68）。文化協會帶給她最大的啟蒙，就在於申張女性人權，推動廢止養女、媳婦、娼妓等人口買賣。在女性議題上，文化協會推動的改革代表了具有進步解放意味的現代性。王掌珠靠了文化協會的人權律師之助，才終於獲得自由之身。而她也深深感念文化協會創辦人蔣渭水，一反臺灣傳統觀念視女體為卑下、不潔，以西醫觀點講解女性性徵、月經、妊娠等，讓她接受了自己的女性特徵。蔣渭水的衛生教育並讓她聯想到日本家庭煮紅豆飯慶祝女兒初潮的習俗，暗示日本人對女體的觀念比較現代。

《三世人》裡，日治時期舉凡遵照西醫觀點，注重個人與公共衛生、預防傳染病，肯定女體生殖功能、探索性慾，或是搭公車守秩序等新式習慣，改穿西裝、洋裝、吃西餐所涉及的新式禮儀舉止，乃至於都市空間改造，都顯現福柯所謂的治理性（governmentality），臺灣人的身體受到於福柯所謂規訓式權力（disciplinary power）與「生命權力」（bio-power）的制約。在《規訓與懲罰：監獄的誕生》（*Discipline and Punish: The Birth of Prison*）中福柯指出，異乎古代君王脅迫式的權力，現代的規訓式權力則是類似監獄裡全景敞視式（panoptic）嚴密、隱形、但非個人（impersonal）的監控，透過建立社會規範加以監督檢查，並形成自我監督檢查（1977b：200）。在《性史》（*The History of Sexuality*）第一卷中福柯進一步說，異乎傳統權力對生命的宰制、壓迫，現代的「生命權力」則一方面將人體作解剖學式的研究分析，另一方面對人口的繁衍、出生與死亡、健康、壽命做系統式調查，以便透過規訓式權力，極力開發、滿足又同時管理各種生物機能和功能（1980：139-45）。在〈治理性〉（"Governmentality"）中福柯說，現代國家以人口為治理的終極目標，將複雜的知識體系與複雜的權力技術結合、讓權力隱形，就是走向治理性（2003：243-44）。日本當局透過公學校教育、官方報紙、政策、警察等意識形態機器，宣揚何謂文明，樹立規範，特別是以纏足、買賣女性、抽鴉片、髒亂等清國封建落後的習俗和生活習慣做為其對照組。而這也讓以歐洲為中心的現代性世界體系透過日本的轉介，深刻地影響臺灣。

《三世人》特別鋪陳報紙做為現代大眾媒體形塑了新的社會想像、挑起了新的慾望。從未受過正式教育的王掌珠閱讀別人贈送的舊報紙、舊雜誌，而成了日本官報《臺灣日日新報》的讀者，嚮往日本所代表的現代、進步，曾因此想偷渡日本當女工，也曾幻想當女留學生。她和資生堂外務員許水德也都讀漢文報《三六九小報》、《風月報》上的言情小說，許水德藉此想像日本式肌膚似雪的摩登女性，[7] 卻發現他追求的美女蘭子曾淪為咖啡廳女給，王掌珠則認為這些大眾小說都只滿足男性讀者的性幻想，女性角色通常不是投懷送抱，就是自甘被犧牲。而蕭居正則曾投稿《臺灣民報》，鼓吹文化協會啟發民智、與世界同步的訴求。媒體的立場和風格固然差異不小，卻都顯示德國理論家班雅明（Walter Benjamin）在〈說故事人〉（"The Storyteller"）裡所說報紙與讀者的關係：報紙作為現代生產模式，傳遞到不同空間的讀者，取代了前現代講古與聽眾的現場即時互動（2002：146-47）。報紙的影響力未必顯示在銷售數字上，實際的讀者遠超過後者。除了王掌珠閱讀別人贈送的舊報紙，她也注意到街坊理髮店為了吸引顧客，原本雇人朗讀《臺灣民報》，在皇民化時期則改為朗讀《臺灣日日新報》。

蘇碩斌曾以日治時期臺灣人辦的《臺灣民報》為例，認為報紙所代表的活字印刷，取代了舊詩人擊缽吟詩的共時性與共在性，生產了許多獨自閱讀的讀者，影響所及，投稿報紙的作者也想像有一個臺灣全島（與中國切割）的漢文讀者社群，也就是安德森（Benedict Anderson）所說的現代國家想像共同體（蘇碩斌，2014：88-99；Anderson 1983）。然而相對於《臺灣民報》具有臺灣人意識，《臺灣日日新報》則是日本帝國意識形態，而《三六九小報》、《風月報》則是走休閒娛樂路線。《三世人》中呈現這些不同立場、意識形態的新聞媒體的影響力，暗示當時讀者多元複雜的認同。漢文報《風月報》創辦於皇民化運動開始的 1937 年，正值日本當局為了軍事動員，廢了報紙的漢文欄；《風月報》由於被賦予宣揚大東亞共榮圈、美化日本殖民統治的任務，而能一枝獨秀。原本在日治初期四處擊缽吟詩的施寄生此時也加入了《風月報》的作者群。他以為文言文和舊漢詩得到了復興的生機，自願與帝國主義共謀。施寄生成了報紙的作者和讀者，顯示連他也受到現代性的影響。

中卷以始政 40 年博覽會為焦點，乃是意義重大的安排，它顯示博覽會乃是日本移植的都市現代性之魅惑的高峰，雖然實際上種族、階級與性別的藩籬依然存在，幻想與現實之間仍有巨大落差。中卷起始於黃贊雲從宜蘭搭車上臺北看博覽會，他早已炫迷於臺北在日本領臺後的變化，不斷向鄉下的病患誇讚臺北是個「充斥著霓虹燈商店、咖啡屋、映畫館、遊廓的現代都市」（施叔青，2010：96），博覽會更讓他讚嘆臺北被妝點得有如嘉年華會（施叔青，2010：97），藉此顯現他對日本現代性的折服。他感激日本把「無知蒙昧的臺灣人引導向文明世界」（施叔青 2010：98）。第二展覽館中所投射的未來臺灣中流家庭電器化的現代生活更令他驚異嚮往（施叔青，2010：99）。這讓人想起班雅明（Walter Benjamin）《商場研究計畫》（*The Arcades Project*）談到 19 世紀巴黎拱廊（也就是後來百貨公司的前身）裡現代性的種種產品令人目眩神馳，有如魔術幻影（phantasmagoria）。[8] 班雅明分析商品戀物主義；他一方面認為商品在市場上以光鮮亮麗的外觀出現，讓人誤識其與製造過程中對工人的剝削無關，產生崇拜並投射情慾，乃是資本主義的欺罔（1999. 71，B4a, 1）。另一方面他又認為商品顯示在資本主義下長久壓抑、尚未實現的烏托邦夢想（1999: 63，B1a, 2；393，K2a, 4）。博覽會事實上等於是大型的百貨公司，對於已去過榮町的菊元百貨公司、並搭過電梯的黃贊雲而言，博覽會是更大的現代驚奇。也正是出於對統治者的信服，令他對文化協會等社會政治運動保持距離，對醫學院同學富家子阮成義參與農民組合反應複雜。他嫉妒阮成義，認為他只是玩世不恭，並不能真正瞭解像他一樣出身寒微的人

7 許水德明知日本女人之所以塗上白色厚粉，其實是大正末年西方人所謂的「黃禍論」刺傷了民族自尊心所致，但依然心儀塗了白粉、白皙溫柔的日本女子。

8 班雅明從 1927 年起，花了 13 年研究他認為 19 世紀最重要的建築形式——巴黎拱廊式商場，寫了超過一千頁的札記、感想、草稿，其中包括大量引文，但並沒有完成。《商場研究計畫》德文版由提德曼（Rolf Tiedemann）編輯，1982 年出版，此處採 1999 年出版的英譯本。

對階級爬升的渴求，沒有資格替農民代言。黃贊雲早已蓋了日本式的住家，下一步將改造自己的人格，以日本人「注重義理人情」的性格為依歸（施叔青 2010：100）。

許多學者把歐美自 19 世紀開始興起的博覽會，連結到福柯所說的現代知識體系以及規訓式權力，並認為博覽會與帝國主義有關（參考呂紹理 2005：34-38）。日本學者吉見俊哉就指出，福柯在《事物的秩序》（*The Order of Things*）中，探討 17 世紀中葉開始，西方在博物學、財富分析等方面，以同一與差異的新視野所建立的知識秩序，又在《規訓與懲罰：監獄的誕生》中闡述規訓式權力，因此吉見俊哉認為「如果說博物學是對世界外部的事物和身體加以分類、排序，那麼新的監視與懲罰體系，可說是對社會內部的身體加以分類、排序」，此一「博物館學式視線」也成了之後幾世紀「現代世界秩序最基本的構成原理」（2010：13, 10）。18 世紀歐洲的博物館、植物園、動物園都是都市裡「博物學式空間擴張」的實例（吉見俊哉，2010：13）。博覽會中物件經挑選、並以某種分類秩序排列展示於同一空間，創造虛擬世界、改變真實世界樣貌，令人注意到展示所隱含的權力關係（呂紹理，2005：36）。19 世紀歐美博覽會具有展示進步、與他國競爭、推展貿易、娛樂消費、展示帝國等目的；日本作為帝國主義的後進國，自 19 世紀末期起也熱中參與舉辦。呂紹理指出，日治期間臺灣參加島內外近 300 次博覽會展示會，臺灣人因此獲得許多「觀看與感受物質現代性的機會」（2005：406）。影響所及，臺灣人也漸漸有了吉見俊哉所說的「博物館學式視線」。《三世人》中不乏對於乾淨 vs 骯髒、現代 vs 落後、健康 vs 疾病、美麗 vs 醜陋的二分，也暗示了位階排序。阮成義家的烏龍茶曾在巴黎萬國博覽會大出風頭，因而外銷歐美，阮成義後來參與文化協會的世界語協會，以世界語結交東歐筆友，建立臺灣社運的國際連結，則既展現現代世界觀，也翻轉了殖民者國語的優越性。

始政40年博覽會的規模乃是日本本土以外最大的一次，一方面炫示文明進步，宣揚日本人治理臺灣40年的功績，藉機「宣示臺北成為全臺灣政治、經濟、教育與文化的首都」（呂紹理，2005：406），另方面凸顯帝國主義內部的差異與歧視，透過南方館展示大稻埕純漢人風味的建築與街道、人群，隱含臺灣人區落後vs.城內日本人區現代的對比（呂紹理，2005：281）。陳芳明指出，始政40年博覽會上距滿州事件四年，下距支那事變（蘆溝橋事件）僅兩年，是一次「充分炫耀日本帝國實力的總演出，對國際尤其是中國，頗具宣揚國威的意味。對臺灣內部，更是屬於一次重要的政治宣示」（2005：14）。他又認為，此一博覽會展示完美的日本性，遮蔽了醜惡的殖民姓，混淆了真與幻，讓「現代性、日本性、殖民性像旋轉木馬那樣，使臺灣人分辨不清其間的內在聯繫」（陳芳明，2005：14）。如果黃贊雲對於博覽會第一與第二展館的讚嘆顯現日本當局完美結合日本性與現代性，令他為之迷惑，黃贊雲和蕭居正參觀南方館時的複雜感受則顯露對殖民主義的自覺以及殖民現代性下臺灣的矛盾兩難：什麼才是代表臺灣的意象？對於希望臺灣現代化的黃贊雲，南方館呈現的鳳梨纖維布和茶葉以及紅瓦飛簷古厝臺灣意象是落後的符號，讓他擔心臺灣永遠追不上西方和日本的現代化；[9]而強調臺灣文化主體的蕭居正則認為，日本政府把臺灣人居住的大稻埕當作展場，是把臺灣人當動物園裡的猴子耍，讓日本及外地來的觀光客獵奇，亦即把臺灣人東方主義化，以襯托日本的現代化（施叔青，2010：158-59）。有關於蕭居正對於文化協會過分強調現代性的反思，我留到後面再討論。

9 黃贊雲記得總督府的文宣從不忘宣揚整頓污水滿溢的大稻埕、艋舺之政績，日本人將大稻埕主要街道的傳統街屋改為大正型式，後來又改為昭和式。然而在水彩畫家石川欽一郎筆下，大稻埕綠竹掩映的紅瓦磚屋，卻別具風情（施叔青，2010：155-57）。

《三世人》裡，除了像施寄生之類的守舊者，不同的人被現代性喚起了不同的烏托邦想像（例如美好的文明生活之於黃贊雲、女性自主之於王掌珠等），因此欣然接受新思潮、新觀念，並往往將日本等同於現代性。但現代性的背後夾雜著殖民主義，透過黃贊雲和蕭居正對始政40年博覽會南方館的觀感，小說對於日本移植的現代性呈現了更為複雜的視野。

二、臺灣人的認同問題

臺灣不僅是日本帝國現代性計畫和南進政策的實驗地，在統治初期以及皇民化時期日本人也運用了漢字的「同文」籠絡傳統漢文人。雖然日本是早熟的帝國主義，但或許基於它與臺灣的文化相近，本身曾差點被殖民，歷經對西化迎合與抗拒的不同階段——從明治維新大量西化到後期回頭強調自身文化傳統，在統治臺灣時展現了相當細膩的治理術。《三世人》裡，日本政府巧妙地運用現代化和傳統主義推展殖民主義，一方面籠絡、收編傳統文人，製造「同文同種」的錯覺，另一方面透過公學校教育建立國語文化霸權，但「六三法」卻不給予臺灣人政治和社會的平等權，讓抵殖民運動受到很大阻力，而一般人則基於對現代性的嚮往，也漸漸日本化，卻在遭遇歧視時發現殖民主義的本質，而心生不滿。延續上一部分對現代性的衝擊與追求之討論，這個部分我將聚焦於臺灣人的認同問題，主要探討從施寄生的漢族認同的變化如何可以看出日本挪用、嫁接漢文和儒學？蕭居正和阮成義為何批判林獻堂、蔣渭水，並投入左翼抵殖民運動？黃贊雲、王掌珠如何感知歧視與差異，以及他們的內在分裂有何意義？藉此我想顯示抗日、親日、認同矛盾分裂等不同國族位置和之間的錯綜關係，以及所涉及的階級、性別認同。就漢族而言，體制內的抵殖民運動雖然站在漢文化的立場抵抗殖民主義，卻也吸納了殖民者對現代性的主張，甚至機巧地借助同化政策抵抗，然而也由於成效有限而激化出左翼抵殖民運動。（選擇性地）接受同化是殖民霸權下的趨勢，但歧視結構凸顯民族差異，讓同化政策破功，乃至於走向反日或產生認同分裂與矛盾；由於差別待遇和文化差異，不論接受同化或協力都有逆轉回臺灣的面向。而溫和與激進的抵殖民運動之間的階級差異，女性身分與國族、階級的複雜關係，則讓臺灣人的認同問題更形複雜。

施寄生 20 年代的劍潭遊，透過他與受日本教育的兒子不同視角觀看臺北的風水和建築，特別彰顯日本當局交替使用傳統主義與現代性，以日本帝國取代大清帝國的靈活策略。但同時也揭露了一前一後的宗主國，都建構了法國學者勒菲福爾（Henri Lefebvre）所謂結合宗教與政治力的「絕對空間」（absolute space），而日本人對臺北的都市規劃則另外加入勒菲福爾所謂「空間再現」（representations of space），也就是主政者由上而下控制空間生產的概念化空間（conceptualized space）（1991：48，38-42）。[10] 施寄生認為日本將臺灣地貌乾坤大挪移，破壞臺灣島遙接神州崑崙祖山的龍脈之腦——臺北府治的大雞籠山，割斷臺灣與大清帝國的脈絡，拆了風水上象徵「四分之極」的臺北城牆，當作總督府的基座，也拆了象徵大清帝國權力的布政使司衙門。而施漢仁則看出日本改將臺灣納入從日本母國一脈而來的山川路線，讓臺北複製京都，基隆河比擬賀茂川。

---

10 勒菲福爾的「絕對空間」乃是由一些位在洞穴、山頂、噴泉、河流等因具有內在神聖特質而被選上的地點的「自然片斷」（fragments of nature）所組成，但在被神聖化之後其自然特色卻被剝除，而被政治力所取代。例如希臘神廟選在自然地點，卻藉由宗教的中介將之轉化為政治領域。「絕對空間」保存血脈和家族，並將之轉換到城市以及建立在城市之上的國家，同時具有政治性與宗教性（1991：48）。勒菲福爾的「空間再現」（representations of space）則是指主政者以都市規畫由上而下控制空間生產，都市規畫的藍圖是一種隱含意識形態的概念化空間，制定了空間的秩序與關係、知識與符號，將之強加於居民（1991：38-42）。相對的，「再現空間」（representational spaces）則是居民和使用者實際生活、並以想像力加以改造、挪為己用的空間（1991：33、39）。

日本在劍潭山蓋了臺灣唯一的官幣大神社，奉祀四位日本神明，神鑾殿逼人的氣勢令施漢仁為之震懾，宛如踏入神域。施寄生卻對神社視而不見，尋找施漢仁不曾聽聞的、清朝知名寶剎。除了將臺北城變為皇居，將劍潭山變為「象徵天皇權力的神域」（施叔青，2010：50），讓日本天皇象徵性地君臨，日本又在臺灣人聚居的老城大稻埕之外，將臺北城內劃歸日本人區，予以現代化：開闢一條林蔭三線大道，並「大肆興建州廳、高等法院、郵政局、銀行、火車站，以雄偉的公共建築作為權威象徵」（施叔青，2010：50-51）。不但總督府的高塔氣勢驚人，就連施漢仁任職的專賣局，正中也有一座六尺高塔，威嚇進進出出的臺灣小老百姓。

由於日本在明治維新之前長期學習中國，有其長遠的古典漢文傳統，但已將之改造、嫁接到自身的天皇神國思想，而能以古典漢文借力使力，拉攏臺灣舊詩人，令其歌頌天皇和日本權貴。日治初期總督即擺出庇護古典漢文的姿態，運用「揚文會」、「饗老典」收編許多傳統文人。《三世人》裡透過施寄生在文化協會漢文復興會議上被嘲笑，顯示許多傳統文人早已因沽名釣譽、逢迎總督而惡名昭彰。施寄生拒絕收編，然而當舊詩人已被延攬進入殖民體制，成了御用紳商文人，他卻聲稱維繫古典漢文命脈乃是一種「精神抵抗」（施叔青，2010：25），自然成了笑柄。曾經參與八卦山之戰抗日的他眷戀清朝，一廂情願，枉顧臺灣已成棄土棄民的事實。弔詭的是，堅持民族大義的施寄生到了皇民化時期，卻為了迷戀藝旦、寫風月詩，轉而歌頌大東亞共榮圈。根據孫子施朝宗的回憶，施寄生唉聲嘆氣閉門不出幾 10 年，《風月報》卻讓他從床上一躍而起，以為古典漢文起死回生。此時施寄生鄉愿地引經據典，以「昭和」「明治」年號來證明日本文化來自中國傳統，他更引用日本領臺第一任學務部長伊澤修二說日本與臺灣同文同種的主張。敘述者指出，寄生故意不理會伊澤修二的目的是「在中日共通漢文儒學的文化基礎上，灌輸日本天皇萬世一系的國體精神」（施叔青，2010：208）。但寄生為了重振儒學與漢文，竟絲毫不在意「漢文書寫被東洋殖民主義滲透嫁接」（施叔青，2010：211），由抗日變成親日，甚至帶有協力色彩，這是否暗示從未去過祖國的他到了皇民化時期漢族認同已與祖國認同分離？

同樣執著於傳統漢文的林獻堂，則受到梁啟超的影響，自 1920 年開始不斷向日本議會請求設置臺灣議會，[11] 亦即要求承認在日本帝國下臺灣人認同和自治權，而成為抵殖民運動的靈魂人物。《三世人》裡先透過施寄生，描寫林獻堂由試圖連結中國，轉向選擇性地接受同化；再透過蕭居正，顯示 20 年代後期左翼知識分子對林獻堂的批判。1911 年，林獻堂邀請梁啟超訪台，這本是臺灣文化界的一樁盛事，施寄生卻婉謝林獻堂之邀，不肯作陪，原因是梁啟超肯定日本治臺績效，「並不站在臺灣人的立場」（施叔青，2010：12），反而向臺灣資本家尋求經援，讓他覺得梁啟超左右逢源。此處影射中國當時自顧不暇，因此梁啟超建議林獻堂採取愛爾蘭模式，追求政治自主與自由平等的自治（葉榮鐘，2000：25）。從旅日的蕭居正的角度，第一次世界大戰結束後，美國威爾遜總統提倡民族自決，旅日留學生紛紛投入反殖民、反帝，林獻堂先到東京與留學生成立「新民會」，向日本議會請願廢除「六三法」，繼而開始推動臺灣議會設置請願運動。一開始蕭居正和許多知識分子都受到了激勵，然而當 1927 年文化協會遭遇左右派分裂時，階級矛盾浮現，議會設置請願運動便被視為過於溫和。菜農家庭出身的蕭居正受到 1925-26 年二林事件的刺激，懷疑林獻堂與板橋林本源是一丘之貉，都出身地主階級富裕家庭，是既得利益者，扮演日本人與臺灣人的中介。他嚴詞批評「地主階級不支持革命的反日運動，林獻堂的議會主張，從未逾越體制內的合法要求」（施叔青，

11 臺灣的武裝抗日在 1915 年結束，林獻堂的請願運動則直到 1934 年才結束。

2010：118）。他質疑林獻堂停留在日本帝國的框架，只希望被其接受以及享有平等的對待，因此想法與殖民者很接近。[12]

蕭居正從左翼階級立場痛批林獻堂的議會請願運動，顯現體制內的抵殖民運動與同化政策的曖昧關係。過去學界以為，由於日本政府破壞臺灣人的傳統與文化，臺灣人拒絕、抵抗日本的同化統治。但荊子馨和陳培豐都對同化政策提出新的看法。荊子馨認為，同化「代表了殖民計畫的一般場域，在其中並沒有一致的哲學或系統性的政策」（2006：131），[13]它一面厲行政治與經濟不平等，一面高喊文化融合，「既讓日本統治維繫一定程度的正當性，同時也留給被殖民者論爭與重新表述的空間」（2006：146）。陳培豐更進一步重新分析同化政策。他指出，一方面日本在臺灣所推行的同化政策並不完全等於西歐對其殖民地的 assimilation，[14]另一方面對台的同化政策本身有其矛盾性和流動性，它其實涵蓋「同化於民族」與「同化於文明」兩種概念。前者強調國體論，亦即日本做為單一民族國家、國語的神聖性、天皇制、日本精神，[15]後者則強調現代性、西方文明。在統治臺灣之初，公學校教科書強調「同化於文明」，而在皇民化時期則強調「同化於民族」。陳培豐指出，日本當局為了掩飾國體論「一視同仁」與殖民地實施「差別待遇」的矛盾，在統治前期與後期分別以臺灣人不夠文明、缺乏真正的日本精神做為無法立即給予平等權的藉口，而抵殖民運動便以接受同化教育、主動向統治者爭取提升臺灣文明進步，做為要求當局緩和或撤銷差別統治的籌碼，因此這是一種「機巧式的抵抗」（2006：18，41-50，38，463-66，491）。陳培豐認為，臺灣知識份子選擇性地接受同化統治，或是一邊接受一邊抵抗，其實是為了追求現代化，而與殖民者同床異夢（2006：471）。

如同議會設置請願運動，蔣渭水 1921 年成立的文化協會也要求承認臺灣人認同。《三世人》裡文化協會左右翼兼具，顯得較為激進，但也受到各方不同的評價。蕭居正一回國就積極投入文化協會的街頭運動。他觀察到文化協會由北到南在街頭舉辦演講，啟發民智，受到宛如媽祖遶境般的熱烈歡迎，讓統治者深感威脅，一再舉牌中止，或強迫解散，但即使演講者被逮捕，入獄與出獄都非常風光（施叔青，2010：111）。王掌珠認同文化協會鼓吹的婦女意識覺醒，戀愛、婚姻自主，揚棄儒家的三從四德，但她又聽說左翼人士批評文化協會對婦女議題「只有模糊的提綱」（施叔青，2010：123），不如農民組合重視勞動婦女。在阮成義眼中，蔣渭水則中間偏左。他閱讀俄國無政府主義者克魯泡特金的《互助論》時，想起蔣渭水曾在《臺灣民報》上疾呼「同胞須團結，團結真有力！」（施叔青，2010：145）；在大稻埕參加蔣渭水的大眾葬時，又想起霧社事件後日本當局對臺灣左翼人士進行大檢肅，保守人士蔡培火、林獻堂另組日本政府所容許的「臺灣自治聯盟」，蔣渭水批評其「已被抽筋骨僅賸空皮」（施叔青，2010：147），誓言繼續完成以工農階級為中心的民族運動，可惜壯志未酬。阮成義在策動無政府恐怖行動、引起流氓無賴響應時，又

---

12 富家子阮成義比較是從成效不彰的角度批評林獻堂，在林獻堂第十六次向日本帝國議會請願失敗時，他感嘆老早就對此「溫和的改革主義的慢調子不抱任何幻想」（施叔青 2010：151）。

13 荊子馨的原作以英文發表 T. S. Leo Ching, *Becoming "Japanese": Colonial Taiwan and the Politics of Identity Formation*（Berkeley: University of California Press, 2001），但考慮到中譯版對臺灣讀者可能更方便，此處採取中譯本。

14 例如相較於法國對阿爾及利亞的同化政策，日本「對於臺灣人在政治上、社會上權利平等的改善欲望和跡象不似法國積極，卻有比法國更為熾烈的『同化』國語教育政策」（陳培豐，2006：27）。

15 陳培豐指出，日本作為民族國家的國體論其實是在甲午戰爭前不久才逐漸成形，且對於國家神聖性的強調乃是幕府末期分崩離析、擔心被西方文明征服，藉由將封建的天皇制還魂，來鞏固自主性（2006：27）。國體論的主要精神是：「一、將國民形成的基礎寄託在『單一民族』、『君民同祖』之擬血緣制國家原理中；二、強調日本的臣民在天皇底下不分新舊均享有『一視同仁』，也就是齊頭式平等的權利」（陳培豐，2006：460）。

想起曾當過乩童的蔣渭水幾次入獄都與牢中的鱸鰻結為朋友，是個草根型人物，能結交各路英雄。然而隨著蔣渭水過世以及日本當局對民主人士大檢肅，阮成義認為文化協會爭取政治與社會的改革，實效微乎其微。

蕭居正在1935年質疑文化協會過度強調現代性，顯示「同化於文明」可能有失去文化主體性的危險，並影射30年代知識分子重新正視臺灣傳統文化。黃美娥指出，一反20年代新舊文學論爭中的針鋒相對，在30年代的臺灣話文運動與鄉土文學運動中，部分新文學家與傳統文人聯手，共同致力民間文學的採集，關注於建構臺灣文化主體性（2004：106-13）。蕭居正原本支持文化協會強調臺灣與世界同步、現代化的主張，但在蔣渭水過世4年後，他卻對文化協會反對迷信、禁普渡、禁歌仔戲、視庶民文化為落後封建有所批判。在偕同黃贊雲參觀始政40年博覽會後，他批判蔣渭水的主張「可以說是同化政策的共犯，把臺灣人的鄉土觀念切斷了」（施叔青，2010：167），讓臺灣孩子不知「虎姑婆」、「蛇郎君」等民間故事（施叔青，2010：167）。蕭居正在大逮捕後過著頹廢、夜夜笙歌的生活，但同時也幫藝旦灌製南管、北管、流行歌等的曲盤，讓人想起30年代臺灣話文派投入臺語流行歌創作。另一方面，施寄生的女兒癡迷報紙上夾雜臺語和日語的長篇連載小說《可愛的仇人》（施叔青，2010：200）。陳培豐指出，這篇愛情小說後來出了單行本，成了日治時期最暢銷的小說，暢銷的原因之一是因為標榜「鄉土文學」風格（2013：237）。

另一方面，蕭居正與黃贊雲的談辯，則顯現知識分子折衝於漢文化認同與現代性、日本性之間的錯綜矛盾。蕭居正認為臺灣可以接受世界性文明，像電燈、汽車、西洋科學，但不必要穿和服、睡榻榻米。然而黃贊雲沉吟：臺灣人光靠民俗儀式、歌仔戲、傳說等庶民文化就足以發展出改變命運所需的自覺意識嗎？蕭居正猜中他的心思。黃贊雲懷疑他這輩知識分子，從小讀日本書長大，言行應該日本化，與漢文化早已脫節，但其實不然，「他覺得臺灣知識分子的心靈反應依然還是很傳統，行為作派延續父親、祖父上幾代，根深柢固舊有的連續，距離日本化、現代化何其遙遠」（施叔青，2010：168）。黃贊雲似乎希望藉由接受同化產生改變臺灣命運所需的自覺意識。相對的，蕭居正則反對同化，甚至舉中國五千年歷史，似乎有某種祖國認同（施叔青，2010：168），然而他近年來一改過去，穿起了和服，且他與黃贊雲去臺北圓環夜市吃宵夜，見到滿地的垃圾，也禁不住想起在日本留學時各式各樣的祭典結束後完全沒有垃圾的情景，感慨蔣渭水的文化協會辦過多項文化啟蒙活動，有如媽祖遶境，卻無實質效力。準此，蕭居正批判文化協會一味強調現代化，並非否定現代化，而是在吸收現代化後重新正視傳統庶民文化對臺灣認同的重要性。相對的，黃贊雲崇拜日本文化，但一如王掌珠，他對日本文化的瞭解仍然有限，卻也因此顯露他的內在還是非常的臺灣。

《三世人》透過阮成義和蕭居正，呈現20年代後期意識形態紛紜的左翼抵殖民運動，不但有跨國合作聯繫，且內部亦有激烈的鬥爭，在日本當局嚴密監控下許多團體壽命不長，但此起彼落，最後因1931年全面性的大檢肅而瓦解。日本勞動農民黨布施辰治律師專程來臺替二林事件的蔗農辯護，阮成義擔任他的隨行，因此拍下豐原農民站在路邊等待布施律師來臨的照片。日本人小澤一組織了臺灣第一個無政府主義團體「臺灣黑色青年聯盟」，尚未展開活動就遭逮捕判刑。一個從臺北流亡到日本的無政府主義者則參加東京聚會，與朝鮮、日本、中國的無政府主義者分享臺灣無政府主義活動。另一方面，農民組合的共產黨與無政府主義者卻因理想與手段不同而發生衝突。農民組合的激進和擅於組織動員，令蕭居正激動地告訴黃贊雲「臺灣人出頭天的時刻來臨了」（施叔青，2010：118）。蕭居正認為農民組合的興起，代表簡吉領導的無產階級解放運動，取代了資產階級溫和漸進的民族運動。然而蕭居正期待中的反日革命並未出現，農民組合內訌嚴重，不但將具有「小資產主義傾向」的人（如王掌珠崇拜的導師）鬥爭除名（施叔青，2010：122），且試圖讓無政府主義者改信馬克思主義。阮成義在農民組合的辯論會上，力辯無政府主義是自由的個體自願結合，將走向「互助、自治、反獨裁主義的和諧社會」（施叔青，2010：146），他反批馬克思主義主張無產階級專政是走向一個「變相的中央集權專制獨裁社會」（施叔青，2010：146），因此是錯誤的。大檢肅後，左翼的抵殖民運動一敗塗地，體制內的抵殖民也失敗，讓阮成義響應巴枯寧以「激烈的方式來喚醒沉睡的民眾」的主張（施叔青，2010：151），採取恐怖手段有計畫地進行暗殺和暴動破壞，以暗殺大漢奸「大國民」為主要目標，然而都未成功。

相對於阮成義和蕭居正對左翼抵殖民運動的投入，黃贊雲、王掌珠、施漢仁、施朝宗都曾嚮往成為日本人，顯示日本殖民現代性成為優勢文化後的磁吸效應，讓他們都希望藉由日本化獲得階級爬升，然而由於文化差異、殖民地日語教育的限制等因素，他們又無法徹底日本化。黃贊雲看似全盤接受同化：他感激殖民者將臺灣人引導向文明，深信日語是特惠語言，感激殖民者特許臺灣人學和語（施叔青，2010：163），蓋日式房子，熱愛日本古典文學，社交應對完全按照日本禮儀，對蕭居正的日籍妻子想入非非。同樣的，王掌珠因為閱讀《臺灣日日新報》婦女版、日本少女文藝雜誌《銀之絃》、婦女雜誌《婦女の友》，試圖練一口東京腔日語，成為「有教養的日本女子」（施叔青，2010：179），並模仿摩登日本女子京子穿著打扮（施叔青，2010：181）。如同《風前塵埃》裡的范姜義明，他們都有著加勒比海黑人知識份子法農（Frantz Fanon）在《黑皮膚，白面具》（*Black Skin, White Masks*）裡所說的嚮往殖民者、否定自我身分的雙重意識。法農分析，當白人殖民者的文化形成優勢文化，其所帶來的社會壓力讓黑人被殖民者自我分裂，對自身的黑皮膚產生負面聯想，於是認同白人殖民者的語言與文化，也就是「戴上白面具」（1967：17-18）。然而迥異於曾經旅日的范姜義明，他們對日語和日本文化的瞭解都不夠深入。黃贊雲模仿東洋習俗掛鯉魚旗慶祝男童節，卻不知此風俗之由來；王掌珠自覺鸚鵡學舌，「對內容卻一知半解」（施叔青，2010：178）。

殖民者對臺灣人和臺語的歧視則暴露殖民主義的本質。皇民化時期，施朝宗來自東京的宮本老師公然貶低臺灣話，說它是殘障語言（施叔青，2010：202），痛恨臺灣人把日語臺灣化。即使統治初期籠絡台人，仍有隱藏的族群和語言歧視，例如施寄生引用報導：臺灣保正以日語歌頌天皇，卻遭日本保正說他沒資格；而蕭居正之所以立志當第一位用臺語上庭辯護的律師，就在於臺語被視為污穢卑下，法院裡的通譯無法將日本法官的日語直接譯為臺語，而必須先翻譯為清朝官話，再譯為臺語（施叔青，2010：109-10）。黃贊雲、王掌珠因歧視而萌生對臺灣人身分的自覺。在聽了蕭居正講農民組合、落荒而逃後，黃贊雲自省他並非沒有看到家鄉農民被日本人剝削或是臺灣人被日本人歧視、欺負。兒子曾誤闖日本人社區，被日本小孩欺負，他卻選擇認命，以便「保有正常的社會生活」（施叔青，2010：120）。然而縱使黃贊雲屈從於殖民者，他看到農民組合第二次全島大會的巨幅紀念照裡上百個男女老幼、各種階層臺灣人堅毅的面孔，卻也不自覺地站起來叫好（施叔青，2010：119），顯現他內心深處也不滿殖民者的欺壓。王掌珠之所以想把日語練到無異於有教養的日本女子，就是為了不被歧視：「不屬於低賤的本島人」（施叔青，2010：179）。但她穿和服去西門町芳乃館，與日本觀眾平起平坐看日本電影，仍被識破身分。這令她感到無論是說話步態、長相舉止她都不像日本人，另方面意識到日本人親疏有別，與日本人之間有著難以跨越的鴻溝。反觀中國電影裡十萬八千里外的面孔、生活習慣卻讓她感到親切，令她「困惑不解」（施叔青，2010：224）。在日本化受挫下，她轉而迷上阮玲玉的電影，認同她所飾演的悲苦卻上進、有理想的女子。她學阮玲玉做了一套拖地長旗袍，夢想穿著長旗袍解說中國電影，成為「用臺灣話發聲的第一個女辯士」（施叔青，2010：228）。

王掌珠是書中內在變化最劇烈的人物，從無父無母的養女到接觸日本異文化、受到臺灣社會運動啟蒙，脫離養女身分，到看日本女性小說、中國電影，自我命名，夢想成為作家、留學生、辯士等各種新身分。二二八後她想寫一部自傳體小說，用文言文、日文、白話文等不同的文字說出自己的故事，描寫她一生換穿四種服裝：大裪衫、日本和服、洋裝、旗袍，二二八後再回到大裪衫。一如語言的混雜，大裪衫以外不同的服裝代表不同的異文化的影響。她走在風氣之先，特別容易嗅到外來的新的文化風尚。她的日本化早於皇民化運動許多年，她穿長旗袍也早於接收之前。皇民化運動最高潮時，她穿長旗袍上街，直到二二八時被當成外省婆、剪掉下襬，才換回大裪衫。某個階段她可能同時穿和服、洋裝、旗袍，同時讀日文的《臺灣日日新報》和漢文的《風月報》，同時悲嘆自殺的日本和歌女作家藤田芳子和中國電影裡悲苦的阮玲玉，分裂多元的文化認同其實展現了她對女性身分的追求，勝於國族身分。或許是養女出身的匱缺，她特別喜歡模仿舶來物，但許水德嘲笑她像含笑花，讓她自覺說話粗聲大氣，走路趾高氣昂。但她不僅是弄潮兒，而是不斷反省、自我修正。她對中國電影裡的阮玲玉的認同，含有養女出身的階級認同。她批判林獻堂萊園的一新書塾夏季學校漢文班為貴婦淑女而設，排除像她一樣的勞動女性；另一方面，她對於農民組合所謂無產階級打倒資本主義奪權後、婦女問題便迎刃而解的看法也存疑（施叔青，2010：123）。她看穿自詡文明開化的許水德只想找傳宗接代的工具，不肯嫁給他，但她也看不慣標榜自由戀愛、時髦的「文明女」不懂民間疾苦。相對於當時女性仍受到父權思想的種種限制，她構想的小說描寫新舊交替時代，勇於追求命運自主、情感獨立、堅毅的臺灣女性，可說是她的自我理想投射。

《三世人》顯示日治時期臺灣人的國族認同複雜混亂，既有抗日、親日，也有認同矛盾。政治上的反日讓臺灣人認同浮現，但這並不代表文化上也反日或不受日本影響，尤其在現代性與日本性交互為用之下；反之亦然，親日未必徹底成為日本人，毫無臺灣意識。就社會政治運動的層面，體制內的抵殖民運動與同化政策有著曖昧關係，左翼抵殖民運動則試圖採取革命或暗殺破壞等手段;兩種抗日運動均未成功，卻仍喚起臺灣人意識。就人物的個人層面，抗日、親日、認同矛盾與分裂等不同立場可能受到階級和性別的影響，例如抗日的蕭居正批評同是抗日的林獻堂屬於資產階級，黃贊雲和王掌珠都想藉日本化脫離低下的階級。國族認同也可能有流動性與曖昧性，例如施寄生從抗日轉為親日，黃贊雲和王掌珠因被歧視而萌生些微的臺灣意識。此外，蕭居正強調虎姑婆等臺灣民間傳說，乃是反省文化協會以啟蒙現代性為號召，反迷信反陋俗，反而切斷了鄉土認同。王掌珠既不認同農民組合聲稱階級革命成功、女性就能解放的主張，也批評林獻堂的一新書塾的階級色彩，則掙扎於女性身分在現實中的實踐，在在顯示臺灣人的認同之複雜。

三、結論

回到「三世人」作為小說主題，對施朝宗而言，它映照出臺灣人歷經皇民化時期到國民黨接收的錯亂斷裂。小說主要情節結束於二二八大屠殺後，遭憲兵追捕的施朝宗撕毀兩個政權的身分證，陷入不知「我是誰」的驚恐，堪稱認同錯亂的最佳寫照。但與此同時，《三世人》裡透過各種思想和觀點的交鋒、夢想與現實的辯證一路而來，卻隱然浮現另一股力量：

臺灣人意識模糊但穩定地存在，抵抗不同殖民者所帶來的認同錯亂。或者我們可以說，雖然臺灣人的民族與社會運動在30年代失敗，但基於臺灣固有的文化習俗以及日本人的差別統治，臺灣人難以成為徹底的日本人。像黃贊雲、王掌珠等臺灣人，主要都是透過日本去吸收現代性、世界文明，嚮往日本文化，但內心非常臺灣。另一方面，經過日本五10年的統治，臺灣人雖然被日本當局界定為中國人，實際上已與中國產生很大隔閡。黃贊雲不曾表現對中國有興趣；王掌珠透過中國電影瞭解中國；蕭居正有一些祖國認同，但關注於臺灣文化；施漢仁的「民族情懷」只不過是能夠拆掉日本天照大神神龕，重新祭拜觀音像和祖宗牌位。他們都說日語、臺語，可以書寫日文，但不會說北京話，未必能寫中文，遑論流利的中國白話文。

《三世人》採取循環式結構，啟始於二二八，回溯日治時期，再回到二二八，強化了今昔兩個政權的比較，以及臺灣人意識之爆發。相對於日本一直到統治臺灣第40年才正式廢漢文，在統治初期甚至運用「同文同種」的錯覺紓緩文化衝突，國民黨接收臺灣第二年便廢日文，粗暴地把臺灣的日本化等同於「皇民化、奴化毒化」（施叔青，2010：14），迫不及待地予以肅清掃除，並制定北京話為國語，進行所謂「文化重建」（參看黃英哲，2007）。強制性的仇日、尊華政策把臺灣視同軍事占領區，否定臺灣的語言文化和日本殖民遺產，讓臺灣人立即淪為二等公民、被邊緣化，於是表面上的去殖民變為實質上的再殖民。法國哲學家巴里巴（Étienne Balibar）說：「優勢或壓迫性的民族主義一般都『看不見』，至少它們看不見自身是民族主義；它們將自身呈現為政治與文化上的普世主義，其中宗教與經濟成分可以並存」（2002：61，此處引文由筆者中譯）。對於歷經兩個政權的臺灣人而言，較諸日本民族主義，中國民族主義更是優勢、壓迫性且看不到自身的壓迫性。一如日本殖民者，國民黨官員與軍隊對臺灣人抱著我們／他們二分的心態，以外來者為中心看臺灣人，但其顯露的族群和語言歧視卻比日本人有過之而無不及。尤有甚者，接收大員貪污腐敗、官商勾結，造成經濟問題，軍容不整、軍紀不良的軍隊則帶來了混亂、垃圾和1921年後已經絕跡的種種傳染病，軍人卻氣焰囂張，「口口聲聲臺灣光復是『死了3,500萬的中國人換來的』」（施叔青，2010：262）。吳密察指出，日治時期臺灣人被日本人壓迫，因此藉由對中國的感情作為「『反日本』的精神武裝」（1993：37），然而卻發現觀念中的祖國與現實的中國落差太大；脫離日本殖民，被祖國「光復」，意味又被納入一個殖民體制（吳密察，1993）。

二二八事件質疑了國民黨統治的正當性。如同清朝割讓後，日本雖然給了臺灣人兩年的時間決定去留，臺灣人依然武裝反抗日本統治；面對國民黨接收後的荒腔走板，失望而憤怒的臺灣人也起而反抗，展現主體性。而臺灣人之所以無法忍受國民黨的專制與暴力，正顯出歷經日本統治，臺灣與中國已產生巨大鴻溝，臺灣社會不但相對富裕，且遠比中國社會進步、具有法治和公民素質：「臺灣人看到中國官員的愚昧貪婪、腐敗無能，相信國民黨政府只會把臺灣拖累到和中國一樣貧窮落後」（施叔青，2010：251）。陳儀深認為，二二八前夕一件緝菸小事，迅速演變為全臺動亂的真相是：日本治臺50年，使得臺灣社會在各方面遠比中國進步，對前來接收的國民黨軍隊和官員產生失望乃至嘲弄，此一文化差距，加以陳儀（在蔣介石核可下）主臺失政，社經問題叢生，政治上歧視台人，才演變為族群矛盾，並與官民矛盾夾纏不清（1992：55-56）。而陳儀和南京政府在3月6日掌控局面之後之所以仍繼續恐怖屠殺，則除了藉機對付政敵、掃除臺灣菁英以外，更重要的是「當時國民黨政權的暴力本質」（陳儀深，1992：52），不但為了緝菸小事隨便開槍殺人，並以機關槍掃射前來抗議執法不當的民眾，而當時警總參謀長柯遠芬甚至主張「寧可枉殺99人，只要殺死一個真的就可以」（陳儀深，1992：52）。

《三世人》裡施朝宗加入「若櫻敢死隊」，戴回他當日本志願兵的軍帽，唱著日本軍歌與同志出發，去反抗陳儀。與其說他印證了「被日本奴化」的指摘，不如說他借用前殖民者的權威，挑戰新殖民者，也與之區隔。然而二二八的反抗卻遭到了國民黨的血腥鎮壓。在被處決、凌虐致死、慘不忍睹的屍體中，包括當初參與「二二八事件處理委員會」向陳儀政府請願、希望政治改革的社會菁英。大屠殺後，卻有一群突然變得勇敢卻互不相識的臺灣女人，不顧危險、四處奔走尋找失蹤的丈夫、父兄、兒子。勝光歌仔戲戲班則不但掩護施朝宗逃亡，且因目擊高雄、嘉義等地中學生加入二二八反抗、遭軍隊濫殺的慘況，而重編戲曲偷偷為臺灣人哀悼，在在顯現二二八民族浩劫的故事流傳於民間，召喚臺灣人意識。

《三世人》呈現二二八事件的大動亂與國殤，臺灣人追求參政與自治的渴望遭到國家暴力。吳密察指出，在二二八動亂後，陳儀曾讓臺灣人代表組成「二二八事件處理委員會」，以維護治安、安撫民情，這個委員會在平息動亂後發展成推動政治改革的團體。他們提出的要求也獲得陳儀的答應，但委員會的活躍分子和臺灣社會的菁英後來都遭逮捕或殺戮（1993: 41-44）。廖炳惠說，「在此關鍵性的事件裡，便將臺灣社會正要形成的一個市民社會斷送掉」（1994：315）。然而《三世人》暗示歷史提供了其他可能，臺灣人曾經展現當家作主的自治能力。施朝宗回想，在日本投降到國民黨接收之間的兩個月政權真空期，由臺灣人當家作主的自治，臺灣人反而感到前所未有的安穩（施叔青，2010：249）。那時不但各地有青年團自動自發維持治安秩序，輪流擔任防火、警衛、清理垃圾，從監牢放出或亡命海外趕回的左翼活動分子也積極籌備學生、農民、工會等組織，敘述者說「頗有令農民組合再生、文化協會復活的氣象」（施叔青，2010：249）。臺灣人為了向戰敗的日本示威，表示從未屈服於日本統治，那兩個月的無政府狀態「自尊自愛，治安良好，家家夜不閉戶」（施叔青，

2010：249），施朝宗還記得那時在公共汽車上目睹一名年輕母親的公德心。這似乎意外實現了阮成義的無政府主義理想社會。

70 年代末開始的黨外民主運動，80 年代初開始的本土化運動、社會運動，促成解嚴和 90 年代臺灣的民主化、後殖民化，讓日治時期到二二八許多臺灣知識分子的夢想真正得以實現。探索日本殖民遺產，不僅讓我們體認日本奠定了臺灣現代化的基礎，也重新瞭解日治時期臺灣知識分子如何在與殖民者周旋中，吸納日本殖民現代性，發展出現代的臺灣民族文化。如同印度學者柴特吉（Partha Chatterjee）指出，亞洲與非洲反殖民民族主義的基本特色乃是「愈是在物質領域成功地模仿西方技巧，愈是需要保存精神文化的鮮明」（1993：6，此處引文由筆者中譯）。但精神文化也經過轉化與再造，形塑出「『現代的』（但並非西方的）民族文化」（1993：6，此處引文由筆者中譯）。不同於印度，臺灣乃是被文化上親近的日本殖民，然而日本也是東方中的西方。《三世人》裡，現代的臺灣民族文化除了包括施漢仁與王掌珠分別喜愛的布袋戲與歌仔戲，也包含報紙作為反映與形塑公共意見與共同想像的大眾媒體，報紙上用夾雜臺語、日語所寫的漢文通俗小說，唱片、臺語流行歌曲、攝影、電影等，例如施朝宗當志願兵時哼唱鄧雨賢的臺語歌《雨夜花》，而蕭居正幫藝旦灌北管、南管曲盤以及阮成義幫舞女、侍女、二林事件農民拍照，則顯示傳統音樂和圖像進入機器複製時代。《三世人》之外，日治時期如賴和、楊守愚的現代漢文小說，龍瑛宗、楊逵、呂赫若的現代日文小說，陳澄波、李梅樹、廖繼春、李石樵的西畫，陳進、郭雪湖、林之助的膠彩畫，當然也都是現代臺灣民族文化重要的一部分。

2014 年太陽花學運，不但帶領 50 萬人上街反黑箱服貿，捍衛臺灣民主與自主，更有不分族群、性別的年輕人自發性地標舉、宣揚臺灣民族主義。在穿過層層歷史迷霧之後，在經過種種壓制與認同錯亂後，我們看到現今的臺灣認同廣納先來後到族群，但它發源於20年代民族運動裡的臺灣人認同，在二二八反抗陳儀政府時又再度出現。而日本殖民遺產也早已構成了今日臺灣認同的部分基礎。例如，日本人對臺灣的研究開啟了戰後的臺灣學，包括原住民的九族分類、土地與人口調查、民俗研究，至今依然很重要。[16]與此同時，20、30年代社會和民族運動中的女性和階級議題，也足以為當代的女性運動、農民運動、勞工運動的重要參照。

參考書目

吉見俊哉。2010。《博覽會的政治學——視線之現代》。蘇碩斌、李衣雲、林文凱、陳韻如譯。臺北：群學。

吳密察。1993.07。〈臺灣人的夢與二二八事件——臺灣的脫殖民地化〉。《當代》87：30-49。

呂紹理。2005。《展示臺灣：權力、空間與殖民統治的形象表述》。臺北：麥田。

李昂。1991。《迷園》。臺北：李昂。

-----。2007。《鴛鴦春膳》。臺北：聯合文學。

李喬。1995。《埋冤 ・ 一九四七 ・ 埋冤》。基隆市：海洋臺灣。

施叔青。2003。《行過洛津》。臺北：時報文化。

-----。2008。《風前塵埃》。臺北：時報文化。

-----。2010。《三世人》。臺北：時報文化。

南方朔。2010。〈記憶的救贖——臺灣心靈史的鉅著誕生了〉。《三世人》。施叔青著。5-9。

荊子馨。2006。《成為「日本人」：殖民地臺灣與認同政治》。鄭立軒譯。臺北：麥田。

游勝冠。2012。《殖民主義與文化抗爭：日據時期臺灣解殖文學》。臺北：群學。

陳玉慧。2004。《海神家族》。臺北：印刻。

陳芳明。2005。〈文明與殖民〉。《展示臺灣》。呂紹理著。9-15。

陳培豐。2006。《「同化」の同床異夢：日治時期臺灣的語言政策、近代化與認同》。王興安、鳳

16 陳儀延聘左翼的許壽裳為臺灣省編譯館館長，許壽裳讓楊雲萍領導臺灣研究小組整理、抄錄、編譯日本人的臺灣研究成果，開啟了戰後臺灣學（黃英哲 2007：81-118）。這幾乎是陳儀政府對臺灣的唯一貢獻。

氣至純平譯。臺北：麥田。

-----。2013。《想像和界限：臺灣語言文體的混生》。臺北：群學。

陳儀深。1992。〈論臺灣二二八事件的原因〉。《二二八學術研討會論文集 (1991)》。二二八民間研究小組編。臺北：陳永興。27-75。

黃美娥。2004。《重層現代性鏡像：日治時代臺灣傳統文人的文化視域與文學想像》。臺北：麥田。

黃英哲。2007。《「去日本化」「再中國化」：戰後臺灣文化重建 (1945-1947)》。臺北：麥田。

葉石濤。1996。《臺灣男子簡阿淘》。臺北：草根。

葉榮鐘。2000。《日據下臺灣政治社會運動史上》。台中：晨星。

廖炳惠。1994。〈重寫臺灣史──從二二八事變史說起〉。《回顧現代：後現代與後殖民論文集》。臺北：麥田。303-28。

鍾肇政。1993。《怒濤》。臺北：前衛。

蕭阿勤。2008。《回歸現實：臺灣 1970 年代的戰後世代與文化政治變遷》。臺北：中央研究院社會研究所。

蘇碩斌。2014。〈活字印刷與臺灣意識──日治時期臺灣民族主義想像的社會機制〉。《聚焦臺灣：作家、媒介與文學史的連結》。洪淑苓編。臺北：臺灣大學出版中心。65-108。

Anderson, Benedict. 1983. *Imagined Communities: Reflections on the Origin and Spread of Nationalism*. London: Verso.

Balibar, Étienne. 2002. *Politics and the Other Scene*. Trans. Christine Jones, James Swenson, and Chris Turner. London: Verso.

Benjamin, Walter. 1999. *The Arcades Project*. Trans. Howard Eiland and Kevin McLaughlin. Cambridge, Mass.: The Belknap Press of Harvard University Press.

-----. 2002. "The Storyteller: Observations on the Works of Nikolai Leskov." *Selected Writings*. Vol. 3 (1935-1938). Eds. Howard Eiland and Michael W. Jennings. Trans. Edmund Jephcott, Howard Eiland et al. Cambridge, Mass.: The Belknap Press of Harvard University Press. 143-66.

Chatterjee, Partha. 1993. *The Nation and Its Fragments: Colonial and Postcolonial Histories*. Princeton, N. J.: Princeton University Press.

Ching, T. S. Leo. 2001. *Becoming "Japanese": Colonial Taiwan and the Politics of Identity Formation*. Berkeley: U of California P.

Fanon, Frantz. 1967. Black Skin, *White Masks*. Trans. Charles Lam Markmann. New York: Grove Weidenfeld.

Foucault, Michel. 1970. *The Order of Things: The Archaeology of the Human Sciences*. Trans. Alan Sheridan. New York: Random House.

-----. 1977a. "Nietzsche, Genealogy, History." *Language, Counter-Memory, Practice: Selected Essays and Interviews*.

Trans. Donald F. Bouchard and Sherry Simon. Ithaca: Cornell University Press. 139-64.

-----. 1977b. *Discipline and Punish: The Birth of the Prison*. Trans. Alan Sheridan. New York: Pantheon Books.

-----. 1980. *The History of Sexuality*. Vol. 1. Trans. Robert Hurley. New York: Vintage Books.

-----. 2003. "Governmentality." *The Essential Foucault: Selections from Essential Works of Foucault*, 1954-1984. Ed. Paul Radinow and Nikolas Rose. New York: New Press. 229-45.

-----. 2003. *"Society Must be Defended": Lectures at the Collège de France 1975-1976*. Ed. Mauro Bertani and Alessandro Fontana. New York: Picador.

Lefebvre Henri. 1991. *The Production of Space*. Trans. Donald Nicholson-Smith. Oxford : Blackwell.

迷惘的「三世人」

王掌珠與施寄生的歷史身分與國族認同

林振興、陳昭利
國立臺灣師範大學應用華語文學系副教授、萬能科技大學通識中心副教授

本文主要探討施叔青《臺灣三部曲》的第三部《三世人》，《三世人》的敘述間為乙未割臺到 1947 年二二八事件結束，正是臺灣人身分認同最為混亂的時代。作為華人女性作家，晚年費盡心力書寫《三世人》，是離散飄零後「歷史身分與國族認同」的追尋。本文分別以王掌珠的女性敘述為重點，透過「語言」與「服飾」圖象的變化，探討在歷史背景下，女權解放過程中女性對於「歷史身分與國族認同」的態度。與之對比的是施寄生的男性敘述，其藉詩詞寄興自己的中國意識。《三世人》的人物熙熙攘攘，並無聚焦，這些角色面對國族認同的課題，不論如何徬徨，或者執著，永遠都具有「臺灣住民」的身分，或許正是作家所欲呼應的。

關鍵詞：施叔青、三世人、臺灣三部曲、國族認同

一、前言——歷史身分與國族認同

陳芳明曾經說過：「臺灣人的歷史身分與國族認同，是施叔青撰寫《臺灣三部曲》的重要意旨」[1] 臺灣人的歷史身分與國族認同是糾結一起的課題。何謂「國家認同」？

> 「國家認同」應該是來自英文 national identity，是 national 與 identity 的結合，將個人認同來源置於 national，也就是因為隸屬 national 而產生的集體認同（當然，集體認同也可能來自階級、性別、宗教或族群等）。[2]

當然，也有些人將 national identity 譯為「民族認同」，本文擬將有關臺灣人的歷史身分定位為「國族認同」，它不僅指涉政治的命運共同體也涵蓋種族及文化。

本文只是擬借「國族認同」這一名詞內涵探討《三世人》從乙未割臺到二二八事件的歷史背景中小說人物的自我定位問題。並藉此探討作者所欲呈現的《三世人》中有關臺灣人歷史身分的問題。

分述各節如下：（一）創作動機的探討，施叔青晚年費盡心力寫《三世人》的動機是甚麼，是離散飄零後眷戀故國的尋根之旅，在靈魂深處「我是誰」的記憶追尋，這似乎是寫大河小說的華人女性作家，共同記憶的生命追尋：「我是臺灣人」，我要運用甚麼方式呈現臺灣意識，這是本節探討的重點。（二）《三世人》從乙未割臺到二二八事件的歷史背景中女性面對政治與文化變動中歷史定位的追尋，本節以作者著力刻劃的王掌珠為特色人物，作為「國族認同」中的女性敘述。（三）日本在長達 50 年統治期間所實施的同化政策和奴化教育，有著「中國意識」的臺灣人，如何呈現自己的「國族認同」，本節以《三世人》中的施寄生作為男性敘述，探討不認同日本政治與文化的臺灣人，如何在自我建構中尋求「國族認同」。（四）最後探討《三世人》中臺灣人「國族認同」的問題，以回應作者的創作動機。

二、創作動機──離散、敘述、追尋

當筆者開始閱讀施叔青的《三世人》，想到的卻是黃娟的《楊梅三部曲》！比較這兩部大河小說：

施叔青的《臺灣三部曲》第一部是《行過洛津》從嘉慶年間（1976 — 1820）敘述，背景是洛津（施叔青的故鄉鹿港），主角是戲子許情三次從唐山過臺灣的啼笑因緣。第二部是《風前塵埃》時間是日本殖民時期，背景是花蓮，主角是日本女子橫山月姬的愛情和政治遭遇，以及多年後她的女兒故地重遊的救贖之旅。第三部《三世人》時間乙未割臺到1947 年 228 事件結束，背景是洛津與臺北往來的動線，《三世人》沒有聚焦人物，在大時代的關照下，書中角色熙熙攘攘，或者張惶失措（因為找不到歷史定位或者不願意接受歷史定位）。這三部小說的完成間分別是2003 年、2008 年、2010 年。

黃娟的《楊梅三部曲》[3] 是一部以個人生命史為主的小說，作者以自身的經歷見證了臺灣的歷史變動，其生命關懷（離美後的創作仍以臺灣為主題）及人生活動（如擔任北美臺灣文學研究會會長）也與臺灣時局的演

---

1 施叔青，《三世人》（臺北：時報文化，2011），282。

2 施正鋒，《臺灣人的民族認同》（臺北：前衛，2000），7。

3 黃娟，《歷史的腳印》（臺北：前衛，2001），《寒蟬》（臺北：前衛，2003），《落土蕃薯》（臺北：前衛，2005）

變遞嬗緊密結合。[4] 第一部《歷史的腳印》，描述幸子的童年到少女階段，以日據時代為背景，以預見日本的戰敗做結束。第二部《寒蟬》，寫國民政府接收臺灣之後，到幸子離開臺灣為止。第三部《落土蕃薯》，從主角赴美定居到政黨輪替，此時主角身在海外，心懷故鄉，臺灣走出獨裁，迎向民主。書中主要人物大都出身楊梅，故事內容隨著小說主角幸子的成長過程移動。這三部小說的完成間分別是 2001 年、2003 年、2005 年。

施叔青的《臺灣三部曲》受到陳芳明的鼓勵完成，在〈與和靈魂進行決鬥的創作者對談——陳芳明與施叔青〉[5]，作者說：

> 我想先向你這老友表示深深的謝意當初是受了你的激勵，要我這個臺灣女兒用小說為臺灣史立傳。10 年下來，頭髮寫白了，日子卻沒有白過，對自己、對你有了交代，心裡覺得踏實。

黃娟的《楊梅三部曲》受到鍾肇政諸人的幫助完成，她在自序中談到：

> 一部小說從準備的階段起，就麻煩了許多人。先是鍾肇政先生陪我去楊梅，拜訪了「人與地學訊」的黃厚源老師。黃老師又帶領我們做田野調查，察看了不少地方，有給了我許多他編纂的資料。後來幾次是「楊梅文化促進會」的梁國龍先生帶路，我們走訪楊梅街，還喜出望外地找到了已被拆除，毫無昔日面貌的鄉間小屋的所在地——在那而我們渡過了太平洋戰爭的尾期，雖然平安地度過空襲，卻逃不了飢餓的煎熬。[6]

兩部大河小說都是作者 10 年嘔心瀝血之作，施叔青寫白了頭髮，黃娟因此得了自律神經失調，施叔青說：「創作過程本身就是總在與自己的靈魂進行一場決鬥，在即將被擊敗之前，發出恐懼的尖叫」[7] 同樣的挑戰也發生在黃娟身上，她因過度焦慮而飽受失眠折磨。

《楊梅三部曲》與《臺灣三部曲》的完成時間雖有前後，但幾乎是同一時期，《楊梅三部曲》以幸子一生的成長串連，從日據時期寫到政黨輪替；《臺灣三部曲》則各自有獨立的故事，而《三世人》從乙未割臺寫到1947年228事件結束，此書被視為故事的高潮，為什麼《三世人》會被視為是《臺灣三部曲》的高潮，因為故事碰觸了最難解的歷史課題「臺灣認同」！就如文本所述：

> 從日本人投降到二二八事變發生，短短的18個月，施朝宗好像做了三世人。從日本的志願兵「天皇の赤子」，回到臺灣本島人，然後國民政府接收，又成為中國人，到底哪一個才是他真正的自己？[8]

在探討《三世人》的「身分認同」之前，筆者以為更嚴肅的課題是施叔青為什麼要探討「身分認同」的課題？她或者她們（施叔青和黃娟）為何而寫？

先說黃娟吧！黃娟在〈關於《楊梅三部曲》〉序文：

> 作家最常寫的題材——就是故鄉和童年。……我在故鄉渡過的那幾年，正逢臺灣史上的大變動——經歷了空襲和轟炸，戰爭和死亡，日本的戰敗和國民政府的接收……。那是一段不可能遺忘的日子。……我決定透過自己的眼光，把自己經歷過的人生，當做一面鏡子，以便反映

---

4. 陳昭利，〈離散・敘述・家國——論黃娟及其《楊梅三部曲》〉，《通識論叢》，7（臺北，2008.6）。

5. 施叔青，《三世人》，274。

6. 黃娟，《歷史的腳印》（臺北：前衛，2001），7。

7. 施叔青，《三世人》，274。

8. 施叔青，《三世人》，248。

臺灣的一段歷史軌跡。[9]

黃娟的《楊梅三部曲》有臺灣人的祖國情懷，有生命歷程的告白，有心靈成長的探索，更思考著族群身分的定位。而施叔青呢！南方朔說：

施叔青在這部作品裡所做的，就是試圖去解開困惑人們許久的認同混亂及無力感的迷失，如果人們不只是想著向浮萍一樣隨著旗子的變換而忙碌著去搖擺，那麼就勢不可免的一定要去問「我是誰」這個難題，而「我是誰」這個問題要有答案之前，可能就是要試著先去思考「我不是誰」。無論「我是誰」或「我不是誰」，它的起點都是臺灣心靈史的重新開展，把臺灣心靈最艱難時刻的認同混亂、迷惑、無力、那段記憶重新找回！因此作者遂需要花費大量的研究，去理解時代及社會演變，以及相對應的官方意識形態、民間習俗及價值認同的改變，以此為架構，始能理解在那些時代中，人們心靈的變化，以及失去自我所造成的徬徨與受苦。[10]

兩部大河小說的作者都耗費了心力去搜尋史料，以見證時代的苦難並尋找臺灣人的身分定位，臺灣大河小說的先河鍾肇政說：

大河小說可分：（一）以個人生命史為主，（二）以若干世代的家族史為主，（三）以一個集團的行動為主等三類型，內涵則或首重個人精神之發展與時代演變遞嬗的關係，或以集團行動與時代精神之互動為探討之中心。[11]

無庸置疑的施叔青與黃娟都努力的為臺灣人的歷史身分與國族認同尋找定位，為什麼兩位作家在在晚年不約而同的做了同一件事，因為她們具有共同的身分：華人小說作家！黃娟隨夫婿移民美國，並往返於臺灣、美國之間；施叔青則移居在臺灣、香港、曼哈頓之間。劉俊探討美國華人華文作家，說：

> 美國華人文學中的華人文學情況比較複雜：有許多作家從國籍上講也是美國人，但他們的居住地會經常的變化（有時在美國住了很長一段時間之後，又移居它處，如楊牧、陳若曦、施叔青、李黎等；有的在臺灣生活了很長時間後又移民美國，如紀弦、王鼎鈞等），他們用華文寫作，因此發表地主要不在美國而在中國大陸或臺灣、香港地區，讀者也主要不是美國人而是遙遠的中國大陸和臺灣、香港地區的文學人口。由於他們的作品成了發表地的重要文學構成，在加上他們的讀者主要是在作品發表地，因此他們常常被認作是作品發表地的作家（這一點在臺灣文學中尤其突出，如美國華人文學中的華文文學作家白先勇、聶華苓、於梨華、歐陽子、鄭愁予、葉維廉、吉錚、王鼎鈞、非馬等常常被看作是臺灣作家）。美國華人文學中的華文文學作家居住地的不斷遷徙（臺灣——美國——臺灣）、國籍、居住地和作品發表地的分離（美國國籍、住在美國，卻在中國大陸或臺灣、香港地區發表作品，並參與這些地方的文學建構），使得美國華人文學中的華文文學事實上存在著「身份」上的交叉——比如，這一文學中的許多作家從國籍的歸屬上看，應該是美國的少數民族文學作家，可是從文學的流通和影響上看，他又可以被看作是臺灣文學作家。[12]

---

9. 黃娟，《寒蟬》，16。

10 施叔青，《三世人》，7。

11 鍾肇政，〈簡談大河小說‧祝福時報百萬小說獎〉，《中國時報》，1994年6月13日，39版。

12 劉俊，〈第一代美國華人文學的多重面向——以白先勇、聶華苓、嚴歌苓、哈金為例〉，《常州工學院學報》，（常州，2006），16。

由於遠在異鄉，因此作家本身就存在著身分交叉的問題，施叔青與黃娟長年旅居國外，晚年回首臺灣，重新思考自己的「歷史身分」與「國族認同」，這才驚覺記憶中的臺灣存在著太多複雜的政治遞嬗，《楊梅三部曲》或者《三世人》所探討的「歷史身分」與「國族認同」，其實是作家自己「歷史身分」與「國族認同」的探討，施叔青與黃娟都嘗試從記憶中尋找救贖與認同。《三世人》或《楊梅三部曲》探討的其實是作者本身「我是誰」的嚴肅課題，也是作品的創作動機！在經過多年的「離散」[13]—離鄉背景，流離失散，驀然回首，燈火闌珊處，最初的記憶隱藏著「我是誰」的答案，身分認同不是找到的，是透過政治的遞嬗，文化的變遷建構而來，施叔青說：「近 20 年香港、臺灣兩部歷史小說寫掉我半條命，把史料、歷史事件反芻成為小說藝術，事倍功半，完成《三世人》，我想好好休息，預備把餘生用在修行上」[14] 讀了這段話，就可以瞭解《三世人》堆垛的史料，以及情節鋪陳下靈光一現的歷史人物，那正是作者嘔心瀝血的記憶重構歷程，而這一切都是為了「我是誰」的追尋！而五蘊皆空，作者在創作歷程再度經歷了政治遞嬗，體悟一切因緣的生滅無常，轉而皈依佛門，那又是另一種「我是誰」的生命追尋！

三、王掌珠的女性敘述──「語言」與「服飾」圖象的追尋

在政治與社會的變遷中，男性通常占據核心，主導一切，而女性侷限於邊緣地帶。「女性自我認同感的建構」在傳統的社會往往被忽略，更何況是變動的歷史中！女性主義所指涉的範疇，包含：政治、文化、主體性，它向來被漠視。性別關係很自然的被劃分成二元對立，男性的場域是公共／外在／生產／權力／獨立，女性的場域是私人／內在／消費／依賴／缺乏權力。[15]《三世人》的王掌珠是文本中的特殊典型，她身世坎坷：

說到痛處，她想像她會撩起褲腳，解開領口的盤扣，露出被養母用火鉗燙傷、結疤的斑斑傷痕，捲起衣袖，向台下觀眾展示被養父硬生生折斷、關節脫臼畸形的手肘，最後她將戲劇性地把頭往後一仰，舉起雙手，撥開覆蓋額前的頭髮，露出髮角處粉紅色的疤痕，像一條蜈蚣盤伏蜷曲在那裡，那是她養母抓住她死命往牆上撞到頭破血流留下的痕跡。[16]

誠如文本所述「她一身就是一齣悲劇，她就是臺灣的養女的化身」[17]，在父權體制下，她被視為物品販賣，身分卑微猥瑣，但是趕上了動亂的時代，隨著政治與社會團體的改造運動（皇民化運動、臺灣文化協會或臺灣文化協進會）有機會改變自己的命運，她在摸索中努力希望自己可以成為時代的女性。王掌珠的情節，南方朔稱為「雌性敘述」：

所謂「雌性敘述」指的是大歷史下，與每個人有關的語言、服裝、生活行為這些小歷史或個人的歷史變化。語言、服裝為日常生活的符號層次的事物，乃是認同的註腳。[18]

王掌珠「一直以來，她被囚禁在大褂衫的牢籠裡，養母的體味一寸一

13 英國牛津大學高級研究員尼可．希爾認為「離散」是：（1）從原鄉散居到兩個以上的地方。（2）目前定居於國外，雖然不一定是永遠的，卻是長期的。（3）離散於各地的人士，可能來往於居留地與原鄉之間，於社會、經濟、政治、文化方面，彼此仍有著互動。（4）而跨國人士，則包羅萬象，連「離散」人士也可以包括於其中。轉引自林鎮山，《離散．家國．敘述——當代臺灣小說論述》（臺北，前衛出版社，2006），14。

14 施叔青，《三世人》，283。

15Linda McDowell，國立編譯館譯，《性別、認同與地方》（臺北：群學出版社，2006），17。

16 施叔青，《三世人》，70。

17 施叔青，《三世人》，70。

18 施叔青，《三世人》，8。

寸地滲入她的皮膚。掌珠多麼想脫下它，從牢籠中掙脫出來，把跟隨她貼身的氣味拋棄」[19]，「她要脫下那件千瘡百孔、沾滿養母惡劣氣味的大裪衫，與過去割裂，完全棄絕長時間以來所受的凌辱、羞恥，那些最不堪的記憶」[20]她身為養女，幸運的有雙大腳，趕上破除「小足是阿娘，大足是嫺婢」的時代，臺日社漢文部記者魏清德作歌詞解纏：

> 男以勤國家，女以操臼井；方今世文明，競爭日以騁。婦人於社會，為職豈全屏；所當健身體，努力完使命，胡為纏此足，詡詡自衿幸。父母生我時，我足本天然；未解惜言語，先喜步行便。稍長四五六，母命把足纏，愛何加諸膝，慘何置諸淵，有時立顛覆，竟夕痛熬煎；松柏本高直，桃李徒嬋妍。婦人重節操，纏足何為焉。……臺灣三陋習，纏足居其一。已纏宜解纏，未纏勿戕賊；還我自然軀，還我健康質。[21]

「掌珠慶幸自己一雙大腳，才跑得了遠路」[22]，她棄婚潛逃，得到文化協會資助，文化協會的律師告訴她「不必認命，……，身體是她的，她有自主權」[23]，甲午戰爭失敗後，廢纏足，興女學「纏足一日不變，則女學一日不立」[24]不纏足運動與興女學是臺灣婦女解放運動的初步，王掌珠也開始學習日文，她想寫一本小說，還為自己取了個筆名：「吳娘惜」，臺語的諧音就是無人疼惜，王掌珠選擇自己疼惜自己。她的命運和文化協會緊緊相連，甲午戰爭失敗後，不纏足和興女學是當時臺灣社會的政策主流，她依附臺灣文化協會的演講、活動，遠離養母的威脅，得到庇護，思想也受到洗禮。臺灣文化協會成立於 1921 年 10 月 17 日，臺灣文化協會的政治運動在日本人的眼中，是民族自決的運動。臺灣文化協會由當時的臺灣知識份子、留日學生、地主階級結社組織而成，臺灣知識份子以蔣渭水等人為代表，地主階級則以林獻堂為代表。臺灣文化協會綱領：「本會以普及臺灣大眾之文化為主旨」，綱領中明確提到「提倡女權思想運動」及「改良婚姻制度」[25]，1927 年 1 月 2 日，文協於臺中市榮町東華名產會社召開臨時理事會，蔡培火、連溫卿、蔣渭水均列有婦女政策「提倡男女平等，改良婚姻制度」[26]，而且在新文協會則第七條，明確設置婦女部事宜「以本會婦女會員於各支部，分部內特設婦女部」[27]。《三世人》將史實融入，建構王掌珠依附臺灣文化協會追尋身分認同的經過：文化協會為了傳播新思潮，在全島各地設立圖書館、讀報社，又舉辦巡迴演講，推出戲劇演出，以此社教活動做為手段，反抗日本統治，道出臺灣人被殖民的心酸」[28]。王掌珠依附臺灣文化協會成了自由身，但她並不反抗日本統治，她趕上皇民化運動，「生為臺灣人，死為日本鬼」[29]，王掌珠終於脫下大裪衫，她「把穿慣大裪衫的自己驅逐出去摒除在外，吐出一口氣，開放自己，進入日本人的浴衣，讓身體的各個部位去迎合它，交互感應，緊貼黏著在一起，填滿空隙，感覺和服好像長在她身上的另一層皮膚，漸漸合而為一」[30] 1937 ～ 1945 日本人為求穩定殖民地秩序、掌握人心，更加積極

---

19 施叔青，《三世人》，72。

20 施叔青，《三世人》，74。

21 龍岡，〈辮法纏足陋習之改革〉，《臺北文物》7.3（臺北，1958.10），113。

22 施叔青，《三世人》，70。

23 施叔青，《三世人》，73。

24 陳東源，《中國婦女生活史》（臺北：臺灣商務印書館，1997），317。

25 王詩琅譯，《臺灣社會運動史─文化運動》（臺北：稻鄉出版社，1988），350。

26 連溫卿，《臺灣政治運動史》（臺北：稻鄉出版社，1988），159-160。

27 王詩琅譯，《臺灣社會運動史─文化運動》，351。

28 施叔青，《三世人》，69。

29 施叔青，《三世人》，65。

30 施叔青，《三世人》，66。

推展日本文化於臺人生活中，王掌珠眼見「日語流行趨勢不可擋」，即使無法到公立學校獲得正規的日本教育，「她退而求其次，晚上到傳習所學日語，風雨無阻從不缺課。她嫌漢學仔仙的日語不夠標準，只跟傳習所的日本老師學，而且事先弄清楚是否教純正的東京腔。……掌珠相信日語說得愈純正，不帶腔調，會使她更接近成為日本人」。姚村雄在《日治時期美術設計中之「臺灣女性圖像」研究》說：

> 日治之後，日人統治者基於「同化政策」及「實用主義」的需求，而開始在臺灣實施新式的殖民教育，並以國語（日語）與實業科目的學習作為施教重點；因此，1897 年即在「國語學校附屬學校」設立「女子部」招收臺灣學子教導日語，使臺灣女性開始了正式進入學校學習。而 1919 年公佈的〈臺灣教育令〉，更進一步確立了殖民地臺灣的教育制度與實施方針，從其中有關女子教育的第四點：「女子教育的整備在打破本島人 陋習上發揮效果」內容中，顯示日人欲藉女子教育之實施以改善臺灣社會舊有的陋習。所以，日治時期的殖民教育實施，不僅使臺灣女性接觸了現代知識、文明，而啟迪了她們的視野、觀念，更使其能夠參與家庭 之外的生活空間與社會活動。[31]

王掌珠的解放過程，除了努力學習日本語，最重要的是服裝的改變，據研究：「日治之前臺灣婦女的穿著打扮，大致與閩粵原鄉相同，典型純樸的臺灣美女，通常是身著『大裪衫』、『琵琶裙』等傳統衣飾，並具有纖細的纏足與「鮒魚嘴、柳葉眉、尪仔面」姣美面貌者」[32]，王掌珠脫掉了大裪衫，改穿和服，為了同化需要，日本人往往以婦女身穿和服做為宣傳，「由官方宣傳機構《臺灣日日新報》所出版的《臺灣日日寫真畫報》，幾乎都是以各種日式生活中的婦女圖像，作為封面設計之主題，以加強日本生活文化之同化宣傳。[33]」然而日治時期的改變已逐漸感染西風，王掌珠「獲得自由身的當天，她剪斷腦後的長髮……從前養母拉扯著它來回撞牆的辮子，掌珠模仿到大陸留學的女學生，剪著齊眉的瀏海，『五四』運動遊行走在前頭的北大女學生的髮型」[34]，並且「穿上洋裝」[35]，這顯示王掌珠更跨越了女性侷限於傳統與家庭的場域，姚村雄說：

> 所以從日治中期的美術設計中可以發現，臺灣女性圖像已能以有別於中國傳統造形與日本傳統典型的新樣貌出現，女人逐漸從家庭、廚房等狹小空間跨足到以往男性主導的社會領域，她們自信地進出各種公共場所、參與各類社會活動、使用各種現代文明器物。經由各種進口商品與流行訊息的接觸與模仿，臺灣女性也開始有短衫、裙子等西式洋裝服飾的穿著裝扮，而表現出現代進步、活潑健康的新形象。例如1930 年代之後，臺灣女性受到西方流行文化的影響，亦開始有短髮捲燙形式的出現，從簡潔、清爽的短髮造型中，頗能顯現現代女性獨立自主的新形象。[36]

王掌珠在時代的推波助瀾下，雖然身為養女，卻比一般的傳統家庭的女子腳步更快，她「自覺是個感情、經濟獨立的新女性」。[37] 王掌珠腳步再快，也趕不上時代的巨變，「光復第二年，臺灣文化協進會在中山堂開

---

31 姚村雄，《日治時期美術設計中之「臺灣女性圖像」研究》，《設計學報》7.2：120。

32 片岡巖著，陳金田譯，《臺灣風俗誌》（臺北：眾文圖書公司，1996），82-91。

33 片岡巖著，陳金田譯，《臺灣風俗誌》，127-128。

34 施叔青，《三世人》，124。

35 施叔青，《三世人》，137。

36 施叔青，《三世人》，129。

37 施叔青，《三世人》，139。

第二次服裝問題懇談會」[38]，「目的是消除殘除的日本風俗習慣，把日本化的臺灣人改造為中國人」[39]，臺灣文化協進會成立於1945年11月18日，該會的創立宗旨為：「聯合熱心文化教育之同志及團體，協助政府宣揚三民主義，傳播民主思想，改造臺灣文化，推行國語國文」，就是執行把臺灣人改造成中國人的文化政策，「王掌珠很得意她身上穿的旗袍正是協進會制定的婦女服飾」[40]，然而，象徵時代新女性的旗袍，到底被迫脫了下來，「二二八事變動亂的那幾天，穿旗袍的掌珠被當作外省婆，把她從三輪車上拉下來，用剪刀剪掉下襬裙裾，掌珠回家脫下旗袍，從此換回大裀衫」，關於二二八事件，經過如下：

> 1947年2月27日，臺北市延平北路發生專賣局查緝員打傷女菸犯且釀成民眾致死命案。28日臺北市民向相關機關抗議未果，反遭行政長官公署機槍掃射，情勢一發難收，擴及全島，各地蜂起，全島騷動旋由各級民意代表與社會菁英組成「二二八事件處理委員會」，與行政長官陳儀交涉善後處理事宜，進而提出政治改革要求，情況漸趨穩定，然而，陳儀一面虛與委蛇，一面向南京請兵。國府主席蔣介石聽信在臺軍政特務人員一面之詞，貿然派兵來臺。3月8日晚，國府軍隊奉派抵臺，展開鎮壓，釀成屠殺，繼之以「清鄉」，進行全島性捕殺，民眾傷亡慘重，臺灣各地的社會菁英，也遭到有計畫的捕殺，犧牲殆盡，史稱二二八事件。其對臺灣政治、社會之影響，於今仍深且鉅。[41]

白色恐怖的影響，一直深深烙印在臺灣人的心中，穿回大裀衫，王掌珠又成為道地的臺灣人！

近年來，關於女性主義學者研究的焦點有了改變：「從主要強調世界各地男女的物質不平等，轉移到對於性別定義裡的語言、象徵、再現和意義的新興趣，以及主體性、認同和性別化身體等問題的關切」[42]，《三世人》的王掌珠「說她要用自己的故事，寫一部自傳體的小說，用文言文、日文、白話文等不同的文字，描寫一生當中換穿四種服裝：大裀衫、日本和服、洋裝、旗袍，以及『二二八事變』後再回來穿大裀衫的心路歷程」[43]語言和服裝是女性自我認同的象徵。然而，王掌珠到底想成為誰（歷史身分與國族認同）？是文本中嚴肅的女性課題。如果說文本中王掌珠不斷的改變語言和服飾是為了追求女性自我認同，這樣的思維，或許是有保留空間的。臺灣女性由於長期受到傳統儒家思想的影響，一直依附於父權社會，生活的範疇局限於家庭，然而隨著政治環境的變動和外來文化的衝擊，臺灣婦女有機會在日治時期及戰後走出家庭，接受教育和新文化的洗禮，王掌珠或許並不想刻意追求歷史身分與國族認同，她只是拜時代之賜，身為一個養女，她在「吳娘惜」（無人惜）的亂世中，比正常家庭的女子有機會出走、歷練，無心插柳，成為「婦女解放」[44]運動下的典型女性。因為如果她有強烈的自我意識或者國家認同問題，就不會隨著政治和社會的變動，一再的改變服飾和語言，或許王掌珠從來沒有認真的思索過「我想成為誰」這樣的課題，她是動盪社會中無依無靠的小女子，隨波逐流的改變自己，只為了能安然的活下來，卻意外的成為婦女解放運動的產物，使自己成為時代的「掌上明珠」，成為名符其實的「王掌珠」。

---

38 施叔青，《三世人》，125。

39 施叔青，《三世人》，125。

40 施叔青，《三世人》，225。

41 李筱峰，〈二二八事件〉，《再現臺灣》33（臺北，2006.6），3。

42Linda McDowell，國立編譯館譯，《性別、認同與地方》，9。

43 施叔青，《三世人》，29。

44「婦女解放」意指「提倡婦女在社會中伸張其角色及權力的一種主張」，引自 Andree Michel 著，張南星譯，《女權主義》（臺北：遠流出版社，1989），51。

四、施寄生的男性敘述——藉詩詞寄興中國意識

《三世人》的王掌珠是文本中女性的特殊典型，她沒有國族認同的困擾，她的成長與時代相浮沉，可以隨時改變自我意識而成為任何一種歷史身分。與之相反的典型則是洛津（鹿港）的施寄生，乙未割臺之後，面對時代的巨變，他的心情雖也隨之浮沉，但他也沒有國族認同的困擾，因為他以清朝遺民自居，不學日文，不用日本年號，活在屬於自己的中國意識中，唯一的困擾是面對時代的心靈調適。南方朔稱「雄性敘述」：

> 指的乃是隨著大歷史的轉移而造成的心靈變化，從乙未割臺到二二八事變，政權三度更換，人的心靈也由「清代認同」、「日本認同」、「中國認同」、「反中認同」四度更換。[45]

施寄生所處的年代是乙未割臺的初期，日本人的統治雖然對他造成心靈影響，但他卻沒有認同變化不定的困擾，因為，他的意圖很明顯：「我不想成為日本人！我是清朝的中國人！」這是《三世人》捍衛家國的「雄性敘述」。本節以施寄生堅持作為傳統詩人的行為活動來探討其歷史身分與國族認同問題。

文本述：「乙未變天至今他不學日文，不用日本年號，他以文言文作漢詩，只認同漢民族傳統，寄生堅持要做他自己」[46] 日本據臺以來，新舊文化交疊，臺灣社會已呈現新學日興、舊學日廢的現象，在當時許多「漢學」文人無不提倡維持漢學政策，莊子淵發表於大正九年（1920）九月的〈維持漢學策〉述：

> ……今中國積弱已甚，外患頻仍，敗於東，喪於西，失其地，契其民，幾不成其國，故文學因之而微，遂使孔孟之道，等於弁髦；天人之學，

輕如敝屣。比新學者流，竟藐之為舊學，視之為畏途，聲類相應，公然附和。今日議廢之，明日議滅之。噫！漢學也，而可廢乎哉？[47]

臺灣淪為異族之地後，施寄生自署遺民，藉詩抒懷其志；乙未割臺後，他響應臺灣文化協會設置的漢文委員會，卻發現所謂的「漢文復興」只的是白話文。他對於文化協會的政策感到失望，「寄生說他要做他自己。用文言文寫漢詩他才能做他自己，他拒絕成為自己以外的另一個人」48，割臺的第 2 年，寄生在家中成立詩社，黃美娥說：

在臺灣古典文學領域中，有關日治時代傳統詩社的研究，是極為重要的部分，相關成果匪鮮；而目前論述所得，大抵偏於表彰、闡發詩社傳承漢文化於不墜的功勞，且多以抗日精神的稱揚為要。……過去以來，日治時代的臺灣新、舊文人／文學，以及傳統文化與現代文明，在相關文學史著述中，常常被描述成對峙與搏鬥的關係；實際上，若就「傳統」詩社而言，也的確存在著以其自我的文學／文化規律來看待「現代」的情形，這些傳統詩社的文人群，在其心中仍然固執於某種文化／文學記憶，此即舊文學典律及傳統文化主體性的堅持。[49]

施寄生自許為清朝遺民，懷著中國意識，即使「統治者切斷臺灣人原有的地理方位，讓他們成為一群沒有過去、沒有歷史的遊民」[50] 寄生設帳

45 施叔青，《三世人》，8。

46 施叔青，《三世人》，20。

47 黃茂盛編，《崇文社詩集》（嘉義：蘭記圖書部，1927），39。

48 施叔青，《三世人》，54。

49 黃美娥，《重層現代性鏡像——日治時代臺灣傳統文人的文化是域與文學想像》（臺北，麥田出版社，2004），145。

50 施叔青，《三世人》，52。

援徒的書塾被日本當局取締，「為了生計，只得擊缽遊食，到臺北、新竹、臺南的詩社串連，鼓倡詩社，為延續斯文於不墜而奔走」[51]，世風推移，人心思變，寄生的鼓倡詩社，目的是要維繫漢文的存在，證明自己是中國人。日據時代傳統詩社的成立是中國民族意識的伸張，是一股文化能量的凝聚，施寄生的表現是日治時代傳統詩人的寫實縮影，如大正 11 年（1922）《臺灣日日新報》報導「新組織吟社」成立的訊息：

> 稻艋有志詩學青年，此番新組織一吟社，……其會則如左：一、本社以維持漢學及修養詩學為目的。二、本社稱為天籟吟社。[52]

乙未割臺以來，面對人事已非的巨變以及西方文明的衝擊，傳統文人凝聚詩社，企圖在文化定位中尋找歷史身分與國族認同，例如創立於昭和 5 年（1930）10 月的《詩報》，依報刊主旨所言：

> ……學校已廢漢文，而書房亦不易設，故鼓舞島內漢文，惟有各施設吟會可以自由，本報及為此而為發表機關[53]

施寄生在國族認同的建構過程，以漢詩抒志載道，就如文本所述：「回歸中原的幻想始終沒有在真實生活發生」[54]寄生只能藉詩文神遊故國，而「漢學書塾被迫關閉，擊缽唱吟被推動白話文的文人恥笑為無病呻吟」[55]寄生所面對的不只是漢文日文的問題，還有當代的新舊文學之爭，既不肯被奴化為日本人，又不見容於當代汲汲推動白話文的臺灣人。

寄生有著強烈的故國意識，文本述：

> 寄生一直相信臺灣與中原唐山本來陸地相連。中間被海峽隔開，是在亙古時代一次雲鼇動眼、天柱震搖的大地震，地牛翻身，山海移動，臺灣才從唐山剝離出來，自成一個四面環海的孤島。……乙未變

天，臺灣島上的人不知不覺間被大清帝國遺棄，一夕之間變成棄地棄民，……寄生真不想繼續漂流在這海島上了，他但願率領族人穿過海峽地面，回到泉州沿晉江而居重又貼近華夏文化。[56]

對於施寄生而言漢詩的興衰與中國意識是息息相連的。《三世人》的人物極其複雜，而文本中的人物對於國族認同又隨著政治的變遷而有「清朝中國人」、「日本人」、「中國人」、「臺灣人」的巨變，然而，唯獨施寄生是個例外，讀者可以嘲弄他抱殘守缺，遲遲不肯剪去辮子；也可以不恥他以舊派文人自居，將興亡之感寄託於詩詞和美色；更可悲可笑的是大清皇朝根本不看重臺灣的得失，施寄生竟然完全沒有自覺，一廂情願地把自己當成是「清朝的中國人」。施寄生這樣的角色所象徵的是日據時期臺灣社會的中國意識，依照《馬關條約》，兩年內未離開臺灣的民眾自然成為「日本國民」，然而仍有一群知識分子，留在臺灣以文化的集體行動展現自己的中國意識，黃呈聰說：

回顧歷史，我臺灣文化，曾由中國文化作為現在的基礎，無論風俗、人情、社會制度，盡皆如此一一從文化上說，中國為母，我等為子，母與子生活上的關係，其情誼之濃，不必我等多言。[57]

---

51 施叔青，《三世人》，59。

52《臺灣日日新報》第8047號（大正11年10月21日），收錄於《臺灣日日新報》明治31年5月治昭和19年3月，國立中央圖書館臺灣分館館藏微卷。

53《詩報》第30號（昭和7年2月24日），頁1，收錄於《詩報》，昭和5年10月第1號至19年9月第319號（中有殘缺），國立中央圖書館臺灣分館館藏。

54 施叔青，《三世人》，206。

55 施叔青，《三世人》，207。

56 施叔青，《三世人》，206。

57 轉引自若林正丈《臺灣抗日運動史》（東京：研文堂，1983），230。

又如李友邦在談及日據下臺人心態亦指出：

> 臺灣割後，迄於今日，已40餘年，雖日寇竭死力以奴化，務使台人忘其祖國以永久奴役於日人。然臺人眷戀祖國的深情，實與日俱增。時間愈久，其情愈殷，是並未嘗有時刻的忘卻過。[58]

《三世人》的施寄生其歷史身分與國族認同是極為明確的，除了「清朝的中國人」這個身分，他不想成為誰——既非日本人，也非臺灣人！或許在日據時代的統治下，他除了明顯的不願日本化，更漠視自己所活動的舞台是臺灣這塊土地，「清朝的中國人」成了他唯一的身分，這使得《三世人》中王掌珠的角色情節與他成為強烈而有趣的對比，這樣的對比意圖，終歸要回到「誰是臺灣人」的嚴肅課題。

五、結論——呼之欲出「誰是臺灣人」

施叔青說「二二八」殺臺灣人不需要理由！[59]《三世人》中的二二八事件把認同「中國人」、「日本人」的小說人物全部都變回「臺灣人」！隨波逐流的王掌珠穿回了象徵臺灣婦女傳統服飾的大裲衫；施寄生早已往生，他的中國意識也隨之埋葬，他的孫子施朝宗已是日治第三代，早已認同日本文化。《三世人》是臺灣進入現代化以後三個世代的故事，從文化協會啟蒙到二二八事變爆發，作者遍閱史書，在歷史事實的架構下，讓歷史人物與虛構人物交疊呈現，文本中除了本文探討的王掌珠，施寄生，還有許多迷惘的「三世人」，例如軟弱的黃贊雲醫生「感恩日本統治者對他所做的一切。出身寒微的他，做夢也不敢想像有朝一日會當了醫生。如果沒有日本人的栽培，他的出路是繼承父親的衣缽，挑著擔子沿街替人補鐵鍋」[60]，他裝作不認識父親，兒子被日本小孩欺負，他逆來順受，並刻意與文化協會的分子保持距離，他意識到自己是臺灣人的身分，卻從日常生活中刻意成為日本人。阮成義是作者認為《三世人》中比較有創意的人物，他是出身富裕茶商家族的阿舍，卻是都會中遊閒的高等遊民，他一方面接受日本人引進的科學與民主，一方面苦悶於殖民者對他的壓制，最後在日本當局大肆逮捕民主人士的時機決定行動暗殺大國民，很遺憾阮成義沒有成為《三世人》的英雄，他只是想在殖民者的統治下尋找自己的生活定位，連國族認同都談不上。律師蕭居正娶了日本太太馨子，他從小讀日本書長大，與漢文化早就脫節，卻瞭解「臺灣的知識份子的心靈反應還是很傳統，行為作派延續父親、祖父上幾代，根深柢固舊有的連續，距離日本化、現代化何其遙遠」[61]，他意識到這點，希望改造自己先天的社會性格，以符合日本人替他設定好的類型。《三世人》描繪當代的知識分子在殖民統治下歷史身分與國族認的迷惘，他們或者堅持「我是誰」，或者堅持「我不是誰」，然而在殘酷二二八的政治迫害下，全變回了「臺灣人」。

1895年臺灣割讓給日本，茶、糖、樟樹是臺灣當時的三大出口品。「日本據臺之後，於1899年實行樟腦專賣，雖有外商反對，日本政府仍不理會，而樟腦專賣終成日本在臺政治府四大稅收之一」[62]《三世人》每一卷都以樟腦的擬人化作為獨白，作者以樟樹做為整部小說的隱喻，樟腦由臭樟變成芳樟，價值搖身一變水漲船高，成為列強覬覦的產物，然而樟樹還是樟樹，只是在經濟生產者的眼光不同，而迷惘的《三世人》中的人物不

---

58 王曉波編《臺灣抗日文獻選編》（臺北：帕米爾書店，1985），177。

59 施叔青，《三世人》，274。

60 施叔青，《三世人》，100。

61 施叔青，《三世人》，168。

62 林滿紅，《茶、糖、樟腦業與臺灣之社會經濟變遷（1860-1895）》（臺北：聯經出版事業股份有限公司，2004），134。

也是如此嗎，不管堅持自己是「清朝遺民」、「日本人」、「中國人」，這些角色永遠都具有「臺灣住民」的身分，因為他們都生於斯，長於斯，與這片土地的政治文化，歷史變遷脫不了關係。這樣的感受筆者以為《三世人》的作者應該最為深刻，她移動於美國、香港、臺灣三地，筆耕不輟，而終究得面對歷史身分與國族認同的課題，或許她從未迷網，但她一定能同情的瞭解《三世人》的迷惘正是臺灣人的迷惘，臺灣人的命運。在時間的沉澱下，回顧歷史，施叔青寫出了《三世人》的徬徨、受苦與無力，把臺灣最艱難的時刻以小說之筆寫出，以不同的視角詮釋臺灣人「歷史身分與國族認同」的課題，為臺灣歷史作了見證。

參考書目

Andree Michel 著，張南星譯，《女權主義》，臺北：遠流出版社，1989。

Linda McDowell 著，國立編譯館譯，《性別、認同與地方》，臺北：群學出版社，2006。

片岡巖著，陳金田譯，《臺灣風俗誌》，臺北：眾文圖書公司，1996。

王詩琅譯，《臺灣社會運動史——文化運動》，臺北：稻鄉出版社，1988。

王曉波編，《臺灣抗日文獻選編》，臺北：帕米爾書店，1985。

林滿紅，《茶、糖、樟腦業與臺灣之社會經濟變遷（1860-1895）》，臺北：聯經出版事業股份有限公司，2004。

林鎮山，《離散・家國・敘述——當代臺灣小說論述》，臺北：前衛出版社，2006。

施正鋒，《臺灣人的民族認同》，臺北：前衛出版社，2000。

施叔青，《三世人》，臺北：時報文化出版企業股份有限公司，2011。

若林正丈，《臺灣抗日運動史》，東京：研文堂，1983。

連溫卿，《臺灣政治運動史》，臺北：稻鄉出版社，1988。

陳東源，《中國婦女生活史》，臺北：臺灣商務印書館，1997。

黃美娥，《重層現代性鏡像一日治時代臺灣傳統文人的文化是域與文學想像》，臺北，麥田出版社，2004。

黃茂盛編，《崇文社詩集》，嘉義：蘭記圖書部，1927。

黃娟，《寒蟬》，臺北：前衛出版社，2003。

黃娟，《落土蕃薯》，臺北：前衛出版社，2005。

黃娟，《歷史的腳印》，臺北：前衛出版社，2001。

李筱峰，〈二二八事件〉，《再現臺灣》33（臺北，2006.6），3。

姚村雄，《日治時期美術設計中之「臺灣女性圖像」研究》，《設計學報》，7.2（雲林，2002.12），120。

陳昭利，〈離散・敘述・家國——論黃娟及其《楊梅三部曲》〉，《通識論叢》，7（臺北，2008.6）。

劉俊，〈第一代美國華人文學的多重面向——以白先勇、聶華苓、嚴歌苓、哈金為例〉，《常州工學院學報》，（常州，2006），16。

龍岡，〈辮法纏足陋習之改革〉，《臺北文物》7.3（臺北，1958.10），113。

《風前塵埃》的女性空間書寫

黃憲作
佛光大學中國文學與應用學系副教授

列斐伏爾（Henri Lefebvre）：「空間裡瀰漫著社會關係；它不僅被社會關係支持，也生產社會關係和被社會關係所生產。」

施叔青《風前塵埃》中的女性空間書寫主要集中在三代的女性——綾子、月姬、無弦琴子——關於花蓮的觀看、感知與再現。人類對於空間的認知來自身體，身體就是地方，標誌自我和他者之間的邊界，兼有社會和物理上的意義。花蓮作為一個新殖民地，成為殖民者（而且還是個女性）觀看的對象，將產生幾種不同的樣態。女性，就如西蒙波娃所說：「一個人不是生為女人，而是變成女人。」因此女性的身體感知也帶著社會關係——馴服與被馴服、知識與文化、自覺與非自覺、建構與被建構，女性的社會建構與被殖民的經歷類似。透過橫山一家三代女性的身體，在被殖民的花蓮映現錯縱複雜的空間認同。無弦琴子說：「其實臺灣就是我的故鄉，可是很奇怪，心裡又想否定它，出生在殖民地，好像就比較卑下委屈，好像如果我的故鄉是日本，就不會感到自卑。」被殖民的印記不僅銘刻在被殖民者身上，也印記在殖民地的殖民者身上，彷彿來自「那個空間」的人都是低一等的人，顯然空間對於人的作用，同化與土著化的可能性都存在，因此在「灣生」的殖民者身上，產生了與日本的殖民者不同的物理變化。在這樣的理路下，《風前塵埃》中的女性空間書寫，展現不同於男性視野的花蓮空間再現。

關鍵詞：施叔青，風前塵埃，空間書寫，地方認同，性別

一、前言

列斐伏爾（Henri Lefebvre）表示：「空間裡瀰漫著社會關係；它不僅被社會關係支持，也生產社會關係和被社會關係所生產。」（夏鑄九、王志弘，20-21）也就是說，空間並不是客觀的物質性存在，空間從一開始就是透過身體的參與而組織起來的。左右、上下、前後，都是組織空間的基本方式，是以身體為中心的介質介入。人是群體的動物，身體接受社會文化銘刻，對於空間的認知依然是社會文化的產物，所以說空間一開始已然是社會的空間了。

胡波（Barbara Hooper）擴充列斐伏爾「（社會）空間始自身體」的論述，將身體——城市——文本銘刻於她所謂地方中的秩序（order in place），以及軀體學（somatography，亦即身體書寫）的再現實踐上。這是幾千年前隨著身體和心靈的區分而展開的肉體階層分化，就像地理學（大地書寫）一樣，將混沌的物質編排為政治性的意義和疆域。胡波說：「它是骨和肉、化學和電流的實質物質空間；它是高度中介的空間，是由文化詮釋和再現所轉化的空間……，總言之，它是個社會空間，是揉合了權力和知識運作，以及身體活躍的無可預測之運作的複合體。」（索雅〔Edward W. Soja〕，151）也就是說身體與空間的銘刻，有著複雜的複合關係，空間一向是被各種歷史的、自然的元素模塑鑄造，這是一個政治過程，也就是說空間是政治的、意識形態的，身體的文化塑形亦不遑多讓，它是充斥著各種意識形態的產物。傅柯（Michel Foucault）將身體理論化為一種由社會實踐銘刻的表面，指出身體受到了論述所建構之機構場合的作用。這導致了視為理所當然的實踐，身體在這些實踐過程裡接受規訓和常規化，社會再生產也得以完成。規訓過程發生於各種社會場合，從家庭、學校到工作場所。（麥道威爾〔Linda McDowell〕，66-68）

殖民主義關於女性的身體論述與男性不同，根據啟蒙運動的二元概念，心靈、理性乃與大自然及身體分割，女性與其他種族的直覺則接近自然，也就是說，殖民者男性是理性的、有靈魂的，被殖民者則是非理性的、缺乏靈魂的，有時甚至被認為具有動物般的激情，受身體驅使，面對慾望時難以控制身體和性慾，由此可見殖民地的種族顯然缺乏感官控制力。而殖民宗主國的女性及較低階級者、孩童也是較身體化的，更正確來說，是心靈對身體缺乏控制力，與被殖民的種族一樣都是必須被馴化的。（夏普〔Joanne P. Sharp〕，49）在這樣的論述下，女性身體區位的生產，被排列在劣等地位上，與孩童、低等人種並列，蒙受身體拘限並以不恰當的姿態被標記、界定為「她者」（Other）。由此可知，身體被社會建構，女人被男人建構，女性殖民者的地位，在殖民地處於一種曖昧的位階，介於殖民者與被殖民者之間，有時則是與被殖民者同列。

《風前塵埃》透過曾為殖民宗主國的日本三位不同世代女性的身體銘刻，在日本與殖民地花蓮之間，映現錯縱複雜的身體感知與空間認同。橫山家第一代女性橫山綾子嫁給名古屋一家和服綢緞店的夥計，本以為會和丈夫在織錦綢緞堆中過一生，因為丈夫橫山新藏不想當個夥計庸庸碌碌過一生，聽說到殖民地臺灣當警察待遇優厚，升遷比內地警察快，於是帶著新婚妻子應徵到臺灣來。很快的機會來了，在太魯閣戰役中沒有發過一槍一彈的橫山新藏，在戰役結束後升任為巡查部長，負責立霧山咚比冬駐在所。住在這個深入原住民部落的駐在所宿舍，橫山綾子感覺被拋棄在山上與世隔絕，綾子被日本文化馴化的身體，受不了殖民地臺灣缺乏四季分明的氣候，以及彷彿有一雙窺視的眼睛總是注視著她，令她神經衰弱，於是拋下丈夫、女兒回日本養病。橫山綾子無法像她的丈夫以征服者的姿態，把臺灣視為皇土，四時失了秩序與節奏，使她不知如何生活，遂以養病為由逃離了這個空間。橫山綾子的女兒橫山月姬則是在臺灣出生，被寄養在移民村，不但四時節候沒有對她造成困擾，而且自由出入於被隔絕的移民村與駐在所之間，更與原住民少年哈鹿克·巴彥戀愛，在露天溫泉與吉野布教所的地窖主導兩人的性愛，突破禁忌。這個掌握極度自主權的身體，卻在戰後回到日本時因為灣生身分備受歧視，同時極力隱藏一個「來路不明」的女兒的來歷，導致女兒無弦琴子對她的不諒解。回到日本的月姬，因殖民地的經歷使她無法融入日本社會，封閉自我，把記憶鎖到硬殼裡，到了晚年甚至失憶。女兒無弦琴子努力地想撬開硬殼，從母親的回憶與寫真帖裡，以及回到母親的出生地尋找線索。出生於臺灣成長於日本的無弦琴子，一樣因為灣生的身分被歧視，必須矯正自己的口音，努力學習「東京腔」來尋求認同。但是父不詳、出生來歷不明使她無法認同自我，感覺自己是一個殘缺不全的人，對於母親的憤怒，甚至做出所有忤逆母親的舉動。為瞭解開自己的身世之謎，琴子回到花蓮，在天祥山上那幾天，她感受到與自然大地親近在自己的內在所引起的微妙變化，大自然喚醒她，開始懂得母親與哈鹿克·巴彥的感情。

從這一家三代女性的身體銘刻現象來看，身體、空間與社會的辯證不曾間斷。因為「感覺結構」的差異，[1] 文化與歷史在這三位女性身上的空間銘刻作用不同，作為宗主國女性對於殖民地與宗主國之間的空間適應／掌握，因為性別而有所不同，本論文試圖以女性空間的研究進路探索施叔青的殖民地空間書寫。

二、不得其所／無家的女人

巴舍拉（Gaston Bachelard）認為，一切真正為人棲居的地方，都有「家」這個觀念的本質。在價值層面，它們一起構成了記憶和意象的共同體。因此，家屋不只是每日的經驗，是敘事裡的一條線索，或是在你述說的自己故事裡。透過夢想，我們生活中的寓居場所共同穿透且維繫了先前歲月的珍寶，因此，家屋是整合人類思想記憶和夢想的最偉大力量之一，沒有了它，人只不過是個離散的存在。（巴舍拉，66-67）可以說家屋是人的延伸，就像額外的皮膚或是第二層衣服，家屋是人社會化的首要作用者，Joelle Bahloul 認為家庭空間是「社會秩序的物質再現」，而且「社會再生產，乃透過再現於棲居場所的社會秩序的象徵性永存來達成維繫。」（麥道威爾〔Linda McDowell〕，54）通常理論家賦予家屋／家帶有庇護和安全、愉悅的意味，是社會秩序的象徵，還是記憶的儲藏庫。但是女性主義者對於「家」作為祥和「庇護所」的家園圖象深感懷疑，認為這是以男性中心的觀點所發展出來的論述，掩蓋了家庭權力關係的真相。

橫山新藏離開家鄉前往殖民地，雖然離鄉背井，但是這裡充滿著改變身分的機會，是留在家鄉無法實現的，橫山新藏不想一輩子當個和服店的夥計。（施叔青，54）來到殖民地遙遠的山上，他果然扭轉了原來的身分，建立了作夢也想像不到的權威身分。（施叔青，123）他的妻子並不這麼想，橫山綾子只想做一個安分守己的女人，在她小小的世界安身立命。綾子以為她和丈夫會在織錦綢緞堆中過一輩子，她所想像的婚姻生活是以陪嫁的手搖縫紉機幫人做下手貼補家用，如果有小孩，最好是女孩，會讓她穿上印花和服，在名古屋河邊草地上晾曬的緞子當中像花蝴蝶一樣穿梭玩耍。等丈夫熬到「番頭」當掌櫃，在春天河邊公園的櫻花盛開時，丈夫請

---

1 感覺結構是雷蒙．威廉斯（Raymond Williams）提出的術語，根據威廉斯的意思，「感覺結構」是「在特殊地點和時間之中，一種生活特質的感覺；一種特殊活動的感覺方法」結合成為「思考和生活的方式。」威廉斯論述道：某一世代經由正式或非正式的訓練，可以把其文化中的行為和態度元素傳授給他的下一代，但是新的下一代將擁有自己的感覺結構，而不會呈現它來自何方。也就是說，每一世代的感覺結構將有所不同，雖然有一部分承襲自上一代。參見艾蘭．普瑞德（Allan Pred）著，許坤榮譯〈結構歷程和地方——地方感和感覺結構的形成〉，收在夏鑄九、王志弘編譯《空間的文化形式與社會理論讀本》，頁 92-93。

她一起去賞花，這就是她想像中的美好人生。（施叔青，58-59）雖然心中怨恨丈夫把她帶到世界的外邊，但是橫山綾子不敢拂逆丈夫的意願，隨著丈夫前往殖民地深入山地的部落，駐在所像個山寨一樣，孤立在叢山峻嶺間，唯一對外的通道是一條鐵索橋（吊橋），高懸於峽谷的吊橋，峽谷深不見底，橋身又長，被煙霧繚繞著往往見不到另一端，年輕警員的新婚妻子不敢過吊橋，搭船回返北海道的娘家。綾子留了下來，她自覺被拋棄在這山上與世隔絕。她驚嚇無助，不知自己為什麼會被放逐到這個壁虎、蜈蚣出沒的山巔，與毒蛇、黥面的番人為伍。（施叔青，58）綾子自認是從文明世界的中心被放逐到世界之外的蠻荒地帶，這是以自我為中心的世界觀，因為身體來開熟悉的社會空間，就像被放逐到世界之外。從空間來看，吊橋是唯一對外聯繫的管道，吊橋的另一端則經常籠罩在雲霧中，也就切斷了她與原來世界的聯繫，使得綾子的空間感必須重新建構。

駐在所宿舍雖說是綾子在花蓮的「家」，但是對她來說，這不是家，是監獄。建在山巔的宿舍屬於日本書院造建築，這種建築形制注重與自然接近而融為一體，人在屋裡，可聽到蟲鳴鳥叫，如果將四周的紙門拿掉，便只剩下木柱和屋頂，可以完全融入自然。然而對遷居者來說，在陌生地方對於空間的安全感及認同感尚未建立，在此屋裡的人好像暴露於外，毫無遮掩，即使是門窗緊閉，也是薄牆紙門，無法達到建築所欲起的保護作用。在日本，這種建築原本是為了追求與自然融為一體，但是在充滿敵意的殖民地，綾子感覺自己隨時暴露在原住民的凝視之下，一雙窺伺的眼睛始終跟隨著她。為了把那雙窺視的眼睛阻擋在外面，大白天也門窗緊閉，還用黑布罩住紙窗、門，不管天氣如何悶濕，可憐的綾子也不敢拉開紙門。（施叔青，69-70）從這裡可以看出宗主國女性在殖民地的角色，因為性別的緣故，翻轉了殖民者與被殖民者的凝視，主客易位。駐在所的建置原是為了監視原住民的一舉一動，它的建築結構或許不像傅柯所指出的「全景敞視主義」的建築，[2] 但是駐在所獨立在原住民部落中間，監視的作用則是相同的。不過在原住民部落中，異族女性成為被窺視的對象，綾子被驚嚇到用棉被蒙住頭臉，以「不見」來回應她與環境的關係，長期封閉自己，與外界隔絕，所以她與地方的關係（地方感）無法建立，在空間中無法產生「方向感」與「認同感」。[3] 在山中漫長的時間，以妝扮自己來消磨時光，但是鏡子裡一張白濛濛的臉，自己也無法辨識，她不敢再看鏡子裡的自己，怕失去自我控制。（施叔青，60）化妝就是自我建構，這是一種強化自我認同的象徵，鏡中的鏡像（自己）無法辨識，象徵她找不到自我：在這個異域空間中，失去生活秩序，無法與空間互動，她迷失了自我，她形容自己「靈魂感冒了」──鼻子不通，說話鼻音很重，長期失眠，早上找不到起床的理由，白天不敢一人獨處。（施叔青，70）從以上的描述可知綾子的生活狀態，處於空間失序與生活失能，丈夫卻告訴她，他們的住所周圍是幾丈深的壕溝深塹，四周還有通電的鐵絲網──以一種隔絕的態度來回應環境──幾乎是銅牆鐵壁的防衛。（施叔青，69）從另一個角度來看，那就是一座監獄，他們被電網圍繞、住在被原住民監看的地方，所以綾子的不安全感始終存在。她的感覺是對的，丹大山卡西巴那駐在所被布農族人攻破，一位巡查部長與九位下屬皆被馘首。（施叔青，65）消

---

2 全景敞視建築是一種分解觀看和被觀看二元統一體的機制，在環形邊緣，人徹底被觀看，但不能觀看：在中心瞻望室中，人能觀看一切但不會被看到。參見傅柯（Michel Foucault）著，劉北成、楊遠嬰譯《規訓與懲罰─監獄的誕生》，臺北市：桂冠，1998，p.201。

3 關於空間的方向感和認同感可參考諾伯．休茲（Christian Norberg Schulz）的說法：「當人定居下來，一方面他置身於空間中，同時也暴露於某種環境特性中。這兩種相關的精神更加可能稱之為『方向感』（orientation）和『認同感』（identification）。想要獲得一個存在的立足點，人必須要有辨別方向的能力，他必須曉得置身何處，而且他同得在環境中認同自己，也就是說，他必須曉得他和某個場所是怎樣的關係。」諾伯．休茲（Christian Norberg Schulz）〈場所？〉，收在季鐵男編《建築現象學導論》，臺北市：桂冠，1992，p.135。

息傳來，兩人以也許是「最後一餐」的心態來面對晚餐，把最好的餐具拿出來使用，可見這個「家」已失去家應有的庇護功能。

駐在所宿舍本應該是家的地方，卻失去家的功能，不但無法庇護居住者的安全，反而是孤懸在敵方陣營的一個孤島，是生活中恐懼的來源。綾子為了順應丈夫追求功名的雄心，必須壓抑自己的不安與恐懼。橫山新藏為了安慰妻子，讓她有歸屬感，在立霧山上建造一座日本式庭園，他佇立園中欣賞看似不假思索，其實特意堆砌的假山，很是得意。除了日式庭園之外，他們還想蓋一座日本茶室，綾子建議把那株臺灣扁柏移開，種上日本松樹，茶室的味道清雅風情才顯現得出來。（施叔青，63-64）從這些努力可以發現，殖民者無分男女與階層，都希望能複製家鄉熟悉的建築照原樣再現於殖民地，但是他們遇到多數殖民者相同的困境，無法克服環境、氣候的差異，因此無法把原汁原味的建築搬到新的地方，必須有所妥協，所以臺灣扁柏取代了日本松樹。

橫山月姬的認同與母親正好相反，臺灣才是她的家鄉。因為母親擔心駐在所的環境不適於小孩的成長，把她寄養在吉野移民村的一戶農家，過著日本人的生活，她認為這樣應該會有一個真正的童年。綾子所謂真正的童年，大概就是在日本家庭的生活方式吧，因此更證實了山上的宿舍並不是一個正常的「家」，無法提供月姬正常的生活環境。月姬記憶裡的「家」是整齊的日式農舍，屋頂覆蓋著日本瓦，桁架及天花板都是檜木板所構成，牆壁是編竹加上黃土、稻草混合而成，牆面抹上石灰，屋外牆覆上魚鱗狀的檜木板。[4]月姬說：「屋舍是簡陋了些，不過，提供了移民一個能夠遮風避雨的『家』！」（施叔青，84）月姬借住吉野村山本一郎先生家，他們本來是住在四國德島的佃農，複製了日本農民的家屋形式，保留了日本的生活型態，他們極力在殖民地隔離的空間（不准漢人及原住民進入）中複製母國的一切，以免被臺灣同化。[5]但是月姬回憶裡，吉野移民村沒有梅花報春，五月在日本是微風送爽的青葉時節，在吉野卻是已經汗水淋漓。山本先生的農舍，九里香的矮牆內，院子種著香蕉、釋迦、石榴等果樹，玄關右前方的玉蘭樹開著很香的花。（施叔青，19）九里香（又稱七里香）、香蕉、釋迦、玉蘭花都是臺灣的植物，也就是說，即使刻意封鎖與當地人的交流，以保持原汁原味的日本生活，但是因氣候與植物而使空間有了變化，月姬的生活空間已經被臺灣化了，與日本本土畢竟還是不同，再怎樣努力複製母國文化環境，殖民者在殖民地上仍不得不妥協地接受適當的替代品與改造，因而月姬關於家的空間記憶，自然不同於母親綾子。

家和身體都是記憶的儲藏所，月姬神智清楚的時候，老是念著她住過的花蓮，要女兒無弦琴子代她回去看看吉野移民村的弓橋下那三條青石板是否還在。依據月姬的說法，那是山本一郎從七腳川山上挖到長短相近的三條青石板，鋪的時候她也在場，這三條青石板顯然成為月姬的在場證明，因此屢次出現在她的回憶中。70 歲以後，月姬心智急速退化，有幾次甚至迷路回不了自己的家，有時會問女兒她身在何處？花蓮還是東京？指著小院的柿子樹，說從來沒有看過這棵樹。（施叔青，78）柿子樹曾經是綾子回日本的理由，[6] 為什麼同樣的柿子樹帶給月姬和母親不同的

---

4 起源於英國鄉下房舍的魚鱗板又稱雨林板，橫渡大西洋到美洲大陸，影響到美國的建築，再從美國橫渡太平洋，在明治時期進入日本，最後滲透到日本列島各個角落的建築。可以說，在日本人心中純日式的建築，其實也是帝國主義殖民的產物。參見藤森照信著，黃俊銘譯《日本近代建築》，臺北市：五南，2008，p.106~107。

5 吉野村是七腳川社被驅離後空下來的土地，以重新規畫的空間，複製日本農村的建築，招募日本農民移居，刻意與臺灣其他住民隔離，避免被臺灣人同化。參考翁純敏《吉野移民村與慶修院》，花蓮市：花蓮縣青少年公益組織協會，2009，p.28~30。

6 綾子向丈夫乞求回日本探望父母，丈夫嚴肅的臉色使她話一出口，變成談起娘家院子裡那兩顆柿子樹：「應該果實纍纍了吧！多麼想看一眼掛在樹上的柿子模樣哩！」《風前塵埃》，p.68。

意義？這是月姬的難題，母親的故鄉不是她的故鄉。對月姬來說日本的意義頗為複雜，介於異鄉與家鄉之間，她的靈魂流連於故鄉臺灣而不願面對異鄉日本，但她又怯於承認臺灣是故鄉，比母親綾子在臺灣的狀況更為複雜，畢竟當年母親有故鄉可回，而她卻是已無路可退。無弦琴子記得小學放學回家，常會看到母親坐在窗前的藤椅，膝上攤開家族寫真帖，以手支頤，對著窗外的小院陷入沉思，就坐在黑暗裡，進入遙遠的記憶空間。（施叔青，75-76）顯然地，月姬透過寫真影像的召喚，回到記憶裡的家。反觀綾子拋下丈夫與女兒，卻很高興回到四季分明的家鄉，神清氣朗的站在家中院子黐樹籬笆旁，她讚嘆：「永遠看不厭富士山主峰下那優美的裙襬似下垂的弧度。」（施叔青，117）綾子這種對日本本土的感情在月姬身上很難發現，在日本的家中，月姬總是陷在黑暗的空間中，弄不清楚自己在那裡，但是對於花蓮的街道、建築的描述卻歷歷如繪如在目前。無弦琴子覺得臺灣才是母親真正的家，但臺灣是一個回不去的家與被剝奪的故鄉認同，月姬自己也承認：「其實臺灣就是我的故鄉，可是很奇怪，心裡又想否定它，出生在殖民地，好像就比較卑下委屈，好像如果我的故鄉是日本，就不會感到自卑……」（施叔青，128），在殖民地出生的月姬對日本有一種奇妙而不知如何解釋的感覺，那是父母親的家鄉，卻不是自己的家鄉，但因為出生在臺灣，日後被驅逐出臺灣，所以變得漂泊無依，變成無家的人。

綾子、月姬與無弦琴子都是尋「家」的女人，這一家三代，在臺灣與日本之間追尋自己認同的土地與家。花蓮的「家」使綾子不安，而月姬則是不敢承認，無弦琴子也是，她知道自己出生於花蓮，卻自認為是日本人，臺灣對她來說是一個空白的存在。作為灣生第二代，無弦琴子有一個空白的童年，而且父不詳，只知道出生於花蓮，又無法從母親口中得知自己的出生來歷，因此對母親產生敵意，對於臺灣／花蓮更無從產生認同。

出於對母親的憤怒，所有忤逆母親的舉動，無弦琴子沒有一件沒做過：離婚、墮胎、濫交、抽大麻、60年代的全學運、全共鬥、遊行罷課、暴力示威……，她全經歷過。（施叔青，77）大學時是學生運動的激進分子，那時她不僅有自我毀滅的衝動，也與整個世界為敵。（施叔青，195）簡單講，她就是找不到自己的歸屬感，既無法認同自己也無法認同別人，無弦琴子拒絕設身處地體諒母親身為一個「灣生」的難處——帶著身分不明的女兒回到階級制度嚴明劃分的日本社會，找尋容身之處所可能遭遇的種種困難。（施叔青，77）但是在母親去世後，她更積極追索自我的來歷，從母親留下來的遺物堆裡，翻出藏在最深處的那本家族寫真帖，無弦琴子在找不到她影像的輯帖尋覓自己的童年，召喚沒有記憶的過去。美其名是為了可憐的母親，回來探望日本移民村弓橋下那三塊青石板是否還存在，幫母親完成未能親自成行的心願，事實上這就是她的尋根之旅，希望透過這個旅程讓自己的過去清晰起來，找到根源性的存在，確立自我。無弦琴子來到臺灣，在他者的對照下自覺是日本人，幾天來她踩在出生的土地，卻沒有回家的感覺，她自覺與花蓮咖啡廳裡的男女以及街上來往的行人毫無瓜葛。有人發現她是日本人，討好似的以日語和她交談，每當這些帶著腔調或是發音奇怪的「日語」從她的耳朵掃過，她都像是被冒犯地抬起下顎，以一口純正的東京腔應答，好像是藉此可以與他們劃清界線。無弦琴子這口標準的東京腔是在學校花功夫學來的，她早有意識自己不是完整的日本人，這種不純粹使她自覺殘缺，害怕同學瞧不起她（與被殖民的臺灣人范姜義明雷同），於是在說話腔調上學舌，好像學會一口標準的東京腔發音，就可以忘記自己是第二代「灣生」。（施叔青，90）海德格（Martin Heidegger）認為人的存在並非不言而喻的，而是需要加以理解、詮釋的領會過程，這個過程，語言是重要的中介。（海德格〔Martin Heidegger〕，59）因此不論是灣生的無弦琴子或是臺灣人范姜義明都要經過苦練純正的東京腔來向人證明自己是「真正的日本人」。

無弦琴子回到祖父母及母親生活的哆比冬駐在所——天祥，坐在林間岩石上冥思這塊土地與她自己以及母親橫山月姬的關連，拼湊母親月姬時空斷裂、支離破碎的過去。上山這幾天，與自然大地親近，無弦琴子感覺到自己的內在起了微妙的變化，在母親生息之地，讓他深深感受到山林之美，體悟了星移日出宇宙的奧妙。她在飯店後的山徑徘迴，杳然無人的竹林，煙雨濛濛中，好像連空氣也變成透明的綠色，愈往裡走愈是幽靜，無弦琴子自覺在大氣的縫隙恣意的遊來遊去，一直以來被外物俗世所連累的心，放鬆了下來，感官從沉睡中甦醒了過來，喚醒了她內在的力量。（施叔青，190）自然的力量使琴子體悟到母親的情感，透過與自然融為一體的空間關係，不再恐懼黑暗，無弦琴子感悟到這一對與天地合而為一的戀人，因為種族的差異使月姬終生感到困惑和痛苦，甚至自我放逐，即使到了遲暮之年，她還是缺乏面對的勇氣，必須透過自我的否定、分裂自我——把自己想像成另一個人，創造了真子讓體內的人復活，假借真子來向女兒訴說她不想為人知卻必須讓女兒知道的糾葛的過去。（施叔青，232）這些羞於啟齒的過去，無弦琴子透過空間的追索，在自然空間中體會母親的感情，並且拼湊出自己的出生來歷，終於解開對母親的怨懟與自己無家的遺憾。可以說，無弦琴子追尋母親的故鄉，也是在追尋自己的出生——本源性的存在空間，當兩者疊合為一，取得相同的視野，終於能夠體諒母親的自我分裂的存在。[7]

三、身體與空間

人類以身體佔有空間，身體與空間並不是主體與客體的二元存在，身體就在空間之中，以身體為中心參與組織空間，前後、左右、上下的方向感都是透過身體組織空間的基本方式。身體感不僅來自身體習慣的累積，也帶領我們的感知運作，指向對未來情境的透射、理解與行動。由此可知，身體感「既不等於純粹內在的情緒感受，也不等同於外在物理或社會文化脈絡運作的客觀身體，而是介於兩者之間的自體感受，伴隨第一人稱身體運作的經驗而發生」。（龔卓軍，70）空間感的運作包括個體、團體與場所的共同意象構成了同一性，場所的同一性是經過同化、調整、相互知識的社會化修正之後的表現。（瑞爾夫〔Edward Relph〕，168）因此身體與空間的關係不是單向性的，身體與環境、文化的互動所形成的空間感，構成場所的同一性，展現為個人的認同感，是個人「存在的立足點」（existential foothold）。（諾伯・舒茲〔Christian Norberg Schulz〕，《場所精神》，22）而個人認同的主要物理位址，即是身體的尺度，所以身體也是一個「地方」。身體的「地方」標誌自我和他者之間的邊界，兼有社會和物理上的意義，而且除了界定生理空間之外，還涉及「個人空間」的建構。（麥道威爾，55）

在橫山一家三代女性來說，身體位址與地方的建構都是一種未完成狀態。橫山綾子的居住空間——駐在所宿舍——除了位處偏僻的深山及原住民環伺的不安全感之外，還有被日本社會文化所馴化的身體無法適應臺灣的氣候，立霧山上「亂了套」的時節令她無所適從，明明已經入秋了，該是茶色的秋衣上身的時候，這裡卻連穿浴衣都嫌熱，楓樹的葉片還沒來得及變色凋落，枝頭卻又搶著冒出新芽來。不合時宜開的花尤其令她感到掃興，牆頭外那株九重葛紫豔豔的花，如火如荼怒放了一整年，從不凋謝，

7 施叔青自道：「在創作過程中，我感覺大自然才是人類的救贖，解決統治與被統治、種族、階級、性別這些人為的枷鎖，唯一的出路好像只有以自然為依歸，回到本源，很老莊道家的思想，我知道是受到處身環境的影響。」參見施叔青〈走向歷史與地圖重現〉《東華人文學報》第 19 期，2011 年 7 月，p.6。

「花不知疲倦地怒放，看的人卻疲倦極了。」（施叔青，61）。很明顯的，季節的節奏、生活與空間的秩序互相建構，但是對綾子來說卻是單向性的建構，被季節文化銘刻的身體，無法重新建構出臺灣的生活秩序。相較於四季分明的日本，處於亞熱帶到熱帶氣候的臺灣，雖然未必四季如春，但是四季皆有開花植物，常綠植物也不似落葉植物那般節奏分明的落下葉來，這是優點還是缺點？對綾子來說顯然是缺點。綾子懷念四季分明的家鄉，感受季節變化的情趣，四季之美使綾子感到幸福，春來了，雪落了，小草從地下鑽出，初春柳樹的新綠，美得不盡情理，櫻花怒放的盛景，令人有不虛此生的感慨。（施叔青，61-62）立霧山上模糊的季節感擾亂了她的生活秩序，她拿出家鄉帶來的紙屏風，按照屏風上「年中行事」的時令過日子，她必須以文化規訓來阻絕場所對她的影響，建構個人的生活空間。屏風上的行事曆指出該是夏天吃涼麵的季節，綾子不管外面的天氣，取出夏天用的碗盤吃涼麵，也無視於外面的豔陽高照，一過八月，綾子收起夏天穿的白色、淺藍色衣服，也不管夏蟬猶在，她仍汗流浹背。（施叔青，62）綾子的個人空間無法與環境互動，身體無法與環境產生同一性，遂產生無家的感覺，身體感與空間感的分離，使她找不到歸屬感，這種可怕的感覺使她的「靈魂感冒」了，她急於逃離這個空間。即使離開臺灣回日本養病，綾子仍託人帶來四隻金箋摺扇，扇面分別彩繪四季不同的風景，囑咐女兒月姬隨著季節更換，在宿舍玄關處打開展示，即使綾子明知按照日本的四季景物所繪的扇子，在立霧山上完全不合時宜派不上用場，她每封家書依然當一回事地叮囑著。此外她也按照季節的變化寄來親手為女兒縫製的不同顏色、質料的衣服；春天嫩綠淡紫的上衣，夏天藍色的紗羅衣，12 月讓女兒穿紅梅的和服。（施叔青，119）由此可知，綾子已被規訓的身體與空間關係，希望透過教養規訓下一代，建構月姬的「感覺結構」，然而感覺結構不會以任何形式被學習到，下一代將擁有自己的感覺結構，因為它是有歷史差異的社會經驗。對月姬來說，她並沒有季節方面的困擾，她出生、生活在臺灣這樣的空間中，互動出場所的同一性，她對花蓮的地方感比母親強烈多了。

此外，綾子也抱怨山上的冬天黑得太早，下午 4 點鐘不到背著陽光的山壁就陷入一片幽闇，氣溫很低又不下雪，更覺得森冷，她的心也和外面的天氣一樣的冰冷。橫山新藏雖然承認「山上的冬天是寂寞了點」，（施叔青，63）卻很欣賞山上的自然景致，他注意到春天清晨漸漸發白的山頂，敷上紫色的雲彩；夏天夜晚螢火蟲在樹上閃亮，與夜空的星星別苗頭；秋天的黃昏，可遠望雀鳥成群歸來。可見生活的節奏與秩序感的調整因人而異，橫山綾子與丈夫最大的不同是認同的差異，臺灣在綾子心目中是異鄉，因為無法認同這塊土地，所以也無法欣賞它的美。對於綾子的感受，身為咚比冬駐在所巡查部長的丈夫不能苟同，他說：「怎麼會是異鄉？踩著腳下的土地，他莊嚴地說：『這是皇土呀！』」（施叔青，62）橫山新藏以「皇土」的權力意識形態建構他與地方／空間的關係，橫山綾子卻因被馴化的身體而無法納入新的地方／空間關係，顯示性別在權力作用中的身體空間差異。

我們的空間感極度依賴視覺，視覺是一種融合感，能融入的範圍與距離最為廣大。因為視覺具有範圍廣大的特質，所以是疏遠的感受，不過聽覺卻是涉入的，我們會把聲音和靠近我們的東西聯想起來。（Ron Scollon、Suzie Wong Scollon, 76）當橫山綾子來到立霧山上原本應該是被世人讚美的大自然美景，由於雲霧的遮蔽失去視覺功能，擴大聽覺的作用，豪雨形成的瀑布藏在原始叢林裡，伴著雨聲不捨晝夜的奔騰下瀉，吵得她頭痛欲裂。然而不下雨時，在靜極的山谷，她又被自己穿著布襪走在榻榻米上的聲音所驚嚇到。（施叔青，58）在極度的不安全感之下生活，卡巴西那駐在所包含巡查部長在內共 10 個警察被獵人頭，消息傳來，橫山治下的部落也蠢蠢欲動，隔天敵人沒有攻打進來，但是開始唱歌，歌聲響徹山谷包圍著他們，齊唱的歌聲，穿透靈魂，聲音是那麼淒涼哀傷，彷彿在訴說無盡的冤屈和怨恨。（施叔青，66-67）從這些例子可以發現，聽覺所造成的聯想，比視覺所帶來的想像空間效果更加強烈。

二戰時軍國主義把持的政府唯恐後方太平無戰爭，必須把戰爭帶到每個人的生活裡，和服的寬袍大袖就像一塊空白的畫布，他們利用和服特殊的形式，讓老百姓穿上織著潛水艇、坦克、軍機和屬不勝數的持槍士兵，讓身體成為宣揚、展示帝國主義的「地方」。現代化的日本本來已經不常穿上身的和服，戰爭時期卻又回來穿這種傳統的服飾，日本人以此表現民族的本色尊嚴，和高於其他國人一等的優越感，發揮武士的精神。穿上這種宣傳戰爭的和服，老百姓在潛意識裡結合古代武士與現代化的軍備武器，莫不以現代武士自居。（施叔青，40-42）衣服與身體的接觸包含了觸覺與視覺，衣服與身體直接接觸摩擦，衣服上的圖案好像有靈魂，會耳語，附到身上來，從皮膚的表層進入體內，交互感應，轉化穿它的人的意識，接受催眠的召喚，開始相信戰爭是美麗的，變成潛在意識，進一步把人蛻化成衣中人。（施叔青，261）也就是說無弦琴子透過和這些和服圖案的接觸，把視覺空間內化了，感覺時光倒流，和服、包袱巾的這些圖案，把她帶到另一個時空，召喚歷史的記憶：畫上日本太陽旗的軍機君臨萬里長城上空、成排軍機轟炸重慶、持槍帶砲的日軍壓境，南京陷落前的暗夜肉搏……。（施叔青，40）戰爭提供感官知覺的藝術滿足，人們穿上宣揚戰爭美學的和服，變成潛在意識，說明了身體與空間銘刻的多樣性，透過視覺、觸覺也可以達到銘刻的作用。無弦琴子身為「Wearing Propaganda —— 1931 至 1945 日本、英國、美國後方織物展」的助手，長期接觸這些戰爭圖案的和服，對於日本帝國主義發動的戰爭並沒有深刻的反省，反而在潛意識裡認同。（林芳玫，169）例如金泳喜博士以電子郵件寄給她的電腦檔案，一條美國絲巾上面印著「記住珍珠港」幾個英文字的圖片，她一頭霧水，因為她認為自己負責的是日本織物的部分，所以應該是金泳喜博士搞錯了，去信詢問過了一個禮拜沒有回音，她就把這個檔案刪除了。（施叔青，202）可是在她家裡牆上卻掛著一張彩色的寫真，是她編輯過的一件日本小男童和服，和服上織著兩個穿軍裝打扮成小戰士的男孩，仰望天上的金色風箏，象徵神話中的始祖天照大神正率領戰士去征服敵人，小和服上顯出「八紘一宇」、「武運長久」的字樣。（施叔青，257）所謂「八紘一宇」是軍國主義者聲稱天照大神的再傳子孫落在亞洲的八個角落，因此亞洲在日本為統率的屋頂下，應該是以天照大神為首腦的一家人，以此神話強化日本征服亞洲各國的正當性。（施叔青，202）由此可知，記憶斷裂的無弦琴子雖然參與過反戰運動，但潛意識裡卻是支持日本的帝國主義，小說最後她透過繫上母親遺留下來的和服腰帶與母親達成和解，腰帶上的圖案是左右各一排黑衣持槍的軍人，中間的行軍士兵則身著紅衣，為首的揮著手上的太陽旗。（施叔青，259）當她把這種圖案穿上身，就已經把她的潛意識象徵化了，因此她放棄了父系血緣（種族）之謎的追尋——事實上在立霧山上、在溫泉池裡，透過地理空間接觸的想像，她已經知道答案了，卻拒絕承認——轉身擁抱「戰爭是美麗的」這樣的暴力戰爭美學，也就不讓人意外。

四、記憶與空間

記憶並非是一個事件的簡單再現，或是以往印象的微弱映像或摹本；記憶是「往事的新生」，它包含了創造性和構造性的過程。記憶、回憶意味著重新組合、綜整、構連，並匯總到思想的一個焦點之中。（卡西勒〔Ernst Cassier〕，76）可見人們的記憶會依現實的需要加以重構，《風前塵埃》以無弦琴子的回憶為主軸，透過慶修院古蹟修復的開幕典禮邀請為引線，讓無弦琴子在回憶中一方面追尋自己的身世之謎，一方面追蹤母親生前的足跡。無弦琴子自怨有一個空白的童年，從母親留下來的遺物堆裡翻出那本家族寫真帖，在找不到自己影像的輯帖尋覓自己的童年，召喚沒有記憶的過去，追憶不知道的往事。（施叔青，74）既然是不知道的往事與沒有影像的寫真（照片），又如何追憶呢？無弦琴子建構「歷史記憶」的依據有二：（一）是建築、實體空間（如母親住過的地方）與寫真等，可稱為「史料性史蹟」，（二）是母親口述的記憶，可稱為「記憶性史蹟」，以此二者來建構她後設的記憶。[8]

古蹟是過去的具象指標，記憶的接著劑。（范銘如，91）無弦琴子參加豐田移民村的旅行團，隨著老人來到豐田村，一個老婆婆抱住操場的老茄冬樹，回憶小學的往事，激動得淚流滿面，另一位則指認出她的家就在一株麵包樹旁。滿臉老人斑的老人，用拐杖指著牆邊一棵無鬚榕樹，說這一棵樹是我種的啊，回憶起當年在劍道室外折了一根樹枝當劍練習，練完後隨手往地上一插，竟然長成這般大樹，這時耳裡彷彿聽到劍道老師「一刀化萬刀，萬刀歸一刀」的呼喊聲。邁著內八字短腿的老婆婆，在水泥牆找到依稀殘留刻畫的凹痕，是母親難產去世時，傷心的父親用手指在還沒全乾的水泥牆上寫下母親娘家的姓氏，用來紀念母親。（施叔青，16-18）為什麼這些老人在實體的樹木、圍牆前記憶特別鮮活？因為空間具有凝結記憶的作用，即使一棵老樹、一面圍牆都承載著個人與集體生活的記憶，透過實體空間的接觸，原本封存的記憶被釋放，蟄伏的記憶也都被喚醒，排山倒海的記憶迎面而來，彷彿時光倒流。[9]這也是月姬患老年癡呆症時，老人福利中心所提出的新的治療方法：回想法，「藉由一些患者小時候或年輕時使用過的器物，讓她回憶舊時的生活，回到從前。」（施叔青，11）

「慶修院」本來是「吉野布教所」，這座大正年間完工的日式佛堂，是當年來自四國的農民仿效故鄉德島的真言宗萬福寺建造的，成為移民的精神寄託之處。戰後日本人離開，布教所荒廢了多年，後來改名為「慶修院」，花蓮縣政府為了保護歷史古蹟以及推廣文化觀光，聘請專家斥資重修，恢復傳統日本寺院的形制原貌，使這座臺灣少見的日式佛堂風華再現。（施叔青，4）無弦琴子透過回憶母親生前的評語與慶修院修復過程資料以及個人重返現場觀察的經歷，確認當年移民村的吉野布教所，正是慶修院的前身。花蓮縣政府修復這座寺院固然是為了推展文化觀光的目的，但是也無形中接續了臺灣人歷史記憶的斷層。無弦琴子親眼目睹這座寺院，證實母親的記憶不假，而母親的記憶中最重要的是哈鹿克・巴彥曾被幽禁在地窖中的一段私密往事。地窖向來扮演著隱藏在地下的力量，是相對非理性的（巴舍拉，81），面對如此瘋狂的舉動，即使多年以後，月姬仍須假借真子這個虛構的人物才能說得出口，顯然在理性上是不堪面對的往事，因此在記憶中被隱藏得特別深。

嗅覺和記憶中樞的關係非常密切，很容易與情感混雜，氣味的記憶不但印象深刻，而且可以掀起濃重的懷舊思緒。（艾克曼〔Diane Acker-

---

8 此處「史料性史蹟」與「記憶性史蹟」借用自石守謙「史料性古蹟」與「記憶性古蹟」的說法，石守謙認為「史料性古蹟」是古蹟本身建築所保存的史料意義；「記憶性古蹟」則是指已經完全湮滅無蹤的古蹟，由於記憶引發後人感懷的歷史感。筆者認為「古蹟」一詞較偏重在建築物，改用「史蹟」較「古蹟」的定義更廣泛，可以解釋的範圍亦較寬廣，因此改寫石守謙先生所使用的術語。參見石守謙〈古蹟・史料・記憶・危機〉，《當代》第92期，1993年12月，p.12。

9 關於個人細節的記憶與語意記憶非常不一樣，大腦的處理方式也不同。這些記憶叫做事件記憶（episodic memory），通常都與時間和空間有關，包括「曾經去過那裡」之類的親身經歷記憶。當我們回憶事件記憶時，是包括當時的心智狀態（state mind）——包含感官知覺、思想、感覺和記憶融合在一起的整體感覺。當記憶固化之後，往後事件的任何層面都可以成為提取的把手，可以將整個事件提取出來，例如多年以後，同樣的音樂旋律會把整個事件叫出來，像洪水一般淹沒你。參考麗塔・卡特（Rita Carter）著，洪蘭譯《大腦的秘密檔案》，臺北市：遠流，2002，p.263-270。

man〕，160）由於我們偏好使用視覺與聽覺來作為再現系統，因此當我們試著指示周遭世界的意義時，容易低估嗅覺、熱覺、觸覺與味覺。無弦琴子記得母親神智還清楚時，不止一次說過，雖然離開那麼久了，還是聞到菸樓烤菸葉時飄散出來濃烈的香氣，（施叔青，14）還有她早上從山本太太煮的味噌香味醒來的那間農舍。（施叔青，19）當然還有她對哈鹿克．巴彥的記憶，是僅憑著一條沾有哈鹿克氣味的手絹。（施叔青，182）然而這個記憶只能在黑暗空間中，屏除視覺的干擾始能召喚出來，說明氣味的記憶雖然持久，但也容易遭到視覺的干擾。

無弦琴子注意到月姬一回憶起她五10年前住過的地方，口齒突然變得清晰，混濁的眼睛也閃著光采，連聲音都變回少女時代的嬌脆。（施叔青，12）在記憶與懷舊中活了大半輩子的月姬，似乎預感到自己的神智正在逐漸流失，在陷入迷離不清的狀態之前，她緊緊深閉的內心開始出現一到裂縫，悠悠說起她與番人哈鹿克的愛情故事時，不僅雙頰，連脖子都紅透了，而且害羞地低垂著頭，彷如回到花蓮的年紀。無弦琴子發現從母親開始回憶起往事，時間在她的身上一直往後退，月姬看起來一次比一次年輕，好像倒著活，活了回去，不只是聲音回復到少女的清脆，臉上的光采也使皮膚看起來像繃上一層薄膜，眼角的魚尾紋、老人斑神奇的逐漸消失。好像在她身體內有了一個新的生命，回到她初墜情網的年紀，重新再活一次。（施叔青，230）到最後，當那條千羽鶴皺綢手帕展現掌心的剎那，月姬和真子合而為一，月姬終於回到她的身體裡面，從此不再在她的身體外面徘徊。（施叔青，233）從這些描述我們看到月姬透過味噌、烤菸葉、千羽鶴手絹的味道，像開啟記憶的按鈕把記憶提取出來，讓她回復到往日時光的感官知覺，因此在她身上時間一直往後退，有越活越年輕的感覺。

無弦琴子決定到花蓮走訪母親的故鄉，自己的出生地，一一見證母親回憶中的農舍、菸樓、神社、吉野布教所、駐在所、吊橋、小弓橋、築紫橋、花蓮港等史料性史蹟，在她的見證下將母親的記憶再空間化。雖然有的建築已經傾頹或改建，有的根本不知所蹤，但是這趟追尋之旅，其實是一趟身分的建構之旅，她也在重新建構自己的記憶。所以在動身前往的這一天，無弦琴子竟然有一股近鄉情怯的感覺。（施叔青，111）一個完整的人是由過去、現在與未來組成的，沒有記憶，我們就不知道自己是誰，過去曾是什麼，在可記憶的未來又將有什麼發展，我們是自我記憶的總和，改變記憶等於改變自我。（艾克曼，111）琴子童年的記憶空白是由於母親刻意掩藏過去的記憶，一如外祖母蓄意要抹殺她殖民地的過去經歷，讓無弦琴子成為一個沒有童年記憶的人。沒有過去使她成為不完整的人，對母親無法諒解，刻意做出各種叛逆的行為，甚至與世界為敵，成為一個疏離的邊緣人。

無弦琴子沒找到母親念念不忘的吉野移民村小弓橋下的那三塊青石板，倒是在不經意中發現與母親的聯繫。那是一間社區婦女縫紉工作室，牆上泛黃的寫真是洋裁縫紉班學員的合影，與母親向佐藤夫人學習洋裁相似的年紀，使無弦琴子找到了與她母親之間的聯繫。在縫紉工作室觀賞堆布繡成品，一路看過去，發現幾乎每一件都以日本的風情為題材：桃太郎、富士山、櫻花樹，以及日治時期殖民者在豐田留下的遺跡，如日本式宿舍、日式菸樓等等，即使已經是戰後 29 年了，日本殖民的記憶還活在當地人的回憶裡。（施叔青，192）我們總把記憶當成紀念碑似的屹立不搖，事實上記憶也是互相建構的，例如神社前的「拓地開村」石碑在台日斷交時被刻意破壞，只剩基座，部分碑文被塗抹厚厚的水泥，埋入地底，時移事往，為了發展觀光，此碑又重見天日，雖然碑文漫漶，卻勾起當地老人小時候打野球的回憶。（施叔青，85）記憶不只與過去也與現在有關，人的記憶與當下的社會、環境與他人的回憶互相建構，無弦琴子的記憶也在這個追尋的過程中重新組構出她的記憶。在南濱，視野陡然開闊，藍色的晴空使無弦琴子不禁脫口而出：「啊，日本晴。」（施叔青，90）這時的臺灣對她來說不再是陌生的異地，而是與她的認同相聯繫。包括來自花蓮的邀請者送的吉野一號有機米，就是傳說中進貢給日本天皇的吉野天皇米，透過母親的記憶告訴她：「米粒上頭一個圓洞，像一面太陽旗⋯⋯」（施叔青，8），使兩者產生聯繫，還有回到花蓮看見吉野村宮前的神社、被破壞的「拓地開村」石碑、傾頹的宿舍、日本黑瓦與殘存的石燈籠、壯觀的吊橋與雨後瀑布，驗證了母親的回憶不再是虛無飄渺的言語，母親的記憶疊合成為自己的記憶，她不再是一個沒有過去的人。回到太魯閣族東賽德克人的聖山前，她感到渾身輕盈與前所未有的沉靜，並且隔天發現飯店的臥室與浴室之間只隔著一道透明的玻璃，躺在浴缸裡，連落地窗外的樹林也一覽無遺，感覺到與戶外的大自然連成一氣。（施叔青，113）同樣與大自然融為一體的建築，她卻沒有外祖母當年的恐懼，因為這是她的返鄉之旅，也是尋回自我的記憶重新建構之旅。

五、結論

本文聚焦在《風前塵埃》一書中三位女性的身體感知與空間認同。橫山一家三代的女性，從第一代的橫山綾子，因為不能認同殖民地臺灣，使她在臺灣的生活陷於不安，抱怨丈夫把她帶到世界的邊緣，孤立於原住民部落的駐在所，讓她成為被觀看者，產生的不安全感使她即使在家也無法安心，栖栖惶惶的焦慮感彷彿得了重病，在回到日本則不藥而癒，對綾子來說，臺灣從來不是她的家。透過施叔青的女性空間書寫，我們看到日本第一代女性移民攜帶著被規訓的身體既有的空間觀來到殖民地新的空間，因為她是殖民者，自可把日本文化、建築移植過來，但是身體感卻沒有辦法移植，最大的關鍵在於氣候與季節，擾亂原有的被銘刻的身體所建構的生活秩序。綾子堅持以屏風上的「年中行事」過日子，並且持續以此規訓女兒，益發顯得她的頑固。她與空間對立的不安全感讓她焦慮，只有回到母土日本，才能讓她真正放鬆。反之，第二代橫山月姬是出生於臺灣的灣生，她母親對於空間的恐懼，以及氣候的不適應，對她來說都不是問題。一個人自由出入移民村、駐在所與花蓮市街，甚至大膽地與原住民青年戀愛，在山上的溫泉、慶修院的地窖大膽的歡愛，都是由她掌握主控權，因為她是殖民者。但是當日本戰敗，月姬返回日本社會，這種主控權消失了，她的灣生身分與異族戀成為禁忌，在日本社會中，月姬找不到家，並且對於灣生身分感到自卑，她把自己封閉起來唯恐別人（包括自己的女兒）知道自己與女兒的來歷。雖然表面上否定臺灣是她的故鄉，但是記憶裡都是臺灣的味道，被禁錮的靈魂，只有在晚年假借真子之口才有勇氣向女兒吐露她的戀情。第三代的無弦琴子則是在出生不久就被帶回日本，對於童年的記憶空白與父不詳，感覺自己不是一個完整的人，在日本社會中找不到自己的位子，與社會呈現疏離的狀態，因此怨恨母親，做出所有忤逆的事。無弦琴子透過回到臺灣找尋母親生活過的場所，親歷其生活空間，重新建構她的童年，在自然中體悟到母親的感情，在母親的回憶裡抽絲剝繭，終於解開身世之謎，願意與母親和解。但是小說結束時她所擁抱的是母親繪有軍事、戰爭圖案的暴力美學腰帶，因為長期接觸、研究這些織品，這些衣服上的圖案彷彿附身上來，潛入她的意識層，換言之，她放棄父系的追蹤，就是她身分認同的答案。

這三位女性在臺灣與日本的空間關係中，她們是以身體、記憶與家屋的空間關係構築自我的地方感，這種地方感在空間移動中難以隨時調整，以致出現疏離的空間關係。其次，女性的家國認同不是在大歷史、大敘述下完成，而是以身體在空間中的感知為基礎，例如綾子處在敵對的氛圍中，以家鄉所攜帶的物質文化如屏風、茶具、餐具、和服來強化自己的身分認同，無弦琴子則以語言（純正的東京腔日語）作為邊界來強調自己的日本身分認同。月姬完全無視於殖民／被殖民與種族差異的界線，輕鬆的來回在兩者之間，以日常性空間如農舍、吉野布教所、玉蘭花、味噌、烤菸葉香味與哈鹿克體味的手帕等物件建構了她的臺灣生活空間與記憶，這些味道混雜了日本與臺灣，不像綾子那般涇渭分明，但是回到日本後卻被日本社會排斥而產生無家的感覺，這些記憶強化了無家感，甚至折磨她後半生。無弦琴子因為童年記憶的空白，對母親及日本社會產生疏離，必須重新接觸母親記憶中的空間，才能建構出她自己的記憶。這些凸顯出女性身體與空間的關係，像是社會文化在身上的銘刻，最初的刻痕最清晰也最深刻，重新建構自我時必須透過身體的回憶及空間接觸，消除遮蔽的痕跡，回復原初的自我。

參考書目

加斯東・巴舍拉（Gaston Bachelard）。2003。《空間詩學》。龔卓軍、王靜慧譯。臺北市：張老師。

石守謙。1993.12。〈古蹟　史料　記憶　危機〉。《當代》第 92 期：10-19。

艾蘭・普瑞德（Allan Pred）。1994。〈結構歷程和地方—地方感和感覺結構的形成過程〉。許坤榮譯。夏鑄九、王志弘編譯。81-103。

林芳玫。2012.10 月。〈《臺灣三部曲》之《風前塵埃》—歷史書寫後設小說的共時與共在〉。《臺灣文學研究學報》第 15 期：151-183。

昂希・列斐伏爾（Henri Lefebvre）。1994。〈空間：社會產物與使用價值〉。王志弘譯。夏鑄九、王志弘編譯。19-30。

施叔青。2011.07。〈走向歷史與地圖重現〉。《東華人文學報》第 19 期：1-8。

季鐵男編。1992。《建築現象學導論》。臺北市：桂冠。

施叔青。2007。《風前塵埃》。臺北市：時報文化。

范銘如。2008。《文學地理：臺灣小說的空間閱讀》。臺北市：麥田。

海德格爾（Martin Heidegger）。2011。《人，詩意地安居：海德格語要》。郜元寶譯。上海：上海遠東。

翁純敏。2009。《吉野移民村與慶修院》。花蓮市：花蓮縣青少年公益組織協會。

索雅（Edward W. Soja）。2004。《第三空間》。王志弘、張華蓀、王玥民譯。臺北縣：桂冠。

恩斯特・卡西勒（Ernst Cassier）。1990。甘陽譯。《人論》。臺北市：桂冠。

麥道威爾（Linda McDowell）。2006。《性別認同與地方：女性主義地理學概說》。徐苔玲、王志弘譯。臺北市：群學。

夏普（Joanne P. Sharp）。2012。《後殖民地理學》。司徒懿譯。臺北市：韋伯文化國際。

夏鑄九、王志弘編譯。1994。《空間的文化形式與社會理論讀本》。臺北市：明文書局。

傅柯（Michel Foucault）。1998。《規訓與懲罰—監獄的誕生》。劉北成、楊遠嬰譯。臺北市：桂冠。

瑞爾夫（Edward Relph）。〈場所的同一性〉。《建築現象學導論》。季鐵男編。吳明忠譯。147-171。

諾伯舒茲（Christian Norberg Schulz）。1995。《場所精神》。施植明譯。臺北市：田園城市。

-----。1992。〈場所？〉。《建築現象學導論》。季鐵男編。施植明譯。121-145。

黛安・艾克曼（Diane Ackerman）。2004。《氣味、記憶與愛欲》。莊安祺譯。臺北市：時報文化。

藤森照信。2008。《日本近代建築》。黃俊銘譯。臺北市：五南。

麗塔・卡特（Rita Carter）。2002。《大腦的秘密檔案》。洪蘭譯。臺北市：遠流。龔卓軍。2006。《身體部署：梅洛龐帝與現象學之後》。臺北市：心靈工坊文化。

Ron Scollon、Suzie Wong Scollon。2005。《實體世界的語言》。呂奕欣譯。臺北縣：韋伯文化。

後山的女人

論施叔青《風前塵埃》與方梓《來去花蓮港》中的性別與地方

蔡翠華
國立臺灣師範大學臺灣語文學系博士生

本文以施叔青 2008 年的《風前塵埃》與方梓 2012 年的《來去花蓮港》為觀察對象，討論 21 世紀臺灣女性作家如何再現日治時期的花蓮，以及文本所牽涉的性別與空間、地方的議題。

《風前塵埃》與《來去花蓮港》提出了性別的多樣性與差異性，並以肯定差異的方式來創造新的空間。文本中的性別、種族、階級、種族與情慾的疆界並非固定不動，而是隨著個體在不同的位置而產生不同的空間關係，並由此形構了相異的空間類型，及其所延伸出來的想像模式與性別隱喻。

《風前塵埃》再現的花蓮具有沈重憂鬱的鄉愁，經由橫山月姬的回憶與無弦琴子的拼湊，連接到一個逐漸消失的時代，與當時的氣息與地方感；《來去花蓮港》係以庶民的視角來再現女性移民的生活，女性的辛勤勞動耕作，讓花蓮呈現一股溫和堅毅的能量，安份溫潤地收納所有不如意的邊緣人。而這兩篇文本中的女性跨界旅程，可以代表當代女性長篇的兩種可能的典型：歷史族群意識及女性移民認同書寫。

關鍵詞：性別、空間、地方感、殖民女性、女性移民

一、前言

臺灣文壇自 1987 年解嚴之後，女性作家即不斷挑戰並突破社會禁忌與傳統桎錮，體現多元的實驗創作與敘事技巧，時至 21 世紀初更出現百家爭鳴的現象，不論是新銳作家抑或文壇老手均推出令人矚目的新作；根據筆者的初步觀察，許多學者咸謂的女性「新歷史」、「新鄉土」[1]長篇，書寫主題已從 90 年代的情慾探索過渡到歷史挖掘，文本中的女性敘事者往往從瑣碎、邊緣的位置書寫自身，闡明生命，並勾勒臺灣歷史特殊的變貌，減少了上世紀末尖銳激昂的政治化傾向，而增多了性別與階級的反思，以及更深沈地探索自我、鄉土、歷史及其與世界錯綜複雜的關係。

筆者在眾多文本的閱讀當中，觀察到施叔青的《風前塵埃》（2008）與方梓的《來去花蓮港》（2012）二書有許多相同及相異的形構，值得加以深究討論。《風前塵埃》的內容是從灣生日本女子無弦琴子解讀母親橫山月姬的回憶，透過寫真與踏查拼湊外公橫山新藏一家在花蓮生活的點滴，並藉以釐清身世之謎與族群認同。《來去花蓮港》則由臺北記者闕沛盈獲知父親的性別傾向開始，追溯母系家族如何於日治時期遠赴花蓮拓墾，進而產生土地認同的事蹟。這兩則不同的故事所呈現的風格差異自然源自是於兩位作家的寫作策略，也與作家的世代、出生、成長習習相關。

施叔青生於 1945 年的臺灣鹿港鎮。自 1960 年代發表處女作《壁虎》起即以家鄉鹿港為題材，參與臺灣現代主義小說書寫。1970 年代她與呂秀蓮合辦以宣揚新女性主義為主的拓荒者出版社，1977 年後轉至香港發展，完成《香港三部曲》。回到臺灣以紀實手法完成《微醺彩妝》表達個人對久違臺灣的認同，揉雜後殖民及女性主義的理論完成《兩個芙烈達卡蘿》表達第三世界女性的省思，2003 年至 2010 年間推出《臺灣三部曲》。陳芳明指出：「當她是現代主義小說家時，……是一個模仿者；……70

年代以後，她的自傳性書寫，已證明她是一位女性主義者……1980 年代旅居香港時期，她既經營女性主義小說，也干涉歷史解釋，『香港三部曲』相當清楚定義了一位臺灣女性的史觀：從一位自我審視的女性主義者，翻轉成為具有立場與判斷的歷史觀察者，建立史觀，抗拒男性價值的歷史書寫者」。[2] 從陳芳明的觀察足以推測，施叔青「為臺灣立傳」所寫的臺灣三部曲，必定是以歷史上最受歧視、忽視的族群為對象——女性、原住民、同性戀、被殖民者……，賦予他們重登舞台發出聲音的權力。而施叔青在創作《風前塵埃》時，在花蓮東華大學駐校一年，除了閱讀大量的日本文獻之外，更能親臨其境，希望能從建築、實物等去「貼近的揣摩日本殖民統治下臺灣的心境，領略當年殖民者的氣焰與心態」，「捕捉到臺灣日本時代的氛圍」。[3]

而方梓約晚施叔青 10 年的 1957 年出生，自幼生長於臺灣花蓮，大學才到臺北唸大眾傳播，曾任消基會《消費者報導》雜誌總編輯、文化總會企畫、《自由時報》自由副刊副主編等。方梓從小所經歷的田園生活與族群經驗，使她有利於書寫臺灣自然生態與社會變遷的關係，而母系家族的淵源與教養，啟發她記錄臺灣女性生命史的念想。方梓擅於描寫 1950、60 年代的農人生活，涵蓋客家、閩南、原住民的飲食源流，處處充滿情

1 所謂女性新歷史小說係採取陳建忠的定義，他認為 21 世紀臺灣女性新歷史小說仍然有許多「三部曲式」的長篇，但加入更多的性別觀點，其中主要的代表就是施叔青的「臺灣三部曲」。引自陳建忠，〈回顧新世紀以來的臺灣長篇小說：幾點觀察與評論〉，《文訊》第 346 期（2008.08）；而新鄉土小說的定義，則參見范銘如，〈後鄉土小說初探〉，《文學地理：臺灣小說的空間閱讀》（臺北：麥田，2008），頁 254；陳惠齡，《鄉土性．本土化．在地感：臺灣新鄉土小說書寫風貌》（臺北：萬卷樓，2010），頁 15-18。

2 引自陳芳明，〈歷史．小說．女性——施叔青的大河巨構〉，《聯合文學》第 317 期，2011 年 3 月，頁 54。

3 引自陳芳明，〈代結語：與為臺灣立傳的臺灣女兒對談——陳芳明與施叔青〉，《風前塵埃》（臺北：時報，2008），頁 266。

意與趣味，散文《釆釆卷耳》、《野有蔓草》從身邊的家人街坊開始寫起，回溯母親在二戰期間被疏開到山區，天天吃野菜野味，外婆則因客家勤儉傳統，日日摘野菜佐餐，所以她從小愛吃過貓和龍葵，中年後，野菜成了一種鄉愁，[4] 而這段特殊的經歷也成了日後書寫《來去花蓮港》的重要素材。遷居臺北之後，方梓在往返東西部的旅程中，懷想「阿嬤、外婆長途跋涉、遷移的身影在心中愈來愈明顯」，於是她發念「寫下遷移，同時也虛構幾個女人的生活」，[5] 其風格和散文風格一脈相承，文本中多語混雜（臺語、客語、日語及原住民語），忠實呈現庶民生活樣貌，並散發出濃烈的鄉愁、地方感以及女性特有的生命觀，2013 年獲得吳濁流小說正獎。

從上述作者的生命經驗與寫作風格比較中，就可以約略獲知《風前塵埃》與《來去花蓮港》所呈現的差異。值得細究的是，二書所擷取的斷代年限及地理環境均是日治時期的花蓮港廳，而《風前塵埃》以 1911 年設立於花蓮七腳川的第一座官營吉野移民村（今吉安鄉）[6] 為背景，這在臺灣文學的脈胳裡可說是極為罕見的題材，因為從日治時期以來，文學中的「移民村」係處在看似「在場」實則「缺席」的窘境，除了濱田隼雄的《南方移民村》，以及坂口䙥子的〈黑土〉、〈春秋〉、〈曙光〉[7] 三部曲之外，其餘則鮮人得知。《來去花蓮港》則以閩、客、原的混居區域為主，置入「後山」、「移民」、「拓墾」作為漢人女性歷史經驗的主題，可說是花蓮書寫至今僅見，補充了臺灣文學史中幾個消逝的面向。

其次，兩篇小說的日治時期女性敘事者，均與花蓮地區的各個族群發生或深或淺的關係。《風前塵埃》書寫日本人、原住民與客家人的勢力消長；《來去花蓮港》呈顯河洛人、客家人、原住民的移居拓墾，將二篇文本並置來觀察時，除了凸顯日治時期花蓮社會中的重疊社群，表現其中的互動、衝突，以及彼此相互影響的複雜現象之外，也充分體現當代女性主義者芙瑞曼（Susan Standford Friedman）的「超越性別」（beyound gender）

理論，作家不再單獨處理性別議題，而是將性別、階級與族群等其他問題帶進來，超越差異也不是回到同一，而是以「差異之間」取代差異本身。[8]這些在共謀或對立的拉扯與擺盪間所呈現的眾聲喧嘩景象，為不載於史的底層和邊緣的女性經驗，留下了時代性的印記。

此外，《風前塵埃》與《來去花蓮港》的時間軸雖然都跨越了三代，但兩位作家均以三、四位同時代的女性作為敘事者，而不依循傳統「大河小說」[9]的敘事方式，是以《風前塵埃》表現的是一種更為放射性的、破碎性的時間觀，以片段、跳躍及拼貼的方式，建構起獨特的記憶與想像版圖；而《來去花蓮港》則是在描繪女性情感流動的空間，將瑣細事物更加

---

4 引自林欣誼，〈番婆方梓就愛野菜香〉，《中時電子報》，2013.12.14。

5 方梓，〈自序〉，《來去花蓮港》（臺北：聯合文學），頁 13。《來去花蓮港》改寫自作者的碩士論文《來到七腳川》，國立東華大學創作與英語文學研究所，2002。《來到七腳川》的序跋中，對於書寫動機及人物設定，有更清晰的描述。

6 1910 年代到 1930 年代，臺灣總督府開始在東部進行土地調查，官營、私營移民、推廣蔗作、從事理蕃事業等國家重要政策，使花蓮地區的人群、生態與景觀產生明顯的變化。引自張素玢，《臺灣的日本農業移民──以官營移民為中心（1909-1945）》（臺北：國史館，2001）。

7 濱田隼雄的《南方移民村》和坂口䙥子的〈黑土〉、〈春秋〉、〈曙光〉，早期多被解讀為標榜帝國主義色彩且迎合國策的作品，然而晚近論者認為應該擱置「協立」、「對立」與「認同」的議題，重新考察文本的意義。詳見横路啟子，〈濱田隼雄『南方移民村』論──「更正」をめぐって〉，《東吳日語教育學報》36，2011.01，頁 105-128；林雪星，〈坂口䙥子の小説に描かれる農業移住民の郷愁について──「黑土」「春秋」「曙光」の三部作を中心として＝論坂口䙥子小說裡描述的農業移住民的鄉愁──以「黑土」「春秋」「曙光」三部曲為例〉，《臺灣日本語言學報》21，2006.12，頁 121-145。

8 引自 Susan Standford Friedman , “Beyond Gender”, in Mappings: Feminism and the culture Geographies of Encounter.（Princeton, NJ: University Press, 1998）

9 施叔青對於臺灣三部曲的寫作手法有如下的宣稱：「我是經過思考，決定不因循統大河小說的形式，以家族史為主幹，用幾代人貫穿三部曲的經緯」，引自陳芳明，〈代結語：與為臺灣立傳的臺灣女兒對談──陳芳明與施叔青〉，《風前塵埃》（臺北：時報，2008），頁 266。而《來去花蓮港》「是第一本從女性移民的角度來書寫花蓮的小說，採取寫實的手法，娓娓寫出三個女人的故事，雖少了楊牧的深沈機鋒，或是王禎和的荒謬喜感，卻更多了股溫暖與踏實」，引自郝譽翔，〈耐人咀嚼的生活長卷：《來去花蓮港》〉，《來去花蓮港》（臺北：聯合文學，2012），頁 8。

細緻化、抽象化。

檢視《風前塵埃》的前行研究，學者多對歷史、族群與性別等議題有所論述，特別是歷史書寫與再現的可能性有精采的學術交鋒，[10] 本文不再贅述。而《來去花蓮港》則有謝敏軒的碩士論文，以一個章節針對漢人女性做為後山開發歷史的主角，與後山形象中的邊緣概念結合的可能性。[11] 筆者在這些前行研究啟發之下，提出以下幾個議題：文本中的女性存在於哪些及怎樣的空間與地方之中？在那些空間與地方裡，她們扮演了什麼樣的角色？女性在國族、階級等社會面向的交互作用下，如何能彈性調整自己的領域及生命經驗？除了上述簡略的討論之外，筆者擬欲深入細究的是臺灣女性作家如何再現文本所牽涉的地理空間，及其再現女性經驗及花蓮特有的地方感。基於上述的問題意識，本文擬以「性別」和「地方」的角度切入，企圖觀察兩位女性作家如何書寫女性敘事者在地方情感的停駐與超越，以及對於地方意義的提煉與實驗，進而解讀在《風前塵埃》與《來去花蓮港》如何在可見與不可見的地景，形塑了花蓮地區特有的「地方感」（sense of place）。

二、the space between them ——性別與空間

傅柯（Michel Foucault）在論述「空間的運作」時指出，「所有疆域的標記都是權力運作的過程及表徵」；[12] 珍・雅可布（Jane M Jacobs）也認為「空間是一個權力運作變動和掙扎的過程」，她分析帝國城市在建設象徵性的建築物作為帝國的認同時，最清楚呈現的是在繪圖和命名的空間慣例上，地圖生產不僅是複製環境，也是政治系統領土木的命令展示。[13] 讀者不難在《風前塵埃》的行文中，找到殖民者在「日化東部」的政策下，如何將花蓮建設成「距離母國一千哩外最美麗的內地都市」：大興土木建

立神社、規劃移民村、郊外闢野球場、東洋風的酒吧、旅館、映畫館……，而《來去花蓮港》中的西部女性阿音、初妹也對於這些現代化的建築地景，投以讚歎敬畏的心情。作家顯然深諳後現代學者對於諸多「流動空間」的討論，因此在小說中盡情地展演改朝換代、滄海桑田的議題。

然而，除了男性殖民者與反抗者的爭戰，以及父權式的佔領插旗所帶來的分裂、破碎、邊緣、抗爭之外，筆者所要關注的是，兩位作家戮力經營的女性殖民者、女性被殖民者以及其他弱勢的邊緣人，究竟生存在何種空間？她們是／能否走出傳統的家鄉、家庭、廚房，擴大自己的領域，進而爭取更多元的新天地？

《風前塵埃》以三位女性敘述者為軸線展開敘事，橫山月姬是在臺灣出生的日本人，她在花蓮生活時期與原住民哈鹿克・巴彥相戀；她女兒無弦琴子是灣生臺日混血女子，在東京擔任染織場的繪畫布料設計師，失婚的她來臺追溯母系家族的生命歷程；另一韓裔美籍的失婚女性金泳喜在美國東岸的博物館工作；而《來去花蓮港》中也有三位主要的女性敘述者，鶯歌庄的河洛人阿音為了追尋未婚夫的腳步，而獨自渡海遠渡花蓮；三叉庄的客家人初妹則因剋夫而與甥女素敏由山路共赴花蓮；男同志的女兒闕

---

10 《風前塵埃》的前行研究，可以林芳玫，〈臺灣三部曲之《風前塵埃》：歷史書寫後設小說的共時與共在〉，《臺灣文學學報》15，2012 年 10 月，頁 151-183；劉亮雅，〈施叔青《風前塵埃》中的另類歷史想像〉，《清華學報》43（2），2013 年 6 月，頁 311-337；黃啟峰，〈他者的記憶——試論《風前塵埃》的族群歷史書寫〉，《中正臺灣文學與文化研究集刊》第七輯，頁 73-99 三篇論文為代表。。

11 謝敏軒，《「後山」書寫：以花蓮地區文學為探討對象》，國立中興大學臺灣文學與跨國文化研究所碩士論文，2014。

12 詳見 Michel Foucault, Of Other Spaces: Heterotopias. Trans. J. Miskowiec, 1967. Retrieved from http://foucault.info/documents/teteroTopia/Foucault.heteroTopia.ea.html.

13 Jane M Jacobs, Edge of Empire: Postcolonialism and the City. New York: Routedge, 1996. Print. pp.13-29

沛盈在臺北某家雜誌的編輯，受父母失和影響而選擇不倫之戀，其母林春淑本是大稻埕商行之女，與男同志丈夫離婚之後也遠走花蓮。以下就《風前塵埃》與《來去花蓮港》中的性別與空間分析討論。

（一）女性移動的路線

《風前塵埃》中的橫山綾子和橫山月姬往返臺灣、日本兩地，跨越殖民地疆界移動的軌跡，可說是父權體制和政治力的影響所做的強制性移置，隨著日本帝國向外擴張的勢力而行，男性統治先鋒企圖在殖民地尋找發展機會，女性也同時有了向外遷移的機會。這樣的遷移並非僅是內地到殖民地的單向移動，阿美族舞蹈團的田中悅子從臺灣到日本，而吉野移民村的山本一家從日本到花蓮，都是內地與殖民地相互交流的力證。然而，這種移居不論是屬於「殖民」或「移民」，[14]女性僅係跟隨男性遷移的眷屬，不被視為具有經濟或歷史獨立意義的指標。此種空間轉變也造成殖民女性身份建構的矛盾與游移。

《來去花蓮港》中的「來去」象徵遷移活動的動態歷程，和《風前塵埃》不同的是，它不僅是某地到某地的點狀飛越，而是經由鐵軌、航線、公路等線性的通路，分別經由山線和海線緩慢地從家鄉移動到後山。這也表示日治時期的女性，已經可以透過現代化的交通建設到達全島鐵路、公路可達的各個據點，例如基隆、瑞芳、蘇澳等，擴大了以往的生活圈與婚姻圈。交通要塞的地方意象也成了《來去花蓮港》的重要素材，「蘇澳是蘇花公路的起點⋯⋯，北迴鐵路尚未通車之前，不管是從北部、中部到後山花蓮都是坐著宜蘭線到蘇澳搭船或臨海公路⋯⋯坐火車到蘇澳換金馬號公路局，聯運」（方梓，《來去花蓮港》，287-290），透過初子的視角看到店家操持各種語言兜售地方名產和住宿飲食，「走在蘇澳街上，魚腥味很重，人熙熙攘攘的，各種口音——河洛話、客家話、日本話都有，看來都是異地的人，有的要去花蓮港，有的要回臺北廳或山前」（方梓，《來去花蓮港》，70），人群的流動匯聚與多元混雜的特質，也為不同群的女性提供各種可能的職業和生存空間。

（二）殖民女性空間

橫山綾子追隨丈夫而離家千里，蟄居的太魯閣的立霧山上，雖然貴為官眷，社會地位居於優勢，但並沒有建立起新的生活圈，或築起官夫人間的人際網絡，除了教授原住民兒童之外，幾乎和移居地的互動是封閉的，是以儘管她屬於統治階級，社經地位都處在優勢，卻徹底成為殖民地裡的「局外人」（outsider）。橫山綾子「不知道自己為什麼會在這裡，被放逐到這個壁虎、蜈蚣出沒的山巔，與毒蛇、黥面的蕃人為伍」、「她多麼懷念四季分明的家鄉，雲月花時感受季節變化的情趣……立霧山上時節亂了套，令她無所適從」（施叔青，《風前塵埃》，58、61-32），這樣的狀況和吉野移民村的山本一郎一樣，他最大的鄉愁是「酒後他會被悲傷所襲擊，躺在床上長吁短嘆……，因看不到日落而心情低落」（施叔青，《風前塵埃》，13-14），這種類似流亡的憂鬱失落，也許並非日本移民／女性的集體意識，但卻是除了殖民／移民概念以外的另一種典型。

橫山月姬覺得「其實臺灣就是我的故鄉，可是很奇怪，心裡又想否定它，……月姬承認她對日本有一種奇妙、無法解釋的鄉愁。因為出生在臺灣，所以變得漂泊無依」（施叔青，《風前塵埃》，128），然而，在臺

14關於日本移民村究竟是「移民」或是「殖民」，詳見張素玢，《臺灣的日本農業移民——以官營移民為中心（1909-1945）》（臺北：國史館，2001）。

生活的她雖然接受現代化教育，看似遠比一般女性更有能動性，但其實是被框限在帝國權力所建構出來的政治化空間：與臺灣人完全隔離的日本移民村、咚比咚駐在所、日本人開設的裁縫店，就連她和哈鹿克相戀時所到訪的溫泉、逃家時的免費旅舍以及范姜義明的鯉魚村別墅，甚至哈鹿克所藏身布教所地窖，都是帝國勢力所及的疆域，唯有山林、瀑布才是開放流動的「空間」，可以恣意俯仰的所在。施叔青也指出，「這個特定的族群保持種族、階級、殖民者的自我優勢，他們居住的地理空間是在政治權力之下建構起來的，為了確定界和權力，鞏固日本大和民族特有的價值，他們排除鄙視異己，不肯與心目中劣等亂的本島人混雜接觸」，[15] 所以橫山月姬一旦走出這些領域就寸步難行。橫山月姬唯一可以做主的是，以殖民者的優勢在移民村布道所的地窖中，藏匿一個地位低下的原住民，並在日本人視為神聖的宗教場所和情人進行激烈的情慾歡愛。

回到日本後的橫山月姬被母親綾子視為棄兒，其所面臨的進退失據，可由女兒無弦琴子的評論一窺究竟：「一個『灣生』在臺灣出生的女人，拖著身份不明的女兒回到階級制度嚴明劃分的日本社會，找尋容身處所可能遭遇的種種困難」（施叔青，《風前塵埃》，77），由此看來，雖然橫山月姬漂泊無依的主因是政權轉換，但日本文化與父權宰制也具有關鍵的影響。日本人對於各種空間早就建構了身份秩序，規範其居住者所在的位置以及彼此活動的方式，因此橫山綾子與橫山月姬雖然貴為殖民女性，但並未能走出殖民男性、傳統父權所建構的框架，創造出更多自己想要擁有的自由生存空間。

（三）移民女性空間

《來去花蓮港》講的則是漢人女性移民的故事。McDowell 認為，女人移動不一定都能根據自己的決定遷移，妻子跟隨自己的丈夫，即便是流著眼淚也必須離開她們喜歡的環境，女人普遍遷移為了創造或重聚家庭，女人自主控制遷移流動的第二個原因集中在經濟移動，[16]《來去花蓮港》中的女性遷移既要改變自身角色，也要轉換生活方式，與上述引言不謀而合。文本中的阿音為了經濟狀況與社會地位而移居花蓮；初妹則是為了擺脫「剋子剋夫」的污名而帶著同樣「命運坎坷」的甥女素敏遠走花蓮；而在T鎮的林春淑則因丈夫是同志而為了轉變婚姻處境選擇離婚，並輾轉到花蓮再婚。而她們的原鄉指涉複雜而多元的風貌：鶯歌對阿音來說，是一個人情淳厚、平凡穩定的農村；而三叉對初妹來說則是孤寂有如茶屋、禪房的深井；T鎮對林春淑來說是一個黑暗的閣樓、傷痛的世界（方梓，《來去花蓮港》，36、79），在《來去花蓮港》中原鄉不一定是親密溫馨、淳樸浪漫的救贖根源，而是封閉守舊、殘暴壓迫的象徵，「（初妹）自己被婆家趕出來，無子嗣，連死去的丈夫都不能祭拜……此刻她和孤魂野鬼無異」（方梓，《來去花蓮港》，108），原鄉帶給她們的挫敗與傷痕，只好以遠走／逃離／逃避切斷血脈故土，作為追求主體的手段。范銘如也指出，「（遷移）對女性而言，除了是療傷止痛的空間之外，也象徵一個希望的溫床，是再出發的起點；相對而言，故土則往往代表不堪回首的過往，少具備多重正面的空間意義」，[17]郝譽翔在推薦序中提到，「花蓮無疑是擺脫過去，尋求新生的烏托邦」，[18]所以，花蓮對新移民來說是一個

15 施叔青，〈走向歷史與地圖重現〉，《東華大學人文學報》19，頁4。

16 引自McDowell，Linda著，徐苔玲、王志弘譯，《性別、認同與地方：女性主義地理學概說》（臺北：群學，2006），頁280。

17 范銘如，〈臺灣新故鄉——50年代女性小說〉，《眾裡尋她——臺灣女性小說縱論》（臺北：麥田，2002），頁15。

18 郝譽翔，〈耐人咀嚼的生活長卷：《來去花蓮港》〉，《來去花蓮港》（臺北：聯合文學，2012），頁9。

積極向上、美好光明的符碼，而文本中的女性移動，不僅是地理疆界上的跨界，亦是社會階層的流動、傳統社會規範的越界。

後山確實是不同於西部或南部鄉土，而是自然環境嚴峻、物質資源匱乏的未知世界，文本中的阿音和初妹對烏托邦最初的想像是「蠻荒和生番盤據的所在，是一個生離死別的地方」、「流浪漢、作奸犯科、草莽英雄麇集的地方」、「三驚——驚生番殺人、驚風颱、驚地震」（方梓，《來去花蓮港》，19、36、49）。但比起原鄉的處境，阿音等人還是選擇到未知的後山重新開始，從文本的標題可以看出，阿音是「落地生根团孫淚」，初妹是「一切重新來過」、「從此不再漂流」，林春淑獲得了「第三個所在」，花蓮之所以形成近似烏托邦的場域，乃是因為在這個邊陲地帶，性別、階級、種族與族群的界線似乎是模糊而變動的，眾人所能理解的「近／遠」、「真實／想像」、「前山／後山」、「個人／家庭」、「自我／它者」等建構意義與行動的二元對立組合已經離開原生家庭的道德規範，而花蓮地區社會秩序的鬆弛與物質條件的匱乏，反而形塑她們在異地優游自在的活動空間。移民後山的女性必須走出傳統的閨閣、屋舍、廚房，加入拋頭露面的勞力拓墾事業，丈夫、兄長、情人等男性代表的父權，幾乎無法涉足及插手。阿音即使懷孕也必須大嫂在滿地石礫的河畔墾荒；初子放下繡花針開墾菜園，到會社殺魚或撿拾野菜，當她們走出房間透過辛苦耕耘獲得了土地家園時，也同時擴展了自己生存的空間。

然而，女性遷移是否能夠全然擺脫既有的父權文化制度、重新建構女性主體性呢？以《來去花蓮港》為例，空間驛動的確使她們走出原生家庭與社會的限制，但固有的制度始終繼續影響著她們的生活。阿南的兄嫂及中庄的親戚為阿音在花蓮這個陌生的外地構築一定的人際網絡，提供帶領熟悉新環境與新生活的協助，在日常生活中，無論是拜拜、工作，生活圈多與族人有重疊之處，但也因此有些情感上的糾葛與起伏。而初妹則仰賴長兄鋪起前往花蓮的路徑，並由他介紹到漁業株事會社工作，最後與其物色的對象相親結婚，重組完整家庭。阿音與初妹雖從「家內」走向「家外」，但人際網絡仍是植基於原生家庭的資源。丹尼斯・坎蒂猶蒂（Deniz Kandiyoti）堅稱女人具有能動性，她認為身處父權體制下的女性，或許是附從隸屬，但未必卑屈奉承，女性（特別是妻子或寡婦）「與父權體制共謀」，係因為出於自利而依賴父權關係的特定結構方式，[19] 例如在傳統漢人性別意識形態的操縱下，單身女性不應在無父無兄「照顧」下獨自生活，換句話說，移民女性不應該是單身的，這是初妹、林春淑「必須結婚」的文化因素。儘管她們移動的模式是從夫、從兄，但她們能置身在父權關係下擺脫宿命重新生活，具有改變自身環境的自主性。

（四）另類現代女性

兩篇文本中年輕一代的敘述者如《風前塵埃》無弦琴子、金泳喜和《來去花蓮港》中的闕沛盈，可說都是「另類現代女性」的典範——離婚、第三者，經濟獨立的文化藝術工作者，范銘如指出，「都會、女性、現代性三者做為文學的符徵與符旨，常常是鏈接滑動的關係，互為轉喻或隱喻，……某些文化特徵，例如個人化、流動性、鬆動傳統等，……可以說是倒置話語的順勢行使」，[20] 兩位作家會選擇都會女子作為探索秘密身世、追求主體認同的女主角，在台學文學史裡有其歷史脈胳可循。

---

19 引自 McDowell，Linda 著，徐苔玲、王志弘譯，《性別、認同與地方：女性主義地理學概說》（臺北：群學，2006），頁 25-26。

20 范銘如，〈女性為什麼不寫鄉土〉，《臺灣文學學報》23，2013 年 12 月，頁 21。

《風前塵埃》中的韓裔學者金泳喜戰後隨父母歸化美籍，對美國的瞭解也許遠比韓國更多；而灣生的無弦琴子為了忤逆母親對身世的隱瞞，曾經「離婚、墮胎、濫交、抽大麻、60年代的全學運、遊行罷課、暴力示威」，「學運過了，離了婚，……她飛到紐約朝聖摩靈寒高地……無弦琴子不想流浪了，飛回東京」（施叔青，《風前塵埃》，77、196），對出生地臺灣的認識可說是一無所知；作者安排殖民者與被殖民者女兒們在戰後為了和服以殖民語言──日文討論，合作無間、相知相惜，實具抗衡、顛覆與和解的多重意義。而《來去花蓮港》中的闕沛盈則因家人離世而遠赴他鄉，為了躲避過年的團聚氛圍而四處流浪：「每年你都到國外，選擇一個城市，在東京、布拉格、維也納、巴黎、倫敦」（方梓，《來去花蓮港》，201），上述這些「地方」與「跨國」的複雜接合，及其與空間勾連所呈現的認同差異問題，是全球化、後現代情境的寫照。

日籍的無弦琴子、美籍的金泳喜和臺北的闕沛盈走出傳統家庭的束縛，不再像她們的母系長輩為小孩、家庭、廚房所綑綁，也能在不同的職場上與男性競逐，生存空間無疑是相對擴大，而透過反思與批判，她們為平息內在的困惑與迷惘，堅持而勇敢地擁抱自己服膺的價值：日本戰爭美學、韓國歷史認同、花蓮母親故鄉，這些女性形象在性別、國籍、土地、歷史與文化認同上，實則具有多元性與重層性。

（五）另類的男人

《風前塵埃》與《來去花蓮港》均有多元而複雜的性別呈現，本文以《風前塵埃》的哈鹿克與《來去花蓮港》的闕父為例，來討論另類男人的不同風貌。

1. 哈鹿克與其他原住民

林芳玫指出，哈鹿克是橫山月姬的超級性玩具，有如法農筆下的黑男人，被定義為超級陰莖的同時，也被女性化，[21] 以這個觀點來說，哈鹿克及其族人被日本警察沒收槍枝時，就已經遭到閹割，其他原住民也有相同的命運。

就原住民所處的空間而言，地域社會是很好的詮釋觀點。地域社會係地理學家施添福所提出的，他認為日治時期係採取日台分族治理的方式，整個地區受到警察全面主導而發展成獨特的「警察官空間」，含攝「街庄民空間」及「部落民空間」，[22] 而吉野庄的治理也可以採取這樣的觀點來詮釋：[23] 藉由警察官吏派出所架構出轄區，漢人及原住民皆在警察系統的控管範圍內。哈鹿克與父祖一輩為了部落的傳統領域而和日本軍警爆發無數戰役，「警察官空間」不斷將「部落民空間」扭曲壓縮，「山上開闢了這麼多條蜿蜒曲折的林道，像血管一樣把森林吸噬掉，才會使他像著了惡靈的魔，在林子裡瞎走亂闖」，使得太魯閣村社幾近滅族。然而，不論是「警察官空間」，「街庄民空間」或是「部落民空間」，原本都是原住民的傳統領域，包括居所、耕地、獵場等，日本人所架構的空間已經不是他們的「地方」:「日本人來了，他的族人沒有離開自己的土地，卻流離失所，失去家園 」、「在地窖裡整天與土地為伍，可是哈鹿克卻感到飄浮流離，他不是踏在自己土地上，遠離山林部落，與自己熟悉的土地剝離，與自然

---

21 林芳玫，〈臺灣三部曲之《風前塵埃》：歷史書寫後設小說的共時與共在〉，《臺灣文學學報》15，2012 年 10 月，頁 15

22 地域社會的概念是地理學家施添福所提出的觀點，引自施添福，〈地域社會與警察官空間：以日治時代關山地方為例〉，發表於「東臺灣鄉土文化學術研討會」，（主題演講），2000 年 10 月 6-7 日。

23 引自黃美順，《日治時期吉安地區地域社會之形塑》，國立東華大學臺灣文化學系碩士論文，2012，頁 135-139。

斷裂，他感到失落。」（施叔青，《風前塵埃》，147、209）。

哈鹿克沒有離開家鄉，卻產生和橫山綾子一樣有「過客」、「流離」的感覺，顯示了日本人所建構的空間秩序已經滲透到原住民具體的住所，並操縱限制了他們個體的行動。哈鹿克的父親在抵抗日本殖民者失敗之後，於警力鐵網的重重包圍下走出自己的生存之道：「哈鹿克的父親從凹缺口電流接觸不到的小洞，矮身閃入，回到獵區。撥開比他的人還高出許多的蘆葦，他到記憶中的那顆大樹，抓到夜間棲息於樹上的環頸雉」（施叔青，《風前塵埃，頁 132）；哈鹿克原亦熟諳這條不為人知的獵徑，可以在「警察官空間」和「部落民空間」來去自如，但卻為了日本女人莉慕依而自甘遠離部落，禁閉在布道所的地窖底下，最後終於引來橫山新藏的殺機。

以哈鹿克與橫山月姬的情事來說，一開始就不受雙弓族人的祝福。哈鹿克與日本女子橫山月姬的情慾冒險，引發月姬之父橫山新藏以「有辱國族門風」的理由誘殺，而哈鹿克所屬的原住民部落也告誡他不能跨越種族界線和異族女子相戀，否則將會帶給族人災害。關於原住民男性與殖民女性的結合，已有多位論者進行討論，陳芳明認為哈鹿克以他的生命捍衛太魯閣的土地與文化，代表反日；而月姬選擇哈鹿克則是站在日本統治者的對立面；[24] 而劉亮雅則以含混交織的殖民主義來觀看這段異國婚戀，橫山新藏與太魯閣頭目之女通婚被視為同化，而橫山月姬與哈鹿克的愛情則被視為土著化。[25] 筆者認為，在殖民政策的大傘之下，「野菜必須馴服」，不被收編的原住民除了處死之外沒有其他命運，事實上，哈鹿克的父祖雖然力抗日本殖民，但到哈鹿克一代的原住民幾乎已經無力反擊，因此一旦離開部落進到日本移民村來，就註定踏入死亡的陷阱，更遑論他和橫山月姬的情事。另一方面，對哈鹿克或其他原住民而言，部落傳統也是絕對聖潔不可侵犯的，在殖民文化與傳統文化之間是非黑即白中間沒有灰色地帶的，哈鹿克選擇了橫山月姬，就如同阿美族的鈴木戴上「昏都司」成為神社祭司，就無法繼續生存在祖靈庇佑的空間。唯有即時拋棄日本文明的束縛，重新啟動原住民的傳統祭儀，才有可能重回山林家園的懷抱。

儘管哈鹿克或其他原住民生前的生活空間遭到殖民者無情的踐踏與壓縮，但他們陣亡之後卻得以由鬼魂的形態自由回歸山林、瀑布等聖域，甚至出現在佐久間左馬太總督、靈異苦行僧的夢境裡，干擾殖民者堅不可摧的理番政策。這些生前遭到殖民制度錯待的原住民魂魄，使花蓮的「警察官空間」、「街庄民空間」及「部落民空間」沾染了隱形的、異質的特殊樣貌。

2. 闕父的同志情誼

另一個值得討論的性別議題是《來去花蓮港》中闕沛盈的同志父親。方梓將同志議題帶入「鄉土書寫」當中，打破了「鄉土」的封閉性與穩定性，添加了多元化及邊緣化的素材。「父親的 B 告訴你那個年代臺灣人叫男同性戀者是坩仔或坩仔仙，若被知道了會被活活打死。同樣的年代在任何地方都是如此吧」（方梓，《來去花蓮港》，149），畢恆達指出：「我們本來以為公共空間是一個去性或無性的空間，可是透過日常生活重複的表演與行為規範，卻發現公共空間其實是異性戀空間」，[26] 在強制異性戀體制規範下的社會，必然會將空間視為屬於「正典」性向者的運作場所，而無視於「非正典」性向的人群對空間上的需求，並對「非正典」性向者

---

24 引自陳芳明，〈代結語：與為臺灣立傳的臺灣女兒對談——陳芳明與施叔青〉，《風前塵埃》（臺北：時報，2008），頁 262-272。

25 劉亮雅，〈施叔青《風前塵埃》中的另類歷史想像〉，《清華學報》43（2），2013 年 6 月，頁 325。

26 畢恆達，《空間就是權力》（臺北：心靈工坊，2001），頁 116。

進行空間上的排擠、驅逐，進而使「非正典」性向者更加邊緣化而形成某種被隔離的處境。「（父親和他的親密愛人）是見不得光的，你們棲息在黑暗，都是社會輿論的譴責者……」（方梓，《來去花蓮港》，153），父親和他的愛人並非處在社會經濟的邊緣位置，但受到強迫異性戀性／別價值社會體制的「殖民」，如同原住民哈鹿克一樣沒有反抗餘地，男同志必須隱身於異性戀的架構之下結婚生子，除了死亡之外完全沒有出櫃的空間。

然而，《來去花蓮港》畢竟打造了鄉土的「同志空間」。「他跟父親生活了 20 年，南來北往、上山下海架設電線……只有他們兩人一組，母親的 6 年，怎麼看都是露水姻緣」、「你媽是第三者，……介入你爸爸和我之間」（方梓，《來去花蓮港》，151、145）。文本中並未刻意將生活中的空間區分成「異性戀空間」與「同志空間」，卻使「同志空間」不再限縮於固定的領域範圍之內，讓鄉土的主流性／別空間中，呈現所謂的情慾混雜與酷兒騷動。

McDowell 指出，性別關係並不像常識中偏愛表達的二分、對等和互補的關係，它是權力、階級和不平等的關係，[27] 從《風前塵埃》與《來去花蓮港》的敘述來看，男性／女性、異性戀者／同性戀者、日本人／原住民，優勢地位者／劣勢地位者……等，筆者看到個體的多樣性與差異性。每個人都有原先具有的本質化認同，兩位作家並未提供女性或弱勢族群激進的辯證，反而拉出一個時遠時近的距離，企圖以肯定差異的方式來創造新的空間。文本中的性別與種族、階級、種族、情慾的疆界糾纏一起，隨著個體在不同的位置而產生不同的空間關係，並由此形構了相異的空間類型，及其所延伸出來的想像模式與性別隱喻。

三、地方之愛

從文化地理學的觀點來看「空間」和「地方」的區隔，在於前者是抽象的，是構成人類生活的基本座標，而當人類將意義投注於局部的空間時，並以某種方式依附其上，例如命名，而「空間」就成了「地方」。[28] 華裔美籍地理學家段義孚（Yi-Fu Tuan）曾以「地方之愛」（Topophilia）定義「地方」：「地方」是建立人和「地方」的情感聯繫，「地方」強調的是主體性和經驗，而非冷酷無情的空間科學邏輯，促使鄉土情懷滋生的條件並非依恃自然地或或空間座標，而是「人本中心論」。[29]「空間」是一種「生活事實」，而「地方」則是由生活於其中的人賦予意義的，文本中的「地方再現」則是日常生活在一個「地方」的實踐，以使這「地方」在消失的記憶中再現。

施叔青在受訪時指出：「我決定用我的筆重現吉野移民村」，[30] 而方梓為陳芳明盛讚：「從前的鄉土文學，女性形象總是由男性來塑，她（方梓）寫出女性史與土地史的重疊，……福佬與客家女性的記憶匯流，改寫了臺灣地景的風貌」，[31] 顯見兩位作家對於地理空間是有其既定的觀看視角及書寫策略。以寫作風格來說，《風前塵埃》和《來去花蓮港》雖然都

---

27 引自 McDowell，Linda 著，徐苔玲、王志弘譯，《性別、認同與地方：女性主義地理學概說》（臺臺北：群學，2006），頁 29。

28 引自 Tim Cresswell 著，徐苔玲、王志弘譯，《地方：記憶、想像與認同》（臺北：群學，2006），頁 19。

29 Yi-Fu Tuan, Topophilia: A Study of Environmental Perceptions, Attitudes, and Values，New York: Columbia UP, 1989. Print.

30 引自陳芳明，〈代結語：與為臺灣立傳的臺灣女兒對談——陳芳明與施叔青〉，收錄於《風前塵埃》，頁 269。

31 引自方梓，《來去花蓮港》（臺北：聯合文學，2012），封底評論。

以花蓮做為故事的背景，但前者以寫實手法建構花蓮的日本風情及地域景觀，呈現濃烈的殖民地色彩，且融入許多「後」學元素；[32] 而《來去花蓮港》比較像 70 年代的鄉土小說，以女性鄉人生活為主要描寫對象，並且在文字上運用多種語言交錯進行，其地誌書寫著重在民俗與拓墾。本節想要比較分析兩位作家花蓮書寫呈現了何種「地方感」？她們對自然景觀和社會變遷的認識方式有何特殊性？

（一）《風前塵埃》的地方再現

「地方感」有兩個意義，其一是指某一個地方（place）所具有的高度可想像性（imageability）；其二是指人們自己所意識到對自己具有意義的地方，最明顯的例子是「在家」的感覺，亦即「在此中」（in a place）的親切感，要尋找「在此中／在地方裡面」的感覺，必然要在空間中建立邊界（boundary），才能產生「內在性」（insideness）與「外在性」（outsideness）的分野要尋找「在此中／在地方裡面」的感覺，必然要在空間中建立邊界（boundary），才能產生「內在性」（insideness）與「外在性」（outsideness）的分野。[33]

為了分析《風前塵埃》中的多位敘述者對於花蓮／臺灣的認同的流動性與曖昧性，是以本節先採取 Douglas Porteous 所提出的「地方感」概念架構 [34]（圖一）做簡要分析：

圖一 Douglas Porteous 研究文學作品之概念架構

	在內（INNIDE）	在外（OUTSIDE）
在家／鄉土（HOME）	地方感（sense of place）	陷入矛盾（enterapment）
離家／客土（AWAY）	旅行者（the traveller）	淪落他鄉（journey, exile, yarning）

從上圖交叉分配之後，可以得到四種不同的經驗類型：1. 鄉土──在內（home-inside）型：通常指涉鄉村的人事物，就是所謂的「地方感」（sense of place）。2. 客土──在外（away-outside）型：通常指的是長程旅行（journey）、流亡（exile）以及思鄉（yarning）者，大多數的遷移比較容易產生這種狀況。3. 鄉土──在外（home-onside）型：係指雖然身在家中，卻無法發展作為鄉土內的一份子，這些通常嚮往外地，卻無法享有向外活動的自由，於是心靈上就出現陷入矛盾（enterapment）的狀態。4. 客土──在內（away-inside）型：係指旅行者雖然遠離鄉土，卻仍維持自己對鄉土深刻的感情。無弦琴子雖是灣生的身份，但僅能算是淪落他鄉的外來者，「如果不是為了可憐的母親回來探望日本移民村弓橋下那三塊青石板，幫她完成未能親自成行的心願，無弦琴子是不會踏足花蓮的。幾天來她踩在出生的土地，卻沒有回家的感覺」（施叔青，《風前塵埃》，90），如上所述，「地方感」是一種「在此中」的感覺，因此她必然會在空間中建立分界線，無弦琴子所建立起來的分界線就是與「花蓮人」的疏離感，包括對語言腔調的隔閡、對歷史的無感，以及對身世秘密的無視，最後，她成為一個拿著觀光地圖、享受花蓮美景，觀看奇風異俗的觀光客──真正的「局外人」，因此無法找到母親所要尋找的地標。

而與無弦琴子一樣的局外人還有范姜義明。他身體上是生活在此中的在地人，但心理上卻嚮往遠方的日本，「如果縱身投入大海，海浪會把他帶離花蓮，這個他不再有鄉愁的所在吧！」（施叔青，《風前塵埃》，頁

32 參考林芳玫，〈臺灣三部曲之《風前塵埃》：歷史書寫後設小說的共時與共在〉，《臺灣文學學報》15，2012 年 10 月，頁 151-183。

33 引自 R.J. Johnston ed,. The Dictionary of Human Geography, Basil Blackwell Ltd, 1992.

34 引自 J.D. Porteous," Literature and Geography", Area17（2）, pp 117-122.

105），「來到壽豐，這個日本地名，多少撫慰了因思念月姬，連帶對日本的一切生起強烈鄉愁的范姜義明」（施叔青，《風前塵埃》，163），然而他無法成為日本人，也難以深刻理解臺灣人的處境，「范姜義明的原來構想是要透過鏡頭攫取天真樂天的表面底下，阿美族人隱微的生命的深沈層次，結果所呈現的，不過是讓他不滿意的簡單化的觀覺」（施叔青，《風前塵埃》，246），以致在認同上就陷入矛盾之中，只能像日本攝師師一樣拍出「小腳、藝姐、首棚等獵奇內容的臺灣」，成為一個家鄉裡的外來者。

以哈鹿克來說，他是花蓮這塊土地的原住民，從未離開這個生活場域，可說是最具「地方感」的典型，他對鄉土的親切感受來自於族人親密的互動、歲時祭儀的舉行，以及不為日本人所知的獵場與獵徑，施叔青寫出原住民本身對於傳統領域及其嚴謹的規劃及界定，而太魯閣族特有的路徑也是日本人難以想像的，日本人破壞他們的傳統領域之後，哈鹿克的父親透過特殊的路徑繼續過著打獵的生活，然而，這種原住民特有的生活方式，隨著日本人的「警察官空間」持續擴大之後破壞殆盡：「日本人拓寬了族人上山打獵的路徑，卻嚇跑了野獸，斷絕了獵人的生路，族人耕作的山田，被破壞得柔腸寸斷，無法種植小米」（施叔青，《風前塵埃》，146），至此，哈鹿克與其族人只得在自己的土地上四處飄盪。施叔青指出原住民獵場的存在不僅是為了族人實質的生活而已，它象徵原住民文化的主體價值，甚至超越個人有限的生命，獵場的危機預示整太魯閣族文化及傳統秩序的崩解。花蓮原住民（太魯閣族、阿美族、布農族）在不同的強勢殖民者（日本人、漢人）殺戮、驅趕之下被迫流亡遷徙，作家對於原住民節節敗退的處境雖然寄予深切的同情，但卻僅能讓他們在特有的靈異世界裡暫時獲得些許的安頓。

而《風前塵埃》中最關鍵的敘述者橫山月姬對花蓮／臺灣存有著真切

與熟悉的情感，文本中回到日本之後的橫山月姬不時沈思，陷入遙遠的過往，緬懷著年輕時遠赴殖民地臺灣的山居生活，她的地方感來自於熱鬧繁華的街道及殖民風紅磚西式建築的官廳、她所居住的移民村以及許多對花蓮極其私人的、特殊的感受，布教所的地窖以及鯉魚村的日本別墅的情慾冒險等，最後形成視覺或嗅覺的記憶：「吉野移民村那一座日本弓橋下的三條青石板」、「菸樓菸葉時而飄出來的濃烈香氣」（施叔青，《風前塵埃》，10、14）。當橫山月姬敘述她在立霧山的生活作息、遊憩愛戀時，她所揭示的「高度意象性」的地景，就不再是地圖上的符號或地理上的地名，旁人（無弦琴子）無法在公共論述中找到，也無從領會其中的情感。總之，橫山月姬所領略到的花蓮是日本殖民者所刻意營造的家鄉氛圍：透過日本書院、寺廟，乃至細節如日本瓦、寶瓶造等瑣碎的描寫，流露殖民城市特有的氣味與美學。施叔青曾自述：「移民村的日本農民，頭頂臺灣的藍天，腳踏臺灣的土地，眼前看到的是臺灣的景致，卻完全不認同異域的空間，心裡仍保留故鄉的季節感，按照日本每個月的歲時節物行事、吃食、衣著、祭典節慶無　不延續移居前的方式」，[35] 就是橫山月姬的寫照。

值得探討的是，施叔青選擇日本警察的灣生女兒橫山月姬與太魯閣族原住民青年哈鹿克作為形塑花蓮地方感的關鍵人物，而在日本、臺灣之間徘徊的漢人范姜義明，則代表當時留日知識份子的集體意識，特意凸顯了性別、國族、階級交織之下的角力、融合與重生。作者在處理日本人（殖民者）與原住民（尚未接受殖民的臺灣人）的拉拒時，透過莊嚴肅穆或幽靜雅致的景觀強化統治階級的顯著優勢，產生了位階秩序和權力宰制的關係；而原住民的領域則以山岳、森林、植物及野獸等大自然的元素作做為象徵符碼，雖然作家認為「大自然才是人類的救贖，解決統治與被統治、

35 施叔青，〈走向歷史與地圖重現〉，《東華大學人文學報》19，頁 4。

種族、階級這些人為的枷鎖」，[36]但在文本中，他們是沒有箭矢的弓，不敵強大的國家機器，傳統領域不斷流失，最後只能是幾近滅族式的馴服。此外，瀑布與溫泉是整個文本最被關注的隱喻，在雄偉壯闊的太魯閣群山之下，兩個無緣的情侶代表日治時期花蓮的族群歷史與傳奇身世，引領出花蓮的地景不只是表面的風光，而是個具有歷史重深的場所。

《風前塵埃》中幾處殘破不堪的地景，也是形塑地方感的來源。作家重構已經毀損的吉野神社、慶修院、日本式宿舍等建築物象徵殖民統治的符碼，但又立即拆解、扭曲，「距離小學校不遠的豐田神社，已經被改為碧蓮寺」（施叔青，《風前塵埃》，14）、「砍伐樹齡千年的檜木，建造雄偉的神社，……日中戰爭結束那一年，山上一次大颱風，隨風而來的大風雨竟將整個神社沖走」（施叔青，《風前塵埃》，56），而布道所和野球場的鬼影森森，更是作家特別製造的獨特敘述，透過鬼魂附著的空間地景，反襯這個場所在特定歷史時空的多重意義。

綜上所述，《風前塵埃》再現了日治時期的花蓮，經由橫山月姬的回憶與無弦琴子的拼湊，經營了沈重憂鬱的鄉愁，連接到一個逐漸消失的年代，與那個年代的氣息與地方感，「花蓮」被賦予整個日本殖民女性的感覺價值，不只是故事或行動的布景，這些片斷完美地呈現當時的歷史與純粹的地方意象。

（二）《來去花蓮港》的女鄉書寫

郝譽翔認為方梓的《來去花蓮港》「不做雄壯語，而是出之於女性特有的溫柔和平，將一切娓娓道來」，[37]因此在文本中沒有戲劇性的敘述策略，沒有強化、衝突而回歸和諧的敘事張力，而是在片斷的敘述中營造一種較接近真實生活的節奏和生活經驗。為了達到這個目標，方梓在語言上下了許多工夫，她特意在對白和敘述之間使用大量閩南語、客語及日語，連民俗諺語、客家兒歌、順口溜等，詳實而生動的掌握庶民生活的情狀。這種看似把相關與不相關的生活細節交織而出的行文，不僅讓文本更貼近日治時期的庶民生活，更襯托出花蓮文化的涵容韻致。文本裡的時令、節慶、風俗、飲食、作息、倫常，一方面寫出臺灣傳統漢人社會普遍性的文化和情份，另方面則描繪出花蓮特有的地景、氣候、人文景觀與生活方式，塑造出現象學式的地方感。這樣的書寫策略，類似於范銘如在評析 70 年代黃春明等男性作家的文本時，所指涉的「鄉人小說」，[38] 只是黃春明所寫的鄉土文學作品仍是以男性敘事者居多，《來去花蓮港》中的鄉人則以女性登臺，在殖民、拓墾的陽剛氣息中，加入多元駁雜的陰性聲音。

《來去花蓮港》中的移民女性幾乎立即產生了「在此中」的感覺：「田寮仔的宴客結束後，阿音幾乎完全融入這裡的生活，花蓮就是她落地生根的地方」（方梓，《來去花蓮港》，115）、「來到這裡雖是簡陋的床舖，初妹卻睡得很沈，彷彿在這裡找到歸宿」（方梓，《來去花蓮港》，125），對她們而言，稻作的收成、菜蔬的種植、家畜的餵養以及食品的加工，遠比鄉愁更為重要。Richard Peet 認為「女人幾乎普遍是地域（locality）的本質，在傳統社會裡，女人在強化地域的生產形式（採集和農耕）裡擔任主要責任」，[39] 方梓鉅細靡遺地描寫阿音、阿卻、初妹如

---

36 引自陳芳明，〈代結語：與為臺灣立傳的臺灣女兒對談——陳芳明與施叔青〉，收錄於《風前塵埃》，頁 273。

37 引自郝譽翔，〈耐人咀嚼的生活長卷：《來去花蓮港》〉，《來去花蓮港》（臺北：聯合文學，2012），頁 8。

38 參考自范銘如，〈70 年代鄉土小說的「土」生土長〉，《文學地理：臺灣小說的空間閱讀》（臺北：麥田，2008），頁 349-369。

39 Richard Peet , Modern Geographical Thought, 王志弘等合譯，《現代地理思想》（臺北：群學），1998，頁 111。

何拔除雜草、翻土種菜、採收換工、挑水施肥⋯⋯，耕種之餘，還有各式方法找尋食材、挖蚯蚓、撿蝸牛、捕魚抓蝦，所有可吃可用都要留下來。這些生活樣貌就像段義孚所指出的，「卑微的事件可能及時建立強烈的地方感，⋯⋯雞、蛋、蕃茄都是農地中平凡的物體，⋯⋯它們不是美感的對象，但有時卻顯露出美的本質，因為它們使人安慰」，[40] 這段引言將方梓為何要書寫這些瑣碎事物，做了精采的詮釋。方梓依照農業社會的生活型態，春耕、夏耘、秋收、冬藏這樣四時更替的節奏來舖陳故事，阿音等人從播種、插秧、換工⋯⋯，身體不斷地在土地與土地之間轉換，所有舉措皆與土地相聯結，發展出一種宇宙觀與空間觀的對應秩序。阿音、阿卻與初妹等人在生產、祭祠、收驚、算命的生活中，不卑不亢地傳遞河洛、客家的文化。

花蓮特有的山（清水斷崖、太魯閣）、海（花蓮港、海豬仔、大船）並沒有太多描繪，對移民女性而言，這當然是令人驚異而不尋常的，但實際的作者更在意的反而是襲捲平靜生活，摧毀日常空間的颱風。《來去花蓮港》中未曾經歷過的阿音與初子以妖魔、猛獸的眼光來看待颱風所帶來的強大威力：「黃昏的雲彩藍紫得令人心慌，紫得如此地妖魅，風妖是這樣的顏色嗎？⋯⋯青紫的雲仍透些金橙色的光束」（方梓，《來去花蓮港》，頁 184）、「風雨強勁，有如穿牆過壁法力的獅子、熊、豹、野牛、豺狼，牠們張牙舞爪，哮聲震天」（方梓，《來去花蓮港》，162），將颱風妖魔化的移民女性並未臣服於可怕的天災，渺小弱勢的她們在颱風過後從中領悟出另一種人生觀：「來得狂，快，這就是颱風，初妹終於瞭解為什麼山前的人這麼畏懼⋯⋯躲過颱風，初妹有著死裡逃生的感覺，有一種欣慰，但也有一種隱憂，這一生會再遇到多少的暴風雨？」（方梓，《來去花蓮港》，頁 189），她們歷劫之後沒有傷春悲秋的情懷，反而再度地種菜、養豬、播種、插秧，無比堅韌的生活，終於開拓家業綿延子孫。方梓再現的移民世界，儘管生活條件辛苦，卻像有磁吸效應似的，安份溫潤地收納所有不如意的邊緣人，女性耕作勞動，苛刻自己節儉而體貼的模式，讓花蓮呈現一股溫和堅毅的能量。

《來去花蓮港》係以庶民的視角來再現女性移民的生活，少了國族認同的矛盾，多了族群融合的經驗。日治時期的花蓮，漢人尚未大量移墾，住居、耕地與文化的自由度較高，因而呈現一股去領域化的強大力量。以阿音為例，她剛到花蓮時住在田寮仔的竹篙厝，日本人走後來又住到移民村，「原本花木扶疏的移民區，不到一年完全改頭換面，成了一棟棟的農舍」（方梓，《來去花蓮港》，265）；而初妹也在婚後搬到原住民眾多的十六股，學習阿美族人採食野菜和捕捉河鮮：「初妹在荒廢的屋旁鋤草種菜，她發現附近的阿眉仔婆頭上頂著籐籃在荒草地採什麼葉子往籃子裡丟……，有時初妹用日語和她們攀談幾句，……慢慢熟了之後，告訴她山邊那條溪河有很多魚蝦……」（方梓，《來去花蓮港》，223），在《風前塵埃》中也有食用野菜的橋段，如第五任總督、日本人類學者及范姜義明等，但「野菜」在文本中被賦予高度的政治意象，終究有某種獵奇及「野菜必須馴服」的肅殺心態，而《來去花蓮港》中以文化生態的角度來觀看食用野菜這件事。不論阿音或是初妹都深諳「因地制宜」的策略，野菜的撿食是對瞭解環境及適應生活的方式，更是對阿美族文化特有的尊重。此外，從飲食的觀點來看，人群跟地方根深蒂固的聯結是食物具備在地性的文化特點，以及食物體系賴以形成的關鍵因素，對於食物氣味的回憶，也是架構鄉愁的獨特方式。

在花蓮地區的漢人移民世界裡，原有的文化語彙常被打破，既定的秩序也不一定要遵守，「在這免歹勢，來到花蓮港的人攏不是好命人，顧未

40引自段義孚著，潘貴成譯，《經驗透視中的空間與地方》（臺北：國立編譯館，1998），頁136。

著禮節，生活那會當過都好啊」（方梓，《來去花蓮港》，97），因此足以消弭彼此間身分、階級的落差拿鏽花針的初妹要握鋤殺魚，開枝散葉的阿音四處「抓猴」，吃米水認契父的騰雲對丰采動人的素敏一見鍾情……，也形塑出女性移民共同的想像與認同。對於移居花蓮的女性阿音、初妹而言，她們的認同從未在原鄉與新居地之間游移、徘徊，因此對自己的新身分不曾懷疑，在心靈上成為一個有土就有財的人。她們首先透過對自己選擇的認同，在花蓮裡看到自己的能力；其次透過情感的連結，使花蓮對自己產生了意義；因為對家園的追求而產生安全感、歸屬感；最後有了土地扎根，而找到一個屬於自己的位置。

四、結論

文化地理學家探討的人文景觀囊括種族、性別、次文化與認同等種種議題。在文化地理學的架構下，空間的意義來自於使用者，所以是變動的，它們的意義會被接受或被拒絕，可能被傳承，也可能被轉換。如同多元歷史的撰寫，任何觀點都成為可能。本文以性別作為切入點，觀察《風前塵埃》與《來去花蓮港》中所呈現的空間與地方特色，二者相同的是時空背景主要設定在日治時期的花蓮港廳，在鄉土逐漸逝去，歷史已然漸隱的當代，兩位作家以文字召喚過往的美麗與悲涼，重新凝聚臺灣消散的文化記憶。同時，兩篇小說都企圖捕捉日治時期東臺灣部重要的族群歷史，但均採取以小搏大的策略，以女性敘事者既真實又虛幻的瑣屑記憶，重新詮釋並鬆動過去以男性為中心的大歷史敘事。

不同的是，施叔青客居花蓮一年，藉由大量的文獻史料、影像照片與密集田調，加上不少添加與想像，透過灣生女性敘事者的「失憶的回憶」：一套非真實的生活經驗及其符號系統，帶領讀者回到特有的歷史時態裡，觀照日治時期殖民主義在花蓮所展演的空間實踐：街道、神社、學校，乃至於細瑣如移民村的植物、飲食、醫療所的鬼頭瓦、廣島式、大阪式的菸樓等等，作者藉由具有高度象徵意義的細微物件，鑲嵌在實際的地理空間上，用以營造日治時期花蓮港廳濃厚的殖民風情與華麗的現代化風貌。

相較於此，方梓書寫的則是自己的原鄉，透過早年生活經驗與母系家族的回憶，書寫花蓮港廳帝殖空間的另一個面向：街庄民空間。文本中以漢人女性移民篳路藍縷以啟家園的故事為中心，間以天災、人禍、殖民、戰爭、生離、死別、愛恨、情愁……，女人的辛苦來自於土地，而女人的歡欣同樣由土地而來，作者由庶民的鄉土生活出發，在日治時期東部拓墾的大敘述中，找到存在縫隙中的女性眾生相。由此可知，「地方」書寫並非只是用來相對於「中心」的角力工具，而是具有更加多元而複雜的意義。

其次，《風前塵埃》企圖展現籠罩在殖民、父權、理性、現代化的大傘之下，各個族群及弱勢者如帝國女性、漢人女性或是原住民族哈鹿克等人，在花蓮港廳生活的各種面貌。以空間為例，文本中的哈鹿克一族及橫山月姬儘管不敵殖民父權的壓迫，但仍在理性秩序的狹縫中擠出生存的空間，如原住民不為警察所知的獵徑、莉慕依在布道所的情慾地窖等，這些為數不少的黑洞，在象徵統治力量的日式建築中注入了顛覆挑釁的因子，使神聖華美的景觀也變得模糊曖昧起來。另一方面，橫山月姬的女兒無弦琴子在廢墟及遺跡對母親過往生活空間的想像，使得花蓮的地形地貌兼有神聖／廢墟、樂園／荒園的多重景觀。無弦琴子對花蓮的認識從無知到親臨，就如同她對臺灣血統的追索，最後這位灣生女子擁抱日本戰爭美學，為臺灣歷史多元駁雜提供一個例證。

《來去花蓮港》則著眼於女性移民由移動到安居的過程，以及人文景觀的發展變遷。文本中的女性藉由開墾拓荒的行動，鬆動了封建傳統既有的桎錮，打造一個失學、失婚、失意女性的烏托邦，在此形構中，性別、階級、種族、國家都在豐饒的土地上融合而重生，最後逐步定居衍變著根為在地意識，這種土地情感的認同展現在林春淑的女兒闕沛盈的傳承，花蓮成為她生命追尋之旅的起點與歸返的終點。

關於地方感的營造，除了上述人文景觀的差異之外，《風前塵埃》和《來去花蓮港》在自然景觀的書寫也不盡相同。《風前塵埃》側重山岳、瀑布、雲彩、森林等自然生態的描繪，而《來去花蓮港》則較關注田園菜蔬、雞鴨魚鳥等鄉土環境的美學，與作者的經驗與觀看世界的視角有關。總之，《風前塵埃》再現的花蓮具有沈重憂鬱的鄉愁，經由橫山月姬的回憶與無弦琴子的拼湊，連接到一個逐漸消失的時代，與當時的氣息與地方感；《來去花蓮港》係以庶民的視角來再現女性移民的生活，女性的辛勤勞動耕作，讓花蓮呈現一股溫和堅毅的能量，安份溫潤地收納所有不如意的邊緣人。兩篇小說中的女性跨界旅程，可以代表當代女性書寫的兩種可能的典型：歷史族群意識及女性移民認同，小說中所形塑的兩種不同風情的花蓮港廳，重新銘刻出彼此的對照性、異質性與補充性，由此也擴展了「性別」、「地方」書寫的單一視域。

參考書目

方梓。2012。《來去花蓮港》。臺北：聯合文學。

林芳玫。2012.10。〈臺灣三部曲之《風前塵埃》：歷史書寫後設小說的共時與共在〉。《臺灣文學學報》15：151-183。

林淑貞。2009。〈後山、原鄉、淨土思維的辯證──花蓮地誌書寫與圖像之建構〉。國立中興大學中國文學研究所碩士論文。

林雪星。2006.12。〈坂口䙥子の小說に描かれる農業移住民の 愁について──「黑土」「春秋」「曙光」の三部作を中心として〉。《臺灣日本語言學報》21：121-145。

林欣誼。2013.12.14。〈番婆方梓就愛野菜香〉。《中時電子報》。

范銘如。2008。《文學地理：臺灣小說的空間閱讀》。臺北：麥田。

范銘如。2002。《眾裡尋她──臺灣女性小說縱論》。臺北：麥田。

范銘如。2013.12。〈女性為什麼不寫鄉土〉。《臺灣文學學報》23：1-28。

段義孚。1998。《經驗透視中的空間與地方》。潘貴成譯。臺北：國立編譯館。

施叔青。2008。《風前塵埃》。臺北：時報。

施叔青。〈走向歷史與地圖重現〉。《東華大學人文學報》19：1-8。

施添福。2000.10.6-7。〈地域社會與警察官空間：以日治時代關山地方為例〉。「東臺灣鄉土文化學術研討會」主題演講。

畢恆達。2001。《空間就是權力》。臺北：心靈工坊。

郝譽翔。2012。〈耐人咀嚼的生活長卷：《來去花蓮港》〉。《來去花蓮港》。臺北：聯合文學：4-9。

張素玢。2001。《臺灣的日本農業移民──以官營移民為中心（1909-1945）》。臺北：國史館。

陳芳明。2011.03。〈歷史 ‧ 小說 ‧ 女性──施叔青的大河巨構〉。《聯合文學》第 317 期：52-58。

陳芳明。2008。〈代後記：與為臺灣立傳的臺灣女兒對談──陳芳明與施叔青〉。《風前塵埃》。臺北：時報文化。262-277。

陳惠齡。2010。《鄉土性 ‧ 本土化 ‧ 在地感：臺灣新鄉土小說書寫風貌》。臺北：萬卷樓。

黃美順。2012。《日治時期吉安地區地域社會之形塑》，國立東華大學臺灣文化學系碩士論文。

黃啟峰。〈他者的記憶──試論《風前塵埃》的族群歷史書寫〉。《中正臺灣文學與文化研究集刊》第七輯：73-99。

劉亮雅。2013.06。〈施叔青《風前塵埃》中的另類歷史想像〉。《清華學報》43(2)：311-337。

横路啟子。2011.01。〈濱田隼雄『南方移民村』論──「更正」をめぐって〉。《東吳日語教育學報》36：105-128。

謝敏軒。2014。《「後山」書寫：以花蓮地區文學為探討對象》。國立中興大學臺灣文學與跨文化研究所碩士論文，

McDowell，Linda。2006。《性別、認同與地方：女性主義地理學概說》。徐苔玲、王志弘譯。臺北：群學。

MikeCrang。2003。《文化地理學》。王志弘、余佳玲、方淑惠譯。臺北：巨流，。

Tim Cresswell。2006。《地方：記憶、想像與認同》。徐苔玲、王志弘譯。臺北：群學。

Foucault , Michel. *Of Other Spaces: Heterotopias*. Trans. J. Miskowiec, 1967. Retrieved from http://foucault.info/documents/teteroTopia/Foucault.heteroTopia.ea.html.

Friedman, Susan Standford, "*Beyond Gender*", *in Mappings: Feminism and the culture Geographies of Encounter*. (Princeton , NJ:University Press, 1998)

Jacobs, Jane M. Edge of Empire: *Postcolonialism and the City*. New York: Routedge, 1996. Print.

Johnston , R.J. ed,. *The Dictionary of Human Geography*, Basil Blackwell Ltd, 1992.

Porteous, J.D., 'Literature and Geography", *Area* 17(2), pp 117-122.

Tuan, Tuan,Yi-Fu. *Topophilia: A Study of Environmental Perceptions, Attitudes, and Values* , New York: Columbia UP, 1989. Print.

缺場原住民

《風前塵埃》中的山蕃消失政治[*]

梁一萍
國立臺灣師範大學英語學系教授

本文從海明威的短篇小說〈印第安帳蓬〉切入，企圖探討《風前塵埃》小說中的太魯閣山蕃再現，在理論架構上引用美國原住民作家兼評論家維茲諾的「缺場印第安人」、後殖民理論家史碧華克「被提前取消的土著報導人」，以及林芳玫的「消逝主體」等概念分析小說中透過日本總督與巡查，以及皇民化攝影師等現代化機制所再現的缺場原住民，進而闡述原住民族在臺灣殖民現代化過程中的缺場、空白與遺漏。另一方面，本文強調施叔青的後殖民女性作家立場，她細膩刻劃日本殖民女性對山蕃的多重感受——從橫山綾子的唾棄、橫山月姬的愛慾，到無弦琴子的「父不詳」——在在說明原住民的「缺場」。綜言之，本文從海明威小說的比較角度切入，說明臺灣殖民現代化過程中山蕃土著等被「提前取消」，並析論施叔青如何運用後殖民女姓作家的視角，一方面批判日本軍國殖民現代化過程中對臺灣原住民歷史所造成的缺場、空白與遺漏，另一方面從性別角度刻畫日本灣生女姓對太魯閣山蕃愛憎交加的消失政治。

關鍵詞：再現、缺場、消失、施叔青、《風前塵埃》、現代主義、現代化、太魯閣族、臺灣原住民

---

* 2014 年是牡丹社事件 140 年和太魯閣戰役 100 年紀念，我很榮幸參與臺師大簡瑛瑛教授所主辦的會議，藉此研讀施叔青女士的《風前塵埃》，透過她的小說對百年來的臺灣歷史有進一步的瞭解，對日本第五任總督佐久間左馬太（1844-1915）有初步的認識，也對花蓮壽豐鄉豐田村的日本移民村有基本的概念。最後，要特別謝謝簡瑛瑛教授的邀稿，此為修定稿，「消失政治」為英文 “politics of disappearance” 的翻譯。

「（人類學家山崎睦雄）預言強迫蕃人下山，『……，山地壯丁無配偶，丁口滅失，蕃人喪失真實面貌。』」（34）

「這本橫山家族寫真帖佔最多篇幅的是她的母親月姬，……（可是）為什麼她小時候的照片一張都沒有？……看不見自己小時候的留影，……還有她這輩子從沒見過，如謎一般的父親。」（74-75）

「日本人來了，他的族人沒有離開自己的土地，卻流離失所，失去了家園……族人用哀愁的歌聲表達失去家的悲苦，害怕在惡靈的詛咒下從此不得翻身。……雅哇斯．古牡巫師失蹤了……赫斯社隨著巫師的失蹤，荒廢了祭典，精神漸漸失散萎縮」（147-48）

一、導言

海明威在1924年的短篇小說〈印第安帳篷〉（"Indian Camp"）中描寫了一位隱而不見的「缺場印第安人」。這個故事敘說一名白人醫生臨危受命幫一位印第安婦人開刀生小孩，故事場景在一片陰霾森林中，白人醫生帶著兒子、弟弟與助手趕到森林中，其時天色晦暗，印第安人住的「印第安帳篷」破舊骯髒臭味滿天。婦人因為兩天生不出小孩，高聲尖叫哀嚎連連，白人小孩要醫生爸爸給印第安婦人開藥幫她止痛，白人醫生說：「我沒有麻醉藥，她尖叫不重要。我聽不見她叫，因為這不重要」（海明威）。

這個短篇小說被美國學者廣泛視為現代主義的經典，海明威著名的「冰山」理論展露無遺：文字簡約，描寫精準。從小說內容而言，〈印第安帳篷〉被讀為一篇成長敘事，白人小孩透過印第安婦人生子的過程，瞭解生命的起源，這個經驗幫助他反視自身，成為主體，小說結尾第三人稱敘事者說道：「在清晨湖上［小孩］坐在船尾和他爸爸划船，他很確定他絕對不會死」（海明威）。但另一方面，很明顯地，這個主體是一個白人主體，整個接生的過程，讓白人小孩體會白人文化與印第安文化的差別，生不出小孩的印第安婦人對照代表現代醫學的白人醫生，野蠻落後與現代科學形成尖銳的二元對立，主客立見。

但海明威這個短篇小說最耐人尋味的不是白人小孩的成長，而是印第安婦人隱而不見的先生。在小說中，印第安先生被提到四次，第一次是當白人醫生抵達時，睡在上舖的先生「正在抽煙」（海明威）。第二次是印第安先生不想（或無法）目睹太太被開刀，所以「轉身對著牆」（海明威）。第三次是白人醫生注意到印第安人先生全程安靜無聲，於是醫生一腳「站上床沿，拿著燈往上鋪探視，看到印第安人臉對著牆，［醫生］把他翻過來，發現他已割斷喉嚨，血流滿面」（海明威）。最後一景則是從白人小孩的角度，藉著爸爸手提的燈，清楚看到印第安人橫死的慘狀。白人小孩問爸爸，印第安人為什麼要割喉自殺，爸爸醫生說：「尼克，我不知道。我猜他受不了」（海明威）。[1]

這篇小說短小精悍，意在言外。然而我們不禁要問，印第安人受不了什麼？為什麼這個全程不出聲，不露臉，不說話的印第安人最後割喉自殺？[2] 吊詭的是，整個小說中不但印第安人沒有露臉，他的太太也沒有露臉，就連那個歷經千辛萬苦生出來的小孩，也在小說中被消聲、被遺漏，完全被忘記了。這篇小說雖然名為「印第安帳篷」，但其實對印第安人著墨不多，森林中印第安人的帳篷只是反襯的背景，敘事者很明顯地是由白人小孩與醫生爸爸的角度來觀看印第安人，用現代科學來反襯印第安人的

---

1 英文原文是 “I don’t know, Nick. He couldn’t stand things, I guess.”

2 學界的看法殊異。有人認為印第安人自殺表示夫妻情深，不忍太太受苦，寧願自己受罪。有人認為印第安先生天性懦弱，無法忍受婦人生產之苦。

窮困落後，進而成就白人小孩的主體意識。進一步來看，如果我們從美國國家寓言的角度思之，美國白人主體意識是在清教徒進入森林之後，將印第安人趕盡殺絕之後產生的，這也是為什麼故事結尾時，敘事者慶祝的不是印第安嬰兒的誕生，而是白人小孩的新生主體。

由此我們轉入本文主題：〈印第安帳篷〉和施叔青的《風前塵埃》有什麼關係？本文認為藉由海明威的經典短篇小說，我們可從其中淪為背景的印第安人來反思全球原住民在現代化過程中的「消失」。也就是說，本文認為海明威的經典短篇小說提供我們一個閱讀施叔青小說的介面，重點有三，其一、本文採用全球原住民族比較文學的研究方法（global Native literary studies），如美國學者艾倫（Chadwick Allen）在其專書《跨全球原住民族比較文學研究方法》（*Trans-indigenous Methodologies for Global Native Literary Studies*, 2012）中所言，傳統比較文學傾向比較相同性（艾倫稱之為「A和B」），但他要超越相同性，邁向「跨全球原住民族比較研究」。[3] 如同艾倫比較美國與澳洲原住民歷史與文學，[4] 本文以海明威破題，探討太魯閣原住民族在20世紀初臺灣殖民現代化過程中的消失、缺場；更重要的是，本文帶進比較視野，將20世紀初日本對太魯閣族滅族的殖民戰爭與同時期美國政府宣稱印第安人已經消失（the vanished Indians）的殖民壓迫做一比較，[5] 從這個比較的角度反思太魯閣原住民在20世紀初現代化過程中所面臨的問題——傳統場域的失去、傳統技藝的失傳以及傳統價值的瓦解，變成本文所謂的「缺場原住民」。[6] 其二、本文認為海明威的短篇小說提供一個「消失政治」的再現機制，對傳統原住民文化面臨現代化危機提出一個頗為經典的消失機制（apparatus of disappearance），這個消失機制幫助我們解讀施叔青小說中太魯閣族原住民的再現。藉由兩者對照，我們發現敘事者透過日本殖民現代機制所再現的太魯閣族人是落後原始，野蠻殘暴的「山蕃」，如同海明威小說中完全沒有露臉的印第安人，

《風前塵埃》中透過殖民者所再現的太魯閣原住民大部份是「若現實隱」的「缺場原住民」。[7] 其三、有關「消失政治」，本文引用美國原住民作家兼評論家維茲諾（Gerald Vizenor）「缺場印第安人」的論述，後殖民理論家史碧華克（Gayatri Spivak）「被提前取消的土著報導人」的概念，以及林芳玫引用史碧華克析論《行過洛津》中的「消逝主體」[8] 來分析施叔青小說中透過日本總督、巡查、人類學家、日本寫真帖、皇民化攝影師以

---

3 學界人士認為艾倫的看法也不見得完全創新，如陶爾（Shannon Toll）就指出，「跨原住民族」和「跨國」其實概念很像，陶爾認為艾倫的貢獻在於從跨國的角度，比較全球各地原住民族在與主流文化接觸時，所面臨的「跨原住民族的移動多元性」，使能有效處理「複雜、不對等、與不公平的殖民相遇等問題」（xiv）. 請參考陶爾書評〈https://muse.jhu.edu/login?auth=0&type=summary&url=/journals/comparative_literature_studies/v052/52.2.toll.html〉。

4 請參考艾倫所著《血的敘事：美國印第安與毛利文學與社運中的原住民認同》（*Blood Narrative: Indigenous Identity in American Indian and Maori Literary and Activist Texts*; Duke UP, 2002）。

5 這個比較視角的重要性在於指出美日同盟遠遠早於今日安倍首相的安保條約，或二戰後日本同意美軍基地佔駐沖繩。其實早在 1869 年明治維新之初，日本對北海道愛奴原住民族的殖民政策就受到美國政府壓迫境內印第人的影響，這個美日之間跨原住民族的比較研究是美國原住民學者瑪黛 - 薩爾茲曼（Danika Medak-Saltzman）的重要貢獻，請參考其著作（付梓中）《殖民鬼魅：原住民族、視覺文化、美國與日本的殖民計畫，1860-1904》（*Specters of Colonialism: Native Peoples, Visual Culture, and Colonial Projects in the U.S. and Japan*, 1860-1904），將由明尼蘇達大學出版社出版。

6 本文的「山蕃消失政治」專指 20 初日本殖民統治對臺灣原住民文化所造成的壓迫、排擠與衝擊，並不表示原住民就此「消失」。相反地，全球原住民族持續抗爭，原住民文化雖然面臨許多挑戰，但仍持續發展。為免誤解，特此說明。

7 相對於缺場的太魯閣族，小說中對經歷七腳川事件的阿美族也有所描寫，我認為阿美族可視為太魯閣族的對照，尤其是巫師笛布斯以及吃野菜的布托慕。他們二人代表回歸部落傳統的阿美族人，笛布斯從小學習日語，是阿美族第一位師範畢業生，後來回歸部落，變成阿美族的巫師（218-28）。布托慕雖然在殖產局工作，卻沒有放棄阿美族人吃野菜的傳統，他和家人「拔除昭和草」來幫助野菜生長（242-244），這是小說中原住民最具抗殖民意識的動作。本人認為相對於太魯閣族困在地窖中被橫山新藏緝補的哈鹿克，阿美族的笛布斯與布托慕較有主動性，他們沒有放棄阿美族招魂驅魔儀式與吃野菜的傳統，這些和現代性背道而馳的習俗也讓阿美族人展現自我。本文重點雖然放在太魯閣族，但筆者認為施叔青對阿美族不同的寫作策略值得一提。

8 謝謝匿明審查人的建議，此處參考林芳玫論文〈文學與歷史：分析《行過洛津》中的消逝主體〉，林文對本人啟發甚多，在此致謝。

及三代日本殖民女性等所再現的太魯閣原住民，分析透過這些現代化消失機制所再現的太魯閣原住民如何「缺場」──他們失去原住民的「自主原生」性，變成臺灣殖民現代化情境中的「山地人」或「山蕃」，藉由文本細讀，本文闡述 20 世紀初日本殖民現代化機制對太魯閣族原住民在臺灣歷史文化中所造成的缺場、空白與遺漏。

另一方面，本文強調施叔青的後殖民性別政治，除了殖民政府的總督，巡查等，施叔青細膩刻劃了三代日本殖民女性對山蕃的感受，[9] 從祖母橫山綾子的唾棄、母親橫山月姬的愛慾、到女兒無弦琴子對父親身份的空白無知，相對於日本殖民女性的種族化愛戀（racialized desire），[10] 本文認為施叔青帶進後殖民女姓的視野，最重要的是她突顯韓裔美籍女性學者金泳喜對日本的控訴與抗殖民記憶，特別能彰顯後殖民女性的自覺。顯而易見，做為一位活躍於 21 世紀的臺灣後殖民女性小說家，施叔青在《風前塵埃》中運用多重視角與後殖民女性的立場，對太魯閣原住民的消失給予多重角度折射的再現，她透過層次繁複，立場多元的敘事架構，細膩刻劃三代日本女性的殖民愛憎與戰後韓裔女性的抗殖民運動，透過這樣的多重視角，施叔青所再現的臺灣多重跨國殖民現代化情境中的太魯閣族，其敘事結構複雜程度如萬花筒。

綜言之，本文從海明威切入，帶進跨原住民族的比較視野，企圖說明 20 世紀初期日本殖民現代將臺灣原住民「蕃人化」，闡述太魯閣族人如何在殖民現代化過程中被「提前取消」，繼而析論施叔青在《風前塵埃》中如何運用 21 世紀臺灣後殖民女姓作家的立場，一方面批判日本殖民男性對太魯閣原住民的「缺場化」，另一方面細述灣生混血女姓無法認可太魯閣原住民的消失政治。

二、缺場的印第安人[11]

著名的美國原住民作家兼評論家維茲諾在其所著《浮光掠影：美洲原住民場景中的現形與缺場》（*Fugitive Poses: Native American Indian Scenes of Absence and Presence*，1998）中指出美洲「印第安人」這個名稱是主流文化虛構的概念，所謂的「印第安人」是短暫飄忽，虛有其表，如光線倏忽萬變似的「浮光掠影」。易言之，「印第安人」是白人主流文化所想像虛構的他者，我們所看到的「印第安人」其實是飄忽的、短暫的、缺場的「浮光掠影」。相對於「缺場原住民」，維茲諾自創新字，結合政治層面的「獨立自主」（sovereignty）與歷史層面的「起源出處」（provenance）的雙重意涵，另創「自主原生」（sovenance）這個字詞來表達在場現形的原住民（1-3）。

在書首維茲諾說道：「美洲原住民是現形的說故事人，北美洲歷史的記敘者。沒有其它故事可以真實地爬梳原住民現形的創造，可以掌握原住民自主原生與對自然圖騰的遵從」（1）。他指出白人主流文化對原住民的迷思來日已久，所謂的「印第安紅蕃」──印第安人沒有文字，沒有文化，是野蠻的蕃人，維茲諾用「缺場印第安人」這個概念來批判這個積非成是，弄假成真的迷思（11）。[12] 他認為美洲原住民在白人主流文化的操控下，「已經變成一種浪漫悲劇的主題，浮光掠影般的原住民變成『缺場印第安人』」（11）。也就是說，維茲諾認為白人主流文化所建構的原

9 這點也是李文茹論文的重點，詳下。

10 林芳玫、劉亮雅等論文中也提到這點（325），詳下。

11 英文為“the absent Indians”。

12 原文為“The indian was an absence in histories”（11）。

住民形象飄忽短暫，如幻影般不真實，是被美學化的，失去原住民「自主原生」的面貌。

維茲諾以他父親的經歷說明原住民在美國現代化過程中的「消失」。他的父親克萊蒙‧維茲諾（Clement Vizenor）出生於1909年，在1930年代從阿尼吁那貝族（the Anishnaabe）的白土保留區（The White Earth Reservation）[13]搬到明州首府明尼亞波利斯（Minneapolis），做油漆工為生，26歲那年被割喉致死，留下那時只有一歲多大的維茲諾。維茲諾成年後調查父親的凶案，找到1930年的人口普查資料，瞭解他父親被當成「印第安人」算在當年的人口普查中，他說：「我父親那一代是美國第一次以『印第安人』為族群類別所實施的擬真人口普查（the first census simulation）」（50）。

為什麼是「擬真人口普查」呢？從維茲諾的角度來看，美國政府1930年的人口普查是第一次把「印第安人」當成一個具有法律性與科學性的現代族群類別，與「白人」「非洲人」「亞洲人」等量其觀，然而眾所皆知，被哥倫布稱為「印第安人」的美洲原住民其實是個「誤名」（misnomer），也就是說，四百年來歐洲白人口中的「印第安人」其實一直是虛構的、不存在、莫須有的「人種」。從維茲諾角度來看，「印第安人」是不存在的、缺場的，可是1930年的人口普查卻以假為真，化虛為實，將數以千計文化語言各不相同的美洲原住民部落以「印第安人」這個虛構的人種類別計算在美國國家人口中，以國家暴力建構人種類別，以統計機器進行人口普查，維茲諾因此諷刺其為「擬真人口普查」，是為一圓美國政府「同化政治的夙願」（50）。也就是說，在現代化國家機器中，原住民族變成人口普查中的「印第安人」，這是美國國家機器用科學種族論述將美洲原住民族「缺場化」。[14]

從比較的角度而言，1930年美國政府擬真人口普查的同年臺灣爆發了霧社事件，這個事件的重要性在於臺灣原住民武裝對抗日本殖民統治進入尾聲。[15] 另一方面，從原住民族比較研究的角度來看，臺灣的霧社事件等同於美國原住民的傷膝澗大屠殺（the Wounded Knee Massacre），自西元1492年哥倫布登陸加勒比海小島，四百年餘歐洲人屠殺生靈趕盡殺絕，原住民征戰抗爭史不絕書，這個過程一直要到1890年發生於美國南達科他州的傷膝澗大屠殺才告一段落。該年美國第七兵團（the US 7th Cavalry Regiment）槍殺約150名蘇族原住民，蘇族固然傷亡慘重，這個事件更重要的象徵意義是美洲原住民與歐洲白人對抗四百年終告終結。[16] 傷膝澗事件之後，白人史家因此宣稱印第安人「消失了」（vanished）—因為從白人的角度來看，「紅蕃」當然沒有白人優秀，「野蠻」絕對無法與「文明」對抗——這個想法成為白人主流社會的共識，如同蘇族原住民歷史學家狄羅瑞亞（Philip Deloria, Jr.）所言：「消失的印第安人的意識型態（the vanishing Indian ideology）彌漫於19世紀末，成為進入20世紀現代美國的一個重要的時代的印記」（12-15）。

隨著19世紀末「消失的印第安人」，美國文學進入20世紀的現代主義時期，相對於進步的現代主義，消失的「印第安人」顯得原始又神秘，後來演變為「印第安人原始主義」（the Indian primitivism），海明威的短篇小說其實就是一個很好的例證，因為小說中的印第安人神秘、原始，沒有露臉，只有死亡與消失。英國現代主義作家勞倫斯（D. H. Lawrence）

---

13 阿尼吁那貝族分佈於今日美國之明尼蘇達州東北部，白土保留區在其首府明尼亞波利斯西北方，開車約一個鐘頭的距離。

14 臺灣稱原住民為「山蕃」或「山地人」也可如此解釋。

15 1914年的太魯閣事件武裝對立的層面更為大型。

16 有關傷膝澗大屠殺文獻資料繁多，請參考 Brown Dee, Bury My Heart at Wounded Knee.

在《經典美國文學研究》（*The Study of Classic American Literature*, 1924）一書即言：「白種美國人的靈魂中充滿對印第安人又愛又恨的雙重感受，一方面想要消滅他們，另一方面又想要讚美他們」（36）。[17] 然而維茲諾對印帝安原始主義頗有批判，他認為現代主義對美洲原住民的妖魔化是「現代主義在文明與野蠻二元對立之下對他者的擬真，印第安妖魔（the Indian devil）是錯誤的將原住民缺場化」（41）。

維茲諾的論述呼應著名的後殖民理論家史碧華克 [18] 的看法，史碧華克在其專書《後殖民理性批判：邁向消逝當下的歷史》（*A Critique of Post-colonial Reason: Toward a History of the Vanishing Present*, 1999）中運用解構主義的閱讀方法細讀康德、黑格爾以及馬克思等歐陸哲學家與西方文學經典如《簡愛》（*Jane Eyre*）、《遼闊藻海》（*Wide Sargasso Sea*）、《科學怪人》（*Frankenstein*）等，企圖說明「土著報導人」因為他們所被分配的從屬者的位置在西方文化中「被提前取消了」（foreclosed），如張君玫指出，「一個知識份子必須正視的歷史處境：土著報導人作為一個從屬者……往往被提前取消了，被自然化了（因此也非人化），被噤聲了，被動或主動地被邊緣化了，被帝國主義的實踐利用、誤解與罪行化了」（vii）。在第一章〈哲學〉中，史碧華克說明「康德如何提前取消原住民；黑格爾如何把歐洲的他者放入一個規範性偏差的模式，而殖民主體又是如何美化黑格爾；馬克思如何 [藉由閱讀亞洲他者性] 來協商差異」（3）。史碧華克說道：「『土著報導人』這個名字對我來說，可以說標示從『人』之文明被驅逐出來的印記—這個印記劃掉倫理關係的不可能性」（16）。

我們如果從史碧華克的的角度來重讀海明威的短篇小說〈印第安帳蓬〉，我們發現海明威的經典小說正是「被取消的」原住民的絕佳範例：整個敘事中印第安人無形無影，形同消失：女人被開膛破肚，先生自殺身亡，小孩無影無蹤。更有趣的是，該小說出版於 1924 年，然而 1924 年正好是印第安人獲得美國國家公民身份的同一年，同一年海明威用現代主義精準的文字敘說白人小孩目睹印第安婦人生產，以及印第安人自殺，來側寫白人小孩主體的誕生。然而讀畢這篇小說，我們對這個位於湖邊的印第安部落一無所知。印第安人雖然獲得美國公民身份，但在美國國家主體中所扮演的角色是反襯的背景，從史碧華克的的理論來說，「印第安帳篷」中的印弟安人無疑早已被「提前取消」了。

此外，林芳玫在其論文〈文學與歷史：分析《行過洛津》中的消逝主體〉一樣用史碧華克的從屬者角度來閱讀施叔青臺灣三部曲中的第一部《行過洛津》，林芳玫認為「從屬者被主流歷史排除，他們的存在標示歷史的消逝點，構成了主導文化的邊界，定義了主導文化的範疇」（166）。運用這個解構主義的閱讀策略，林文「揭露了霸權運作的機制以及此機制將從屬者泯除的過程，詮釋……書中各種從屬者從歷史書寫中出現與消失的過程」（166）。林文也提到史碧華克的「土著被提前取消」這個概念，她指出「研究者的工作因而是要找出被納建與被排除的模式，以及追蹤構成主體的邊界而自身又是消逝點（point of fade-out）的從屬者形跡」（171）。林文的「消逝主體」頗能呼應本文「缺場原住民」的概念，如同《行過洛津》中的戲子許情，《風前塵埃》中的太魯閣族哈鹿克・巴彥也是處於社會邊緣的從屬者。易言之，哈鹿克・巴彥的出現與被主流社會的排除顯示了這個角色的形跡結構。

綜上所述，本節重點在於運用維茲諾的後現代概念、史碧華克對德希達解構主義的衍用，以及林芳玫引用史碧華克所定義的消逝主體，進而析

17 原文為 “There has been all the time, in the white American soul, a dual feeling about the Indian. [...] The desire to extirpate the Indian. And the contradictory desire to glorify him. Both are rampant still, today”。

18 此處從張君玫所翻譯的譯名。本書使用張之中文譯本，該書英文版出版於 1999 年，張之中文翻譯出版於 2006 年。

論在殖民現代化的過程中全球原住民如何「被提前取消了，被山蕃化了，因此也被非人化，被噤聲了，被動地被邊緣化了，被帝國主義的實踐利用、誤解與罪行化了」（史 vii），史碧華克認為原住民「被提前取消了」的從屬位置將幫助我們探討《風前塵埃》中被日本軍國殖民者、人類學家、寫真帖與日本種族主義[19] 等現代化機制所造成缺場的太魯閣原住民。

三、缺場的太魯閣族[20]

以 1914 年太魯閣事件為背景的《風前塵埃》自 2008 年出版以來，相關論文已有多筆，其中劉亮雅從全球化跨國流動的角度探討該書的「另類歷史想像」，劉認為施叔青採取「對位式書寫」策略，用幾乎等同的篇幅來處理日據時期日本人、原住民與客家人三個不同團體的性別與族群關係。依劉之言，《風前塵埃》的重要性在於施叔青「處理了臺灣文學絕少探討的幾個議題：日治時期的『理蕃』、太魯閣之役、日治時期花蓮地區的族群關係、日本移民村、[以及] 戰後的日本殖民遺緒」（313）等相關議題。林芳玫將《風前塵埃》放在臺灣大河小說的傳統中來探討，她「以歷史書寫後設小說及跨國族女性主義為探討此書的雙重出發點」，她認為《風前塵埃》「以書寫（含言說）及回憶為探討主題，……[該文] 討論此書多重時間與空間的交織，以及有此形成之不同記憶的共時與共在」（151）。[21] 南方朔則認為《風前塵埃》裡「堆疊的記憶碎片彷彿班雅明（Walter Benjamin, 1892-1940）筆下的歷史天使看到的受苦者的歷史」，他讚賞施叔青「有如揭謎式的多層次敘述，讓『征服——被征服』、『認同——自我分裂』、『受害——加害』、『迫害——野蠻』等歷史課題被鑲嵌進了更複雜、更細緻的架構」（引自劉 313）。此外，李文茹探討「臺灣女性作家的殖民史書寫」，黃啟峰分析「他者的記憶」以及小說中的「後殖民意識」，黃湘玲研究小說中的國家暴力與女性的移動敘事，陳孟君解析小說中「迴瀾圖像」如何建構施叔青的地方記憶與地方認同等。

這本小說的重要性，誠如陳芳明所言，在於施叔青「似乎有意回到歷史現場，重新翻轉日本人的殖民詮釋……重建太魯閣事件的意義」（268）。不可否認，1914年的太魯閣事件在日人侵臺歷史中有其重要的地位，如同歐洲人入侵美洲的「帝國天命」（Manifest Destiny），日本人南進的殖民野心自古有之，從1609年薩摩藩出兵琉球王國，到1871年廢薩摩藩將琉球編入九州鹿兒島縣，到1874年牡丹社事件臺灣原住民殺琉球人55名，到1879年兼併琉球蕃並設沖繩縣，到1895年清朝戰敗割讓臺灣，到1906年佐久間左馬太接任第五任總督對臺灣原住民展開「三光政策」——「殺光、搶光、燒光」，期間發動160多次「勦蕃戰役」，1910年到1914年的「五年理蕃計畫」是日本殖民政府一連串對臺灣原住民有計畫的武力鎮壓的高峰。根據南方朔的說法，1914年的太魯閣戰役，

佐久間自任討伐軍司令，率領軍警6235人，附屬工役10000餘人，總計20000餘人攻打太魯閣蕃97社，1600戶，約9000人。這是絕對性的不平等戰爭，以人海戰術式的機槍大砲攻打獵槍與番刀。討蕃結束後，

---

19 此處是指日本人認為純種血統比較優良，而灣生的混血血統比較拙劣。因此，原住民缺場的另一個最大問題就是日本人與臺灣原住民混血灣生的歷史事實被遺忘、排除、消失了，這也是本文的重點之一，詳後。

20 英文為“the absent Trukus”。

21 林文對跨國族主性女義討論深刻，筆者同意林指出在橫山月姬與哈鹿克的愛慾關係中，「日本女性採取主動位置，而原住民男性則成為滿足女性情色慾望的客體」（151），但這其中佔絕對優勢的殖民——被殖民位置不可被忽視。但另一方面，筆者並不同意林芳玫認為「此書以日本人為發言主體，弔詭地暴露失出作者對臺灣既關注又逃逸的曖昧立場」（151）。相反地，筆者認為施叔青以少見的灣生女性的敘事角度，給日本殖民臺灣歷史中被迫離開殖民地家鄉的灣生後代一個相當具有人性關懷的文學空間，這段被遺忘的歷史最近重新引起注意，請參考田中實加《灣生回家》（2014）。

到 1914 年止，計沒收獵槍 27058 支，這是原住民的徹底非武力化，退回到弓箭蕃刀的時代。在生存地界日益縮小，生存能力則大幅倒退下，原住民的困厄可知。（5）

南方朔因此認為《風前塵埃》是要處理臺灣原住民在日本殖民虐政下「有歷史縱深的『受苦的歷史』的問題」（6）。如前所述，南方朔把施叔青比喻成班雅明的歷史天使，「因為歷史天使的背對著未來，因而未來是一片不可知，但歷史天使卻可看到那層層疊疊的廢墟碎片」（7）。他認為歷史小說就是要「盡可能多層次的去淘取廢址裡的碎片，讓人們得以由此去體會它那無明的蒙昧 [，]」南方朔認為，「《風前層埃》即是歷史廢墟的最佳碎片投影」（7）。同樣地，林芳玫也認為，「在多重回憶的倒敘與插敘中，橫山家族三代歷史以碎片斷裂方式呈現於讀者眼前」（157）。

多重敘事歷史「碎片」的說法一方面譬喻原住民被日本人殖民後的「歷史廢墟」，另一方面也為施叔青多層次多視角的敘述策略提供一個隱喻。臺灣原住民與日本人從 1874 年牡丹社事件之後，140 多年殖民相遇的歷史，被施叔青放置在一個「極為彎曲的歷史時間敘述」（南 9）中，除了橫山家族三代的臺灣經歷，她還增加了總督陸軍大將佐久間左馬太、日本人類學家山崎睦雄、植物學家馬耀谷木、皇民化客家人攝影師范姜義明的敘事角度，其中橫山家族三代女性——憎惡原住民的祖母橫山綾子、愛戀原住民的母親橫山月姬以及「身世成謎」不知自己父親是臺灣原住民的無弦琴子成為重要的敘事主線。另外，策畫二戰織物展覽的韓美學者金泳喜與灣生無弦琴子之間的對照等，多重敘事角度，將歷史的「碎片」「投影」到一個倒敘又跳躍的非線性時間內。

綜合前述，「不論就有關臺灣歷史、花蓮地區族群歷史、日本帝國史的文學而言，《風前塵埃》都填補了重要的空白與遺漏」（劉亮雅

317）。誠哉斯言，然而本文認為，在這個「填補書寫」中，敘事者對臺灣原住民的再現還是留下了許多空白，而這些空白和史畢華克所言的「被提前解除的土著報導人」息息相關。史畢華克在其專書中指出：「『土著報導人』這個名字當然是從民族誌借來的。在民族誌的學科中，土著報導人被嚴肅看待，儘管在西歐傳統中 [他] 被剝奪自傳的權利。他乃是一個空白，卻由此衍生出一個唯有西方（或一個西方模型的學科）方得以銘寫的文化認同文本」（16）。本文認為相對於殖民者假藉現代化之名對原住民的「缺場化」，《風前塵埃》小說中有許多「缺場」，譬如下落不明的日本人類學家的研究報告、橫山家族寫真集中被撕掉的照片、橫山新藏續娶的太魯閣蕃人妻子、還有無弦琴子對她太魯閣父親身份的空白認知，而這三者──人類學家、寫真集以及灣生被隱藏的原住民血統──正是本文「缺場原住民」的論述重點，以下分別細究之。[22]

首先，最容易瞭解的就是對原住民文化與傳統所造成的衝擊與消逝。對日本殖民者而言，臺灣原住民就是山蕃，日人自 1895 年併吞臺灣以來，從一開始的懷柔政策，多次招待泰雅、太魯閣蕃族去日本參觀明治維新以後的現代化建設，到限制山蕃在隘勇線內以為控管，同時又開發蕃地砍樟為業，到佐久間左馬太的五年「理蕃政策」，20 年內從南到北除了東岸立霧溪上遊的太魯閣族之外，臺灣各地山蕃均已降服。小說中，如敘事者所言，佐久間總督「深受明治時代思想家福澤諭吉（1835-1901）『文明開化』思想影響，他立誓『拯救馴化』臺灣山上的『野蠻人』」（施叔青，33），佐久間認為「野菜必須被馴服」（施叔青，33），也就是說，山蕃一定要用武力降服。如荊子馨所言，「在第五任總督佐久間左馬太自年開始進行了五年的鎮壓理蕃計畫之後，接著登場的是剝奪土地、強制移居以

22 但哈鹿克．巴彥也是虛構的，因為哈鹿克．那威沒有子嗣。

及建立永久保留制度。日本人的目標是要隔離原住民，將他們編入普通的行政區，限制他們的狩獵活動，鼓勵他們種植稻米，以及剝奪豐富的森林、木材與樟腦」（187-88）。「文明」與「野蠻」的二分成了日本施加現代性計畫的託辭，以現代性進步之名對臺灣原住民進行侵略掠奪宰制」（劉 337）。如同在小說中，敘事者描寫在祖傳的獵地上，哈鹿克發現「他是日本警察的獵物……獵人測出他隱藏的地點，找到他了，現在正舉槍一步步向他走來」（153）。殖民者的這種態度除了由佐久間左馬太總督、橫山新藏巡查表達出來以外，另外一位代表就是複製殖民者將原住民妖魔化的巡查夫人橫山綾子，綾子一直沒有辦法適應臺灣，小說中不斷強調綾子感覺到「靈魂感冒」（70），最後綾子只能黯然返回日本。

佐久間總督為瞭解決太魯閣蕃人的問題，特別商請日本治臺後第一位全面研究臺灣原住民的人類學家山崎睦雄對太魯閣族進行秘密調查，然而吊詭的是，這次調查的報告卻不翼而飛，遍尋不獲。對佐久間而言，山崎睦雄的頭腦已經被「蕃化」（施叔青，26），佐久間因此決定把山崎的報告束之高閣，讓它永不見天日（施叔青，29）。[23] 山崎睦雄被隱藏起來的太魯閣族人類學報告在小說中可以讀成原住民與日本殖民者相遇的一個隱喻，如同史碧華克所言，原住民「被提前取消了」，隨著殖民者的鐵血政策，原住民文化勢必消失一去不返，這份被「蕃化」的人類學家所寫的研究報告就如同原住民文化一樣「被提前取消了」。太魯閣戰役之後，佐久間總督強迫太魯閣族人遷移，如同山崎所預言的，「『強制把自從遠古時代就居住於高山的蕃人移居於平地，使蕃人喪失其傳統的生活方式與社會組織，將會導致蕃人傳統社會的崩潰，……人口滅失，蕃人 [將會] 喪失真實面貌』」（引自施叔青，34）。也就是說，太魯閣戰役之後，在文治武攻雙管齊下的殖民壓迫中，太魯閣族的文化與人口逐漸消失，慢慢不見了。

如果太魯閣族人被壓迫形同「缺場」，是否原住民的照片可以留下一些鴻爪？范姜義明的寫真館是非常有趣的安排。首先這個寫真照相館的名字「二我」就富有哲學意味，拍攝相片的目的就是為了再現第二個自己，[24]「為了參加總督府慶祝始政 40 年博覽會的展覽，范姜義明在花東縱谷拍攝阿美族人的照片，過程中阿美族人不斷抱怨殖民者的剝削。范姜義明原本想要捕捉阿美族人在表面的天真樂觀下「隱微的生命的深沉層次」，卻未成功。受到當時浪漫化的攝影手法影響，他拍出來的相片依舊是「簡單化的視覺」（施叔青，246）。他自嘆只能拍出「他自己幻想中的族群」，因此范姜的攝影與日本商會拍出的所謂「『人類學加上觀光旅遊』的獵奇式照片並無二致」（施叔青，246）。

從這個角度來看，臺灣原住民的「自主原生性」被日本殖民者摧殘殆盡。無論是佐久間左馬太總督、橫山新藏、橫安綾子、或者是已被殖民皇民化的客家人攝影師范姜明義，他們都用殖民現代主義式的眼光來看「落後原始」的臺灣蕃人，用「寫真」留下蕃人的影像也是基於一種美學化、

---

23 山崎睦雄對臺灣原住民持正面看法，他是一位「不合作的人類學家」（施 28），他對太魯閣原住民的報告十分正面：

> 外人把他們認定為「化外之民」、「生番」，[山崎睦雄] 在覆命書中陳述他瞭解太魯閣族人的心情：「有史以來，他們都沒有臣服于任何外界的政權，他們內心裡深信自己是完全獨立自主的人。所謂『順從』、『歸順』或『歸順的任務』，在他們心目中根本沒有任何意義。[他] 以清政府討伐番人為例：通常結果是清軍不堪慘重傷亡而和解收場。清軍以財物換取和平，對上級宣稱『番人已歸順』，而番人的立場是『清軍以財物示好，要求和解』，根本沒有絲毫歸順的想法。（26）
> 在臺灣殖民現代化過程中，臺灣原住民「沒有絲毫歸順的想法」。在日本人「馴化」臺灣原住民過程中，太魯閣族是最後順服的部落，一方面太魯閣高山峻嶺，天險難通；另一方面太魯閣族頭目哈鹿克．那威（Harung Nawi）勇猛善戰，鬥志高昂，和日本人纏鬥 18 年，痛殲 1700 多名日軍，「誘至深谷，傾巢痛擊」（施叔青 24）。

24 劉亮雅用非裔美國人的「雙重自我」（double consciousness）稱之。

浪漫化、異國風情化的再現。[25] 綜言之，本節重點在於利用維茲諾的「缺場印第安人」的觀點來分析《風前塵埃》中的「缺場太魯閣族」，企圖闡述施叔青如何從殖民者日本軍國主義者或已被殖民皇民化的寫真集的角度來再現已「消失」「缺場」的太魯閣原住民。

最後，我要指出小說中最不著痕跡的缺場，就是原住民女性，其中包含橫山新藏的太魯閣妻子與有太魯閣血統的灣生女兒。太魯閣頭目妻子的被缺場化，我們可以瞭解，如劉亮雅指出，「三種版本對綾子返日的解釋不一，然而都顯示橫山新藏的私情有殖民地的同化政策當靠山。日本帝國默許官員在日本和臺灣分別擁有婚姻、家庭，藉由通婚達到統治的目的，也默許他們對原住民女子始亂終棄」（45），月姬複製了父母對太魯閣族繼母的歧視，嘲諷她穿和服踩日本木屐的笨拙（46），且無法分辨她的容貌，因此頭目之女在整本小說中「始終無聲」（施叔青，324）。[26]

但具有原住民血統的日本混血灣生女兒，這個沒有被證實，或刻意被忘記的事實卻是臺灣原住民與日本人殖民相遇百年以來最被刻意忘記的缺場。在小說中，灣生女兒無弦琴子始終沒有面對或承認自己的原住民血統。《風前塵埃》的敘事策略是從女兒無弦琴子的角度回到花蓮吉野日本移民村，企圖回到「現場」，[27] 重繪母親與祖母在日據臺灣的生活地圖，進而拼湊自己的生命真象：她的出生年，她父親的真實身份，她母親時時翻閱的寫真集，她母親念念不忘日本移民村弓橋下的「三條青石板」，還有母親寄住過的山本一郎先生家的老房子，結果是都找不到了：「她沒有找到母親的家」（施叔青，18），「沒有找到母親念念不忘的農舍」（施叔青，19），沒有找到「三條青石板」，好像日本殖民臺灣與臺灣原住民相遇的一切歷史都沒有痕跡可尋了。最弔詭的是，橫山月姬因為不敢告訴女兒自己與原住民男子哈鹿克．巴彥的戀情，因此虛構了一位同學「真子」，透過虛假的「真子」來轉喻她對哈鹿克．巴彥的愛戀。這個隱而不見的原住民父親常常出現在女兒回憶母親的場景中：「無弦琴子眼前浮起多年前晚歸的那天，母親坐在黑暗裡，膝上攤開的寫真帖，沒被撕掉的那一張，一個十來歲少年的獨影，穿著和服，膚色黝黑，眼睛凹陷」（127）。而根據母親的敘述，月見花，這種月亮出來晚上開的花成為原住民的隱喻，如哈鹿克所言，「歸途中，哈鹿克看到草叢一朵朵黃色的小花，他的莉慕依告訴過他，夜深沉時，月光下靜靜綻開的黃色小花叫做月見花。月亮一下去，它就枯萎了。月見花，日本人來了以後才在草叢出現的花」（134）。月見花，晚上才看到的花，日本人來了以後才有的花，另一方面也隱喻原住民父親與日本母親的私情，只能在晚上、在地窖中、在夜深時出現，天亮後就不見蹤影，這也讓我們想到海明威小說中的消失政治。

反諷的是，無弦琴子企圖返回出生地，彈撥生命之琴，卻苦於「無弦」，小說一開始就點明灣生女兒父不詳的失根狀態：「無弦琴子不想開燈，反正亮著燈時，她心裡也是一片漆黑」（施叔青，2）。如劉所言，「在日本長大的琴子雖然曾是 1968 年東京學生運動的激進分子，卻不知自己的身世，此一空白暗喻了戰後日本抹去了帝國和戰爭的記憶」（316）。[28] 無弦琴子其實是日本殖民女性與太魯閣男性所創造的「灣生」混血女兒，但她始終無法面對並確認自己的身生之父，她第一次看到從母親故鄉來的

---

25 有關臺灣原住民和現代化國家相遇的經驗，請參閱 1704 年法國耶穌會教士冒名撒哈納札所寫的《福爾摩啥》，1867 年美國駐廈門領事李仙得（Charles le Gendre, 1830-1899）因處理《羅發號》事件所寫的《臺灣紀行》（*Notes of Travels in Formosa*），以及蘇格蘭裔英國人必麒麟等人相關著作。

26 有關日本人男性與臺灣原住民女性通婚，請參閱下山一所著《流轉家族：泰雅公主媽媽、日本警察爸爸和我的故事》。

27 陳芳明與施叔青在訪談中都提到「重建現場」的企圖（268）。

28 劉亮雅的解讀值得引用，「透過琴子的視角重建月姬與哈鹿克情慾關係，似乎難以擺脫琴子做為日本左派知識份子將臺灣原住民浪漫化、異國情調化，但也突顯哈鹿克可能因日本化而自我分裂」（329）。

年輕太魯閣男子，對方的「眼神使她無來由的震動了一下」（施叔青，3），這個細節對她空白的身世有著強烈的暗示。但更重要的是，這個被隱藏、被遺忘、被缺場化的原住民認同卻是小說中最大的缺場——灣生混血女兒無弦琴子被遺忘、被提前消失的太魯閣血統。

四、結論

在《風前塵埃》中臺灣原住民與日本帝國從 1874 年到 21 世紀年長達 140 多年的歷史糾葛，施叔青用萬花筒般的多角折射重組歷史廢墟的「碎片塵埃」，從總督佐久間左馬太、人類學家正崎睦雄、巡察橫山新藏、巡察夫人橫山稜子、灣生女兒橫山月姬、皇民化客家人攝影師范姜義明、植物學家馬躍谷木、山林之子哈鹿克．巴彥，還有灣生混血無弦琴子等眾多角色所象徵的「琴弦」中，譜寫了一個具有高度綜觀、彼此交叉、多重視角的複雜文本，她一方面橫批日本軍國主義大東亞共榮圈的暴行，另一方面側寫臺灣原住民在 20 世紀初現代化過程中如何被「提前取消了」。她運用了殖民現代主義的「蕃人化」（佐久間左馬太、橫山新藏、橫山稜子等），人類學的民族誌（正崎睦雄、馬躍谷木等），具有異國情調，非常浪漫的種族化愛慾（橫山月姬），以及被美學化、肖像化、異國風情化的原住民寫真（范姜義明）等多重視角來再現「缺場原住民」。如同海明威短篇小說〈印第安帳篷〉中缺場的印第安夫婦與小孩，橫山新藏從頭到尾沒有出現的頭目夫人，離奇失蹤的太魯閣巫師，正崎睦雄失蹤的人類學報告，還有灣生混血女兒無弦琴子呼之欲出卻始終空白缺席沒有相認的原住民父親，在在指向一個多重「缺場」。如同史畢華克所言，「在《純粹理性批判》的世界中，澳洲原住民或火地島的原住民不能夠是發言或判斷的主體」（40），20 世紀初的臺灣原住民如同一把「沒有箭矢的弓」，[29]

在面對先後來臺的荷蘭人、西班牙人、法國人、英國人、美國人、清朝人以及日本人等現代化的國家機器、科學化的人類學研究、影像化的寫真機制，以及被遺忘的灣生混血歷史中被「提前取消了」。

29 如同張君玫指出，《後殖民理性批判》是一本「高度參與的干預主義文本」（iv），本文認為《風前塵埃》也是一本「高度參與的干預主義文本」，施叔青「書寫這些消逝當下的歷史，無非就是為了養育一個關於未來的記憶，一個可能的抵抗與能動力所在」（iv）。

參考書目

下山一。2011。《流轉家族：泰雅公主媽媽、日本警察爸爸和我的故事》。下山操子譯。臺北：遠流。

田中實加。2014。《灣生回家》。臺北：遠流。

林芳玫。2009.11。〈文學與歷史：分析《行過洛津》中的消逝主體〉。《文史臺灣學報》1：166-87。

-----。(2012.10)。〈《臺灣三部曲》之《風前塵埃》——歷史書寫後設小說的共時與共在〉。《臺灣文學研究學報》15：151-83。

南方朔。2008。〈推薦序：透過歷史天使悲傷之眼〉。《風前塵埃》。施叔青著。臺北：時報出版。5-10。

李文茹。2009。〈臺灣女性作家的殖民史書寫：論《風前塵埃》的「帝國」創傷記憶〉。第5屆花蓮文學研討會論文集。花蓮：國立東華大學中文系，243-60。

荊子馨。2006。《成為日本人》。臺北：麥田出版。

施叔青。2008。《風前塵埃》。臺北：時報出版。

-----。陳芳明。2008。〈代後序：與為臺灣立傳的臺灣女兒對談——陳芳明與施叔青〉。《風前塵埃》。施叔青著。臺北：時報出版。262-77。

陳孟君。2011。〈施叔青小說中的洛津與洄瀾圖像：以《行過洛津》與《風前塵埃》為視域〉。臺中：中興大學臺灣文學與跨國文化研究所碩士學位論文。

張君玫翻譯。2006。《後殖民理性批判：邁向消逝當下的歷史》。(A Critique of Postcolonial Reason: Toward a History of the Vanishing Present, Cambridge: Harvard UP, 1999)。臺北：群學出版。

黃啟峰。〈他者的記憶：試論《風前塵埃》的族群歷史書寫〉。《中正臺灣文學與文化研究集刊》7：73-99。

黃湘玲。2011。〈國家暴力下的女性移動敘事：以聶華苓的《桑青與桃紅》、朱天心的《古都》、施叔青的《風前塵埃》為論述場域〉。臺中：中興大學臺灣文學與跨國文化研究所碩士學位論文。

Allen, Chadwick. *Trans-indigenous Methodologies for Global Native Literary Studies*.

Minneapolis: U of Minnesota P, 2012.

Deloria, Philip. *Indians in Unexpected Places. Lawrence*: UP of Kensas, 2004.

Lawrence, D. H. *The Study of Classic American Literature*, 1924.

Toll, Shannon. Book review. Accessed 1st August, 2015. <https://muse.jhu.edu/login?auth=0&type=summary&url=/journals/comparative_literature_studies/v052/52.2.toll.html>。

Vizenor, Gerald. *Fugitive Poses: Native American Indian Scenes of Absence and Presence*. Lincoln: U of Nebraska P, 1998.

輯四

文化藝術與戲劇美學

聲色一場：
從施叔青習佛經驗讀《行過洛津》和《風前塵埃》中的身體

李欣倫
靜宜大學臺灣文學系助理教授

施叔青近10多年曾跟隨聖嚴法師習佛近10年，先後出版了聖嚴法師傳記《枯木開花》及《心在何處》，從序文中可側面知悉佛學與施叔青創作《行過洛津》之關聯。此文欲探析施叔青的習佛經驗，對其小說作品《行過洛津》和《風前塵埃》有何影響？本文從兩類不同的文本切入，包括《枯木開花》、《心在何處》這類記錄大師風範和佛教行腳的書寫，以及《行過洛津》和《風前塵埃》兩部長篇小說，且從「身體」的角度著眼，首先爬梳施叔青習佛歷程和體悟，再者以佛教對身體的無常、因緣合和之說，析論《行過洛津》中「白骨觀」在小說中的效用，及《風前塵埃》中各種角色所展現出的「掩映的身體」。以前者來說，「白骨觀」正反兩面映襯小說中的「身體」描述，既正面揭示身體的終極衰損真相，亦反面映襯戲子供人取樂的身體；以後者來說，男性和女性對待身體的方式和所產生的觀點，隱然強化了肉身的強健永恆，然願空和尚為亡靈進行的佛教超度儀式，既為政治身體辯證，又扣合「風前塵埃」所傳遞的「諸行無常，盛者必衰」之不可恃之身體觀。以兩部小說所展現的「掩映的身體」來看，施叔青在審視國族認同議題，自是帶有一份超越性的目光。

一、前言

白先勇在施叔青第一本小說《約伯的末裔》中提到鹿港是施叔青小說的根，此小鎮經驗投影在小說中，充溢了「死亡、性、瘋癲、及一種神祕的超自然力量」（1973：1-2），而王德威亦以為此「禁忌與蠱祟瀰漫，信仰與褻瀆交雜」的「詭異墮落」之鹿港，「成為施叔青文學啟蒙的殿堂」。（1999:8）施叔青早期作品中的鹿港，確乎漫漾著濃厚的民間信仰氣息，此由小鎮而小說的怪誕詭譎氛圍，始終是論者關注的議題。然近 10 多年，施叔青開始表明佛教對她的影響，這可從她與佛教相關的寫作活動窺知一二：先於 2000 年完成了聖嚴法師傳記《枯木開花》，後於 2004 年追隨聖嚴法師至大陸走訪中國禪宗聖地，出版了《心在何處》，這兩本書的序文不僅說明了施叔青習佛的因緣和歷程，更可從側面知悉佛學與施叔青創作《臺灣三部曲》第一部《行過洛津》的關聯。然較諸於她早期作品中的民間宗教跡痕，佛教的思維和觀點則隱而不彰，除了幾篇訪談稿之外，[1] 較少論者關注施叔青作品中從民間信仰過渡到佛教觀點的軌跡，尤其是近 10 年來的鉅作《臺灣三部曲》更是如此，然在閱讀的過程中，卻看見佛教內涵與關懷不時充溢於字裡行間，值得進一步探掘發揮，由此便是本文的問題意識和關懷主題：近 10 多年來的習佛經驗，對施叔青的創作——尤其是《臺灣三部曲》——有何影響？為了尋繹此問題，本文擬從兩個曲徑切入，其一：施叔青撰寫《枯木開花》、《心在何處》這類隨大師學習和佛教行腳的感受和體悟記錄，目的在於無論是傳記體或遊記的書寫，施叔青多少直抒個人習佛歷程與經驗，詳實傳達她如何受佛教影響；其二則細讀施叔青《行過洛津》和《風前塵埃》，並嘗試從中尋繹關乎佛理之描述，為了聚焦於論述，擬從身體的角度切入。

至於為何僅選擇前兩部曲？雖即第三部曲《三世人》的題目，可約略從《枯木開花》傳記獲得線索；[2] 又其中有少部分描述宗教視域下的女性身體，[3] 然相較於《行過洛津》和《風前塵埃》，此書在宗教儀式和氛圍上，幾乎較少著墨，原因是《三世人》似乎隱含著「除魅」主軸，無論是公領域如街廓重整，還是私領域對女體注入新醫學觀點和美儀調整等日常細瑣，皆除去了幽暗和神祕的可能，較諸於前兩部曲，此書的政治的現實感更為增強，故此文不將《三世人》列入研討的核心文本。

二、施叔青的習佛經驗和書寫

據施叔青描述，在 2002 年《行過洛津》即將完稿之際，由於一心懸念著小說如何修改，對原已報名的默照禪修動了打退堂鼓之心，然因緣際會竟在西雅圖過海關的候機室見到搭同班機的聖嚴師父，彷彿能讀懂她內心動搖的師父說「妳來打默照禪十吧！」，讓施叔青決意參與禪修，而這次禪修經驗，竟「解決了糾纏多時無以釐清的小說結構上的問題」，一句

1 例如簡瑛瑛與施叔青的對談中便提供了重要線索，其中有一部分便和宗教相關，施叔青談及她如何開始信仰以及學習的過程。見簡瑛瑛，〈女性心靈的圖像：與施叔青對談文學／藝術與宗教〉，《中外文學》27 卷 11 期（1999 年 4 月），頁 126。其餘訪談稿如嚴敏兒〈一趟實踐佛法的生命旅程──訪《枯木開花──聖嚴法師傳》作者施叔青女士〉，《書香人生》205 期（2001 年 9 月），頁 104-109。王瑩採訪整理，〈卸下彩妝──訪施叔青談《枯木開花》成書前後〉，《光華》25 卷 11 期（2000 年 11 月），頁 117-120。

2 在小說中，「三世人」指的是施朝宗，而早在《枯木開花》裡，在敘述聖嚴法師出家前曲折而動盪的生活，便曾寫到「這是他第四世為人，他已經死過了三次。第一次法師俗名張志德，十四歲入狼山廣教寺第一次出家，第一次死去，一直到 20 歲離開大陸為止，他是小和尚常進，從上海隨軍隊到臺灣的 10 年，常進死了，他是軍人張採薇。」中年後又二度出家，故施叔青形容法師「第四世為人」。見施叔青《枯木開花──聖嚴法師傳》（臺北：時報文化出版企業股份有限公司，2000 年 8 月），頁 80。

3 例如敘及掌珠對自己身體的觀感時，施叔青便引用《妙法蓮華經》提及女身不淨、成佛須得男身，但我以為目的仍在於對照蔣渭水藉西方醫學觀點談女性身體和生殖構造，以醫學觀點來破除民間對女體不潔的刻板印象。

煞時浮現於耳畔的話語讓她找到了小說主幹，此一「受到啟示」的「特異能力」讓她靈光乍現，在書中施叔青並未明確指出何種細小聲音讓她仿若「把散落四處的珍珠瞬間串聯成一串」地找到小說結構的軸線，[4]不過在施叔青國際研討會時，作家親口表明這個聲音是「跟著陳三五娘」，以此貫串全文，然與其「跟著陳三五娘」的線索分析文本，本文更關心她的禪修經驗對小說創作的影響；換言之，作為讀者的我們如何從關於女作家寫作和習佛體悟中，讀到有助於理解其小說創作中隱含佛教內涵的敘事？

我打算從創作活動和創作內涵兩個層面嘗試切入。首先就創作活動來說，施叔青所撰寫的聖嚴法師傳記《枯木開花》，以及隨同聖嚴法師訪遊中國佛教古蹟、尋找中國禪宗源頭的《心在何處：追隨聖嚴法師走江湖訪禪寺》皆提供了不少重要線索。施叔青旅居多處的異國經驗常為論者所提及，並以為其行旅經驗與其國族認同之關懷和書寫有密切關聯，[5]然施叔青的佛教巡禮與訪遊，及其寫作小說之關係，較少論者談及，而我以為佛教之「遊」和由此而生的佛教相關作品，和施叔青文學文本的發想及其創作活動存在著幽微鏈結，兩者的關係如前所引述《心在何處》自序中深妙的靜坐體驗饋之以靈光乍現；不僅是小說，施叔青所欲追索的事實上是禪修體悟和寫作間微妙的關係，這可從《心在何處》這類「遊記」中窺得端倪：[6]自朝聖歸來的小說家發揮了寫《臺灣三部曲》歷史小說精神，鎮日淹沒在文獻史料中，仔細研讀禪宗的歷史傳承、祖師公案，然如此大工程的準備工作卻令她苦惱，不知如何下筆，一位道侶建議她不如好好靜坐，「自然就知道怎麼寫了」，這超乎一般邏輯的寫作方式令她想及「懸崖撒手」的公案，進而思索如何在沒有資訊憑恃的情況下，自然湧出「了無依倚，卓卓自神」的靈光？（2004：156-157）後來筆鋒一轉，從公安道路淨空的過程領悟應先清空腦袋。

這「去除雜念」的概念和幾篇無論是小說創作抑或傳記寫作的訪談稿

相當一致，作為長篇小說的寫作者，施叔青表示從動筆到完成期間，遂有意識地改變平日的生活作息，這樣的節奏不僅為了保持良好的創作狀態，不會影響隔日的效率和進度，更重要的是必須「維護情緒的平穩，避免任何過度的刺激」，（2006：50）由是，創作好比修行，維持身心平穩安適竟是關鍵，撰寫《枯木開花》亦然，施叔青特別表明她重視寫作此書時的身心狀態，不但刻意沉澱心緒，更實際修正並調整生活作息：「我在寫這本傳記時，刻意力求心情的平靜，以貼近一個修道者的思維」，因此每日早晚禪坐、持經，聆聽相關的佛教藝術課程，試圖讓「自己的心能純淨、透徹」。對一度不斷尋找「超越世俗與世間」的施叔青而言，佛教提供了不同於文學和藝術的思考體系，並藉由禪坐經驗直接「體現」於創作活動（尤其是身心狀態）及創作內涵上：就前者來說，精進打坐有助於集中精神，「精神集中才能寫東西」，因為「創作需要很多的力氣」；就更深層的創作內涵來看，佛教影響了她的觀點，尤其是階級、國族和身份認同。在 1999 年受訪的過程中，施叔青直言「包括認同問題都看開了。就不再把自己畫地自限。」在這種情況下，閱讀與寫作成了最佳的自我洗滌，「等於嘔吐之後，把它清洗就好了。」（1999：126）然這篇訪問稿是在女作家動筆撰寫《臺灣三部曲》前，關於是否真正將認同問題「看開」；或說

4 施叔青，〈放下反而獲得〉，《心在何處：追隨聖嚴法師走江湖訪禪寺》（臺北：聯合文學出版社有限公司，2004 年 3 月），頁 17。

5 如陳芳明便提到施：「從鹿港到臺北，而後到紐約又到香港，投身在如此漫長的旅行，其實是在經驗一場聲濤拍岸的心靈探險」，而此一「漂泊的生涯未嘗損害她的藝術生命，反而使她的小說創作有了豐收。」見陳芳明：〈情慾優伶與歷史幽靈——寫在施叔青《行過洛津》書前〉，《行過洛津》（臺北：時報文化，2003 年），頁 12。又如李佩璇《施叔青小說中的遷移意識》旨在探討施於紐約、香港、臺灣三島嶼的遷移經驗，如何形塑小說中的藝術價值，並成為推動她書寫的動能。見李佩璇：《施叔青小說中的遷移意識》（高雄：中山大學中國文學所碩士論文，2011 年）。

6 施叔青將《心在何處》界定為「遊記」。施叔青，《心在何處：追隨聖嚴法師走江湖訪禪寺》（臺北：聯合文學出版社有限公司，2004 年 3 月），頁 156。

如何處理認同問題，我以為在施叔青習佛並開始撰寫三部曲後，實有更為殊異的景致，於此後文將會有進一步討論。

從去除雜念到維持固定作息的身體經驗，隱隱暗示了身體鍛鍊／修煉與寫作間的關聯性，而這樣的身體經驗回饋予女作家何種關於身體甚至自我存有的思考？施叔青在《心在何處》中提到聖嚴法師結合中國禪堂跑香和南傳佛教的慢步經行禪修法時，穿插了一段禪修的身體經驗：

> 最近一次在象岡禪修，快步跑香時，心在腳下專注地跑，心中沒有別的念頭，繞著偌大的禪堂跑了兩圈，我微微前傾的頭，看著自己的身體。霎時之間，起了疑問，這個臭皮囊是誰的？拖著死屍走的是誰？（2004：214）

通過身體修煉而專注於自「我」存有的禪修經驗，讓施叔青「體驗到自己身心的變化」，進而發現「我」（其實也包括了「我」的身體）的虛妄性，這樣直接映現於身體的禪修經驗，不僅只見於其所撰寫的大師傳記和佛教行腳遊記，施叔青筆下的身體形象多少亦可見其蹤跡，而這段跑香的經驗，正令我想及川田洋一歸納出佛教的身體論是由「五蘊假和合」所構成的（2002：6），而「我」的身體之虛妄性，似乎也成為施叔青小說裡身體的隱形跡線。

從創作內涵的層面觀之，閱讀與消化龐雜資料進而釀鑄新的小說原料，和禪修經驗所欲追求的去除妄念、清空腦袋看似互為衝突，但在施叔青的文學文本中，卻交織成特殊的觀點，同時可見她從追求物質轉向渴求心靈自由之轉變：施叔青過去曾喜愛收藏藝術文物，對「物」的審美鑑賞於散文有《回家，真好》中所收錄的一系列文章，於小說最早如香港故事系列中的〈窯變〉，透過小說中方月的故事，帶出香港鑑賞、收藏陶瓷器皿等古文物之相關知識及熱衷此道的男女；又如 1999 年出版的《微醺彩妝》，後者聚焦於上個世紀末，內容側面地展現了女作家對紅酒、時尚的涉獵；或 2005 年出版《驅魔》中對西方藝術和美食的考究，如同歷史小說或佛教朝聖遊記，文中皆可見施叔青紮實的知識／資料之轉化痕跡，更重要的是在這些向外閱覽紅塵世俗百態的同時，禪修經驗賦予她內觀之契機，因此即便〈窯變〉中的方月最終離開由華美精細的物質所堆疊出的上流世界、欲重返樸素的書寫位置，仍比不上喧嘩而熱鬧但最終趨於「碎碎吧，一切的一切」之《微醺彩妝》格局，後者在摹畫由紅酒、美食、時尚所構築而成的都市奇觀之同時，讀者不難從中讀到與之抗衡的、質疑的聲音，例如呂之翔失去嗅覺便是個昭然若揭的修辭，失去嗅覺暗示著抵拒由政商、媒體建構的物質瀑流，換言之，在華麗喧囂的世俗大觀外，施叔青同時佈設了反思線索，愈是細筆雕琢浮華世界之精巧，愈凸顯出彼世之荒謬虛假，由是，從濁世紅塵裡敲響警世鼓音，彷彿是施叔青文學文本的重要核心，我以為，這似乎擴延了施叔口中「嘆世界」的定義，[7] 將淬鍊過的關於生命高度的抽象思維，透過物質的細寫烘托而出，本文所要探討的《行過洛津》和《風前塵埃》亦有類似的敘事軸線，然相較於之前作品，宗教儀式（尤其是與佛教修煉儀軌）和佛教思惟又更為顯著，以下遂展開論述。

三、掩映的身體：《行過洛津》和《風前塵埃》裡的身體無常論

不同於陳若曦以臺灣宗教（佛教、一貫道）為背景；以及以比丘尼為書寫對象的《慧心蓮》，施叔青的《臺灣三部曲》中並無太多敘及佛教僧

---

7 施淑以〈嘆世界〉為題為《愫細怨》作序，其中提到「施叔青仍舊以她事必躬親的專注心情，以及香港人所謂『嘆世界』的歡樂態度，進行那還沒有從生活現實完全分化出來的藝術勞動。」施淑〈嘆世界——代序〉，施叔青《愫細怨》（臺北：洪範書店有限公司，1984），頁 4。

尼之段落，相較於佛教僧尼，《行過洛津》反倒描寫了較多的民間宗教元素，例如附身瘋魔的異常狀態和降妖斬魔的道教儀式——看來這正是施叔青寫來最得心應手之處——並由鎮日與「神仙法術為伍，口唸咒語不斷」的「瘋輝仔」的施輝擔綱，當收留他的平埔族女人潘吉中了魔似的怪病，施輝遂請來紅頭道士徒弟前來驅除番鬼（2003：50-51）；又如疑似養了鬼魅、有通靈本領的青暝朱；以及洛津王爺廟前的乩童降壇（2003：328-330）等，營造鬼影幢幢、陰氣森森的氛圍本是施叔青的看家本領，但我以為這是施叔青以洛津鹿港為敘述背景的必然結果，正如白先勇指出鹿港是施叔青小說的根，除此之外，我所關心的是可與其習佛經驗互為對讀的；小說隱然傳遞的身體不可久恃之無常觀；換言之，較諸於陳若曦有意識地寫作「佛教小說」《慧心蓮》，施叔青的《行過洛津》和《風前塵埃》則將佛法對她的影響潛在地鎔鑄於小說中。以一個最淺顯的角度來看，施叔青以悲憫觀照；進一步以文字再現了受苦的臺灣人，以全知式的視角和觀點深入不同族群和背景的「臺灣人」——包括原住民、「灣生」的無弦琴子、欲在臺灣復興中國文化傳統的施寄生、想成為道地日本人的黃掌珠、崇慕日本文化的黃贊雲等——的處境和內心，協助不同背景和立場的「臺灣人」說出不同版本的故事，尤其特寫個人掙扎於夢想期待與現實困境；甚至時代潮流間的無力和無奈，正如施叔青在受訪時所言：「對筆下人物的同情，也是我對全人類的悲憫」（林欣誼， 2008：102），不僅如此，在施叔青更早之前的創作，王德威便讀出女作家「對人世間的掛戀及悲憫」，並以為比起張愛玲書寫香港的蒼涼，施叔青的香港三部曲，「畢竟多了一份悲憫。」（1999：17、27）從世俗紅塵圖景的刻畫中照見苦難、喚起悲憫，於入世中出世、於凡俗中超脫的敘事主軸，似乎是施叔青慣用的寫作手法，而除了共世間的「悲憫」之外，更進一步地，《行過洛津》和《風前塵埃》如何體現佛教思惟？

（一）《行過洛津》中的白骨觀

《臺灣三部曲》第一部《行過洛津》正式定稿前，書名曾暫訂為《聲色一場》，[8]較諸前者，後者的意涵與第二部《風前塵埃》的題旨更加貼近，在主軸上似乎也較有連貫性，雖然施叔青未對更動書名原委做出解釋，「聲色一場」最後亦僅成為《行過洛津》其中一卷的卷名，然我以為「聲色一場」多少切合了以許情為中心的浮世男女受苦眾生相——許情用閩南語發音便是「苦情」——廣泛觀之，[9]施叔青筆下的許情不僅是「情」苦，更關鍵的是藉他和他的視角所體會與觀視的身體之苦。事實上，許情的身體一向是不少論者探析之焦點，或從男女「之間」；或跨性別的角度切入，[10]或將他的身體視為某種極富後現代意涵的「奇觀」展示，[11]然我卻以為除此之外，許情的身體以及以他為敘事主角所凝睇的景象，更暗示了佛教對身體無常、虛幻的詮釋理解，以下分別藉小說段落說明之。

《行過洛津》一開始，讀者便跟隨中年許情的目光，重訪逐漸凋敝的

---

8 李令儀在採訪施叔青的文稿中寫道：「施叔青傾兩年之力寫作《臺灣三部曲》的第一卷《聲色一場》（書名暫定），已接近竣工。」見李令儀〈原鄉與自我的追尋——施叔青＆李昂談近作〉，《聯合文學》228 期（2003 年 10 月），頁 40。

9 如羊子喬便提及許情和閩南語「苦情」諧音。羊子喬：〈從性別認同到土地認同——試析施叔青《行過洛津》的文化拼貼〉，《文學臺灣》62 期（2007 年 4 月），頁 217。

10 林芳玫在論述《行過洛津》時指出：「施叔青細膩呈現了一種情境到另一種情境『之間』的含混、曖昧、黏附、侵入、抗拒。」而這種「之間」不僅展現於不同身體之間，「還有身體與衣服之間、同一個身體不同部位之間」等。林芳玫〈地表的圖紋與身體的圖紋——《行過洛津》的身分地理學〉，《臺灣文學研究學報》5 期（2007 年 10 月），頁 262-263。曾秀萍則將許情視為「跨性別生存情境」的人物，以跨性別角度而非跨性別認同來討論許情的日常實踐和生活處境，指出當許情以主流性別觀點凝望自身，遂產生了「男身」與「女相」的衝突，意識到自身處於「非男非女」、「亦男亦女」、「不男不女」的越界流動狀態。詳見曾秀萍，〈扮裝臺灣：《行過洛津》的跨性別漂浪與國族寓言〉，《中外文學》39 卷 3 期（2010 年 9 月），頁 87-124。

11 劉亮雅以為小說中「渲染纏足和男旦的受虐過程，對於讀者構成了某種帶有異國情調的奇觀」，詳見劉亮雅〈施叔青《行過洛津》中的歷史書寫與鄉土想像〉，《中外文學》39 卷第 2 期（2010 年 6 月），頁 18。

洛津城，據施叔青描述，道光末年兩次洛津大地震，是洛津由盛轉衰之關鍵——而這又和天公爐的遺失有關，反映出施叔青善用民間宗教的神祕元素——第三度訪遊洛津的許情，滿目盡是震後的瘡痍之景，曾由暴發戶所興建的雕樑畫棟，全淪為殘壁斷垣，原是耀眼煌亮的佛頭青柱子，「變成白慘慘的死灰色」，滿眼蕭條荒蕪之景，正應了震後流行於洛津的〈竹枝詞〉中的「轉眼繁華等水泡」——施叔青以此句作為這段故事的篇名，這看似老調重彈的「昨是今非」開場，在我看來卻別具深意。王德威在《微醺彩妝》的序言提及〈那些不毛的日子〉中那個立在廟亭口的女孩，從「地牛翻身」的連續震波中體解自己的家鄉鹿港，並拋出一個問題：在半個世紀後的 921 大震後，「女作家要如再賦予她的家鄉一個新的意義？」（1999:40）《行過洛津》的開場似乎便回應了王德威的提問。1999 年 921 大震時施叔青正在臺北，長年收集的骨董珍藏悉數跌碎，心疼之餘，方明白這些器物乃身外之物，從此不再熱心收購，[12] 隔年返回紐約後沒多久，遂於她精心營造具有臺灣歷史氛圍的異國書房內動筆寫《行過洛津》，不知是受此地震影響抑或巧合，此書遂從許情踏訪歷經兩次天翻地覆的震災之洛津寫起，從「轉眼繁華等水泡」的淒涼寫起，藉由行過洛津的許情眼中映現的昨日榮光與今日蕭索之對比，為此書的無常感定調。無獨有偶，於 2000 年出版的聖嚴法師傳記《枯木開花》亦從 921 大震中；慈悲的法師走訪災區為受苦生靈、亡者祈福的時間點寫起，再順勢續接回法師年少所遭逢的水災與兵災，彷若對這場世紀末災難的回應，在上個世紀末與這個世紀初之交所完成的小說與大師傳記，施叔青皆以地震為始，其中飽含著對生命無常之反思與哀憫。

在摧毀洛津繁華榮光的地震之後，緊接著許情學戲之苦、為烏秋寵幸之艷，及戲班和歡場之似樂實苦之「本事」，其中，許情和珍珠點、阿婠兩位女子的身體受苦——前者為傀儡，後者為纏腳——細節遂成了關鍵角色，許情的戲班經驗與「非男非女」、「亦男亦女」、「不男不女」的身體，不僅承載了施叔青善用「以小搏大」的敘事策略，且將她一向所擅長的性別觀點發揮得淋漓盡致，甚而再次強調了施叔青所關懷的認同問題，其中多重的修辭話語理當成為眾多論者磨拳擦掌開展論述之關鍵，在這樣的基礎上，我欲回歸到一個最基本也看似最「老調」的傳統主題與敘述框架，即「戲如人生，人生如戲」的「陳腔濫調」上。學戲也曾教戲的施叔青不會不明瞭戲的魅惑及寓意，因此《行過洛津》開頭便寫到已成泉州錦上珠七子戲班鼓師的許情三度來臺、組織洛津第一個七子戲班的場景，而後遂以追憶的方式再現許情的如戲人生，而《三世人》最末亦以二二八事變後施朝宗欲逃避國民黨緝捕、躲進勝光歌仔戲班作結，《臺灣三部曲》分別書寫臺灣三段時空，首尾皆以「戲」遙遙呼應，實非巧合，讀來別有深意；換言之，無論這三部曲如何精彩而熾烈地演繹國族與性別認同之宏大課題——這兩者正是施叔青一向關心且善於織入小說敘事中的論述——施叔青以更「大」、更超然（或「下戲」？）的戲班為框架，[13] 從戲說起又以戲收束，以她所熱愛並熟稔的戲諭示了戲與人生、虛構與真實互為融滲的課題。

於是當論者皆專注於《行過洛津》中的國族認同和性別議題，並以許情、珍珠點和阿婠的身體作為論述載體之際，我欲從另一個較少為論者討論的角色和細節切入，即冥然禪師所修的「白骨觀」，作為呼應「戲如人生」此一似老調重彈的主軸。洛津著名的畫師粘笑景與女兒粘繡，在小說

---

12 白舒榮《以筆為劍書青史》（臺北：遠景出版社事業有限公司，2012），頁 182。而早在簡瑛瑛對施叔青的訪談中便提及此，見簡瑛瑛，〈女性心靈的圖像：與施叔青對談文學／藝術與宗教〉，《中外文學》27 卷 11 期（1999 年 4 月），頁 124。

13 曾秀萍曾對《行過洛津》中的許情於「上戲」與「下戲」的幻想空間和現實生活之性別進行討論，（2010：96）。

敘事幾乎要結束前才現身，彷彿天外插進一筆，與前述脈絡了無相干；亦似與後文無涉，硬生生截斷即將進入高潮的小說片段——許情撫摩阿婠的胸乳與小腳，將性別認同的議題推至高峰——將敘事轉接至陳盛元與小妾粘繡的故事。在古典小說敘事裡，此種中斷「性」的場景之目的在於以「冷」除「熱」，緩解讀者欲窺祕之慾望，《金瓶梅》便是典型例子，我以為施叔青亦使用了類似技法來中止許情深探阿婠小腳摺痕的激情，暫時冷卻對現代讀者而言雖不具挑逗意味、但仍具窺奇作用的小腳情結，不僅如此，我以為小說走得更遠，非但中斷讀者窺奇之欲，更巧妙的是敘說粘繡「本事」的章節裡所暗含的主題。

在這兩個看似獨立於文本前後脈絡的篇章〈誰知一逕深如許〉與〈追容〉中，摻雜了各種具宗教元素的片段，此處所謂的宗教元素不單僅指具體的儀式；如粘繡橫死後的王爺出巡、驅逐邪祟，而是包含作為建構想像的隱喻，如粘繡被「充血」一樣的紅光如「堅硬的長矛」向她的肚腹刺過來——施叔青並未明寫，但此暗示了「性」與靈體附身／侵入的交雜行為——除了這種仿擬民間宗教行為的描述之外，施叔青尚敘及了冥然禪師修習佛教四大清淨觀法之一的不淨觀，原想在墓塚間修鍊此法，但因緣不具足，遂請畫師粘笑景進龍山寺，於後殿禪房四壁畫白骨圖，而幾乎是同時，粘繡亦在龍山寺燒香拜送子娘娘，其後返家探視父親卻撲了個空，悵然坐轎回陳家，憂鬱種下日後尋死之因。後粘笑景聞女兒死訊，欲替女兒追容失效，大受刺激而封筆，直到濁水溪百年來的大氾濫波及洛津——又是災難，除了地震之外的大水患襲擊洛津，施叔青在此寫道：「此時此刻，洛津最需要的是超凡入聖的佛祖的力量來安定人心」（2003：337）——粘笑景在大水中按住畫桌作「降魔變」，無法替女兒追容的他竟在降魔變的魔王女兒眉眼窺見了女兒還魂，再度受刺激而發瘋，眼明的讀者應很快地在這段緊湊的敘事中，窺見「降魔變」和芥川龍之介《地獄變》的類似之處，[14] 除此之外，我以為含藏了一個值得深究但卻幾乎未受矚目的身體主題——即「白骨觀」，和「降魔變」暗裡相互呼應，指向身體的終極去處。

先看白骨觀，在《大波若波羅蜜多經》卷414卷裡，遂描述欲修行波若波羅蜜多的成就者，透過觀察自身與澹泊路上屍身的方式，揣想此身之不淨不潔，據經文描述，這種修行方式是有次第步驟的，首先，從外在的威儀體態觀察起，進一步深入自身構造，「審觀自身，從足至頂，種種不淨充滿其中」，包括屎尿涕唾、涎淚垢汗和痰膿肪膜，彷彿以解剖學的角度窺見身體諸種不潔真相，不僅觀自身，接著要尋往澹泊路上，去觀察在道途中死經一、二日至七日的死屍，屍身先是臭爛青瘀、腫脹變色，後被無量蟲蛆鑽咬而潰爛膿血流離、「肢節相連、筋纏血塗」、再來是「已成骨鎖血肉都盡、餘筋相連」，最終是「諸筋糜爛、肢節分離」，隨風吹日曬，經年過去，身體各骨節分離，色如珂雪，這觀察屍身的過程，目的遂在於「自念我身有如是性，具如是法，未得解脫，終歸如是」，進一步策發自己「於內身住循身觀熾然精進，正知具念，調伏貪憂」（2002：574-582），同樣在《大波若波羅蜜多經》卷479〈舍利子品〉中，更清晰地指出觀身不淨的九種觀想方法：「應修九想，何等為九？謂膖脹想、膿爛想、異赤想、青瘀想、啄噉想、離散想、骸骨想、焚燒想、厭壞想。」由是可知，觀肉身從腐爛到白骨，乃一藉由徹底窺見肉身真相而放下執著、精進修行的方法。

在小說中，「白骨觀」正反兩面映襯全書中的「身體」描述：不僅正面揭示了身體的終極衰損，更直指生命盡頭的身體真相，醜惡相狀恰好對

14 雖即小說中提到畫聖吳道子在景雲寺的壁畫《地獄變相》，但我以為在情節鋪陳上似乎更接近於芥川龍之介的《地獄變》，此書中的角色設定亦有畫師良秀以及鍾愛的女兒，然較諸於《地獄變》最末畫師目睹身為王爺侍女的女兒在兇猛的火燒車中身亡，施叔青的「降魔變」版本畢竟也是多了一份悲憫。芥川龍之介著，鍾肇政譯《地獄變》（臺北：志文出版社，1997）。

應著畫師所畫的「魔女」醜陋色相——畫師筆下的魔女有兩種形象，一者為妖媚幻象，一者為醜陋色相——另一方面，白骨觀也反面映現著許情供烏秋等人取樂的身體，同時呼應著由「戲」——無論是上戲或下戲，戲子許情的身分和身體原具扮裝和性別等多重意涵——所帶出的層層扮裝的身體，由是，小說幾近末尾出現的「白骨觀」實具諷諭警世之效，暗示無論多麼豐美青春的肉身畢竟走至敗壞終點；另一方面，許情魁儡化的身體及珍珠點、阿婠的纏足劇痛所體現的更是受苦肉身，[15] 白骨觀則繼續延續此受苦肉身敘事，揭露種種苦痛終究如白骨般淨剔，一再深化身體不足以憑恃之理，而此似乎也隱隱呼應了前述施叔青的跑香體會。由是，白骨觀不僅側面地展示施叔青對所有宗教儀軌和修行法門的知識——如同她在小說中對歷史地理的認真考證——更重要的是藉正反兩面的方法映襯許情那雜揉各式隱喻（國族的、跨性別的）的身體，進而暗指人們強烈執取的身體最終仍是無常，乃「聲色一場」、畢竟空故，應合著佛教對身體無常的觀點。

除此之外，「白骨觀」被施叔青嵌進小說中讀來頗有寓意，除了此修鍊方法所揭櫫的身體無常意涵，更值得進一步探究；也更具戲劇張力的是「白骨觀」被安置的方式：首先，禪師因因緣不具足而無法至亂葬崗修行——在上文引述的佛教經典裡，確實提及修行者應於澹泊路上觀視死屍——只好退而求其次，邀畫師於禪房四壁畫骷髏白骨，相較於具醜惡相狀和腐敗氣味的死屍的「第一現場」，禪堂是個被保護的；同時也是較隔絕於真實的「虛擬世界」，暗示了欲求身體／生命「真相」的禪師最終僅能藉「假」修真的艱難和曖昧；與此互文的便是粘笑景替女兒粘繡追容的失效徒勞：畫師亦欲藉由假的女兒畫像，尋回女兒生前的真實神容，然而能畫出偽死屍骷髏、更能藉彩筆「活現了佛門一代高僧」的畫師，卻無法描繪女兒影容，由此暗示了深曉白骨觀具拔除貪愛意涵的畫師，終究難敵對女兒的強大執愛，以及更幽微的；也許是對作畫此一創作的頑固愛執：

> 連續畫了好幾幅，改了又改，始終抓不到女兒粘繡生前神容，畫師暗自心驚，執著不肯放棄。（2003：336）

此段落類似《金瓶梅》裡時時聽聞佛曲法音的吳月娘等人，總是聽得昏昏欲睡，有聽曲子的興致，卻沒有聽出佛曲所傳達的無常實理。饒富意味的是，無法替女兒追容、最終卻從「降魔變」的魔女妖媚眉眼中瞥見女兒「還魂」，其中的深意再明顯不過：如同白骨觀，對修行者而言，種種修鍊的關鍵不在於淨除外境障礙，而在於清除自身煩惱習氣之「魔」，即便施叔青描述頻遭天災摧殘的洛津乃「魔難不盡」之城，然真正重要的還是小說中的種種「心魔」：無論是烏秋等人對許情青春肉身的貪執；粘笑景對女兒和創作的執迷，以及小說中所有對「聲色」的強大愛取，難道不皆是「魔」之種種體現？

（二）《風前塵埃》中的「掩映的身體」

在第二部《風前塵埃》中，施叔青將地理背景拉至花蓮，描寫三代日本女性在臺灣生活的軌跡（橫山綾子、橫山月姬），以及無弦琴子至臺灣尋找身世，雖以此為故事主線，但善於研讀豐繁史料及地理掌故以深化小說的施叔青，在東華擔任駐校作家的一年，親自踏查花蓮的重要景點，如臺灣僅存的日本佛寺古蹟慶修院。乍看之下，慶修院並非此書的重點，但我以為此地景卻仿若一隱形線索，悄然串起敘事軸線。小說的一開始便描寫嫁給日本人的太魯閣女子田中悅子——混血的族裔與多重的身分認同一

---

15 關於《行過洛津》及《臺灣三部曲》中受苦肉身的討論，詳參李欣倫〈受苦敘事與身體隱喻——以施叔青《臺灣三部曲》與鍾文音《島嶼百年物語》為例〉，《國立臺北教育大學語文集刊》22期（2012年7月），頁159-203。

向是施叔青關心的焦點，即便是小人物也不輕易放過——受花蓮縣政府請託，邀橫山月姬回花蓮參加慶修院的開光典禮，由此導出月姬生於花蓮、女兒無弦琴子追索慶修院（前身乃吉野布教所）及吉野移民村的歷史背景，以這所日人精神信仰中心的真言宗道場作為小說開端，不僅具有類似「話頭」的功效，還包含了其他意義，尤其在第 14 章〈沒有箭矢的弓〉和 15 章〈靈異的苦行僧〉中有更細膩的發揮。

〈沒有箭矢的弓〉從慶修院的修復談起，施叔青特意強調復原手法之精細，因政府欲令這座古蹟「風華再現，萬年不變」，接著筆鋒一轉，寫到當琴子讀到「萬年」二字時，「心頭又是一震」，因琴子曾造訪未修復的吉野布教所，觸目所及盡是荒蕪景象，不但神社奠基鎮座紀念碑被棄置於蒼蠅紛飛的檳榔園中，施叔青更用「斑駁」、「黯淡」、「鏽跡斑斑」來形容琴子眼中被荒棄的神社，眼前荒涼之景一再令琴子難以置信這是母親口中舊時日本移民的信仰中心。這段描述近似於《行過洛津》中許情重訪洛津所見的滿城蕭索，兩者皆展現了施叔青喜用「昔日繁華，今日衰毀」的相互對照，不僅如此，如同《行過洛津》中「白骨觀」與許情青春肉身的對照，施叔青在《風前塵埃》裡亦使用了交錯的身體意象扣合著「風前塵埃」的主題——「諸行無常，盛者必衰，驕縱蠻橫者來日無多。正如春夜之夢幻，勇猛強悍者終必滅亡，宛如風前之塵埃。」（2008：52）以西行和尚詩作為第二部曲定題，其內涵和《行過洛津》原題的「聲色一場」似有異曲同工之妙，且皆隱含著佛教對身體、生命和萬事萬物之虛幻感受。

首先來看小說中與政治、戰爭相關的身體描述，即總督佐久間左馬太的故事，施叔青描述佐久間在討伐太魯閣過程中身墜斷崖受傷後，對病苦身體的懊喪，一心渴盼能重新擁有殺敵無數的壯碩身軀，在半夢半醒間，「感覺到躍出自己的身體，從榻榻米一躍而起，他穿上那套古代日本武士的盔甲戰袍，變回到失足前的勇猛英武」（2008：48），而後佐久間時時處於夢幻中，將個人生命疊合於世阿彌的能劇「敦盛」裡的遊方僧蓮生，不僅逐漸體會禪僧的枯淡、空寂與孤絕，更感悟到無常的流轉，作者藉佐久間身體的衰敗與枯朽，以及蓮生對如夢似幻人生之省悟，傳遞了佛教以為身體虛幻及生命無常之觀點。然而，善以文學彩筆描畫的施叔青並不滿足於此，接著她以更多複雜的世間角色和細節對這樣的身體提出更多思考辯證，因此緊接著佐久間對身體無常的體會，女作家在下一章遂勾勒出另一個青春強健以富國的身體：

> 冬天海拔兩千多公尺的高山寒氣逼人，橫山新藏每天起早，面朝東方向天皇皇宮的方向跪拜，然後脫光衣服，掬起水桶中幾乎結冰的水，一桶桶往頭上澆淋下來，以之清洗他自覺不潔的身體。凍得青紫的嘴唇哆嗦著，但死命咬住，不允許自己發出寒冷的哞哞聲。（2008：55）

國體與身體的相互關聯始終為論者所關注，如約翰．歐尼爾（John O'Neill）的《五種身體》中便曾論述「政治身體」，政治身體的意象從古代至中世紀一直為亞里士多德等思想家運用，以闡明和諧、平衡、狂熱或失調，由此可見身體作為政治隱喻之說（2001：77），這在《三世人》裡亦有著墨，李應章醫生仿效蔣渭水〈臨床講義〉中為「智識營養不良」的臺灣診斷，在他眼中臺灣罹患了「貧血症」，但我想指出的是「政治身體」並非施叔青唯一的書寫焦點，她所關注的受苦肉身更往宗教高度推進，若隱若現地揭露受苦肉身的真相。

接續著佐久間「盛者必衰」的肉身無常示現，以及橫山新藏為效忠國族的政治肉身，施叔青以無弦琴子的女性觀點再次凝視戰爭下的肉身毀滅，相較之下，這部分的思考以曲筆方式呈現：較諸於直書男性為國鍛鍊或毀傷之身軀，施叔青以宣傳戰爭的和服為媒介，帶領讀者思索肉身無常之命題，藉無弦琴子的工作——整飾和服用以展覽的過程，讓讀者瀏覽女性和服腰帶上的戰爭宣傳圖樣，包括降落傘、飛機螺旋槳、軍刀機或持槍步兵，甚至滿月男嬰穿的和服皆繪上日軍入侵南京的戰火景象，種種紛繁的戰爭意象促使琴子思索「甚麼樣的父母會讓滿月的嬰兒穿上這種衣服？才剛剛降生人間，最先接觸的竟然是戰爭，那是個甚麼樣的時代？」（2008：76），隨著日本欲建立大東亞共榮圈的夢想敗滅，和服所包裹的肉身亦已衰朽遠逝，隱隱呼應著「風前塵埃」的「勇猛強悍者終必滅亡」，然這般省思和體悟畢竟不堅固而十分搖擺，因此到小說最末，施叔青讓琴子從美麗如新的宣戰和服腰帶中，帶領讀者思索所謂的「戰爭美學」：

> 期待戰爭提供感官知覺的藝術滿足，人們穿上宣揚戰爭美學的和服，衣服與身體直接接觸摩擦，好像有靈魂，會耳語，附到身上來，從皮膚的表層進入體內，相互感應，轉化穿它的人的意識，接受催眠的召喚，開始相信戰爭是美麗的，變成為潛在意識，進一步把人蛻化為衣中人。（2008：261）

以上段落可見施叔青所關注的焦點不單是衣服，而是藉貼「身」的和服暗示其所包裹和貼附的肉身，那些支持戰爭因而美化戰爭的意念，透過與自身親暱接觸的華麗織錦悄悄浸透，徹底改變了琴子的意志。

雖即封面設計並不一定來自施叔青的授意，但巧合的是《風前塵埃》和《三世人》的封面分別是宣揚戰爭的和服與王掌珠換穿的旗袍，似乎多少傳遞了貼「身」衣物的象徵性。無論是男人和服與外掛、女人和服抑或男童禮服，施叔青皆細寫其上的美麗圖樣，此一對衣服的細摹乃是對「政治身體」之轉化，進一步地引述義大利詩人馬利奈蒂「戰爭是美麗的」宣言，用以詮釋、延伸至日本軍國主義的暴力血腥，以為日本將宣揚戰爭的和服予以藝術、美學化的手法，在合理化戰爭正當性的同時，淡化了戰爭的殘酷，同時將肉身堅實推向極致，揭示了無論是以身殉難為榮的神風特攻隊，抑或穿上宣揚戰爭、國威和服的民眾，皆無法看清身體和國體終究消亡的事實真相。更進一步地，即便過了多年以後，整飾和服腰帶的琴子曾為男嬰穿上戰爭圖騰的和服而倍感恐怖，當她最終意外從母親的遺物中發現美麗如新的腰帶時，仍情不自禁地以腰帶將自身圍住，希望從殘存的氣味中嗅聞出母親的味道，這條將戰爭幾何抽象化、美學化的腰帶，讓最終仍「父不詳」的琴子重新置身於濃烈的歷史氛圍和鄉愁，並「與母親合而為一」，回歸母系。施叔青將現實中「Wearing Propaganda」展覽中較多的男性及男孩衣飾，[16] 作為琴子思考戰爭殘酷本質的媒介，但又形塑了女性腰帶，為尋父的琴子作了最終的歸屬，正如林芳玫的詮釋：戰爭的服飾美學在小說中十分重要，琴子先感受戰爭的殘酷，後來又藉此考證自己的出生，最終更擁抱和服腰帶，「覆蓋著身體的小小服飾空間，再現了帝國的遼闊與戰爭的勝利美學。」（2012：173）

由此，即便凋零的和服及其上的戰爭圖樣曾喚起無弦琴子短暫地對戰爭的質疑和恐怖感，但她最後仍舊遙想並認同日本大軍國主義，和她的祖父橫山新藏鍛鍊自身以作為富強政體的行徑有異曲同工之妙，不過，較諸於直書男性的政治身體，女作家善用衣服此一陰性符碼來傳遞從女性（琴

16 施叔青於2006年完成《風前塵埃》的初稿、2007年於紐約完稿，在她撰寫此小說的同時，一場同樣名為「Wearing Propaganda」的展覽亦於2005年11月18日至2006年2月5日期間於紐約展出，展出日本於1931年至1945年的戰爭宣傳織品，並同時展出英美兩國的相關愛國織品，前者如日本的和服、外掛，後者如英國的女用圍巾，研究者 Atkins, Jacqueline Marx 指出，有別於英美的戰宣衣飾多半設計給女性於公共場合穿戴，他從這批過去幾乎未被正式記錄與公開展示的戰宣衣飾觀察到，日本的戰宣服飾多半設計給男孩和男人，且較少於公開場合穿著，必須是穿著者較熟稔的朋友於私下場合方能見著，然在施叔青筆下的「Wearing Propaganda」雖也談及不少男孩的浴衣，但最後一章則著力描寫女性戰宣的腰帶，藉此為琴子尋父的敘事作了總結。

子）敘事觀點下的身體；換言之，不採取直書橫山新藏和佐久間的身體鍛鍊與消亡，施叔青藉由貼身的衣物摹寫，幽微地暗示身體與國體間的錯綜關係，然有趣的是，衣物的觸覺經驗所修辭的並非私密的女性身體歡愉，反倒成為宣說父權軍國主義和戰爭美學的公領域媒介，就像艾莉斯・馬利雍・楊（Iris Marion Young）延伸伊希迦黑（Luce Irigaray）的觀點，指出較諸父權所習用的、有距離的看視，陰性以觸覺為媒介，模糊了主客體之間的界限，觸覺官能的定向讓主體置身其中，感覺身體與衣料互相連續又可彼此區別（2006：118），這一方面吻合於上述琴子穿和服的觸覺經驗（「從皮膚的表層進入體內，相互感應」），但另一方面，和服上的戰爭符號卻又作為視覺性的、被凝視的客體，成為父權軍國主義的宣戰品，這兩者之間的矛盾曲折揭露了在戰爭的大環境下，父權視覺官能如何影響並操弄著女性觸覺經驗，藉由無弦琴子所籌畫的「Wearing Propaganda」展，凸顯出這種複雜而矛盾的觀點。

然而，在展示橫山新藏、琴子對日本軍國主義永世期盼所支撐的、頑強不破的政治身體觀，同時，施叔青在小說中構設了另一組更貼近佛教思維的無常身體觀作為挑戰和辯證，用以延續並呼應傷後的佐久間對「風前塵埃」肉身的體悟，以下試圖尋繹《風前塵埃》中更隱晦的線索，用以對應此書所欲揭示之「諸行無常，盛者必衰」主題。接續著花蓮政府對重建後慶修院的「萬年不變」的高度期待，施叔青立刻用琴子的回憶將讀者帶回未整飭前的荒蕪場景，而後又跳接至另一條敘事線：將吉野布教所時期用來靜修或禁錮瘋人病患的地窖，布置為「灣生」女子真子／橫山月姬與太魯閣族人哈鹿克的交歡所在，在這一章中，橫山月姬所敘述的真子——其實就是她的另一個分身——與哈鹿克的愛慾描寫進入了高潮，對於這段情史，琴子一開始推測真子獻身於哈鹿克是為了替日本統治者的殘酷道歉，在罪惡感驅使下，把自身作為贖罪補償；如同橫山新藏自虐以報國，女性「獻身」於敵軍以報國也出自於對女體與國體的刻板想像，但後來當她走訪立霧溪時，漸漸肯定他們交歡出於真心相愛。然這的是這樣嗎？[17]細讀之下，不免發現這段關係中的諷喻意味，尤其是待在地窖、鵠守其「莉慕依」的哈鹿克，不願返回山林是因日人占據家鄉，唯一能掌握的真實存有僅剩「莉慕依」，此一為了所愛甘願被「禁臠」的身體又與被獵捕的水鹿、身陷日軍重圍等形象交疊在一起；特別是在兩人熾烈的肉體關係裡，相較於真子所採取主動甚至隱含侵略式的姿態，哈鹿克始終扮演被動的角色，即便他對真子的情慾看來自然而生，但皆是在她的指揮和引導下方有進一步的機會，由是，渴求愛慾的身體顯得不由自主，再加上施叔青交叉敘述他成為被追獵的肉身意象，遂一再召喚出多重的、受困的身體意象，由此暗示被他國與愛慾雙重「殖民」的身體限制和進退兩難。

在構設重重的身體囚困意象之外，第 15 章「靈異的苦行僧」中的身體意象遂帶著突破重圍甚至超越性的契機，我以為，這些身體意象必須與宗教儀式同時觀之。如同《行過洛津》描述粘笑景和粘繡的篇章，《風前塵埃》中的第 15 章亦可謂各式宗教儀式之大全：如日本佛教真言宗和尚唸誦佛號、日本神道信仰及阿美族的驅魔儀式；又如女巫師替鈴木清吉／笛布斯尋找「影子」的過程；以及巫師的笛布斯替同是阿美族的娃郁驅魔，其中皆可見施叔青並非僅再度複製她所擅長的宗教儀式和瘋魔場景，而是藉此儀式的細節刻畫，傳遞國族認同的核心命題，因此當女巫剝除笛布斯仿日本男人裹腹的「昏都死」，同時拿掉日本姓名、恢復阿美族姓名時，

---

17 關於《風前塵埃》中橫山月姬和哈鹿克的戀情，林芳玫以為這「是全書最難令讀者理解同情之處」，林芳玫以為橫山月姬並未試圖顛覆性別位階，「反而重複了日本父權中已有的種族歧視。」（2012：177）。

笛布斯重新找回本然面目，娃郁亦如是，此皆驅魔儀式具體化為國族認同之隱喻。相較於身體作為國族認同之辯證媒介，施叔青述及佛教觀點下的身體形象則稍有不同，「靈異的苦行僧」一章中的願空和尚，乃真言宗創始者空海大師的同鄉，施叔青將願空形塑成一個善作和歌並誓願雕鑿十二萬尊佛像以供養奉納的僧侶，某日感應鬼魂央求超度，原以為是死於霍亂的日人，沒料凝神細看，竟是「一群群赤身裸體、戴著鳥禽羽毛頭飾」、「個個手舉石塊、彎彎的番刀，向看不見的敵人投擲揮砍，嘴裡發出無聲的吶喊」（2008：217）的阿美族幽靈，這個場景同樣成為哈鹿克的夢魘，但他終究無法衝破噩夢與現實上的雙重圍困，相較於此，願空和尚卻能以誦經念咒為當地村民拔除災厄，撫平歷史幽靈之傷痛。

日本和尚替阿美族幽靈超渡的情節，多少暗示著跨越國族的諒解與超越凡俗的關懷，較諸於阿美族驅魔儀式所體現出的去日本化的、「還我本來身分」的國族寓言，施叔青藉佛教真言宗願空和尚的誦禱祈福，進一步跨越國族藩籬，導向更深層的對普世人類的悲憫，從佛教「眾生平等」的觀點來看，無論是得霍亂病死的日人，抑或為族裔犧牲的太魯閣族人，當他們不幸淪為亡靈，皆該為其殞落予以哀悼祝禱，無所分別，這似乎比較合乎施叔青在 1999 年受訪時所謂的「認同的問題都看開了」，當年受訪時，施叔青也許並無法「真正」地「看開」，否則不會一直以小說——除了《臺灣三部曲》之外，《兩個芙烈達．卡蘿》也藉由書寫女藝術家芙烈達．卡蘿來細究認同議題——不斷地摸索並釐清國族與身分認同課題，但在《風前塵埃》裡，國族認同心結在吉野布教所／慶修院的願空和尚的超渡中暫獲得釋放，因此我以為以慶修院為故事起始不是沒有原因的：不僅引導故事作為「話頭」，也為「認同的問題都看開了」提供一個鋪敘與展演的舞台背景；換言之，小說以慶修院作為啟幕與落幕的關鍵空間，除了此地具有重要的歷史意義之外，佛教的超越性或可為複雜的國族認同與多重的身分角力提供一個詮解的途徑，由是，從國族認同所造成的撕裂與分裂，最終還必須通過佛教的慈悲超度儀式來化解。

四、結論：修行與寫作

施叔青在《枯木開花》中提到曾試圖將小說融入佛理；想當小說家但無法如願的張採薇（聖嚴法師出家前的俗名）曾在〈文學與佛教文學〉一文中主張佛教界應透過文學筆觸表達佛經理念，「寫出悲心主義的文學作品。」（2000：72）如前述所言，施叔青對歷史小人物的悲憫，讓筆下的眾生／「身」喧嘩掩映，《行過洛津》先是搭建一個地震後的、昨是今非的「無常」布幕，搭配著「戲如人生」的文學框架與佛教「白骨觀」內涵，共同指向身體的不可久恃，而相較於《行過洛津》直接了當以「白骨觀」來回應「聲色一場」，《風前塵埃》所暗示的「風前塵埃」之肉身確實較為隱匿，無論是男性佐久間、橫山新藏對政治身體的鍛鍊，抑或女性琴子對戰爭服飾所產生的矛盾觀點，皆歌詠並強化肉身的強健永恆，然願空和尚為受困的歷史亡靈所進行的佛教超度儀式，不僅作為辯證政治身體的另一敘事軸線，並真正扣合了「風前塵埃」所傳遞的「諸行無常，盛者必衰」之不可恃之身體，即使如此，然二書所包含的佛教視域下的無常身體，皆以掩映的方式來對照青春肉身與政治身體所強調的身體永恆，換言之，身體的終極無常，乃經由曲筆勾勒、逐一辯證而來，較諸於佛典「棒打」聽聞者使之醒悟，習佛的施叔青藉富戲劇性的敘事暗示讀者，供閱者從世間、出世間的雙重角度觀看身體、思辨身體的存有價值。從這個角度來看，我以為施叔青近幾年的習佛經驗，給予她在思考國族認同的議題時，帶有某種超越性，可能也是她面對國族認同衝突時，所參酌的一種觀看視角，然而，從兩書中「掩映的身體」形象來看，我揣摩小說家仍擺盪在入世、出世兩個端點之間，一方面她嘗試以佛學的角度來平撫面對國族問題可能產生的激動，一方面事實上也仍受國族認同所影響；否則就不會有《三世人》中；當她面對歷史苦難時的憤慨。我以為關乎「我是誰」的人生大哉問，既可從世間的國族、性別議題來衡準，又可能飛昇至出世間的宗教高度來尋覓所謂的「本然面目」，我以為作家不必然已全「化解」國族認同議題，而是在觀看此課題時，多了一份溫柔的、超越性的眼光。[18]

施叔青曾在打禪七小參的過程中詢問師父自己應如何保持像泉水一樣的創造力（1999：134），「把寫作看得像命一樣重要」的她亦曾擔心「那個對世界充滿好奇與驚詫的慘綠少女」已離她而去，「以為只有往外尋尋覓覓，才有可能一寸寸拾回慘綠少女時代纖細敏感的感覺，唯有依附外力的加持，創作之泉才得以源源不絕。」（2004：9、18）但習佛給予她不同的身體經驗，因而即便書寫《枯木開花》也是種修行，禪修經驗觸發了她內在能量，神祕不可言詮者如前所述之「細小聲音」突破了創作障礙，較為具體者則如前文所述《行過洛津》、《風前塵埃》所展現的掩映的、蘊含身體無常觀的書寫。然而完成《三世人》後，施叔青對禪修和寫作似乎又有不同（或更上一階的）體會，她表示「完成《三世人》後，想好好休息，預備把餘生用在修行上。」學了因緣法後，漸能體悟文學、藝術其實只停留在感官、情緒的轉折，因而「對生命有另一種看法，試著超越世間一切的慾望渴愛，不想繼續流轉文字障中了。」[19] 對照於東年在《地藏菩薩本願寺》裡惡目法師之言：「任何藝術創作都是貪、嗔、癡的結果」

---

18 以此段敘述回應審查委員之一的提問：「作家透過佛學的參悟，是企圖『超越』國族認同嗎？或只是『化解』國族認同衝突的一種方式？換言之，作家的兩部小說最後是提出一種超越國族認同的主張嗎？」在此感謝審查委員的精闢提問，有助於我思考並總結此論文。

19 在與陳芳明對談中，施叔青表明世事無法預料，也許經過一段時間休息，會再提筆續寫第四部。見〈與和靈魂進行決鬥的創作者對談——陳芳明和施叔青〉，《三世人》（臺北：時報文化出版企業股份有限公司，2010 年 10 月）

（1994：101），佛教修習與文學書寫兩種生命實踐，似乎帶給了施叔青不同階段的體會，兩者之間的辯證和調和，或許也是另一個值得繼續開展的課題。

參考書目

2002。《大波若波羅蜜多經　第二會上冊》。臺北：福智之聲。

白舒榮。2012。《以筆為劍書青史》。臺北：遠景。

東年。1994。《地藏菩薩本願寺》。臺北：聯合文學。

施叔青。1984。《愫細怨》。臺北；洪範。

-----。2000。《枯木開花——聖嚴法師傳》。臺北：時報文化。

-----。2003。《行過洛津》。臺北：時報文化。

-----。2004。《心在何處：追隨聖嚴法師走江湖訪禪寺》。臺北：聯合文學。

-----。2008。《風前塵埃》。臺北：時報文化。

-----。2010。《三世人》。臺北：時報文化。

川田洋一。2002。《佛法與醫學》。臺北：東大圖書。

艾莉斯・馬利雍・楊（Iris Marion Young）。2006。《像女孩那樣丟球》。何定照譯。臺北：商周出版。

約翰・歐尼爾（John O' Neill）。2001。《五種身體》。張旭春譯。臺北：弘智文化。王德威。1999。〈序論：異象與異化，異性與異史〉。《微醺彩妝》。臺北：麥田。

王瑩採訪整理。2000.11。〈卸下彩妝——訪施叔青談《枯木開花》成書前後〉。《光華》25 卷 11 期：117-120。

白先勇。1973。〈約伯的末裔・序〉。《約伯的末裔》。臺北：大林書店。

羊子喬。2007.04。〈從性別認同到土地認同——試析施叔青《行過洛津》的文化拼貼〉。《文學臺灣》62 期：214-220。

李令儀。2003.10。〈原鄉與自我的追尋——施叔青 & 李昂談近作〉。《聯合文學》228 期：40-43。

李欣倫。2012.07。〈受苦敘事與身體隱喻——以施叔青《臺灣三部曲》與鍾文音《島嶼百年物語》為例〉。《國立臺北教育大學語文集刊》22 期：159-203。

林芳玫。2007.10。〈地表的圖紋與身體的圖紋——《行過洛津》的身分地理學〉。《臺灣文學研究學報》5 期：259-288。

-----。2012.10。〈《臺灣三部曲》之《風前塵埃》——歷史書寫後設小說的共時與共在〉，《臺灣文學研究學報》15 期：151-183。

林欣誼。2008.04。〈施叔青：對全人類的悲憫〉。《誠品好讀》86 期：100-102。

施叔青。2006.01。〈長篇有如長期抗戰〉。《文訊》247 期：50-53。

陳芳明。2003。〈情慾優伶與歷史幽靈──寫在施叔青《行過洛津》書前〉。《行過洛津》。臺北：時報文化。

曾秀萍。2010.09。〈扮裝臺灣：《行過洛津》的跨性別漂浪與國族寓言〉。《中外文學》39 卷 3 期：87-124。

簡瑛瑛。1999.04 月。〈女性心靈的圖像：與施叔青對談文學／藝術與宗教〉。《中外文學》27 卷 11 期：126。

嚴敏兒。2001.09 月。〈一趟實踐佛法的生命旅程──訪《枯木開花──聖嚴法師傳》作者施叔青女士〉。《書香人生》205 期：104-109。

劉亮雅。2010.06。〈施叔青《行過洛津》中的歷史書寫與鄉土想像〉。《中外文學》39 卷第 2 期：9-41。

2010.10。〈與和靈魂進行決鬥的創作者對談──陳芳明和施叔青〉。《三世人》。臺北：時報文化。274-284。

李佩璇。2011。《施叔青小說中的遷移意識》。高雄：中山大學中國文學所碩士論文。

美國華文小說的跨文化美學

蔡雅薰
國立臺灣師範大學應用華語文學系教授

世界華文文學豐富的跨文化性，不僅使其成為多元文學的中心，其跨文化性更使各地域華文文學具有獨特的藝術特徵，從跨文化視角來研究華文文學，其應用性可支援強化跨文化教育課程，擴大創新跨文化教學視野，其創新性在提供更具體適切且多元優質的跨文化現代文學之閱讀文本。

綜觀近百年來的世界華文文學，尤以美國華文小說作家具有老中青三代的承續結合，其經典小說的創作價值不僅表現出強烈的時代性，更表現超越時代的人性。美國華文作家的另一特色是來自融合雙重文化高等教育之優秀學者，對於文學中跨文化衝突、調適、互動與交互轉換，尤其敏銳深入。考察美國華文作品數量之多與質量之高，尤為世界華文文學研究者的關注肯定。美國華文小說中的文化鄉愁與文化異同互補的後現代性，繼承傳統民族語言風格又能融入西方語法與描寫的語言美，華文作家帶動中西兩岸文化交流活動，作家與小說本身處處展現跨文化、跨語言、跨國別的開放性。本研究目的以美國華文小說的跨文化性，探討作家與其作品如何為華文文學開創一系列的創新變革。

關鍵詞：華文文學、跨文化、美國華文小說、多元文化

一、前言

文化研究早先源於對經典文學的研究，而文學在很早就擔負起了跨文化交際的重任。[1]文學文本是跨文化交際研究中最重要的領域之一，然而跨文化交際研究者卻往往忽略文學文本的作用。[2]由於一個民族文化的深層結構常體現在該民族的思想觀念等十分隱蔽的領域，這些平時難以捉摸的東西卻經常在文學作品中得到反映。[3]科洛林（Michael Cronin）在《翻譯與認同》一書中說：「文學常是讓來自不同國家的人瞭解其他國家的歷史、生活方式和人民極為有效的方式。」[4]王潤華以「越界與跨國」做為世界華文文學的詮釋模式，他認為旅居海外的作家，以具有邊緣思考所建構的華文文學，跨越雙重傳統，超越語言、族群與宗教，為「文化中國」[5]創造新的精神資源寶庫，此觀點印證了世界華文文學跨文化性的特徵。故王潤華提出「多元的文學中心的肯定」來重新認識華文文學的跨文化新地圖[6]。

黃萬華以「異視野」來形容海外華文文學作家在作品中所展現的觀點[7]，這些作家由於身處環境之故，其自身的認同感並須來自對於「異地」、「異文化」的感知及內化轉變，這種在「他者（異）」與「自身」之間不靠岸地徘徊所建構而成的特殊視野，也正是世界華文文學的特殊魅力及價值。黃萬華並談及新加坡華文作家方桂香在作品《巨匠陳瑞獻》中所引述《國語・鄭語》的「和實生物，同則不繼，以他憑他謂之和，故能封長而物歸之。若以同禪同，盡乃棄矣。[8]」這段話不僅準確地解釋了海外華文作家此種「和而不同」，嶄新而獨特的新視野，也肯定了世界華文文學做為這種新視野的載體，在跨文化領域裡的不可或缺的地位及重要性。

本文目的主要以美國華文小說為考察主體，對這類華文文學進行跨文化性闡釋，探討美國華文作家作品如何以跨文化性為華文文學開創一系列的創新變革。選擇美國華文小說作為考察跨文化性特徵理由如下：

（一）近百年來世界華文文學中，美國華文小說作家具有老中青世代的承續結合，其經典小說的創作價值不僅表現出強烈的時代性，更表現超

---

1 文學經典帶動跨文化的交際，從中國古代就能找到範例。例如沈福偉所著《中西文化交流史》中談到東漢翻譯佛經，如《百喻經》等譬喻文藝精品，對於中國文學乃至哲學都產生巨大影響。書中提到：「譬喻文學傳入後，最先被中國的士大夫所吸收。曹操的<短歌行>中有這樣的警句：『對酒當歌，人生幾何？譬如朝露，去日苦多。』和康僧會譯的《六度集經》第 88 的『猶如朝露，滴在草上，日出則消，暫有不久，如是人命如朝露。』含義和用意都不相上下。」1985 年，頁 83。

2 此觀點論述見於〈「群言堂」還是「一言堂」：文學文本中的跨文化交際原則評析〉一文，收錄在顧嘉祖主編《跨文化交際——外國語言文學中的隱蔽文化》，頁 395，南京：南京師範大學出版社，2002 年 8 月 2 刷。該文談到：「不論是跨文化交際的創始人 Hall（1959）還是跨文化交際學三本代表作之一的《交際與文化》的作者 Smith（1969），或是《語言、文化和交際》的作者 Bonvillain（1933），或是《跨文化交際——話語分析學》作者 Scollons（1995）均未觸及跨文化交際的文學層面。」並進一步論及表層文化的研究固然必要，文學文本的深層文化開掘是跨文化交際研究知己知彼、進入心靈溝通最有效途徑。另外，北京大學關世杰《跨文化交流學》（1995）一書，將心理學、哲學、語言學、文化人類學、社會學及國際關係學六個學門列為跨文化交流研究所涉及的學科層面，均可見文學文本往往被忽略在跨文化交際研究的學門學科中。

3 詳見顧嘉祖主編《跨文化交際——外國語言文學中的隱蔽文化》，頁 396，南京：南京師範大學出版社，2002 年。

4 Cronin, Michael. Translation and Identity , p. 39, London; New York: Routledge, 2006.

5「文化中國」一詞常作為臺灣、中國或全球華裔離散族群學者處理認華語、文學、文化詮釋與文化翻議的共同解決的代名詞。杜維明（Tu, Weiming，1996）為爭取國際認可的政治脈絡下，臺灣強調政治／文化主體性可能引發的棘手問題，提出「文化中國」作為處理認同危機的解決途徑。有關「文化中國」一詞說法可參見〈臺灣文學的文化翻譯：「不可譯」的教學意義〉，邱子修著，收入《華語與文化之多元觀點》（2010）。

6 參見〈越界與跨國——世界華文文學的詮釋模式〉一文，收錄在王潤華著《越界跨國文學解讀》，頁 405-425，臺北：萬卷樓。

7 參見〈跨文化意識中的『異』視野和『異」型態〉，《天津師範大學學報（社會科學版）》2007 年第 6 期，頁 47-52。

8 黃萬華並引用方桂香之說明：「不同事物之間彼此為『他』，以『他』平『他』即把不同事物連繫在一起。不同事物相配合而達到平衡，就叫『和』。『和』才能產生新事物，如果把相同的事物放在一起，就只有量的增加而不會發生質的變化，而事物的發展就停止了。」同註 7，頁 48。

越時代的人性。考察美國華文作品數量之多與質量之高[9]，尤為世界華文文學研究者所關注肯定。

（二）不少美國華文作家融合雙重文化的優秀學者，在其作品中表現跨文化衝突、調適、互動與交互轉換，尤其敏銳深入。

（三）小說中的跨文化性文藝表現在文化書寫、中西合璧語言美及中西文化交流活動的創建。作品處處可尋文化鄉愁與文化異同互補的後現代性，繼承傳統民族風格又能融入西方技巧，作家群本身又以其個人文藝影響力帶動中西兩岸文化交流活動等，促進跨文化的實質交流，此為其他地區作家與作品難以超越之處。

二、文學產生跨文化的關鍵因素

所謂跨文化交際是「指具有不同語言文化背景的民族成員相互間進行的交往活動，也指說同一語言的不同民族成員之間的交際，還有人認為跨文化交際是泛指一切在語文文化背景有差異的人們之間的交際。」[10]觀察華文文學產生跨文化的重要關鍵因素，在於作家與作品本身都具有四個「跨越」特點，包括：跨語言、跨國界、跨民族與跨文化。顧嘉祖提到，跨文化交際的跨越研究，才是整個跨文化交際學研究的重點和難點。「所謂的『跨越』就是穿越文化障礙進行交際。世界上每一種文化都具有其他文化所沒有的特質，任何一種文化都不能替代另一種文化本身的功能。跨文化交際遇到文化障礙是必然的。」[11]美國華文作家雖跨越國界，身居海外，與外國族群共處生活，然其對華人語言文化都仍保有強烈的執著意識，歷來作品表現出對華族文化的執著意識、雙元文化的跨越意識到超越意識的清晰過程，並呈現作者與作品中差異的人生態度和美學追求。

華文文學作家與作品因為涉及語言跨越、國界跨越、民族跨越與文化跨越、或四者之間的同時交錯互跨的明顯特徵，所以文學表現殊異、光輝映照的跨文化性。接著以美國華文小說為考察主體，本節針對跨語、跨國、跨族三點論述，跨文化則另立他節說明。

（一）華語／雙語／多元方言的跨語性

語言溝通不良是產生跨文化障礙的主因之一。而美國華文小說作家及作品卻深具華語／雙語／多元地方語言的多語互跨的特徵及表現小說跨文化的趣味性。40年代林語堂以中英雙語作家的重要地位確立於世界文壇，《京華煙雲》以西方人極為熟悉的英文書寫形式，完成了用文學向西方世界介紹中國歷史文化的任務，所以文壇稱林語堂《京華煙雲》是中國新文學中，惟一一本可以進入西方的「尋常百姓家」的作品[12]，《唐人街》是林語堂在異國續以英文創作而直接進入英文為最大語種的文化消費圈，雙語特徵及語調意義使其在華文文學格局中顯現與同時期華語為主的主旋律

9 蔡雅薰根據《中華民國作家作品目錄──1999》的檢索資料，考察60-90年代臺灣旅美作家與小說創作，共有作家78位，小說集419本，而實際上的臺灣旅美小說家不只此數，因為資料庫的蒐羅考訂不免疏漏，其作家與作品質量應遠高於此數。參見蔡雅薰《從留學生到移民──臺灣旅美作家之小說析論（1960-1999第一章緒論第二節「釋名與定義」，頁9-31，臺北：萬卷樓，2001年。

10 同註3，頁1。

11 顧嘉祖並說明，「各民族文化的排他性，要使甲民族成員接受乙民族成員的思想、價值觀念而克服跨文化的思想障礙，不易實踐，亦不合理。所以跨文化交際並不是建立在平等基礎上，而是使各民族成員既能積極參與跨文化交際，又能保持各自文化獨立性的理論與實踐。」同註3，頁2。

12 趙淑俠在《天涯長青》（1994）的首篇「書展」中，談到林語堂先生40年代創作的影響。她說，中國文學作品和作家中，真正能像西方作家那樣廣泛被讀者大眾普遍接受的寥寥無幾，而林語堂在西方文名之響在近代中國人裡無人能比。他的長篇小說《京華煙雲》，至今膾炙人口，是中國新文學作品中，唯一一本可以進入西方的「尋常百姓家」，為社會一般消費者，像閱讀他們自己的文藝小說一樣，能引起讀欲並喜愛的。參見〈再出幾個林語堂〉（代前言），《文化轉換中的世界華文文學》，黃萬華著，北京：中國社會科學出版社，1999年10月初刷。

異樣的多元色彩。白先勇擅長運用中英詞彙對比創造小說的文化衝突，例如〈安樂鄉的一日〉從中英雙語對於「中國人」一詞創造小說爭執點。母親依萍希望美國出生的小女兒寶莉做「中國人」，寶莉認為同學罵她「支那人」（Chinaman）是侮辱而不接受母親的論調。施叔青〈常滿姨的一日〉中，書寫人物極力想擺脫臺灣人身份移民美國，然到了美國卻只能使用著窒礙的英語能力，面對語言與文化差異的衝突，無法言說的苦悶心境，突顯小說人物的跨語與跨文化的多重障礙。於梨華〈女兒的信—— ABC 的問題〉，亦從中英雙語難以互相跨越創造小說的文化休克[13]與文化衝突。臺美作家黃娟常以「跨語」作為小說議題，對華語、日語、閩南語、客語、及原住民語言的臺灣多語歷史時代進行省思。小說《祖國傳奇》中的阿信，正是黃娟描寫成長在臺灣多語的心路歷程；〈何建國〉以會「說國語」的外省人和不會寫作文的臺灣人，描寫省籍意識分歧的內在暗流；〈閩腔客調〉談美國臺灣同鄉會中客家少數族群的語言弱勢的壓力；〈尊姓大名〉寫原住民姓氏被改為漢姓的荒謬，並藉著他們的名字變更，反映出臺灣人在異族統治下的一段歷史，以及還原姓氏的重要性。

（二）臺灣／中國／美國的跨國性

離開自己的家鄉土地，是海外作家發思為文的主要原因。留學生文學、移民文學、漂流文學、流放文學、放逐文學、流亡作家等等名詞，可說是世界華文文學中常見的共同代名詞，而這些文學名詞均因表現故國新土的跨國性而產生。考察 1960-2000 年 40 年來的美國華文小說主流，簡而言之是年代的「留學生小說」及 80 至 90 年代的「移民小說」。[14]「留學生」及「移民」產生文學最明顯的特徵即其跨國特性[15]。王德威談到留學生小說的兩個重要意義是「留學生小說以國外為背景」及「留學生出國、歸國與去國的行止」所顯現的價值抉擇與跨國雙域的環境變遷[16]，故使留學生小說成為「現代中國文學的一支奇兵」[17]。而美國華文小說的跨國性文化衝突來自於臺灣／中國兩地的魂牽夢縈及臺灣／中國／美國的祖國嚮往與海外失落，兩岸三地的故土新地，使得「鄉愁」與「漂流」成為世界華文作家的

---

13 文化休克（culture shock）是遇到不同文化時的一種體驗，是指「社會交往中熟悉的記號與符號的喪失，而造成平衡的喪失。」參見 Yvette Reisinger、Lindsay W. Turner 著，朱路平譯：《旅遊跨文化行為研究》，頁 64，天津：南開大學出版社，2004 年。

14 蔡雅薰對「留學生小說」定義如下：「（1）作者：是從臺灣到美國的留學生、學人、赴美定居或工作者。（2）時間：從 1960 到 1999 年間，在美國期間所創作的小說。（3）出版：以華文書寫，在臺灣出版或美國華文報章刊載為主。（4）題材：以留學生初到海外的留學生涯、打工戀愛的甘苦、從留學生到海外學人的學界生活、海外華人群像、及其隨著時代政局與文化風潮下所反映的臺灣旅美華人的故事為主。」其「移民小說」定義：特指自 20 世紀 70 年代末 80 年代初以來，因為各種不同的理由或目的，如婚姻、留學、經商、投資、依親、轉變教育環境等訴求而移居美國的臺灣人士，以華文作為表達工具而創作的小說，反映移居美國期間的生活境遇、心態等諸方面狀況的小說創作。見同註 10，頁 32-39。

15 以留學生為例，李瑞騰提到留學生文學值得注意的關鍵點包括：留學的國家、動機、去留問題、作品中距離效應的文化視角、作家本土性與海外性等，這些重點足以顯現留學生小說的文藝特質。他說：「『留學生』大家都懂，指的是赴他國深造的學生，通常年紀都比較輕，他們為什麼要出國讀書？去什麼國家？讀些什麼？究竟是公費去的，還是自費？學成是立即返國，還是或長或短一段時間再回來？抑或是落地生根，入籍成了那個國家的公民，只在有必要或有機會時返國探親？這樣的人如果提筆寫作，會寫出什麼樣的作品？寫異域的孤寂和懷鄉的苦楚，還是深刻反省自己所來自的鄉土，嚴正地加以批判？寫小自我的際遇與心境，還是寫耳聞目見的異國風情，以及留學生群體和本國人在異國生活的複雜面貌？」見李瑞騰〈鄉愁的方位？前言〉，《文訊》第 172 期，頁 30。2000 年 2 月。

16 王德威說：「五四時期以來的 30 年代，留學生小說所代表的意義，約略有以下數點。第一、留學生小說以國外為背景，為中國文學引入了異鄉情調，相對的也烘托出鄉愁的牽引，及懷鄉的寫作姿態。第二、五四以來的留學生小說藉著孤懸海外的負笈生涯，凸顯了彼時知識分子在政治及心理上的種種糾結，進而形生一極主體化的思辨言情風格，頗有可觀。第三、留學生出國、歸國與去國的行止，不只顯現留學生個人價值抉擇，也暗指了整個社會、政治環境的變遷。」〈賈寶玉也是留學生—晚清的留學生小說〉，《小說中國》，頁 247，臺北：麥田出版社，1993 年。

17 同前註，王德威《賈寶玉也是留學生——晚清的留學生小說》，《小說中國》，頁 229，臺北：麥田出版社，1993 年。

世紀性主題[18]。叢甦則強調作家與故土的跨國流放與作者身份從「留學生」到「美籍華人」的微妙轉變，亦即「跨留學生身份」創作特性之必要成長與現實轉變，故以「流放文學」代替「留學生文學」一詞。她說：「60年代的作家群重新越洋過海『留美』時，他們已是『二度流放』：美國是新土，臺灣已成『故園』。」[19] 美國華文小說遊子出走與漂泊鄉愁處處點染，趙淑俠道出臺灣留學生小說中，以美國為重要發源的區域性特色[20]。李歐梵說：「40年來的海外華文文學所反映的都是身在異域而心在祖國……，變成了小說的內在主題和詩的主要意象」[21]。陳若曦也提到說：「不管是自願或被迫流放，作家對故土都有一份濃厚的懷戀，甚至一份歉疚感。」[22] 當移居國外成為事實，長期居住，日漸熟悉現實環境，作家以移民身分寫有關移民的小說，亦是在跨國時空中的自然產物。施叔青〈常滿姨的一日〉中，小說人物透過移民美國來達到身份的置換，藉由常滿姨不斷地移動：從臺灣到美國小家庭工作，再從小家庭到高貴家庭的移位過程，反映自身在文化認同上的不滿與逾越。這樣的小說內涵，具備了故土與新土的雙重意義，在流放異地的調適跨越中合為一體。90年代的旅美作家張讓贊同夾纏兩地之間的文學為「流放文學」之名，因為廣義的流放，「不只是空間的漂泊，同時也是時間的放逐」。[23] 李黎強調跨國越地、又富積極冒險精神的文學特性，故以「拓荒者文學」稱之。她說：「海外華人的文學不該是流放文學，而是拓荒者的文學，是伸向空中的枝葉投給大地的消息，是來自遙遠的域外的書柬，是檢視這一個遷徙動盪時代的見證與史歌。」[24] 王潤華認為這是全球作家自我放逐與流亡的大時代，「多少作家移民到陌生與遙遠的土地，這些作家與鄉土，自我與真正家園的嚴重割裂，作家企圖擁抱本土文化傳統與域外文化或西方中心文化的衝擊，給今日世界文學製造了巨大創作力。」[25] 林幸謙將海外作家的跨國性作為流亡情境的隱喻，也指出流亡都有跨文化跨國族的視野，並將北美和歐洲華文作家歸為「遠離自己的國土，但沒有放棄自己的語言」的流亡作家群。[26]

（三）本省／外省／華人／美人的跨族性

各族群能否在同一時空下，平等尊重而認同接受，和睦共處，這是跨文化主要課題。文化交際既可指具有不同文化背景的民族成員相互間進行的交往，這種交往可以是國際族群的跨族裔，例如中國人與美國人的交往；也可純屬本土性的國內範疇，例如美國白人與印第安人之間的交往，臺灣

---

18 當代不少海外作家在此一時期的作品中，表現「鄉愁」與「漂流」的共同性主題，如余秋雨將「文化鄉愁」列為白先勇作品的四大特質之一，見余秋雨〈世紀性的文化鄉愁〉，《評論十家》，臺北：爾雅出版社，1993 年 12 月，頁 15-18。齊邦媛以張愛玲作品為例，說明她小說面對二度漂流的命運心結，見齊邦媛〈二度漂流文學〉，《評論十家》，臺北：爾雅出版社，1993 年 12 月，頁 29-30。簡政珍在〈張系國：放逐者的空間〉說：「張系國在 70 年代（部分延伸至 80 年代）所寫的小說，常觸及遊子或放逐者的思鄉和流浪情境。」見《中外文學》，頁 20 第 24 卷第 1 期，1995 年 6 月。

19 見叢甦說：「『留學生』」做為作者或主題都不能老滯留在『留學生』的階段，總要有長大、成熟與必然衰老的一天。所以它必須超越『留洋學生』的小小天地的圈囿。因之把『留學生文學』正名為『流放文學』或許更為恰當。」見〈沙灘的腳印──「留學生文學」與流放意識〉，《文訊》第 1/2 期（2000 年 2 月）：頁 49。

20 趙淑俠說：「沒到過外國的人寫不出國外生活，而臺灣的留學生主要集中在美國，所以，不單『留學生文藝』的男女主角是美國留學生，作者也是美國留學生，故事的發生地當然更是美國。」她進一步指出留學生小說最原始的面貌與內容說：「『留學生文藝』的內容，多半是描述留學生們在現實的美國。」參見趙淑俠〈從留學生文藝談海外知識份子〉，《文訊月刊》1984 年第 13 期，頁 150。

21 見李歐梵《40 年來的海外文學》，收入張寶琴、邵玉銘等編《40 年來的中國文學》，臺北：聯合文學出版社，1995 年 6 月，頁 60。

22 見陳若曦《陳若曦、張錯──談『海外作家本土化』〉，《文學界》第 7 期，頁 60，臺北：1986 年 5 月。

23 張讓《鄉愁的方位》，《文訊》第 172 期，2000 年 2 月，頁 63。

24 原文見於李黎編《海外華人作家小說選》序文，轉引自李黎《傾城》附錄〈李黎的創作歷程〉，頁 136-137。臺北：聯經出版公司，1989 年 10 月。

25 同註 6，頁 413-414。

26 見林幸謙〈當代中國流亡詩人與詩的流亡：海外流放詩體的一種閱讀〉，《中外文學》30 卷 1 期（2001 年 6 月）：頁 33-64。

本土的本省與外省族群，在共同生活的土地上，可能發生本土不同族群同語言或不同語言的情況。[27] 美國華文小說可說是本省人／外省人及華人／美人的跨族性文本，內容可謂為精彩典型的跨族性文化對話。有關美國華文小說跨民族特性主要可分三個重點：一是外省第一、二代的作家身份；二是小說設局對於中國人與美國人兩個國際族裔的交鋒；三是旅美作家中「外省作家」及「省籍作家」的文藝觀點差異。

首先，有關外省第一代與第二代作家分別在臺灣文學發展上，產生了不同時代的文學主流。外省第一代作家寫出盛行於 50 年代的懷鄉文學與反共文藝，外省第二代則於 60 年代寫作標誌著「無根的一代」留學生悲愴的流放之歌，是 60 年代臺灣「留學生小說」悲愴的基調。白先勇談到外省第一代作家的懷鄉文藝與外省第二代的無根文學產生的背景：

> 遷臺的第一代作家內心充滿思鄉情懷，為回憶所束縛而無法行動起來，只好生活在自我瞞騙中；而新一代的作者卻勇往直前，毫無畏忌地試圖正面探究歷史事實的真況，他們拒絕承受上一代喪失家園的罪疚感，亦不慚愧地揭露臺灣生活黑暗的一面。這自然不是易事，國府雖然很少干涉這些新進作家，出版檢查的陰影卻常常存在。還有一點更重要的，就是這些新一代的作者沒有機會接觸到較早時代的作品，因為魯迅、茅盾及其他左翼作家的作品全遭封禁，他們未能接受上一代的文學遺產，找不到可以比擬、模仿、競爭的對象。因此寫作生涯變成了困苦又孤獨的奮鬥。與「五四」時代的作家完全相反，這些作家為了避過政府的檢查，處處避免正面評議當前社會政治的問題，轉向個人內心的探索：他們在臺依歸的終向問題，與傳統文化隔絕的問題，精神上不安全的感受、在那小島上禁閉所造成的恐怖感，身為上一代罪孽的人質所造成的迷惘等。因此不論在事實需要上面，或在本身意識的強烈驅使下，這些作家只好轉向內在、心靈方面的探索。[28]

由此可見外省第一代作家到第二代作家離開中國，遠遷臺灣文藝創作心境的差異與文學傳統的斷層。評論家葉石濤則從臺灣文學自身發展的觀點論述：「這種『無根與放逐』的文學主題脫離了臺灣民眾的歷史與現實，同時全盤西化的現代前衛文學傾向，也和臺灣文學傳統格格不入，是至為明顯的事實。」[29] 此言算是未能從外省作家族群的離鄉跨地的角度，審視其作品裡斷根移植的無奈因果。朱芳玲說到當年留美熱主要是「隨家由中國流寓臺灣的外省第二代，受到父輩『過客』心態的影響，覺得在臺灣無根，中國又回不去，留學對他們來說，最根本的目的是離開臺灣，移居國外。」[30] 這樣的評述都說明了當時大部分外省籍留學生作家去國後作品的沉鬱風格與凝重基調的根本來源。

其次是小說的設局主要針對中國人／美國人兩個國際族裔的交鋒，做為小說的主要議題。例如 70 年代叢甦的《想飛》、《中國人》注重海外中國人漂泊的蹤跡，不只反應了時代的變遷，也顯示了中國人在異鄉社會的成長。劉紹銘（二殘）的《二殘游記》可說是從「留學生」到「美籍華

---

27 顧嘉祖說：「學術界在談及跨文化交際時既指使用不同語言、具有不同民族文化傳統的民族成員之間的交往，也可以指同一語言但具有不同文化傳統的民族成員之間的交往。例如，美國白人與黑人儘管在語言的使用上存在較大的社會差異，也儘管他們的民族文化傳統大相逕庭，但由於歷史的因素，他們現在畢竟都使用同一種語言—英語。美國白人與黑人之間的文化衝突同樣也是跨文化交際研究的一個重點。」同註 3，頁 3。

28 參見白先勇著，周兆祥譯：〈流浪的中國人——臺灣小說的放逐主題〉，收於白先勇〈世紀性的漂泊者——重讀《桑青與桃紅》〉，收入聶華苓《桑青與桃紅》，臺北：時報出版，1997 年，頁 274-279。

29 見葉石濤《臺灣文學史綱》，高雄：文學界雜誌社，1996 年，頁 117。

30 朱芳玲說：「留美熱的產生，顯而易見的原因，是因為當時臺灣的青年學生普遍感到臺灣的格局太小，政治經濟的發展不大。尤其是隨家由中國流寓臺灣的外省第二代，受到父輩『過客』心態的影響，覺得在臺灣無根，中國又回不去，留學對他們來說，最根本的目的是離開臺灣，移居國外。留學便也由手段或過程變為直接的目的。他們到了國外，也大都成了『留』下不走的『學生』。」見朱芳玲。《論 60、70 年代臺灣留學生文學的原型》，頁 2。嘉義：國立中正大學中國文學研究所碩士論文，1995 年 12 月。

人」在域外生根的一種真實註腳。80年代陳若曦《向著太平洋彼岸》、《突圍》、《遠見》、《紙婚》等美國、臺灣和中國兩岸三地的中國人及美國人進行多角度多層面的審視，從中國知識份子駱翔之到美國同性戀者項·墨非等，均聚焦在兩岸三地華人與美國人的多元接觸與宏觀視野。周腓力是第三波華人新移民，旨在表現美國謀生不易，由此道出廣義留學生文學題材重心轉移到經濟層面的現實原因。周腓力〈洋飯二吃〉、〈一周大事〉、〈先婚後友〉等小說，均是第三波華人移民與美國人的浮世繪，以輕鬆戲謔的語氣描寫華人與美國人競爭生活下的諜對諜。施叔青的《牛鈴聲響》中表現出多層次的跨族性議題，小說描述一個臺灣農村長大的女孩安安嫁給美國人，在一次共同觀看有關第三世界的紀錄片中，丈夫滿不在乎的態度，反映出白人對有色人種的種族歧視。施叔青在《牛鈴聲響》裡描寫華人／美人的交涉，甚至對於第三世界的認知，在意識型態上表現出強烈的對比與碰撞，反映出更複雜的多層次跨族性問題。

有關跨族性的第三個特點是旅美華人作家中「外省作家」及「省籍作家」的文藝觀點差異。在旅美作家群中，外省作家人數頗眾，而「臺美作家」[31]較為少見，黃娟和廖清山兩位作品最具代表性。臺美人作家小說所以不同80年代的書寫移民的外省籍作家，如周腓力或於梨華等，主要原因在於他立基觀察臺灣以及焦點於「臺美人」的敘述視點，而非從美國異質文化衍生反思出發，誠如彭瑞金所說「顯然作者觀照這個族群時，所用的濾色鏡是臺灣的」[32]。因此臺美作家沒有外省作家的「無根」與「斷根」情節，亦無認同祖國或民族回歸心念，卻能忠實記錄臺美人在美國內部的生活，是文學化的臺美人生活縮影，或能切入臺美敏感的政治邊緣，例如《故鄉的親人》，或將焦點定在臺灣，以臺美族人視野照見臺灣社會的病徵，故其作品頗能展現旅美作家群中臺美作家獨特的文學觀與文學史觀。誠如薩姆瓦指出在文化、空間、思想隔閡發展過程中，產生既有個性色彩、又能反映普遍共性的文學作品的獨特性與珍貴性[33]，外省作家及臺美作家，確實因臺灣本土的不同族群作家的文化背景的不同、空間的隔離及思想方法的差異，這些跨文化傳通的阻礙，形成風格與內容迥異的文學作品。

三、全球觀點的跨文化性

美國華文小說具有全球觀點，其文學位置呈現從在地到全球／從全球到在地；作家的寫作願景展現獨立思考、尊重文化差異與國際理解；小說的議題涉及全球性的疾病問題、人口問題、貧窮問題、種族衝突及永續環境問題[34]。從空間的面向，小說中關注在地與全球系統關聯依賴；時間面

---

31 所謂「臺美作家」身份及旅美小說中的「臺美人」，是指從臺灣到美國的人，包括移民、留學生或出差訪親的居留者等等，「臺灣意識」的自覺精神是臺美作家的主要指標，「臺美人」作家與書寫的族群對象是專指土生土長於臺灣而後赴美的「本省人」，有別於從中國來到臺灣、而後輾轉赴美的外省第二代的海外書寫者。見蔡雅薰：〈獨語與對話的複音合唱——黃娟移民小說語言新詮〉，玄奘大學中文系、中國修辭學會「第六屆中國修辭學國際學術研討會」，2004 年。

32 參見彭瑞金：〈廖清山筆下漂泊的臺灣人〉，收入廖清山《年輪邊緣》，頁 213，臺北：名流出版社，1987 年。

33 美國學者薩姆瓦（Larry .A. Samovar）說：「縱觀歷史，可以清楚地看到，由於人們的文化背景不同，由於空間上的隔離，以及在思想方法、容貌服飾和行為舉止的差異，相互理解和和睦共處始終是一個難題。正因為如此，跨文化的傳通才得以成為一個專門學科而產生發展起來。值得注意的是，有許多文明在發展過程中所遭受的挫折，既表現了個性的色彩，又反映出全球普通的共性；在人類歷史的進程中，斷斷續續而又自始至終地貫穿著民族的誤解和正面的衝突。」見薩姆瓦著《跨文化傳通》，陳南、龔光明譯，頁 2，北京：三聯書局，1988 年。

34 例如：陳若曦《紙婚》、黃娟《世紀性的病人》及〈大峽谷奇遇〉均討論到愛滋病的身心經歷，李黎《袋鼠男人》探討不孕症及最新的生殖醫學倫理等問題。又以黃娟為例，其作品頗多反映對世界性議題的人文關懷，包括愛滋病患、失蹤兒童、家庭暴力、單親家庭、流浪漢以及反戰聲浪，均在其小說創作議題中。〈世紀的病人〉、〈大峽谷奇遇〉深入探討愛滋病患者的身心歷程；〈奶盒上的相片〉探討失蹤兒童案子層出不窮；《婚變？男人的拳頭》以家庭暴力的嚴重性為小說主題之一；〈秋晨〉寫劫車凶殺的恐怖事件；〈艾美的迷思〉寫單親家庭對小孩成長過程的負面影響；〈波斯灣風雲〉以三段式的多元視角寫反戰心語；〈安娜的故事〉寫無家可歸者的流浪心聲。

向則能整合過去、現在、未來的時間狀態與交互作；在議題面向，小說探討世界公民需求相關課題或問題[35]；從內在面向，小說引導作者和與讀者向內提升自己的潛能，向外發現自己生活的世界。[36]

（一）作家與小說的文化意識發展

文化是美國華文作家深厚情感的湧動緣起，也是他們心靈深處的精神根源，他們身居海外，中西文化衝突與交融常是小說主題，文章中自然流露出展現文化、理解文化、闡釋文化的執著意識到超越意識。跨文化教育學者 Banks 將種族與文化發展六階段進程策略 (Banks, 1988, p.60)，分別為：

第一階段、族群心理禁錮：個體對本身族群有負面看法。

第二階段、族群封閉：以本身族群為中心，主動與外界隔理。

第三階段、族群認同：即對自己的族群有清楚的認同及接受度。

第四階段、雙族群性：能坦然接受另一族群的文化背景，並有良好的自有族群認同感。

第五階段：對國內不同的族群都有良好的認同感及接受度。

第六階段：對全世界不同的族群都有良好的認同感及接受度。

將此理論套用於考察美國華文小說的跨文化性，如同一片對照映射的鏡子。

不少留美作家認識中西雙元文化的學者，其跨文化的發展各有其脈絡進程，然均不脫離Banks種族與文化六階段不同面向的論述。施叔青在〈常滿姨的一日〉、《牛鈴聲響》表現出第一階段族群心理禁錮的議題。小說主角都對自身文化充滿自卑，竭盡所能想擺脫低下的身份，對於本身族群有強烈的負面認同。林語堂以其東西互補的文化觀，來勾勒 20 世紀中國人尋求精神出路，既留住歷史文化的真象，其中英雙語小說可謂為 Banks 第四階段雙族群性的具體呈現，既能坦然接受美方族群文化背景，且能保有有良好的華人族群認同感。故能使華文文學打破在內地孕育發展的生存格局，以跨族群與文化的開放性，成為「20 世紀後半葉中外文化交流的重要側面」[37]。白先勇《臺北人》充滿了世易時移、人世滄桑的歷史感，對遷移臺灣的中國上層社會人士細緻描繪，寫出外省族群遷臺顯的族群心理禁錮及族群封閉性。《紐約客》是他創作轉折的標誌性作品，尤其對民族的認同感，對照出浪跡天涯而無根漂泊的痛苦體驗，也由於此階段對於華人故土族群與文化認同接受，反映出對西方腐朽文化的憎惡，產生東西方精神與物質文化的矛盾。陳若曦及周腓力的移民小說已有意識地在雙重文化的氛圍當中構思故事，陳若曦特別關心兩岸三地的多族群性，小說中透顯出對國內不同族群良好的認同及接受度。90 年代新移民小說彰顯 Banks 第五至六階段的多族群性與全球主義。小說中不僅多見對國內不同的族群能有良好認同及接受度，也能敞開心房對全世界不同族群的認同與接受，突顯「移民文化學」上東西文化碰撞交融後的跨越意義，在異文化中認識自己、以邊緣洞見主流癥結的意外驚喜，少見傳統束縛與意識型態的偏執，注重文化的異同互補解構，具相當後現代色彩。

（二）中西合璧的文藝融合

亨德里克斯（Hendrix）（1998）在全球教育觀點中提到學習「透過其他語言獲得更好的溝通」及「透過學習文化語言、文學、歷史與經濟

---

35 Hendrix（1998）談到全球教育在於理解所有國家都有共通的問題或議題，例如貧窮、疾病、人口、戰爭、或衝突、政治鬥爭等是。

36 Pick & Selby 論及全球教育的觀點即以空間面向、時間面向、議題面向及內在面向來申論，參見 Pike, Graham, and Selby, David. "Global Education." In Controversial Issues in the Curriculum, edited by Jerry J. Wellington, 39-57. Oxford: Basil Blackwell, 1986. 頁 12-14。Merryfield（1997）也認為全球教育必須讓學生「透過學習文化語言、文學、歷史與經濟等，對其他文化有更好的理解。

37 同註 13。

等，對其他文化有更好的理解」。美國華文作家掌握了全球觀點的關鍵因素，借鑑西方語言與多樣風格，豐富華文創作。白先勇在《臺北人》與《紐約客》中，抒發自己對於國家的文化鄉愁，在創作藝術上卻廣收博採，他從中國文學傳統中起步，融合意識流作為心理描寫的剖析刻劃，創造中體西用的文藝思想與藝術表現。白先勇認為，文學不僅要表現時代性，也要表現超越時代的人性。一部好的作品，不僅是寫出社會現實，它至少應包含時代、人性和某種哲學思想等幾個層次。他強調，文學不能割斷傳統，要繼承傳統，亦要吸收西方高層次的文學養分，將傳統融入現代，創造自己的新文學。[38] 於梨華能融會中西藝術魅力，互相融合一方面繼承傳統的規範的民族語言風格，也成功融入西方文學的語法，有了強烈的現代色彩和節奏，表現中西合璧的語言美，是富有文采，獨顯異態的語言特色。於梨華吸收西方現代小說層次結構技巧，把中國傳統小說細膩工筆白描與西方現代小說注重心理描寫熔於一爐，具有特殊的藝術魅力。著名科學家楊振寧在《於梨華作品集》序中說他喜愛閱讀於梨華小說的兩個原因之一是「她引入了不少西方文學的語法和句子，大膽地創造出既清暢可讀，又相當嚴謹的一種白話文風格。」[39] 陶德宗從文學史角度評論美國華文作家時，也都極稱譽海外作家中西文學技巧的融合與創新。[40] 葉石濤則稱譽張系國是「融和西化派和鄉土派寫作優點的作家，有尖銳的前衛意識。這種特質給 80 年代出現的外省籍第二代作家帶來寫作的典型與格調。」[41]

此外，美國華文小說書信體的多元運用，可謂兼融西方書信體小說的理論，同時嘗試後現代筆法「戲擬、拼貼、懷舊」等特徵，美國華文作家書信體小說有了「中學為體，西學為用」的融合藝術。例如於梨華《又見棕櫚．又見棕櫚》、白先勇〈謫仙怨〉、張系國的〈紅孩兒〉、劉大任〈落日照大旗〉、歐陽子〈美蓉〉、黃娟《啞婚》等，既能發煌中國書信寫作的散文傳統 [42]，也融合西方書信體小說文類的形式特質 [43]，而平路與張系國合寫的《捕諜人》運用後設提問的框架，李黎《浮世書簡》18 封單音式的獨白情書，李歐梵的《范柳原懺情錄》22 封書信類似自傳卻出自虛構的懺悔錄，既能擺脫個人經驗的局限，同時為書信體文類再現新意，均稱為中西書信體融合創新的代表作品。[44] 除了中西語言與技巧的互融新用，西方幽默風格也影響了美國華文文學的創作。幽默是美國生活情調與審美準則，參透在西方人諸多層面的生存狀態。吳玲瑤覺得「幽默就像民主，是美國生活的一部分，可以說「美國文化是一種泛幽默的文化。」[45] 她的散文《浴室風光》、《出奇制勝話加州》、《老美的收集癖》均是具

---

38 參見公仲主編《世界華文文學概論》，2004 年，頁 385-387。

39 楊振寧說：「我自己喜愛看她的書，主要有兩個原因，一方面我欣賞她對人物的性格和心理狀況的細緻的觀察。另一方面我很高興她引入了不少西方文學的語法和句子，大膽地創造出既清暢可讀，又相當嚴謹的一種白話文風格。」同註 3，頁 379。

40 陶德宗在《百年中華文學中的臺港文學》中提到：「『痛苦尋根的漂流文學』成就在模仿和借鑒基礎上的求變創新以及和中西小說藝術的交融。」見該書第 16 章，頁 221，成都：巴蜀書社，2003 年。

41 同註 29，頁 128。

42 中國古代書信的發展與演變，經歷了一條漫長的道路，作品浩如煙海，現今可見不少歷代書信選注本，例如：《古今尺牘大觀》是比較完整的歷代書信收藏，內容尚分為達情、論理、敘事等多項類別，中華書局印行。又如葉幼明、黃鈞、貝遠辰：《歷代書信選》，長沙：湖南文藝出版社，1991 年；黃保真：《古代文人書信精華》，臺北：錦繡出版事業股份有限公司，1993 年等，都是目前容易閱讀到的中國古典書信選注本。此外，中國文學甚至有各斷代書信選粹例如唐代、宋代、清代，都有客各時期的單獨書信選本，宋代書信選本如楊志平：《宋代書信選粹》，天津：天津教育出版社，1988 年。

43 以情書為例，情書在西方書信體小說中已成為一種文類（love letter as a genre），它本身具有許多形式特質（formal characteristics）例如：因愛人的缺席而書寫、追憶往日情懷、討論書寫信件此一行為（the act of writing）、哀嘆語言的限制、言不足以盡意。胡錦媛引用西方學者 Kauffman，Linda S. 對西方情書特質的說法，可參見胡錦媛：〈書寫自我──《譚郎的書信》中的書信形式〉，收入張小虹編《性／別研究讀本》，頁 61，臺北：麥田出版股份有限公司，1998。原載於《中外文學》22 卷 11 期，頁 71-96，1994。

44 有關美國華文書信體小說具體寫作技巧分析可參見同註 9 第 6 章之論述，頁 207-240。

45 見吳玲瑤《女人愛幽默》，杭州：浙江文藝出版社，2000 年。

有中國風味、靜靜體察幽默之作，掌握了中西幽默的審視和把握。周腓力小說〈一周大事〉、〈洋飯二吃〉等作品建立個人幽默嘲弄的風格，使幽默中帶有喜感哲理，也發揮了美國社會中產階級消費精神的文化側面。他的移民小說浮生現象，亦莊亦諧，其天籟般幽默的語言風格，在移民小說中是中西合璧文藝融合的另一突圍演出。

（三）帶動中西文化交流互動

美國華文作家將西方寫作優勢和民族傳統價值達到理想的融合和統一，形成華文文學經典之作，引動中西文學的交會、接受與認同，對促進創作多樣和提高當代文學交流互動都產生了重大作用，美國華文作品在臺灣、中國及海外華人之間起了交流溝通的作用，這些過程都帶動了中西文化的交流與互動。

林語堂《京華煙雲》、《唐人街》、《蘇東坡傳》、《孔子的智慧》、《老子的智慧》等書籍的寫作重心，是將源遠流長的東方文化介紹給西方世界。林語堂能以中西雙語同時引動華人社會與西方世界的注目關切，主要在於他對中西文化與多元族群的良好「認同」。在創作中的面對東西兩方差距甚大的語言文化，認同是不易處理的特殊經驗方式，也是文化學習的過程。認同經驗描述的是……一種互動的形式，也是一種美學上的過程[46]，林語堂以其優異的雙語造詣及優越的跨文化能力，使其創作以英文為載體，在歐美西方世界為讀者所接受，又在華人社會傳播，並以中譯本返回華人社會，並產生影響。這樣的傳奇，歸功於他高超的語文素養及多元文化能力，能客觀中立地創造東方的文化視角，拓展被歐美世界讀者接受的可能性。這種傳播方式和過程，亦使林語堂改變中國文學的自足生存系統，而使華人創作走向世界。

除了認同經驗，進行跨文化交流活動，作家也會自我選取介於兩種文化的之間的「立足點」，「通過這種對界限的超越和對自身文化的距離感，我們才能發覺自己文化（作為可以賦予意義的精神上的定位和取向座標）的系統性和影響力，同時對其他文化的意義關聯變得敏感」[47]。白先勇談到他的「美國經驗」使他「對自己國家的文化反而特別感到一種眷念，而且看法也有了距離。」[48] 這種超脫了「身在其中」的距離感，使他在對於中國歷史、文化的深思，反省中更關注傳統的播揚流傳。也因為此立足點對於西方文化不能與不願認同的封閉性，使他的小說展示中西方文化撞擊中遊子們的思想和情愁，及不願在中西文化衝突中屈服認同的痛苦抉擇。這也代表 60 年代許多漂泊移居者面臨的心理狀態，故深深牽動無數的華人讀者。

陳若曦也帶動了中西文化交流活動，但她走的是一條坎坷崎嶇的傳奇之路。1962 年她從臺灣出國赴美，1966 年懷抱理想愛國熱情，輾轉由歐洲回歸中國，遇上文革時期的苦難，1973 年含憾離開憧憬的國土，經香港、加拿大又回到美國。1973 年在香港時期寫作的《尹縣長》，為 70 年代中國「傷痕文學」[49] 的先聲。取材於文革時期的小說，除了《尹縣長》

---

46 Simon Frich, “Music and Identity”, In Stuart Hall and Paul du Gay eds, Questions of Cultural Identity, London: Sage, 1996, p.110.

47 詳見卜松山（Karl-Heinz Pohl）《中國概況背景文化──商務旅行及旅遊者指南》（China fuer Anfaenger. Hintergrund Kultur, Freiburg 1998, p.11-13, 146.f.）。

48 轉引自《白先勇自選集》頁 379，廣東：花城出版社，1996 年。

49「傷痕」一詞出自上海復旦大學中文系學生盧新華一篇名為〈傷痕〉的小說，後來旅美學者許芥昱首先在學術界提出「傷痕文學」一詞，他說：「（中國）自 1976 年 10 月以後，文學作品以短篇小說最為活躍，最引起大眾的注目的內容，我稱之為 Hurts Generations，就是傷痕文學。因為有篇小說叫做『傷痕』，很出鋒頭，這類小說的作者，回憶他們在『文革』時所受的迫害，不單是心靈和肉體的迫害，還造成很大的後遺症。我把這一批現在還繼續不斷受人注意討論的文學，稱為『傷痕文學』。」許芥昱：〈美國舊金山州立大學中共文學討論會的發言〉，收入高上秦主編《中國大陸抗議文學》，頁 86，臺北：時報文化出版社，1979 年。

之外，尚有《老人》、《歸》、《文革雜憶》等書，最後是以長篇小說《歸》為總結，均為陳若曦自傳式的文革經驗回憶錄。陳若曦的出走、回歸與去國的傳奇路，過程牽動影響眾多兩岸三地的文人與政治人物，為她在 80 年代書寫移民小說奠立跨文化的生活交流活與人情交錯的魅力根基。

聶華苓則是另一位帶動中西文化交流影響甚深的美國華文作家。她在武漢長大，1949 年隨家人到臺灣，1953 年正式加擔任《自由中國》編輯，1962 年接任《現代文學》編務，1964 年赴美愛荷華大學參加「作家工作室」，1967 年在愛荷華大學成立「國際作家寫作室」。1981 年獲得美國 50 州州長所頒文學藝術傑出貢獻獎。彭歌說她「作品中的廣度，已走出了自我中心的範疇，作品的深度，則超越了眼睛的觀察而至於心靈的感應。」[50] 聶華苓的小說藝術發展具有啟發性，她卓有成效的文學活動，為促進中美和海峽兩岸的文學交流乃至於世界範圍的文學交流做出了特殊的貢獻。

四、語言與視覺的跨文化性

美國華文小說是反映社會與時代的產品，對於當時讀者產生國際視野的啟迪作用，對於在國內一般大眾或大學生觀看美國世界的生活認識與審美情趣，都產生了直接影響。美國華文小說究竟如何使用語言符號的拼貼接合，來貫穿漂泊無根的文化意象或不同族群文化的認同轉變，透過語言形象與視覺意象的跨文化性分析，將可理解文本如何使讀者產生文化認同變遷的心理暗示，探討如下。

（一）傳統語言認同到後現代語言認同

史托瑞（John Storey）將變遷中的文化認同 [51] 分為兩類，如下表 1：

表 1 史托瑞（John Storey）變遷中的文化認同

認同形構的特徵	傳統認同（Traditional Identity）	後現代認同（Postmodern Identity）
	固定或有限的自我（fixed or limited self）	實現所願的自我（performative self）
	無變化的展現（unfolding without change）	自我是一種變化過程（self as process of change）
	單一的（singular）	複合的（multiple）
	中心的（centered）	去中心的（decentered）
	完整的（complete）	不完整的（incomplete）
	在文化外組成的（constituted outside culture）	在文化內組成的（constituted in culture）
	普遍的（universal）	特定歷史的（historical）

美國華文小說運用東西方歷史、地理、民俗或流行文化等傳統認同的語言形象及視覺意象，來演繹文化認同的變遷跨文化的建構。施叔青小說《牛鈴聲響》描寫臺灣人安安，與來臺研究的美籍社會學者彼得相識而結婚，彼得將所蒐集的臺灣民俗物品寄回美國，想把家中布置成彼得對於臺灣文化的想像。《牛鈴聲響》中描寫彼得蒐集民間節慶時張貼的灶神、土地公神像、粗糙的冥紙、十八地獄圖，表現出白人對東方信仰文化的意象投射；又蒐集了鄉間手編的竹籃子、竹簸子、小竹凳，以及盛物用的粗碗等，欲將家中客廳布置成臺灣農村的景象，展現強烈的異國想像。施叔青藉由描寫一位美國人對於臺灣文化的認知與想像，將小說角落處處擺放臺灣文化的符號與圖像，突顯東西方文化差異，利用視覺文化展現意識流動與差異認同。

陳若曦小說《路口》寫臺灣女子余文秀身在美國，卻因為中國學者方

---

50 參見封德屏主編《中華民國作家作品目錄——1999》，頁 2691，臺北：行政院文化建設委員會，1999 年。

51 Stuart Hall, "Introduction: Who Needs Identity?" in Questions of Cultural Identity eds. Stuart Hall and Paul Du Gay（London: Sage, 1996）, pp.1-17.

豪情感追求，而面臨回臺灣或去中國的文化認同與政治地理的抉擇路口。《路口》中以王爺出巡，八家將、宋江陣開道等語言形象來勾劃臺灣民俗的傳統文化視覺意象；以皚皚天山，咆哮怒江，迤邐駝隊劃破無垠沙漠為讀者暗示閃現中國西部的地理形貌；又以狄斯可音樂、口香糖、漢堡包、哥倫比亞特區、休斯頓等休閒文化符號及地名表現美國移民見聞居處，陳若曦成功運用傳統的文化認同語言形象來建構變遷過程中的文化認同視覺意象，彰顯人心不確定的 80 時代意識與政治風貌。

90 年代女性新移民作家章緣小說的語言形象傳統認同裡，都賦予後現代認同的變遷新意。章緣短篇小說集《更衣室的女人》從中國傳奇戲劇〈白蛇傳〉及西方著名的〈美人魚〉故事，換上新世代的時空座標，自申新意。章緣喜用託物寄意的方式，她筆下的水、夢、鏡、衣、鞋等，都成了挑戰中西傳統認同的文化視覺意象，這種「去中心化」的、「去特定歷史」的後現代認同特別顯著。例如〈白貓阿弟〉借用中國戲劇「白蛇傳」愛情挑戰道德精神，探討現代版「同志之愛」；小說〈美人魚穿鞋〉以美人魚失聲換足的西方故事，來隱喻新移民在異文化中自我認同的危機，並藉此表現移民者在新世界無法用新語言適當表達自己，猶如在主流社會中的失聲狀態，是自我變化的過程，亦是傳統文化到後現代文化認同意識變遷的創新寫作方式。

嚴歌苓（1996）《扶桑》是發揮西方人對中國傳統文化認同的語言形象與視覺意象最淋漓盡致的作品，其目的卻在書寫神祕頹靡的東方扶桑所代表的早期華人移民歷史，及其背後的殖民主義權力與蹂躪。這部小說寫 150 年前最早的美西中國女性移民妓女扶桑與白種男童克里斯的異國戀情，隱喻著女性、地理、國族及欲望探索的神祕關係。嚴歌苓以三寸金蓮、竹床、檀香、小腳、辮子、紅花帘子、洪木椅、紅燭、紅銅便盆、粉紅帳子、粉紅襪子、紅鞋、猩紅大緞、緞襖、鼻煙壺、紅衫衣、髮髻、白玉簪、紅蠟燭、簫、麻將、綾羅宮燈、花轎、鳳冠、洞簫、丹鳳朝陽重鏽蓋頭等西方人眼中的傳統中國物件形象，來鋪設東方的氛圍與中國女性移民的視覺意象；復以東方人眼中對傳統西方熟悉認同的場域物件，如金山、唐人街、上帝、天使、拍賣場、汽船、金礦、機場、碼頭、輪船、便衣警察、醫院、望遠鏡、移民局、賭場、股票、拯救會等等，來呈現東西方文化赤裸碰撞的種種衝突。小說中的傳統中西方語言形象內容是交叉複合的，視覺畫面流動混雜，並看似沒有中心的構圖和視角，小說極為少見的第二人稱使視覺意象沒有中心原則的畫面不完整，而華工移民特定歷史環境與文化差異隱然浮現，並逐步拼貼建構。華人讀者在小說中的解碼意義，需要在對東西方複合文化環境中得到重新解構，早期華工移民的華族文化逐一被吞沒或消解的敏感疼痛，是在自己文化組織內部產生認同變遷的意義。嚴歌苓在《扶桑》精心運用西方對華人及傳統中國女性的固有印象，加以細緻地對後現代認同的女性、族群、國族等文化符號意象進行細心篩選，交織鋪設中國妓女扶桑與白種男童克里斯兩人不同的東西方身份、種族、國族、文化差異，從奇妙浪漫的東西方文明初次相遇的異國情調，達到作者嚴歌苓挖掘早期華人移民歷史被欺壓凌辱而驚心動魄的悲憤[52]。

（二）從語言文化到視覺文化

文化格局的變化與政治開放、經濟發展與科技進步等一連串的社會變遷緊密相關。90 年代世界性的觀光旅遊與移民現象已極為普遍，數位科技的大步躍進使世界各國開放的資訊得以迅速傳播，這使普羅大眾的生活走向視覺文化的轉向，亦即文化格局轉型形成與視覺密切互動的關係，90 年代移民文學的大眾閱的性熱潮漸褪，不再與 60 年代留學生文學或更早

52 嚴歌苓說《扶桑》一書是「挖掘歷史的悲憤」，前書前序得獎感言，臺北：聯經出版公司，1996。

以語言文化為主的印刷文化可比擬。留學生文學開始在語言文化型態為主的印刷傳播年代，當年海外資訊封閉，為多數青年大眾讀者開了「國際文化視窗」，60年代海外華文文學因留學精英良好雙語程度，而掌握語言程度較高的精英文化者，自然也掌握了語言權。因此，在文學發展的文化層次上，也形成了雅／俗文化、經典／流行文化、精英／大眾文化等不同命名。然而隨著視覺時代進入文化中心，視覺文化與大眾文化精神合而為一的後現代，文化精英失去了語言唯一霸權而逐漸被邊緣化，從美國華文文學的發展看來，似乎失去、也無法再現當年的風光。那麼華文文學的當代性意義何在？其實語言文化與視覺文化之間存在「語言／形象」「閱讀／觀看」的有機關聯性[53]；其次，一開始原屬於流行通俗文化的文學產品，隨著時間推移與自身的調適，既有可能會發展成為精英文化產品，而掌握語言發言的精英文化也可能被視覺文化解構形成不同形態的大眾文化，可見文學研究與文化研究並非形成對立，而應進行跨文化對話，以及跨文化形態的換位思維與求同存異。

堯斯 Hans Robert Jauss（1970）試圖把文學的歷史從社會政治和意識型態的密切關聯性剝離出來，加進文化和形式主義的因素，以強調文學作品的文學性和審美功能。他從讀者接受的角度出發，提請人們注意讀者對文學作品的接受因素，認為只有考慮到讀者的接受因素在構成一部文學史的過程中發揮的重要作用，這部文學史才是可信的和完備的。[54]美國華文小說在文學史上的定義、作品特色或作家定位或有差異，唯一連貫其文學成就的共通特性就在跨文化性。華文文學跨文化性的可貴之處就是華人「隱蔽文化」的透視析論，那是海外作家身處異地之後，方能看到本土大眾或在地精英所無法透析的「華人隱蔽文化」。愛德華・霍爾指出：

文化所隱藏之物大大甚於其揭示之物。奇特的是，它所隱藏的東西最難為其自身的參與者所識破。多年的研究已使我堅信，真正的工作不是理解外國文化，而是理解本國文化；我也堅信，人從研究外國文化所能得到的不過是表面的理解，這類研究最終是為了更加瞭解自己系統的活動狀況。瞭解外國方式的最佳理由是激起一種活動和意識感——一種唯有當體驗到強烈的對比和差異時才會產生的對生活的興趣。[55]

所以白先勇小說「放逐與飄泊」的主題，憂傷蒼涼的表達透視了「無根的一代」的失根徬徨、思鄉愁緒的隱蔽文化。聶華苓《桑青與桃紅》何以是「一支浪子的悲歌」[56]，小說中的浪子是桑青也是桃紅，兩個名字代表雙重身份，勾勒出一個現代中國女性人格分裂，深刻反映出「失根」中國人的心靈創傷，也是舊中國歷史災難的曲折悲劇反映。作家在異國進行跨文化交流的嘗試，首先需要選取一個介於兩種文化之間的立足點，而跨文化性旨在認識自身文化在我們身上打下的烙印及其相對性，同時提高對不同文化的感受力。正如美國議員福爾布萊特描述的：

跨文化教育的核心在於獲得一種移情能力——能夠從他人的角度看世界，能夠承認他人有可能看到我們不曾看到的東西，或者比我們看得很仔細。[57]

美國華文作家使用認知的語言文化來透析華人心理隱蔽文化的抽象概

---

53 有關語言文化視覺文化轉向的當代觀照細節，可參看丁莉麗著〈視覺文化：語言文化的提升形態〉，收入孟健主編：《圖像時代：視覺文化傳播的理論銓釋》，頁55-64，上海：復旦大學出版社，2005年。

54 見王寧《文化翻譯與經典闡釋》，頁94，北京：中華書局，2006年。

55 見《無聲的語言》愛德華．霍爾著，劉建榮譯，頁32-33，上海：上海人民出版社1991。

56 見聶華苓在《桑青與桃紅》書中前言。

57 福爾布萊特（J. W. Fulbright）《政治極權的代價》（*The Price of Empire*, New York , 1989 p. 217）。

念，就像畫家靠視覺意象來「閃現」或「暗示」想要達到效果或經驗。[58] 這些「暗示」會引導我們體驗內在隱蔽文化的真實情緒和感知，而不是隱蔽文化具體而又確定的輪廓或物體細部。這樣優異的文字表現，使讀者經過「語言——圖像——語言」的閱讀過程，是作家將語言轉化為頭腦中的「圖像」的過程，達到一種感知的跨文化認識，再次通過思維，而達成「語言」細膩形態的隱蔽文化概括，這也是海外作家一次文化感性——理性的邏輯過程，也是跨文化對於海外作家創作的重要意義與過程。

（三）小說中的跨文化對話

文化學習是多元文化教育的核心要素，全球意識與全球素養則為文化學習與文化認同發展的最上層階段，可使每個人能具有反省和平衡種族、國家與世界的認同，以及具備跨國間文化理解的知識、技能和態度（Dian, Massialas, & Xanthopouloa，1999，頁 3）。這是多元教育的最高理想，而跨文化性在每個階段都需要長久的反思歷程。美國華文作家身上東方文化價值觀念的連續性，因為脫離文化傳遞的中心，失去了持續與原始文化體的交互發展滲透的可能，新環境的文化差異又對傳統文化衝擊壓迫，使得作家敏銳地趨向對傳統文化歷史進行自省反思，對東方／西方，中國人／美國人，華僑／臺僑等族裔問題、國族問題產生認同／歧異、瞭解／誤解，產生了各種精彩跨文化性對話，故能深度透視華文隱而不顯的文化內在性。不同文化間相互理解的最大障礙是種族中心主義的看問題方式[59]。顧嘉祖提出跨越文化障礙的主要原則有四：平等相待、相互尊重私人權、求同存異及換位思維——參與和保持獨立性相結合。[60]

海外華文作家創作反映了他們各自跨文化對話的結晶記錄。例如陳若曦《尹縣長》反映文革史實，《歸》寫留學生對於祖國的熱愛，經過個人經驗和價值觀構成「期待」，回歸的真實理解後，發現是一趟誤解變形中國圖像的不歸路。陳若曦在留學美國期間，介於不同文化之間的立場只是一種理想，因為從文化闡釋學角度來看，人們無法完全超越自身文化背景，即使試圖做到科學性，也不可能毫無偏見與偏愛。《歸》於是達到了認識中國立場後所展開富有成效的歷史反思跨文化對話。聶華苓《千山外水長流》通過混血兒蓮兒去美後的種種活動和對自己親生父母的經歷探尋，稱頌中美兩國人民友誼，這本小說確為推動和促進兩國的跨文化交流產生貢獻，其跨文化對話的精神在於聶華苓是少有的美國華文作家在小說中表現認識和探所對方傳統文化的意義。[61] 德國跨文化學者卜松山談到對中國作跨文化對話時，可以把中國傳統思想與西方的根本區別歸納如下：

1. 關鍵不在於作為真理的信仰內容，而在於人們正確的行為。

2. 最高境界不是超凡脫俗，而是存在於世俗的日常生活中（在儒家是人際關係的盡善盡美，在道教及禪宗是取法自然）。

3. 不同學派之間的關係不是競爭和排斥，而是寬容相處，構成互補的統　體。[62]

卜松山從中國哲學宗教與思想文化角度，看出中國人追求實用的理性

---

58 此處參考阿恩海姆《視覺思維：審美直覺心理學》一書裡「視知覺的意象思維」的意象形成。參見龔鵬程：《文化符號學導論》，頁 78-80，北京：北京大學出版社，2006 年。

59 見〈普遍性與相對性之間──與中國作跨文化對話〉，收入卜松山（Karl-Heinz Pohl）著，劉慧儒、張國剛等譯：《與中國作跨文化對話》，頁 101，北京：中華書局，2003 年。

60 同註 3，頁 50-63。

61 公仲卻有不同看法，他認為此作品「帶有主題先行的概念化傾向」，是「大大遜色於她的『放逐』系列小說」，因為作品中可以「明顯的看到作者似乎是為著迎合某種時尚而刻意描繪一種自己並不熟悉的社會生活，因而顯得相當吃力。」同註 39，頁 371-372。

62 同註 3，頁 105。

及兼容並包的特徵。黃萬華以「美國華文文學」是文學的「中產階級」來總括海外作家的跨文化特性：

> 百年美國華文文學積累的逼個重要成果，正是已經形成了一個文學的中產階級。他們鍾情於中華文化的傳統，也熟悉西方文化的傳統。他們堅持文化上的民族主義，但又從容出入於西方文化。他們富有創新銳意，但其實踐大多是漸進有序的平穩變革。他們始終堅持對人性的深入開掘，又堅信著人性的向上。他們的藝術視野敏銳多向，而較少操之過急或持之過偏。他們雖直接處身於炫奇出新的美國文化環境中，但其創作卻在平和、穩健中讓人感到親切。他們在異國他域用傳統的中庸之道構築了自身的生存環境，成為美華文壇的一種主流。[63]

美國華文作家敏銳地對時代、政治與歷史進行反思，設法認識對方的傳統歷史與文化，並在東西文化中努力找出共同點，以虛心學習的精神，展現對不同文化包容並蓄的開放性。就像琦君在美的散文創作《春雪．梅花》談中國人賞梅的態度，將紐約街頭、臺灣陽明山、故鄉西子湖畔的雪景疊合交織，或於杭州舊宅中賞雪畫梅，並談到在臺灣少雪而不易多植梅花，也能體認「梅花霜雪更精神」，而「美國是個沒有經過太多苦難的年輕國家，他們愛的是春來的姹紫嫣紅，和日人所贈的嬌豔而短暫的櫻花。所以在這裡，不知何處去尋找梅花。他們也不懂得中國人愛梅的心情。」美國華文作家的跨文化性對話，就像王鼎鈞人生三書的書名所串連的跨文化意象：《我們現代人》在海外也要擁有《開放的人生》，因為跨文化學習是《人生的試金石》。

五、結論

卜松山經過長期研究於西方對中國進行對跨文化對話反思後，有了這樣的結語：現今世界正在進行全球規模的地方知識和文化的相互滲透和相互補充，有人用「地方全球化」（glocalization）來形容這一現象。這一發展更加證實文化的差異，而差異則來多方面文化動態交流的影響。跨文化交流一直存在於歷史進程，也在不同文化的碰撞中，人們有了新的認識，因為通過跨文化對話而接受其他文化傳統——意味著通過集體記憶、體驗、歷史、時代精神，即文化，認識自身的境遇，並可能把自己的標準看作只是相對的、暫時的、不完美的。換言之，跨文化的開放和對話有助於我們認識到我們自己文化、政治和思想取向的盲點，這對中國人也同樣適應。[64] 美國華文作家及小說可以給讀者如上的跨文化寶貴經驗，同時在文學作品的跨文化性裡，透顯自身執著於華人文化到超越華人單向文化意識的漫長拔河，或頑強抗爭，或感悟生命。美國華文文學經由跨文化的歷程不僅展現作家群的不同的人生態度與美學追尋，也是跨文化學習精神的發煌及躬身體現。

參考書目

Yvette Reisinger、Lindsay W. Turner。2004。《旅遊跨文化行為研究》。朱路平譯。天津：南開大學出版社。

丁莉麗。2005。〈視覺文化：語言文化的提升形態〉。《圖像時代：視覺文化傳播的理論銓釋》。孟健主編。上海：復旦大學出版社。55-64。

卜松山（Karl-Heinz Pohl）。2003。《與中國作跨文化對話》。劉慧儒、張國剛等譯。北京：中華書局。

公仲主編。2004。《世界華文文學概論》。北京：人民文學出版社。

---

63 同註 13，頁 128。

64 同註 60，頁 140。

王列耀。2005。《隔海之望—東南亞華人文學中的「望」與「鄉」》。北京：中國社會科學出版社。

王寧。2006。《文化翻譯與經典闡釋》。北京：中華書局。

王德威。1993。《小說中國》。臺北：麥田。

王潤華。2004。《越界跨國文學解讀》。臺北：萬卷樓。

古繼堂。1992。《臺灣小說發展史》。臺北：文史哲。

白先勇。1996。《白先勇自選集》。廣東：花城。

朱芳玲。1995。《論六、七〇年代臺灣留學生文學的原型》。嘉義：國立中正大學中國文學研究所碩士論文年。

余秋雨、齊邦媛等。1993。《評論十家》。臺北：爾雅。

吳玲瑤。2000。《女人愛幽默》。杭州：浙江文藝。

李瑞騰。2000。〈鄉愁的方位 · 前言〉。《文訊》第172期。

李歐梵。1995。〈40年來的海外文學〉。《40年來的中國文學》。張寶琴、邵玉銘編。臺北：聯合文學。

李黎。1989。《傾城》。臺北：聯經。

沈福偉。1985。《中西文化交流史》。上海：人民出版社。

孟健主編。2005。《圖像時代：視覺文化傳播的理論銓釋》。上海：復旦大學出版。

尚永亮。2004。《貶謫文化與貶謫文學——以中唐元和五代詩人之貶及其創做為中心》。甘肅：蘭州大學出版。

林幸謙。2001。〈當代中國流亡詩人與詩的流亡：海外流放詩體的一種閱讀〉，《中外文學》30卷1期：33-64。

邱子修。2010。〈臺灣文學的文化翻譯〉。《華語與文化之多元觀點 (Perspectives on Chinese Language and Culture)》。嚴翼相等主編。臺北：文鶴出版。103-124。

封德屏主編。1999。《中華民國作家作品目錄—— 1999》。臺北：行政院文化建設委員會。

洪雯柔。2011.06。〈全球化下的教學與課程議題：聯合國推動之全納教育〉。《教育研究月刊》206期：35-48。

胡文仲主編。2005。《跨文化交際面面觀》。北京：外語教學與研究出版社。

胡錦媛。1998。〈書寫自我——《譚郎的書信》中的書信形式〉。《性／別研究讀本》。張小虹編。臺北：麥田。

張讓。2000。〈鄉愁的方位〉。《文訊》第172期。

許芥昱。1979。〈美國舊金山州立大學中共文學討論會的發言〉。《中國大陸抗議文學》。高上秦主編。臺北：時報文化。

陳若曦。1986。〈陳若曦、張錯——談「海外作家本土化」〉。《文學界》第7期。

陶德宗。2003。《百年中華文學中的臺港文學》。成都：巴蜀書社。

彭瑞金。1987。〈廖清山筆下漂泊的臺灣人〉。《年輪邊緣》。廖清山。臺北：名流。

黃保真。1993。《古代文人書信精華》。臺北：錦繡出版。

黃萬華。2007。〈跨文化意識中的「異」視野和「異」型態〉。《天津師範大學學報『社會科學版』》第6期：47-52。

-----。1999。《文化轉換中的世界華文文學》。北京：中國社會科學出版社。

愛德華 ・ 霍爾。1991。《無聲的語言》劉建榮譯。上海：上海人民出版社。

楊志平。1988。《宋代書信選粹》。天津：天津教育出版社。

葉幼明、黃鈞、貝遠辰。1991。《歷代書信選》。長沙：湖南文藝出版社。

葉石濤。1996。《臺灣文學史綱》。高雄：文學界雜誌社。

趙淑俠。1984。〈從留學生文藝談海外知識份子〉。《文訊月刊》第13期。

蔡雅薰。2003。〈臺美人的飄泊離魂——廖清山的移民書寫〉。南亞技術學院、中國口傳文學學會「海峽兩岸華文文學學術研討會」。

-----。2005。〈李黎《袋鼠男人》的隱喻藝術〉。上海外國語大學「第25屆中國修辭學國際學術研討會」。

-----。2003。〈前現代遊記，後現代旅行——觀看美國華文文學中的遊記體小說〉。世界華文作家協會「世界華文文學新世界研討會」。

-----。2004。〈獨語與對話的複音合唱——黃娟移民小說語言新詮〉。玄奘大學中文系、中國修辭學會「第六屆中國修辭學國際學術研討會」。

-----。2001。《從留學生到移民——臺灣旅美作家之小說析論（1960~1999）》。臺北：萬卷樓圖書。

鍾毓龍、朱用賓。1926。《古今尺牘大觀》。上海：中華書局。

叢甦。2000。〈沙灘的腳印——「留學生文學」與流放意識〉。《文訊》第172期。

簡政珍。1995。《張系國：放逐者的空間》。《中外文學》第24卷第1期。

聶華苓。1980。《桑青與桃紅》。北京：中國青年出版社。

薩姆瓦。1988。《跨文化傳通》。陳南、龔光明譯。北京：三聯書局。

顏佩如、張美雲。2011.06。〈從我國兩大『全球教育』白皮書探究中小學全球教育之推展〉。《教育研究月刊》206期：17-34。

關世杰。1995。《跨文化交流學》。北京：北京大學出版社。

嚴歌苓。1996。《扶桑》。臺北：聯經出版。

嚴翼相主編。2010。《華語與文化之多元觀點》。臺北：文鶴。

顧嘉祖主編。2002。《跨文化交際——外國語言文學中的隱蔽文化》。南京：南京師範大學出版社。

龔鵬程。2006。《文化符號學導論》。北京：北京大學出版社。

Banks, James A. *Multiethnic Education: Theory into Practice*, 2nd ed. Boston: Allyn and Bacon, 1988.

Cronin, Michael. *Translation and Identity*. London; New York: Routledge, 2006.

Dian, Carlos F., Massialas, Byron G., & Xanthopoulos, John A. *Global Perspectives for Educators*, Boston: Allyn and Bacon, 1999.

Frich, Simon. "Music and Identity." In *Questions of Cultural Identity*, edited by Stuart Hall and Paul du Gay, 110. London: Sage, 1996.

Fulbright, J. William, and Tillman, Seth P. *The Price of Empire*, New York: Pantheon Books, 1989.

Hanvey, Robert G. *An Attainable Global Perspective*. New York: Global Perspectives in Education, 1982.

Hendrix, James C. "Globalizing the Curriculum." *The Clearing House* 71.5 (1998): 305-308.

Merryfield, Merry M. "A Framework for Teacher Education in Global perspectives." In *Preparing Teachers to Teach Global Perspectives: A Handbook for teacher educators*, edited by Merry M. Merryfield, Elaine Jarchow, and Sarah Pickert, 1-24. Thousand Oaks, CA: Corwin, 1997.

-----."Learning from Current Practice: Looking across Profiles of Teacher Educators and Teacher Education Program." In *Making Connections between Multicultural & Global Education*, edited by Merry M. Merryfield, 1-12. Washington, DC: AACTE, 1996.

Pike, Graham, and Selby, David. "Global Education." In *Controversial Issues in the Curriculum*, edited by Jerry J. Wellington, 39-57. Oxford: Basil Blackwell, 1986.

Pohl, Karl-Heinz. *China fuer Anfaenger*. Freiburg: Hintergrund Kultur, 1998.

Stuart Hall, "Introduction: Who Needs Identity?" in *Questions of Cultural Identity*, edited by Stuart Hall and Paul du Gay, 1-17. London: Sage, 1996.

《行過洛津》中的戲劇與情慾政治*

林境南
國立臺灣師範大學英語系助理教授

施叔青的小說《行過洛津》以七子戲班優伶許情／月小桂來到洛津尋訪阿婠作為故事的主軸，書寫出包羅萬象的臺灣民俗文化風貌。在這本廣收博採、寓意豐富的小說中，作者對於戲劇與情慾政治著墨甚深，值得深入探討。本論文因而分四個面向，針對此議題進行分析、論述與探討：第一個面向，情慾、沙文主義與戲劇審查，主要探討小說中羈旅異鄉、缺乏文化調適的同知朱仕光一角的情慾世界，並分析他做為一個極具象徵性意味的掌權者的角色，如何以儒家宰制者的立場來進行《荔鏡記》文本的審查與改寫。第二個面向，身體政治，主要則是探討烏秋一角如何為了滿足個人的情慾，如何想方設法，從扮相、造型的改造到身體的改造，將許情／月小桂的身體挪借為他個人情慾的工具，從而突顯出小說中細膩演繹的身體政治。第三個面向，踩蹺、纏足與情慾政治，則更進一步，從沙文主義情慾的角度切入，探討有關踩蹺與纏足的敘述與沙文主義情慾之間的錯綜複雜情結。第四個面向，易性扮裝與性別政治，則主要剖析與探討小說文本中的優伶角色，許情／月小桂與玉芙蓉，於台上台下／戲裡戲外的易性扮裝與性別政治。

關鍵字：戲劇、情慾政治、戲劇審查、身體政治、易性扮裝

---

* 作者由衷感謝施叔青教授撥冗接受訪談，簡瑛瑛教授提供寶貴意見，也衷心感謝兩位匿名審查委員的肯定與建言，並已就原先之架構加以修訂和調整。

一、前言

施叔青的小說《行過洛津》以七子戲班優伶許情／月小桂來到洛津尋訪阿嬇作為故事的主軸，書寫出包羅萬象的臺灣民俗文化風貌。小說取名為《行過洛津》，這個題目，簡簡單單的四個字，但已寄寓著時、空的跡痕：「行過」二字，既可以指涉時光的流逝，也可以令人聯想起洛津先民、過客、移民在這塊土地上的「過往」。也因此，言簡意深。而透過這樣一個帶有回顧過往意味的小說寫作，作者的觀點不乏其批判色彩。在這本廣收博採、寓意豐富的小說中，作者對於戲劇與情慾政治（erotic politics）著墨甚深，值得深入探討。本論文因而分四個面向，針對此議題進行分析、論述與探討。

二、情慾、沙文主義與戲劇審查

小說中有關戲劇與情慾政治的一個重要的面向，觸及其中有關情慾、沙文主義與戲劇審查（dramatic censorship）的議題。在這方面，表現在同知朱仕光對《荔鏡記》戲文的改編上最為明顯。本節因此主要探討小說中羈旅異鄉、缺乏文化調適的同知朱仕光，做為一個清廷派任的掌權者，如何以其沙文主義的立場對《荔鏡記》文本進行審查與改寫。而同知朱仕光此舉，自然意味著清廷官方對戲劇文化與象徵秩序（the symbolic order of culture）的介入和干預。

戲劇文化鼎盛的臺灣移民社會，沿襲閩南風俗，舉凡逢年過節、大小喜慶、廟宇落成，甚至還願、謝恩、生日滿月，動輒演戲慶祝，神祠里巷、鑼鼓喧天。偏偏小說裡的同知朱仕光一角，隻身跨海而來，羈旅異鄉，卻又缺乏對閩南方言與戲劇文化足夠的跨文化認知與調適。作者將這樣一個清廷派駐洛津的男性掌權者（male authority），置身於戲劇文化鼎盛的臺灣社會脈絡當中，自是象徵性意味十足，充滿微言大義與批判色彩。

朱仕光，江蘇揚州人，「自許為揚州名士」（68），嘉慶20年7月調任洛津同知。朱仕光漂洋過海、宦遊來臺，習於以他儒家掌權者的立場來看待他在臺所接觸與遭遇到的庶民事物（劉亮雅，43）。例如，他起初無法理解何以像《荔鏡記》「這麼一齣鄉俚俗劇，能令庶民村婦如癡如狂，觀之猶不足，甚至還模仿戲裡的陳三五娘，演出淫奔醜行」（129）[1]。再加上他儒家出身的教育養成背景，又推崇他本家宋儒朱熹「一到閩南上任，立即禁止演戲劣風」的作為（119），使得他一度想要模仿朱熹禁戲的作法，後來，因為顧忌郊商石煙城在地方上舉足輕重才作罷。但他決意對《荔鏡記》加以翻修改寫，整理出一本經過他官方審定的《荔鏡記》，這點倒是沒有動搖。可是，在翻修審定的過程中，我們看到的，不僅是來自「千年古城揚州」（182）的朱仕光，在文化上對邊陲文化的優越心態，更見識到他那掌權者的傲慢自是。

只是，過程中，同知朱仕光萬萬想不到的是：戲文與演出之間的差異，遠超乎他的想像！他原本想要移風易俗，改造臺灣民間的戲曲文化，在親眼看過月小桂等戲子在同知府衙內的演出之後，卻立即面臨考驗。原因之一，在於他完全沒想到自己居然深受月小桂演出的益春的吸引，為之心醉神迷，久久不能自已。且看小說中這兩段的描述：

> 飾演黃五娘的大旦玉芙蓉星眸乍迴、若有情若無情的眼神，仍在眼前，而月小桂的婢女益春，腰細如柳輕盈如燕，只見他掉頭擲眼流盼掃視

1 為方便行文起見，底下所有出自施叔青小說《行過洛津》的引文，均只於文中標明小說頁數，不再重複出現作者姓名。

如水斯注，那使人心蕩神移一身火起的眸光，四處都是，至今仍無所不在。（128）

戲子們在堂堂的同知府衙內，上場亮相流盼掃視，眼風輕佻放肆，充滿了挑逗，風言風語肆無忌憚，逾越禮制，同知朱仕光應該覺得被冒犯才是，怎能沉迷其中。同知府的《荔鏡記》演完後的第三天，同知朱仕光從搖情動魄，目眩神迷中清醒了過來[……]。（129）

作者安排這樣的情境開展，不僅使得《行過洛津》中的戲曲審查情節增加了同知朱仕光此一掌權者的內心衝突與情慾面向，也使得小說中，在「南郊順益興的掌櫃烏秋」（69）之外，又增加了一名「戀童癖」（pedophilia）的角色（Howitt 223）。而誠如陳芳明所指出的，極其諷刺的是，雖然掌握權柄，但是——

朱仕光的體內也與庶民沒有兩樣，充塞著過於飽滿的七情六慾。[……]這位飽讀詩書的官員，在觀賞愛情故事之餘，終於也無法抗拒男色的姿態之美。戲幕落下時，竟也是朱仕光向許情／月小桂求歡的高潮。握有權力的官員，縱然可以改寫劇本，甚至也改寫歷史，卻全然不能改變他的追求色慾於絲毫。（15）

就小說中的角色塑造（characterization）與故事情境而論，同知朱仕光對於臺灣戲曲的認識，可謂浮泛而又欠缺瞭解。但即使如此，他仍執意著手改編《荔鏡記》的劇本，一點也不覺得有甚麼扞格或是不妥。因此，我們看到，操持北京官話、對閩南方言完全不通的同知朱仕光，「勉勉強強用竹尺翻閱了幾頁，發現戲文生造字連篇，詞不達意」（130），於是放下竹尺，囑咐廳府中的書吏將戲文重新謄抄一遍，並特別要求謄抄時遇到泉州閩南土語，全都改寫為官話，「不必忠實原著」（130）——充分表現了同知朱仕光對閩南方言土語的嫌惡。

而想是為了著意突顯此事的荒謬性（absurdity），作者特意安排了一泉州文士與書吏的對話，藉由兩者不同意見的各自表述，對比出書吏的不學無術與胡作非為。而儘管泉州文士強調保存中原音韻的閩南語「其實是極文雅古典的」，「閩南語的文法、語言的思維方式與北京官話大有出入，倘若不用心句句推敲，翻譯出來的白話文可能辭不達意，背叛原來的意義，使這齣經典老戲變得支離破碎。」（132）但只知奉令行事的書吏，全然不顧泉州文士的善意示警，其輕率刪修的結果，令泉州文士感到憤怒難遏：

> 書吏對文士的警語嗤之以鼻。他將屬於民間的陳三五娘據為己有，大刀闊斧斬去他所認為的枝蔓，削除繁枝，自認為棄其鄙俗糟粕。書吏看不慣劇中男女主角「品性低劣，語言粗俗，面目可憎，難登大雅之堂」，於是大力刪除庶民生動的口語，堆砌一些毫無意義的詞藻。
>
> 泉州文士看到書吏「改良」過的本子變成有如沒有生命活力的殭屍，大罵書吏糟蹋了本來合乎人性的原本，成為他自娛的消遣品，一怒之下拂袖而去。（132）

作者藉由泉州文士與書吏的互動與對話，來表現兩者對民間戲曲經典劇作迥然相異的立場，可說是再明顯不過。

至於同知朱仕光呢？這位端坐在廳衙書房的始作俑者，則似乎頗為滿意經過書吏刪修、翻譯過後的「潔本」《荔鏡記》。身為朝廷派赴洛津的命臣，他在乎的，是如何「發揮儒家經世致用的精神」（68），他的書吏是否「糟蹋了本來合乎人性的原本」（132），他一點也不引以為意。只見他端坐書房內，備好筆墨，好整以暇，準備「挪用陳三五娘庶民故事的素材，將之加以重新改編裁製，編出一齣符合教化的道德戲曲」(132)。[2]
可是，除了倚仗他官高權大的個人主觀認知與儒家教化思維之外，朱仕光對於戲曲，其實是隔膜的；他對於《荔鏡記》的劇情轉折，更是缺少認同。小說中一個具體的例子，見於第134頁，內容敘述陳三賣身城西黃員外家為僕，為求有機會接近員外的千金，而代益春端洗臉水盆伺候五娘梳洗，但因兩人主、僕分殊，陳三遭五娘詈罵「賊奴」。斥退後，儘管天冰水冷，五娘還將一臉盆的水向陳三潑去，潑得陳三全身溼。受辱的陳三，卻不在意，他甚至還蹲下，拉五娘的裙襬拭面，且大言不慚:「想也未有大罪過」。同知朱仕光讀到這裡，完全無法接受。在他看來，「男尊女卑天經地義」，而戲文裡的陳三，「一個堂堂讀書人」竟然「被五娘顛倒過來罵他膽敢無尊卑」，豈能坐視不管？當下決定「必須把顛倒過去的顛倒回來」(134)。因此，基於「移風易俗」的考量，他認為應先從臺灣的婦女下手改造，於是要求書吏在譯寫《荔鏡記》的戲文時，將五娘開口「賤婢」閉口「我死囉」之類的庶民語言全部刪除，為的只是要「把五娘塑造成為傳統士大夫心目中的佳人閨秀」(135)。

也是在如此思維的運作下，當同知朱仕光著手改編《荔鏡記》，批閱戲文，科考出身的他，打一開始，即無法接受一個原本「官蔭人子」、「寶馬羅衣相貌堂堂的公子」不去科舉赴考，卻「為了貪風月接近黃五娘，竟然自貶身分，化裝為磨鏡匠，學古人盧小春，打破玉盞捨身分，故意打破黃家祖傳青銅寶鏡，甘願賣身為奴。」朱仕光完全無法認同這樣的角色和劇情，只覺陳三此舉，簡直「有辱斯文」(133)！及至讀到陳三入黃府以後，連自己也難免自問：「因何走到這地步？」同知朱仕光更是把該句台詞理解成陳三懊悔自己賣身的行徑。朱仕光於是借箸代籌，幾經思考，尋繹出兩種改編方式：「一是陳三『無意中』打破寶鏡，一是陳三磨好寶鏡後，交給益春，婢女抱過手，沒接妥，不小心打破」(133)。想出這等點子之後，他還自鳴得意，覺得「兩種改法均極合情合理，可由戲班任選其一」（133-34），卻完全沒有意識到此等改編方式不僅嚴重弱化了原劇裡陳三為了追求愛情不顧一切的強烈角色動機（character motivation），更明顯斲傷了陳三在原劇中的角色塑造。

不過，朱仕光在讀劇的過程中，也難得有認同劇情的時候。例如〈簪花〉這場戲，劇情演繹陳三與五娘私會佳期過後，陳三與益春因五娘交代簪花而道出三人同床共枕之思，兩人親熱相擁，不意卻給五娘進門撞個正著，五娘當下曾責怪陳三「迷花蜂蝶無定期，花心採了又過枝，風流亂情性」，同知朱仕光基於教化先行的主導性思維「頷首贊許」，並於戲文上眉批「突出五娘女德，保留」（240）等字樣！

從以上所舉的例子，我們看到的，不僅是以儒家思想為核心的「大傳統」知識份子介入了「小傳統」民間戲曲文本的書寫；更是以儒家思想所制定的高倫理標準，企圖去介入、乃至於壓制地方戲曲文本中的情慾演繹，因而也充分突顯了儒家傳統作為主流文化的優越意識，以及男性沙文主義的宰制特性。[3]

19世紀英格蘭冒險家必麒麟（W. A. Pickering, 1840–1907），曾於《歷險福爾摩沙》（Pioneering in Formosa）一書中記述：「在中國，文人和官吏都是儒教的信徒。如果想要謀得一官半職，就必須信奉孔子的學說，因為那是治理人民的圭臬，而且通曉經書，表示自己比平民百姓優越」（必

---

2 此引文可與底下近似的引文互見：「把這齣流行於閩南、臺灣、陳三五娘少艾相慕，曲折纏綿離離合合的愛情故事，重新裁製改編，使它變成一齣符合教化的道德劇。」（240）

3 中國傳統儒家的倫理規範，基於血緣文化的特點，其道德思想，乃是以家族為本位。在所謂的五倫關係裡面，與家族有關者三，「君臣視父子，朋友視兄弟」，推而廣之「則四海同胞天下一家」（郁龍余 172）。這樣以家族為本位的倫理道德思想，是以家族血緣為架構來設計與維繫人際關係的網絡，而且基本上是以男性為軸心的設計。這樣的設計架構和思維，其所帶來的價值觀，乃至規範性，隨著社會的變遷，卻不免動輒顯示出其局限與僵化等問題（俞世偉、白燕 51）。

麒麟 79）。必麒麟此一對清帝國封建社會的觀察，不僅鞭辟入裡，點出了孔子學說中的強制性，更畫龍點睛地點出了像同知朱仕光這樣的官宦角色在小說中的基本定位及心態，因為在現實生活中，「上自政府，下至家庭，至聖先師孔夫子所制定的超高倫理標準，早已墮落變質。」（必麒麟，78）而表現在《行過洛津》中的情慾、沙文主義與戲曲審查此一主題，和孔子學說或儒學思想中的強制性或宰制力量息息相關，彼此的關係自然十分密切，不可不察。

三、身體政治

小說中關乎戲劇與情慾政治的另一個值得關注的面向，則是其中所涉及到的身體政治議題。本節主要探討小說裡的烏秋一角，如何為了滿足個人的情慾，想方設法，從扮相、造型的改造，到身體的改造，將許情／月小桂的身體挪借為他個人情慾的工具，從而突顯出小說中細膩演繹的身體政治。

而之所以有此等的情節，作者則試著從「清廷法令禁止女人來臺，造成男眾女寡的懸殊現象」（84）這一政策，來詮解整個大環境的歷史背景因素。尤其在大遷徙的時代，移入的人口主要為從事農耕生產的成年男性，由於法令限制眷屬來臺，造成臺灣社會男眾女寡的普遍現象，影響所及：「平地男子娶平埔族女人為妻，卻又令本族男人無妻可娶，人口銳減」（84）。在男女人數懸殊的情況下，此一政策，也使得當時的海盜經常在中國東南沿海擄掠、偷渡女子，做起人口販賣的勾當。許多在臺灣討不到老婆的「羅漢腳」，便向人口販子買來女人成親。有如此政策作為前提，也使得本節所擬談論的身體政治，在小說中取得了某種程度合理化（rationalization）的基礎。

底下我將從身體、髮式、衣著等項目逐一探討，再論及掌櫃烏秋一角對孌童（catamite）許情／月小桂身體的改造。

從《行過洛津》中所演繹的身體政治的角度著眼，我們會發現小說中不乏對於許情這「15歲半」孌童身體姿媚體態的描述：「許情在他懷中曲盡女態，尚未長出體毛的身體斜斜橫臥，窄窄的臀部，腰生得很高，不見肌肉硬突的胴體，散發出一種青稚的慵懶，任由烏秋轉動擺布，靜默無聲，卻又嫵媚之至。」（72）而經由作者的匠心營造，我們可以看到：在烏秋眼中，童伶許情，儘管「稚氣未脫，卻不闇弱，天生骨架柔美，身材纖細，腰枝一小把，長年扮演女人，已顯出女性姿媚的神態」（73），而滿清朝廷特別准許伶人蓄的髮式，也使得許情得以留著女人的頂髮，不僅在戲台上，也在下了戲之後，應烏秋的要求，依然得以因勢乘便假男為女，扮演女性的角色。

小說中寫到烏秋對童伶許情於燕息醒後對他身體的擺弄、挑逗，更是充滿性愛暗示（sexual overtones）的筆法：

> 一次兩人燕息醒來，烏秋採取主動，（他總是採取主動），不需要懇求，這15歲半的童伶並沒露出排拒的神色，烏秋用他的食指擺弄童伶兩片令他著迷，唇形優美的嘴。先是沿著許情因為稚年鮮紅的唇邊，慢慢輕輕蜻蜓點水似的，一圈圈划劃輕點，一直到被挑逗的雙唇滋潤生津，他才用手指戳開插入嘴裡，在裡面不疾不徐的繞轉著。（72）

戲劇演出所提供的，本是虛構的情節。戲劇所再現的，常為「在認知上具潛在愉悅卻違反真實的虛構」（Miner，40）。從這個角度看，似乎也就比較能夠理解小說裡在個人情慾上具有宰制性的角色，諸如同知朱仕光、掌櫃烏秋，還有萬合行石家三公子石啟瑞（116，241，242，244，246），何以皆不約而同地迷上了七子戲班假男為女的年輕戲子，並且在情慾上都希冀許情／月小桂與玉芙蓉——彼等所慾求的對象——即使下了戲、離開了戲台，仍然延續其戲台上的戲劇角色與形象來與彼等互動。因為彼等同樣都希冀藉由戲劇性的假扮與角色扮演（role playing），以假「亂」真，來達到他們所渴望的「潛在愉悅」——即使明知此一再現的幻象（illusion）或表象（appearance）終究「違反真實」亦在所不顧。[4]

至於主角許情／月小桂，他的膚色、外表，雖沒有像前面提到的紅毛番或是阿欽那般與眾不同，不過，從烏秋的觀點：「他的皮膚細嫩，也不算黝黑，只是美中不足，有點黃黃的，不夠白皙。」（73）許情身體「美中不足」之處，引發烏秋動起改造許情形貌的念頭。為此，作者特意使用園藝裡園丁對植栽的雕鑿、改造，來借喻、類比烏秋對童伶許情身體的改造。例如，小說中提到「為了雕鑿雀梅的樹身，固定它的姿態，烏秋用鉛絲捻櫞整型，還特別記住前一天不澆水，使枝條容易彎曲，在纏繞鉛絲雕塑樹枝形狀之前，先把枝幹微微拉彎，拉到他覺得好看的角度，再緊緊紮住」（73）。言下之意，烏秋對童伶許情身體的改造，一如他「雕鑿雀梅的樹身」，為了想讓雀梅樹符合他所認定的「好看」的樣子，烏秋不惜想方設法，借助各種手段，強力對雀梅樹進行改造。烏秋對童伶許情身體的改造也如出一轍。

不過，為了藉由戲劇性的假扮或角色扮演，以假「亂」真，來滿足自己所渴求的「潛在愉悅」，烏秋對許情身體改造過程中的表演性（performativity）以及虛幻性（illusiveness），卻是值得注意。依敘述者的陳述，烏秋應是和七子戲老戲迷閒聊時得到改造許情的主意，戲迷提到「從前在泉州，七子戲班的童伶，有的下了戲，也沒想換回男兒身，照樣蟬鬢傅粉的打扮，往來街市扮假男為女，有的甚至還綁了小腳」（72）。而從許情在烏秋懷中所展現的「風情媚態」（72）來看，烏秋對許情的改造，至少一開始似乎是成功的，且看底下這兩段描述：

> 手肘撐著上身，烏秋斜靠床上，支起一隻腳，望著完事後下床梳頭的孌童，只見他坐在窗前，迎著光對鏡梳髮，他留著女人的頂髮，為了在戲棚上假男為女扮旦角，滿清朝廷特別開恩准許伶人蓄的髮式。
>
> 手握一把細齒的紅骨篦子，許情慢條斯理地順著一頭長髮，隨意披在身上的紫紗薄綿小襖隨著手臂半舉而滑落了下來，露出半個圓圓的肩膀，敞露著胸。烏秋抖著腿回味手指滑過那細長的脖子，在頸子凹處逗留把玩的感覺，胸前幾處被他噬咬過，紫紅色的瘀血齒印斑斑可見，烏秋揚起嘴角笑得很是得意。

但問題在於，這「假男為女」，終究是表演性的（performative），而非一種對事實的陳述。許情／月小桂做為一個主體，他的性別身分並非既定的，也非一成不變的，而是不確定、也不穩定的。而小說裡的童伶許情，一如表演性的概念所常見的，不僅在「戲劇舞台」上「扮演」益春，即使下了戲，烏秋也要求他不要卸妝，繼續他「假男為女」的「性別表演」。在許情與烏秋兩人的互動關係上，烏秋即是把許情的身體挪借為再現（represent）女性特質（femininity）的主要工具。

許情雖然占據小說情節舉足輕重的位置，卻是生活在一個顯然是為他人所打造的世界，過著傀儡一般的生活。而有意思的是，在小說中，「傀儡」一詞，一方面固然是個既貼切又形象化的生動隱喻，另方面，「傀儡」

---

4 小說裡不乏對不同族裔膚色的描繪。舉例來說，小說裡人稱「瘋輝仔」的施輝，曾經提到「紅毛番，通身上下的毛攏總是紅赤赤，紅毛底下的皮肉，白青青⋯⋯」（73），不想身邊竟然來了一個「模樣的確與眾不同」，名喚阿欽的半大男孩。據說阿欽：

> 一出娘胎，產婆將他舉起來，看到嬰兒通體透明，連肚子裡的腸子都可看得一清二楚，驚叫一聲，手一滑，嬰兒跌到地上，母親看到他皮膚慘白，頭頂一小撮毛髮是金色的，以為是妖怪借肚投胎，讓丈夫用半條破草蓆把他捲起來，丟到菜園豬槽旁，讓人撿了餵豬吃。（84）。

所幸阿欽後來被人撿去收養，才得以拉拔長大。

同時也指涉戲劇史上一種演劇形式，並且，很湊巧的，和七子戲有著密切的淵源。[5]

七子戲的曲式，保留有唐、宋大曲的風格[6]。流傳至明、清，又加入北曲及雜劇的戲劇元素。而根據孫楷第的查考，傀儡戲、影戲與雜劇，在宋朝時同屬雜伎藝。[7]只是傀儡戲、影戲所用都是戲偶，因此和宋元以降的戲文雜劇有明顯區隔。宋朝的雜劇由真人扮演，這點和宋元以來的戲文雜劇相同（孫楷第，183），不過，雜劇的「優伶搬戲，其步趨及動作姿勢，皆自傀儡戲出，固無一不學木偶人也。」（孫楷第，153）[8]

而熟悉中國傳統戲曲與傀儡戲的讀者，除了意會到七子戲的步趨、動作、姿勢與傀儡戲之間的高度神似之外，說不定還會意識到此一隱喻所引發的造型、扮相與操弄等不同層次上的豐富聯想，因為傀儡戲的木偶造型與製作，本為「木偶藝人塑造劇中藝術形象的基礎」（陳年生，95），為木偶戲中很重要的環節。明白這點，將也更能體會在前此以傀儡（戲）進行類比的關係中，烏秋這位「木偶藝人」是如何地想方設法、用盡心機，不為別的，只為在優伶許情／月小桂身上形塑出符合他個人情慾想望的特定造型與扮相，以供他恣意「轉動擺布」（72）與狎弄！

細節的仔細鋪陳，可以使得事件生動，本節有關「假男為女」的易性扮裝的身體政治（Hodgdon，187），在優伶角色的性別化過程，最終所仰賴的，是作者細膩的鋪陳。而不論是借喻自園藝或類比為傀儡，均可看出作者藉由細節的譬喻與鋪陳所展現的巧妙想像。

四、踩蹻、纏足與情慾政治

《行過洛津》裡關乎戲劇與情慾政治的另一個重要的面向，則表現在小說中對於纏足、踩蹻與情慾的仔細鋪陳及揮灑，也因而突顯出三者間的緊密關聯。本節於是嘗試著從小說中男性沙文主義情慾的角度切入，來分析、探討文本中有關踩蹺與纏足的敘述與沙文主義情慾之間的錯綜複雜情結。

人體的審美觀點及準繩，與情慾關係密切。不過隨著時代的不同，審美觀點及準繩卻也會產生變化。舉例來說，在人類的歷史上，不論中西，都曾有過為了追求時尚而不惜戕害、犧牲身體，或是為求契合時尚而自甘受害的例子。原始部落的居民對身體各部位所做的種種殘忍的行為，即是典型的例子：

> 早期原始人的時裝不是衣服，而是對皮膚的裝飾及塗色，那時常常可以看到一些愛漂亮的青年男女，走火入魔地打扮他（她）們自己，已與其他年輕人比個高低。這種過份的打扮往往以一種殘酷的行為出現，身體的任一部分都不脫這種殘忍的酷刑，頭髮、牙齒、皮膚、耳朵、鼻子、嘴唇、手腳等等身體上的傷害，都證明當時的男女，為了時髦不惜犧牲一切，忍受種種痛苦[……]。（李少華，70）

---

5 傳統臺灣社會，每每於生命禮俗或廟會或開廟門儀式搬演傀儡戲（林明德 108）。

6 作者於小說中亦曾提到：「小梨園七子戲的前身原是豪門宗室的家班。宋室南渡，南外宗正司遷置泉州，王公皇孫貴族世家從臨安、溫州隨身帶來的歌舞樂伎、俳優家班演戲唱曲，成員均為童伶，設有七個行當角色，所以稱為七子戲」（126）。

7 不過，論起淵源，傀儡戲並不起始於宋朝，只是到了宋朝而益發興盛（徐慕雲 51）。《宋元戲曲考》引《通典》認為本是喪家樂，到了漢末才「用之於嘉會」（孫楷第 161）。隋朝，雖然已有傀儡戲，不過隋朝的傀儡戲仍是以水機發之，和後代之藉手法運轉者畢竟有別。而唐朝的傀儡戲真正的狀況如何，雖然已無從考證，不過，依據《舊唐書．音樂志》的記載，「散樂歌舞戲有大面、撥頭、踏搖娘、窟儡子等戲。玄宗以其非正聲置教坊於禁中以處之。」這正是唐時禁中有傀儡戲的證明（孫楷第 161, 163）。

8 周貽白則認為孫楷第的看法純為「臆測」，並不認同，詳周貽白 252。

而且這種為了時尚而犧牲或自甘受害的現象，並不只侷限於原始部落，現代社會的文明人也不遑多讓[9]。纏足，即是在中國歷史上曾經風靡一時的肢體酷刑（李少華，73）。在中國歷史上，有很長的一段期間，以女性裹小腳為美，許多男性更視小腳為情慾的象徵。[10]而此一纏足風尚，迄至晚清，乃至民國，仍影響深遠。

在《行過洛津》這部小說裡，我們也看到了作者細膩鋪陳的兩個例子。

頭一個例子，即是講述鴇母為了調教珍珠點（林華）為「一個色、聲、藝三全的大色歌伎」（138），從珍珠點小時候即要求她要裹小腳，要她有所犧牲。至於理由呢？表面上是說「不因好看如弓曲，恐她整天出房門，千纏萬裹來拘束」，但「更重要的，歌伎一旦腳下一雙三寸金蓮，則身價百倍」（138）。珍珠點長大成人之後，也果然備受來客的賞識與肯定。

阿婠的情形，則是小說裡另外一個例子。在前來捧場的客人當中，有一位蘇州名士，讚賞阿婠的小腳，用「瘦小香軟尖，輕巧正貼彎」八個字來加以形容，說她那雙小腳「弱不勝羞瘦堪入畫」，還稱讚她的立姿「如倚風垂柳嬌欲心扶」[11]，並替她取了「花月痕」的藝名（267）。但這備受讚賞的人氣與榮寵的代價，卻是她雙腳變形、長年折騰以及身心嚴重受創換來的，背後有的是成長與養成過程道不盡的辛酸血淚。

纏足的手段及過程，極其殘酷，也極其不人道。施叔青在小說裡經由細膩描述所再現的纏足過程，讀之儼然如同親眼目睹，怵目驚心。在第一個階段，剛開始時：

> 白天痛得寸步難行，夜裡腳掌發熱膨脹，炭火燒著一樣痛苦，輾轉不能成眠。
>
> 為了怕童養媳痛不欲生，趁人不備解開裹腳布，鴇母月花將她雙手反綁床頭，這樣還不放心，又派了一個婢女日夜監視。十天後，解開洗

足，撒些明礬粉，再用捲縛，一次比一次裹得更緊，鮮血淋漓，發出陣陣臭味，皮膚變成淤紫色。（139）

第二個階段的殘酷與不人道，較諸第一階段，有過之而無不及：

接下來進行第二階段的纏足：裹腳頭，所謂的裹瘦，裹的時候要把裹腳布纏到最緊，把小趾蹠骨死勁向下推用力扭轉，使船狀骨脫臼。纏好後，痛得無法行走，在鴇母鞭打下，童養媳掙扎著，用後腳跟墊著走，走一步痛一下，兩腳抽筋，她以為活不成了。（139）

女孩眼睜睜地看著自己兩隻腳「腐爛的血肉變成膿水，流盡後有如幾根枯骨，腳趾頭都抄到腳內側邊」也無可奈何！而鴇母月花仍堅持她非得「裹到腳內緣能摸到腳趾頭」，不然不算得是「瘦到家」」（140）！但即使腳已扭曲變形了，這整個非常不人道又殘虐無比的強迫裹小腳的「酷刑」，並沒有就此結束：

裹瘦之後還得裹彎，裹彎是要在腳底掌心裏出一道很深的凹陷，裹到腳掌摺成兩段，鴇母月花把童養媳的腳跟往前推，把腳背往下壓，前後施力束緊，大拇指經此一束，向下低垂，腳心出現凹形，再死勁去纏，弓彎愈甚。（140）

在這近乎凌虐的過程中，我們看到：一方面，鴇母月花可說是連哄帶騙、軟硬兼施，迫使女孩接受酷刑般的裹小腳凌虐過程：「鴇母月花說，阿婠先前所受的痛，換來的是男人無限愛憐疼惜。她可以靠這雙小腳去奪

---

9 從美容整型、穿緊身衣到穿襯裙架與，大蓬裙，花樣繁多，不一而足。

10 例如，明鄭時期的臺灣女性，「以身材修長、纏足為美」（瞿海良等，100）。

11「阿婠」的「婠」字，本指女子體態美好的樣子，與此形容倒也相近。

他們的魂、攝他們的魄。阿婠垂著頭深情地看著自己變形彎弓的兩隻小腳，眼睛閃著光，露出苦盡甘來的滿足」（304）。另一方面，

> 為了獻殷勤，許情上前要幫阿婠洗腳，除去裹腳布，阿婠本能地把小腳一縮，再怎麼說，這個假男為女的戲子，終究還是個男的，胯下多長了一塊贅肉。女人的小腳是幽祕，不能輕易露出給男人看。意識到一旁的鴇母月花，到現在還不知道戲子的真實性別，阿婠不能拒絕，勉為其難地把腳放回去，聽任許情一層一層為她解開裹腳布。（304）

鴇母月花對阿婠的管控、制約與哄騙，雖是個人的行為，但從另一個角度來看，未嘗不也是受到整個大環境，廣義的文化或文化脈絡的制約和影響。倘就小說的敘述而言，此處的文本脈絡，等同將女人的小腳與私處產生相近的聯想，平添了幾許遐想的空間。只是，很諷刺的是，同樣歷經纏足摧殘，飽受苦楚的阿婠，卻「生不逢時」，「沒能成為後車路的大色歌伎」（278），雖然住的是後車巷「如意居」，可是卻一點也不如意，反倒「像具沒有生命的傀儡，和他 [許情] 從前一樣。」[13]（160）。

戲曲舞台上的踩蹻，作為花旦或武旦的基本功，雖然也需要一段時間的苦練，但卻不致於像纏足一般，在肢體上產生明顯而無法回復的戕害。

由於戲曲舞台上的踩蹻，原本為的是模擬纏足女子的步態，踩蹻所造成的對於人體姿勢的改變，自然很容易使人想起裹著小腳的婦人，或是腳上穿著清代「花盆鞋」的婦女走路姿態。而事實上，清朝時期的乾旦踩蹻，在戲曲的舞台上，也確實能產生儼如「小腳女性在走路時的阿娜多姿」（葉長海、張福海，423）。

儘管踩蹻與纏足兩者，經常容易引發彼此步態神似的聯想，許情之所以踩蹻，和阿婠纏足的情況卻很不一樣，不過同樣是出自別人的要求。前已提過，曾有老戲迷向烏秋提到七子戲男旦「有的下了戲，也沒想換回男

兒身，照樣蟬鬢傅粉的打扮，往來街市扮假男為女，有的甚至還綁了小腳」（72）。昔有前例，給了烏秋靈感，烏秋「為了欣賞戲子在小天井走磚面的扭捏風姿，烏秋讓許情學蹻工，希望他走起路來婷婷娜娜，需要人扶」（300）。

而在還沒鍾情於阿婠之前，一心只想迎合烏秋喜好的許情，甚至「為了討好烏秋，給他一個意外的驚喜」（212），還「偷偷為他纏足，讓如意居的鴇母月花出盡全部的氣力把他的四隻腳趾使勁向腳心彎拗過去，用裹腳布緊緊勒住，狠纏狠裹一層又一層 [……]。那種揪心揪肺的痛，使許情體會到什麼叫做『小腳一雙，眼淚一缸』」（212）！

可是，萬萬沒逆料的是，男旦的青春短暫，更甚於少女。有一回，烏秋把許情摟抱懷中撫弄，不意竟看到許情隱約可見的「喉結初長」，霎時間，烏秋被此突如其來的轉變感到震驚，「拿著酒杯的右手一震，酒灑出了大半」（299）。烏秋的震驚，不是沒有理由的，因為男旦一旦長大成人，喉結突出，原本柔美的骨架改變，即將變為肌肉壯碩的男子，「一時的盛美轉為烏有，何等可傷可嘆！」（300）

尤有進者，影響所及，還不僅只是骨架形貌，更及於聲帶：「喉結突出，聲帶增長一倍，失去淳美的嗓音，高音唱不上去」（300），倒倉（變聲）之後的許情，原本美妙的歌喉，也因聲音沙啞走調無法為烏秋唱曲提供娛興。烏秋全然沒想到苦心營造的這一切，明明才剛開始，怎麼就要終結？「果真伶人如彩雲易散，如水蓮泡幻。[……] 怎麼就好像洛津海口一樣短暫」！但即使他反覆追問「一切都還才開始，怎麼就要結束了？」（300）也於事無補！

---

12 許情初次見到阿婠，小說裡的描述（「那一張粉粉嫩嫩、下巴尖尖、像木偶花旦一樣的小臉」，153），即已把阿婠和木偶的造型相提並論。

同樣的例子也發生在玉芙蓉身上。某日，玉芙蓉在穿戲服的時候，「扣上鈕扣時，不意摸到脖子間的一粒硬殼」，當下立時讓玉芙蓉簡直要氣暈了過去，恨不得「把這躍躍欲出的喉結刮除」（242）。

兩個熟悉串演旦角的七子戲男演員，雖嫻熟旦角的身段、演技、眼神乃至於蹻工，戲裡戲外、台上台下都使出渾身解數，以製造性別的錯覺與幻象，但生命與成長的力量，畢竟是龐大而且難以與之抗衡——這一切的努力和改變，終究不敵「脖子間的一粒硬殼」（242），讀來實在備感諷刺！

五、易性扮裝與性別政治

小說中另一個關乎戲劇與情慾政治的重要面向，則是易性扮裝與性別政治。在這一節裡，我主要想探討的是小說文本中的優伶角色許情／月小桂與玉芙蓉，於台上台下／戲裡戲外的易性扮裝與性別政治。

戲劇扮裝足以影響到身分的辨識，而且這類的例子，在小說裡的市井小民中不僅不乏其例，甚至應說是不勝枚舉，而且並不局限於不時得粉墨登場的優伶角色。作者於第 11 章，即透過珍珠點講述了一個羅漢腳變身大公子的故事。而箇中的關鍵，即在於這個平素靠偷竊度日的羅漢腳，從後車路賭場的賭客身上「偷了荷包，買了一身長袍，穿上鞋子，」居然搖身一變，「自稱是泉州茶商的大公子」（143），上迎春閣找大色歌伎紅牡丹買春，等到後來偷得的銀子花光了，被老鴇拒於門外，還惱羞成怒，趁夜到迎春閣縱火打劫洩憤。

巧妙的易性扮裝，甚至能影響到性別的認同，乃至造成性別的模糊、混淆與錯認。而性別的模糊、混淆與錯認，一旦足以影響資源的分配，左右對公共領域或家庭領域的接近，或足以對知識與權力產生影響，就無可避免會產生政治層面上的意義。

小說裡可以用來舉例說明前此論點的一個例子，是泉郊郊主石煙城獨資請了四團七子戲班到洛津演出，「其中最富盛名的泉香班，將從 2 月 2 日土地公生日，一直演過端午」（116），卻導致謠言滿天，甚至釀成事件與糾紛：

> 戲棚下議論紛紛，說是石家的三公子石啟瑞看上了泉香七子戲班的小旦月小桂，是他硬把戲班留了下來，才會駐演足足 3 個月之久。
>
> 不管傳言是否屬實，泉香七子戲班日夜演戲遠近爭睹，迷上戲班小生小旦的戲迷為了捧戲子，爭風吃醋大打出手，主婦置家務於不顧，整天跟著戲班跑，像黑皮豬聞到餿水一樣，造成無數的社會事件以及家庭糾紛。（116）

在人類的社會中，文化對於人體的的形塑力量可說無所不在。吾人打從出生開始，文化對於「人體及其軀體需求」（the body and its physical needs）的形塑，即一直持續在進行（Fischer Lichte 27）。如果我們把人體當成是由「人為的符號」（artificial signs）組構而成的「文本」（Fischer-Lichte 29），小說中一再浮現的「衣冠禮制」（dress code）的問題（135），以及戲劇扮裝與身分錯亂的母題，不僅可以看做是身體政治的表現，也體現出小說裡反覆呈現的角色扮演與社會秩序以及身分地位（order and degree）之間的關連性，同時，也是戲劇與文化政治的課題。這些個關懷和體現，在小說中，也是透過代表官方象徵秩序的同知朱仕光的視角與觀察，才得以充分突顯。

而小說裡深具諷刺性之處，在於此一代表官方象徵秩序的朱仕光，從一個初上任時原本恪守衣冠禮制的官僚，最終竟至禁不起七子戲班易性扮裝優伶的魅惑，濫用權柄，以逞其個人情慾。這樣的劇情安排，雖有其戲劇性的轉折過程，其間蛻變過程，更非一朝一夕有以致之，然而，總的看來，卻可以感受到敘述者強烈的批判力道！

身為朝廷命官的同知朱仕光，經由他的視角與聽聞所呈現的臺灣移民，對冠履之儀的無知與違犯，可說比比皆是。而且，很多時候，看在他的眼裡，這些市井小民在穿著上動輒違犯了衣冠禮制，卻渾然不覺。[13]

而除了前此種種對戲劇性假扮的敵視之外，同知朱仕光更且很片面、很主觀地認為：

> 臺灣女人只知看戲玩樂，終日不事生產，既不紡績也不解蠶織，同知朱仕光把移民混淆冠履衣服之禮制，衣冠不遵守體統，歸罪於女人不守本份。臺灣既不種桑養蠶，也不種棉苧，布帛、紗羅綢緞藉著海運便利，從泉州、福州以及江浙寧波進口，移民對冠履之儀全然無知，負販菜傭、擔夫皂隸個個身穿絲綢，以綾羅為下衣，羅漢腳無賴之徒，也不乏綾襖錦襪搖曳街衢。（134）

但是儘管他對戲曲演出與角色假扮充滿偏頗的意見，一旦有機會親眼目睹七子班的乾旦搬演《荔鏡記》，朱仕光卻為之魅惑不已，「不知不覺間」竟至「漸漸忘記了他看戲的初衷，隨著劇情轉折喜嘆悲啼，達到忘我之境」（128）。即使在同知府的《荔鏡記》演完謝幕過後，仍為之心醉神馳——「同知朱仕光暗自心驚，沒想到假男為女的優伶在戲棚上能如此極盡聲色之美」（129）——這樣的看七子戲初體驗，顯然全然出乎他原先的意料之外。

而朱仕光雖然自恃清高，「自認不屑流俗，與那般狎弄男旦的京官同流合污，大清帝國已被男色腐蝕，頹廢墮落，令他痛心疾首」（129），簡直是一副想當中流砥柱的樣子。

提起大清帝國遭男色腐蝕，敘述者亦有一番屬於戲劇史大背景的勾勒，提到：「乾隆以後，禁止女優伶在京城演戲，旦角皆由男人扮演，朝廷禁止官吏宿娼，不許京官狎妓，京官於是將目光移向男性旦角，以狎玩相公做為取代」（129）。還特別提到乾旦的眉眼媚功：「乾旦在台上做眉做眼，以眼色相勾，一等下了戲，京官便把看中的相公帶上車直奔酒樓茶館飲酒作樂，還虧他們自圓其說，稱讚相公『既有女容卻無女禮，既可娛目，又可制心，可謂一舉兩得』」（129）。

話題拉回到同知朱仕光面對情慾考驗所做的抉擇，我們發現，同知朱仕光終究還是抵擋不住隻身獨處異鄉的寂寞難耐與慾壑難填（308, 309）。掌握權力的他，為了滿足一己的情慾，竟致起了私心，決計「把月小桂這小旦留在身邊，讓他依依侍坐，撫慰自己旅居客寄的寂寥」（308）。敘述者的描述是這樣的：

> 這個妝扮的優童是他洛津上任以來，唯一有過的美好事件。他像隻漂亮的花蝴蝶在紅氍毹上翻飛，他雙唇微啟，喉清嗓嫩的唱曲，總會把同知朱仕光帶到另一個境地，一個彩色流轉，樂音曼妙的世界。在洛津蠻荒不文的海角餘地，這小旦用他的青春姿色聲藝為他創造出一個賞心悅目的情境，同知朱仕光享受視聽聲色之美。（308）

不僅此也，每天晚上月小桂唱完戲之後，「他不准月小桂這小旦卸妝，

---

13 舉例來說，同知朱仕光新官上任，就看到衙內的皂隸竟然「身穿綢杉任役」，當下大為震怒，立刻「命令扒去打 40 大板」；另外，他看到「廳內侍候茶水的僕役，袖口是雪白紡綢，腰間灰色錦胯露在衣杉外，足足一尺有半，名為「龍擺尾」，也不由得「大嘆化外之地，不懂王法」（134-135）！反諷的是，儘管身為朝廷命官的同知朱仕光熟諳衣冠禮制，深知「朝廷規定一般士民不准穿靴子」，偏偏「洛津氣大財粗的船頭行老闆，公然穿靴子來見他」；再者，「朝廷明令若無官職不能用冠，冠頂以不同材質來區分官吏品級之高低，絕對不准僭越」，可是，儘管嘉慶皇帝有嚴禁僭用帽頂的示諭，「臺灣天高皇帝遠，富人花錢捐納官職的風氣日盛，九品的芝麻捐官，戴五、六品的頂子大剌剌招搖」（135）。

命令這男旦抬著粉墨油彩的臉上床侍枕，只有這樣，同知朱仕光才不會從那異色的豔情中醒轉過來。他但願可以永遠沉醉其中」（308）。下此決定之後，同知朱仕光的改變極大，堪稱得上從一個極端邁向另一個極端，前後判若兩然！而這一切，卻是肇因於本是男兒身的許情／月小桂這反串小旦的易性扮裝與角色扮演！

就小說的情節而言，其中的易性扮裝，不只解構了「性別」（gender）的概念，更讓傳統的性取向類別（categories of sexuality）變得不再穩定，變得變動不居、模糊混淆，甚至消失無蹤。

而敘述者筆下的同知朱仕光，從一個原本恪守衣冠禮制的官僚，逐漸蛻變成一個禁不起易性扮裝優伶魅惑，乃至濫用權柄以遂其情慾的官僚。小說的情節安排如此，總的看來，讀者的確可以深刻感受到敘述者在性別政治上的強烈批判色彩！

六、結論

施叔青寫作《行過洛津》，企圖龐大，取材的涵蓋面甚為廣博，令讀者目不暇給。筆者在進行特定議題探討時，很難保證在舉證論列時沒有掛一漏萬的情形，本文在對前述四個面向進行分析探討時，因而也無意要窮盡小說中所有的例子，而是取其犖犖大者來加以闡釋和發揮。

這部小說，寫的固然是清朝嘉慶時期的故事，作者於「後記」中也表示寫作此書，乃是「以小說為清代的臺灣作傳」（351），不過，即使不談小說中對戲劇與情慾政治的多元與不同面向的探討，細心的讀者也多少可以看出，小說中的指涉時常亙越古今，或別有寓意與諷託。即使光就這點而言，觀微知著，其實也可看得出施叔青的小說藝術不僅縝密細膩，而且不時流露出作者的現、當代觀察與思維。

古繼堂於他主編的《簡明臺灣文學史》第20章（「現代派作家白先勇」），論及白先勇小說的諸多特色曾經表示：

> 白先勇是臺灣現代派文學的代表，又是現代派作家中現實性最強的一位作家。他的小說創作成功地將傳統與現代融合，作品具有深廣的社會內容和較高的藝術成就。
>
> 主張廣收博採，融匯中西，在傳統基礎上銳意創新，這是白先勇創作思想的核心。（361）

古繼堂並將施叔青置於該書第28章（「臺灣女性文學高潮的出現」）中進行討論。但是依我看來，前引這兩段文字所談到的白先勇小說所具備的諸多特色，尤其像是「成功地將傳統與現代融合，作品具有深廣的社會內容和較高的藝術成就」、「廣收博採，融匯中西，在傳統基礎上銳意創新」等看法，也都適用於施叔青的《行過洛津》這本小說。而更有意思的是，白先勇說過，他的小說《孽子》，寫的「雖然是同性戀的故事，但已不局限於個人情愛的追尋，而是更寬廣的關照，那就是，人的合法性」（白先勇，36），施叔青的《行過洛津》未嘗不也是如此？許情從小說一開始，一直到小說結束，自始至終追尋愛情。許情個人的愛的尋求，固然可以看成是《行過洛津》情節的主軸，但作者撰寫《行過洛津》這整部小說的企圖與關照，比起這一主軸，同樣也是寬廣許多，並且和戲劇與情慾政治關聯密切。

要言之，在《行過洛津》這整部小說裡，戲劇與情慾政治在前此四節四個不同面相的探討中，可說是分別以不盡相同的型態或面貌出現。而儘管各節所探討的戲劇與情慾政治，彼此有所不同，反倒更加突顯作者在小說的創作過程中對此一關懷的著墨。而藉由前述的分析、論述與探討，更可以發現，《行過洛津》這部小說，不論是從宏觀的政治檢肅，或微觀的情慾互動，作者對於戲劇與情慾政治的關懷，均有細膩描述與豐富的闡釋，的確值得關注與探討。

參考書目

古繼堂主編。2003。《簡明臺灣文學史》。古繼堂、韓燕彬、樊洛平、王敏合著。臺北：人間出版社。

陳逸君譯。1999。《歷險福爾摩沙》。W. A. Pickering 著。臺北：原民文化。

白先勇口述。李玉玲整理。2014.01。〈《孽子》的 30 年變奏〉。《表演藝術》253：36-39。

李少華編著。1990。《服飾演變的趨勢》。臺北市：藝風堂。

林明德。2002。〈中國偶戲。《臺灣傳統戲曲之美》〉。曾永義、游宗蓉、林明德合著。台中市：晨星。

周貽白。1983.05。〈中國戲劇與傀儡戲影戲〉。《民俗曲藝》第 23、24 期合刊：215-255。

俞世偉、白燕 (2009)。《規範· 德性· 德行》。北京：商務印書館。

施叔青。2003。《行過洛津》。臺北：時報文化。

郁龍余。2003。《中西文化異同論》。北京：三聯書店。

孫楷第。1983.05。〈傀儡戲考原〉。《民俗曲藝》第 23、24 期合刊：141-214。

徐慕雲。1977。《中國戲劇史》。臺北：世界書局。

陳芳明。〈情慾優伶與歷史幽靈——寫在施叔青《行過洛津》書前〉。施叔青。11-16。

陳年生、封保義、焦鋒、鄭平著。2009。《傀儡演真情》。揚州市：廣陵書社。

葉長海、張福海。2004。《插圖本中國戲劇史》。上海：上海古籍出版社。

劉亮雅。2014。〈施叔青《行過洛津》中的歷史書寫與鄉土想像〉。《遲來的後殖民》。臺北市：臺大出版中心。27-59。

瞿海良等。2013。《圖解臺灣文化》。臺北：城邦文化。

Fischte-Lichte, Erika. *The Show and the Gaze of Theatre*. Iowa City: U of Iowa P, 1997.

Hodgdon, Barbara. "Sexual Disguise and the Theatre of Gender." *The Cambridge Companion to Shakespearean Comedy. Ed. Alexander Leggatt*. Cambridge: Cambridge UP, 2001. 179-197.

Howitt, Dennis. "Social Exclusion—Pedophile Style." *Inappropriate Relationships: The Unconventional, the Disapproved & the Forbidden*. Ed. Robín Goodwin and Duncan Cramer. Mahwah, NJ: Lawrence Erlbaum Associates., 2002. 221-246.

Miner, Earl. *Comparative Poetics: An Intercultural Essay on Theories of Literature*. Princeton, N.J.: Princeton UP, 1990.

我畫我自己，故我存在：
以施叔青《兩個芙烈達．卡蘿》為中心

李時雍
國立臺灣大學臺灣文學研究所博士生

自畫像具有現代主義藝術家轉向自我審視的旨趣，同時也呈顯出這一美學思想的核心關注：主體性；施叔青曾經在〈那些不毛的日子〉（1970）提及畫下敘事者「童年夢魘的一頁頁風景」的孟克（Edvard Munch）如此，在《兩個芙烈達．卡蘿》（2001）中尋蹤、追問「終其一生努力不懈地描繪自己的容顏」的墨西哥女畫家亦如此。施叔青小說中呈現對於內在精神的審視和刻畫，透過論者如王德威所指出的怪誕、鬼魅主題，連結上現代主義者對於異端的傾向，亦往往流露著主體性分裂的危機，就像畫家隔著畫布自畫。本文嘗試從跨藝術的角度，藉由自我的再現，及觀看的主、客體關係等，以《兩個芙烈達．卡蘿》為討論的中心，兼論另一部同樣以藝術、以介於虛構與真實的「旅行小說」《驅魔》（2005）。對於曾著有藝術論著的施叔青，這些雕刻與畫作如何進入文學的視野？而跨藝術如何可能提供一個重新觀看小說的方式？更重要的是，現代主義所關注的主體性問題，又如何在小說家複雜的觀看和書寫形式中展開？

關鍵詞：施叔青、《兩個芙烈達．卡蘿》、《驅魔》、現代主義

一、藝術與書寫

「我畫我自己，故我存在。」是施叔青在《兩個芙烈達．卡蘿》（2001）中援引的墨西哥女畫家卡蘿（Frida Kahlo，1907-1954）的宣言。最表層的意義，無非意指著一生受盡肉身戕害之苦的藝術家，如何藉由創作，確證自我的存在。這部寫於「香港三部曲」之後的「旅行小說」，開啟了小說家一個很有意思的書寫軸線，延續至寫在「臺灣三部曲之二」《風前塵埃》前，以義大利文藝復興藝術為參訪履跡的《驅魔》（2005）。

作為兩部歷史書寫計劃中旁生而出的《兩個芙烈達．卡蘿》與《驅魔》，對作者而言確帶有一種寫作狀態的調節、轉換；而對論者而言，這錯綜著遊記與藝術評論、真實與虛構的系列，尤其帶有關於文體、文類認知上的問題，如南方朔序中所指出：「《兩個芙烈達．卡蘿》其文類的歸屬可能已非那麼重要。它出入於旅行文字和小說之間，而對話式的虛構敘述，使它小說這方面的成分更重了一點。」（施叔青，2001：7）或者張小虹疑問《驅魔》：「這是一本『變成小說』的遊記，還是一本『變成遊記』的小說？」（施叔青，2005:5）

這樣以藝術為題的書寫對作家而言有跡可尋。曾自陳「一直想當畫家」的施叔青，在白舒榮為其所寫的傳記《以筆為劍書青史》中，便描述到小學喜愛畫圖；而 50 年代末，在彰化女中時曾受教於臺灣抽象主義代表藝術家李仲生；更重要的是，1977 年移居香港後，於 1979 年進入香港藝術中心任亞洲節目部策劃主任；80 年代，出入劇院、藝廊、蘇富比拍賣會場，也曾到香港大學藝術系旁聽莊申教授講授藝術史，與嶺南畫派楊善深先生習水墨畫；1989 年起，並於《聯合報．繽紛版》上將這一段期間收藏古物、鑑賞藝品的過程寫進專欄，後來集結為兩部藝術評論集《藝術與拍賣》（1994）、《推翻前人》（1994，後更名為《耽美手記》，

1998）；1994年後返回臺灣定居，亦持續到臺大藝術研究所旁聽石守謙、傅申教授的課。

施叔青述及藝術評論首重「有憑有據」（林素芬，1997:68），她提到藝術書寫與個人小說創作之間的關係：

> 我一直想當畫家，這是我最大的嚮往，因為我一直很喜歡畫畫。……長年以來，我就是對東西方藝術一直感到興趣，每到一個地方，我最喜歡跑的就是博物館、美術館。至於這跟我的寫作有沒有關係，我想《窯變》是最有關係的，因為我是用瓷器來寫，做為一種象徵，還有我現在寫的〈兩個芙烈達‧卡羅〉，她是一個墨西哥女畫家。（簡瑛瑛，1999:123）

其實，在她前期存在主義風格顯明的作品中，精神導致形貌變異的角色們，即時常讓論者藉繪畫藝術比興之，白先勇序施叔青第一部小說集《約伯的末裔》時說：「夢魘似患了精神分裂症的世界，像一些超現實主義的畫家（如達利）的畫一般，有一種奇異、瘋狂、醜怪的美。」施淑亦曾寫道：「讀妳的小說，一直就有一種變型的感覺。前幾個晚上讀完『擺盪的人』忽然覺得蒙地里安尼的人物——尤其是女人，它的變型、病的微酡，和人性意義上的曖昧，是很能貼切的形容出你筆下的人物的意義的。」[2] 這些跨藝術的比較閱讀，達利（Salvador Dali）、蒙地里安尼（Amedeo

---

1 關於文類的問題，施叔青在寫作進行之際，受訪時曾提及：「我把它稱之為旅行小說」（簡瑛瑛 1999:135），而在《兩個芙烈達‧卡蘿》起始，敘事者交代「我的遊記」。施叔青確實在兩部作品中錯綜著小說、散文、評論等不同文類；但我以為之於其中藉藝術之名所展開的對話思索，文類的歸屬確如南方朔所言，並非那麼重要。

2 白先勇、施淑的這兩段評論，被作家摘錄進《那些不毛的日子》的〈後記〉（1988年），頁205、207。又《那些不毛的日子》原題《拾綴那些日子》，1971年志文出版。

Modigliani，又譯莫迪里安尼）提供給讀者的，卻絕非純然進入施叔青前期小說中的視覺性經驗，而恰恰相反；在揭露那些人物幽黯心裡實不可見的「奇異、瘋狂、醜怪」主題，或藉用家鄉鹿港為舞台場景鋪陳出一個「怪誕」與「鬼魅」（王德威，1999：13）世界之時，小說家（或評論家）正是透過現代藝術的表現主義、超現實主義，如何以線條光影的變形呈現內在精神景貌，寫下了諸如〈倒放的天梯〉（1969）、〈擺盪的人〉（1970）等等作品。

因此，須留意到小說家敘寫中扭曲、變形的線條，與生命的情狀抑或現代藝術中致力於將主體性予以顯露的相互對應；同時那也將含括著施叔青個人的繪畫經驗，以至日後的藝評寫作。書寫藝術，或以藝術書寫，即構成了《兩個芙烈達．卡蘿》乃至《驅魔》的核心。

二、分裂的自我

早在自傳性散文〈那些不毛的日子〉（1970），施叔青即曾描述這最初的視覺經驗；到達美國後，初見孟克（Edvard Munch），勾連起童年家鄉的回憶：「來美國以後，初次看到 Manch 的畫，我悚然於那種熟悉。有關我童年夢魘的一頁頁風景 Manch 在他的畫面上為我展現，也為我詮釋了。」（1988:194）其中以「小學記事」為小標，所憶及的幾段童年夢魘，譬如小學時初讀童話《磨蕎麥的老婦人》之後，須藉由反覆照鏡以確認臉孔的存在，鄰居源嬸的過世讓她第一次意識到死亡的真實，班上男同學繪聲繪影傳述校園何處曾是古代的刑場，或者缺席了小時摯友的喪禮……，如此散文化、自傳性質濃厚的段落，其後原封夾敘在與芙烈達的對話之中：「芙烈達，我和妳一樣，有個焦慮的童年。」（2001:41）[3]

《兩個芙烈達．卡蘿》中記述的一趟旅程，起始於 1997 年寫作《寂寞雲園》尾聲之際。記遊甫起筆，施叔青便交代：「我的遊記卻應該從澳洲之行開始。5月底，放下幾近完成的香港最後一部曲，把筆一丟，飛到墨爾本參加大洋洲文學會議，我提出以跨文化的交流與國勢為題的論文。」（10）1997年7月1日，香港主權移交中國，結束長期的英治時期（1841~1997），小說家亦以「香港三部曲」收束、總結客居香港島17年的所感所思——尤其是面對15世紀隨哥倫布抵達新大陸，幾個世紀以來的歐洲殖民主義，在包括亞洲在內的侵略歷史。因此，《兩個芙烈達．卡蘿》在幾個主要的敘事線上，一方面記遊，自澳洲到南歐的西班牙、葡萄牙，遙望中南美洲；一方面寫人，墨西哥的芙烈達和布拉格的卡夫卡（Franz Kafka）；另一方面追溯作家個人離散的生命史，無不緊緊扣連著關於後殖民問題的思考。施叔青如此告白記行的因由：

> 不知為什麼，我有一個很浪漫的想法，總覺得雖然我早已結束了拖得太過冗長的香港生涯，已經回臺北定居了好幾年，可是，若想讓心靈真正地回歸本土、找回原鄉，我好像必須再次遠離，做最後一次的出走，到天涯走上那麼一遭，把自己放逐拋擲到世界最偏遠的角落去流浪、去飄移。（16）

19個小節，夾敘夾議，並以相當的篇幅評議遊歷博物館所觀看到的藝術家，包括芙烈達與她的丈夫狄耶哥．里維拉（Diego Rivera，1886-1957），以及林布蘭（Rembrandt）、梵谷（Vincent van Gogh）等作品。芙烈達，其母系家族帶有印第安血統，在深受西班牙殖民歷史影響的墨西哥成長，投入共產黨活動，曾經與丈夫庇護過流亡的托洛斯基（Leon Trotsky）；悲劇性地，磨難於18歲時一場嚴重的車禍，使她終其一生下

---

3 以下，若援引《兩個芙烈達、卡蘿》之處，僅標註頁數，《驅魔》亦同。

半身行動不便，經過 35 次手術，並喪失了生育的能力，終致右足截肢。而她與墨西哥民族壁畫派代表的丈夫狄耶哥糾纏一生的愛情，又是敘事者所謂另一場「悲愴的意外」。

芙烈達的生命史透過施叔青的閱讀與書寫，成為思考後殖民情境的文本：「芙烈達，我總是把妳身體宿命性的傷殘，與墨西哥被殖民的千瘡百孔聯想在一起。」（27）身體的傷殘如同地理，透過 15 世紀歐洲探索時代的梳理，哥倫布誤抵中南美洲、開啟西班牙征伐墨西哥阿茲特克帝國，後遠赴亞洲，與荷蘭爭奪福爾摩沙臺灣；尤其藉由地圖的繪製史，或比較當代藝術家如何予以顛倒、錯置，譬如小說中一再引用的烏拉圭藝術家托雷斯·賈西亞（Joaquín Torres García，1874-1949）作品 América invertida（1943）——一幅將中南美洲倒置的地圖——重新思考地理定位和身分認同的問題。

施叔青寫道：「20 世紀 30 年代墨西哥的民族壁畫派主導了拉丁美洲的藝壇，令舉世側目的同時，烏拉圭的托雷斯·賈西亞，這位以符號性的幾何藝術活動於主流之外的藝術家，也以『錯覺的地圖』，顛覆了世人眼中拉丁美洲的偏遠位置」（14）這個地圖的意象貫串著旅程[4]，也連結上敘事者在造訪布拉格時，面對一生因其猶太的族裔、奧地利國籍、置身德語文化圈，無法適得其所的卡夫卡。進而以「離散」名之：

> 「Diaspora」這個名詞是專指被巴比倫人放逐後，散居世界各地的猶太人，原來含有散播種子的字義。弗朗茲·卡夫卡終生浮沉在布拉格的異鄉，嚮往舊約聖經中描述的那塊「美好寬闊流奶與蜜之地」，這是摩西帶領以色列人逃離埃及後，進入的迦南之地。支持猶太民族復興運動的他，總覺得布拉格「缺少那種堅實的猶太人的土地」，不可能有如歸之感。（138）

作為書名與貫穿題旨的畫作《兩個芙烈達．卡蘿》（*The Two Fridas*），在小說旅程將盡時施叔青的評論下，更深層的意義因此呈顯為兩個分裂的、印第安式與西班牙式的自我，一如小說家歷經島與島的拋擲飄移，如何在血管的脈動與雙手之間牽繫一起。

後殖民的情境藉由《兩個芙烈達．卡蘿》被提問，如南方朔評論，「藉著重新詮釋芙烈達．卡蘿，在理解中，她同時也丟出了一個新的、也是所謂『後認同』（After Identity）的問題。」或論者潘秀宜（2003）、黃千芬（2009）同樣視之為小說重要的主題。然而，我以為在追問「我又在哪裡？」（139）之際，施叔青透過藝術的尋跡和書寫，實揭示了現代主義美學中一個更有意思的命題：主體性。

三、我畫我自己

第7節中，目光進一步轉向芙烈達巍峨的丈夫里維拉，他是在墨西哥內戰結束後的1921年起，推動壁畫運動的代表藝術家，亦是一位共產黨員。年輕時曾在聖卡羅學院研習，後來赴西班牙留學，在普拉多美術館臨摹哥雅（Francisco Goya），到巴黎著迷於塞尚（Paul Cézanne），並接觸到立體派、達達、未來派等當時最前衛的藝術形式，施叔青描寫里維拉如何在紛繁的畫派中找尋一種得以反映群眾的表現形式，「不是畫架上，小小的、抒發個人情緒的繪畫，而是在固定的建築物綿延數十公尺的牆壁，描繪民族歷史、文化生活理念，氣勢磅礴的壁畫。」（61）里維拉遂轉往義大利，研究文藝復興時期的古典壁畫。

---

4 潘秀宜〈迷路的導遊——論施叔青《兩個芙烈達．卡蘿》〉（2003）中有對於地圖意象的討論，頁76-78。

壁畫運動中，他融合了現代藝術的觀念與民族、鄉土的元素，如古印第安文化等，創造出嶄新的表現形式。芙烈達受到愛人影響，從裝束到畫作融入了墨西哥本土元素。

然而囿於殘寂的肉身，芙烈達在她一生的創作中，反覆描繪著自己，讓小說家一再疑問：

> 芙烈達·卡蘿卻滿足於畫架上小小的、抒發個人情緒的自畫像，絕對個人的，以自我為中心的畫像，往往小得不足一呎，畫在洋鐵板、纖維板或畫布上，芙烈達是以微觀的視覺焦點不厭其煩地來表現自己，大膽地把做為女人的慾望與傷殘隱疾表露在臉上、髮式、身體上，昭告世人，無遮無攔。（20）

> 這種小畫的風格，沿襲自過去天主教徒在最絕望或乞求上帝的回應時，跪在聖堂雙手捧著祈禱時用的「EX-VOTO」許願的形式。妳聽從了他的建議，芙烈達，終其一生妳只畫面積極小的作品，心底裡想是以之與藝壇巨人丈夫的大型壁畫分開來吧！（25）

彼得·蓋伊（Peter Gay）在著作《現代主義》中指出，現代主義美學的特徵之一，在於對自我的審視，主體性的揭露，在追求形式之新之際，成為一個重要的課題；文學的意識流捕捉內心真實，在繪畫上，藝術家則轉向對於自我的端詳凝視：自畫像，即「『攬鏡自照』是一座座通向主體性的豐碑。」（2009:132）蓋伊溯及林布蘭，連繫到梵谷、高更（Paul Gauguin），也包括里維拉敬仰的塞尚，包括施叔青曾寫下的挪威畫家孟克，蓋伊括引孟克的話說：「我的作品實際上是一種自我顯露」（145）。

這些擅於自畫的藝術家之名，盡皆出現、貫穿著《兩個芙烈達·卡蘿》的前後，絕非偶然。在此，更透過施叔青關於藝術的鑑賞、書寫，實際上區分出以里維拉民族壁畫為代表，及以芙烈達為代表的兩種藝術表現形式。芙烈達畫幅極小、一生反覆以自畫為題材的作品，《破碎的圓柱》（*The Broken Column*，1944）、《小鹿》（*The Wounded Deer*，1946）、《根》（Roots，1943），在施叔青的書寫中，一如寫作《審判》的卡夫卡等呈現的現代主義精神：

「我從不畫夢境，我畫我的真實。」

芙烈達．卡蘿的宣言。

妳的繪畫的主題，常是用自畫像來表現。（114）

如此藝術媒材和形式的選擇，有藝術家個人生命的偶然性；然而，對於小說家而言，是否存在其創作美學和思考策略的啟示或共鳴，讓我們得以藉芙烈達．卡蘿重新思考施叔青被稱為「以小搏大」的歷史書寫？尤其更重要的是，現代主義的主體性探索。

四、兩種觀看

主體的分裂，在《兩個芙烈達．卡蘿》中呈顯於對後殖民情境的提問，創作成了安身立命的所在：「對於一個不再有故鄉的人來說，寫作成為居住之所。」（129）藉《驅魔》作為進一步地對照，則成為怪誕異化之主體經驗。

《驅魔》寫於2004至2005年構思「臺灣三部曲」之二《風前塵埃》之際，一趟里維拉也走過的義大利文藝復興、巴洛克旅程，小說起始便自白：「放下構思中的另一部歷史小說，我出門散心旅行，把自己從文獻史籍開始堆積的書房抽離出來，投身到全然陌生的地域，藉著時空不斷轉移，在流浪中思考、檢驗自己。」（12）如同《兩個芙烈達．卡蘿》，以第一人稱「我」所展開的敘事，在記遊和藝術評論間錯綜交織，不同的是，透過側寫旅程中偶然重逢的繡菱此一角色，鋪展出兩個主要的故事線：為了找回隨年歲逐漸枯竭了創作能量的小說家的「我」，自古籍埋身中抽離，前赴米蘭參訪瑪麗亞．格拉契修道院食堂達文西（Leonardo da Vinci，1452-1519）修復好的濕壁畫《最後的晚餐》始；另一則是，「我」的學妹，初度中年的女子繡菱，面對情人不告而別，女兒則在一趟龐貝城旅遊歸來後彷若中邪，性格舉止沉入淵底，她踏著嗜好美食的男友曾經轉述的餐館地圖展開尋跡之旅，並找尋為女兒驅魔的方式。「我」規劃的路線，因繡菱的闖入而有所改變。《驅魔》的六章遂以兩人行跡的地名為題，分別為「米蘭」、「威尼斯」、「錫耶納」、「羅馬」、「那不勒斯」，終於「龐貝」。

藝術、美食的知識與評論，佔了書寫的大部分篇幅，間或穿差著「我」與繡菱各自的困境。有意思的是，相對於文藝復興時期的雕刻與宏偉壁畫，施叔青依然不時將目光帶向譬如達文西那些畫幅極小，在紙片上畫下的草圖（14）；或者藝術家將宗教題材世俗化所帶出的，人的肖像；以及相對於藝匠的藝術家創作的主體性，「羅馬」一章，尤其對於達文西、米開朗基羅（Michelangelo，1475~1564）、拉斐爾（Raffaello，1483~1520）三傑有詳盡細緻的敘述。然而對於「我」來說，藝術的鑑賞與知識性的書寫，在繡菱怪誕附魔的敘事線涉入下，竟成為質問自我的缺口：

> 米蘭意外地與繡菱相逢，一開始我以為她只是個厭悶乏味，與時間賽跑的中年女子，一路相伴走來，我看到一個愛情受到傷害，更是痛苦到必須尋求怪力亂神相助的可憐的母親。她的熬苦把我拉回我不願意面對的真實人生，而被世間的苦難佔據了我整個的心。漸漸地我自覺

到多年來把自己掩埋在文獻史籍之中，與歷史小說苦鬥，不知疲倦，應該是一種逃避，逃避面對自己，面對實在的人生。厭悶乏味的人應該是我。（158）

張小虹就指出：「知識體系中清楚的歸類與建檔，沒有『魔』糊意識與身體的邊界，反倒是以鑑賞品味的方式，強化了意識與身體的邊界。」（施叔青 2005:9）《驅魔》特別的便是，在施叔青長期歷史寫作狀態的「有憑有據」之中，調度了前期小說中即已展開的風格顯明的怪誕鬼魅書寫；而怪誕與鬼魅，這樣一個分裂而出的非理性世界、著魔的主體，反身又成為了現代主義疑問、問題化現代性空間的位置[5]。

《驅魔》啟動書寫之旅所選擇的文藝復興時期，相對於芙烈達為例的現代藝術對於自我端視與情感的湧發，《驅魔》更帶有宗教與神話題材、聖像形式所致相當距離的觀視位置，尤其進入教堂、博物館，或觀光行程之中，「隔著玻璃，我細細地觀賞經歷五百年，已經發黃或泛紅的紙張上」（14）、「限定人數，據說遊客呼出來的二氧化碳會損壞古老的壁畫。」（16）。一直到繡菱的故事涉入，貝尼尼（Gian Lorenzo Bernini）雕刻《普柔瑟萍之虜》才在另一個人的觀看視線下，逸離了敘事者知識的建構，而成為情感受創後浮現的形象（136-139）；又如《聖德勒撒的迷惑》痛楚與法喜的曖昧面容，竟勾連了繡菱目睹女兒著魔般沉陷的痛苦感受：「女兒說她要當妓女。」（143）「她跟同學開心地叫道：既然不必上學了，索興蹺家，她早就幻想自己去當妓女，戴上長長的耳環，還有她那頂龐貝帶回來的紅假髮，倚靠門檻，向求歡客賣弄風情⋯⋯」（144）

一種觀看位置，被另一種視線一再地介入；學識議論為非理性的情緒

---

5 可以參考邱貴芬關於現代主義時空形式特徵的討論（2007:227）。

無端地中斷；旅程脫離了原初規劃的路線。無怪乎最終能滌淨敘事者自囿禁心靈出走，甚或完成繡菱驅魔之旅程，不是在米蘭、威尼斯、羅馬這些建立起文藝復興時期宏偉文明之地；而是在龐貝，西元 79 年因維蘇威火山噴發而一夕遭吞噬的城市廢墟。施叔青描述繡菱的女兒在博物館內，觀看到那一被稱作是「母狼」名妓的鑲嵌壁畫，又一幅肖像，「聲稱是她的前世」；在夜遊之晚，一群人闖入了荒廢的劇場，誤入古井邊的妓院，女兒在火山噴滅的同一個晚上，8 月 24 日，躺上了母郎的石床，「『這一晚，母狼淫蕩的精魂附在女兒身上，纏住不放。』繡菱說。」（183）而繡菱便是聽從靈媒的指示，專程將女兒攜回的古錢幣歸還於此。

在此，論者咸以為藝術或小說創作，相對於慾情瘋巔的位置，或者旁觀與入魔的問題，「此敘述者極為疏離也極為旁觀，一流的鑑賞家眼光。另一個配角繡菱，此敘述者極為近距離，也極為主觀，末流的情傷者姿態。」（鍾文音，2006）「最為弔詭處，莫過於點出創作者苦苦執著於文學／藝術的『鬼迷心竅』」（洪珊慧，2007）對施叔青而言，反倒呈顯其極為曖昧的反思位置：沿著她與芙烈達．卡蘿的對話，至《驅魔》途中一幅幅迫人直視迷惑的肖像，其實可見她最後藉用書寫莫蘭迪（Giorgio Morandi）同樣畫幅極小的油畫、一再重複的靜物主題，終其一生住在他小小的房間同畫室，如同芙烈達，也像卡夫卡，所帶出對自我的深入：「一個人可以遍遊世界而看不到任何東西，其實不需要看很多東西，而是深入你所看的。」（189）

五、結論：我寫我不在

如果說，寫於 1997 年的《芙烈達．卡蘿》表現出來的是「我畫我自己，故我存在」的惶惶焦慮，那麼在寫完「香港三部曲」、並將展開第二部臺灣歷史小說書寫之際，所旁生而出的旅程，寫下的《驅魔》，則瀰漫一種「我寫我自己，故我不在」的困境；愈藉藝術、歷史的書寫，以形似理性的知識建構與旁觀的敘事位置，實愈遮蔽了慾情隱伏的自我：

> 那種感覺就像隨便摘下任何一個面具，戴上它，馬上會變成面具的那個人，原來的『我』消失了。呵，但願我能戴上它，遮掩本來面目，安安心心去扮演另一個角色。（67）

「我把寫作當做傾吐的窗口，療傷止痛，我最大的恐懼是害怕有一天管不住自己，瘋掉了，藉著創作一點點稀釋可能瘋狂的因子……」（90）

在此引人注目的是，施叔青反覆對視的藝術家畫像，在作為現代主義轉向自我審視的同時，也呈顯出這一美學思想的核心關注——主體性；曾經在〈那些不毛的日子〉提及畫下敘事者「童年夢魘的一頁頁風景」的孟克如此，在《兩個芙烈達．卡蘿》中尋蹤、追問「終其一生努力不懈地描繪自己的容顏」的墨西哥女畫家如此，《驅魔》中越過文藝復興，返回龐貝廢墟所見母狼鑲嵌壁畫所帶給「我」情感的波瀾亦似如此。

施叔青小說呈現對於內在精神的審視與刻畫，透過怪誕、鬼魅的主題，連結上現代主義者對於異端的傾向，亦往往流露著主體性分裂的危機，附魔與驅魔之間，就像畫家隔著畫布自畫；同時連結上《兩個芙烈達．卡蘿》裡，回應全球後殖民問題的思路起點。施叔青寫作當時受訪即表示：「她有一個作品就是有兩個芙烈達，一個穿西班牙衣服，一個穿墨西哥衣服，那妳們就知道我想講什麼了」（簡瑛瑛，1999：131-132）

然而，其中隱伏的小說家對於自我審視的不安，「接觸到芙烈達．卡蘿的自畫像，正是我最厭惡自己的存在，最不願與自己周旋的時候。」（20）與對其畫作入迷的好奇，便成為九七、世界之末以至千禧皆已漸遠的，寫作《驅魔》之時貫穿的形式和主題。而在那些不在之處，留下的

「我」的痕跡，帶著小說家寫下接續的二、三部曲，令人想起她在旅程開始，所寫下的那句：

> 我想到天涯海角為自己招魂。在回歸的心路上，我必須把自己拋擲得愈遠，才會回來得愈快。
>
> ——《兩個芙烈達．卡蘿》，16

參考書目

王德威，〈異象與異化，異性與異史——論施叔青的小說〉，收入施叔青《微醺彩妝》，頁7-44，臺北：麥田出版，1999。

白舒榮，《以筆為劍書青史：作家施叔青》，臺北：遠景，2012。

彼得．蓋伊（Peter Gay）著，梁永安譯，《現代主義》（Modernism），臺北縣：立緒文化，2009。

林素芬，〈翩飛報春的彩蝶——作家施叔青專訪〉，《幼獅文藝》，84卷4期（1997年4月），頁65-70。

邱貴芬，〈翻譯驅動力下的臺灣文學生產〉，收入邱貴芬等合著《臺灣小說史論》，頁197-273，臺北：麥田出版，2007。

施叔青，《那些不毛的日子》，臺北：洪範出店，1988。

施叔青，《兩個芙烈達．卡蘿》，臺北：時報文化，2001。

施叔青，《耽美手記》，臺北：元尊文化，1998。

施叔青，《藝術與拍賣》，臺北：東大發行，1994。

施叔青，《驅魔》，臺北：聯合文學，2005。

洪珊慧，〈文學／藝術的鬼迷心竅〉，《幼獅文藝》，638期（2007年2月），頁88-89。

黃千芬，〈女性跨時空對話：賞析施叔青《兩個芙烈達．卡蘿》〉，《婦研縱橫》，91期（2009年10月），頁87-92。

潘秀宜，〈迷路的導遊——論施叔青《兩個芙烈達．卡蘿》〉，《中國女性文學研究室學刊》，六期（2003年5月），頁68-85。

鍾文音，〈有界無世，藉藝驅魔的旅程〉，《文訊》，243期（2006年1月），頁90-91。

簡瑛瑛等，〈女性心靈的圖像：與施叔青對談文學／藝術與宗教〉，《中外文學》，27卷11期（1999年4月），頁119-137。

施叔青研究論文集

附錄

跨國華人書寫・文化藝術再現：施叔青國際學術研討會

作家與藝術家論壇

時間：2014 年 10 月 17（五）9:00~17:30

地點：國立臺灣師範大學圖書館國際會議廳

主持人：施淑（淡江大學中文系榮譽教授）

引言人：白先勇（加州大學聖塔芭芭拉榮退教授、作家）

李昂（中國文化大學中國文學系教授、作家）

平路（作家）

陳義芝（國立臺灣師範大學國文學系副教授、詩人）

焦桐（國立中央大學中國文學系副教授、作家）

傅秀玲（國立政治大學廣播電視學系助理教授）

白先勇教授（加州大學聖塔芭芭拉榮退教授、作家）

各位文學界的朋友、各位同學們，還有施家三姊妹，大家好。

我剛從美國回來，一回來就被施叔青逮個正著，她一直希望我能來參加，我想她大概覺得我跟她有著特殊的因緣吧。《現代文學》雜誌結束的時候，我曾經邀請為《現代文學》寫過稿的作家，請每個人寫一篇回憶，說說他們跟《現代文學》怎麼產生關係的，那些文章後來集結成一本書，叫做《現文因緣》。這次為了研討會，我把那些舊資料又拿出來重新看了一遍，算一算，想想那個歲月，真不得了呀！ 49 年，快半個世紀，施叔青在那時也寫了一篇，我等一下要念出來。

《現文因緣》的「因緣」兩個字，在這裡說或許很奇怪，其實我和很多朋友的交情持續了大半世紀都是因為文學的關係，所以可以這麼說，很多朋友都是因為文學因緣而來的。

三句不離本，我還是講《現代文學》。《現代文學》是 1960 年創刊，創刊以後，1963 年我就到美國念書。後來由當時在臺灣的幾位文學界朋友承接下來，像文學界、美學界的前輩——姚一葦先生對這本雜誌可以說是鞠躬盡瘁，當時我們窮的不能再窮，那本雜誌的編寫和印刷沒什麼經費，所以都是義務的。我當時在離開前把這本雜誌交託給姚先生，他在編這本雜誌的時候，擁有獨到的眼光，他真是一個伯樂，那時候一些年輕的作家，都是他發掘他們的文采，所以在他主編任內，發掘不少非常有才華的作家。

當時我在美國念書，也開始教書，但其實心都不在教書上面，天天在等那本雜誌過來。人在美國，心繫臺灣，整天掛念的就是這本雜誌要拉稿、要怎麼樣做……。所以當雜誌一來的時候，就是 1965 年 2 月姚一葦先生主編的那一期，我一拿到手，最重要的是看小說，看有什麼新的小說，第一篇是白先勇、第二篇是白先勇，接著是〈壁虎〉，作者是施叔青，那時我從來沒看過這個名字，不曉得是誰。

施叔青的〈壁虎〉，我一看，大吃一驚！就像聽見一個很奇怪又是一個新的聲音。我看著〈壁虎〉，一開始以為是一個男生寫的，文風很剽悍，非常不平常，筆調也很老練，寫一個 30 幾歲的男人，對於人生，尤其是對性這方面，都很有體驗的樣子。我看了這一篇，就向姚先生打聽，這是誰呀？他告訴我，是彰化女中的一個女生，我大吃一驚！我說幾歲呀，他說 17 歲，這個 17 歲一點都不寂寞，這一篇讓人覺得非同凡響。《現代文學》這本雜誌很特別的一個原因是，現在很多非常有才的作家，他們的第一篇都是投稿那本雜誌，而且第一篇起步很高、很非凡。所以我所講的第一篇，在我看來蠻要緊的。我想，哇，一個年輕作家誕生了！我當然很高興，那時候辦雜誌給我最大快樂就是發掘新的作家、有才的作家，而且看到那些作品，會非常興奮！會到處傳閱，我們的雜誌又有了不起的作品。

當然，我們的雜誌也有詩！大家記得葉珊嗎？就是楊牧，那個時候的筆名叫葉珊，我想當時是玫瑰時期（Rose Period）叫葉珊，投稿在我們雜誌上，前半輩子叫葉珊，所以說很有意思。還有邱剛建，大家都記得吧！接著下期又來了，當然我又是看小說為先，看到一篇叫〈無聲的記憶〉，你們大概不太熟這個名字。如果你們研究文學史的話，這篇小說後來改了名字了，這次施叔青躲起來了，用了個筆名，叫做施梓。我一看，這兩篇風格很相近，是不是又是施叔青，這一篇更不得了，講亂倫的衝動。這一篇更奇怪了，這個女孩非比尋常，所以我開始注意她。

今天施家三姊妹都到了，當時同期我又發掘了一篇，我發覺這幾篇東西都不尋常，她們的文字都很特殊。文學就是文字藝術，第一條件就是文字，文字很特殊才能獨樹一幟，如果文字平平，我想對文學上可能不會有很大成就。作者是施淑，後來一打聽，施淑女是施叔青的姐姐，這篇文章是施叔青的姐姐寫的。施淑女現在是個學者，很有名的學者，她一開始也是從創作開始。當然，後來施家的小妹也加入了，也就是李昂。所以我們這個雜誌，跟施家三姊妹都很有關係。

後來施叔青繼續寫下去，陸續在我們的雜誌上投了好幾篇文章，《現代文學》和施叔青關係可說是相當地深，她開始磨劍的時候，就是在我們的平台上面練武功。我那時候就看出來這位作家潛力無限，她的視野、文字功夫，後來她的韌性、對文學的執著。當然，這個是後話。不過我很高興，那時候沒有看走眼，我覺得施叔青一定大有可為。我也很高興，我們的文學因緣維持了快 50 年，現在老朋友名滿天下，而且成就非凡，我恭喜她，也很佩服她在文學上的執著。

我想我們那一代對文學至少態度上是很嚴肅的，對我們來說，文學這個字是大寫的，在這個大寫的文學下面，其他都微不足道，文學是我們最高的標準，到今天，我想施叔青也沒有改變初衷，我們那一代可能整個的看法都是如此，今天藉這個機會，真的很高興能夠分享這一些曾經的故事。

施淑（淡江大學中文系榮譽教授）

各位好，今天我很高興，也很光榮可以參加我妹妹的學術研討會，因時間超過很多，所以我不多說，請由幾位貴賓參與論壇說話，第一位李昂。

李昂（中國文化大學中國文學系教授、作家）

各位好，我很高興來到這裡，尤其我們三個姊妹同台，這是很多很多年來的第一次，尤其有白先勇在這裡，我簡直覺得我們又回到過去那個文學剛開始的年代。

因為時間的關係，我要講的是有關施叔青的小祕密，難得有機會嘛！

這是一個學術上嚴肅的祕密，不過沒有關係。首先要說的是，很多人常問我為什麼那麼年輕的時候就敢寫小說，而且發表作品。我說是因為家裡有一個姐姐，她跟我一樣，沒有什麼生毛發角，也沒有三頭六臂。「生毛發角」是臺灣話，就是那種特別的長角。那她都可以寫小說，為甚麼我不能寫呢？這實在是一個非常大的鼓勵，也就是說，在家裡每天跟你混在一起的姐姐都能寫，那當然寫小說就不是什麼偉大的或是什麼不能克服的事。

所以我開始寫，這是非常好的起步。因此鼓勵各位，如果你們家中有姊妹、小孩，要寫小說的話，就拿我們姊妹作例子，不要覺得文學是一個那麼高的東西，否則你就永遠不敢去試，這是我想先講的一件事情。接著今天我要講一件非常重要的事，總得要爆一點小內幕，不過施叔青放心，這是件可愛的事情，而且跟廖炳惠教授有關。

有一年，我被邀請去香港開文學會議，當時我非常的肅然起敬，因為會議邀請了廖炳惠教授和王德威教授兩位文壇重鎮的大人物，也是我非常仰慕的人物，因此我做了很多開會的準備。可是我講話超級口無遮攔，當廖炳惠教授在講施叔青姐姐的小說跟後殖民的關係，講完的時候，我居然自告奮勇的舉手，跑上台講，這也呼應我剛剛講的第一個重點，我說我姐姐在家裡不學無術，怎麼可能讀什麼後殖民，會不會是批評家覺得在裡面看出很多後殖民的東西，不見得是姐姐讀了後殖民才寫這樣的。

對廖教授很不好意思，可是他非常有雅量，也沒有當場跟我對質，或者說這根本是後殖民的什麼什麼，我看到一個學者很好的風範。後來才知道，我姐姐的確是讀了後殖民的論述。可是當時我們總有一點覺得，作家讀了很多理論被影響來寫小說，我當時的提問是，我認為姐姐非常有原創性，她寫的文本雖可用後殖民來論述，但她是走在後殖民前面的。這是一個微妙的感覺，到底誰先誰後，這是雞生蛋跟蛋生雞的問題。事隔 20 年了，在此跟廖炳惠教授致意，謝謝您當時的雅量，沒有讓我很難堪，讓我當場下不了台。我老做這樣的事情，所以今天就把這個糗事講了一下。

倒是還有個有趣的觀點，想要藉著廖教授也在這裡提一下。因為姐姐跟後殖民有關的小說，也是今天被討論的重點，接下來我拋出一個議題，這也是個很嚴肅而不八卦的事。我最近重新翻了一下，發現過去在讀的時候沒有注意到，「東方主義」其實關注的都是伊斯蘭國家，而那個「東方」不是廣泛的東方，東方到中國或到日本。可是我過去讀的時候，對伊斯蘭教的國家沒有概念，所以腦中一片混亂，我覺得東方是一個涵蓋很大的東方。

近 10 年，我花了很多的時間旅行，我們沒有故作優雅狀要去看博物館，或是去聽歌劇，就是非常赤裸裸的跑那個地方。花了大概 10 年時間，除了伊拉克在打仗，阿富汗不能進去之外，我大概去了所有的，講這句話也許要打一點折扣，應該說我去了我可以到的那些伊斯蘭教的國家。

最近我還做了一個很偉大的旅行。IS 去攻打的庫德族，在土耳其跟敘利亞邊境，三個禮拜前我才剛剛從那個邊境回來。我去了那趟旅行，沿路沒有看到任何一個華人，然後我覺得我一定是那種臺灣話說的帶衰的，我去了之後，他們就打仗，現在去不了了。上次去蘇丹的時候，蘇丹停戰，所以我可以進到蘇丹，可是我一出來，南北蘇丹又開始打了。

我要問的問題是，我去了伊斯蘭教國家才發現後殖民論述所談的，跟我當年向廖炳惠教授 argue 姐姐是不是讀了很多後殖民的東西，其實我那時候自己腦筋不清楚，因為那個東方其實不是那麼樣涵蓋性的東方，而是在伊斯蘭教的東方。在我去了這麼多伊斯蘭教的國家之後，才發現這個東方要做一個重新的詮釋。到了一個地方走馬看花，我是說我是走馬看花，不是深入的旅行者，但真的可以開始感覺到，所謂的東方是什麼，也許是非常有趣的問題。尤其是這一波全球化的論述之下，怎麼再來把這一些伊斯蘭教的地區在這整個的後殖民論述之後的區塊，再排列組合或一件新的事情，我覺得這很有意思。

所以，今天除了向施叔青姐姐致意，然後也跟廖炳惠教授說聲謝謝，謝謝他當年沒有讓我太難堪，謝謝。

施淑（淡江大學中文系榮譽教授）

接下來第二位平路，有請平路作家。

平路（作家）

各位好，今天很高興來，最主要來跟施叔青致意。

對寫作者來講，看到有人可以用這麼樣的恆心、毅力，然後做出這樣的成績，而且是繼續做，繼續做的，我想，我跟各位的心境一樣，除了能做她的讀者，過去這條路上一直走，一起扶持的朋友，做為同行也覺得非常榮幸。我很高興向施叔青致敬之外，讓我最覺得可以提出來的，同樣做為寫字的人，就像剛剛講到的，文學必然是文字的藝術，必然知道這件事情，必然知道這裡面的是永無止盡的，永遠可以更好，而且無窮無盡。我非常佩服施叔青文字功力，尤其是每一系列的小說都有一個特別的主角，同樣作為寫字的人，我知道那個選擇的當初是多麼不容易，一定是選了又選，然後寫了又寫，想了又想。要練出那樣一個文筆，選定了，然後一個字一個字打上去、寫上去，那個看得見的辛苦，成績有目共睹。施叔青的文字非常好，很多時候在一個段落裡面，或是字裡行間，都有豐富的意義。她的文字毫無造作煽情，沒有冗長的綴字，有一定的功力。第二點要特別向她致敬的是，她窮盡一生花了很多很多的時間都在寫字，她把生命中最好的感知和發現的視野展現出來。據我大膽的猜測，她生活的安排都是為了寫字，生活的選擇包括安定，甚至安靜的生活，盡量都圍繞在寫作的需求上，讓我很感動。不管遇到甚麼遭遇，都讓自己保持在最佳狀態，不為別人，這是我在施叔青身上看到的，這也是為甚麼她可以持續寫下去的動力，最後再次向施叔青致意，謝謝。

施淑

接下來我們請陳義芝。我想很多人都對他很熟悉，特別是師大。

陳義芝（國立臺灣師範大學國文學系副教授、詩人）

我是以一個讀者的身分來向施叔青致敬。

剛才白先勇說他跟施叔青有50年的因緣。我跟叔青也有40年的因緣。40年來做為她小說的讀者。那是1970年代初開始的事，那時正是我們這一代摸索寫作的時候。

後來會跟施叔青比較熟，是因為我在媒體工作，常常有機會優先讀到她的作品並決定刊登出來。至於其他的因緣，有一次在日本旅遊，竟在天城山隧道看到施叔青、李昂兩姊妹迎面而來。在海外非熱門景點，要碰到臺灣人不是很容易，要碰到臺灣作家更不容易，更何況一下碰到兩位，真是驚喜啊！我們共同走了一小段路才分道，那是生命中難得的記憶。後來我們還一起去阿姆斯特丹，當我們在鑽石店觀賞時，所有的人都認為施叔青最有資格，也看起來最像要買那顆鑽石的人，不料竟是我這最土的人買了。我挑了一顆問施叔青說好不好，施叔青說好，我就買下了。

回到正題，施叔青得過國家文藝獎。白舒榮寫過一本施叔青傳記《以筆為劍書青史：作家施叔青》，收錄有施叔青讀彰化女中很清純的照片和讀大學時很美麗的照片。今天我來圖書館大廳，又看到電視螢幕播映出那些照片，十分引人注目。

今天我要談的是「一個小說家的誕生」，剛剛白先勇提到，1960年代施叔青就開始寫作了。1960年代是我們摸索文學的時候，那時候讀白先勇、讀司馬中原、讀黃春明、讀陳映真，另兩位比較年輕的小說家，我印象較深的，一位是施叔青，一位是林懷民。

我讀林懷民的《蟬》，他用蟬作一隱喻寫年輕人的苦悶。讀施叔青則是因為新潮文庫的關係，我買了她最早的書《拾掇那些日子》。我想舉兩個部分來談《拾掇那些日子》，一個是作為書名的這篇〈拾掇那些日子〉。這篇當作散文體小說也可以，當作散文讀也可以，我是當散文來讀。而且我讀到了兩個我非常景仰的作家，一個是施叔青，另一個是文中所講的「大頭」──陳映真。年少時閱讀的文學作品，印象非常深，像《蟬》敘述的情節，我到現在都還記得。同樣的，〈拾掇那些日子〉裡，施叔青用「我」向那個「你」（陳映真）那種誠懇、熱情的告白，也是令人動容的。

施叔青寫這篇作品時，約是 1968 年左右，陳映真剛被關進去坐牢。那時陳映真的作品，只能地下流通，他是我們口耳相傳的傳奇人物。我沒有想到，有一位作者──施叔青，竟然跟他如此的接近，在生活裡、生命中產生了如此的關聯，思想的契合、文學的交會，甚至覺得這一對若當戀人也挺好的。從這一篇文章，我看到了作家的生命本體，那時候我為什麼會那麼著迷於文中情境，原因就在袒露的心靈，施叔青一直在講不快樂、不快樂、不快樂，我想她如果快樂就不會寫作了。

如果現實生活太快樂，你有太多可以做的事，你就不會沉浸到心靈深處了。她所描寫的陳映真就是那麼樣的疲憊、困倦、憂鬱，可能還有一點墮落，這些都是異於世俗的人生。這樣的一個生命本體，對於當時我們正在追求文學，是有一種強大的感染力的。今天再來看這篇作品，我仍然覺得它非常珍貴，施叔青也許覺得這已經是她的少作了，但我覺得作家與作家書信的來往，像這樣的心靈契合，而且在一篇文章裡給了我們那麼多啟發，是少有的。到今天仍然可以給不同年齡層的人閱讀，會有很多的啟發，包括寫作技法。陳映真曾跟施叔青講，你在塑造象徵的時候，要講究主觀的統一，他說唯有主觀的統一，將來才能夠使得這一個象徵有多面向輻射的效果。

我們從施叔青 60 年代的作品看下來，就覺得她真的具有一顆詩心，對文字藝術十分講究。有一些小說家文字比較粗糙，而施叔青的文字是非常精緻的，她大量、而且非常自然的運用意象，〈拾掇那些日子〉裡的風箏顯然就是命運的變化，手上拉著那根線，到最後人生也是無常的。第二章講到那個小風鈴，小風鈴在文章裡雖然是一個家居的圖像，但是她也藉著這樣一個意象，傳述生活裡成串的記憶。到了第三章是寂寞的聖誕紅，表面上非常艷麗，但內心是非常的寂寞，用聖誕紅來形容那種心情，有高度的藝術。而那時候的施叔青才 20 幾歲，即刻預告了一位小說家的誕生！剛剛白先勇講過，她一出手就有那種高度。

判斷一個作家我們常說有沒有才氣，有人會說天才也是後天不斷努力所得到的最後結果，但是絕對有先天的因素，體質、礦場、質地，是不是一塊沃土，很重要。

平路剛剛說施叔青是那種不斷專注的小說家，早上李歐梵演講，他讀了大量文獻後發現，施叔青寫的鼠疫竟然也是在那麼準確的一個時間點。

請容許我再講一下《拾掇那些日子》裡的其他小說〈倒放的天梯〉、〈擺盪的人〉。〈擺盪的人〉是施淑女教授當年為《拾掇那些日子》寫序裡特別講到的，說這個作品一出來就塑造了施叔青成為一個作家的風格。在〈倒放的天梯〉裡，我們也可以看到施叔青那種精神分析、存在主義、人與命運抗衡的表現，而且這兩篇也都連結到神話。

關於神話、原型，施叔青在那麼年輕的時候，她的作品裡就讓我覺得有一種想要塑造現代的原型人物，譬如〈倒放的天梯〉裡的潘地霖，在 2000 公尺的高空，長 120 呎的吊橋，他要以倒掛的姿勢去油漆，沒有人敢上去，而他跟工頭說我要 7 天，這 7 天等於是上帝創造人間萬物的時間，結果現實只能允許他 3 天。像這樣因為環境不允許、有一些阻礙，成為一種失重的狀態、絕望的處境，也只有小說家有這麼複雜的心靈，筆下才可能出現如此複雜、難言的境遇，譬如說那種人無法掌控的、無法理解的，而又必須前去探索抵達的衝突、失落、荒謬。

施叔青在一開始寫作的時候，她的筆就深入到潛意識，她確是經過現代主義的洗禮，完全浸淫過現代的表現藝術、技巧，以至於她後來在處理國族、處理殖民、文化等課題都游刃有餘。〈擺盪的人〉我就不多講了，故事裡當然也有一個銀色的，銀袍的老人，就是老火車頭，讓讀者奇特而印象深刻。

以上我所說的是一個小說家的源頭，早年像一條深溪，溪流面雖不寬，但來自於叢山峻嶺，溪床很深。現在的施叔青已經走向曠野、走到遼闊的世界，變成一條澎湃洶湧的大江，她是一位已完成的小說家。我作為 40 年前就閱讀她作品的一個讀者，到今天被她點到名來講幾句話，深以為榮。

施淑

接下來我們請焦桐。焦桐是美食領域專家。

焦桐（國立中央大學中國文學系副教授、作家）

我跟施大姐越來越熟，是因為每次回臺灣，她都會召見我。那越來越熟以後，就覺得我如果坐在這邊跟他致敬，我會覺得我之前很三八。

我第一次讀施叔青大姐的書是《西方人看中國戲劇》，因為我大學念的是戲劇系，我一直考不上大學，不曉得大學怎麼考，結果考了很多年都考不上，猜也猜不對，後來勉強考上最後一個志願，就是戲劇系，沒想到就讀到現在。

講到這裡，剛剛白先勇先生提到的《現代文學》，我想到我第一本讀施叔青大姊的書，就是《西方人看中國戲劇》，我不知道為什麼我會買那本書來讀，然後後來才開始讀一些詞曲之類的書。

大三的時候，修到姚一葦老師的課——「戲劇原理」，那時候我很仰慕他，就去教授休息室找他，他脾氣好大，不理我，我跟他鞠躬致敬，他還是不理我，後來他掏出身上的珊瑚牌香菸開始抽起來，也不問我要不要抽。我覺得很無趣，跟老師說那我告退，我正要走的時候，他說：「你寫作嗎？」我說：「是。」他問說：「你叫什麼名字？」我說了我用的筆名「焦桐」，他說：「啊，我知道，你的詩在我們《現代文學》有發表。」我說：「對。」他說：「啊，坐坐坐坐。」這時候才掏菸給我抽。

很高興可以跟施大姐同樣在《現代文學》發表作品，也因為《現代文學》被姚老師關注，後來亦師亦友。因為我家住木柵，姚老師也住木柵，他每次一出書就會打電話給我說：「你要去報社前到我這邊來，我書剛出來，你來拿一本。」而我跟施大姐真正見面，是從一盒鳳梨酥開始。那時候在編中國時報的副刊，請施大姐回來評審「時報文學獎」，我帶著一盒鳳梨酥，那時候也不懂什麼美食啦！買了一盒我覺得好像很好吃的鳳梨酥，去按她房間的門鈴，那一盒鳳梨酥換來一本《維多利亞俱樂部》，我覺得非常划算，後來我們就慢慢有了一些交往。

有一年因緣巧合辻原登先生來到臺灣，不知道為什麼他會找我，他找施叔青是應該的。他說我們三個人成立「三友會」，三個朋友，他很慎重，寫在一張紙上「三友會」，然後問我們的姓氏、年齡，他自己是老大，施叔青是老二，我是老么，有點結拜金蘭的意思，從那時候開始我就叫施大姐了。這次的會議我很希望「三友會」可以齊聚一堂，所以我寫信給辻原登先生，他很難過的說他不能來，因為時間太緊。後來有個教授提醒我，他說在日本非常有名氣、有威望這種等級的作家，要一年前就跟他約，他的行程一定一年前就排好了，他不會隨便就這樣跑過來，你這樣約的話，第一、不太禮貌，第二、而且你要跟他談好各種條件。我不認為他會在乎條件，他跟施大姐這麼好，我們雖然不常見面。但讓我想到有一次我和施大姐還一起去日本旅行，那是十幾年前的往事，那時候我正在寫《完全壯陽食譜》，正在寫草稿，我記得在車上，從東京到京都的新幹線子彈列車上拿給施大姐看，看完給平路看。我沒想到他們兩個都很讚賞，我的虛榮心在子彈列車上快速的膨脹，完全得逞，我就覺得這兩個小說家非常有眼光，對詩的品味特別高超。後來又越來越熟，施大姐也把我當小老弟看待，我們變成了吃喝玩樂的酒肉朋友，她回到臺北總是會邀我一起吃個飯。

我想談施大姐個性上那種俠女的氣質，俠女當然是武功高強，在文學造詣上是很厲害的，那是我望塵莫及的。第二個是我覺得他有一種凜然讓我尊敬的一種正義感，這種正義感我也在李昂老師身上看到，就是對非常不公不義的事情，好像都冒火一樣，幾乎可以看到那個火焰，我非常喜歡這種正義感。另外，我覺得施叔青大姐有一種孤傲感，不曉得她自己承認不承認，她這種孤傲感讓我感覺是一種潔癖，道德上的潔癖。特別每次有一些屬於政治上的事情發生時，我很喜歡聽她的意見，她在陳述、在表述她的意見的時候，會讓我感受到那種我非常欣賞的正義感。所以，我才會動容於她作品裡面那對於土地、社會、家國的那種無微不至的關愛，那麼關心這片豐腴的土地。我想我就先報告到這裡好了，謝謝施大姐抬愛。

施淑

接下來我們請傅秀玲教授。

傅秀玲（國立政治大學廣播電視學系助理教授）

年初的時候，主辦單位邀請我來施叔青研討會座談，因為我不是文學中人，也不是做學問的人，我是拍電影的人，所以就力辭，說：「謝謝、謝謝，我真的不能去文學研討會。」

後來，叔青回來臺灣的時候，打電話「召見」我，她說：「妳要去啦。」我說：「我去講什麼呢？我又不是研究文學的人。」她說：「妳去講妳改編我的作品的過程好了。」

我想就來講講這件事情吧，為什麼我會找到施叔青女士，後來居然還成為朋友，而且我也一直非常尊敬她。

很多年前，美國 SONY 電影公司的製片總裁找我兩位朋友的美國製作公司，問他們可不可以找一個東西文化交流的故事，把它改編成電影，然後由 SONY 來拍。兩位朋友說：「我們一個是美國人，一個是加拿大人，也不懂東方文化，找傅秀玲好了。」於是就找我幫忙。我那時候正好要回臺灣探親，回臺北後，我很認真去書店找了很多書，因為多年沒有看中文書，就拼命去翻。後來找到《她名叫蝴蝶》的時候真的很驚喜！三天之內看完兩本，因為那時候第三本還沒有出版。我告訴朋友找到可以拍成 epic film 的三部曲小說，大致說了兩本書的大綱，他們都很興奮，請我立刻和作者談改編為電影的可能性。

施叔青女士的作品，我並不陌生，從國中就看了。可是，我並不認識她，於是，託了一位爾雅出版社的朋友幫我找施女士的連絡方式。很幸運的是，當時施女士正好住在臺北。我立刻打了電話給她，說明來意。她大概以為我是詐騙集團，很有氣概地說：「我不須要一部好萊塢的爛片掛在我腰上。」我怕她掛電話，急忙說：「我也不想拍好萊塢爛片，但是我看到這部作品中，很少出現在女性議題小說的點，所以覺得應該能拍出不同的電影。」她問我是哪一點。我說：「很多寫受苦女性的小說，容易寫成女性是受害者，然而《她名叫蝴蝶》的黃得雲即使經歷許多傷害，並不自艾自憐，也不接受自己是一個受害者，就是要將生命主權再拿回自己手中。」施女士聽完，問我：「妳半個小時內可不可以來我家？我給妳一個鐘頭，我們談一下，之後我就要去澳洲了。」

我當然立刻趕去她家，而且和她談了不只一個小時。叔青洞察力很強，問話與評論都非常乾脆、直接、切中要點。最後她說：「如果是妳寫劇本，我就答應賣版權；而且妳也要當我的經紀人，因為我完全不懂好萊塢的運作。」我解釋：「我朋友只是託我找題材，並沒有請我寫劇本。好萊塢的經紀人需要有執照，我在南加大教電影，偶而拍片，並不是經紀人。」她說：「反正，妳不寫，就拉倒。」然後她就搭計程車去機場了。

回到洛杉磯向朋友解釋了情況。他們說：「本來就是要找妳寫啊，要不然何必找妳要題材？」我說：「我在南加大專任，又有拍片工作未了，一個人寫太慢，你們必須有一人和我合寫。」他們也很乾脆決定其中一人和我合寫。於是，我馬上告訴叔青，他們則請律師擬稿進行和叔青簽約。

當時簽的其實是好萊塢所謂的 Option 同意書，就是說製作公司付給叔青一點錢，請她給公司一年的時間去找投資拍攝，如果一年後，沒有找到投資，同意書可續約或終止。如果找到資金，再付正式的劇本費。叔青很幫忙地說，給她一塊美金做象徵意義的 option fee 就好，我就盡量幫她和製片公司爭取提高劇本費和分紅的部分。之後因為劇本寫了五稿，花去一年半的時間，她讓我們再續約一年。

我的編劇夥伴是沒有來過亞洲的美國人，因此我們決定到香港去做田野調查、蒐集資料。叔青非常熱心地帶著我們，在暑熱的香港找尋她書中的各種背景、感覺，給了我們極多的靈感。她也是改編者夢寐以求的原作者，因為過程中，她可以不厭其煩地回答我們的疑問，卻從不過問我們的改編內容；即使劇本完成後，我們請她給我們意見，她也不看，她說，小孩過繼給別人後，就是別人養的孩子了，她不要插手。

我們完成劇本前，原來的 Sony 製片總裁已被調回日本總部，高升了，美國的 Sony 改朝換代，製片政策也不同了。劇本寫完後，我透過人脈，寄給 28 處的人才看，包括李安導演、我心中演屈亞炳的第一人選，香港演員梁家輝先生，以及美國導演 Robert Altman 的公司。李安導演的助理很客氣地說，李導已經有好幾部電影在籌畫了，所以一時無法再排進新計畫。梁家輝先生的公司回應，他願意先簽同意書，等資金、導演到位再細談合約。另一位美國導演朋友到現在還不時跟我說，那是他看過最好看的劇本。Altman 導演公司的製片給我一個令人驚喜的反應，她很興奮地說這是她看過最好的劇本之一，簡直是香港的《亂世佳人》（Gone with the Wind），一定要力推給她的老闆。可惜，Altman 導演那時剛拍完《謎霧莊園》（Gosford Park），筋疲力盡，暫時不想再拍另一部和英國有關的電影，所以就不了了之。這在好萊塢是很常見的情況，一部電影的完成需要天時、地利、人和，我也習慣了，只是心中難免遺憾，沒能讓觀眾在大銀幕上看到叔青的香港三部曲。

電影沒有拍成，不過我們繼續保持聯絡，叔青和她的先生 Robert 都對我很好。我去紐約工作時，會去看他們，他們過境洛杉磯時，也會來找我。叔青和我也結伴旅行過幾個地方。我們的話題範圍極廣，可以討論宗教、哲學、電影、文學、寫作、臺灣、美國、旅行……也會講個人生命裡的風景、心境。相處中常常被她創作的決心、自律、積極、精力、好奇心和創作動力所感動，自嘆弗如。她最難得的地方是，縱使她深諳人情世故，見識廣博，但一直維持一份赤子之心，待人直爽俐落，說話也不拐彎抹角，很有明心見性的氣勢。總之，謝謝叔青給我機會再創作她的作品，更謝謝她和 Robert 的友誼。

跨國華人書寫・文化藝術再現：施叔青國際學術研討會

跨國學者論壇

時間：2014 年 10 月 18 日（六）9:00~17:30

地點：國立臺灣師範大學圖書館國際會議廳

主持人：簡瑛瑛（國立臺灣師範大學應用華語文學系教授）

引言人：汪其楣（成功大學中國文學系榮退教授）

廖炳惠（美國 UC San Diego 講座教授）

陳芳明（國立政治大學中國文學系、臺文所講座教授）

邱貴芬（國立中興大學臺灣文學與跨國文化研究所特聘教授）

錢南秀（美國 Rice University 東亞系副教授）

單德興（中央研究院歐美研究所特聘研究員）

簡瑛瑛（國立臺灣師範大學應用華語文學系教授）

大家好，昨天第一場座談會是作家與藝術家論壇，請來白先勇、施家三姊妹等非常著名的作家，很精彩。今天第二場座談會為中外學者論壇，我們也很榮幸邀請到國內外非常知名的學者汪其楣、陳芳明、邱貴芬、錢南秀、單德興、廖炳惠等教授來共襄盛舉。因為時間的關係，我們就請剛剛很多人都說很崇拜的廖炳惠教授先說話，他也是我在臺大外文研究所的同學，現在是 UC San Diego 的講座教授，現在就把時間交給他。

廖炳惠（美國 UC San Diego 講座教授）

各位臺下的朋友好。我想我們儘量節省時間來問問題，這兩天來，我們從《三部曲》這種大格局的討論，到身體、性別、食物還有種種包括佛學的修行等跟創作之間的關聯，題目非常多元，且討論的面向都很深入。現在請這些重量級的學者，每位發表大概 10 分鐘左右，看看是否有些對施叔青教授的作品感言或是這兩天的觀察要補充。資料上的教授不需要我介紹，簡教授不是要我來介紹這些重要的學者，我想大家都對陳芳明教授的《臺灣新文學史》很熟；汪其楣也是整個臺灣文學界重量級的教授；邱貴芬教授有關臺灣方面的著作，尤其是在最近的紀錄片和很多後殖民研究，沒有人超過他；錢南秀教授飛了這麼遠來，早上我們都聽到她非常精闢的討論；單德興教授下午場擔任過主席，大家對他有關離散和美國文學就不需要我介紹了。我們請汪其楣教授先開始。

汪其楣（國立成功大學中國文學系榮退教授）

謝謝大家！謝謝崇拜的廖炳惠教授，也謝謝在座各位聽研討會的最後一場。叔青是我的文藝少女時期的好朋友，我不說老朋友，是好朋友。

我們在《現代文學》寫東西、翻譯東西的時候，她已經在雜誌及其他雜誌發表過很多驚人的小說。記得跟叔青第一次見面，是她穿著漂亮的洋裝，很開心的、很開心的，帶點酒意出現在我家。跟白先勇好像。

那時候我和我們的同學都假裝自己在研究文學，所以當看到真的作家，又跟我們差不多大，出現在我們面前，很開心。從那時候，我們就是常常來往的朋友，不是那麼親近，但是好像從來也不遙遠。

叔青在香港的時候，我曾經帶我們劇團到那邊演出，我感覺到非常溫馨，因為看到臺灣同胞坐在臺下欣賞我們的演出，那也是非常的愉快和感動的一次經驗。後來我在國立臺北藝術大學教書很多年，也帶學生作一些戲，有的是翻譯的劇本，不過我常常想回到作我們自己的創作，或是讓學生經由創作瞭解更多歷史、社會、人文和周圍的生活跟人們的生活情形。所以在 1987 年我作《人間孤兒》，1989 年作《大地之子》都是臺灣的生活環境和人們生活，對社會環境的反應。

到了 1994、95 年，擴大從自己看人的經驗、自己周圍的生活經驗、自己家庭和家對面的鄰居、隔壁鄰居的這個經驗，進而擴充往上走，就是臺灣原住民的生活經驗，總覺得在臺灣這裡，我們還可以往外看什麼，那時候的眼睛大概就像世界所有的眼睛一樣。那時我帶著學生們閱讀了很多跟香港相關的書，其中最吸引我們的就是施叔青的「香港三部曲」，那時候還不叫香港三部曲，只有《她名叫蝴蝶》和《遍山洋紫荊》這兩本。大家抱著成天看，不像其他的文本就是比較嚴肅一點，叔青的小說把歷史、人文、地理、傳說、愛情、情欲全部混在裡面，所以大家比較容易興奮，比較開心的是很容易看下去，而且容易討論，有話題可以討論。

等我自己也去了香港大概六、七次了，開始想作一點真正的田野和訪談，那時也跟臺灣常來往的藝術團體、舞團、劇團作了一些交流，不管是談香港的過去、或者未來，一定會談到六四，就跟叔青小說一樣。叔青寫小說，寫香港三部曲，她自己也說了很多，生活在香港像名過客，就是生活在島嶼上的一般人，或者是像個家庭主婦、像個藝術家、像個創作者，但是六四事情發生的時候，她說香港人站在一起，那個血肉之感，然後她也以為香港人，就像我在戲裡面最後唱我是一個打工仔，他們好像打工的、賺錢的，好像賺錢才是一切目的，但是，不是這樣的。人與人之間關心、以及回到祖國之前，看到祖國的父母拿著槍對著自己的兄弟開槍的那種痛苦，就在六四的這個所有的抗議活動，不管是在媒體、在街頭，在她們手上一個一個小小的微弱燭光裡面都表現出來了。叔青在這樣的情況之下，哭了幾天，不知道自己該作些什麼，她要出去抗議，大概也沒什麼太多力氣，不過她手中有筆，所以她這枝筆變成驚天動地的一部小說，她帶著我們去認識香港的歷史、人文，用香港人的態度和觀點來看近代史。那個時候我的目的是要帶學生瞭解這齣戲的這個過程，在叔青小說裡一一展示在我們面前。所以想要這樣作、想要那樣作，最後還是回到她身上，用叔青的小說作為我們這個戲劇的主要內容，裡面的人物也是非常貼切，有從東莞賣到香港的妓女黃得雲，和她第一個愛人亞當 ‧ 史密斯，一個英國軍官的戀情。然後她的第二個男人是亞當 ‧ 史密斯的助理——屈亞炳，兩個男人都因為自己的傳統和這個社會對他的壓力，而不得不很自然地愛上黃得雲，很自然地愛上香港，但也不得不跟她保持距離，跟她有一個愛恨情仇的關係。屈亞炳是叔青刻劃最成功的一個人物，他說了重要的一句臺詞：「妳讓我失身於妳，都是妳害的」，這句以及後面描述那位關在集中營、死於集中營的英國紳士，在我們看來就是一個很重要的異性觀點，不會有任何一個男性作家如此自然地談到一名男性失身於妓女，或者這麼自然地談到那位英國爵士的性無能。性無能也是可以成為好的愛人，這也只有女人寫得出來，因為我們不是這麼在乎性無能或有能，我們真的在乎的是他是不是一個好的愛人。真高興我們到了這個年紀可以自然地說這句話。這解除了很多男人的焦慮和痛苦，還是很放心的愛我們。

在這樣的情況下，非常興奮且感激的，叔青寫了這部小說，我的學生們也是經由感性到理性，又經由情感的入手能夠得到香港人的觀點。當然在做戲的一開始，非常多人來參加這個徵選，最後演亞當 ・ 史密斯這個男主角的是一個個子很高挑，有芭蕾舞背景，很會演戲的男生，但是那時候他其實不是要來 audition 亞當 ・ 史密斯，他要來 audition 黃得雲，他幾乎裸體出現在我們徵選的會場，所有的男生女生都不敢呼吸，不知道要怎麼辦，不過真的很精彩，如果那時候我夠大膽的話，會讓他來演黃得雲，現在的我會這樣作，正好是這個議題當紅的時候，但是那時候我還是稍微傳統的，而且很怕大家不知道該怎麼樣思考黃得雲的身分，所以最後還是讓女孩演。當場也很多很嬌媚的、很開放的女生，要來拗這個角色，後來我選的那個角色，根據文評家陳芳明說好像什麼妖豔不足。我的確覺得她有一點妖豔，但是她是一個從小讀很多文學作品的演員，只有她能拿得起施叔青小說中的語言，所以有時候要靠頭腦演戲，不能只靠三圍演戲。

屈亞炳我原本也是一直想不出什麼樣的人可以演這個角色，後來發現演這個角色的男孩非常有才華。他有一個奇怪的習慣，一般人上臺是平常坐在臺下穿著外套，上去排練的時候把外套脫了，才方便嘛。但他就是坐在下面好好的，上去排練的時候才穿外套，好像不太願意人家碰到他，我想那大概就是屈亞炳吧！又想作，又不想作，在這樣的矛盾之間。最後想他可能是有某種特色，屈亞炳也是很精彩。

我們一起活在施叔青的小說中，走在路上都會講戲中的臺詞，整個戲劇系就喜歡講失身不失身這件事。那大家排到差不多的時候，就很想請小說家來看看我們，一開始都不太敢，後來還是請施叔青來看，我這邊還有他們寫給妳的長信。

稍微再講一點點，就是另外一個重要的人物——姜俠魂，姜俠魂在我的戲中化身為 7 個不同的姜俠魂，每個人用不同的觀點說自己後來到底可能去哪裡。他也許海盜，也許去參加孫中山的驅逐韃虜、復興中華的秘密暗殺團，或者是他毒死了英國人，他作了各種事情，跟當時的黑社會、革命黨、海盜、民間的秘密組織都有關係。而那是什麼呢？後來我們又看了《葉問》、《一代宗師》，一直到現在，今天在香港街上看到的一切，我們都知道施叔青跟香港人一樣，在心裡一直希望姜俠魂可以再出世，一個民間的傳奇人物可以再救我們嘛！救我們不要再失身於英國人、不要再失身於中國人，希望我們可以做自己的力量，不再相信再有一個強權的帝國主義來救我們，帝國主義救不了我們，只能殺我們，但是，是不是我們自己可以有辦法嗎？

這齣戲、這個劇本就叫做《記得香港》，最近有一群人又開始忙了，原本我們的劇本是很難賣的，是沒有人看的，不過最近又開始賣了，那是因為香港最近的局勢。所以，叔青的小說出於這樣的動機，我這個劇本也是出於六四的前一晚，香港有一個劇團正在排戲，他們一面在臺上搞笑，一面演莫里哀的戲，一下子回到後臺看電視，就是 6 月 3 號的晚上，所以在後臺哭，到臺上笑，就是他們當時的心情，這是我親自採訪到的一個劇團。然後，到了這個戲的最後，也是年輕的香港人，那時候，黃得雲已經一百多歲了，她的靈魂還出現在臺上，只是年輕的香港人手上拿著蠟燭，坐在維園，最後一次在九七的 7 月 1 號之前，最後一次在維園六四的聚會，討論香港的前途。一般人還是樂觀的，覺得沒有關係。但，也有一些人，心中有隱憂，真的很不幸，這些隱憂就在最近發生了。

就講到這裡，向叔青致敬。

陳芳明（國立政治大學中國文學系、臺文所講座教授）

我接著汪其楣的話來講。

我寫過一篇文章，就是〈記得香港〉。就是去關渡看汪其楣的演出之後，我回來寫的。在關渡看到這個演出之後，那心中感觸非常非常多。

那應該是九六年吧？還是九七年？是九七年，就是剛好那一天，那是九七的 6 月 4 號登出來的。

事實上，那齣劇讓我想起我在 1985 年跟施叔青在香港見面，那時候施叔青是非常非常享受香港的生活，香港人說看生活，看世界，就是享受世界。我去那邊以後才知道當時施叔青已經在寫香港的故事了，可是都是寫上流社會，那些貴婦人沉淪的故事。從沒想過，她有一天突然寫香港三部曲。記得八六年的時候，施叔青到西雅圖的時候，那時是我最落魄的時候，對，施叔青看過我最落魄的時候。

事實上我看施叔青的整個過程，跟我在海外流浪的生活是相似的。我能夠回來要到 1992 年，95 年回到學界，96 年開始寫「三少四壯」，所以，最後就寫到這個地方。如果沒有其楣這樣講，大概我的記憶都忘記了，經她一講，所有的記憶又回來了。那種回來的記憶，是有點淒涼，但是又非常非常溫暖。昨天洛夫講了一句話，她說暖暖的悲涼，這是矛盾語法。我覺得這就是暖暖的悲涼，因為終於回來了，可以又看到施叔青的小說。這部小說可以看得很清楚的是在跟歷史比賽，因為在八九天安門事件的時候，她就發誓要寫一篇香港的小說了。終於在 1997 年寫出了整個三部曲，歷史的緊迫感都容納在那部小說中。我們都覺得非常非常值得，有一部小說記載香港的身世、香港的故事，而且是用女性的身分寫的，在臺灣文學史上恐怕也是第一部，用女性的身體來寫臺灣的歷史、寫香港的歷史。為臺灣文學留下一部人人傳說的作品，甚至登上亞洲小說百大。

我去香港的時侯，香港人是很自衛的，他們一直爭論「誰的香港」這個問題。作為一個臺灣作家居然去香港發聲，他們是非常非常自衛的，無論如何，我是蠻得意的。

九七之後，施叔青回來的時後，我跟她說，既然都寫了「香港三部曲」，為什麼不寫個「臺灣三部曲」呢？終於臺灣三部曲還是寫出來了。我只是隨便講一講，她居然認真其事把它寫出來。寫出臺灣三部曲的時候，第一部《行過洛津》，我看了初稿，開始是不能接受的，那時候覺得史料太多，非常非常多。後來回來又校稿，我記得是時報文化把施叔青修改好的稿子寄給我，那部分完全改掉了，我覺得很奇怪，她怎麼可以把史料那麼多的小說，突然都拿掉了，然後就開始寫，寫出那樣的作品。回到剛才李欣倫在談，就是施叔青去打禪七後，有一次她告訴我，她在打坐的時候，每次都受不了，一兩天就走了，可是有一次居然奇蹟的就一直坐下去，坐到第三天的早上，聽到有一個聲音說：「妳何不沿著陳三五娘這條線索寫下去」啊！就是因為這樣，所有散落的珠子全都串起來。我那時候覺得這太神奇了，真的非常神奇。因為太神奇，所以我在讀《行過洛津》的時候，非常有感覺。我作為歷史家會一直要回到歷史的情境，但是這本小說非常好的地方就是，把整個時間化為空間，像開始談纏小腳的過程，染織的過程，就讓人好像在現場。施叔青沒有寫時間，直接告訴我們那些事件，而是從那些非常細微的事物，然後民間各種節慶都寫進小說裡去，我就覺得這樣的小說實在是太棒了。當時覺得可以把一篇充滿史料的作品，突然翻轉成一個想像力豐富的小說，我就覺得這位小說家真的是功力不簡單。

在讀施叔青的小說的時候，我已經不管那個時代背景，但是我可以感受到她所講的每一個細節，尤其寫到纏小腳的部分，我似乎可以看到把一個小腳纏到血都流出來的過程。我也可以感受到那種痛。我覺得這一部小說對我的教育非常非常多，在文學教育上，讓我第一次看到一個女性在寫自己的身體的時候，把歷史、文化，各種擠壓的力量都融注在小說裡面。施叔青寫小說永遠是尋找一個小人物，非常非常小的人物，而且都是女性的身分。為什麼要這樣寫，後來我們瞭解很多女性主義理論之後，我覺得太多的理論反而看不出它可貴的地方。因為，一個名不見經傳的女性，為什麼把她寫成這樣的一個故事，後來我慢慢開始體會到，不只是從後殖民的觀點來看，也從歷史的觀點來看，沒有一個歷史是在寫女性的。我自己是讀歷史畢業的，可是整個歷史上都從來沒有寫過女性，所以把一個女性放在一個又是階層最低的，像臺灣三部曲這個戲子，像香港三部曲這個妓女，都是在社會的最底層，必須要在這樣的社會最底層，我們才可以看到加在她身上的各種政治力量、經濟力量、社會力量，壓在這個女性身上。所以，從她的身體開始寫的時候，事實上開始重新翻轉整個歷史的解釋了，所以我才說施叔青的小說永遠是以小搏大，以小搏大可以從一個小人物，然後翻轉整個歷史的解釋，這個實在太厲害，在文學史書寫裡，男性寫的都是英雄史，可是施叔青是從小人物開始，我覺得要另眼看待。所以，看完《行過洛津》以後，我當然是非常非常佩服，真的非常佩服。今天可以在大家面前、在施叔青面前，講心裡話，真的非常非常感謝，我說到這裡，謝謝各位。

廖炳惠

這場是校長兼工友了，校長兼撞鐘，所以現在用工友的身分來分享。

我就延續剛剛那個從香港到臺灣三部曲。常常都是在很多場合裡，出版社先跟我說稿子出來了，問我要不要看一下，因為我要寫評、寫序，也是施叔青教授交代要我先看她的著作。不只是中文版，英文版、英譯本也是這個樣子，我有很大的樂趣，長久以來都跟施叔青教授有很好的交談，我們常常做很好的互動，包括英譯本 City of the Queen，很多問題出現的時候，王德威跟我討論了很久，因為我們已經決定出版，所以譯者跟我們之間很多的討論雖然不是很順利，最後還是會說這麼好的書一定要出版，所以我們就讓它出來啦。過程裡，施叔青教授突然找了一個電視工作人員到我家——一個很早以前在新竹蓋的美軍宿舍。為了迎接她、跟她訪問要討論她的作品，我那天早上 10 點半就開始喝 Gin Tonic。她到我那邊的時候一直有個印象，每次跟我吃飯要帶多少瓶酒，才能夠微醺，所以，她每次都說我是 alcoholic，實際上是因為我太緊張了，她要來跟我討論她的作品，我要準備要怎麼樣講，所以我就開始喝酒。後來我才知道汪教授說原來妳比我更會喝酒，妳很早就開始喝酒了，微醺略帶酒意。

我是跟大家報告英譯本，早上聽了杜教授也討論到裡面的第一人稱，還有很多情節被刪掉，我覺得在這個討論的細節裡有很多面向，基本上，翻譯的人是林麗君教授，把英文整個順過的是 Howard Goldblatt，他們兩個都跟我很熟，已經回到 University of Colorado，翻譯的過程，我們有跟他們討論過，因為要把三部曲全部都翻出來，在美國 University of North West 的 translation of foreign literature 早已停掉，美國人是不喜歡看外國的作品，尤其是把外國的作品翻成英文。Columbia University Press 的 Jennifer 就跟我們討論要用什麼樣的方式會比較能夠賣出去，因為出版社只關心書能不能賣出去，她給我們的問題，第一條就是這個書能不能當教科書賣出去？這是非常殘酷的，因為在中國崛起的狀況下，臺灣文學是受很大的擠壓，王德威教授壓力也非常大，因為早期文化部（以前叫作文建會，還有獎基會）都會提供經費補助，後來錢慢慢的沒有了，因為很多誤解，所以我們出版的考量是非常實際的。我認為譯者在瞭解這部作品的時候，犯了很大的疏忽，第一點就是她沒有瞭解施叔青教授的 Style，就是文字很重要，從魯迅到張愛玲到施叔青教授，實際上那個文字裡面有非常細膩的、很 sensual 的面向，非常性感，而且肉感，肉感到很多細節都讓你有點覺得說太過度，過度到有點要讓你受不了，受不了剛好在這個面向裡面就產生出來，非常多的意義，這個意義中很多面向是社區的、國家的、還有對殖民關係的反應，因為情慾通常是透過非常鉅細靡遺的這種，幾乎是沒辦法見針就插縫，這種方式構成很大的一個網絡。施叔青教授從描寫蟾蜍、或是描寫器材、描寫那個床、描寫那個黃得雲怎麼樣第一次見到史密斯，裡面的細節，從巷弄到她怎麼樣被綁架，其實都是在影射殖民那樣的一個，幾乎是網絡狀的、沒辦法逃脫的一個鉅細靡遺的，這樣一個從法治到種種日常生活的面向，所以日常生活細節的描寫，那種 sensual、detail，剛好就是兩位譯者認為是額外的負擔，所以就把它拿掉，很多情節為了 story 而不是 plot，他們就把它 reduce 掉，就犧牲了很多，實際上那個才是精采的部分。從香港三部曲到臺灣三部曲，其實這些部分就是最精彩的部分，但是在英譯的面向裡面，反而不見了，而且為了讓它非常的直接了當，把很多比較曲折的、額外的面向都拿掉，redundancy 實際上是非常重要的面向，因為我們每天在殖民社會裡面碰到，從日據時代到國民黨來臺，實際上種種的這個國語、或者是說這個教育政策，或者是說種種這個方式，基本上都是在 repeat，不會因為說殖民者是不一樣的人，政策就會改變，或者會對你更好，在 redundancy 的整個修辭的策略，英譯本裡面就被捨去，完全沒有看到，這是非常大的損失，因為 Jennifer 說在這個時候能不能要求重譯，她已經預支一萬美金，不可能再退回，所以她說我們只能夠用這個方式，所以我跟大家報告這方面，我覺得 description versus narration，這個 Lukács 說的，也是回應到剛剛講的修行，我們看到這麼多物質的引誘，跟殖民的細節、肉感的、肉體的，然後女性的，妓女這樣一個比較下層的，像在 E.M. Foster 的 Passage to India，也是一個你覺得在那個地方不能看到的漂亮女人，或是漂亮的文化被引誘的，突然間發現牛糞裡出鮮花，這是一個非常特別的方式，描寫殖民地的人怎麼樣引誘、然後吸引，甚至於到最後，反過來反殖民，實際上香港三部曲跟臺灣三部曲都有非常重要性別政治的面向，很大的面向是在 description，比較抒情的，比較細節描述環境的，很多裝飾性的，從家具到窗簾，到各方面整個非常鉅細靡遺的描述，在英譯本裡面都被拿掉，就影響到我們對這個作品的瞭解，也把很大託喻的 metaphorical 這個面向，在這樣一個作品就消失掉，相當可惜。所以那個時候我建議說，包括上午場杜教授講到非常多的香港特色文化，然後一些 ritual，應該加註，最好把整個作品 goal 跟 theme，寫一篇 introduction，但是已經三百多頁，印出來就有三百多頁，我看到這個稿子的時候，再改已經不可能，面臨的很大困境是臺灣文學怎麼銷出去。很多我們老一輩的作家都告訴我們不能只寫中山北路的一個小巷子，一定要有一個比較大的架構，能夠講到人類的未來，能夠想到臺灣怎麼跟世界連在一起，我們如果從黃得雲，50 年後再回去看孩子怎麼樣，帶動未來臺灣的意向，然候世界怎麼樣對臺灣一個新的瞭解，在那樣一個想像裡面，像 David Mitchell 最近的作品，15 個角色，這是蘇格蘭（編按，應是英格蘭）作家，他放在一個 50 年後的世界會是怎麼樣子，恐怖分子會怎麼樣子來 OVER 一些地方，然後在就業的範圍裡面，電腦跟 robot 已經慢慢讓我們沒有工作機會，在那樣的狀況裡，我們要產生一個什麼樣的人跟人之間的對話，那樣的作品就能夠引起很多共鳴，我們現在一直在發展的方向就是臺灣的作家，像施叔青教授提供一個這麼大的架構，把多元的歷史串連在一起，然後透過女性的身體，用這個方式來講殖民跟反殖民權力的結構，這樣的作品在國外，能夠被讀得進去，能夠看到非常多的面向，能夠從其中創造出一些 meaning，就是說我們閱讀的經驗都是 produce meaning 的經驗，我們覺得說施叔青教授的作品是一個很重要的引領者，讓臺灣文學在世界文學裡有很重要的地位，可惜我們的英譯者在跟我們討論的過程裡，沒有非常好的瞭解，而時間上也有很大的壓力，再加上美國對臺灣的文學，像最近張誦聖出的 handbook，基本上就是兩個編者，極力地說要買大概 500 本以上當教科書，所以哥倫比亞就幫他們出版了，大家要好好地在施叔青教授領導底下，希望能夠讓臺灣文學邁向世界文學的殿堂，謝謝。

錢南秀（美國 Rice University 東亞系副教授）

其實我根本沒有資格坐在這裡。我是研究古典文學的，不是現代文學，更不是臺灣文學。但是我覺得也好，因為我大約是這裡唯一一個從大陸飄移過來的，從六朝的建康飄到今天的臺灣。作為大陸的讀者，我就說一說大陸是怎麼接受叔青教授的作品。

先講講我成長的過程正值所謂的「文化大革命」，整個社會是生活在恐怖之中，而臺灣和恐怖是連在一起的。如果有在臺灣的家人，那是煉獄之災。就在南京夫子廟附近的慧園裡，有一對母子，兒子可能跟我一樣是個中學生，喜歡讀點書，發發議論。當時我們能讀的就是毛澤東著作，其他書籍都禁了。我們只能私下交換 讀一些中外文藝科技書籍。有些青年，包括我自己，就因此被抓去坐牢，甚至有槍斃的。不光是南京，上海、北京各地都有。而這個男生也是因為同樣原因被捕，然後媽媽去為他喊冤，最後母子同被槍斃。他們的慘死，很大程度是受了男生父親的牽連。他父親原在國民政府任職，1950 年輾轉逃往臺灣，這便成了母子冤獄的主要根由（參閱方子奮：南京慧園裡 6 號的母子冤魂：http://www.boxun.com/forum/lishi/5776.shtml）。

後來當然所謂四人幫倒臺，其實就是五人幫啦。然後鄧小平改革開放，恢復高考，中國大陸一下子對臺灣大改觀。是誰讓我們改觀？社會上鄧麗君的歌聲功不可沒，校園裡白先勇、施叔青，陳若曦等臺灣作家的作品，讓我們一下看到，就是臺灣這裡，不僅人在活著，不是那麼一片黑暗，而且活得很精彩。他們寫出來的東西，我們一看以後，就是怎麼那麼好看？那時候，叔青在香港，寫的東西也是關於香港，但是大家知道她的背景是臺灣的。那白先勇不用說，尤其是《遊園驚夢》，我們南京在裡面，真是那種驚艷的感覺，一個是故事說得好看，還有就是文筆之美，給我們啟迪，原來白話文可以這麼寫。我們多少年，唯一允許的文體叫做毛文體，因為它是最能發揚五四精神，做到用所謂工農兵的語言來寫東西的。我認為五四以來所提倡的白話文——不想罵胡適之，罵罵別人吧——那種所謂白話文，其實是翻譯文體加上書生文體校園文體的一個混合種，只有作者自己以為是大眾文體，受眾其實是底層的小知識分子，而大眾更為熟悉的恐怕是話本與章回小說的古白話。白先勇先生講得好，他說真正的白話文《紅樓夢》已經完成，用得著你後面再來多事？不幸毛的文體，因為政治勢力，使得中國只能說他那種話，寫他那種文體，不能用自己的辦法寫東西。那時候已經改革開放，我寫古典文學論文，用一點文言，我自己覺得文氣順，很美，被一位師長批評，說難道妳認為妳比毛主席還高明？白先勇、施叔青可以自由地寫那麼美、那麼有力量、那麼到位的文字，對我們可以說是一個衝擊，一下子就讓我們對臺灣有一個很親切的，而且是一種高知識層次的認識，我覺得這是叔青和白先勇老師做的事情。當然也有其他一些作家，陳若曦也是一個，陳若曦語言更白更平實，她寫的是我們南京文革時的事情，就發生在我們周圍，但因為她的特殊背景，既身處其間又在其外，而且是離開大陸後寫的，言辭無顧忌，對我們來說也是一個衝擊。

後來就是我離開南京到美國去讀書，讀書過程到後來做事，慢慢地就接觸到叔青的香港三部曲，同樣喜歡。但真正被她的作品震撼，是 2006 年對嗎？美南作協派了我一個美差，請了叔青過來演講，介紹她新出的臺灣三部曲的第一部《行過洛津》，要我作評論人，大約作協的意思是，有大學的文學教授參與更學術化一點。好像叔青對我的評論還滿意，推薦發表，就是登載在《聯合文學》上的〈在鹿港發現歷史〉一文。以後就很榮幸的跟叔青做了朋友。再下次就是 2012 年底，叔青的香港三部曲被譯成英文，由美國哥倫比亞大學出版。美國亞洲協會德州分會邀請叔青演講，希望用對談的形式，臺北駐休士頓辦事處拉了我的差。這兩次和叔青的學術合作，奠定了我個人和她的友誼，我這次給研討會提交的論文，也是在此基礎上完成的。

今天能參加這次盛會，真是非常非常榮幸，特別是諸位同仁對叔青的研究，對我有啟蒙意義，真的學到很到多東西。寫論文過程當中收集到一些大陸最近的研究，有吉林大學兩篇碩士論文，華東師大的一篇碩士論文，蘇州大學的一篇碩士、一篇博士論文，大概從 2001 幾年開始，最新發表的是 2013 年，我估計還有很多，畢竟我比較倉促，我們學校的資源也有限。從這些新的讀者群，而且是作為研究型的讀者群來看，大陸讀者對叔青教授的作品非常有興趣，所有的作品都蒐羅到，一直到最新的兩個三部曲。一般來說，研究者的重點，是這兩個三部曲，可見影響之大。研究方法主要還是後殖民、後現代，還有離散漂移（diaspora）。文化地理學與華文風（Sinophone）還待開始。

2015 年 6 月，中研院主持召開亞洲學會在亞洲的年會（AAS in ASIA），這是亞洲學會新增加的在亞洲本土的學術會議，每年召集一次。2014 年在新加坡，2015 年在臺北中研院，2016 年在日本。我覺得簡瑛瑛教授可以考慮把這裡一些好的論文帶去發表，對亞洲同仁們會很有啟迪，因為你們的研究方法、研究對象意義很大，可以借此機會跟大陸學者和歐美學者有很好的交流，尤其是如何認識叔青教授作品的意義。剛剛廖教授提到，如何和世界的前途，和臺灣的前途、以及臺灣在世界的地位聯繫起來，還有香港，都是很敏感的問題。亞洲年會這個機會抓住，對大陸的同仁也是一個互相切磋琢磨的機會，讓大家想的更多。特別是我們看臺灣，看西藏、看香港、看新疆，很多事情怎麼樣保持一個和諧的世界，我覺得對叔青作品的研討可以提供這方面的智慧。我就說到這裡，謝謝。

單德興（中央研究院歐美研究所特聘研究員）

昨天，我人在高雄參加中正大學會議，會議主題叫做以物觀物，所以miss掉昨天場次，不過今天我來這邊是以人觀人。我個人其實在歐美研究所服務，臺灣文學並不是我的專長，不曉得是不是施老師的建議，讓我有機會來參加這相關研討會。昨天我沒參加，今天特別看了報導說李昂說幾年前曾經參加一個施叔青的研討會，一位學者教授誇讚施老師的作品有很多後殖民文化的理論，然後李昂說姐姐在家不學無術，沒有讀後殖民理論，因為我不在場，這記者講，原本她想強調姐姐作品原創性，卻變成拆臺大會，因此她特地公開向姐姐道歉。不過這邊講施老師沒有讀後殖民理論，我覺得施老師是有讀的，因為有一年我在臺大Said研討會，Said專題研究，施老師就在場，我很訝異，施老師這麼著名作家會來聽，而且聽了一個學期，我說這個並不是說我有什麼高明，而是說她好學、求知、多學、博學的態度，因為她不要說有關藝術史方面，她去旁聽等等，所以她的作品範圍之所以那麼廣又那麼深，這跟她個性有關。第二個，可以從李昂說法反證過來，也就是說，施老師讀了理論之後，並不損其文學的原創性。還有她好學不炫耀，所以她的作品都看不出痕跡來，都化到裡面，親如她妹妹也不曉得她那麼好學，我不曉得如果李昂今天在場的話，是不是還要再道歉一次。

另一個要講的是我跟施老師另外一個緣份是我們都是佛教徒——是聖嚴法師的弟子。記得有一年在紐約，聖嚴法師和達賴喇嘛對談，達賴喇嘛特別講，重要的並不是灌頂，重要的是出於心，菩提心，空正見，當然有灌頂，我特別問施老師有沒有什麼感覺，她說很有感覺，我之所以提這個，就是說，其實跟她做其他事情一樣，她做這件事也很專注，後來她1995年3月到聖嚴法師那邊，我是1988年8月，雖然我比較早，但可以確定的是她比較深入，因為她寫了兩本書，她寫了《枯木開花：聖嚴法師傳》和《心在何處——追隨聖嚴法師走江湖訪禪寺》，我沒有辦法創作，只能幫忙翻譯，或者藉著施老師的大作來寫書評，所以當時我有稍微提到，比方說，一般來寫傳記，尤其寫宗教的書，大師的傳記或高僧的傳記，就很受綁。市面上所謂寫臺灣的宗教領袖的傳記看起來很像是文宣，但是施老師寫的就不是。比方說《枯木開花：聖嚴法師傳》的切入，情節的安排就跟過去不一樣，從九二一的角度切入，再到聖嚴法師出生的時候，那時候在大陸江南的所在，你看她情景的安排，都是非常重要的情景，而戲劇化的方式不離史實。

還有我要提的是她的準備工作是多方調整身心狀態，早晚打坐，還有臨摹書法、佛像，研習佛教藝術史。引用她的話，一心只閱讀佛教相關的文字。而且聖嚴法師足跡很廣，所以施老師也去了日本、香港、新加坡、日本、美國、洛杉磯、紐約等等，訪問一些相關的人跟事，甚至在攝氏零下 20 度低溫，參加聖嚴法師在紐約主持的禪七，這一切都是為了更能進入聖嚴法師的內心世界，套施老師本身的話，把寫傳當修行，以平常心對待，結果就是那 20 萬字的大作。

《心在何處》有另外一位作家也有寫跟著聖嚴法師出去，是比較記實的方式，但是，施老師的作法，參訪路線等用 4 頁的篇幅就交代完，交代完之後就是禪宗史，把它放在禪宗的歷史 context 底下，參訪歷代高僧的道場，再來就串聯到聖嚴法師，尤其所謂繼往聖之絕學的默照禪，還有，重要的是施叔青老師自己禪修的經驗，經驗當中，如果對臺灣文學史有影響大概就是參加默照禪時，解決行過洛津當中的困難，打禪七，施老師也很清楚，一進禪場，外面的世界要放下，再來，身外的世界要放下，甚至妳先前的世界，自己內心世界要放下，顯然，施老師大概非常有 sense，whisper literary creation，所以大概很難放下，不過我要講就是幸好沒有完全放下，而且禪七說要大死一番嘛，但是就這個作品來講，真的是讓妳死而復生，就禪七來講，因為聖嚴法師也不重、也不會特別強調開悟，所以，修行是一輩子的事，所以這次禪七沒有開悟，再下一次，再下一次，但是這個作品如果那時候沒有寫出來的話，這個臺灣的大河小說，女性的角度來寫臺灣大河小說這個傳統，很可能就……，我不曉得。因為後來的成果，就像陳芳明老師講的，已經看到了那個成果。

就像剛剛前一場林博士提到，當然是從學術角度來看，因為那時候像施老師自己有親身體驗，如果要做相關研究能夠更深入一點，如果能在相關背景資料，就是包括佛法方面、禪宗方面，尤其聖嚴法師他特定的禪法，因為他本身漢傳佛教，他要到日本，他是第一個自己苦讀拿到博士學位的中國高僧。所以這邊可以看出來，相關研究或是像施老師這種有豐富經驗的人最好，就像她當初為了寫那個作品，追隨聖嚴法師的，要試著進入他的內心世界一樣，我們要試著研究一個作家，也要試著盡可能進入她的內心世界。在剩下的 2 分鐘當中，我要用 3 個 TRANS，這當中不包括 translation，因為我自己做為一個翻譯家，不敢說翻譯家，翻譯者的話，對剛剛炳惠提到的，不但是心有戚戚焉，而且覺得做為一個譯者翻譯那樣的話，可能並不是很好的事情，整個言盡於此。不過，要講的 TRANS，第一個就是 transgression，踰越，可以看得出來施老師不管是自己創作，或是自己曾經走過的空間，或是她自己的興趣跟喜好，其實踰越了很多，就是越界，踰越，在這 transgression，也找到了不少的愉悅。第二個就 transference，就是在她閱讀那麼多東西之後，能夠活化、轉化變成自己文學的資源而創作出來。第三個，可能尤其如果跟宗教方面結合的話，transcendence，超越，是除了作品本身，她的相關資料能入乎其內，出乎其外的話，其實，她的世俗當中看盡人那麼多事情，俗事的一面，也能也會有很好的表現。我們一般人好像，很不願意談文學與宗教，當然我也看過一些不錯的作家信了教變成非常虔誠的教徒，但是後來寫的作品就跟原先差很多。很慶幸的，就是說施老師可以把自己的宗教信仰，不會限制她的文學創作，而是在當中又開發出新的能量，新的資源，繼續來創作。對社會好像一般人也避談文學和宗教領袖這一塊，其實那會是人生當中非常重要的一塊，所以那一塊當中，看怎麼樣，就文學跟宗教，怎麼樣相輔相成，能夠更進一步，達到超越的作用，尤其對禪宗來講，禪宗是主張跟生活結合在一塊，這是非常活潑的，不拘於一格的，甚至打破權威的，不管是對師父，或是喝佛罵祖等等，它是非常活潑的，所以如果能夠可以好好運用宗教方面資源，使宗教跟文學當中互相辯證，激盪出更多的火花，我想那會是對大家來講都會是很好的閱讀的對象跟學習的榜樣。

當然施老師現在馬上要 70，70 是要從心所欲了，所以我們真的很期待，進入宗教又超越很狹隘的，所謂宗教或任何的一個不管是文類或題材的限制，而我，我想不只我，我們也都相信，時時有驚人之舉的施老師，會有更精彩的東西出現，就讓我們拭目以待。

廖炳惠

接著昨天李昂的爆料。昨天在討論施叔青教授的作品，很多男性的批評家被邀請去講女性的作品，然後李昂就舉手跟我說，怎麼老是寫我姐姐不寫我，我很記得她爆料爆這個。現在我們好酒沉甕底，請邱貴芬教授。

邱貴芬（中興大學臺灣文學與跨國文化研究所特聘教授）

臺灣文學一路走來累積了很多文學作品，在質量方面非常可觀，可是的確像廖炳惠教授所說的，也是這幾年我一直在關懷的，在國際場域裡我們卻是急急敗退的。臺灣文學的能見度不高。在臺灣文學裡，我覺得翻譯作品是非常重要的，而另外一件也是我一直想要做的是數位。如果要查哪一位作家是不是就 GOOGLE 一下，我們稍微查了李昂跟施叔青，GOOGLE 會查到作家的資料，但有一些都是極為簡單的資料。我覺得我們需要數位化是因為它是一個基礎的工作，就像是對某一種組織建立一個管控系統，它也是國際推廣中很重要的工作。就像我們有一個作家要推諾貝爾獎的話，要怎麼樣讓國外學者知道這位作家的重要性，目前有幾位老師正在合作一起成立也在做這樣的數位化工作。也很感謝楊牧的首肯，讓我們為她建立了有關她的數位網站，幾乎都把她的資料設計在這個網站裡。今天我來也希望請瑛瑛老師看看這個數位網站，是否之後可以和圖書館合作，未來只要透過這個網站，國外學者就能知道臺灣的作家，例如作家的所有作品、所有成果和所有成就等。這個網站也有中英文版本，我們可以從楊牧的網站開始瀏覽，像是大事年表，就是從她出生到她出了什麼書，包括 2010 年楊牧有一個很重要的紀錄片。也希望能和臺灣文學館合作，這是我們的百年大計，希望臺灣文學家能讓人人皆知。

在 1990 年的時候，是由文字來寫文學史，再後來我們跑去做紀錄片，現在我覺得我們可以用數位來寫文學史。未來我們可以有一個臺灣文學的回憶錄，這個是做不完的，這個需要大家一起做。像我們的應用華語文學系是不是可以一起來做施叔青老師的部分，我們現在有開始在進行建檔。像李昂的部分是由成大的博士生在製作，《漂流之旅》是李昂的一部作品，也有做簡單的介紹，還有我們可以看到一開始在松山機場的照片，我們也透過 GOOGLE 的軟體來進行漂流記，透過 GOOGLE 來尋找曾經走過的這些足跡，這是我們最近在做李昂的數位計劃裡的資料。

簡單來說，我覺得國際推廣上數位化是非常重要的，像一個作家的搜尋可以透過數位來找到有關她的所有資料，方便讓國外的讀者能看到也能認識這位作家，這是我今天要介紹的部分，謝謝。

施叔青研究書目

一、臺灣期刊論文

王瑩。2000。〈卸下彩妝：訪施叔青談《枯木開花》成書前後〉。《臺灣光華雜誌》25.11：117-120。

王德威。2010。〈三世臺灣的人、物、情〉。《三世人》。臺北：時報。10-16。

王德威。2001。〈也是傾城之戀——評施叔青《她名叫蝴蝶》〉。《眾聲喧嘩以後－點評當代中文小說》。臺北：麥田出版社。288-290。

王德威。1999。〈異象與異化，異性與異史——論施叔青的小說〉。《微醺彩妝》。臺北：麥田出版社。7-44。

王德威。1996。〈殖民世界的性與政治——評施叔青的「香港三部曲」之二《遍山洋紫荊》〉。《讀書人》11：24-27。

王德威。1993。〈眼看他起朱樓，眼看他宴賓客，眼看他樓塌了：匯評《維多利亞俱樂部》〉。《聯合文學》9.4：102-105。

王德威。1989。〈從傳奇到志怪——評施叔青的《韭菜命的人》〉。《聯合文學》5.6：194-196。

白先勇。1976。〈施叔青的《約伯的末裔》〉。《中國現代作家論》。葉維廉主編。臺北：聯經。533-540。

白先勇。1988。〈香港傳奇—讀施叔青的《香港的故事》〉。《韭菜命的人》。臺北：洪範。1-8。

羊子喬。2007。〈從性別認同到土地認同——試析施叔青《行過洛津》的文化拼貼〉。《文學臺灣》62：214-220。

聿戈。1974。〈我讀《拾掇那些日子》〉。《書評書目》19：90-95。

李欣倫。2014。〈「寫真」與「二我」——《風前塵埃》、《三世人》中攝影術、攝影者與觀影者之象徵意涵〉。《東吳中文學報》27：337-363。

李欣倫。2012。〈受苦敘事與身體隱喻——以施叔青《臺灣三部曲》與鍾文音《島嶼百年物語》為例〉。《臺北教育大學語文集刊》22：159-203。

李欣倫。2002。〈「聖」與「狂」之辯——以施叔青、王幼華的作品為例〉。《國立中央大學中國文學研究所論文集刊》8：109-124。

李紫琳。2006。〈地理環境的歷史書寫：從地貌及聚落空間解讀《行過洛津》〉。《東華中國文學研究》4：171-198。

李宜芳。2005。〈施叔青的文學疆界〉。《明志學報》37.1：19-32。

李令儀。2003。〈原鄉與自我的追尋——施叔青 & 李昂談近作〉。《聯合文學》19.12：40-43。

沈冬青。1994。〈香江過客半生緣——施叔青和她的香港〉。《幼獅文藝》79.6：52-58。

沈曼菱。2013。〈歷史的寄存：施叔青《三世人》中的身／物〉。《文史臺灣學報》6：101-124。

何敬堯。2012。〈歷史小說的病徵——論施叔青《行過洛津》的史料運用瑕疵〉。《臺灣文學評論》12.2：45-71。

吳夙珍。1999。〈試探施叔青早期創作中「夢」的意象〉。《臺灣文藝》166/167：104-112。

邱雅芳。2014。〈施施而行的歷史幽靈：施叔青作品的思想轉折及其近代史觀〉。《文史臺灣學報》。8：29-52。

林芳玫。2012。〈《臺灣三部曲》之《風前塵埃》——歷史書寫後設小說的共時與共在〉。《臺灣文學研究學報》15：151-183。

林芳玫。2009。〈文學與歷史：分析《行過洛津》中的消逝主題〉。《文史臺灣學報》1：181-205。

林芳玫。2007。〈地表的圖紋與身體的圖紋——《行過洛津》的身分地理學〉。《臺灣文學研究學報》5：259-288。

林欣宜。2008。〈施叔青——對全人類的悲憫〉。《誠品好讀月報》86（4 月）：100-102。

林曉英。2006。〈音樂文獻抑或藝術史小說——《行過洛津》〉。《臺灣音樂研究》2：119-141。

林素芬。1997。〈翩飛報春的彩蝶——作家施叔青專訪〉。《幼獅文藝》84.4：65-70。

林燿德。1996。〈在歷史的轉機地開闢小說和人生的出入境口——評施叔青《遍山洋紫荊》〉。《文訊》85：14-15。

林翠芬。1991。〈評施叔青的《琉璃瓦》〉。《雲林工專學報》10：189-202。

林邊。1976。〈歷史的楓城，大家的楓城：評《琉璃瓦》〉。《書評書目》42：71-75。

林柏燕。1971。〈評介施叔青《約伯的末裔》〉。《幼獅文藝》33.1：131-149。

周英雄。1993。〈九七陰影下的英國殖民地俱樂部：匯評《維多利亞俱樂部》〉。《聯合文學》9.4：100-101。

南方朔。2010。〈記憶的救贖：臺灣心靈史的鉅著誕生了〉。《三世人》。臺北：時報。5-9。

施淑。1993。〈論施叔青早期小說的禁錮與顛覆意識〉。《施叔青集》。臺北：前衛。271-287。

施叔青。2012。〈用小說為臺灣歷史作傳——我寫「臺灣三部曲」〉。《文訊》315：20-25。

施叔青、陳芳明。2007。〈鹿港・香港到紐約港——陳芳明對談施叔青〉。《印刻文學生活誌》4.2：26-28、31-38。

施叔青。2006。〈長篇有如長期抗戰〉。《文訊》247：50-53。

施叔青。2005。〈施叔青，不只是一段驅魔的奇幻旅程小說——沒有屋頂的廢墟：龐貝「驅魔」〉。《聯合文學》21.9：86-92。

施叔青。2004。〈施叔青——心在何處〉。《聯合文學》20.5：34-57。

施叔青。1988.06.15。〈紅高粱家族的傳奇——莫言與施叔青對談 〉。《博益月刊》第 10 期：117-118。

洪珊慧。2007。〈文學／藝術的鬼迷心竅——評施叔青《驅魔》〉。《幼獅文藝》638：88-89。

唐毓麗。2013。〈臺北意象與諷刺美學：探索疾病書寫中的人文價值〉。《東海中文學報》25：235-272。

徐文娟。2000。〈施叔青與嚴歌苓小說中的女性書寫〉。《雲漢學刊》7：107-142。

陳學祈。2010。〈臺灣書話散文的共性與殊性——以林文月、傅月庵為例〉。《新地文學》特刊：151-171。

陳凱筑。2007。〈繭裡的流動——論施叔青「香港的故事」〉。《中臺學報》18.4：157-175。

陳建仲。2005。〈文學心鏡——施叔青〉。《聯合文學》21.5：10-11。

陳燕遐。1999。〈書寫香港——王安憶、施叔青、西西的香港故事〉。《現代中文文學學報》2.2：91-117。

陳祖彥。1989。〈施叔青暢談寫作與生活〉。《幼獅文藝》70.4：11-23。

陳芳明。2011。〈歷史．小說．女性——施叔青的大河巨構〉。《聯合文學》317：52-58。

陳芳明。2008。〈代後記：與為臺灣立傳的臺灣女兒對談——陳芳明與施叔青〉。《風前塵埃》。臺北：時報。262-277。

陳芳明。2003。〈情慾優伶與歷史幽靈——寫在施叔青《行過洛津》書前〉。《行過洛津》。臺北：時報。

張素貞。1986。〈施叔青的「倒放的天梯」——現代人的孤決感與恐懼心〉。《細讀現代小說》。臺北：東大。295-303。

張素貞。1986。〈施叔青的「池魚」——諧謔的人生小諷刺〉。《細讀現代小說》。臺北：東大。287-294。

張小虹。2005。〈施叔青，不只是一段驅魔的奇幻旅程導讀：魔在心中坐〉。《聯合文學》21.9：82-85。

張瑞芬。2005。〈國族．家族．女性——陳玉慧、施叔青、鍾文音近期文本中的國族／家族寓意〉。《逢甲人文社會學報》10：1-29。

張瑞芬。2004。〈行過歷史的紅氍——讀施叔青《行過洛津》〉。《文訊》219：21-23。

張瑞芬。2001。〈遷徙到他方——施叔青《兩個芙烈達．卡蘿》、張婟言《窄門之外》、林玉玲《月白的臉》三書評論〉。《明道文藝》308：10-21。

張雪媃。2005。〈原鄉何在 施叔青戲說蝴蝶王國——讀《香港三部曲》〉。《當代》

93：124-143。

張淑麗。2001。〈「蝴蝶，我的黃翅粉蝶，我的香港」：施叔青的「寂寞雲園」與她的蝴蝶之戀〉。《中外文學》29.8：176-201。

張靜茹。1999。〈殖民地的浮世繪——施叔青「香港的故事」系列中的人性物化現象〉。《中國現代文學理論》15：402-426。

梅家玲。2001。〈施叔青《常滿姨的一日》導讀〉。《文學臺灣》37：82-85。

郭士行。1996。〈屬性建構的書寫與政治隱喻——解讀《維多利亞俱樂部》〉。《中外文學》25.6：55-74。

黃冠翔。2013。〈打造香港城市空間——施叔青「香港三部曲」的悲情及欲望〉。《新地文學》25：112-126。

黃啟峰。2010。〈他者的記憶——試論《風前塵埃》的族群歷史書寫〉。《中正臺灣文學與文化研究集刊》7：73-99。

黃千芬。2009。〈女性跨時空對話：賞析施叔青《兩個芙烈達．卡蘿》〉。《婦研縱橫》91：87-92。

黃文成。2007。〈感官的魅惑與權力的重塑——臺灣90年代女性嗅覺小說書寫探析〉。《文學新鑰》6：75-87。

黃秀玲。2005。〈黃與黑：美國華文作家筆下的華人與黑人〉。《中外文學》34.4：15-53。

黃英哲。2004。〈香港文學或是臺灣文學：論「香港三部曲」之敘述視野〉。《中外文學》33.7：129 – 152。

黃錦珠。2000。〈酒與化妝的迷．彩．術——讀施叔青《微醺彩妝》〉。《文訊》175：23-24。

黃鳳鈴。1997。〈作家熱線——與施叔青談閱讀寫作〉。《明道文藝》259：16-20。

黃碧端。1987.01。〈「女性思考」以外找新路向：訪作家施叔青〉。《臺灣文藝》第104期：18-21。

曾家瑩。2012。〈《愫細怨》矛盾身分與夾縫地位之研究〉。《世新中文研究集刊》8：67-85。

曾秀萍。2010。〈扮裝臺灣：《行過洛津》的跨性別飄浪與國族寓言〉。《中外文學》39.3：87-124。

楊照。1996。〈征服者與被征服者的千般故事〉。《聯合文學》12.3：150-152。

詹閔旭。2012。〈恥辱與華語語系主體——施叔青《行過洛津》的地方想像與實踐〉。《中外文學》41.2：55-84。

廖律清。2004。〈行過——訪問施叔青女士〉。《文訊》225：135-139。

廖炳惠。1998。〈「與污塵為伍的奇異種族」：身體、疆界與不純淨〉。《中外文學》

27.3：82-96。

廖炳惠。1996。〈從蝴蝶到洋紫荊：管窺施叔青的「香港三部曲」之一、二〉。《中外文學》24.12：91-104。

廖炳惠。1996。〈回歸與從良之間 [評施叔青《遍山洋紫荊》]〉。《聯合文學》12.3：148-150。

廖炳惠。1993。〈殖民主義與法律：匯評《維多利亞俱樂部》〉。《聯合文學》9.4：106-107。

廖玉蕙。2001.09.28-10.04。〈夢裡不知身是客：到紐約，走訪小說家施叔青〉。《臺灣日報》第 25 版：135-139。

劉亮雅。2013。〈施叔青《風前塵埃》中的另類歷史想像〉。《清華學報》43.2：311-337。

劉亮雅。2010。〈施叔青《行過洛津》中的歷史書寫與鄉土想像〉。《中外文學》39.2：9-41。

劉亮雅。2004。〈後現代，還是後殖民？：《微醺彩妝》中的景觀、歷史書寫以及跨國與本土的辯證〉。《中外文學》33.7：77-101。

劉依潔。2013。〈《三世人》中的臺灣文化圖象〉。《應華學報》13：133-161。

劉思坊。2009。〈魅／媚相生——論施叔青與陳雪的瘋狂敘事〉。《臺北教育大學語文集刊》15：207-239。

蔣興立。2010。〈蜉蝣之城——朱天文與施叔青小說中的臺北時尚書寫〉。《國文學報》（國立高雄師範大學）12：145-161。

潘秀宜。2003。〈迷路的導遊——論施叔青「兩個芙烈達．卡蘿」〉。《中國女性文學研究室學刊》6：68-85。

鄧鴻樹。1999。〈當施叔青的水牛遇上歐威爾的大象——複製『射殺大象』的《遍山洋紫荊》〉。《當代》19：136-140。

錢南秀。2005。〈在鹿港發現歷史：施叔青《行過洛津》讀後〉。《聯合文學》22.2：141-144。

謝育昀。2005。〈施叔青作品總導覽〉。《聯合文學》21.9：93-100。

謝世宗。2011。〈性別圖像與階級政治：否想施叔青《香港三部曲》〉。《中國現代文學》19：165-190。

鍾文音。2006。〈有界無世，藉藝驅魔的旅程——讀施叔青《驅魔》〉。《文訊》243：90-91。

簡瑛瑛。1999。〈女性心靈的圖像：與施叔青對談文學／藝術與宗教〉。《中外文學》27.11：119-137。

簡瑛瑛。2014.10。〈施叔青與華人書寫、文化再現〉。《文訊》第 348 期：36-37。

關詩珮。2000。〈從屬能否發言？——施叔青「香港三部曲」的收編過程〉。《21 世紀雙月刊》59：105-113。

嚴敏兒。2001。〈一趟實踐佛法的生命旅程：訪《枯木開花——聖嚴法師傳》作者施叔青女士〉。《書香人生》205：104-109。

二、大陸期刊論文

于靜。2006。〈新時代的舊悲劇——淺析施叔青的都市女性故事〉。《世界華文文學論壇》。2006.2：60-63。

王雯愷。2010。〈殖民末世下的物欲人生——論施叔青的小說《香港的故事》〉。《文學界》。2010.9：64-65。

王宇。2009。〈21 世紀初年臺灣女性小說的文化描述〉。《廈門大學學報（哲學社會科學版）》。2009.6：64-71。

王艷芳。2007。〈歷史想像與性別重構——世紀之交世界華文女性寫作之比較〉。《中國比較文學》。2007.4：121-133。

王瑞華。2007。〈文學：女性作家筆下的小說香港〉。《中國婦運》。2007.7：20-23。

王瑞華。2006。〈施叔青香港題材小說的藝術追求〉。《閩江學院學報》。2006.1： 52-56。

王瑞華。2005。〈殖民與先鋒：中國痛苦——從兩位女性文本解讀香港的後殖民特征〉。《東南學術》。2005.4：159-168。

王瑞華。2005。〈施叔青小說對西方文學的吸收與借鑒〉。《閩江學院學報》。2005.1：73-75。

王貝貝。2005。〈論臺港「張派」作家的承續與超越〉。《華文文學》。2005.4：23-29。

司方維。2008。〈多樣的真實——重評施叔青《香港三部曲》〉。《常州工學院學報》。2008.5：21-24。

白舒榮。2007。〈施叔青的故園想像〉。《華文文學》。2007.1：82-86。

白舒榮。2006。〈臨鏡顧影呈現自己的投影——施叔青的《兩個芙烈達・卡羅》〉。《華文文學》。2006.3：71-77。

白舒榮。2004。〈「女性奧秘論」的悲情文本〉。《世界華文文學論壇》。2004.2：59-63。

古遠清。2014。〈簡論施叔青的小說創作〉。《鹽城師範學院學報（人文社會科學版）》。2014.1：54-57。

朱云霞。2011。〈性別視閾下的歷史重構——試論施叔青的「臺灣三部曲」〉。《中南大學學報（社會科學版）》。2011.4：165-168。

朱小燕。2005。〈異地求生的女性群落——談施叔青小說中的外鄉女性〉。《內江師範學院學報》。2005.1：51-52。

朱雙一。2005。〈臺灣新文學中的「陳三五娘」〉。《臺灣研究集刊》。2005.3：91-98。

朱雙一。2001。〈從新殖民主義的批判到後殖民論述的崛起—— 1970 年代以來臺灣社會文化思潮發展的一條脈絡〉。《臺灣研究集刊》。2001.4：1-9。

朱艷。2000。〈反芻世紀末的港式生活——評施叔青的小說集《香港的故事》〉。《高等函授學報》。2000.6：39-42。

成湘麗。2012。〈契合與偏離——論《愫細怨》對《傾城之戀》的寄情書寫〉。《名作欣賞》。2012.24：23-25。

伊人。2012。〈白舒榮為施叔青寫傳記〉。《華文文學》。2012.3：129。

任一鳴。1995。〈香港女性文學概觀——中國女性文學現代行進的分支之一〉。《新疆師範大學學報》。1995.4：18-23。

杜旭靜。2011。〈身份的漂移和臺灣歷史的文學建構——施叔青《行過洛津》論〉。《洛陽師范學院學報》。2011.4：62-67。

李真真。2010。〈淺析施叔青筆下的男性形象〉。《青年作家》。2010.9：16-17。

李麗娟。2008。〈從後殖民文學理論看施叔青的《香港三部曲》〉。《天水師範學院學報》。2008.4：84-88。

李偉。2004。〈「火車頭的傳說」與施叔青筆下的男性群落〉。《零陵學院學報》。2004.3：50-52。

李若嵐。2001。〈一個故事的三種講法——《長恨歌》、《世紀末的華麗》、《寂寞云園》敘述策略和技巧之比較〉。《世界華文文學論壇》。2001.2：44-48。

李艷。2001。〈欲望與寂寞間的生存——論施叔青短篇小說中的女性心態〉。《世界華文文學論壇》。2001.1：65-69。

李仕芬。1998。〈亦親亦疏：臺灣女作家小說中的父與子〉。《臺灣研究集刊》。1998.3：78-91。

李永英。1997。〈不動聲色地描繪人生——評香港作家施叔青的小說《香港的故事》〉。《遠程教育雜志》。1997.6：32-34。

李永英。1996。〈不動聲色地描繪人生——評香港作家施叔青的小說《香港的故事》〉。《重慶廣播電視大學學報》。1996.1：30-33。

李今。1994。〈在生命和意識的張力中——談施叔青的小說創作〉。《文學評論》。1994.4：61-68。

肖勝文。2014。〈翻譯研究中文獻使用的「虛」與「實」——與《中國文學「走出去」之譯者模式及翻譯策略研究》〉。《新鄉學院學報》。2014.7：32-34。

宋寧。2014。〈女性都市生存的「在場者」與「缺席者」——論施叔青的「香港故事」系列短篇小說〉。《長春工業大學學報（社會科學版）》。2014.3：95-97。

余文燕。2012。〈淺議施叔青「香港的故事」系列小說——女性團體的生存困境〉。《青春歲月》。2012.22：15。

余文燕。2012。〈時空轉換下的女性悲劇——白流蘇與愫細之比較〉。《文學界（理論版）》。

2012.7：27-28。

余娜。2010。〈迷茫的快樂 寂寞的清醒——論施叔青《香港的故事》的女性意識〉。《名作欣賞》。2010.6：53-54。

周麗娜。2008。〈依附、獨立與交易——比較《傾城之戀》、《愫細怨》與《香港的情與愛》〉。《現代語文》。2008.3：89-90。

周帆。2006〈欲望深淵前的墮落與升華——施叔青《香港的故事》系列小說中女性的人性意識啟蒙〉。《江蘇教育學院學報（社會科學版）》。2006.4：81-83。

金進。2014。〈命相香港 貴族氣質——施叔青筆下的香港及「香港人」形象〉。《揚子江評論》。2014.1：31-38。

施叔青。2012。〈作為抒情詩的散文化小說〉。《文學界（專輯版）》。2012.4：18-23。

胡素珍。2010。〈鄉俗世界與童年夢魘——淺析施叔青《那些不毛的日子》〉。《茂名學院學報》。2010.2：54-57。

胡亭亭。2009。〈對欲望的審視——評施叔青《香港的故事》〉。《哈爾濱學院學報》。2009.12：42-46。

范寧。2012。〈施叔青：寫作是我的居住之地〉。《長江文藝》。2012.12：86-91。

范典。2010。〈小世界里的愛恨沉淪〉。《出版廣角》。2010.7：75-76。

唐瑜。2007。〈試論施叔青小說中的現代主義寫作手法〉。《寫作》。2007.21：11-14。

凌逾。2003。〈女性主義建構與殖民都市百年史——論施叔青的長篇小說《香港三部曲》〉。《世界華文文學論壇》。2003.4：30-35。

茱茱。2011。〈施叔青：認真游戲人間〉。《人物》。2011.11：50-51。

高從云。2014。〈超越性別的人性書寫——施叔青《愫細怨》簡評〉。《現代語文（學術綜合版）》。2014.12：79-81。

徐秀慧。2012。〈走過頹廢的革命年代〉。《書城》。2012.11：41-44。

徐玲。2006。〈夢魘世界的「恐懼」述說——施叔青與殘雪早期創作的靈魂對話〉。《世界華文文學論壇》。2006.1：45-48。

徐學。1998。〈名噪兩岸文壇的施家姐妹〉。《臺聲》。1998.6：36-37。

陳磊。2014。〈論施叔青 70 年代鄉土小說的回歸〉。《銅仁學院學報》。2014.6：72-76。

陳磊。2012。〈消費社會主體價值的異化與失落——讀施叔青《微醺彩妝》〉。《衡水學院學報》。2012.6：70-74。

陳磊。2012。〈百年殖民史的追憶與想象——讀施叔青《香港三部曲》〉。《綿陽師範學院學報》。

2012.7：64-66。

陳磊。2012。〈女性立場的婚戀抒寫——論施叔青 70 年代女性小說〉。《樂山師範學院學報》。2012.3：39-44。

陳磊。2008。〈消費社會主體價值的異化與失落——讀施叔青《微醺彩妝》〉。《世界華文文學論壇》。2008.1：24-28。

陳美霞。2011。〈「沒有箭矢的弓」:《風前塵埃》的原住民書寫與歷史建構〉。《福建論壇（人文社會科學版）》。2011.11：117-120。

陳東陽。2011。〈迷茫與覺醒——解讀施叔青《窯變》〉。《安徽文學》。2011.6：1-2。

陳幸筠。2011。〈從後殖民視角解讀施叔青《她名叫蝴蝶》〉。《重慶科技學院學報（社會科學版）》。2011.7：113-115。

張亞琳。2011。〈困獸之斗——淺析施叔青小說集《顛倒的世界》〉。《當代小說》2011.3：38-39。

張書群。2009。〈欲與城：百年滄桑史的構造——論施叔青小說《香港三部曲》的文化意蘊〉。《石河子大學學報（哲學社會科學版）》。2009.4：64-67。

張志博。2009。〈張愛玲的《傾城之戀》與施叔青的《愫細怨》〉。《經濟研究導刊》。2009.24：220-221。

張羽。2008。〈「轉眼繁華等水泡」：《行過洛津》的歷史敘事〉。《臺灣研究集刊》。2008.1：66-74。

張淑云。2006。〈都市女性的自我言說——張愛玲、施叔青作品中女性的都市情結〉。《大連民族學院學報》。2006.6：35-37。

張彩榮。2006。〈黑暗里的愛情沒有溫暖——從白流蘇到愫細〉。《周口師範學院學報》。2006.4：25-27。

張荔。1997。〈蔥綠配桃紅——施叔青及其《香港的故事》〉。《世界華文文學論壇》。1997.2：21-23。

梁靜方。2010。〈異化與孤獨——由施叔青 70 年代的婚姻小說談起〉。《語文知識》。2010.4：98-99。

郭媛媛。2006。〈當才情遭遇才情——評白舒榮《自我完成 自我挑戰——施叔青評傳》〉。《華文文學》。2006.6：99-101。

陸雪琴。2003。〈超越性別的寫作——論施叔青香港時期的創作〉。《華文文學》。2003.2：8-12。

許道明。1995。〈也說施叔青〉。《世界華文文學論壇》。1995.3：38-41。

黃英華。2009。〈淺論《風前塵埃》的歷史書寫〉。《安徽文學》。2009.11：169。

黃靜。2005。〈香港．女性．傳奇——《傾城之戀》、《香港的情與愛》、《愫細怨》比較〉。《華文文學》。2005.4：30-35。

舒非。2009。〈飛蛾撲火，非死不止——瑣憶丁玲〉。《散文》。2009.2：35-37。

傅寧軍。2005。〈滔滔海峽的文學之橋——臺灣作家施叔青訪談錄〉。《兩岸關系》。2005.3：54-55。

傅寧軍。2002。〈海峽文緣：臺灣作家施叔青訪談錄〉。《世界華文文學論壇》。2002.4：73-74。

傅寧軍。1998。〈海峽文緣：訪臺灣女作家施叔青〉。《臺聲》。1998.3：33-34。

程悅。2004。〈再生之城：完不了的「香港故事」——試論張愛玲與施叔青筆下的「香港傳奇」〉。《寧波廣播電視大學學報》。2004.3：8-11。

彭燕彬。2003。〈多棱的藝術重塑——施叔青小說淺析〉。《焦作大學學報》。2003.4：10-11。

費勇。2001。〈敘述香港——張愛玲《第一爐香》、白先勇《香港——1960》、施叔青《愫細怨》〉。《華文文學》。2001.2：5-10。

賈釗。2014。〈寂寞墮落 清醒自覺——解讀施叔青的《愫細怨》〉。《安順學院學報》。2014.1：16-17。

楊烜。2012。〈冷眼看繁華：施叔青香港題材小說的敘事立場〉。《鄭州大學學報（哲學社會科學版）》。2012.5：142-145。

楊紅英。2003。〈民族寓言與復調敘述——《扶桑》與《她名叫蝴蝶》比較談〉。《華文文學》。2003.5：62-65。

楊利娟。2003。〈都市女性的情殤——論施叔青都市小說中女性情感狀態〉。《世界華文文學論壇》。2003.2：60-62。

葉玉芳。2001。〈女性寫作的開拓之路——張愛玲與施叔青筆下的女人〉。《龍巖師專學報》。2001.2：58-60。

趙玉菡。2011。〈一個故事的兩種講法——比較閱讀張愛玲《傾城之戀》、施叔青《愫細怨》〉。《青年文學家》。2011.3：6-7。

趙小琪。2008。〈當代香港女性主義文學中的美國形象〉。《華文文學》。2008.2：30-36。

趙小琪。2007。〈當代香港文學中的英國形象〉。《江蘇社會科學》。2007.5：203-207。

趙晶。2007。〈現代精神下的文學敘事——論施叔青小說的現代主義色彩〉。《洛陽師範學院學報》。2007.3：79-81。

趙稀方。2003。〈香港情與愛——回歸前的小說敘事與欲望〉。《當代作家評論》。2003.5：100-106。

趙稀方。1997。〈香港小說的現代性命題〉。《文學評論》。1997.4：35-42。

劉宇。2009。〈李昂施叔青合論〉。《華文文學》。2009.6：104-107。

劉宇。2007。〈記憶再現與歷史關注下的文化回歸——論施叔青、李昂的臺灣書寫〉。《學術交流》。2007.7：158-161。

劉宇。2005。〈施叔青的後殖民書寫〉。《常州工學院學報（社科版）》。2005.1：28-31。

劉順芳。2008。〈一嘆三怨——解讀愫細的心底世界〉。《世界華文文學論壇》。2008.1：29-32。

劉登翰。2005。〈施叔青：香港經驗和臺灣敘事——兼說世界華文創作中的「施叔青現象」〉。《臺灣研究集刊》。2005.4：75-81。

劉登翰。2001。〈臺灣作家的香港關注——以余光中、施叔青為中心的考察〉。《福建論壇》。2001.2：50-57。

劉紅林。2002。〈臺灣女性小說中的性與政治〉。《汕頭大學學報》。2002.5：95-101。

劉紅林。1995。〈探索人生的存在意義——臺灣現代派小說研究之二〉。《世界華文文學論壇》。1995.4：50-52。

劉心武。1994。〈山水尚有相逢日〉。《臺聲》。1994.4：24-26。

蔡菁。2004。〈多元化走向中的東西景觀——論臺灣作家施叔青的短篇小說〉。《臺灣研究集刊》。2004.3：100-106。

蔡菁。2004。〈「生」「死」之間——以弗洛依德精神分析法析《冤》中「吳雪」形象〉。《滄州師範專科學校學報》。2004.2：9-10。

鄭巖。1999。〈傳統與現代之間——施叔青小說簡論〉。《華文文學》。1999.2：51-54。

鄧小秋。1994。〈戲曲唱詞的文學性思辨〉。《安徽新戲》。1994.2：26-28。

閻冬玲。2014。〈試論《傾城之戀》與《愫細怨》文本的趨同性〉。《職大學報》。2014.3：39-42。

蕭成。2001。〈商業文明背影里的女性群落——評施叔青「香港的故事」系列〉。《寧德師專學報》。2001.1：51-54。

錢南秀。2007。〈在鹿港發現歷史——施叔青《行過洛津》讀後〉。《書屋》。2007.6：62-64。

謝春紅。2005。〈論施叔青小說創作的階段性變化〉。《鄭州航空工業管理學院學報（社會科學版）》。2005.1：40-42。

戴惠。2004。〈施叔青的「現代女性主體意識」論〉。《彭城職業大學學報》。2004.3：68-71。

戴樂樂。2004。〈記憶的傷逝——讀施叔青的《微醺彩妝》〉。《世界華文文學論壇》。2004.1：61-64。

戴繪林。2001。〈對臺港「現代」小說泛性現象之透析〉。《湖南師範大學社會科學學報》。

2001.3：122-124。

戴繪林。1999。〈穿透個體性愛心理的審美觀照──試析臺港「現代」小說的泛性現象〉。《南寧師範高等專科學校學報》。1999.2：21-24。

羅文珍。2010。〈施叔青的《愫細怨》中現代女性主體意識探析〉。《雞西大學學報》。2010.6：95-96。

蘇惠昭。2008。〈施叔青小說中流露出的文人山水〉。《出版參考》。2008.13：32。

三、臺灣學位論文

王淑玲。2011。《施叔青「臺灣三部曲」中的後殖民書寫研究》。高雄：國立高雄師範大學國文學系碩士論文。

何敬堯。2011。《論施叔青「臺灣三部曲」之時空敘事與文本疑慮──「癥狀式閱讀」的逆讀策略》。新竹：國立清華大學臺灣文學研究所碩士論文。

李佩璇。2010。《施叔青小說中的遷移意識》。高雄：國立中山大學中國文學系研究所碩士論文。

辛延彥。2001。《兩性角色與殖民論述──「香港三部曲」研究》。嘉義：南華大學文學研究所碩士論文。

林玉娟。2009。《施叔青臺灣歷史與圖像書寫──以『行過洛津』、『風前塵埃』、『微醺彩妝』為例》。嘉義：南華大學文學系碩士班碩士論文。

紀宛容。2014。《「回歸」思潮下的文化病理反思：施叔青小說『牛鈴聲響』、『琉璃瓦』研究》。新竹：國立清華大學臺灣文學研究所碩士論文。

洪靜儀。2007。《施叔青小說女性書寫之研究》。臺北：國立政治大學國文教學碩士學位班碩士論文。

姜怡如。2007。《施叔青長篇小說的港臺書寫》。桃園：國立中央大學中國文學系碩士在職專班碩士論文。

張惠婷。2012。《施叔青『臺灣三部曲』中的底層人物之研究》。花蓮：國立東華大學臺灣文化學系碩士論文。

張惠君。2011。《由空間探討施叔青「臺灣三部曲」的身分認同》。臺中：國立中興大學臺灣文學與跨國文化研究所碩士論文。

陳姵妤。2011。《施叔青『臺灣三部曲』中的歷史想像與臺灣書寫研究》。嘉義：國立嘉義大學中國文學系研究所碩士論文。

陳孟君。2010。《施叔青小說中的洛津與洄瀾圖像──以『行過洛津』與『風前塵埃』為視域》。臺中：國立中興大學臺灣文學研究所碩士論文。

陳惠珊。2007。《施叔青鬼魅書寫研究》。花蓮：國立東華大學中國語文學系碩士論文。

陳筱筠。2007。《戰後臺灣女作家的異常書寫：以歐陽子、施叔青、成英姝為例》。

新竹：國立清華大學臺灣文學研究所碩士論文。

許君如。2009。《1960年代臺灣學院派本省籍女作家成長小說研究——以陳若曦、歐陽子、施叔青、李昂為例》。臺北：國立臺灣師範大學國文學系在職進修碩士班碩士論文。

莊嘉薰。2008。《鹿港雙姝——施叔青與李昂的小說主題比較》。臺北：國立政治大學國文教學碩士學位班碩上論文。

莊宜文。2001。《張愛玲的文學投影——臺、港、滬三地張派小說研究》。臺北：東吳大學中國文學系博士論文。

梁金群。1998。《施叔青小說研究》。臺中：逢甲大學中國文學系碩士論文。

黃湘玲。2010。《國家暴力下的女性移動敘事：以聶華苓『桑青與桃紅』、朱天心〈古都〉、施叔青『風前塵埃』為論述場域》。臺中：國立中興大學臺灣文學研究所碩士論文。

黃恩慈。2006。《女子有行——論施叔青、鍾文音女遊書寫中的旅行結構》。臺南：國立成功大學臺灣文學研究所碩士論文。

楊慧鈴。2008。《施叔青小說中的女性跨國遷移書寫之研究》。臺北：國立臺北教育大學臺灣文化研究所碩士論文。

楊采陵。2008。《家鄉的三重變奏——從空間語境和身體意識探究施叔青的臺灣書寫》。新竹：國立清華大學臺灣文學研究所碩士論文。

楊雅儒。2006。《臺灣小說中民間信仰書寫特色之研究——以90年代後八本小說為觀察對象》。臺北：臺灣大學臺灣文學研究所碩士論文。

廖淑妙。2010。《日人在臺移民村的建構與再現－從地誌書寫到『風前塵埃』》。嘉義：國立中正大學臺灣文學研究所碩士論文。

廖苙妘。2004。《施叔青小說中香港故事研究》。嘉義：南華大學文學研究所碩士論文。

鄭靜蓮。2011。《再現他族：當代臺日作家日治時期原住民歷史書寫－以舞鶴『餘生』、施叔青『風前塵埃』、津島佑子『太過野蠻的』為例》。臺中：國立中興大學臺灣文學與跨國文化研究所碩士論文。

劉軒含。2010。《施叔青歷史作品內文化身分認同之變貌》。花蓮：國立東華大學華文文學系碩士論文。

劉依潔。2008。《施叔青與李昂小說比較研究——以「臺灣想像」為中心》。臺北：輔仁大學中文系博士論文。

賴思辰。2013。《津島佑子『太過野蠻的』、施叔青『風前塵埃』的原住民書寫》。

嘉義：國立中正大學臺灣文學研究所碩士論文。

謝欣辰。2013。《施叔青與李昂小說中的怪誕鬼魅書寫》。臺中：靜宜大學中國文學系碩士論文。

謝秀惠。2009。《施叔青筆下的後殖民島嶼圖像──以『香港三部曲』、『臺灣三部曲』為探討對象》。臺北：國立臺灣師範大學臺灣文化及語言文學研究所在職進修碩士班碩士論文。

顏如梅。2006。《施叔青香港時期長篇小說研究──以「香港三部曲」及『維多利亞俱樂部』為中心》。臺中：國立中興大學中國文學系所碩士論文。

魏伶砡。2005。《孤島施叔青》。臺中：國立中興大學中國文學系所碩士論文。

魏文瑜。1998。《施叔青小說研究》。臺北：國立政治大學中國文學系碩士論文。

四、大陸學位論文

王天舒。2013。《論施叔青小說中的「家園觀念」》。吉林：吉林大學碩士論文。

王卓。2011。《論李昂的鹿港系列小說》。廣西：廣西師範大學碩士論文。

王燁。2004。《施叔青小說綜論》。上海：華東師範大學碩士論文。

石曉曉。2013。《臺灣新世紀鄉土小說的敘事倫理研究》。山東：山東師範大學碩士論文。

杜旭靜。2009。《身份的漂移和臺灣歷史的文學建構》。北京語言大學碩士論文。

徐玲。2007。《夢魘世界的追尋與突圍》。河南：鄭州大學碩士論文。

秦磊。2007。《妓女傳奇與歷史想象》。河南：鄭州大學碩士論文。

張文婷。2012。《論施叔青筆下的「離散」主題》。上海：華東師範大學碩士論文。

張曉凝。2006。《百年香港的歷史寓言》。吉林：吉林大學碩士論文。

翁淑慧。2007。《依違在「現代」與「傳統」之間：臺灣60年代本省籍現代派小說家的「鄉土」想像》。清華大學中國文學研究所碩士論文。

梁雅雯。2008。《「外來者」的香港經驗與香港敘事》。廣東：暨南大學碩士論文。

陳磊。2007。《突圍與超越中臻于成熟之境》。安徽：安徽大學碩士論文。

黃英華。2010。《論施叔青作品中的空間書寫》。江蘇：蘇州大學碩士論文。

楊希。2011。《卡桑德拉的預言》。黑龍江：哈爾濱師範大學碩士論文。

趙玉菡。2011。《邊緣書寫》。湖北：華中科技大學 碩士論文。

魯鐘思。2012。《施叔青的歷史書寫》。吉林：吉林大學碩士論文。

楊佩玲。2012。《施叔青的異鄉人及其香港三部曲》。澳門大學中文系碩士論文。

劉宇。2007。《李昂施叔青合論》。蘇州大學博士論文。

劉建華。2005。《攜痛飛翔》。廣東：汕頭大學碩士論文。

五、專書與專書論文

王德威。1998。〈香港：一座城市的故事〉。《如何現代，怎樣文學》。臺北：麥田。頁 279-305。

王德威。1998。〈「女」作家的現代「鬼」話〉。《眾聲喧嘩》。臺北：遠流。頁 223-238。

白舒榮。2012。《以筆為劍書青史：作家施叔青》。臺北：遠景。

白舒榮。2006。《自我完成自我挑戰施叔青評傳》。北京：作家出版社。

白先勇。1969。〈序〉。《約伯的末裔》。臺北：仙人掌。頁 1-8。

李小良。1997。〈〈「我的香港」：施叔青的香港殖民史〉。《否想香港》。王宏志、李小良、陳清僑著。臺北：麥田。頁 181-208。

何敬堯。2015。《逆光的歷史：施叔青小說的瘢狀式逆讀》。臺北：秀威資訊。

邱貴芬。2003。〈落後的時間與臺灣歷史敘述——試探現代主義時期女作家創作裡另類時間的救贖可能〉。《後殖民及其外》。臺北：麥田。頁 83-110。

南方朔。2001。〈序——一個永恆的對話〉。《兩個芙烈達．卡羅》。臺北：時報文化。

南方朔。2007。〈透過歷史天使悲傷之眼〉。《風前塵埃》。臺北：時報文化。

施淑。1984。〈嘆世界〉。《愫細怨》。臺北：洪範。頁 1-9。

范銘如。2008。〈當代臺灣小說的「南部」書寫〉。《文學地理：臺灣小說的空間閱讀》。臺北：麥田。

陳萬益。1993。〈是顛覆？還是追逐？〉。《施叔青集》。臺北：前衛。頁 9-13。

陳芳明。2002。〈挑戰大敘述：後戒嚴時期的女性文學與國家認同〉。《後殖民臺灣：文學史論及其周邊》。臺北：麥田。頁 131-150。

陳筱筠。2010。〈施叔青香港三部曲的瘋狂想像與鬼魅傳說〉。《臺灣文學論叢》。新竹：清華大學臺灣文學研究所。頁 335-368。

趙稀方。2003。〈文學的都市性〉。《小說香港》。北京：三聯。頁 215-222。

廖炳惠。2001。〈後殖民的憂鬱與失感：施叔青近作中的疾病〉。《另類現代情》。臺北：允晨。頁 370-387。

劉登翰。1994。〈在兩種文化的衝撞之中——論施叔青早期的小說〉。《那些不毛的日子》。臺北：洪範。頁 1-12。

六、英文書目

Chun-hong, X. I. E.（2005）. A Discourse on the Stage Changes of SHI Shu-qing's Novel Creations. Journal of Zhengzhou Institute of Aeronautical Industry Management, 1.

Jing, Z. H. A. O.（2007）. Literary Narrative in Modern Spirit —— The Modernism Color of Shi Shuqing's Novel. Journal of Luoyang Normal University, 3, 019.

Kinkley, Jeffrey C. 2006（ Nov-Dec）. "Reviewed Work: City of the Queen: A Novel of Colonial Hong Kong by Shih Shu-ching（Sylvia Li-chun Lin & Howard Goldblatt trs）." World Literature Today Vol 80. No.6: 68.

Lijuan, L.（2008）. Postcoloniality in Shi Shu-ching's" Hong Kong Trilogy" : City of the Queen. Journal of Tianshui Normal University, 4, 023.

Lin, Xin-yi and Staff Reporter. 2010.10.15. "Author Completes Final Part of Taiwan Trilogy." Want China Times.

Lin, Y. L. A Study of Reproduction in The World of Suzie Wong and City of the Queen: Representation of Alienation and Female Autonomy.（學位論文）

Liou, Liang-Ya. 2011（May）. "Taiwanese Postcolonial Fiction." PMLA Vol 126. No.3: 678-684.

McDougall, Bonnie S. 2006（Spring）. "Reviewed Work: City of the Queen: A Novel of Colonial Hong Kong by Shih Shu-ching（Sylvia Li-chun Lin & Howard Goldblatt trs）." China Review Vol 6. No.1: 214-217.

Quan, S. N.（2005）. Review of the book City of the queen: A novel of colonial Hong Kong, by Shu-Ching Shih. Library Journal, 130, 13-71.

Tu, Chao-Mei. 2008. Historical Narrative in Fiction: A Cross-cultural Exploration of Contemporary American and Chinese Fiction by Women Writers. Ph.D. Dissertation, University of Purdue.

——郭育蓉、許良禎、呂伯寧、沈夢睿 整理

作者簡介

王德威

國立臺灣大學外文系畢業，美國威斯康辛大學麥迪森校區比較文學博士。曾任教於臺灣大學、美國哥倫比亞大學東亞系與比較文學系。2004 年獲選為中研院第 25 屆院士。2006 年被聘為復旦大學長江學者講座教授。現任美國哈佛大學東亞語言及文明系與比較文學系 EdwardC. Henderson 講座教授、臺灣大學臺灣文學研究所客座教授。著有《從劉鶚到王禎和：中國現代寫實小說散論》、《眾聲喧嘩：30 與 80 年代的中國小說》、《閱讀當代小說：臺灣．大陸．香港．海外》、《小說中國：晚清到當代的中文小說》、《想像中國的方法：歷史．小說．敘事》、《如何現代，怎樣文學？：19、20 世紀中文小說新論》、《眾聲喧嘩以後：點評當代中文小說》、《跨世紀風華：當代小說 20 家》、《被壓抑的現代性：晚清小說新論》、《現代中國小說十講》、《歷史與怪獸：歷史，暴力，敘事》、《如此繁華：王德威自選集》、《後遺民寫作》、《1949：傷痕書寫與國家文學》、《茅盾，老舍，沈從文：寫實主義與現代中國小說》、《抒情傳統與中國現代性：在北大的八堂課》、《現代抒情傳統四論》、《華語語系的人文視野：新加坡經驗》、《現當代文學新論：義理．倫理．地理》等。

白先勇

1937 出生，廣西桂林人，1952 年來臺。國立臺灣大學外文系學士， 1960 年和王文興、歐陽子、陳若曦等創辦《現代文學》雜誌，後又創辦晨鐘出版社，1963 年赴美留學、定居，獲取「愛荷華大學作家工作室」（Writer's Workshop）文學創作碩士。曾任美國加州大學聖塔巴巴拉分校教授，講授中國語言文學課程。1994 年退休，近年來投入崑曲的改編與演出工作。現任臺灣大學文學院特聘教授。著有散文集《樹猶如此》、《昔我往矣──白先勇自選集》等；小說集《謫仙記》、《遊園驚夢》、《臺北人》、《寂寞的十七歲》、《紐約客》、《孽子》、《玉卿嫂》、《金大班的最後一夜》等。並有《白先勇作品集》集結出版。曾獲國家文藝獎。

平路

出生於臺灣高雄。國立臺灣大學心理系畢業，美國愛荷華大學碩士。曾在臺大新聞研究所與北藝大藝管所任教。曾任職香港光華文化中心主任。著有長篇小說《婆娑之島》《東方之東》《行道天涯》《何日君再來》《椿哥》等，小說集《蒙妮卡日記》《百齡箋》《凝脂溫泉》《禁書啟示錄》等。創作文類有論述與小說。小說的題材，表現出變局中的中國人和時代背景的諸多糾葛現象，關心社會裡卑微的小人物，有議論，有反諷，並屢試「後設」的技巧。在評論方面，結合文化批判的角度，指出各種父權、霸權、君國意識形態的可議之處，從而對語言、文字、思想等各種論述的本身作出反思。曾兩度獲得聯合報小說首獎、時報文學獎首屆劇本獎首獎等獎項。

汪其楣

國立臺灣大學中文系畢業，美國奧勒岡大學戲劇碩士，以專研現代戲劇、古典戲劇、導演、表演、編劇、中西戲劇及劇場史見長。曾任教於中國文化大學、臺灣藝術大學、政戰學院、臺北藝術大學、成功大學等校之藝術及文學科系。在校內外帶領藝術學子創作風格淳厚、生動感人之舞台劇，作品不計其數。分別於 1988 年獲頒國家文藝獎之戲劇導演獎、1993 年獲頒吳三連戲劇文學獎及 2004 年獲頒第 13 屆賴和文學獎。 所編導的作品風格醇厚，細緻動人。以臺灣人情與環境為題材的有《人間孤兒》、《大地之子》系列及《聆聽．微笑》等作品，以原住民神話傳說為素材的有《海山傳說．環》、《鬼湖中的巴冷公主》、《太陽神的女兒》等。也曾聚焦於女性角色刻劃，如《舞者阿月》、《招君內傳～女書之一》、《月半女子月半～女書之二》、《天堂旅館》、《記得香港》、《複製新娘》、《一年三季》等，並親自主演《舞者阿月～臺灣舞蹈家蔡瑞月的生命傳奇》、《歌未央～千首詞人慎芝的故事》、《謝雪紅》這幾個臺灣經典女性角色，以及參與科普歌舞劇《法拉第的故事》演出維多利亞女皇一角。

吳桂枝

明新科技大學應用外語系助理教授。清華大學外語所碩士，輔仁大學跨文化研究所比較文學博士班進修中，研究領域主要是離散文學，族裔文學與現當代女性作家 。著有專書：《書寫與離散：臺灣女作家的認同行旅與歷史想像》（2012）。另已出版多篇相關論文。

李歐梵

國立臺灣大學外文系畢業，美國哈佛大學博士、香港科技大學人文榮譽博士、中央研究員院士。曾任美國哈佛大學中國文學教授，現為香港中文大學講座教授。國際知名文化研究學者。曾任教普林斯頓大學、印地安那大學、芝加哥大學、加州大學洛杉磯校區、香港科技大學、香港大學。著作包括：《鐵屋中的吶喊：魯迅研究》、《中國現代作家中浪漫的一代》、《中國文學的徊想》、《西湖的彼岸》、《上海摩登》、《狐狸洞話語》、《世紀末囈語》、《尋回香港文化》、《都市漫遊者》、《清水灣畔的臆語》、《我的哈佛歲月》、《蒼涼與世故》、《又一城狂想》、《交響》、《睇色戒》等。

李昂

本名施淑端，臺灣鹿港人，奧勒岡州立大學戲劇碩士。喜愛寫作。高一即以處女作〈花季〉發表報刊而登上文壇。小說主題大多環繞著現代人的情愛和性愛問題上，對於青年男女在社會轉型期所碰到的性心理問題和道德問題多所著墨。自「人間世」系列小說發表後一直延續至今，李昂的小說中對性描寫、性主題及與之相關的道德問題都有露骨的描述，近期則更進一步連結至政治國族的面向，而引起文學界及讀者兼兩極的評價。著名作品有《殺夫》、《暗夜》、《迷園》、《鹿港故事》等，李昂的小說被翻譯成英、德、日等多種語言，是臺灣受國際矚目的小說家之一。作品具有強烈的西方現代意識，被視為臺灣「新世代」代表作家。

李欣倫

國立中央大學中國文學博士，現為靜宜大學臺灣文學系助理教授。學術研究與寫作關懷多以藥、醫病、受苦肉身為主，研究著作包括《戰後臺灣疾病書寫研究》、《《金瓶梅》之身體感知與性別辯證：一個漢字閱讀觀點的建構》，近年執行的科技部計畫包括「施叔青《驅魔》、《臺灣三部曲》及李昂《看得見的鬼》、《附身》為例」（102-2410-H-126-025）、「受苦敘事與身體隱喻──讀施叔青與鍾文音的臺灣三部曲 」（NSC101-2410-H-126-034）。散文集則有《藥罐子》、《有病》、《重來》與《此身》，作品曾入選年度散文選及數種大學國文選本。

李時雍

國立清華大學臺灣文學研究所碩士，目前就讀於國立臺灣大學臺灣文學研究所博士班，任職《人間福報》副刊主編，並擔任「表演藝術評論台」駐站評論員。學術興趣為現代主義思潮、跨藝術研究、當代劇場。著有碩士論文《局內局外：王文興小說論》，散文集《給愛麗絲》。

杜昭玫

臺灣新竹人。2008 年獲美國普度大學比較文學博士學位，現任國立臺灣師範大學華語文教學系副教授。主要研究領域為當代華人文學、當代華人電影、華語教學及華語教學。

金良守

韓國成均館大學文學碩士、博士。現任韓國中國現代文學學會副會長、韓國中語中文學會編輯委員長、韓國東國大學中文系教授。曾獲 Outstanding Research Award。研究專長為臺灣文學、電影研究，研究主題與專長為中國文學、臺灣文學與華語電影。除研究外亦大量參與韓譯臺灣文學工作，翻譯有施叔青、鄭清文、李昂、袁哲生、張瀛太、黃凡、吳錦發等臺灣作家作品。曾開設「中國現代文學史」、「中國電影」、「中國現代文學講讀」、「臺灣現代文學研究」「韓中現代文學比較研究」等課程。著有〈鍾理和的滿州體驗與「朝鮮人」〉等文。

邱貴芬

國立臺灣大學外文系畢業，美國威斯康辛大學比較文學碩士，美國華盛頓大學比較文學博士。研究興趣涵蓋後殖民歷史學、臺灣當代紀錄片，及臺灣現當代文學。主要研究領域為文學與文化理論、臺灣小說、記錄影像等。著作除了中文期刊論文和專書之外，亦刊登於知名國際學術期刊。主要著述包括《仲介臺灣‧女人：後殖民女性主義的臺灣閱讀》、《「（不）同國女人聒噪」：訪談臺灣當代女作家》、《後殖民及其外》，主編《日據以來臺灣女作家小說選讀》上、下冊。

林芳玫

目前為國立臺灣師範大學臺文系教授兼系主任，教學與研究領域為：性別與國族、通俗文學、文化認同與民族主義、當代臺灣女性作家之歷史書寫。林芳玫畢業於臺大外文系，之後於美國賓夕法尼亞大學就讀於社會學研究所並取得博士學位。返臺後於政大新聞系擔任副教授、正教授，教學領域為：女性與媒體再現、媒介社會學、通俗文化、婦女運動與認同政治。任教政大期間參與創辦「女學會」，從事女性主義學術研究及婦女運動之倡議。2000~2006年間於政府機構擔任公職，從事青年志工、公民社會、婦女創業方面的政策推廣。2006年迄今任教於臺師大台文系。著有《解讀瓊瑤愛情王國》，該書曾獲1994年聯合報十大好書獎。其他著作包括學術論著《女性與媒體再現》、散文創作《跨界之旅》、小說《達文西亂碼》等。《跨界之旅》曾獲新聞局2005年最佳雜誌專欄寫作金鼎獎。近年來從事日治時期至當代言情小說研究；同時也發表多篇施叔青研究論文。

林振興

中國文化大學文學博士。現任國立臺灣師範大學應用華語文學系副教授兼系主任。主要研究方向為華人社會與文化、華語修辭學、字本位教學。著有〈華語教材中的文化內容分析〉、〈字本位教材編寫探析〉、〈文化涵化對華語文閱讀學習之影響：以華裔青年學習者為例〉、〈The development and application of Chinese Character-Word Bridging Approach for teaching chinese as a foreign language〉、〈The role of acculturation in Chinese heritage language learning〉、〈Association teaching method of Chinese characters in teaching Chinese as a second language〉等論文，編有《我也繪漢字》、《漢字積木》、《華語詩詞輕鬆學》等華語教材。

林璄南

英國伯明罕大學莎士比亞研究所英國文學博士，任職於國立臺灣師範大學英語系所。研究專長包括莎士比亞、改編莎劇、文藝復興戲劇及劇場。作品發表於《中外文學》、《戲劇學刊》、《香港戲劇學刊》以及 Shakespeare Yearbook 等。開授課程包括：文藝復興文學、莎士比亞研討、英國文學史、戲劇選讀、戲劇與電影等。曾企畫、執行南管戲《陳三五娘》、《白兔記》於國家戲劇院（1988, 1989）演出；策畫、製作尤涅斯可荒謬劇《馬克白》（2008）、王爾德喜劇《不可兒戲》（2004）與莎翁喜劇《第十二夜》（2000）於臺師大禮堂演出；亦曾獲臺師大 2008 年資深優良教師、2005 年芝大訪問學者。

施淑

本名施淑女，出生於彰化縣鹿港鎮，國立臺灣大學中國文學研究所碩士，加拿大英屬哥倫比亞大學亞洲研究系博士班研究。曾任教於於淡江大學中文系所，講授臺灣文學、中國現代小說、文學理論及文學批評等課程。著有《理想主義者的剪影》、《大陸新時期文學概觀》、《兩岸文學論集》、《中國古典詩學論稿》等。現為淡江大學中文系榮譽教授。

梁一萍

美國麻塞秋賽州大學安城分校美國研究博士，師大英語系專任教授，專長女性文學、美國族裔文學、北美原住民文學、亞美文學、島嶼生態、地理想像等議題。教授美國文學、亞美文學、女性文學與北美原住民文學等課程，現進行臺美小說、鐵路華工、島嶼生態等相關研究，編著有《說故事抗爭：美國原住民小說賞析》（2016）、《移動之民：海外華人研究的新視野》（共同主編，2015）、《亞／美之間：亞美文學在臺灣》（主編，2013）、《鬼舞：美國原住民誌異初探》（英文專書，2006），及其它中、英文論文 30 餘篇。

焦桐

中國文化大學戲劇系及藝術研究所碩士。曾任商工日報「春秋」副刊編輯，「文訊」雜誌主編，中國時報「人間」副刊撰述委員，中國時報副刊組副主任。創立出版社「二魚文化」。現為中央大學中文系副教授。作品曾獲中國時報文學獎敘事詩優等獎，聯合報文學獎報導文學首獎，著有詩集《蕨草》、《咆哮都市》、《失眠曲》、《完全壯陽食譜》、《青春標本》，英譯詩集 *A Passage to the City: Selected Poems of Jiao Tong*、*Erotic Recipes: A Complete Menu for Male Potency Enhancement*，散文集《我邂逅了一條毛毛蟲》、《最後的圓舞場》、《在世界的邊緣》，童話《烏鴉鳳蝶阿青的旅程》，論述《臺灣戰後初期的戲劇》、《臺灣文學的街頭運動：1977 ～世紀末》，編有 86 短篇小說選等多種。

單德興

國立臺灣大學博士（比較文學），現任中央研究院歐美研究所特聘研究員，嶺南大學翻譯系兼任人文學特聘教授，曾任歐美研究所所長，《歐美研究》季刊主編，行政院國科會外文學門召集人，中華民國英美文學學會理事長，中華民國比較文學學會理事長，美國加州大學、哈佛大學、紐約大學、英國伯明罕大學訪問學人及傅爾布萊特資深訪問學人，國立臺灣大學外文系、國立交通大學外文系兼任教授，靜宜大學英文系兼任講座教授，並三度獲得行政院國科會外文學門傑出研究獎，第 54 屆教育部學術獎，第六屆梁實秋文學獎譯文組首獎，第 30 屆金鼎獎最佳翻譯人獎。著有《銘刻與再現》、《反動與重演》、《越界與創新》、《翻譯與脈絡》、《薩依德在臺灣》等，譯有《文學心路》、《知識分子論》、《禪的智慧》、《權力、政治與文化》等，並出版訪談集《對話與交流》及《與智者為伍》。研究領域包括比較文學、亞美文學、翻譯研究、文化研究。

曾秀萍

國立政治大學中國文學系博士，現任國立臺灣師範大學臺灣語文學系助理教授。研究領域為現當代小說、女性小說、同志文學與電影、性別研究等。著有專書《孤臣．孽子．臺北人：白先勇同志小說論》，期刊論文〈扮裝臺灣：《行過洛津》的跨性別飄浪與國族寓言〉、〈一則弔詭的國族寓言：《風前塵埃》的灣生書寫、敘事策略與日本情結〉、〈扮裝鄉土：《扮裝畫眉》、《竹雞與阿秋》的性別展演與家／鄉想像〉、〈流離愛欲與家國想像：白先勇同志小說的「異國」離散與認同轉變（1969 ～ 1981）〉、〈從魔都到夢土：《紐約客》的同志情欲、「異國」離散與家國想像〉，專書論文〈夢想在他方？──全球化下臺灣同志小說的美國想像〉等。

傅秀玲

傅秀玲於輔仁大學應用心理學系就讀期間，開始為臺灣與香港的電影、電視公司編寫劇本。畢業前，開始在傳播公司擔任企劃經理。工作一年後，赴美深造。取得美國南加州大學電影電視學院（School of Cinematic Arts, USC）電影製作碩士（MFA）。曾專任美國南加州大學電影電視學院研究所的研究副教授，同時兼任好萊塢電影、電視、多媒體等製片、編劇、導演、攝影、剪接、劇本醫生（Script Doctor）等職 20 多年。2009 年秋返臺，曾在國立臺北藝術大學電影與新媒體學院兼任助理教授。2010 年起，在國立政治大學傳播學院專任助理教授，傳授影視編劇、導演課程。

黃英哲

國立臺灣師範大學歷史學系畢業、日本追手門學院大學文學碩士、日本立命館大學文學博士。曾任日本櫻美林大學大學院國際學研究科研究員、美國哥倫比亞大學東亞系訪問學者、中研院太史所訪問學者。現任愛知大學現代中國學部兼大學部中國研究所教授；研究主題與專長為臺灣近現代史、殖民地主義與文學、戰後初期臺灣文化重建。早期關注張深切的相關研究，後專攻國語運動的論述，近期則致力於戰後初期臺灣文化重建過程中所衍生的種種問題。針對臺灣戰後文化的重建，提出「去日本化」與「再中國化」。日本學者東大教授伊藤德也針對其編書《臺灣文化表象の現在》，稱此書具有越境書寫且深化了臺灣的文化表象。曾開設「臺灣近現代史」、「中國文化特殊研究」等課程。著有《「去日本化」「再中國化」：戰後臺灣文化重建 1945~1947》、《臺灣文化再構築（1945 ～ 1947）の光と影：魯迅思想受容の行方》等書。編有《記憶する台 ——帝國との相剋》、《臺灣文學研究在日本》、《台 の「大東亞戰爭」——文學・メディア文化》、《よみがえる臺灣文學——日本統治期の作家と作品》、《帝國主義と文學》等書。

黃憲作

東華大學中國語文學系博士，現任佛光大學中國文學與應用學系副教授。研究方向為區域文學與空間書寫，曾參與花蓮文學史料之蒐集與整編工作，向來關注駱香林及花蓮文學研究，近來因到佛光大學任教，遂轉向宜蘭文學之蒐集與研究。在東華大學博士班就讀期間與施叔青女士結緣，因此亦持續關注施叔青《臺灣三部曲》之後殖民與空間書寫研究。著有《駱香林集》、《在地與流離：駱香林花蓮之居與游》、《鯉魚潭自然誌》，並參與《全臺詩》之蒐集與編校。

廖炳惠

東海大學外文系學士、國立臺灣大學外文系碩士、加州大學聖地牙哥分校（UC San Diego）比較文學博士。曾任臺灣清華大學外語系教授、臺灣比較文學學會理事長、行政院國家科學委員會人文處處長、普林斯頓大學與哈佛大學訪問學者、哥倫比亞大學客座教授等，現任為聖地牙哥加州大學川流臺灣研究講座教授。研究領域與專長為臺灣文學與電影、後殖民論述、離散研究、性別與電影，外國文學，文化論述、飲食文學、旅行文學、音樂。著有研究論文近百篇，散見於國內外學術期刊，專書已推出《解構批評論集》（1985）、《形式與意識型 態》（1990）、《里柯》（1993）、《回顧現代》（1994）、《另類現代情》（2001）、《關鍵詞200》（2003）、《吃的後現代》（2004）、《臺灣與世界文學的匯流》（2006）等。在學術方面，曾連獲國科會優良獎三次，1994至1996年、2004至2007年國科會傑出獎得 主，代表東亞參與各項重要國際文化政策研討會議，並於2003年榮獲第五屆五四文學評論獎。

陳芳明

臺灣高雄人，1947年生。輔仁大學歷史系畢業，國立臺灣大學歷史研究所畢業。從事歷史研究，並致力於文學批評與文學創作。曾任教於靜宜大學、國立暨南國際大學中文系，現為國立政治大學中文系教授。近年編有《50年來臺灣女性散文．選文篇》（上）（下）。著有政論《和平演變在臺灣》等七冊，散文集《風中蘆葦》、《夢的終點》、《時間長巷》、《掌中地圖》、《昨夜雪深幾許》及《晚天未晚》，詩評集《詩和現實》等二冊，文學評論集《鞭傷之島》、《典範的追求》、《危樓夜讀》、《深山夜讀》、《孤夜獨書》及《楓香夜讀》，學術研究《探索臺灣史觀》、《左翼臺灣：殖民地文學運動史論》、《殖民地臺灣：左翼政治運動史論》、《後殖民臺灣：文學史論及其周邊》及《殖民地摩登：現代性與臺灣史觀》，傳記《謝雪紅評傳》等。

陳義芝

1953年生於臺灣花蓮。高雄師大國文系博士。創作以詩及散文為主。年少，參與創辦後浪詩社，曾任聯合報副刊主任，現於國立臺灣師範大學國文系任教，主講現代文學。出版有詩集《青衫》、《新婚別》、《不能遺忘的遠方》、《不安的居住》、《我年輕的戀人》、《不安的居住》、《邊界》、《掩映》等，另有散文集《為了下一次的重逢》、《歌聲越過山丘》等四冊，論著、編選十餘種。詩選集有英譯本、日譯本。論者稱其詩「冶煉敘事抒情於一爐，堂廡闊大，視野遼遠，為臺灣詩壇典型的中堅世代」。除著作外，他也主編多種詩選、散文選、小說選。詩集有英譯本 *The Mysterious Hualien*（Green Integer）、日譯本《服のなかに住んでいる女》(思潮社)。曾獲時報文學推薦獎、聯合報最佳書獎、中山文藝新詩及散文二項大獎、榮後基金會臺灣詩人獎。

陳昭利

中國文化大學文學博士。現任萬能科技大學通識教育中心副教授。主要研究方向為中國古典小說、現代文學。著有〈從「解構」策略探討陳若曦《重返桃花源》的意涵〉、〈從佛法考察臺灣佛教修行現象──以陳若曦的佛教小說《慧心蓮》為因緣說起〉、〈旅順大屠殺的暴行控訴──論《旅順落難記》的主題及敘事觀點〉、〈甲午戰爭小說研究──論洪子貳《中東大戰演義》〉、〈論蕭麗紅《白水湖春夢》的宗教救贖〉、〈論東年《地藏菩薩本願寺》的因緣眾生──從李立懺悔與救贖的生命歷程說起〉、〈離散．敘述．家國──論黃娟及其《楊梅三部曲》〉等論文。

劉俊

1964年出生，南京市人。1986年獲蘇州大學文學學士學位。1991年獲南京大學文學博士學位。現任南京大學文學院教授、博士生導師、南京大學臺港暨海外華文文學研究中心主任。教育部「新世紀優秀人才支持計劃」獲得者。受聘為教育部重點研究基地廈門大學臺灣研究中心學術委員會委員，暨南大學海外華文文學與漢語傳媒研究中心兼職研究員，中國現代文學館柏楊研究中心特約研究員。兼任中國世界華文文學學會副會長，江蘇省臺港暨海外華文文學研究會副會長，江蘇省中華詩學研究會副會長。2005 年 8~12 月赴美國格林奈爾學院（Grinnell College）任訪問學者，2009~2011 年 任加拿大滑鐵盧大學（University of Waterloo）孔子學院中方院長。著有《悲憫情懷──白先勇評傳》、《從臺港到海外──跨區域華文文學的多元審視》、《跨界整合──世界華文文學綜論》、《世界華文文學整體觀》、《情與美──白先勇傳》、《越界與交融：跨區域跨文化的世界華文文學》等論著數種；譯有《臺灣文學生態：從戒嚴律到市場經》（合譯）。主編《中國現當代文學研究導引》、《跨區域華文女作家精品文庫》（十本）、《海外華文文學讀本·中篇小說卷》等；參編《中國現當代文學》、《海外華文文學教程》、《中國當代文學史新稿》等。

劉亮雅

美國德州大學奧斯汀校區英美文學博士。現任國立臺灣大學外國語文學系暨臺灣文學研究所合聘特聘教授。曾任臺大外文系主任，榮獲 103 年度科技部傑出研究獎。主要研究臺灣當代文學與文化、後殖民理論、女性主義理論、英美 20 世紀文學、同志理論。著有《遲來的後殖民：再論解嚴以來臺灣小說》，《後現代與後殖民：解嚴以來臺灣小說專論》，《情色世紀末：小說、性別、文化、美學》，《慾望更衣室：情色小說的政治與美學》，Race, Gender, and Representation: Toni Morrison's The Bluest Eye, Sula, Song of Solomon, and Beloved。與人合著《臺灣小說史論》；主編、導讀《同志研究》，編譯、導讀《吳爾芙讀本》，導讀、審定《海明威》、《康拉德》、《吳爾芙》，導讀《簡愛》。

蔡雅薰

國立高雄師範大學國文研究所文學博士，現職國立臺灣師範大學應用華語文學系教授，兼任國立臺灣師範大學僑生先修部主任。在華語文教學及師資培育方面擁有20多年的實務經驗，學術專長為華語文教材編寫、華語文教學設計、華語文教學法及華語語音學等。因應新世代的學習模式與數位科技發展，近年來致力於教學策略的改革及創新，將科技融入華語文師資培訓。著有《從留學生到移民──臺灣旅美作家之小說析論》、《遇見第50棵普仁樹》、《華語文教學導論》、《華語語音學》、《華語文教材分級研制原理之建構》。

蔡翠華

國立臺灣師範大學臺灣文化及語言文學研究所碩士畢業，目前就讀臺師大臺灣文化及語言文學研究所博士班三年級。研究方向為日治時期殖民地女性文學、漢文雜誌、文學傳播、跨界比較文學研究等。碩士論文為《60年代《臺灣文藝》小說研究（1964~1969）──以認同敘事為中心的考察》，曾發表過：〈「失落的部落」：戰爭記憶的追索與轉化〉、〈羅曼史？殖民史？──試析日治時期臺日婚戀敘事中的「皇國女子」〉、〈詮釋與重構：以吳濁流《亞細亞的孤兒》之中文譯本為例〉、〈吳濁流的小說知識及其形成網絡〉、〈客籍作家之殖民記憶與認同研究──以60年代《臺灣文藝》小說為例〉等論文。

錢南秀

南京人，畢業於南京大學，獲文學碩士。赴美留學，1994年獲耶魯大學文學博士。研究領域與專長為中國古典文學、婦女與性別。1981~1986任教南京大學中文系，現為萊斯大學亞洲研究系中國文學副教授，多次獲頒美國人文研究基金會研究資助，主要著作有《世說新語及其仿作研究》及中英文書籍論文多種。亦有文學創作發表，散文〈蟲蟲蟲蟲飛飛〉曾獲《中央日報》第九屆文學獎散文類第一名（1997年元月）。

簡瑛瑛

國立臺灣大學外文系畢，美國羅格斯大學英美文學碩士，伊利諾大學比較文學博士。曾任教臺大外文系、美國賓州州大比較文學／女性研究系所。曾任輔仁大學比較文學研究所所長、中研院歐美所及 UCLA 跨國研究中心訪問學者，現任國立臺灣師範大學應用華語文學系所教授。專研比較文化、性別研究及世界華文文學與電影。曾任環太平洋女性研究顧問、《中外文學》專號主編，著有專書：《飛天之女：跨國影像藝術與另類女性書寫》（臺灣商務）、《女兒的儀典──臺灣女性心靈與文學／藝術表現》（女書文化）、《何處是女兒家：女性主義與中西比較文學／文化研究》（聯合文學）；主編：《認同、差異、主體性：從女性主義到後殖民文化想像》（立緒）、《女性心／靈之旅：女族傷痕與邊界書寫》（女書文化）、《華裔學生與華語教學：從理論、應用到文化實踐》（書林出版）等專書，並策畫「心靈再現──臺灣當代女性藝術展」及「跨國華人書寫。文化藝術再現：施叔青國際學術研討會暨作品手稿特展」等。

施叔青研究論文集

活動花絮

報到
報到
開幕式
開幕式
開幕式
開幕式

開幕式

手稿捐贈

手稿捐贈

論文發表
馮品佳 教授
論文發表
師大
論文發表
師大

作家與藝術論壇

作家與藝術論壇

作家與藝術論壇
（中央大學中國文學系副教授、作家）
傅秀玲（政治大學廣播電視學系助理教授）

作家與藝術論壇
師大
作家與藝術論壇
教授)
三部曲”和“台湾三部曲”
劉俊 教授
作家與藝術論壇
施叔青 學術 國際 研討會 暨 作品手稿特展
第九場：座談會II
中外學者論壇(15:20-16:50)
主持人：簡瑛瑛(臺灣師範大學應用華語文學系教授)
(成功大學中國文學系榮退教授)
廖炳惠(美國UC San Diego講座教授)
陳芳明(政治大學中國文學系、臺文所講座教授)
邱貴芬(中興大學台灣文學與跨國文化研究所特聘教授)
錢南秀(美國Rice University東亞系副教授)
單德興(中央研究院歐美研究所特聘研究員)

幕後花絮

幕後花絮

幕後花絮

幕後花絮

幕後花絮

國家圖書館出版品預行編目（CIP）資料

跨國華人書寫．文化藝術再現：施叔青研究論文集 ／王德威等作；簡瑛瑛，廖炳惠主編．-- 初版．-- 臺北市：師大出版中心，2015.12

面； 公分

ISBN 978-986-5624-05-7(平裝)

1. 施叔青 2. 學術思想 3. 文藝評論 4. 文集

848.6 104024894

海外華人研究叢書 02

跨國華人書寫·文化藝術再現

施叔青研究論文集

作者｜王德威、白先勇、平路、汪其楣、吳桂枝
李歐梵、李昂、李欣倫、李時雍、杜昭玫
金良守、邱貴芬、林芳玫、林振興、林璄南
施淑、梁一萍、焦桐、單德興、曾秀萍
傅秀玲、黃英哲、黃憲作、廖炳惠、陳芳明
陳義芝、陳昭利、劉俊、劉亮雅、蔡雅薰
蔡翠華、錢南秀、簡瑛瑛

編審顧問｜李歐梵、李瑞騰、施淑、劉亮雅、林芳玫

出版｜國立臺灣師範大學出版中心

發行人｜張國恩

總編輯｜柯皓仁

主編｜簡瑛瑛、廖炳惠

執行編輯｜張安琪、柯玨如、羅文嘉
林昱辰、周芷綺、陳靜儀

工作人員｜姚淑婷、郭育蓉、許良禎
沈夢睿、陳文麗、林佩環

地址｜106 臺北市大安區和平東路一段 162 號

電話｜(02)7734-5289

傳真｜(02)2393-7135

服務信箱｜libpress@ntnu.edu.tw

初版｜2015 年 12 月

售價｜新台幣 580 元（缺頁、破損或裝訂錯誤，請寄回更換）

ISBN｜978-986-5624-05-7

GPN｜1010402650

※ 本專書及計畫（跨國華人書寫／文化藝術再現）榮獲教育部，科技部，國立臺灣文學館及國立臺灣師範大學研發處，國僑學院獎助，謹此致謝！